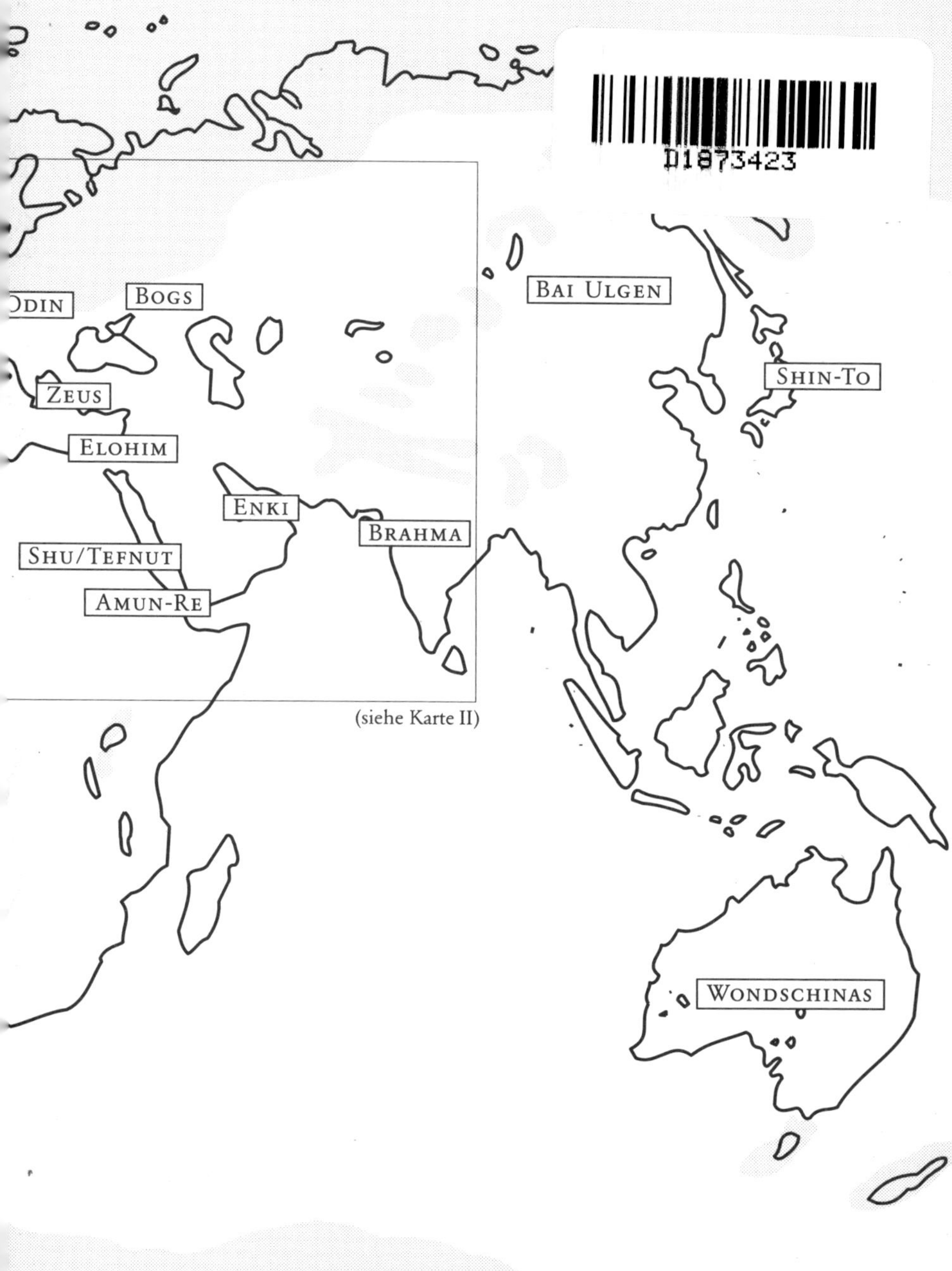

(siehe Karte II)

I. Die Welt der grossen Götter

Von Thomas R.P. Mielke
Gilgamesch, König von Uruk

Thomas R.P. Mielke

INANNA

ODYSSEE EINER GÖTTIN

Roman

Schneekluth

Die Deutsche Bibliothek – CIP Einheitsaufnahme
Mielke, Thomas R.P.:
Inanna. Odyssee einer Göttin: Roman
Sonderausgabe 1997 / Thomas R.P. Mielke.
München: Schneekluth 1997
ISBN 3-7951-1552-3

ISBN 3-7951-1552-3

Ein Verlagsimprint der Weltbild Verlag GmbH Augsburg
Gesamtherstellung:
Graphischer Großbetrieb Pößneck GmbH
Ein Mohndruck-Betrieb
Printed in Germany 1997

INHALT

GARTEN DER GLÜCKLICHEN

Nur wer den Stein der Götter besaß, hieß es, konnte die Pforte in der kyklopischen Mauer öffnen. Ich hatte den Stein.

Ich blickte auf den kleinen, mit schweren, metallisch glänzenden Balken versperrten Durchlaß in der Mauer aus beinahe fugenlos aufeinandergetürmten Felsblöcken. Kein Schloß und kein Scharnier verrieten, wie ich in den verbotenen Garten hoch über der Stadt gelangen konnte.

»Aber ich will hinein!« flüsterte ich. Ich hatte mich verspätet. Überall im Palast auf dem Hügel inmitten der großen Stadt waren unerwartet Wachen postiert und seltsame Geräte aufgestellt worden, die ich noch nie zuvor gesehen hatte. Irgend etwas geschah, und es hatte nichts mit den Vorbereitungen zum großen Fest der Könige zu tun, das beginnen sollte, sobald die Sonne im Westen versank.

Meine Fingerspitzen strichen sanft über den Stein der Götter. Während der Jahre meiner Kindheit hatte ich ihn an einem Band am linken Handgelenk getragen. Der Stein mit der Farbe von Baumharz und Honig war mein Schutz und Talisman. Er wachte bei Tag und bei Nacht über den Schlag meines Herzens, über Hunger und Durst und über alles, was mir schaden konnte. Bei den letzten Weihen vor sechs Jahren war er vom Hohenpriester der Königsstadt an einer Kette aus seltenen Metallen befestigt und feierlich um meinen Hals gelegt worden. Seither trug ich den Stein der Götter als Amulett und Talisman zugleich zwischen dem Ansatz meiner Brüste.

Ich konnte durch ihn Musik und Sprachaufzeichnungen direkt aus den Archiven des Königspalastes hören, mit allen sprechen, die ebenfalls einen Stein besaßen, und Türen öffnen, die anderen verschlossen blieben. Wenn ich den Stein der Götter vorsichtig bewegte, konnte ich selbst unter dichten Wolken an seinem heller oder dunkler werdenden Glanz erkennen, in welcher Richtung die Sonne stand.

Nur noch wenige Tage würden vergehen, bis mein Stein der Götter in einer großen Zeremonie auch noch das Runensiegel erhielt, durch das ich endgültig in die Welt der Herrschenden aufgenommen wurde. Für mich würden dann fünfzehn Jahre seit meinem Entstehen vergangen sein – für die Menschen um mich herum aber weitaus mehr, denn diese lebten mit Zeitvorstellungen, die sich an Sonnenumläufen und nicht am größeren kosmischen Zyklus orientierten.

Wenn es soweit war, würde ich auch erfahren, was in Regionen geschah, die weiter entfernt waren, als ein Vogel an einem Tag fliegen konnte, und ganz allein bestimmen, wann ich mit allen anderen verbunden sein wollte und wann ich lieber allein blieb.

»Ich will!« wiederholte ich. Zum ersten Mal, seit ich den Stein der Götter trug, nahm ich ihn ab. Ich zog die Kette über den Kopf, schüttelte meine langen, nußbraunen Haare zurück und ging auf die Pforte zu. Noch drei Schritte, noch zwei. Ich streckte die Hand aus. Der Stein in meinen Fingern fühlte sich plötzlich warm an. Ich bewegte den Stein erst zur einen Seite, dann zur anderen. Die Kraft aus den metallischen Balken lag wie eine unsichtbare Kuppel über der Pforte. Nur genau in der Mitte schien sie etwas schwächer zu sein. Ich beugte mich vor. Und dann ging alles viel einfacher, als ich gedacht hatte.

Wie von zwei unsichtbaren Dienern aufgezogen, teilte sich die Pforte, und beide Hälften glitten ganz langsam in tiefe Fugen zurück. Ein wilder und gleichzeitig süßer Duft kam mir entgegen. Ich schloß für einen Moment die Augen, atmete tief ein und hörte plötzlich ein Wispern wie von unzähligen zarten Stimmen, ganz leise gespielten Harfen und Zimbeln und fernen Melodien. Für einen kurzen Augenblick dachte ich daran, daß ich jetzt noch zurück konnte. Ich brauchte mich nur umzudrehen, und die Pforte würde sich schließen, als sei nichts geschehen. Aber dann dachte ich daran, warum ich gekommen war. Ich schüttelte den Kopf, lächelte und trat in den verbotenen Garten ein.

Die geheimnisvolle fremde Welt aus Geräuschen und Farben, Gerüchen und Empfindungen nahm mich auf. Ich hörte, wie sich farnartige Pflanzen in großen, weißen Steintöpfen erstaunt über mein Eindringen verständigten, wie winzige Vögel den Fischen in einem Brunnenbecken trillernde Zeichen gaben, und wie der laue Wind zwischen den prächtigen Blütenbäumen verwundert den Atem anhielt.

Noch immer ein wenig zögernd, ging ich bis zum Brunnenbekken dicht vor der Kyklopenmauer aus roten und schwarzen Felsblöcken. Das klare Quellwasser, in dem rote und goldene Zuchtfische mit leichtem Flossenschlag standen, glitzerte im warmen Sonnenlicht. Mir schien, als wäre ich aus der Königsstadt mit ihren ringförmigen Kanälen und dem prächtigen Hügelpalast in die noch immer friedvolle Welt meiner Kindheit zurückgekehrt.

Hier oben, hinter dem Tempel, war nichts mehr von den lauten Geräuschen der mächtigen Metropole zu hören – kein Rasseln von Wagenrädern, kein Rufen der Straßenhändler, kein Johlen und Pfeifen der Seeleute an den Hafenkais und kein Applaus aus den vielen Stadien und Sportarenen der unteren Stadt. Nicht einmal Himmelsschiffe zeigten sich am strahlendblauen Firmament.

»Du kommst spät, Inanna«, sagte eine sanfte Männerstimme hinter mir. Ich fuhr kaum merklich zusammen, doch gleichzeitig erkannte ich die Stimme. Mit einer Hand raffte ich meine kurze Tunika aus hellgrünem, seidigen Stoff zusammen, und mit der anderen bedeckte ich den Götterstein, der wieder an seiner Kette zwischen meinen wie zwei Fruchthälften geformten Brüsten hing.

»Bist du es, Osiris?« fragte ich leise. Meine Stimme zitterte kaum merklich. Ich spürte, wie mein Herz schneller schlug und mein Gesicht zu glühen begann. »Ich konnte nicht eher kommen... überall im Palast laufen Handwerker und Wachen herum... sie sind in großer Aufregung, stellen Geräte auf und spannen Seile zwischen den Säulen des inneren Hofes...«

Ich stockte, und die hängenden Farne teilten sich. Ein hochgeschossener junger Mann mit erstem Bartflaum auf Kinn und Wangen, einer hohen Stirn und einem ausgeprägten Hinterkopf trat aus dem Grün. Er trug einen weißgrauen Umhang aus grobem Stoff und einen Gürtel, von dem bunte Knotenschnüre herabhingen. Sein feines, blondgelocktes Haar wehte bei jedem Schritt, obwohl kein Luftzug im verbotenen Garten zu spüren war.

»Wußtest du nicht, daß ein Beben vorausgesagt ist?« fragte er lächelnd. Es klang so überlegen, daß ich mir gleich wieder dumm und unwissend vorkam. Ich wußte nicht, ob es anderen Mädchen und Frauen ebenso ging wie mir, aber fast immer, wenn ich mit Männern sprach, ärgerten und beeindruckten sie mich in gleichem Maße. Noch vor ein paar Monaten war das nicht so gewesen. Ich hatte schon oft darüber nachgedacht, warum mich dieser Widerspruch zunehmend beschäftigte, aber nicht einmal die Weisen und Seher in der Schule der Götter hatten mir sagen können, warum Männer wie Männer und Frauen wie Frauen waren.

»Der Vulkan kann jeden Moment wieder ausbrechen«, fuhr Osiris sanft belehrend fort. »Überall werden bereits Himmelsschiffe vorbereitet. Es kann sein, daß die Könige noch heute zu ihren Inselreichen zurückkehren.«

»Nur bis zu ihren Inselreichen?«

Noch während ich das sagte, kam mir die Frage dumm und überflüssig vor. Außerdem wollte ich das gar nicht wissen. Mein Blick glitt über den Stein der Götter am Hals von Osiris. Ich seufzte verhalten und war irgendwie neidisch darauf, daß seiner bereits den perlmuttartigen Hauch hatte, der ihn als jungen Gott auswies. Als könne er meine Gedanken lesen, bedeckte er den Stein mit einer Hand, ehe er antwortete: »Einige würden wahrscheinlich viel lieber bis in die kolonisierten Länder fliehen. Aber keine Angst – niemand wird jetzt nach dir suchen. Wir sind vollkommen sicher hier!«

»Hast du deshalb den verbotenen Garten ausgesucht?«

»Dieser Garten und das graue Haus in der Altstadt von Basilea sind die einzigen Orte auf der ganzen Insel, in denen die Steine der Götter vollkommen abgeschirmt sind.«

Ich sah ihn zweifelnd an und wußte schon wieder nicht, ob ich seine Planung bewundern oder mißbilligen sollte. Einerseits war ich stolz darauf, daß gerade Osiris ein drohendes Erdbeben dazu benutzte, um sich allein mit mir zu treffen. Er war ganz anders als die stolzen, arroganten Männer, die nur von ihren Schiffen schwärmten und mit den Abenteuern bei den Wilden prahlten. Seit Osiris sich für mich interessierte, war er nur noch selten mit seinen Altersgefährten zu Kampfspielen gegangen. Und erst vor zwei Wochen hatte er mir während des gemeinsamen Morgenappells in der Schule der Götter zugeflüstert, daß ich die einzige sei, für die er alle Abenteuer und den Ruhm der Unsterblichkeit opfern würde...

Andererseits erschrak ich darüber, wie planvoll Osiris das langersehnte Treffen vorausbedacht hatte. Wie konnte er so sprechen, als sei das alles nur ein Spiel mit Orten und Gelegenheiten? Es war, als würde ihn plötzlich ein kalter Wind einhüllen. Wie lange hatte ich auf diesen Augenblick gewartet, wie viele Nächte immer wieder nur davon geträumt, endlich mit Osiris ganz allein zu sein. Und warum war plötzlich alles anders?

»Komm«, sagte er, »wir haben nicht viel Zeit.«

Das war es! Er streckte die Arme vor und wollte mich an sich ziehen. Ich wich unwillkürlich einen Schritt zurück. Mein Gefühl war richtig gewesen! Er hatte nicht viel Zeit! Aber warum nicht? Was wartete auf ihn? Was konnte wichtiger für ihn sein als die Erfüllung der Sehnsucht, von der er mir immer wieder bei unseren kurzen Begegnungen in der Schule der Götter etwas zugeflüstert hatte?

Ich sah den Ausdruck von Verlegenheit und Unsicherheit in seinen Augen. Es war, als würde der Schleier der Geheimnisse, von denen ich in den vergangenen Tagen und Nächten geträumt hatte, vollkommen unerwartet zerreißen.

»Glaubst du, ich würde nicht viel lieber bei dir bleiben?« fragte er sofort. Er log. Ohne die geringste Verstellung, ohne Mühe und wie selbstverständlich. Ich sah ihn lange an und merkte, wie fremd er mir plötzlich war. Meine Mundwinkel zuckten, obwohl ich mir Mühe gab, nichts von dem zu zeigen, was ich empfand. Ich schüttelte kaum merklich den Kopf.

»Nein, Osiris«, antwortete ich tonlos. »Wir hätten uns niemals hier treffen dürfen! Ich hätte versagt – mit ganzem Herzen freudig versagt. Du aber hast von Zeit gesprochen. Das ist ein Preis, den kein göttliches Wesen bezahlen kann, ganz gleich wie hoch der Gegenwert auch sein mag!«

»Was uns verboten wurde, ist nicht geschehen!«

»Nein?« lachte ich mit einer Spur von Wehmut. »Aber es hätte sein können, meinst du...« Ich lachte noch einmal. Ich ging zum Brunnen und sah mein eigenes Gesicht auf der dunklen, spiegelnden

Wasserfläche. War ich das wirklich? Oder spiegelte sich dort bereits die Göttin, die ich erst werden wollte, mit vollen, schöngeschwungenen Lippen, glänzenden Zahnreihen in einem ovalen, ernsten Gesicht und blitzenden Goldfunken in hellblauen Augen, die jedes Neugeborene der Insel hatte und nur die Götterkinder auch in späteren Jahren behielten? Für eine kostbare Sekunde der Ewigkeit leuchtete das zarte Glühen der Auserwählten rund um den Kopf und den Oberkörper meines doppelten Spiegelbildes.

»Du wolltest und ich wollte«, sagte das andere Bild von mir. »Wir suchten eine Art von Glück, die mehr bedeutet als Unsterblichkeit.«

»Ich will es immer noch«, sagte er ohne Verständnis. Ein Fisch im Brunnen stieß durch die Wasseroberfläche und zerstörte das Spiegelbild. Ich schüttelte langsam den Kopf, schloß die Augen und atmete den Duft des verbotenen Gartens mit einem tiefen Seufzer ein. Schatten von Farnen und sanftes Sonnenlicht strichen wie die Pinsel von unsichtbaren Malern über mein Gesicht. Ich genoß das weiche Gefühl von Licht und Schatten auf meiner Haut. Ich lächelte und öffnete die Augen.

»Dein Fluchtschiff wartet!« sagte ich, und diesmal war ich es, die ihn Überlegenheit spüren ließ.

»Es ist kein Fluchtschiff«, antwortetete er unbehaglich. »Du weißt ebenso wie ich, daß jeder in der Schule der Götter vor der großen Zeremonie eine Prüfung ablegen muß. Hast du denn noch keine Aufgabe erhalten?«

»Nein«, sagte ich und lächelte erneut. »Das heißt... Berios hat einmal erwähnt, daß ich die ideale Göttin für den fruchtbaren Halbmond werden könnte...«

»Für den fruchtbaren Halbmond? Ich habe nie von einer derartigen Region gehört!«

»Ich glaube, Berios meinte damit die Gebiete der sehr alten großen Götter Amun-Re, An, Enlil und Enki...«

»Ach, Enki!« Osiris lachte abfällig. »Ja, es stimmt, der hatte mal eine kleine, verkommene Kolonie an den Flüssen Euphrat und Tigris. Ich glaube, das Nest hieß Eridu, und auch die anderen Siedlungen in dieser Region sind kaum mehr als Schilfhütten für dumpfe Eingeborene! Keine Bäume da und keine Steine für anständige

Tempel und Paläste – nicht einmal Bodenschätze! Inzwischen hat sich Gott Enki längst vom Land ins Meer zurückgezogen.«

»Und wofür bist du vorgesehen?« fragte ich. Ich fühlte mich verstimmt und von seiner typisch männlichen Überheblichkeit verletzt.

»Ich hatte mich auf die Sahara-Kolonien vorbereitet«, antwortete er stolz. »Sehr fruchtbar, aber nicht einfach! Seit gestern weiß ich, daß ich einen Sonderauftrag bekomme. Ich werde schon sehr bald mit einem der ganz alten großen Götter zusammentreffen! Leider darf ich seinen Namen niemandem nennen...«

»Wie ehrenhaft für dich!« sagte ich betont abfällig. Ich wollte ihm nicht zeigen, daß ich mich ärgerte. »Aber vielleicht können Männern ja zwei Dinge gleichermaßen wichtig sein?«

Ich sah ihn auf eine Weise an, die jede Lüge, jede Ausflucht unmöglich machte. Selbst meine Lehrer waren von Anfang an gegen die Magie dieses Blickes machtlos gewesen.

»Antworte«, sagte ich. »Jeder darf zögern und auf Entscheidungen des Schicksals warten. Aber ein Gott muß wissen, was den Vorrang hat: Ist dein Flug in die fernen Länder für dich noch wichtiger als ich?«

»Du weißt, wie wichtig es ist«, sagte er fast bittend, aber ich sperrte mich nur noch mehr. Mein Verstand gab ihm recht. Natürlich mußte er fliegen, wenn er an der nur alle sechs Jahre stattfindenden Zeremonie teilnehmen wollte. Genauso wie ich war er von Kindheit an auf diesen Tag vorbereitet worden. Trotzdem wollte ich, daß er bei mir blieb. Ich wußte nicht, warum ich in diesem Augenblick das Unmögliche von ihm verlangte. War es nur der Wunsch, ihn zu prüfen? Oder verlangte ich, daß seine Gefühle stärker waren als alle Vernunft?

»Du willst also gehen!« stellte ich fest.

Er trat unbehaglich von einem Bein auf das andere.

»Du willst einfach nicht verstehen, Inanna! Ich, ich habe fast zwei Stunden auf dich gewartet! Aber du kannst doch nicht verlangen, daß ich ausgerechnet jetzt... das ist doch typisch... kindisch... entschuldige, ich meine...«

»Kindisch? Vielen Dank! Aber nicht einmal das ist die Wahrheit! Du wolltest typisch Mädchen, typisch Frau sagen, oder?«

»Ach, weiß nicht mehr, was ich sagen soll!«

»Dann geh!« sagte ich trotzig. Ich spürte, wie die goldenen Funken in meinen Augen blitzten. »Geh und such nach alten Knochen in muffigen Höhlen! Schreib deinen Bericht, aber versuch nie wieder, mir etwas vorzulügen!«

Er starrte mich an, schüttelte verständnislos den Kopf und wich Schritt um Schritt zurück. Er begriff einfach nicht, was nach seiner Ansicht in mich gefahren war. Er kam nicht einmal auf den Gedanken, daß es genau diese Einstellung war, die mich zornig machte.

Er schürzte die Lippen, wollte noch etwas sagen, dann drehte er sich ungelenk um und stolperte durch die Pforte in der Kyklopenmauer davon.

Ich blieb mit einem Gefühl der Leere zurück. Diesmal kam das Erdbeben aus mir selbst. Blaß und mit trockenen Lippen hielt ich mich am Rand des Brunnens fest. Ich sah erneut mein Spiegelbild, und die Furcht vor dem, was kommen sollte, verdunkelte das Wasser.

Ein Erdstoß erinnerte mich daran, wie nah ich vor der Mauer stand. Ich eilte durch die Pforte. Ein Blick nach Norden genügte, um zu erkennen, was geschah.

Ein dumpfes Dröhnen erschütterte die große, stolze Stadt. Es klang wie Schläge auf Hunderte von Kesselpauken, schien aus dem Nichts zu kommen und war doch überall zugleich. Dem ersten Lärm folgte ein schweres Schwingen, das alle Straßen, alle Plätze und selbst den Hügel des Palastes ohne Unterschied erfaßte. Es drang durch Häusermauern, ließ Säulen, Brücken und die Tore der Paläste knirschen und lähmte jedes Leben in der Metropole.

Überall blieben Männer, Frauen, Kinder – Götter und Menschliche – stehen, wo sie sich gerade befanden. Und wie von einer unsichtbaren Macht gelenkt, wandten sie sich dem Heiligtum zu, das auf dem Königsberg die Stadt beherrschte. Die Männer rissen ihre Hüte von den Köpfen, und viele Frauen schlugen die Handflächen wie zum Gebet gegeneinander.

»Bei allen Göttern!« keuchten die Händlerinnen in den Markthallen am Hafen der Gewürze. Sie duckten sich unter dem Staub, der von der Innenseite der großen Fensterdächer aus goldgetöntem Bleikristall herabrieselte.

»Ich hab's gewußt!«

»Zu viel an Pomp, zu viel an Tand!«

»Jetzt kommt das Strafgericht...«

Nicht alle erinnerten sich an die uralten Rituale der Demut und der Verehrung des Berges. Einige Männer und Frauen blickten instinktiv zu den Schiffen hinüber. Sie waren dicht an dicht neben- und hintereinander vertäut: schnelle Luxusboote mit Flügelstützen, riesige graue Erzfrachter ohne Takelage, praktische Küstenboote mit bunten Segeln und sogar eine altmodische Triere mit drei übereinanderliegenden Ruderdecks. Kaum eine Stunde war vergangen, seit ihre Ruderer das Schiff verlassen hatten.

»Soll das etwa unser Empfang sein?« knurrte der muskelbepackte Rudertaktgeber auf der Brücke der Triere. »So habe ich mir unsere Heimkehr wahrlich nicht vorgestellt!«

»Kein Wunder nach der Art und Weise, wie hier inzwischen die alten Gesetze mißachtet werden«, meinte der knorrige, in vielen Küstenstürmen an den Gestaden ferner Länder erprobte Schiffsherr neben ihm.

»Kein Grund zur Panik!« tönte eine Priesterstimme aus den Schallöffnungen in den Palastmauern. »Wir wiederholen – kein Grund zur Panik! Die Kundigen der Könige haben den Zorn des Berges vorausgesehen... es wird kein Steinschlag kommen... nur etwas Lava-Asche. Kein Grund zur Panik sagen die Orakel! Alle Dämonen bleiben unter Kontrolle!«

»Dämonen!« lachte der hakennasige Schiffsherr verächtlich. »Wir selbst sind zu Dämonen geworden – Schrecken der Erde, der Meere und der Luft!«

»Du darfst dich nicht noch mehr versündigen, Jason!« mahnte der Rudertaktgeber mit einem mißtrauischen Blick zum Vulkankegel hinüber. »Seit wir vom Land im Osten abgelegt haben, ist keine Stunde vergangen, in der du nicht über die zehn Könige der Insel gelästert hast!«

»Ach, laß mich doch! Nicht einmal meine Flüche können noch irgend etwas ändern! Ich war ein Gott und bin entmachtet worden. Laß mich doch fluchen... es kümmert keinen mehr! Dich nicht, die

Ruderer nicht und auch nicht diese Größenwahnsinnigen, die sich Beherrscher der Welt nennen! Sie sind maßlos und arrogant geworden, unsere Könige und ihre Abgesandten! Faulenzer, Ausbeuter, vor denen andere Kreaturen nur noch im Dreck kriechen dürfen! Ich habe rechtzeitig gewarnt!«

»Und was hast du damit erreicht?« fragte der Rudertaktgeber lakonisch.

»Die Verbannung auf ein Schiff mit drei Ruderdecks!« knurrte der Schiffsherr und starrte geradeaus. »Sklavenfracht! Ausgestoßene und Verbannte! Aussatz und Abschaum! Genies, die nicht ins Muster passen! Toren und Tölpel! Kranke an Herz und Seele, für die es nur noch Inseln und Archipele irgendwo ganz weit draußen gibt!«

»Feine Welt!« zischte der Rudertaktgeber.

Der Schiffsherr lachte trocken. »Ja, das ist unsere Welt... ihre Welt!« sagte er dann. »Sieh dir die anderen Schiffe an... sie gleiten mit der Kraft der schmelzenden Energie durch die Luftmeere, über die Wellen des Wassers und durch die Tiefen des Okeanos. Aber das ist nicht alles, denn auch die schmelzende Energie reicht niemals an die großen Geheimnisse heran, die wir längst verloren haben.«

Als hätte der Berg nur darauf gewartet, krachte ein dumpfer Donnerschlag in die Luft, gefolgt von einer hochaufschießenden Kaskade glühender Lava. Dicker, grauschwarzer Rauch wallte dem Himmel entgegen. Niemand in den Straßen der großen, ringförmig angelegten Stadt, an den Hafenkais, den Kanälen und auf den Feldern der Ebene bewegte sich.

Der Verbannte spuckte ins leise Schwappen des Hafenbeckens, kniff die Augen zusammen und musterte Feuer und Rauch, den Himmel und die Hügel der stolzen Stadt. Nicht weit entfernt sah er auf einem großen Platz die metallenen Himmelsschiffe, die kein Wasser mehr unter ihren Kielen brauchten. Sie lagen wie geduckte Riesenvögel vor umgestülpten Nestern, aus denen bronzene Mastbäume und Segel aus glitzerndem Silbergespinst wuchsen. Dicht unter den gewaltigen Mauern der golden glänzenden Königsfeste bewegte sich etwas. Der Schiffsherr hob ein abgeschabtes hölzernes Fernglas hoch, hielt das Okular vor sein rechtes Auge und veränderte mit seinen harten Fäusten die Länge des Rohres. Was er sah, schien ihn mehr zu interessieren als der immer heftiger krachende Ausbruch des Vulkans.

An der südlichen Hügelflanke des Königspalastes eilte ein junger Mann scheinbar unbeirrt über die Treppen, die vom verbotenen Garten kamen. Noch weiter oben folgte ihm ein Mädchen.

»Aber das sind doch...« stieß der Schiffsherr hervor. »Wie kommen auserwählte Kinder in den verbotenen Garten? Und noch dazu allein...«

»Wer ist allein?« fragte der Rudertaktgeber.

»Geht dich nichts an«, preßte Jason, der Herr der Triere, zwischen den Zähnen hervor. »Sieh lieber zu, daß wir die neuen Verurteilten an Bord bekommen und schnell wieder auslaufen können! Wir haben diesmal ohnehin nur Narren als Ladung an Bord, die den Königen und ihren Statthaltern zu unbequem geworden sind...«

Er stockte und ärgerte sich, daß er überhaupt etwas gesagt hatte. Im gleichen Augenblick hatte er eine Idee. Sie war so vermessen, daß er unwillkürlich die Luft anhielt. Nach vielen Jahren ohnmächtigen Zorns sah er auf einmal eine Gelegenheit, sich an den Nachkommen all jener zu rächen, die ihn gedemütigt und aus dem Kreis der Göttlichen verstoßen hatten. Bitterkeit kam in ihm auf, als er an die entwürdigende Szene zurückdachte, bei der ihm im inneren Zeremonienhof des Palastes vor aller Augen sein Stein der Götter abgenommen worden war. Wie lange lag das zurück? Hundert oder bereits viele tausend Sonnenumläufe? Sein rechtes Auge begann zu tränen, so heftig preßte er das Fernrohr dagegen. Das Mädchen unterhalb der Kyklopenmauer zögerte, wollte umkehren, lief noch ein paar Stufen tiefer und blieb mit leicht geöffneten Armen regungslos stehen. Wie eine versteinerte Galionsfigur starrte sie auf den schwarzen Rauch jenseits des prächtigen Palastes.

Sie ist noch jung, dachte Jason, kaum fünfzehn, sechzehn Jahre alt. Aber schön ist sie, schlank, hochgewachsen und erhaben in jeder ihrer Bewegungen. Wie viele mochte es inzwischen geben, die als Prinzessinen der Götter gezüchtet worden waren?

Seit ich denken konnte, hatte ich mich vor diesem Beben des Bodens gefürchtet. Es war, als würde aller Halt und alle Kraft aus der Erde durch meine Beine und meinen Leib fliehen, um sich an meinem Herzen festzuklammern. Der Lärm von außen wurde zum Schmerz, der mich ganz tief in meinem Inneren verletzte. Was für die meisten Menschen ein bösartiges Naturereignis war, empfand ich selbst viel stärker als eine schändliche Beleidigung der Harmonie im kosmisch-göttlichen Gefüge. Der Ausbruch des Vulkans zerstörte Wahrheiten, an die ich stets geglaubt hatte.

Ich fühlte, wie jeder einzelne meiner Sinne hellwach war, doch gleichzeitig empfand ich ein erbärmliches Gefühl der Ohnmacht. Gefühle und Gedanken, die ich nicht haben sollte, nahmen mir mehr Sicherheit als das Schwanken des Bodens.

Und dann war alles still. Die plötzlich eingetretene Ruhe wurde so beklemmend, daß ich sogar im Wallen der schwarzen Wolken vergeblich nach irgendeinem Geräusch suchte. Kein Laut war zu hören – kein Grollen der Erde mehr, kein Vogelgezwitscher und nicht einmal das vertraute Lärmen aus den Straßen und Gassen über den Hafenkais.

Der Himmel rechts und links neben der immer höher steigenden Rauchwolke verfärbte sich. Er wurde grün wie das Wasser der klaren Inselseen, dann weiß und bildete schließlich hellblau strahlende Streifen, die wie ein Kamin aus Eiseskälte wirkten.

Zum ersten Mal seit der Zeit der Kinderträume empfand ich Angst. Ich fürchtete mich vor der Macht, die alles Leben, alle Menschen und alle Pflanzen der Königsinsel bedrohte. In diesem Moment verstand ich, warum es Männer gab, die lieber gegen die Wellen des Okeanos, gegen die Stürme in fernen Ländern und gegen die unberechenbaren Wildmenschen kämpften, als nur ein einziges Mal den Rauchschwall des Vulkans anschauen zu müssen.

Ich wußte, daß es überall feuerspeiende Berge und noch ganz andere Gefahren gab. Aber nichts sollte so schrecklich aussehen wie das Symbol der Erinnerung an den Uralten, den seine Götterbrüder dazu verdammt hatten, Himmel und Erde auf seinen Schultern zu tragen und dabei nicht einen Atemzug zu schwanken. Wie lange noch würde Atlas die Welt im Gleichgewicht halten können? Wie lange noch die Alte Ordnung schützen?

Ich zog die Schultern zusammen. Nein – ich wollte den Rauchpilz nicht mehr sehen, nichts mehr davon hören und daran denken, daß es nach den Äonen des Glücks ein Ende geben könnte.

Mit einem Aufstöhnen schüttelte ich meine Erstarrung ab. Ich sah mich kurz um. Die Zyklopenmauer hatte standgehalten. Noch immer paßte nicht einmal eine Messerklinge in die Fugen zwischen den roten und schwarzen, mörtellos aufeinandergetürmten Felsbrocken. Ich sah wieder zum schwarzüberwölkten Berg von Urvater Atlas hinüber. Die Ebene bis zum Inselgebirge sah von hier aus weit und sicher genug aus. Doch plötzlich erkannte ich, daß diese Ebene vor Urzeiten auch einmal ein Vulkankrater gewesen sein mußte. Niemand in meiner Umgebung hatte jemals darüber gesprochen, wie die Stadt entstanden war, diese einmalige Stadt mit dem Hügel des Königspalastes genau im Mittelpunkt von drei kreisförmigen Hügelwällen, zwischen denen die Kanalringe breite Wasserstraßen mit Häfen und Anlegestellen bildeten.

Ich erinnerte mich an die Bilder aus jener fernen Zeit, als noch kein Haus, kein Palast und kein Tempel, keine Dammstraßen und keine Brückentürme die aus sich selbst heraus mehrmals neu aufgestiegenen Vulkankegel bedeckt hatten. Die Stadt war genau dort errichtet worden, wo die Uralten den ersten Vulkanrand gefunden hatten – den gleichen Vulkan, der inzwischen fast einen Tagesmarsch entfernt im nördlichen Gebirge einen neuen Schlund für seine Ausbrüche gefunden hatte.

Ich erkannte, daß die große Stadt und mit ihr das Herz der Kultur und der Zivilisation auf schwankendem Grund gebaut war – dem Zufluchtsort des vor langer Zeit beim Kampf der Götter untereinander verstoßenen Giganten Atlas. Und plötzlich wurde mir klar, daß ich dicht davor gewesen war, ebenfalls gegen Regeln zu verstoßen, denen die Menschen untertan waren und denen auch Unsterbliche gehorchen mußten.

Das Grollen in der Erde – war es nur eine Warnung gewesen? Oder begann jetzt das, was alle Lehrer in der Schule der Götter wieder und wieder als vage Möglichkeit des Endes angedeutet hatten? Ich hatte mir derartiges nie vorstellen können, doch plötzlich malte ich mir aus, was geschehen würde, wenn der riesige Inselkontinent unterging.

Es war unmöglich! Ich sah über die große Stadt mit ihren prächtigen Häusern und Palästen, den glänzenden Mauerringen und den riesigen Hafenanlagen an den Kais der kreisförmigen Kanäle hinweg. Schon seit vielen tausend Sonnenumläufen stieg das Wasser im immer noch weit entfernten Okeanos. Aber kein noch so gewaltiger Sturm und kein neues Erdbeben konnten einen ganzen Kontinent überfluten!

Oder gab es noch eine ganz andere Gefahr? Ein furchtbares Geheimnis, von dem nur Eingeweihte wußten?

»Was soll ich tun?« rief der mächtigste Herrscher der Erde. »Kann mir keiner von euch sagen, was ich jetzt tun soll? Meine Stadt – unsere Stadt aufgeben? Die endlose Weite der fruchtbaren Ebene mit all ihren Feldern und in Jahrtausenden erbauten Kanälen dem Meer opfern? Die Insel verlassen? Krieg führen gegen feuersprühende Berge, die schwankende Erde oder das stürmische Meer?«

Er hob mit einer hilflosen Geste die Arme, dann ließ er sie wieder sinken und lief mit vorgeschobenen Schultern im inneren, zum Himmel hin offenen Geviert des Palastes auf und ab. Der steife, hochgestellte Kragen aus Goldgespinst auf seinem kostbaren Federumhang ließ seinen hageren, an einen Vogel erinnernden Kopf nur von vorn sehen. Die zehn Könige des Inselkontinents und der entfernten Länder hatten sich vom jäh unterbrochenen Fest in den großen Prunksälen des Palastes in den Prozessionshof vor dem Inneren Heiligtum zurückgezogen. Die meisten zeigten noch immer deutliche Spuren der Verwirrung in ihren Gesichtern. Obwohl sie sich alle sechs Jahre trafen, war es noch nie vorgekommen, daß sie sich allein und ohne die Vielzahl der sonst üblichen Weisen und Berater trafen.

Atlas wußte, daß sich weder er noch seine neun Brüder mit den ersten fünf Zwillingskönigen vergleichen konnten. Das Geschlecht der Könige von Atlantis hatte sich von einer Generation auf die andere überliefert. Und nur wenige kannten das Geheimnis der Duka-Kammer im inneren Palast, durch das es den Herrschern gelang, wieder und wieder die heilige Zahl zehn zu erreichen.

»Was ist nur aus uns geworden?« klagte Atlas. Er starrte auf das

Pentagramm aus lapislazuliblauen Mosaiksteinen auf dem Boden des Prozessionshofes. Der fünfzackige Stern um die Erdflamme in der Mitte zeigte mit einer Spitze nach Süden. Die Dreiecksflächen zwischen den Sternspitzen waren durch goldene Nägel ausgefüllt. Das Pentagramm war das uralte Symbol des Königtums in den fünf inneren und den fünf äußeren Reichen von Atlantis. Jeder der erstgeborenen Zwillinge gebot über einen Bereich der Hauptinsel, der einer lapislazuliblauen Sternzacke entsprach. Ihre dreieckigen Reiche bildeten mit einer Seite das innere Fünfeck um die ewige Flamme der Hauptstadt Basilea. Und nur mit einer Spitze der Dreiecke hatten sie Zugang zum Okeanos. Dagegen berührten die jeweils gegenüberliegenden goldenen Reiche der Zweitgeborenen außerhalb des eigentlichen Pentagramms nur mit einer Spitze das innere Fünfeck der heiligen Erdflamme, während sie sich zum Meer hin weit öffneten.

Genau diese Aufteilung zwischen den erstgeborenen Zwillingen und ihren Brüdern bildete seit vielen Generationen das Gesetz der Macht. Die fünf Könige Atlas, Ampheres, Mnaseas, Elasippos und Azeas waren nach innen, auf die alten Gesetze und auf die Bewahrung der Traditionen orientiert. Für die anderen fünf – Gadeiros, Euaimon, Autochthon, Mestor und Diaprepes – bestimmte der Blick nach draußen, über die Meere hinweg, seit jeher ihr Denken und Handeln. Und selbst der Palast im Zentrum der Stadt war nach den Regeln des doppelten Fünfecks erbaut.

»Was ist nur aus uns geworden?« wiederholte der erste der erstgeborenen Könige. »War nicht Euenor einer der ganz am Anfang aus der Erde entsprossenen Männer? Und war seine Tochter Kleito, die er mit seinem Weib Leukippe zeugte, nicht die Verführerin Poseidons? Was ist aus uns geworden, daß unser Königtum nicht einmal den steigenden Okeanos oder ein Erdbeben aufhalten kann?«

»Hör auf mit deinen Tiraden, Atlas!« rief sein Zwillingsbruder und stand auf. »Niemand will jetzt wissen, ob wir von Kleito und Prometheus abstammen oder vom Titanen Iapetos und einer Nymphe namens Asia, Klymene oder was weiß ich! Die Vergangenheit hilft uns nicht weiter!«

Atlas warf Gadeiros einen gequälten Blick zu. Von Anfang an

hatte es ständig Spannungen zwischen ihm und seinem Bruder gegeben. Der Zweitgeborene war größer, schöner und klüger als der rechtmäßige Herrscher der Könige – und jeder wußte es! Gadeiros trug wie alle anderen Könige den langen Mantel aus Tausenden von winzigen bunten Federn. Trotzdem wirkte der Königsschmuck an ihm ganz anders als bei Atlas. Er war keine Hülle, sondern sah wie ein Fahnentuch aus, das bei jeder Bewegung in schillernden Farben erblühte.

Gadeiros trat einen Schritt vor. Mit einem herrischen und gleichzeitig spöttisch wirkenden Blick musterte er seine Mitregenten. Er spürte, wie alle auf sein Wort warteten. Auch sein Bruder, der König der Könige, schien bereit zu sein, einen Rat anzunehmen. Gadeiros ging bis zum Pentagramm auf dem Boden des Innenhofs. Er schürzte die Lippen, musterte die blauen und goldenen Felder und trat in das innere Fünfeck. Die Erdflamme loderte auf, wehte um seine nackten Beine und fiel zurück.

»Mein Bruder Atlas hat recht!« rief Gadeiros. »Die Säulen des Reiches sind brüchig geworden. Schon fallen die Zeichen der Macht und der Herrlichkeit von den Wänden. Der Boden bebt unter uns wie die Planken von Schiffen im Sturm. Wir wissen, daß die Sonne Jahr für Jahr mehr Flecken bekommt. Warme Jahrtausende haben das Eis im Norden zum Schmelzen gebracht. Magnetsteine weisen in falsche Richtungen...«

»Vergiß den neuen Stern nicht!« rief Mestor und sprang ebenfalls auf, »den Planetoiden, der auf uns zurast und vor dem schon die Alten warnten!« Er riß eine Silberscheibe von seinem Brustwams aus goldenen und silbernen Schnüren und schwang sie über seinen Kopf. »Dort, wo das Licht der Stadt nicht blendet, sieht jedermann den neuen Stern am Nachthimmel! Ihr aber tut, als wären die Berichte nur Zauber und Schamanengewäsch!«

»Fruchtbares Land wird zu Wüste!« bestätigte der zweitgeborene Riese Autochthon. »Ich habe Atlantis bisher ebensowenig verlassen wie ihr, meine Brüder, aber ich kenne die Berichte der mir unterstellten Götter.«

Atlas zog immer mehr den Kopf ein. Nacheinander standen auch seine restlichen Brüder auf.

»Zerbricht das Reich? Verlieren wir unsere Macht?«

»Vielleicht«, sagte Diaprepes. »Viele der Eingeborenen haben keinen Respekt mehr vor der Alten Ordnung«, sagte Diaprepes. »Sie gehen längst eigene Wege!«

»Das haben sie bereits seit den Höhlen-Versuchen am großen aquitanischen Loch im Felsen, das manche Cro Magnon nennen, getan«, meinte Euaimon, der für riesige, noch vor vier-, fünftausend Jahren eisbedeckte Gebiete im Norden zuständig war. »Aber die Lage spitzt sich immer mehr zu. Einerseits störrische Eingeborene, andererseits schlechter Götternachschub! Seit langem werden uns bessere Züchtungen versprochen, aber was bekommen wir? Erzer und Mißgeburten, furchtbare Kreaturen, die sich im Fieber schütteln und zu nichts zu gebrauchen sind...«

»Genug! Genug!« rief König Atlas. »Warum streiten? Wir kennen die Schwierigkeiten, aber ihr wißt genausogut wie ich, daß uns keine Menschenzüchtungen mehr gelingen...«

»... sie waren noch nie besonders gut!« warf Gadeiros ein.

»Bis auf die Weiber«, lachte Mnaseas. »Da gab es immer ein paar ganz besondere Exemplare...«

»Du solltest dich nicht mit den Scherzen brüsten, mit denen du dich Tierkühen auf deinen Streifzügen genähert hast«, wehrte Gadeiros ab.

»Manch einer gefiel's«, grinste Mnaseas genüßlich.

»Habt ihr wirklich nichts anderes zu bereden?« fragte Elasippos. Atlas hob seine Brauen, spitzte die hellrot bemalten Lippen und verzog sein Gesicht zu einer theatralischen Grimasse.

»Jeder erschreckt mich mit einer anderen Bedrohung!« jammerte der König der Könige. »Der eine spricht von herabstürzenden Sternen, der zweite von steigenden Meeren, der dritte von neuen Wüsten, der vierte von abfallenden Kolonien, der fünfte von schlechtem Nachwuchs... Was wollt ihr damit erreichen? Schon wieder Götterkriege und Titanenkämpfe wie vor vielen Jahrtausenden?«

»Das wird sich zeigen!« stellte Gadeiros fest. »Wenn wir nicht sofort gemeinsam handeln, werden wir über gewisse Strukturen nachdenken müssen!«

»Nichts und niemand kann unsere Herrlichkeit antasten«, rief Atlas mit hoher, schrill klingender Stimme. »Die Luft und die

Meere, Sonne und Sterne, Berge und Flüsse gehorchen den ewigen Gesetzen des Königtums! Nichts, aber auch gar nichts geschieht, ohne daß wir es erfahren! Kommt, laßt uns weiterfeiern! Die Fürsten der Händler samt unseren Weisen und Kundigen warten auf uns. Wir wollen essen und trinken, tanzen und fröhlich sein und diesen häßlichen Zwischenfall vergessen.«

Er stolzierte mit langen Schritten durch den Prozessionshof.

»Hach!« preßte Gadeiros wütend zwischen den Zähnen hervor. »Er begreift es nicht! Er hat nie wahrhaben wollen, daß sich viele unserer Kolonien längst selbständig gemacht haben und eher den mächtigen Göttern dienen als den Königen von Atlantis! Und er wird auch jetzt nicht begreifen, daß wir keine Chance mehr haben!«

»Vielleicht gibt es doch noch eine Rettung im allerletzten Augenblick«, sagte König Diaprepes leise. »Ich habe gehört, daß einige der kürzlich Verurteilten von einem Wandel der Werte sprechen. Sie sitzen nächtelang zusammen, meditieren und versuchen, sich an die Zeit zu erinnern, in der Atlantis eine Kraft besaß, die mächtiger war als all unsere Schiffe, Krieger und Kampfmaschinen...«

»Für diesen gefährlichen Irrglauben sind sie schließlich verurteilt worden«, sagte Gadeiros. »Oder glaubt mein königlicher Bruder etwa auch an diesen gefährlichen Mythos?«

»Soll alles, was in den Archiven aufbewahrt ist, etwa nur aus Legenden bestehen? Und was ist mit den göttlichen ME, die Enki in seinem Wasserversteck hüten soll?«

Gadeiros zuckte mit den Schultern. »Schon unsere Vorgänger haben die Kundigen des Reiches jahrhundertelang in den Archiven forschen lassen. Und was ist dabei herausgekommen? Ein Aberglaube nach dem anderen! Nichts als Phantasterei, Spekulation und okkulter Unsinn!«

»Aber es muß Beweise geben!« behauptete Diaprepes beharrlich. »Wenn nicht auf diesem Inselkontinent, dann dort, wo unsere Vorfahren mit wilden Eingeborenen experimentiert haben! Wenn wir diese Spuren unserer eigenen Vergangenheit verfolgen, könnten wir vielleicht auf die entscheidenden Hinweise stoßen!«

»Formeln im Sand der Wüsten?« lachte König Gadeiros abfällig, »Verschlüsselte Botschaften aus dem goldenen Zeitalter in irgendwelche Felswände gemeißelt? Oder gar Nachkommen von uns, die in finsteren Wäldern Altäre aus mächtigen Steinen errichten und Wolken für Geister der alten Götter halten?«

Er schlug Diaprepes gutmütig auf die Schulter. »Wenn ich nicht wüßte, daß du mein Bruder bist, müßte ich dich noch heute auf die Triere verbannen! Und was, bei allen Namen der Schöpfung, sollten wir draußen eher finden als hier? Nein, Diaprepes! Es hat keinen Zweck, jetzt noch an Wunder zu glauben! Es ist vorbei... endgültig und ohne Ausweg!«

Ich ging nicht direkt zum Palast zurück. Aus irgendeinem Grund wählte ich den längeren und riskanteren Weg durch die innere Altstadt. Ich hatte den Stein der Götter so gedreht, daß er in einer Falte meiner Tunika verborgen war. Ich wollte vermeiden, daß irgendeiner der Kundigen und Lehrer oben im Palast merkte, was ich empfand. Trotzdem fühlte ich mich bei jedem Schritt beobachtet.

Der plötzliche Vulkanausbruch und das kurze Beben der Erde hatten kaum Spuren in den Straßen der Stadt hinterlassen. Hier und da lagen noch kleine Trümmerstücke an den Rändern der Plätze, aber das quirlige Treiben hatte längt wieder Oberhand gewonnen. Ich wich trompetenden Elefanten mit bunten Schmuckdekken aus, wartete, bis lachende Kinder an mir vorbeigelaufen waren und roch plötzlich die verführerischen Düfte vom Hafen der Gewürze.

Ein steifbeiniger Seefahrer kam mit einem geschulterten Reisesack durch eine schmale Verbindungsgasse zwischen den Ringstraßen und den Hafenkanälen. Ich hatte plötzlich das Gefühl, als würde der Schiffsherr, denn um einen solchen mußte es sich nach all seinen Schmuckstücken auf seiner Kleidung handeln, als würde der knorrige, lederhäutige und uralte Mann direkt auf mich zukommen. Er ging schräg über die Straße, schnitt mir den Weg und schob auf seltsame Art zufrieden wirkend die Unterlippe vor.

»Bist du nicht Inanna?« Er lächelte fast verschwörerisch. »Ist die Prinzessin den großen Lehrern einfach davongelaufen?«

»Ich weiß nicht, wovon du sprichst«, antwortete ich, ohne zu denken. Ich fühlte mich unwohl. Was wollte der Fremde von mir? Warum sprach er mich an?

»Wir sind alle Götter«, meinte der Schiffsherr, »aber einige von uns sind eben göttlicher als die anderen! Das sagten schon die Anunnaki zum Beginn der letzten Eiszeit, wenn sie aus den Zinnbergwerken von Cornwall und Cymru ans Tageslicht zurückkehrten.«

»Laß mich vorbei!«

Ich hatte bestimmt und unnahbar sein wollen, aber ich spürte sofort, wie schwach und verwirrt meine Stimme klingen mußte.

»Was wolltest du im verbotenen Garten?« fragte er mit einem wissenden Lächeln.

»Wie kommst du darauf...«

»Ich habe dich gesehen!« antwortete er und hob das Fernglas in seiner Linken. »Genau gesehen und auch beobachtet, daß du nicht allein an der Kyklopenmauer warst!«

»Du mußt dich irren!«

»So?« fragte er und hustete belustigt. »Und wer stand wie eine steinerne Statue auf der Treppe, als ein junger Gott vor dem Beben davonlief?«

»Das hat er nicht getan...«

Das war ein Fehler. Ich merkte sofort, daß der Fremde mich in eine Falle gelockt hatte. Das Blut schoß in meine Wangen und gleichzeitig haßte ich den fremden Schiffsherrn, der es wagte, mich derartig bloßzustellen.

»Was willst du von mir?« fragte ich bebend.

»Viel, meine schöne Inanna! Sehr viel sogar! Komm mit, und ich werde es dir erklären. Doch vorher sollst du wissen, was ich als Gegenleistung zu bieten habe: Ich werde meinen Mund über alles halten, was ich an der Kyklopenmauer gesehen habe. Du trägst den Stein der Götter, auch wenn du ihn versteckt hast. Das bedeutet, du bist eine Auserwählte, die noch warten muß, ehe sie sich mit einem Mann einlassen darf. Stimmt das?«

»Ja, ich trage den Stein der Götter!« antwortete ich stolz und trotzig zugleich. »Und ich werde nach der Zeremonie als Göttin zu den Wilden hinausgehen!«

»In irgendeine Küche wirst du gehen, wenn die da oben im Palast erfahren, wo du heute warst! Du hast noch nicht mal die Erlaubnis, hier an diesem Fleck zu stehen! Mädchen wie du sind viel zu schade für irgendeine Liebelei, aber das weißt du alles, nehme ich an...«

Ich biß mir unsicher auf die Unterlippe. Das Lärmen in den Straßen drang nur noch wie ein fernes Rauschen bis zu mir. Ich sah nur noch die Augen im faltigen Gesicht des Schiffsherrn. Instinktiv versuchte ich, dem Blick aus diesen Augen mit meiner eigenen Kraft zu begegnen. Alles in mir spannte sich an. Ich wollte weg, mich einfach losreißen und fliehen. Aber der andere ließ nicht nach. Ich kannte seine Magie nicht, konnte nicht ahnen, woher der alte Körper diese ungeheure Willenskraft nahm, die mich wie ein Dämonenzauber lähmte. Bisher hatte ich stets nur davon gehört, daß die Alten vor vielen Jahrtausenden in der Lage gewesen sein sollten, ohne Worte mit allen Lebewesen zu sprechen und mit der Kraft ihrer Gedanken sogar Gegenstände zu bewegen.

»Was soll ich tun?« fragte ich tonlos.

»Geh zu dem grauen Haus dort drüben«, antwortete er ruhig.

Er deutete mit seinem Fernglas auf ein unscheinbares Gebäude ohne jeden Goldschmuck am Eingangsportal. »Es ist das älteste Gebäude der ganzen Stadt. Als es erbaut wurde, war kein äußerer Zierat notwendig. Wer wußte, was in ihm ist, der brauchte dergleichen nicht. Deshalb fällt auch kein Lichtstrahl durch die Fenster dieses Hauses. Und kein Gedanke kann hinein oder heraus. Sobald du drin bist, wirst du nichts mehr hören. Geh immer weiter, bis vor dir Bilder an der Wand auftauchen – von zehn Kelchen, zehn Stäben, zehn Pentakeln und zehn Schwertern. Und dazu Spiegelbilder! Sieh dir alles ganz genau an, und bewahre die Bilder in deinem Herzen!«

Ich wußte nicht, ob ich wach war oder träumte. Ich schloß für einen kurzen Moment die Augen und wünschte ganz fest, daß alles nur ein böser Alptraum war. Als ich nach einer Weile vorsichtig blinzelte, war der Unheimliche verschwunden. Die Gasse war vollkommen leer. Ich drehte mich etwas zur Seite, und dann sah ich es: Das Haus mit den blinden Fenstern wirkte so alt und schlicht, daß mir die reichgeschmückten Fassaden der anderen Häuser rechts und links wie ein Trichter vorkamen. Er führte direkt bis zur Tür des grauen Hauses.

Ich spürte, wie meine Füße sich bewegten. Alles in mir wehrte sich gegen den Befehl des Schiffsherrn. Aber ich konnte einfach nichts gegen die immer noch wirksame Macht des Fremden tun.

Als der Abend kam und der Staub des Vulkanausbruchs den Himmel über der Stadt und dem Meer in ein milchiges, von schwarzen

Schlieren durchzogenes Rot färbte, leuchtete die Sonne wie eine nur selten so groß gesehene Scheibe über dem Horizont. Eine Serie lauter Paukenschläge, gefolgt von einem vielstimmigen Fanfarensignal, verkündete das Ende der Beratungen und den Beginn des Festes, an dem die ganze Stadt teilhaben sollte.

Aus fast allen Häusern machten sich phantasievoll gekleidete Männer und Frauen auf den Weg zu den großen Plätzen. Die Vornehmsten ließen sich in lautlos über dem Boden schwebenden Wagen über die Serpentinenwege bis zum Palast auf den Hügel bringen. Andere kamen auf seltsamen Reittieren und sogar in kleinen Häusern auf den mächtigen Rücken von Elefanten. An den Hafenkais der breiten, ringförmig um den Palasthügel angelegten Kanäle flammten Lichterketten an den Mastbäumen der Schiffe auf. Sogar die sonst wie goldene Wale durch die Tiefen des Okeanos gleitenden Frachtschiffe waren halb aufgetaucht. Sie lagen dicht an dicht vor den Schleusentoren der unterirdischen Werften an den Rändern des inneren Kanalrings. Die kleineren Gassen wurden von Fackeln mit duftendem Wachs erleuchtet, und auf den ebenfalls kreisförmig um den Palasthügel verlaufenden Prachtstraßen begannen traubenförmige Kandelaber aus Gold und Silber zu strahlen.

Immer mehr Bewohner der Stadt versammelten sich in Erwartung des prächtigen, blutroten Feuerwerks, das zu Beginn der Dunkelheit üblich war, wenn hoch oben im inneren Hof des Königspalastes ein weißer Stier geopfert wurde. Sie drängten sich an den Marktständen am Rande der Sportarenen, nahmen sich Gesottenes und Gebratenes, naschten von köstlichen Früchten aus fernen Provinzen und flanierten lachend und angeregt plaudernd auf und ab. Gaukler und Spielleute sorgten mit lärmenden Späßen und allerlei Possen für Unterhaltung. Aus kleinen, eigens für diesen Tag und den Abend errichteten Tempeln wurden vergoldete Opferkelche mit geheiligtem roten Wein verkauft. Sobald das Feuerwerk begann, würden Tausende von Menschen überall in der Stadt die Siegel der Kelche aufreißen, ein Stück Brot aus dem reinen Mehl der sieben Getreide essen und dazu das symbolische Blut des Opferstiers trinken.

Überall beherrschte eine abwartende, auf seltsame Weise verhaltene Stimmung. Es war, als ahnten die meisten, daß sich in diesem Jahr mehr verändert hatte als nach früheren Zusammenkünften der zehn Könige.

»Ich weiß nicht«, sagte ein Handwerker mit einem hohen Spitzhut an einem der Marktstände mit gerösteten Vögeln. Er gehörte der Gilde der Goldschmiede an. »Ich weiß wirklich nicht, wie ich es erklären soll, aber seit dem Vulkanausbruch glänzt mein Gold nicht mehr!«

»Ihr werdet eben ein wenig mehr Lackpaste zum Putzen benötigen«, antwortete einer der Händler vom Hafen der Gewürze.

»Ich habe noch nie Lackpaste benutzt!« protestierte der Goldschmied. »Mein Gold stammt vom oberen Nil, und das ist reiner als jedes Fischauge!«

»Hört, hört!« antwortete ein zweiter Goldschmied. »Wir alle wissen doch, daß ihr mit der Materia prima experimentiert. Das kostet viel, und mancher Goldschmuck von Euch dürfte deshalb etwas mit schlechtem Silber gestreckt sein...«

»Verleumdung!« fauchte der erste Goldschmied. »Noch ein Wort und ich behaupte öffentlich, daß Ihr schon Katzengold verkauft habt... sogar an unsere Könige!«

»Und Ihr fälscht Göttersteine!«

»Ihr... Ihr Mißgeburt aus der Zeugungskammer!«

»Ihr seid wohl selbst aus der Duka-Kammer entlaufen!«

Die beiden Streithähne gingen mit erhobenen Fäusten aufeinander los. Jeder von ihnen trug einen kleinen Goldstab mit einem Sonnensymbol in der Linken. So fein gearbeitet und edel die Stäbe aussahen, so gefährlich waren sie auch. In jeder der Waffen steckte genug Energie, um ein Dutzend Männer zu lähmen oder zu töten.

Dicht neben den Streitenden begann in diesem Augenblick eine Gruppe von jungen Frauen und Männern zu singen. Die Umstehenden wichen unwillkürlich zurück. Ein Kreis entstand, und in seiner Mitte bewegten sich in graubraune Umhänge Gekleidete mit großen, ausgehöhlten Fischköpfen auf herabhängenden Haaren zum Takt einer kleinen Holztrommel. Sie hatten sich an den Armen eingehakt und ihre Gesichter mit weißem Staub unkenntlich gemacht.

»Ein Fest, ein Fest und alles versinkt«, sangen die jungen Frauen und Männer gleichmütig und monoton. »Alles Lebendige kommt aus den Wassern... aus den salzigen Tiefen der Meere und aus den süßen Wassern... vor vielen Zeitaltern geschaffen, und in die wir nun zurückkehren...«

»Oannes!« tuschelten ein paar der Zuhörer. »Sie sind Fischmenschen... Anhänger des Irrglaubens, daß Gott Enki noch immer Pläne der großen Götter besitzt...«

»Pläne der Fähigkeiten, die beim Cro Magnon-Experiment auf wilde Eingeborene übertragen werden sollten...«

»Der Gott der Weisheit...«

»Deshalb verbirgt er sich vor allen anderen...«

Vom Rand des Platzes her näherte sich ein Erzer. Sofort taten die Umstehenden so, als hätten sie nichts von einem Streit bemerkt und keinen Gesang der Oannes gehört. Sie summten die Melodien der Spielleute mit, wiegten die Hüften und sahen dem golemhaft starr durch die Menge schreitenden Riesen nur aus den Augenwinkeln entgegen.

Der Erzer war anderthalb mal so groß wie die meisten erwachsenen Bewohner von Basilea. Er litt beim Gehen unter seinem eigenen Gewicht und seiner Stärke. Bis auf die Gelenke waren seine Arme, seine Beine und sein Körper mit dichten Bandagen aus Stoff und Metallfäden umwickelt. Sie allein verhinderten, daß der Lebenssaft bei der geringsten Anstrengung durch die Hautporen des Erzers gepreßt wurde. Erzer gehörten zu den tragischsten Kreaturen von Atlantis. Sie erinnerten an Wale und andere große Wassertiere, die an Land geworfen nicht mehr in der Lage waren, ihre gewaltigen Körpermassen zu beherrschen.

Und nur sehr wenige Erzer konnten es sich leisten, ein Energiehemd zu tragen, das ihre Erdenschwere verringerte.

Dieser gehörte nicht zu den Glücklichen. Er stampfte schwer und mühsam schnaufend auf die beiden Goldschmiede zu. Mit ungelenken Fingern drehte er seine Sprechanlage an.

»Wer... stört?« wollte seine künstlich verstärkte Stimme wissen. Und ohne eine Antwort abzuwarten, ergänzte er: »Stören nicht... statthaft! Fest... der zehn... Könige!«

Ein junges Mädchen der Enki-Anhänger sprang auf ihn zu. Sie drängte ihren Körper gegen seinen, reckte die Arme und strich mit

Fischhäuten zwischen ihren gespreizten Fingern über sein starres Gesicht.

»Erzer sind künstlich, Erzer sind kalt!« rief sie mit heller, weithin hörbarer Stimme. »Fische lieben den Okeanos, Erzer und Menschen fürchten ihn...«

Noch ehe er zupacken konnte, war die junge Frau im Gedränge untergetaucht. Der Erzer wischte sich mit seinen bandagierten Händen über das Gesicht. Er begann zu schnauben und zu röcheln. Es dauerte nur wenige Augenblicke, dann zitterte er wie eine nur noch mühsam beherrschte Maschine. Gleichzeitig schwollen die Aderstränge an seinen Schläfen an.

»Wie kann man das nur zulassen!« knurrte der Fischhändler kopfschüttelnd. »So schlechte Züchtungen müßten verboten werden!«

»Und so was soll für Schutz und Ordnung sorgen!« erregte sich der erste der Goldschmiede. Er trat einen Schritt auf den bedrohlich schwankenden Erzer zu. »Nehmt jenen da mit! Er hat meine Kunst verhöhnt und meine Integrität verletzt!«

»Kunst verhöhnen... nicht statthaft... « Er schwankte von einer Seite auf die andere. »Verletzen... nicht statthaft...«

Er wischte mit seinen großen bandagierten Händen durch die Luft. Wie bei einem waidwunden Tier suchten seine weit aufgerissenen Augen nach einem Halt, nach irgendeinem Punkt, zu dem er sich retten konnte.

Die Näherstehenden wichen zurück, doch von allen Seiten drängten Neugierige näher. Sie schoben und schimpften, während der freie Kreis um den Erzer immer enger wurde. Und dann quoll plötzlich blutartige Flüssigkeit durch die Bandagen des Riesen. Die gleiche Flüssigkeit rann ihm aus Augen, Ohren und Nase. Sein linkes Bein knickte ein. Mit einer Hand griff er nach oben, dann fiel er wie ein morscher Baum in sich zusammen.

Im inneren Kreis um den Beendeten stand nur noch lähmendes Erstaunen in den Gesichtern der festlich gekleideten Männer und Frauen. Ein junges Mädchen schluchzte verhalten. Aus ungläubiger Verwunderung wurde Angst und Entsetzen.

»Ein Erzer ist tot!«

Der Ruf flog von einem zum anderen.

»Ein Erzer? Bei allen Göttern!«
»Die Erde bebt, die Erzer sterben!«
»Was sagen die Könige?«
»Was wird aus uns?«

Die Bilder wirkten wie Fenster in eine faszinierend fremdartige und doch wieder vertraute Welt. Ich wußte nicht, wie ich mich verhalten sollte und was ich fühlen durfte. Ein Teil von mir bewunderte die aufleuchtenden Erscheinungen an den Wänden, die wie kunstvoll arrangierte Bilder einer Bühne aussahen. Gleichzeitig versuchte irgend etwas ganz tief in mir, mich zu warnen, denn jedesmal, wenn ich zu dicht kam, sah ich nur noch glatte Flächen, in denen ich mich selbst spiegelte.

Ich war die letzten Schritte bis zu dem seltsamen Haus immer zögernder gegangen – so lange, bis mir der Stein der Götter wieder einfiel. Ich hatte die Finger der linken Hand um ihn geschlossen und voller Vertrauen in seine Kraft mit der anderen Hand die Tür des kleinen Hauses berührt. Sie war warm und durchlässig wie ein Schleier aus schwarzem Licht gewesen. Und nun bewegte ich mich wie auf weichen Teppichen. Kein Laut war zu hören. Ich hatte die ersten Bilder in diesem verwinkelten Haus einzeln angesehen. Die Zeit schien stehenzubleiben, während ich die seltsam fremden und doch bekannten Eindrücke in mich aufnahm.

Gleich hinter der Höhle des Türeingangs hatte ich in Lebensgröße und mit einer wie bis zu einem hügligen Horizont reichenden Perspektive die Darstellung eines Kindes bemerkt. Als ich die naive, unwissende Gestalt sah, ahnte ich, daß ich vor den zweiundzwanzig uralten und heiligen Stationen der Einweihung stand, die andere nie zu sehen bekamen.

Bereits dieses erste Bild berührte mich sehr stark, weil ich mich noch gut daran erinnern konnte, wie sehr ich als kleines Mädchen davon geträumt hatte, einmal alle Wunder der Welt zu verstehen und mit ihnen zu spielen. Das Bild des Kindes war nur der Ausgangspunkt für einen langen und geheimnisvollen Weg. Zögernd ging ich weiter. Das erste richtige Bild kannte ich bereits. Ich hatte es einmal bei meinem Lehrer Berios gesehen.

»Wenn die Zeit reif ist, werde ich dir erklären, was dieses Bild bedeutet«, hatte er gesagt. Ich ging noch einen Schritt näher. Mein Gesicht spiegelte sich in der glatten Fläche, aber dann konnte ich dahinter genug erkennen. Genau in der Mitte eines sich kreuzenden Weges steckte ein Schwert in einem Stein. Daneben lagen wie vergessen Weinkelche und Energiestäbe, fünfzackige Sterne aus Metall und magische Symbole, wie sie an vielen Stellen der Stadt verwendet wurden. Ich hatte plötzlich das Gefühl, als müsse ich mich jetzt entscheiden, welchen der vier Wege ich weitergehen wollte. Aber ich wußte es nicht. Zuviel vom geheimen Wissen der Alten lag an der Kreuzung der Wege verstreut. Für einen kurzen Augenblick glaubte ich Berios zu erkennen.

»Geh«, sagte er. »Es ist stets in dir, welchen der Wege du wählen wirst!«

Ich zögerte, dann ging ich geradeaus weiter. Die glatte Spiegelfläche bildete nicht den geringsten Widerstand. Ich konnte mitten durch das Diorama aus Stäben, Kelchen, Schwert und Münzen gehen...

Schon wenige Schritte später blieb ich erschrocken stehen. Direkt vor mir stand mit freundlichem, aber kaltem Gesicht die Hohepriesterin des Königspalastes. Sie hielt einen Granatapfel in der Rechten und ein geöffnetes Buch in der Linken. Ein Kranz weißer Narzissen erinnerte daran, daß diese Hohepriesterin die Hüterin des Totenreichs sein sollte. Als Tochter der ersten Erdenmutter stand sie jenseits der Könige und kannte das Geheimnis göttlicher Geburt.

Die beiden nächsten Bilder gefielen mir wesentlich besser. Sie zeigten eine Königin und einen König. Beide sahen so vollkommen und gütig aus, wie es die alten Geschichten über die Anfangszeit berichteten.

Ich verlor langsam meine Furcht. Keines der Bilder hatte mich abgestoßen oder beleidigt. Die Darstellungen entsprachen vielmehr meinen eigenen, geheimsten Vorstellungen, Vermutungen und Gedanken über mich selbst. Auch das wilde Geschöpf des nächsten Bildes, halb Mensch, halb Tier, kam mir bekannt vor. Diesmal erkannte ich Berios viel deutlicher als in der Szene der Wegkreuzungen. Ich lächelte und ging weiter.

Meine Gefühle veränderten sich, als ich die unschuldig Liebenden des nächsten Bildes sah. Ein junger Mann stand zwischen zwei Frauen, und über ihnen leuchteten goldene Pfeile am Himmel.

Das siebente Bild schien einen Ausweg zu bieten. Es zeigte einen Triumphwagen mit einer wie zum Kampf geschmückten, göttlich starken Figur. Für einen Moment vergaß ich, daß nicht ich auf dem Wagen stand, sondern ein Mann, dessen Gesicht ich noch nie gesehen hatte.

Die beiden nächsten Bilder gefielen mir überhaupt nicht. Das erste zeigte eine streng aussehende, sitzende Frau mit einem erhobenen Schwert in der Rechten, einer Waage in der Linken und einer weißen Eule auf der Schulter. Das Bild strahlte Ordnung und die Harmonie einer bewahrenden Macht aus. Für mich symbolisierte es zu sehr das Gesetz starrer Rituale und kalten Stillstandes. Das Gegenstück zeigte das Bild eines einsamen Eremiten, der versucht hatte, sich gegen die Gesetze der Zeit aufzulehnen und doch erkennen mußte, wie einsam jedes Beharren auf dem eigenen Standpunkt macht.

Ich ging schnell weiter. Ein seltsam waberndes Licht kam aus den Wänden. Ich blickte nach oben, nach unten und dann nach beiden Seiten. Und dann tauchte zum ersten Mal ein bewegliches Bild auf. Schnellflackernde Lichter rasten im Kreis vor meinen Augen. Sie veränderten ihre Farben, wurden ohne erkennbaren Grund heller und dunkler und kreisten wie zufällig vor einem Höhlenausgang, hinter dem sich ein friedliches Land befand.

Der Löwe im nächsten Bild sah stark, schön und königlich aus. Erst als ich einen Schritt näher trat, erkannte ich den Spiegel direkt hinter dem Kopf des stolzen Tieres. Ich streckte meine Hände aus. Der Löwe öffnete sein Maul. Ich griff zu. Verwundert erkannte ich, wie das mächtige Tier sich duckte, als würde es sich unterwerfen. Woher kam die Kraft, von der ich noch nichts wußte, und die selbst ein Raubtier beherrschen konnte?

Und dann der Gehenkte. Er war noch nicht tot, sondern hing mit gefesselten Händen von einem Felsblock herab. Adler mit riesigen Schwingen und blutigen Schnäbeln umkreisten ihn in grauen Nebelschwaden. Der Felsen, der steinige Boden und der Körper des unbekleideten Opfers trieften vor kalter Nässe. Was hatte dieser Mann getan? Und wer hatte die furchtbare Strafe für den Gehenkten ersonnen, der nicht leben und nicht sterben durfte? Vielleicht ein falsches Spiel mit dem Rad des Schicksals? Oder war er ein Unglücklicher, bei dem die Waage der Gerechtigkeit ewige Sühne gefordert hatte?

Das dreizehnte Bild zeigte ein Ende, bei dem keine Fragen mehr offen blieben. Ich sah den Tod. Eisig und unbeweglich, ohne die Spur eines Grashalms, ohne das wandernde Leuchten von Sonne, Mond und Sternen. Und doch lag in der Endgültigkeit, die das Bild ausdrückte, mehr Klarheit als in den vorausgegangenen. So sehr ich mich vor der nur auf das Notwendigste beschränkten Darstellung fürchtete, so sehr ging auch eine Botschaft von ihr aus, die mich mit leichten Füßen weitergehen ließ.

Pastellfarbenes Licht löste die düstere und schroffe Todessymbolik ab. Ich sah ein junges Mädchen in weißen Schleiern am Ufer eines glasklaren Baches, in dem sich Blumen und Gräser spiegelten. Das Mädchen mit lang auf die Schultern fallenden Haaren goß Wasser des Baches aus einem einfachen Silberbecher in einen goldenen, der ebenso schlicht und schön aussah. Grüne Hügel und sanfte Wiesen gingen in einen hellblauen Frühlingshimmel mit Schäfchenwolken über. Dieses Bild versöhnte mich für vieles, was ich seit dem verbotenen Schritt durch die Kyklopenmauer erlebt und gesehen hatte. So hätte der Garten hinter der Mauer aussehen können, wenn ich ganz allein in ihm gewesen wäre.

Aber ich war einer anderen Stimme gefolgt – dieser teuflischen Verlockung, die vom nächsten Bild ausging. Ich sah die aggressiv aufeinanderprallenden Farben von Schwarz und Rot im Gesicht eines Zwitterwesens, hörte die lockenden Töne einer Panflöte und roch gleichzeitig die Ausdünstungen, die vom zottigen Fell des Wilden ausgingen. Ich blähte die Nasenflügel, öffnete den Mund und empfand plötzlich das Verlangen, das Verbotene auszuprobieren, mich ausgerechnet mit diesem sardonisch grinsenden Mann körperlich zu vereinen. Er wußte, wie er auf mich wirkte und genoß es mit überlegener Verachtung. Genau den gleichen Zug im Gesicht hatte ich auch bei Osiris gesehen – nicht so brutal ausgeprägt, aber in diesem Moment erinnerte ich mich wieder an das, was mich abgestoßen hatte. Das diabolische Bild bot mir an, einmal alles zu erleben, was zwischen Mann und Frau geschehen konnte. Das war kein Glücksspiel, keine Frucht der Erkenntnis und kein Rat weiser Lehrer, sondern ganz einfach animalische Wollust.

Ich riß mich stöhnend los und schüttelte mich. Mir wurde übel, während heiße und kalte Schauder durch meinen Körper rasten. Ich preßte beide Hände auf meinen Magen, versuchte, meine Brüste zu schützen und umklammerte den Stein der Götter. Wie hatte ich auch nur einen Augenblick vergessen können, daß ich zuviel zum falschen Zeitpunkt gewollt hatte? Erst jetzt erkannte ich, daß ich nicht durch eigenen Entschluß, sondern durch die aus der Erde kommenden Vorboten des Bebens und des Vulkanausbruchs daran gehindert worden war, meiner erwachenden Sehnsucht nach Lust nachzugeben. Ich stöhnte noch einmal, wischte mir mit beiden Händen über das Gesicht und empfand das Bild des Königspalastes direkt vor mir wie eine rettende Burg.

Gleichzeitig sah ich aber auch die Risse in den Mauern, die drohenden Wolken über der großen Feste eines sehr alten Reiches und von den Friesen fallende Göttergestalten.

Ich wandte mich entsetzt ab. Ich hatte genug, wollte keine weiteren Bilder mehr sehen. Wieviel Böses, Gefährliches und Ekelerregendes hielt das Haus noch versteckt? Und wie lange mußte ich noch durch das verwinkelte Labyrinth irren, ehe ich wieder herauskam? Ich hatte plötzlich das Gefühl, als wären alle Dioramen nur Spiegelbilder verborgener Vorstellungen in meinem eigenen Unterbewußtsein. Die meisten der Gestalten und Symbole waren mir gut bekannt, auch wenn ich noch nie so klar gesehen hatte. Immer wieder hatte ich ähnliche Gedanken und Bildvorstellungen gehabt. Manchmal waren es nur flüchtig an meinem Bewußtsein vorbeihuschende geheime Deutungen des Sichtbaren gewesen, oft aber auch Versuche, die Rätsel der Welt zu ergründen, oder Tagträume, die einfach kamen und gingen, meine Stimmung veränderten, mich froh machten oder traurig sein ließen.

War das alles tatsächlich in mir – dieses Füllhorn von Bildern, in das ständig ein hartes Kaleidoskop von Angst und Entsetzen einbrach? Warum konnte ich nicht nur das eine sehen? Warum gehörte zu jeder schönen Empfindung, jedem wunderbaren Erlebnis stets das entsetzliche, abstoßende Gegenteil?

Der Gang vor mir war nicht dunkel und auch nicht hell. Am liebsten wäre ich einfach stehengeblieben und nicht weitergegangen. Ich versuchte es. Vorsichtig hielt ich die Luft an und bemühte mich, nicht mehr zu atmen. Ich sah nichts und hörte nichts. Doch da bewegte sich das andere auf mich zu und an mir vorbei. Ich erinnerte mich an das Gefühl, das ich so gern hatte, wenn ich an einem milden Sommerabend auf dem Rücken im Gras lag und zu den Sternen hinaufsah. Jedesmal dauerte es nicht lange, bis ich die Verbindung zum Boden verlor und die Sterne auf mich zukamen. Ich liebte das Gefühl, nach oben zu fallen und wie in einem mich selbst aufgebenden Rausch losgelöst von aller Erdenschwere nicht mehr zu existieren, sondern nur noch zu sein.

War dieser Zustand das Ziel des Weges? Dieses wunschlose Eintauchen in ein höheres Nichts, in dem es weder Gut noch Böse, sondern nur noch unendlichen, ewigen Frieden gab?

Ein neues Bild kam auf mich zu. Und erneut sah ich ein junges Mädchen, das ich selbst wie in einem Spiegel sein konnte, nackt und mit aufgelösten Haaren. Es kniete am Rand eines kleinen Teiches, während über ihm die Sterne immer heller und schöner funkelten. Aus dem Wasser der Erde tauchte ein kleiner Behälter auf, halb Schatztruhe, halb Sarg. Das junge Mädchen im Bild schöpfte vom Wasser. Es sah die Truhe an und spürte sofort, daß es sie nicht öffnen sollte. Intuitives Wissen um das, was getan werden darf und was trotz aller Verlockung verborgen bleiben muß.

»Nein!« flüsterte ich, als ich sah, wie das nackte Mädchen die Hand ausstreckte, um die Truhe zu öffnen. Meine Warnung verhallte ungehört. Das Mädchen öffnete den Deckel, und sofort erhob sich ein Schwarm von gräßlichen Krankheiten und Plagen, von guten und bösen Eigenschaften, die wahllos und ohne Plan zum Himmel aufstiegen. Ich schluchzte auf, schüttelte den Kopf und wollte bereits die Hände vor ihr Gesicht schlagen, als ich bemerkte, wie ein winziger Hoffnungsstrahl von einem der Sterne am Nachthimmel ausging.

Die geflügelten Übel verbreiteten sich nach allen Seiten, vermehrten sich schon im Flug, und nichts schien sie aufhalten zu können. Doch auch das Leuchten des Sterns am Himmel wurde intensiver. Und wie in einem zweiten Spiegel erkannte ich mich erneut, diesmal sehr klein und mit weißen Schleiern, die ich bereits als Hohepriesterin, als eine der Liebenden und im Bild der Mäßigung getragen hatte. Die Frau am Himmel war nicht mehr naiv, aber ihr klarer Glanz und ihre von innen kommende Schönheit waren stärker als alles, was aus der Truhe des Bösen kam.

Ich lächelte plötzlich und verstand. Die Vision war aus den Trümmern des vorigen Bildes entstanden. Sie kam nicht aus dem Willen und der Erkenntnis, sondern war einfach da. Solange es diesen Stern der Hoffnung gab, war der Weg nicht zu Ende...

Ich war so sehr in der Magie des Bildes gefangen, daß ich weiterging, ohne es zu bemerken. Das nächste Bild war dem Mond zugedacht. Es versuchte, mich mit mehreren Spiegeln gleichzeitig zu täuschen. So wie das Bild der Hohepriesterin und das des Schicksalsrades schien auch hier alles zufällig zu sein. Und jede Erscheinungsform des Mondes, die ich sah, war gleichzeitig wahr und unwahr – der volle Mond, der halbe und sein gänzliches Verschwinden. Ich spürte, was das Bild ausdrücken sollte: Wo immer ich auch stand, war ich zwar selbst der Mittelpunkt, doch insgesamt gesehen und aus der Sicht gemeinsamer Erfahrung war mein Standort nur eine winzige Facette des Ganzen, eine Teilwahrheit, die bereits unwahr wurde, wenn ich selbst auch nur einen Schritt weiterging.

Das neunzehnte Bild vertrieb die Gesichter des Mondes. Mit strahlender Klarheit ging die leuchtende Sonne auf. Ihr goldener Glanz besaß die Kraft, mit dreizehn Tropfen aus Licht das dreizehnte Bild – das des Todes – zu überwinden. Die Sonne vertrieb die Dunkelheit in den Gängen des Hauses. Ich empfand auf einmal sogar Dankbarkeit für den fast endlosen Weg durch die Galerie der Bilder. Ich hatte gesehen, was mir bisher verborgen gewesen war. Zum ersten Mal in meinem Leben fühlte ich mich nicht mehr in ein unbekanntes Netzwerk aus Geheimnissen, dunklen Mythen und verborgenen Gedanken verstrickt.

Ein frischer Luftzug ließ mich tief durchatmen. Ich ging am Bild der Sonne vorbei und sah, wie aus meiner Vergangenheit und meiner Zukunft das Bild meiner Gegenwart wurde. Ich war ausersehen, als Göttin in die Welt zu gehen, selbst wenn alles um mich herum zusammenstürzte. Aus allen Bildern, die ich auf meinem langen Weg gesehen hatte, entstanden Stufen einer Treppe. Sie fügten sich so zusammen, daß keine einzige fehlen durfte. Mit dieser Erkenntnis begann ich hinaufzusteigen und wußte, daß ich mit dem letzten Bild die Tür nach draußen erreicht hatte.

Die gläserne Tür trug als Schmuck das Oval einer großen, goldenen Schlange, die sich selbst in den Schwanz biß. Inmitten des Schlangenovals tanzte eine nackte Gestalt, halb Mann und halb Frau. In der linken oberen Ecke der Glastür stand ein Götterbote mit Vogelflügeln. Er trug den goldenen Stab, der die Kraft der Idee und das Feuer symbolisierte. Rechts oben schwebte ein weißer Vogel mit ausgebreiteten Schwingen und einem Lichtkranz um den Kopf. Er hatte das Schwert des Verstandes in seinen Krallen. Links unten stellte ein Löwe mit ausgebreiteten Flügeln seine Vordertatzen auf Goldmünzen der Wirklichkeit. Sie trugen das Symbol des Pentagramms. Rechts unten hielt ein weißer Stier den Kelch der Liebe fest.

Ich stieß die Tür auf, schloß für einen Moment die Augen und atmete tief durch. Dann trat ich in die stets sichtbare Welt hinaus. Ich wußte, daß ich eine andere geworden war als das fünfzehnjährige Mädchen, das gar nicht wissen wollte, was ihre Träume und Stimmungen, ihre Sehnsüchte und Gefühle bedeuteten.

Ich hatte Abschied genommen von meiner Welt der Kindheit, aber ich konnte nicht sagen, ob ich darüber froh sein sollte oder nicht. Ein Schauder lief über meinen Rücken bis in die Füße. Gleichzeitig genoß ich die schmeichelnde Wärme der Sonnenstrahlen auf meiner Haut.

Es war schön, die Welt zu sehen.

SCHULE DER GÖTTER

Ich bewunderte den Anblick des Königspalastes auf dem Hügel inmitten der prächtigen Stadt. Noch nie zuvor hatte ich die Residenz der Hochkönige, die Poseidons erstem Sohn gefolgt waren, so gesehen. Jeder von ihnen hatte neue Pracht hinzugefügt, und jeder hatte alles getan, was er nur konnte, um seine Vorgänger zu übertreffen. Auf diese Weise war in ungezählten Folgen von Königsgeschlechtern ein Wunderwerk von unvergleichlicher Größe und Schönheit der Baukunst entstanden.

Ich betrat eine kunstvoll geschwungene Brücke, die über den breiten Hauptkanal, die westlichen und östlichen Straßen und die grünen Promenaden dazwischen führte. Sowohl der Kanal als auch die Bänder der Straßen führten vom Meer weit im Süden schnurgrade bis zum inneren der drei Wasserringe unmittelbar um den Palasthügel. Ich stieg von der Brücke herab und betrat einen der Streifen aus Blumen und blühenden Sträuchern, aus meisterlich beschnittenen Büschen und winzigen Bäumen in Marmortrögen. Die Bäume waren aus Samen gezüchtet, die von den entferntesten Kontinenten und Inseln des Erdkreises stammten.

Ich ging ohne zu zögern weiter. Der Kanal, die Promenaden an seinen Ufern entlang und die Straßenbänder führten durch drei hohe Wände mit breiten, kostbar geschmückten Portaltoren, die wie Triumphbogen an vergangene Schlachten und Siege erinnerten. Der erste Mauerring bestand aus glattem, mit Millionen geprägter Symbole versehenem Messing. Ich brauchte lange, bis ich den Torbogen im zweiten Mauerring aus sanft schimmerndem Zinn erreichte. So weit in den Außenbezirken war ich noch nie gewesen. Ich kannte die Stadt und ihre kreisförmigen, von geraden Alleen in regelmäßige Segmente geteilten Ringstraßen bisher nur von Bildern, Plänen und vom Palasthügel aus. Hier unten, inmitten des summenden Verkehrs und eingefügt in Spaziergänger, sah alles viel weiter und noch faszinierender aus als von oben.

Ich wußte nicht, wie oft ich den Kopf gesenkt hatte, wenn Fremde mich zu erkennen glaubten und mit einem respektvollen Lächeln grüßten. Viele gingen einfach an mir vorbei oder überholten mich. Die meisten waren in Gespräche vertieft oder hielten ihre Gesichter mit halbgeschlossenen Augen den wärmenden Strahlen der Frühlingssonne entgegen. Auch die Rastenden auf den Bänken zwischen kleinen, hell im Sonnenlicht leuchtenden Marmorsäulen mit üppig herabhängenden Blütendolden genossen die Inseln des Friedens inmitten der großen Stadt. Ich sah kleine Brunnen mit Bächen, die wie zwergenhafte Flußarme bis zum Kanal plätscherten. Zypressen und Gebilde aus gemusterten Felsbrocken wechselten sich ab mit Lichtgespinsten, in denen Pfauenvögel ihre prächtigen Schwanzfedern voller Stolz spazierenführten.

Es wurde früher Nachmittag, bis ich den inneren Mauerring aus rotglänzendem Kupfer erreichte. Das letzte Portal vor dem Palasthügel war das älteste und schönste. Ich blieb unter dem hohen Bogen stehen und betrachtete die mächtigen Zeichen und Symbole, die wie Intarsien und Einlegearbeiten in gewaltigen Kassetten aussahen. Ich entdeckte Tausende von Gesichtern, meist auf lapislazuliblau und und golden ausgelegten Hintergründen. Zwischen den Rahmen und den Gesichtern waren Zeichen und Symbole angebracht, von denen ich viele inzwischen kannte. Es kam mir vor, als würde ich diese so offen dargestellten Geheimnisse der Stadt und des Königreichs zum ersten Mal sehen.

Aus dem inneren Kanalring näherte sich eine alte Triere. Die Spaziergänger wandten sich dem auslaufenden Schiff zu. Zu verhaltenen, gleichförmigen Paukenschlägen tauchten drei Reihen von langen Rudern in das Wasser. Die Triere neigte sich ein wenig zur Seite, als das Hecksteuer umgelegt wurde und das Schiff ohne gesetzte Segel in den Hauptkanal einbog. Kleinere Boote, Lastkähne und Vergnügungsschiffe wichen der Triere aus. Ich beobachtete die Ruderschläge. Ich konnte die Männer dahinter nicht sehen, aber ich hatte gehört, daß jeder von ihnen ein Unglücklicher sein sollte, der sich den Regeln der Stadt und des Inselkontinents widersetzt hatte.

Kurz vor der ersten Portaldurchfahrt wurden die Ehrenflaggen mit den Zeichen der zehn Könige eingeholt. Die Paukenschläge hallten für einen Moment von den Portalwänden zurück, dann zog das Schiff an mir und den Zuschauern an den grünen Ufern vorüber. Ein paar grüßende Rufe flogen hin und her.

»Sagt meinem Mann, daß ich für immer auf ihn warten will!« rief eine junge Frau, die etwas dichter am Kanal stand als ich. Sie hatte sich die Haare zum Zeichen der Scham und der Trauer kurz geschoren. Ein paar Spaziergänger steckten die Köpfe zusammen und tuschelten miteinander. Ich hätte gern gewußt, was der Mann getan hatte, dem die junge Frau nachwinkte, ohne ihn zu sehen. Wahrscheinlich wußte sie nicht einmal, auf welchem Deck und hinter welchem der vielen Dutzend Ruderstangen er angekettet war.

Erst jetzt fiel mir auf, das nichts mehr vom Schmuck der Stadt zu den Feiern des Königstreffens zu sehen war. Im gleichen Augenblick sah ich den Schiffsherrn auf der Brücke der Triere. Ich erschrak unwillkürlich, als er mich ebenfalls entdeckte. Die Ruderer trieben das Schiff schnell weiter. Trotzdem schien eine Ewigkeit zu vergehen, während er und ich uns über das Wasser des Kanals hinweg anstarrten. Ich bewegte die Lippen, wollte plötzlich rufen, schreien, ihn fragen, warum er mich in das Haus der Bilder geschickt hatte. Wann war das gewesen? Gestern? Oder vor vielen Nächten?

Ich sah die zufrieden vorgeschobenen Lippen des Schiffsherren. Er stützte sich mit beiden Händen vom goldverzierten Geländer seiner Kommandobrücke ab. Das Fernrohr hing an einem breiten Band vor seiner geschmückten Brust. Er richtete sich auf, nahm das Rohr und zog es aus. Ich senkte unwillkürlich den Blick und drehte mich schnell zur Seite. Ich wollte nicht, daß er mich anstarrte und ich nicht sehen konnte, was in seinem Gesicht vorging.

»Wir sehen uns wieder, Inanna!« schallte seine Stimme voller Ironie über das Wasser des Kanals. »Irgendwo und irgendwann. Und vergiß nicht, was du durch mich schon vor der Zeit gesehen hast!«

Er lachte laut und dröhnend. Ich warf einen verstohlenen Blick zur Seite. Die Triere entfernte sich schnell und mit gleichmäßigen Ruderschlägen. Ich fühlte mich wie gelähmt und bemerkte nicht, wie die junge Frau mit dem kurzgeschorenen Haar neben mich trat. Sie legte eine Hand auf meinen Arm.

»Ist dir nicht gut?« fragte sie und wischte sich mit der anderen Hand die Tränen aus den Augen. Ich sah die hübsche junge Frau erstaunt an.

»Warum fragst du mich? Du selbst bist es doch, die viel eher Trost und freundliche Worte braucht...«

»Nein«, sagte die junge Frau. »Ich bin stark genug und brauche keinen Trost! Du kannst nicht ahnen, warum ich wirklich weine!« Sie blickte der immer kleiner werdenden Triere nach. »Schon bald wird das Schiff mit den Verurteilten im freien Meer sein. Es wird ferne Länder ansteuern, in denen nichts so künstlich ist wie hier... Kontinente ohne Kanäle und Paläste, ohne den eitlen Schmuck, der nur noch blendet...«

»Welches war das Vergehen des Mannes, dem du nachtrauerst?« fragte ich vorsichtig. Die junge Frau blickte mich erstaunt an.

»Vergehen?« wiederholte sie. »Er war nicht so wie andere Männer. Wir träumten davon, in einem unberührten Wald an einem Bach zu wohnen, mit Tieren, die wir streicheln konnten, und Kindern, die wir selbst lehren wollten, wie alles ineinandergreift. Wir wollten Früchte und Beeren sammeln und nichts mehr tun, was die Natur verändert und zerstört... ich weiß nicht, ob du das überhaupt verstehen kannst...«

»Wie heißt du?« fragte ich.

»Morgana«, antwortete die junge Frau.

»Warum habt ihr euch nicht für den Dienst draußen beworben?«

Die junge Frau trat einen halben Schritt zurück.

»Für den Dienst draußen? Woher kommst du eigentlich?«

Ich tastete nach dem Stein der Götter. Er war unter meine Tunika gerutscht.

»Ja, ja, ich weiß!« sagte die junge Frau bitter. »Du bist... du bist eine von denen, die hinaus dürfen. Ich seid ja schon dafür geboren, die Macht bis in die entferntesten Winkel der unberührten Länder zu tragen! Statthalter der Könige, Gouverneure, Plünderer, privilegierte Götter!«

Ich sah sie verständnislos an. »Warum sprichst du so? Wir bringen doch auch viel Gutes zu den Wilden...«

»Du bist genau das, wovor man eigentlich nur fliehen kann! Du denkst, daß du ein auserwähltes Wesen bist – die reine jungfräuliche Göttin! Aber was weißt du denn über die Pläne jener Männer, die seit Jahrtausenden die Welt beherrschen? Männer, Inanna! Immer nur Männer wollen die Harmonie zerstören und ihren Willen zum Gesetz erheben! Frauen wie du sind ihre Werkzeuge...«

»Das ist nicht wahr!«

Ich spürte, wie mir das Blut ins Gesicht schoß.

»Nicht wahr? Nicht wahr? Dann geh doch hoch in deinen Palast und frag die Weisen, die Kundigen, die Lehrer! Jeder Gott und jede Göttin ist nur ein Rädchen in einem starren künstlichen System! Es soll das Abbild des Universums und der Natur sein... oder was glaubst du, warum in jeder Kolonie die Aufgaben ganz klar verteilt sind? Ein alter Obergott hat alle Fäden in der Hand. Und unter ihm gibt es den Gott oder die Göttin für jedes Phänomen, das für die alte Ordnung und den Erhalt der Macht wichtig ist... Götter des Himmels und der Meere, Götter und Göttinnen der Fruchtbarkeit, des Todes, des Krieges und der Kunst. Sieh dir die Welt der Götter doch genau an! Und was erkennst du? Hunderte, Tausende von Namen in allen Kolonien – aber nur ein paar Dutzend unterschiedliche Funktionen! So klar und und gleich in ihren Aufgaben wie ein mechanisches Modell der Welt! Und du bist ebenfalls von Anfang an auf deine Rolle vorbereitet!«

Sie drehte sich abrupt um und lief mit schnellen Schritten davon. Ich spürte erneut, wie mir übel wurde. Es war zu ungeheuerlich, zu phantastisch! Ich wußte plötzlich nicht mehr, ob ich das alles von einer fremden Frau gehört oder vielleicht sogar selbst gedacht hatte. Mir war so kalt wie nie zuvor.

Die Auserwählten konnten den Beginn der Zeremonie kaum noch erwarten. Bis vor wenigen Stunden hatten die meisten geglaubt, daß sie noch viel Zeit bis zu ihrer Berufung hatten. Doch dann war der große Tag viel schneller gekommen, als sie gedacht hatten. Der Innere Palast glich inzwischen einem aufgestörten Ameisenhaufen. Nicht nur die jüngeren Schüler liefen unruhig zwischen den Schlafräumen und Lehrsälen, den Archiven und Versammlungshöfen hin und her. Viele versuchten, in den verbleibenden Stunden das Wissen nachzuholen, das ihnen bisher noch nicht wichtig genug erschienen war. Andere ordneten fahrig die Dinge, die sie seit ihrer Kindheit begleitet hatten, nahmen Abschied von Bildern und Schnitzereien, die sie sich als Leihgaben aus den Archiven geholt hatten, und berührten immer wieder den metallisch-seidigen Stoff der inzwischen verteilten Kleidungsstücke, die sie in wenigen Stunden zum ersten Mal offiziell tragen würden.

Und immer wieder liefen einige der jungen Auserwählten zu den Standbildern der Gründergötter. Sie standen in hohen Wandnischen zwischen dem Duka-Viertel und den Zeremoniensälen der Könige. Einige trugen Namen, die längst vergessen waren, andere waren auch in der Zeit zwischen den Königstreffen gepflegt und mit symbolischen Opfergaben geschmückt worden. Das galt besonders für Ulgen Bai vom heiligen Baikalsee, Brahma im Kaschmirgebiet, An, Enki und Enlil im Zweistromland, Amun-Re vom oberen Nil, Zeus im Mittleren Meer, Tiuz von Aquitanien und Armorica, Wotan und Odin und ihren berüchtigten Kampfgott Thor am Rande des nördlichen Eises, Tawa, Kukulkan und Viaracocha – den ersten Herrschern des doppelten Kontinents. Andere frühe Götter sahen so zerfallen aus, daß nicht einmal mehr ihre Gesichter erkennbar waren. Die Kachinas der Hopis gehörten ebenso zu dieser Gruppe wie die Nommos des afrikanischen Dogon-Volkes, die Asen und Wanen aus Odins Kolonie, die Bogs im Ostteil Europas und die Wondschinas der Uraustralier.

Auf plastischen und durchscheinend wirkenden Bildwänden in vielen Räumen des Inneren Tempels und selbst in den Wandelhöfen bewegten sich Projektionen von Lehrern und Kundigen. Fast alle Steine der Götter waren auf Empfang eingestellt und an das zentrale Duka-Archiv im Inneren des Palastes angeschlossen. Mit lauten, beschwörenden Stimmen reden alle durcheinander. Viele versuchten sogar, noch einmal zu wiederholten, was sie schon immer gelehrt hatten. Sie redeten wild durcheinander vom Ursprung der Götter, ihren Aufgaben und den Veränderungen im Lauf der Jahrtausende. Doch kaum jemand konnte auseinanderhalten, welche der hastigen Informationen zusammengehörten...

»Ursprünglich war die Initiation der Kundschafter und Beobachter für die wilden Gebiete außerhalb des Inselkontinents ein wesentlicher Bestandteil der Zehnkönigstreffen...«

»Nach und nach hatte es sich als sinnvoller erwiesen, bestimmte Organisationsformen der Herrschaft nicht mehr öffentlich darzustellen. Das war kein Widerspruch. Nach wie vor gehörten gewisse Veranstaltungen mit möglichst großer Beteiligung zu den Eckpfeilern der Macht...«

»Vor etwa achtzigtausend Jahren hatte sich gezeigt, daß ein so großes Reich nicht mehr durch die persönliche Ausstrahlung der Herrscher, allein durch Gesetze oder durch Stellvertreterstrukturen regiert werden konnte. Macht – wirksame Macht – erforderte mehr...«

»Deshalb waren die Könige der Vergangenheit auf den Gedanken gekommen, daß es sinnvoll sein könnte, die eine Art zweite Gewalt aufzubauen. Aus Kundschaftern und Boten, die bei jeder Heimkehr vom ganzen Volk empfangen wurden und die öffentlich berichten mußten, wuchs ganz allmählich eine Kaste von Wissenden heran, die mehr Informationen besaßen als andere...«

»Auf diese Weise entstanden die Schweiger. Noch vor fünf- bis sechstausend Jahren, als die Eisschicht im Norden langsam zu schmelzen begann, setzten sie sich aus erfahrenen Spezialisten ohne besondere Merkmale und ohne äußerliche Kennzeichnung zusammen, die alles sahen, alles hörten und alles für sich behielten...«

»Das galt auch für die Riten und Eigenheiten, die sie auf ihren langen, gefahrvollen Reisen zu wandernden Wildmenschen, zu Affenhorden und zu Rudeln freilebender Tiere unternahmen. Sie stießen – jeweils nur von einigen besonders mutigen Freiwilligen begleitet – bis an die Ränder der bewohnbaren Welt vor...«

»Einige versuchten sogar, die gewaltigen, himmelhoch aufragenden Eisgebirge im Norden ohne technische Hilfsmittel und ohne den Schutz von Energiekapseln zu erkunden. Sie bewegten sich, nur mit Lendenschutz oder Fellen bekleidet, auf dünnen Sandalen und mit selbstgebauten Schlitten durch die Geröllfelder mit eisigem Schmelzwasser, wurden in feuchten Höhlen unter den Eingeborenen an vielen Küsten und in den Gebirgen krank und sammelten unermüdlich Daten und Fakten über archaische Rituale...«

»Sie jagten zusammen mit den Wilden das Mammut und den Bison, lernten, wie Nadeln aus Fischgräten und Knochensplittern geschliffen wurden, schlugen sich Faustkeile und Feuersteinmesser und zeigten einigen der Eingeborenen, wie sich das Feuer nutzen ließ...«

»Der Kodex der Schweiger war schließlich so vollkommen, daß sie sogar vergaßen, was ihre eigenen Vorgänger gesehen und nur beiläufig erwähnt hatten. Sie wußten, daß es gewisse Regionen gab, in denen die Eingeborenen schon früher Kontakt mit ihnen gehabt haben mußten. Und sie stellten fest, daß gerade in diesen Gebieten Rituale entstanden waren, die sich nur durch ihr Schweigen erklären ließen...«

»Was vor Urzeiten ausgesät worden war, kam wieder zurück. Die Nachkommen der ersten Schweiger konnten zumindest untereinander nicht für alle Zeiten verheimlichen, was sie gesehen hatten. Sie begannen, ihre Erfahrungen in streng geheimen Zusammenkünften untereinander auszutauschen. Auf diese Weise entfernten sie sich immer mehr von den offiziellen Ereignissen...«

»Gleichzeitig entstand ein neuer Mythos. Der Inselkontinent blühte und gedieh. Immer mehr Kanäle wurden gebaut, um die wachsende Bevölkerung zu ernähren. Ein Stadtring entstand um den Königshügel. Er erhielt eine kupferne Mauer. Dann ein zweiter Stadtring, ein dritter. Und wie die Stadt nach außen bildeten sich auch im inneren Gefüge des Königtums mehrere Machtkreise...«

»Sichtbare Spitze waren die zehn Könige. Nach außen hin folgten die Kaste der Weisen und Kundigen, dann die der Krieger, der Priester, der Händlerfürsten und Handwerksmeister...«

»Nach innen sah das Bild ganz anders aus. Hier hatten die Schweiger den größten Einfluß auf die Könige – mehr als die offiziellen Berater und wesentlich mehr noch als als die Anführer der Krieger und die Hohenpriester...«

»Und längst hatten die Schweiger ihre alte Kastenbezeichnung abgelegt. Wenn sie sich ungestört trafen, behandelten sie sich gegenseitig mit Respekt, aber im Grunde war jeder von ihnen ein Einzelgänger, ein König, der nur sich selbst verantwortlich sein wollte, und ein gottgleicher Herrscher über Land, das nie einer der wahren Könige des Weltreichs von Atlantis gesehen hatte...«

»Aus dem Mythos von wilden Eingeborenen waren Frauen und Männer geworden, die über phantastische Kenntnisse, besondere

Fähigkeiten und geheimnisumwehte Praktiken verfügten. Und nicht wenige in Atlantis sprachen wie selbstverständlich darüber, daß aus den ehemaligen Schweigern Götter geworden waren...«

»Keiner dieser Götter hatte Eltern...«

»Aber sie waren allesamt miteinander verwandt...«

»Auch das gehört noch heute zu den Geheimnissen der Kinder aus dem inneren Palastbereich...«

Der Duka-Bezirk war für alle, die nicht dort lebten oder in ihm zu tun hatten, ebenso verboten wie der Garten hinter der Kyklopenmauer. Er lag unmittelbar hinter dem Poseidon-Tempel im Inneren Prozessionshof. Nur wer den Stein der Götter oder die Siegel der Erlaubnis trug, konnte in den am strengsten bewachten Teil der riesigen Palastanlage eintreten.

Schon die Wohnbereiche mit den Palästen, den Schulen und den Flanierwegen für die Fürsten der Weisen, der Verwalter und der Kriegsherren, ihre Familien und ihre Dienerschaft waren tabu für alle Fremden. Mochten der große Tempelbau, die Beratungssäle und einige der Seitenhallen zwischen der Freitreppe und den in ihrem goldenen Glanz weithin sichtbaren Eingangsportalen für alle Bewohner von Basilea zugänglich sein – der innere Bereich des Palastes blieb jedem verschlossen, der nicht dazugehörte. Nur an besonderen Tagen wurden einige der hohen Tore geöffnet, um Prozessionen hindurchzulassen. Selbst Handwerker und Händler aus der Stadt wurden jedesmal genau überprüft, ehe sie einen Siegelträger als Begleitung erhielten.

Ich hatte keine Schwierigkeiten, an den äußeren Wachen vorbeizukommen. Der Stein der Götter an meinem Brustansatz sendete unsichtbare Strahlen aus, die von kalt glänzenden Augen und von verborgenen Ohren in den Mauern der Torportale gesehen und gehört wurden. Ich war ziemlich erschöpft gewesen, als ich nach dem langen Tag oben angekommen war. Nichts erinnerte mehr an das Fest der Königszusammenkunft. Ich wußte nicht, ob die Brüder von König Atlas bereits wieder in ihre Reiche auf dem Inselkontinent zurückgekehrt waren. Ich wollte auch nicht wissen, was nach dem Ausbruch des Vulkans und dem Erdbeben beschlossen worden war. Zuviel war geschehen, seit ich fortgegangen war, und zuviel kreiste ungeordnet in meinem Kopf. Ich mußte mich erst einmal ausruhen. Deshalb war alles, was mich bei meiner Rückkehr interessierte, nur noch meine vertraute Kammer im Innersten aller Palastbereiche.

Niemand hatte sich bei meiner Rückkehr gewundert, niemand irgend etwas gefragt. Ich war durch das Blumenspalier hinter der letzten Pforte bis zum kleinen Platz in Form eines kreisrunden Amphitheaters gegangen. Von seiner Mitte aus stiegen nach allen Seiten Stufen bis zu einem Umlauf mit rosa Säulen empor, über dem mehrere Dutzend Fensteröffnungen wie ein Schmuckband aus weißen Quadraten sichtbar waren. Ich wunderte mich, daß ich niemanden sah. Die Stille kam mir um so ungewöhnlicher vor, als sonst um diese Tageszeit besonders viele Kinder, junge Burschen und junge Mädchen in kleinen Gruppen auf den Stufen hockten, sich unterhielten oder mit Steinen und Würfeln, mit kleinen Räderwagen und Puppen spielten.

Ich drehte mich um und sah auf das große Mosaik am Boden. Ich wußte nicht, wie oft ich achtlos über die bunten Steine des stilisierten Baumes gegangen war. Es kam mir vor, als würde ich zum ersten Mal die bunten, kunstvollen Verästelungen und die goldenen Schriftzeichen sehen.

»Aus nichts wird nichts, auch nicht durch den Willen der Götter!« las ich. Ich legte den Kopf zur Seite und verfolgte den komplizierten Weg eines lapislazuliblauen Astes im Mosaik des Lebens. »Du gehörst zu den Primaten«, buchstabierte ich, »du gehörst zur Unterordnung der Affen... du gehörst zur Zwischenordnung der Schmalnasenaffen...« Ich zog die Nase kraus und ging einige Schritte auf das Mosaik. Der blaue Streifen wurde immer schmaler. »Du gehörst zur Überfamilie der Menschenaffen und Menschen... du gehörst zur Familie der Menschenartigen... du gehörst zur Unterfamilie der Menschlichen...«

Zehn Steine fehlten im Mosaik. Ich legte die Stirn in Falten. Auf dem Boden stand nur noch »Gattung der Menschen.«

Und wieder fehlten zehn blaue Steine. Auch der letzte Satz war unvollständig. Ich konnte nur noch »... Art der...« entziffern. Und plötzlich fragte ich mich, wie lange ich eigentlich fortgewesen war.

»Wo seid ihr?« rief ich verhalten. Ich sah zu den Fensteröffnungen hinauf und drehte mich einmal ganz um. Merkwürdig, dachte ich, es kann doch sonst niemand fort...

Ich erinnerte mich an die vielen Stunden, in denen ich nach einem Weg gesucht hatte, den Spielhof des Duka-Bezirks unbemerkt zu verlassen. Die kleine, in sich abgeschlossene Welt bestand nur aus drei Teilen – dem runden Stufenhof mit dem Säulenumgang und den Wohnräumen darüber, einem zweiten Hof mit den Schulgebäuden, dem Kindergarten, den Gymnastikhallen und den Gemeinschaftsräumen und einer Art Tempel im dritten Hof, der keine Fensteröffnungen hatte. Wir nannten ihn ›die Zeugungskammer‹, aber jedes Kind im Duka-Bezirk wußte, daß sich dort nur unsere Lehrer und die klügsten Kundigen des Palastes zu langen nächtlichen Gesprächen trafen, bei denen sie ganz einfach ungestört bleiben wollten.

Ich rief noch ein paarmal, dann zuckte ich mit den Schultern und stieg die Stufen hinauf. Ich ging durch den offenen Säulengang und stand vollkommen unerwartet vor Berios, dem Seher. Der oft verschlossen wirkende Mann mit einem ausladenden Hinterkopf und wilden, ungekämmten Haaren trug einen weißen, mit goldenen Symbolen feinbestickten Umhang, einen langen weißen Rock und lederne Sandalen.

»Ich grüße dich, Inanna«, sagte er sanft und ohne Vorwurf in der Stimme. Ich versuchte zu lächeln, aber es gelang mir nur unvollkommen. Ich mußte mich räuspern, ehe ich antworten konnte.

»Du hast mich erschreckt.«

»Und du hast uns erschreckt«, nickte Berios. Er nahm einen glatten Spiegel vom Boden auf und hielt ihn mir vor das Gesicht.

»Siehst du etwas?«

Ich starrte in den Spiegel. Ich sah ganz anders aus, als ich mich in Erinnerung hatte. Aber das war unmöglich! Wie konnte ich in einem Tag und einer Nacht soviel älter geworden sein? Und was bedeutete dieser eigenartige Lichtschein um meinen Kopf?

»Fast eine Woche«, sagte Berios. »Du warst fast eine Woche fort. Natürlich haben wir versucht, dich über deinen Stein der Götter mit Energie zu versorgen. Aber dort, wo du dich verborgen hattest, ist auch die Kunst der Weisen machtlos...«

»Ich... ich hatte mich nicht versteckt! Es war ganz anders!«

»Du wirst uns über jeden deiner Schritte noch berichten«, sagte Berios noch immer sanft. »Sei froh, daß du die Promenade am Kanal für deinen Weg nach Hause gewählt hast. Auf diese Weise konnten wir von hier oben sehen, wie sehr du unter Durst und Hunger gelitten haben mußt! Wir haben dich noch rechtzeitig versorgen können...«

»Aber das stimmt nicht«, sagte ich und schüttelte den Kopf. »Ich habe keine Sekunde lang Hunger oder Durst gehabt! Ich habe nicht einmal daran gedacht!«

»Und der Schein um deinen Kopf? Er zeigt noch immer an, wie hungrig, durstig und erschöpft du bist?«

»Du meinst, der Schein...«

»Du hast bisher nur davon gehört, nicht wahr? Aber er ist kein Zeichen der Göttlichkeit. Wozu auch? Wer als Gott, Göttin oder Erzer in ferne Länder geschickt wird, hat es nicht nötig, sich mit einer auffälligen und höchst unsinnigen Aura zu umgeben. Meist ist es sogar wichtiger, unerkannt aufzutreten. All das hättest du in den kommenden Monaten noch gelernt. Aber du wolltest ja deinen eigenen Weg gehen!«

Ich verstand sofort, was er meinte, und senkte den Blick.

»Ich darf nicht mehr dabeisein.«

»Es tut mir leid für dich, Inanna, aber die alten Regeln lassen keine Ausnahmen zu.«

Ich zog die Brauen zusammen. Es tat weh, und ich fühlte mich sehr erschöpft. Eigentlich wollte ich nichts mehr sagen, doch dann formte mein Mund doch noch eine Frage: »Was ist... was ist mit Osiris? Wird er...«

»Warte ab, Kind«, sagte der Seher. Ich hörte ihn wie durch einen Schleier aus Watte. »Ruh dich jetzt aus und komm morgen abend, sobald der Abendstern aufgeht, in meinen Turm.«

Ich schluckte unwillkürlich. »Ich danke dir, Berios«, sagte ich, obwohl ich eher den Tränen nahe war. »Wenn der Abendstern aufgeht, sagst du? Aber dann wird die Weihe der neuen Göttinnen und Götter bereits zu Ende sein...«

»So schreibt das Ritual es vor!«

Ich wandte mich abrupt ab. Meine Hände suchten Halt an der

Mauer. Mit schweren, unsicheren Schritten tastete ich mich bis zu meinen Räumen. Und erst, als ich die Tür hinter mir geschlossen hatte, brach alles aus mir hervor, was ich in den vergangenen Tagen nur mühsam und voller Selbstdisziplin ertragen hatte.

Ich weinte, wie ich noch nie zuvor geweint hatte.

Die jungen Götter und Göttinnen in der großen Ehrenhalle des Palastes warteten gespannt auf das Erscheinen des Hochkönigs. Nur alle sechs Jahre, jeweils eine Woche nach der zeremoniellen Opferung des weißen Stieres, fand in kleinem Kreis eine besondere Zeremonie statt, von der die meisten Bewohner von Atlantis kaum eine Vorstellung hatten.

Keiner der sehr jungen Frauen und Männer, in ihren enganliegenden, silbern glänzenden Anzügen mit einem scharlachroten Schultertuch, das fast bis zum Boden hing und dessen Endzipfel an der linken Seite in schwarzen Gürteln steckte, keiner der zweiundzwanzig Frauen und Männer in der Ehrenhalle zeigte, wie ungeduldig er wirklich war. Sie hatten gelernt, in jeder Situation Haltung und den Ausdruck abweisender Überlegenheit zu wahren.

Als der Hochkönig mit seinen typischen, halb tanzenden, halb springenden Bewegungen in die Ehrenhalle kam, erfüllte sich der große Raum mit sanftem Paukenraunen. Panflöten fielen ein, dann klang ein auf- und abschwellendes Glissando wie von hundert Harfen aus den Säulengängen an den Seiten. König Atlas wurde von höchsten Göttern aus allen Erdteilen begleitet. Aber nicht alle waren erschienen...

Neben ihm gingen zwei Wondschinas. Ihre Lippen waren so zusammengekniffen und schmal, daß es aussah, als hätten sie durch jahrtausendelanges Schweigen keinen Mund mehr. Ihr Kontinent lag zwischen dem pazifischen und dem indischen Teil des weltumspannenden Okeanos. Manche der Eingeweihten munkelten, daß sie über Wissen verfügten, das bis auf die versunkenen Landbrükken von Mu und Lemuria, den Resten des vor sechs Millionen Jahren versunkenen Großkontinents Gondwanaland im Süden des Erdballs zurückging – in eine Zeit, in der noch nicht einmal Atlantis bewohnt war.

Ihnen folgten Odin, Ulgen Bai und Tawa, die ebenfalls schon sehr alt waren. Dann kamen riesenhafte Männer mit blonden Bärten und strahlendblauen Augen. Sie waren die Nachfolger der frühen Prospektoren, die sich bis ins ewige Eis des Nordens vorgewagt hatten.

Die Prozession ging an den wartenden jungen Männern und Frauen entlang, kehrte um und wandte sich einem Podest aus weißem Marmor zu. Der König stieg drei Stufen hoch, die anderen nur zwei. Trotzdem überragten sämtliche Götter den König der Könige, manche sogar um Haupteslänge. Atlas hob die Arme und warf seinen Mantel aus Vogelfedern ab. Sofort verstummte die Musik im Hintergrund.

»Meine Kinder«, rief der Hochkönig pathetisch. »Ich weiß, daß sich heute für euch ein langer Traum, nein – der größte und innigste Traum eures jungen Lebens erfüllen soll! Aber so schwer es mir auch fällt...«

Er sah mit einem leicht zuckenden Lächeln nach links und nach rechts. Die lang herabhängenden Fahnentücher an beiden Längsseiten der Ehrenhalle blähten sich auf.

»So schwer es mir auch fällt«, wiederholte er, und dann schnell und fast unhörbar: »Ich muß euch enttäuschen!«

Die Frauen und Männer in der Ehrenhalle wagten nicht, sich zu bewegen. Sie starrten König Atlas an und konnten einfach nicht glauben, was er gerade gesagt hatte. Ohne zu wissen, was die Worte des Hochkönigs bedeuten sollten, empfanden alle die Vorahnung der kommenden Enttäuschung.

»Seht diese Zeichen auf den Fahnentüchern!« rief er den Versammelten zu. »Sie sind Symbole für die Länder, in denen das Weltreich von Atlantis Landmarken und Kolonien besitzt. Ich weiß, daß diese Bezeichnungen euch vielleicht zu hochtrabend klingen mögen, denn bis heute habt ihr gelernt, daß die Wilden stets von einem Ort zum anderen ziehen. Aber das stimmt nur teilweise. Schon vor Jahrtausenden haben Frauen und Männer wie ihr diesen Kreaturen gezeigt, was Kultur und Fortschritt heißt! Sie waren Lehrer und Erzieher, gütige Mütter und Väter ganzer Stämme, tolerant und geduldig von einer Generation auf die andere.«

Er fand langsam seine pathetische Überlegenheit zurück. Mit

einem breiten Lächeln sah er die Kandidaten nacheinander an. Bei einigen nickte er, bei anderen schob sich seine Unterlippe vor, ganz als wolle er sagen: »Ja, ich weiß, was du denkst und in diesem Augenblick empfindest!«

»Ich bin kein Freund großer Worte!« rief er schnell. »Die letzten Tage waren schwer und mühsam für einen König wie mich, der die Bescheidenheit liebt und nichts sehnlicher wünscht als Frieden unter dem Zeichen des Pentagramms! Nehmt deshalb meinen königlichen Beschluß hin und murrt nicht! Es wird keine neuen Götter mehr geben! Jedenfalls heute nicht und nicht in naher Zukunft! Fragt mich nicht, warum das so ist, denn es ist, wie es ist. Dennoch geht ihr alle sofort hinaus. Jeder von euch erhält eine Aufgabe, von deren Lösung die Zukunft des ganzen Reiches abhängt. Gelingt es keinem von euch, die Aufgabe zu erfüllen, brauchen wir keine Götter, keine Könige, keine Kundigen und keine Krieger mehr!«

Wieder zuckten seine Mundwinkel. Es sah nicht mehr pathetisch und aufgeplustert, sondern nur noch hilflos aus. Nie zuvor hatte ein König weniger Kraft und Macht ausgestrahlt als der älteste der zehn Herrscher in diesem Augenblick. Es war entwürdigend. Alle, die eben noch darauf gebrannt hatten, den Hochkönig mit den vorgeschriebenen Sätzen zu loben und zu preisen, standen mit zusammengepreßten Lippen vor ihm und seinen Begleitern.

Atlas rieb sich verlegen die Hände. »Ja, das wollte ich euch sagen!« Er nickte, dann zog er den Kopf ein, stieg vom Podest und eilte starr geradeaus blickend aus der Ehrenhalle.

Ich hatte mich die ganze Zeit in einem Winkel hinter den hängenden Fahnentüchern verborgen. Obwohl ich in den letzten Stunden geweint hatte und eigentlich nicht mehr zu ihnen gehörte, konnte ich ein lautes Aufschluchzen nicht unterdrücken. Ich erschrak über mich selbst und hatte nur noch den Wunsch, einfach wegzulaufen.

Einige bemerkten mich, aber niemand interessierte sich jetzt noch dafür, warum ich nicht bei ihnen gewesen war.

ALLES FLIESST

Nur wenige Stunden später fand hundert Tagewege weiter nördlich, jenseits des gewaltigen zentralen Bergmassivs des Inselkontinents, eine Zusammenkunft statt, die alle fünf Teilnehmer bei ihrem Bekanntwerden mehr als die Königswürde gekostet hätte.

Die jüngeren Zwillingsbrüder hatten sich noch während der Stieropferung insgeheim verabredet. Sie wußten, daß es in Basilea selbst keinen Ort gab, an dem sie ungestört miteinander sprechen konnten. Hier aber, im kahlen, kalten und windigen Norden von Atlantis suchten um die Nachtzeit selbst Kundschafter aus dem Süden einen warmen Unterschlupf.

Die Könige der äußeren Inselbereiche nach dem Pentagramm der Macht hatten dankbar die wärmenden Fellbekleidungen angenommen, die von Vertrauten von König Gadeiros bereitgelegt worden waren. Sie saßen in einem Turmzimmer der steinernen Burg von Gadeiros. Obwohl auch hier heißes Wasser aus dem Inneren der Berge durch komplizierte Rohrnetze im Fußboden strömte, fröstelten besonders Diaprepes aus dem Südosten und Mestor aus dem Südwesten der Insel. Sie waren nur warme Winde und milde Meeresströmungen gewöhnt.

»Es hat keinen Sinn mehr, mit unseren älteren Brüdern zu reden«, faßte Gadeiros als Zwillingsbruder des Hochkönigs die Beratungen der letzten Stunden zusammen. Er trug als einziger keinen Pelz, sondern nur Hosen aus Wildleder und ein offenes Hemd, das an der Brust mit Goldschnüren zusammengehalten wurde. Fünf kleine Messingringe an der linken Brustseite des Hemdes bildeten seinen ganzen Schmuck. Sie standen für das erste Zwillingspaar des Reiches.

»Vielleicht hätten wir doch nicht hierher kommen sollen«, meinte Diaprepes, der Jüngste der zehn Brüder. Er war kaum älter als die jungen Frauen und Männer, die in den nächsten Tagen die Königsinsel verlassen sollten. »Denn letztlich ist doch nichts mehr zu retten! Das einst so mächtige und große Weltreich von Atlantis ist zu alt geworden. Fast eine Million Jahre haben wir gebraucht, um uns von den ersten aufrecht gehenden Menschenwesen, die einen Stein als Werkzeug in die Hand nahmen und die Macht des Feuers erkannten, zu den absoluten Herrschern über alle Meere, Inseln und Kontinente zu entwickeln.«

»Sprich nicht wie in den feierlichen Versammlungen«, meinte Gadeiros. »Sag lieber gleich, worauf du hinauswillst.«

»Eine Million Sonnenumläufe«, fuhr Diaprepes fort. »Und mit jedem Tag, jedem Jahr, jedem Zeitalter reiste das Sonnensystem mit seinen Planeten weiter durchs All. Die Welt außerhalb von Atlantis hat sich in dieser Zeit erheblich verändert. Manchmal war die ganze Nordhalbkugel vereist, dann wieder wurden Wüstenregionen zu blühenden Gärten. Doch zwei Dinge blieben wie eherne Gesetze unveränderlich: wir selbst entwickelten uns immer schneller – ganz gleich, ob draußen Stürme tobten oder die Magnetpole ihre Richtung änderten, ob Vulkane explodierten und fruchtbares Land überflutet wurde. Das zweite Gesetz betraf alle anderen Lebewesen, die so hätten werden können wie wir. Gewiß, sie lernten ebenfalls dazu, aber sie blieben doch, was sie waren: primitive Wilde, die sich wie Tiere zusammenscharten und niemals das Licht der Erkenntnis sahen...«

»Wir haben versucht, unser Wissen auf sie zu übertragen«, warf Euaimon, der Jüngere des zweiten Zwillingspaares, ein.

»Ja«, Diaprepes nickte zustimmend. Er sprang auf und lief im Turmzimmer auf und ab. Hinter den dicken Kristallfenstern regnete es. Das Meer war nicht mehr zu erkennen. Selbst aus der kleinen Stadt um Gadaeiros' Burg funkelte kein Licht mehr durch die Nacht. »Ich weiß nicht, wie viele Versuche es wirklich gegeben hat«, fuhr Diaprepes fort. »Aber ich weiß, daß außer den Cro Magnon-Experimenten eigentlich nichts Erfolg hatte...«

»Du solltest zur Sache kommen«, sagte Gadeiros mahnend. Er beugte sich über eine Reihe von Geräten, die im Mauerwerk des Turmzimmers eingebaut waren. »Die ganze Erde spürt die Gefahr wie Schlangen und Vögel ein bevorstehendes Erdbeben. Unsere Geräte registrieren gewaltige Stürme, schwankende Berge und starke Luftdruckunterschiede in vielen Zonen.«

»Meine Weisen haben kurz vor meiner Abreise von heftigen Fakkeln am Sonnenrand berichtet«, warf Autochthon ein.

»Meine sprachen von Flecken in ihrem Gesicht«, meinte Mestor.

»Es gibt bereits Schatten an Orten des Himmels, an denen vor wenigen Wochen noch Sterne zu sehen waren«, stimmte auch Euaimon zu. »Doch das alles war kein Geheimnis, als wir zum Zehnkönigstreffen aufbrachen. Wir kannten die Zeichen, unsere Kundigen und Weisen kannten sie, und unsere Götter in aller Welt kannten sie.«

»Ich verstehe es einfach nicht!« stieß der jüngste der zehn Brüder erregt hervor. »Wenn jeder von uns und viele andere ganz genau wissen, welche Gefahren uns drohen, warum machen wir weiter, als wären wir blind? Warum versammelt sich das Volk nicht, warum schreit niemand? Und warum haben wir selbst nicht das geringste unternommen?«

»Und was, mein Bruder, würdest du tun, wenn du wüßtest, daß wir alle deinem Rat folgen?«

»Was ich tun würde?« lachte Diaprepes bitter. »Als erstes würde ich uns alle wegen Unfähigkeit und Ignoranz absetzen!«

»Warum? Was ist so verwerflich an uns?«

»Wir haben das Mana verloren. Unsere Vorrechte sind nur noch ererbt und nicht mehr legitimiert. Wir sind einfach unfähig geworden und wissen weder, was in der Stadt noch bei den Göttern überall auf der Erde geschieht. Ich würde einen Rat aus uralten Frauen und Männern einberufen und sie den Kindern Geschichten erzählen lassen! Ich würde jedes ihrer Worte – und sei es auch nur gemurmelt – mit Gold bezahlen!«

»Und wozu?«

»Niemand, keine Frau und kein Mann, dürfen weiter im Hafen, in den Handwerksstuben oder sonstwo arbeiten! Jeder müßte lesen und lesen, bis irgendeiner entdeckt, was wir verloren haben!«

»Das hieße Aufstand und Wahn noch vor dem Untergang!« sagte Autochthon trocken.

»Dann schon lieber sofort die Städte evakuieren, alle Boote bemannen und einen Exodus bis zu den höchsten Bergen der Welt organisieren«, schlug Euaimon vor.

»Warum auf die Berge?« fragte Gadeiros.

»Weil die Meere aufbrüllen werden, wenn der Planetoid uns trifft, weil keine Mauer stehenbleiben wird und kein Schiff mehr schwimmen kann, wenn der flammende Stern und der Äther um uns herum sich küssen!«

»Ihr habt noch immer nicht begriffen!« sagte Diaprepes heiser. »Wenn das eintritt, was wir befürchten, werden selbst die höchsten der hohen Berge für Jahrzehnte, wenn nicht für Jahrhunderte unbewohnbar. Die Sonne wird nicht mehr durch die Wolken kommen, kein Licht, kein Leben, einfach nichts mehr...«

Für mehrere lange, schwere Minuten sprach keiner der Königsbrüder. Sie sahen sich nicht mehr an. Jeder von ihnen hing seinen Gedanken nach. Gadeiros klopfte mit den Fingerknöcheln gegen die Meßgeräte in der Mauer des Turmzimmers. Euaimon zog immer wieder die Brauen zusammen und schob seine Unterlippe vor. Autochthon zählte die geschliffenen Feldsteine im Fußboden, und Mestor zeichnete mit einem Stift Pentagramme auf einen metallischen glänzenden Globus in der Ecke des Raumes.

»Wie lange noch?« fragte Diaprepes in die Stille hinein.

Gadeiros drehte sich um.

»Noch zehn Tage, höchstens fünfzehn...«

»Und wir tun, als ginge uns das alles nichts an«, sagte Diaprepes leise. Er strich sich mit den Handflächen über sein Gesicht, ging zu einem Bord an der Seite des Zimmers und goß sich aus einer Karaffe etwas Fruchtsaft in ein Glas. Er trank es mit kleinen Schlucken leer.

»Ihr habt recht«, sagte er schließlich. »Es gibt keinen Ausweg. Denn damals, als unsere Vorfahren das Cro Magnon-Experiment durchführten, müssen sie etwas zuviel von sich selbst abgegeben haben... Entropie, Übertragungsverlust!« Er achtete nicht darauf, ob auch nur einer seiner Brüder ihm zuhörte. »Fülle die Wanne deines Bades mit Wasser aus einer kochenden und einer eiskalten Quelle. Du wirst feststellen, daß du nichts mehr rückgängig machen kannst – denn keine Macht und kein Zauber können den Inhalt der Wanne wieder in kochendes und eiskaltes Wasser zurückverwandeln. Doch selbst wenn es gelänge, wäre etwas verloren... und keiner weiß, wo es ist...«

Diaprepes richtete sich ruckartig auf.

»Ich weiß es! Ich weiß, wo es ist!«

»Was weißt du?« fragte Autochton.

»Wovon sprichst du eigentlich?« wollte Mestor wissen.

»Das Geheimnis der Seele, der Kunst und der geistigen Kraft, die wir nicht mehr haben«, sprudelte Diaprepes hervor. »Mehr noch: hundert göttliche Fähigkeiten, die uns verlorengingen, als wir in unserer Hybris Menschen nach unserem Bilde schaffen wollten! Wenn wir sie wiederfinden könnten, diese Macht des Geistes über alle Materie, dann könnten wir uns in einem einzigen großen Gedanken vereinen und jede Gefahr von außen abwehren!«

»Glaubst du wirklich an diese Ammenmärchen?« fragte Mestor abfällig.

»Es war da, als der erste Bewohner von Atlantis bei seinem Spiegelbild im Wasser ›Ich bin!‹ dachte. Und es ging über auf jene, die plötzlich anders als ihre wilden Nachbarn waren. Wenn wir die größte von allen Kräften im Universum, diesen unfaßbar winzigen Funken zurückholen könnten...«

»Du meinst, wir sollten die erfahrensten unserer Götter...«

»Nein, ganz im Gegenteil! Vorhin wußte ich noch nicht genau, was ich meinte. Aber jetzt weiß ich es: Nur noch die ganz Alten mit ihren Legenden oder die Jungen, bei denen Wünsche und Träume wie Wirklichkeit sind, können uns jetzt noch helfen!«

»Zu jedem anderen Zeitpunkt hätte ich gesagt, du bist verrückt«, meinte Gadeiros. »Aber vielleicht ist es gerade das, was wir brauchen – das Undenkbare denken...«

»Sieh dich doch um, Gadeiros!« sagte Diaprepes von seiner eigenen Idee begeistert. »Seit mehr als zwanzigtausend Jahren ist nichts Neues mehr durch uns entstanden. Unser Feuer, das einmal in uns brannte, hat seine schöpferische Kraft verloren. Laßt uns die Auserwählten ausschicken – Kinder, die noch keine Götter sind! Ich weiß, Atlas und unsere älteren Brüder wollen auch das nicht mehr, aber wem würde es schaden, wenn wir alle, die in der Duka leben, in alle Himmelsrichtungen aussenden? Sie haben ohnehin weder Vater noch Mutter zu verlieren, weil sie in Gläsern gezeugt und in Brutkammern bis zum ersten Schrei gewachsen sind!«

Er schwang nach links, sah Mestor und Autochthon an, dann nach rechts, wo ihm Euaimon und Gadeiros nachdenklich geworden zuhörten.

»Alle auserwählten Kinder?« fragte Gadeiros. »Auch diejenigen, die in den nächsten Tagen ohnehin ihren Dienst bei den alten Göttern übernehmen sollten?«

»Alle!« sagte Diaprepes mit leuchtendem Gesicht. »Manu, Osiris, Seth, Nephtys und wie sie alle heißen. Und auch die ganz jungen wie Inanna...«

»Inanna auch?« fragte Gadeiros skeptisch. »Sie war drauf und dran, gegen das Inzestverbot der Auserwählten zu verstoßen! Außerdem hat sie die Psychogramme im grauen Haus gesehen...«

»Spielt das jetzt noch eine Rolle?«

Die anderen schüttelten den Kopf.

»Das wird Ärger geben!« sagte Gadeiros. »Ich glaube nicht, daß irgendeiner der mächtigen alten Götter auch nur ansatzweise bereit ist, bei diesem Plan mitzumachen! Überlegt doch mal – könnt ihr euch vorstellen, daß Amun-Re in Ägypten, Viracocha, Quetzalcoatl oder Brahma einen Finger krümmen würden, wenn wir jüngeren Könige von Atlantis ihnen halbe Kinder schicken?«

»Noch dazu, wenn diese Ungeweihten Informationen über die verborgenen Quellen des längst vergangenen Wissens verlangen«, stimmte Mestor zu. »Leider können wir auch Gott Enki zu nichts mehr zwingen. Das gleiche gilt für Tiuz in Aquitanien. Er herrschte früher in einer lieblichen Landschaft aus bewaldeten Bergen und romantischen Flußtälern über Hunderte von Höhlen, in denen nicht nur die Cro Magnon-Menschen ihre Spuren hinterlassen haben. Dummerweise hat er sich inzwischen nach Norden bis Armorica zurückgezogen und läßt seine Eingeborenen bei Carnac mit Findlingen eine Art primitive Königsstadt nachbauen...«

»Die Auserwählten werden Mittel und Wege finden«, sagte Diaprepes beharrlich. »Und selbst, wenn viele von ihnen scheitern sollten... ein einziger Erfolg, nur ein einziger richtiger Hinweis aus irgendeiner Kolonie kann darüber entscheiden, ob wir untergehen oder erneut das Geheimnis der kosmischen Harmonie nutzen können!«

Die anderen zögerten, dann trat Gadeiros auf seinen jüngsten Bruder zu und legte ihm seine Hand auf die Schulter. Autochthon folgte, dann Euaimon und schließlich auch Mestor.

»Ich werde unseren Beschluß sofort an die Götter, die Kundigen und die Weisen in aller Welt weitergeben«, sagte Diaprepes. »Aber ich fürchte, auch das wird nicht mehr viel ändern!«

»Haben wir eine andere Wahl?« fragte Gadeiros.

Ich saß auf einer Polsterbank neben der großen Kuppelöffnung des Turms und blickte zu den funkelnden Lichtpunkten der Sterne am blauschwarzen Himmel hinauf. Ich wußte inzwischen, warum der Seher mich geholt hatte. Und während Berios sprach, versuchte ich vergeblich, die Bedrohung in den Tiefen des Nachthimmels zu erkennen, die alles vernichten sollte.

Aber ich glaubte ihm nicht, konnte ihm einfach nicht glauben! Ich sah am schmalen, sichelförmigen Mond vorbei, erkannte den Mars, den Jupiter und den Saturn. Die Sternbilder waren von hier oben noch deutlicher zu erkennen als vom Innenhof des Duka-Viertels. Mit einer fast träumerischen Sehnsucht sah ich zu, wie das Licht der Venus den Nachthimmel beherrschte. Dieses Licht nahm mich ganz besonders gefangen. Wenn ich jemals hinausgehen sollte, um irgendwo als Göttin über Eingeborene zu herrschen, dann wollte ich es unter dem Zeichen der Venus tun.

Berios, der Seher, ließ sich nicht beirren. Seine Stimme hob sich, wurde lauter, prophetischer und beschwörender, als er sagte: »An einem fernen Tag der Zukunft wird man erkennen, daß auch wir mehr als eine Legende waren... so wie die großen Zeiten unserer Kolonien auch für uns fast nur noch eine Legende sind. In der langen Vergangenheit des Reiches von Atlantis gab es immer wieder Epochen der Gefahr für die große Ordnung... Küsten mit blühenden Kolonien versanken, Vulkane zerstörten das Geschaffene, neue Länder hoben sich aus dem Meer, und gar nicht selten erhoben sich sogar unsere eigenen Götter gegen die Oberhoheit der Insel...«

Er lachte leise und ging an mir vorbei zu den im Halbdunkel summenden Apparaten neben dem großen Teleskop mit Linsen aus verdichteter Luft.

»Athen«, fuhr er dann fort. »Wir konnten es bei den Titanenkämpfen nur mühsam schlagen und in die Barbarei und in ein kindliches Denken zurückwerfen. In einigen Kolonien ist unsere Herrschaft bereits heute kaum mehr als ein Mythos. Generationen von starken und selbständigen Göttern haben alles getan, um sich von den Königen zu lösen. Sie haben neue Legenden erfunden, ließen neue Schöpfergestalten verehren und sicherten sich so ihre absolute Macht.«

»Warum gingen die Könige nicht gegen die Frevler vor?« fragte ich erstaunt. Wieder lachte der Seher leise und beinahe vergnügt.

»Sie sind schon lange zu sehr mit sich selbst beschäftigt. Das, was die großen Vorfahren geschaffen haben, wurde nach und nach so kompliziert, daß nicht einmal wir Kundigen und Seher jede lokale Entwicklung aufzeichnen oder gar deuten konnten. Wozu auch? Den Königen der letzten Jahrtausende kommt es nur noch darauf an, das Bestehende zu bewahren und für sich selbst zu nutzen. Sie verstehen nicht mehr, daß jeder Stillstand Rückschritt bedeutet!«

Er schwieg und trat neben mich. Wir blickten lange zu den Sternen hinaus. Die Nacht kam mir unsagbar schön und gleichzeitig rätselhaft und bedrohlich vor.

»Was geschieht, wenn das Furchtbare vorüber ist?«

»Zehntausend Jahre werden vergehen, bis neue Reiche entstanden sind, die sich mit unserem Entwicklungsstand vergleichen können. Zehntausend Jahre, in denen vieles noch einmal erdacht, entdeckt und entwickelt werden muß! Es werden grausame Jahrtausende sein. Doch irgendwann wird man erneut damit beginnen, nach dem Zusammenhang zwischen der Harmonie im Kosmos und dem Sinn des Lebens zu fragen. Und wenn das Zeitalter des Wassermanns gekommen ist, werden Millionen und Milliarden Menschen auf der Erde wohnen – Menschen wie wir mit Städten, Zivilisationen und einer Technik, die so gigantisch ist, daß sie erneut alles zerstören kann. Aber vielleicht gelingt es uns, Reste der Alten Ordnung bis in die ferne Zeit des Wassermanns zu retten. Das ist es, was wir noch tun können, ehe das Land versinkt und Dunkelheit die Erinnerung der Überlebenden auslöscht...«

Ich empfand die Stille wie einen kalten Schauder auf meiner Haut. Ich fröstelte und zog die Schultern zusammen.

»Es sieht so schön und friedlich aus«, sagte ich. »Ich kann einfach nicht glauben, daß schon bald alles zu Ende sein soll.«

»Die Sterne kümmert nicht, was auf ihren Planeten aufsteigt und untergeht«, antwortete Berios. »Aber wir vergessen viel zu leicht, daß wir von allem abhängig sind, was im unendlichen All geschieht. Im kosmischen Maßstab ist es nur ein kleiner Brocken aus Geröll und Eis, der unsere Bahn kreuzt. Auf dem gesamten Globus fällt ohnehin bei Tag und Nacht soviel Sternenstaub herab, daß er die ganze Stadt bedecken könnte. Wir merken nichts davon und sehen nur manchmal die Lichtspuren von Sternschnuppen.«

»Könnte der Planetoid, von dem du gesprochen hast, nicht ebenfalls schon hoch am Himmel zerfallen und verglühen?« fragte ich.

»Ein Teil wird verglühen«, antwortete Berios zustimmend. »Und sehr wahrscheinlich spaltet sich der Brocken auch. Aber das alles reicht nicht aus, um ihm seine zerstörerische Kraft zu nehmen.«

»Und wenn er an einer ganz anderen Stelle – irgendwo auf der anderen Seite der Erde einschlägt?«

»Wenn er auf eine Landmasse trifft, würde das zwar einen gewaltigen Krater, unvorstellbare Erdbeben und furchtbare Wetterkatastrophen geben«, meinte Berios zustimmend. »Aber wir könnten überleben. Doch leider besteht die Gefahr, daß der Trabant, der uns schon lange und im Abstand von mehreren hundert Jahren bedroht, in den Okeanos stürzen wird.«

»Und was kann ich dagegen tun?« fragte ich. »Du hast gesagt, daß du meine Hilfe brauchst.«

»Nicht, um die Katastrophe abzuwehren. Das schafft niemand mehr! Wir haben überall in der Welt Krater von Meteoreinschlägen vermessen. Manche geschahen schon vor Jahrmillionen und sind noch immer eine Wunde, die nicht verheilt. Wir kennen die Gefahr aus den Aufzeichnungen über viele Jahrtausende hinweg. Der Planetoid wird uns treffen, und dagegen sind selbst wir mit unserem ganzen Wissen machtlos. Vielleicht hätten wir eine Chance gehabt, wenn die Zeit günstiger für uns gewesen wäre...«

»Was meinst du mit ›günstiger‹?«

»Wenn es vor zehntausend Jahren geschehen wäre... zum Höhepunkt der letzten Eiszeit... als der Spiegel der Meere viel tiefer lag...«, Berios stockte. Ich sah das Glühen um seinen Kopf. »Entschuldige«, sagte er. »Ich fühle mich etwas schwach. Ich habe irgend etwas falsch gemacht mit den Kräutern, die uns uns ein langes Leben geben...«

Ich blickte den Seher ganz genau an.

»Du bist sehr alt, nicht wahr?«

»Ich entstand nach dem Cro Magnon-Versuch, wenn du das sagen willst. Damals, vor sechsundzwanzigtausend Sonnenumläufen, muß es auf irgendeine Weise gelungen sein, den Schleier über dem Geheimnis des Lebens ein wenig anzuheben. Nicht nur bei den wilden Menschen, sondern auch zu unserem eigenen Vorteil. Den Freilebenden haben wir seinerzeit dazu verholfen, zum ersten Mal über sich selbst nachzudenken. Wir haben ihnen das Bewußtsein geschenkt. Und für uns selbst fiel fast so etwas wie Unsterblichkeit dabei ab. Das war der eigentliche Grund für die Versuche...«

»Und jetzt? Ist jetzt alles vergessen?«

»Nicht alles, Inanna. Jetzt sind die sechsundzwanzigtausend Jahre vergangen, die unser Sonnensystem bei seinem großen Umlauf braucht, um erneut in jene kosmische Konstellation zu gelangen, die alle Schritte der Entwicklung auf unserem Planeten so entscheidend beeinflußt. Doch diesmal sind wir nicht vorbereitet für einen neuen Schritt nach vorn. Im Gegenteil. Und so, wie keine Kraft im kosmischen Gefüge ohne die Gegenkraft existiert, wird uns das neue Sternzeitalter nicht weiterbringen, sondern um eine unbekannte Anzahl von Zyklen auf der großen Spirale zurückwerfen.«

»Dann hat alles nur etwas mit den sechsundzwanzigtausend Jahren zu tun...«

»Die gleiche Zahl von Jahren, die ein Mensch heute an Tagen zu leben hat«, nickte Berios. »Nicht alle zwar, denn einige leben noch immer sehr viel länger als andere. Andere tragen die Kraft der Gedankenübertragung und verschiedene andere Fähigkeiten in sich, die oft als Magie und Zauber, Okkultismus und der Wahrnehmung außerhalb der üblichen Sinne gedeutet wird. Im Grunde ist all das in jedem von uns vorhanden. Wir haben nur vergessen, wie wir den Schatz bewahren und erneut heben können, der in unserem Erbe verborgen ist.«

»Dann stimmt also, was aus früheren Zeiten erzählt wird«, sagte ich. »Ich meine die Legenden von Menschen, die sich durch ihren eigenen Willen in die Luft erheben konnten, von Gegenständen, die sie bewegten, und von Kämpfen, die nur durch die Macht des Geistes ausgetragen wurden...«

»All das ist belegt und bestätigt«, nickte Berios. »Nur wir wissen nicht mehr, wie es möglich ist, daß sich das ganze Volk auf einem Platz versammelt, um in einer mächtigen Zeremonie mit gemeinsamer Gedankenkraft eine Gefahr abzuwenden.«

»Warum geht das nicht mehr?« fragte ich. »Können nicht alle zusammengerufen werden, um es zu versuchen?«

»Das wurde wieder und wieder versucht!« seufzte Berios. »Normalerweise müßten Individuen Angst vor zu vielen anderen haben. Die kleine Gruppe bietet Schutz und Geborgenheit, doch bei größeren Zahlen können sich nicht mehr alle kennen. Trotzdem muß noch eine Urerinnerung an die eine geheimnisvolle Faszination vorhanden sein, die immer dann entsteht, wenn Hunderte und Tausende von Wildfremden dicht an dicht zusammenstehen, tanzen, im Chor rufen und in die Hände klatschen, wenn sie singen, wenn aus Angst Haß wird oder wenn sie gemeinsam beten...«

»Du meinst, wir hätten noch eine Chance, wenn wir gemeinsam aufstehen und den Planetoiden umlenken würden?«

»Wir haben es in den vergangenen Jahrzehnten wieder und wieder versucht. Wir haben Feste bei Tag und zu Nachtstunden veranstaltet. Riesige Massenversammlungen wurden ausprobiert, ebenso Kampfspiele, bei denen schon vorher das Zittern um gute und die Wut auf böse Parteien minutengenau eingeplant waren – doch alles blieb vergeblich! Wir wissen nicht mehr, wie das Gemeinsame, dieses verlorene Geheimnis kollektiver Erinnerung in jeder unserer Körperzellen darauf gerichtet wird, Materie zu bewegen und die Wirklichkeit zu verändern.«

Er hüstelte leise. Ich nahm einen Umhang von der Sitzbank auf und hüllte ihn um seine Schultern.

»Wir wissen, daß es das Geheimnis der Macht des Geistes über die Materie gibt. Kranke können gesunden, wenn sie es wollen. Situationen, in denen es für den Verstand keinen Ausweg mehr gibt, lassen menschliche Wesen über sich selbst hinauswachsen. Genau das unterscheidet uns von den Tieren, denn wir konnten nur zu dem werden, was wir sind, weil wir ständig über die Grenzen unserer Natur hinausgingen. Einige können sogar den Schlag ihres Herzens anhalten. Andere erinnern sich für kurze Augenblicke an Situationen, die sie schon einmal erlebt haben – auch wenn diese Situationen Jahrhunderte oder länger zurückliegen. Es ist in uns, Inanna, aber wir kommen nicht mehr an diese Weisheit, die nie vergeht, heran...«

»Warum erzählst du mir das alles?« fragte ich leise. »Du mußt doch einen Grund dafür haben, daß du ausgerechnet mit mir, einer Versagerin, sprichst!«

»Ich habe mehr als einen Grund, Inanna! Nenn es einen Traum, eine Vision, eine letzte, verzweifelte Hoffnung... du warst dabei, als König Atlas aufgegeben hat. Wenn es nach ihm gegangen wäre, wäre das letzte Fest nie beendet worden. Er wollte so lange feiern, bis der Fluch uns trifft, die Erde aufbricht und der Gesang des Untergangs als Todesschrei verhallt. Und nur auf unsere inständigen Bitten hin hat er zugelassen, daß noch einmal nach dem Geheimnis der verlorenen Kräfte gesucht wird. Und du, Inanna, bist die einzige aus der Schule der Götter, die die geheimen Symbolbilder im grauen Haus gesehen hat. Sie sind Bestandteil der alten Lehre von der Harmonie zwischen innen und außen, von Anfang und Ende und von Yin und Yang. Das Haus der Bilder gilt unseren Königen und Herrschern nicht mehr viel. Aber einer hat dich mit Absicht in dieses Haus geschickt. Er wollte sich an denen rächen, die jetzt Könige und Götter sind, und du warst sein Werkzeug.«

»Der Schiffsherr?« fragte sie verwundert. »Was hat dieser unheimliche Mann mit allem zu tun?«

»Jason hat schon vor langer Zeit versucht, das Geheimnis unserer Vorfahren zu enträtseln. Er nannte dieses Erbe das Goldene Vlies. Als er scheiterte, begann er damit, feuerschnaubende mechanische Stiere mit Hufen aus Erz zu bauen. Er spannte sie vor einen Pflug und säte Drachenzähne, um Krieger aus Metall zu züchten. Zur Strafe wurde er auf die gleiche Triere verbannt, mit der er damals seine künstlichen Menschen über das Meer nach Osten geschafft hat. Jason weiß mehr über die Bilder im grauen Haus als irgendein anderer.«

»Und warum fragt ihr dann mich und nicht ihn?«

»Er würde eher lachend zusehen, wie alle zehn Königreiche im Sturm versinken, als auch nur ein Wort von seinem Wissen preiszugeben!«

»Ist er ein so verbitterter Mann?«

»Schlimmer, Inanna: ein verbitterter Gott!«

»Aber er muß doch etwas ganz Bestimmtes beabsichtigt haben, als er mich in das Haus der Bilder schickte!«

»Er wollte uns nur zeigen, wo die Antwort zu suchen ist, die er selbst niemals gefunden hat.«

»Und du glaubst dennoch, daß ich helfen könnte?«

»Ja, denn du warst unvorbereitet und konntest ganz rein das fühlen und empfinden, was du gesehen hast. Was war es für dich, Inanna? Gibt es irgendein Bild, das überall und sogar in uns ist und das wir einfach übersehen, weil wir schon blind und taub für die Schwingungen der kosmischen Kraft in allem Lebenden geworden sind?«

Ich dachte angestrengt nach und zupfte mit den Zähnen an meiner Unterlippe. Noch einmal ließ ich die Bilder aus dem grauen Haus an mir vorbeiziehen.

»Ich weiß nicht«, sagte ich. »Es war sehr viel, und ich hatte kaum Zeit...«

»Du warst fast sieben Tage im grauen Haus.«

»Sieben Tage?« Ich starrte ihn ungläubig an. »Dann bin ich jetzt ja sechzehn und nicht mehr fünfzehn Jahre alt!«

»Wenn du dein körperliches Alter meinst, so mag das stimmen! Aber viel wichtiger erscheint mir, wieviel Erfahrung deine Seele in diesen sieben Tagen hinzugewonnen hat!«

»Es kam mir sehr kurz vor. Ich weiß wirklich nicht, wo ich mit der Suche anfangen könnte.« Ich strich unwillkürlich über den Stein der Götter über meiner Brust. Der Stein!

»Hast du nicht gesagt, daß ihr mich beobachtet habt, nachdem ich das graue Haus verließ?«

»Ja, das ist richtig«, antwortete Berios.

»Und mein Stein? Hat er nichts übermittelt, was ihr hier in der Duka aufzeichnen konntet?«

»Das ist es!« stieß Berios hervor. Seine Stimme zitterte vor Erregung. Das blaue Leuchten um seinen Kopf glich plötzlich einem fast überirdischen Schein. Ich sah ihn an und merkte, daß die gesamte Kuppel heller geworden war. Ich blickte zum Himmel hinauf. Hoch im Norden zuckte ein waberndes, rötlich, blau und grün strahlendes Lichtband zwischen den Sternen. Im gleichen Moment stöhnte Berios hinter mir auf. Ich drehte mich um und sah, wie sich der alte Seher an die Brust griff.

»Laß dir sagen... zu welchem Kontinent, welcher Höhle... du mußt sie finden!«

»Aber ich denke, ich darf nicht mehr...«

»Nicht als Göttin, aber...«

Er taumelte einige Schritte vor, dann knickten seine Beine ein. Er schlug direkt vor mir auf den Boden. Und fast gleichzeitig erstarb das Leuchten um seinen Kopf.

Die Vorbereitungen wurden in aller Heimlichkeit getroffen. Keiner der Auserwählten durfte während des folgenden Tages den Duka-Bezirk verlassen. Die Lehrer begründeten die strenge Maßnahme mit dem Tod des Sehers. Sie sagten, daß sie das böse Omen nicht bis in die Stadt gelangen lassen wollten...

Während der Vormittagsstunden entschieden sich immer mehr Kaufleute, Händler und Schiffsherren, die kommenden Tage nicht in Basilea zu verbringen. Sie ließen ihre Warenlager räumen und die besten Schiffe über Rampen an Land ziehen. Innerhalb weniger Stunden schnellten die Liegegebühren für die unterirdisch angelegten Docks an den Ringkanälen in astronomische Höhen. Einige neue und besonders wertvolle Konstruktionen, die teilweise auch unterhalb des Meeresspiegels schwimmen konnten, erhielten den Vorrang, und schon bald wurden die massiven Tore aus mächtigen Balken und goldenen Beschlägen so dicht verschlossen, daß kein Wassertropfen aus den Kanälen mehr durch die Schleusen drang.

König Atlas mußte zulassen, daß Ströme aus Fahrzeugen, Menschen und Tieren aus der Stadt in die Ebene zogen. Auf den Straßen drängten sich Elefanten und Lastesel; überfüllte Kampfwagen kurvten durch den weichen Boden, brachen an schmalen Brücken ein und wurden nicht einmal wieder herausgezogen. Die Massenflucht nahm immer panikartigere Züge an. Jeder, der konnte, hatte soviel Hab und Gut wie irgend möglich auf die unmöglichsten Gefährte gehäuft. An den Kreuzungen des äußeren Stadtrings versuchten Wachen und Krieger aus dem Königspalast, den verloren wirkenden Erzern Beistand zu leisten.

Niemand wußte, warum nach den vielen Wochen und Monaten, in denen die bevorstehende Katastrophe kaum irgendeinen Bewohner von Atlantis interessiert oder gar beunruhigt hatte, urplötzlich und wie ein Erwachen aus hypnotischem Schlaf ein Gefühl für die Gefahr aufgebrochen war.

Es war, als hätte es nur eines neuen Gerüchtes bedurft, um nach dem Königspalast jetzt auch die ganze Stadt in einen Ameisenhaufen zu verwandeln. Und immer mehr Bewohner von Atlantis behaupteten, daß sie alles schon lange gewußt, schon immer gewarnt und nie an das geglaubt hätten, was offiziell verkündet worden war.

An vielen Stellen standen Oannes mit ihren Fischhautmänteln, schöpften Wasser mit den Händen aus den Kanälen und zeichneten feuchte Spuren über die zertretenen Felder. Sie sangen noch immer die Lieder, die vorher keiner ernst genommen hatte.

»Tand, Tand, Tand und nichts hat Bestand...«

»Alles fließt, alles vergeht...«

»Aus Wasser sind wir erschaffen, und nicht aus dem Lehm der Erde«, sangen sie. »Nicht schützen die Berge, nicht hält euch das Land, zum Wasser kehren wir heim!«

Als die Sonne den Scheitelpunkt ihrer Bahn erreichte, begann die Luft zu flimmern. Immer mehr Flüchtende stießen die Packen und Ballen, Kisten und Fässern von ihren Wagen. Sie warfen ab, was sie in Habgier und Hast übereinander angelegt hatten. Die Spur wertlos gewordener Schätze wurde immer länger. Zuerst bückte sich mancher noch, doch dann stießen selbst die Kinder achtlos zur Seite, was nur wie Gold glänzte und nichts mehr nützte.

Ein seltsames Sirren erfüllte die Luft. Manch einer blickte mit zusammengekniffenen Augen zur Sonne hinauf, um sich gleich darauf die Tränen aus dem Gesicht zu wischen.

»Was geschieht mit der Sonne?« keuchten sie. »Oder ist das bereits der verfluchte Planetoid?«

»Was weiß ich!«

»Nicht stehenbleiben!«

»Los, weiter! Weiter!«

Und dann stiegen wie goldene Vögel fast gleichzeitig Dutzende von Himmelsschiffen am Rand der Stadt auf – große und kleine, goldene und silberne, schwarze und weiße.

»Sie fliehen!« brüllte der Goldschmied vor Wut. »Die Könige und ihre dekadente Brut lassen uns einfach im Stich!«

Er konnte nicht wissen, daß er sich irrte. Und im Grunde interessierte sich kaum noch jemand dafür, was in der Stadt geschah. Und jeder, der daran dachte, daß er das Unwetter schon überstehen würde, spürte, daß bereits jetzt sehr viel unwiederbringlich verloren war.

Macht und Herrlichkeit von Atlantis waren zu Ende, noch ehe auch nur eine Welle des Okeanos über die Kaimauern an den Kanälen schwappte. Noch blühten die Bäume, während andere bereits Früchte trugen, noch wiegte sich das reife Korn neben Feldern mit frischer Saat. Doch als der Abend kam, war der abtrünnige Stern zum ersten Mal am Himmel zu sehen. Er kam aus der Richtung, in der die Venus kristallklar funkelnd am samtblauen Himmel aufging.

WIDERSTAND

Sehr weit entfernt, auf der anderen Seite des Planeten, der sich noch immer wie eh und je in der Kälte des schwarzen, mit Sternen gespickten Nichts um das Feuer der Sonne bewegte, nahte die Stunde der Affen. Laut schreiend schwangen sie sich durch die Dschungelwelt, griffen behende von Zweig zu Zweig, ließen sich an Lianen fallen und legten auf diese Weise kaum weniger schnell als die Vögel große Strecken zurück.

Sie kamen wie jeden Abend zum riesigen, rot wie ein gerade erschlagenes und frisch gehäutetes Riesentier, inmitten des Waldes liegenden Felsen. Der gewaltige Steinbrocken ragte weit über die Baumwipfel hinaus, und er war länger als die Strecke, die die gejagten Tiere eines ganzen Jahres hintereinandergelegt ergaben.

Der Bergrücken selbst, dieser an vielen Stellen von Spalten, Schründen und versteckten Höhlen zernarbte, von Stürmen und Wasserspuren wieder glattgeschliffene Felsriese, war das Heiligtum und der Altar des vergehenden Tages. Nirgendwo sonst im Dschungel des riesigen Kontinentes inmitten des südlichen Ozeans war der Abschied der Sonne länger und quälender, nirgendwo zeigte sich der Kampf des Lichts gegen die Dunkelheit der Nacht so dramatisch wie an diesem Felsen.

Jedesmal, wenn die weiße Sichel des Mondes gleichzeitig mit der untergehenden Sonne am Himmel zu sehen war, kamen mit den Affen, den Vögeln, den Raubkatzen und den vielen anderen Bewohnern des Dschungels auch die Zweibeinigen, die in den Lichtungen am Fluß und im Buschland weiter im Norden lebten, zum roten Felsen. Die meisten von ihnen waren nackt und hatten ihre dunklen Körper mit Asche und rotem Steinstaub geschmückt. Andere trugen leichte Blusen und Hosen mit enganliegenden Bünden an den Gelenken von Armen, Beinen und am Hals. Sie waren größer als die Nackten, und manchmal konnten sie sich ohne jedes sichtbare Hilfsmittel in die Luft erheben und zu Orten der Einsamkeit fliegen, die niemand kannte.

Die Wondschinas mit ihrer viel zu hellen Haut vertrugen die Feuchtigkeit des Dschungels und die harten Strahlen der Sonne nicht. Ihre Zeit waren die Nächte, und selbst wenn die Sonne nur noch den roten Felsen beschien, legten sie ihren bläulich leuchtenden Schein um den Kopf nicht ab. Und wieder war die Zeit reif für eine Nacht voller Tänze und Beschwörungen.

Sie näherten sich von allen Seiten dem roten Felsen. Diesmal waren es viel mehr als sonst, und sie kamen selbst aus entfernten Regionen. Als die letzten mit einigen hoch in den blaudunklen Himmel steigenden Sonnenstrahlen eintrafen, war das Fest bereits in vollem Gang.

Nur noch der rote Berg leuchtete, als sie an den Feuern eintrafen. Zuckende Hände von tanzenden Körpern reichten ihnen Fruchtschalen mit bittersüß vergorenem Fruchtsaft und zogen sie ins Innere der kleinen Kreise aus stampfenden Füßen und rhythmisch geschlagenen Trommeln. Niemand erwartete ein Wort von den Wondschinas, niemand stellte ihnen Fragen, und niemand wunderte sich über ihre großen, strahlenden Augen und ihre Lippen, die so schmal waren, daß kaum ein Mund zu sehen war.

Wondschinas sprachen nicht. Sie hatten es noch nie getan, seit sie vor langer, langer Zeit zum ersten Mal am roten Felsen im Dschungel aufgetaucht waren. Und viele glaubten, daß eine Wondschinafrau oder ein Wondschinamann nur in ganz dunklen Nächten mit seinem Stein auf der Brust reden konnte. Sie waren die Nachkommen der Weltenschlange Julunggul, die den gesamten Kosmos geboren hatte, und sie hatten Ordnung in das Chaos gebracht, indem sie aus den ersten acht Bäumen die Welt entstehen ließen.

Als die Sonne endgültig verschwunden war, da lösten sich die Wondschinas aus den Kreisen der Tänzer. Die Nackten tanzten weiter, als würden sie nichts bemerken. Trotzdem machten sie jedem der Wondschinas respektvoll Platz. Sie wußten, daß aus ihnen Blitze und Unheil schießen konnten.

Die Schweigenden trafen sich an der Westseite des mittlerweile schwarz und bedrohlich aussehenden Felsbrockens. Die Flammen der Feuer beleuchteten hin und wieder die großen Ritzzeichnungen der Känguruhfrau, die den Regen macht, und des Fischers, den noch niemand sah.

Keiner der Tänzer bemerkte, wie nach langer, langer Zeit zum erstenmal ein Wondschina den Mund öffnete. Es war eine Frau.

»Wir könnten zurückkehren«, sagte sie. Die anderen antworteten schweigend. Jeder wußte, daß die Zusammenkunft nur noch ein Ritual war, das nichts mehr änderte.

»Es gibt nur noch wenige, die so sind wie wir.«

»Wir könnten versuchen, mit unseren Schwestern und Brüdern im Inneren Asiens und Afrikas, im Eis des Nordens oder in den Weiten des doppelten Kontinents auf der anderen Seite des großen Meeres gemeinsam über einen Ausweg nachzudenken...«

»Warum sollten wir das tun? Was wir bewahren würden, hat sich ohnehin längst überlebt.«

»Wir gehörten einmal zusammen.«

»Die Tanzenden sind uns längst näher.«

»Wollen wir ihnen etwas von unserem Wissen abgeben?«

»Nein, kein Wissen! Nur die Träume sollen für die Überlebenden schöner und friedvoller sein.«

»Aborigines.«

»Ja, die Glücklichen ferner Tage.«

»Dann laßt uns gehen und ihnen das Geschenk übergeben, ehe wir uns für immer zurückziehen...«

»Wir haben noch drei Nächte bis zum Ende des Zeitalters.«

»Und dann?«

»Ihr wißt es.«

Die Wondschinas in dieser Region hatten sich nie wie Götter und Herrscher über die im Land Geborenen benommen. Sie hatten eine Weile mit ihnen gelebt, behutsam, zurückhaltend und ohne den Gedanken, sie zu verändern und nach ihrem Bilde zu formen.

»Ja, wir wissen es«, meinten sie nacheinander. Und dann erstarb das Dröhnen der Trommeln an den Feuern. Das klare Licht der Mondsichel schien ebenfalls in den Kreis der schweigenden Wondschinas einzutreten. Gleichzeitig wurden in der samtenen, blauschwarzen Himmelskuppel zwei neue Lichter sichtbar. Das erste wurde von einem Schweif und Dunkelheit begleitet. Das zweite näherte sich sehr schnell. Es huschte über den schwarzen Dschungel, begann golden und blau zu leuchten und raste direkt auf den gewaltigen schwarzen Felsbrocken zu.

»Jetzt kommen sie«, dachten die Wondschinas gemeinsam. »Jetzt, wo sie nicht mehr wagen, über uns zu spotten. Aber wir wollen nicht, daß sie die alte Kraft wiederentdecken und entführen... der schwarze Stern soll kommen! Er soll den Himmel und die Luft, die Flüsse und die Meere reinigen. Er soll vernichten, was leer und hohl geworden ist. Güte und Gnade? Sie würden sogar das noch mißverstehen und ihrer Überlegenheit zuschreiben!«

Das helle, leuchtende Himmelsschiff jaulte kurz auf, dann krachte es wie ein riesiger Kugelblitz gegen den Felsen im Dschungelmeer. Flammende Trümmer flogen nach allen Seiten auseinander. Sie malten Feuerspuren durch die Nacht und tropften lodernd wie ein Irrlichtregen ins dichte Astwerk ringsherum.

»Sieh die Kanalringe und das gerade Band des Wassers, das durch die Ebene bis zum Ozean führt«, sagte der Seher. Ich starrte auf die Projektion und konnte noch immer nicht glauben, daß ich nur eine Erinnerung an den großen alten Seher vor mir hatte. Alles war so wirklich und echt, als würde Berios mir weiter von den Dingen erzählen, die ich wissen sollte.

»Seit vielen Generationen ist dieser Wasserweg die Nabelschnur, die uns mit dem Rest der Welt verbindet. Über ihn gelangen alle Reichtümer der Erde hierher. Und über ihn fahren unsere Schiffe bis zu Gestaden, an denen Tiere und Wilde vor uns in Wälder und Wüsten, Steppen und Eisregionen fliehen. Jenseits des Meeres halten uns alle Lebewesen, die so ähnlich sind wie wir, für göttliche Wesen. Es gefällt uns, wenn sie vor uns in den Staub fallen und in den Erzgruben für uns arbeiten. Ja, es gefällt uns auch, wenn sie tanzen und beten, ehe sie mit hölzernen Speeren, mit Schleudern und Faustkeilen das Mammut, den Löwen und den Hirsch jagen.«

»Warum erzählst du mir das?« fragte ich. »Meine Gedanken fliegen nicht zu den fernen Ländern. Ich will nichts über die Wilden wissen, sondern darüber, woher ich komme und wohin das Schicksal mich führt.«

Es war, als hätte das Bild des Sehers meine Frage erahnt. Es antwortete, obwohl genau das eigentlich unmöglich sein mußte, denn Berios lebte nicht mehr. Oder suchten sich die Speicher aus den vielen, vielen Antworten, die Berios in seinem langen Leben gegeben hatte, genau die aus, die auf meine Fragen paßten?

»Was weißt du vom Schicksal?« seufzte Berios. »Was von der Bestimmung, die in jeder Zelle deines Körpers ebenso verankert ist wie in allem, was dir wiederfährt? Du bist keine Unsterbliche, Inanna, sondern ein Mensch wie wir alle...«

»Ich sollte eine Göttin werden. Mein ganzes Leben lang habe ich nichts anderes gedacht...«

»Und was bedeutet das?«

Ich wollte bereits antworten, doch da wurde die Energie des Bildes plötzlich schwächer. »Erinnere dich, Inanna...« sagte Berios mit zittriger, kaum hörbarer Stimme, »erinnere dich an die Symbole... im grauen Haus...«

Der Lichtschein der Projektion in der Wand flackerte, dann wallten nur noch graue Nebel an der Stelle, an der eben noch der Seher erschienen war. Ich blickte wie betäubt in das Nichts. Es gab keine Antwort mehr.

Nur mein eigenes Gesicht spiegelte sich in der glatten Fläche. Ich hatte mich schon oft im Spiegel gesehen, aber diesmal sah ich nicht nur mein äußerliches Abbild. Es war, als würden zwei Wesen, die hinter den Gesichtern verborgen waren, sich gegenseitig beobachten. Welches der beiden Wesen war ich selbst? Ich benutzte meine eigenen Augen wie Gucklöcher durch eine Maske. Und nur die Maske spiegelte sich. Ich kannte diese Maske mit meiner ovalen, von langen Haaren umrahmten Form, den großen, hellblauen Augen mit ihren goldenen Punkten, der geraden Nase und den vollen, geschwungenen Lippen und den etwas zu großen Ohrläppchen. War es Müdigkeit, Spott oder bereits Bitterkeit, die sich in den Mundwinkeln des Spiegelbildes abzeichnete? Bisher hatte ich die ersten Ansätze dieses Zuges immer für Ernsthaftigkeit gehalten. Ich dachte daran, daß ich bisher gerade auf diesen Hauch von Unnahbarkeit und die Strenge in meiner Schönheit stolz gewesen war. Ich hatte mich immer für ein fröhliches junges Mädchen gehalten, auch wenn andere nicht hinter die Maske sehen konnten. Konnte ich es denn selbst?

Ich öffnete die Lippen und strich ganz langsam mit der Zungenspitze über ihre Kanten. Ich selbst spürte jeden einzelnen Punkt.

An meinem Spiegelbild sah die gleiche Lippenbewegung schon fast obszön aus. Und plötzlich mußte ich lachen. Ich verzog mein Gesicht und freute mich, daß die Spiegelung alles im gleichen Augenblick nachmachte. Ich wollte schneller sein, aber die Maske im Spiegel ließ mich nicht entkommen. Wie ein kleines Kind rollte ich mit den Augen, zog die Nase kraus, blies die Wangen auf und zog sie zwischen die Zähne. Ich strich mir über meinen schönen Halsansatz, neigte den Kopf ein wenig und ließ die Haare nach vorn fallen. Noch eine Maske, ein Vorhang, durch den ich sehen konnte und der mich gleichzeitig vor meinem Spiegelbild versteckte.

Ich strich mit beiden Händen über meine Hüften, zog den weichen Stoff der Tunika etwas hoch und betrachtete die Stelle, an der meine langen Beine endeten. Hier waren die Härchen goldfarben gekräuselt. Ich ließ den Tunikarock wieder fallen. Meine Hände glitten höher, umschlossen von unten beide Brüste und drückten sie langsam von den Seiten her gegeneinander, bis der Stein der Götter nicht mehr zu sehen war. Eigentlich brauchte ich überhaupt keine Brust. Kein Mädchen, das in der Duka lebte, brauchte Brüste. Ich hob die Schultern, strich mir durch die Haare und warf den Kopf zurück. Die Maske im Spiegel sah nicht mehr stolz und nicht mehr verschlossen aus. Ich fühlte mich plötzlich sehr allein und einsam. Was würde geschehen, wenn niemand mehr da war, der mir sagte, was ich den ganzen Tag lang tun sollte und niemand, der meine Fragen beantworten konnte?

Ich dachte daran, wie oft ich mir gewünscht hatte, endlich ohne ständige Beobachtung zu sein – einmal ganz allein an einem Bach entlangzugehen, mit den Fußspitzen die Fische im Wasser zu necken, die Tiere zu beobachten und die Wolken über mich hinwegziehen zu lassen.

Welches Bild war das? Ich schrak aus meiner Versonnenheit auf. Hatte dieser Wunsch etwas mit den Bildern im grauen Haus zu tun? Oder klang wie ein Echo in mir nach, was Morgana gesagt hatte, das Mädchen, dessen Geliebter auf eine Ruderbank verbannt worden war, nur weil er die gleichen Gedanken und Träume ausgesprochen hatte?

Mit einem schnellen Reflex berührte ich meinen Stein der Götter. Sofort tauchten neue Bildfetzen auf. Ohne besondere Absicht ließ ich kurze Szenen, Archivaufnahmen und Direktübertragungen aus unbekannten Regionen durch die Nebel der Projektionskammer huschen. Ich hätte andere Bilder hervorrufen können – solange ich nicht wußte, was ich eigentlich suchte, war alles nur eine Ablenkung.

Ich sah Wächter, Kundige und Bedienstete durch das Labyrinth des Palastes rennen. Männer und Frauen, Kinder und Alte drängten sich um die wenigen Wagen, die noch auf den Plätzen und Innenhöfen standen.

»Alle Schiffe, die nach oben fahren, sofort ablegen!« befahl eine Stimme. Das Bild flackerte und veränderte sich. Ich sah einen Pulk von goldglänzenden Unterwasserwalen. Sie wurden ebenso genannt wie die ganz anderen Schiffe, die durch die Luft reisen konnten. Für einen kurzen Moment fragte ich mich, warum Schiffe für die Tiefen der Ozeane ebenso hießen wie Fahrzeuge, die eher an Vögel erinnerten: Ma-ana – Schiff, das nach oben fährt...

Und dann reiste ich mit Hilfe des Steins der Götter weiter. Ich nahm an, daß niemand mehr mich daran hinderte, genau das zu tun, was ich mir schon immer gewünscht hatte. Unter normalen Bedingungen stand mir wie allen anderen im Duka- Viertel nur ein streng begrenzter Bereich zur Verfügung, in den ich hineinsehen durfte. Ich hatte mich immer daran gehalten. Ich wußte nicht, warum ich gerade jetzt so sehr an den gesperrten Informationen interessiert war, aber ich wollte einfach wissen, was wirklich geschah!

Zuviel war nach den Jahren der Abgeschiedenheit und des scheinbaren Friedens in wenigen Tagen und Stunden passiert. Meine Gedanken wirbelten ebenso durcheinander wie die Nebel in der Projektionskammer. Was war wichtig? Was konnte ich jetzt tun? Ich dachte an das, was Berios mir erzählt hatte, an die Berichte aus der Vergangenheit von Atlantis, an die Götter und an die Gefahr, in der sich alles befand. Gleichzeitig tauchten vor meinem inneren Auge die starken Bilder aus dem grauen Haus auf, der Scheideweg, der zusammenstürzende Turm, die Liebenden und das Rad des Schicksals. Was bedeuteten die Geflügelten in der Glastür, durch die sie wieder in die Welt eingetreten war? Und was die Hohepriesterin?

Ich hatte noch immer das Gefühl, durch einen endlosen Alptraum zu schweben. Wo sollte ich anfangen, wenn mir überhaupt noch Zeit blieb? Und wonach suchte ich eigentlich?

Ich versuchte, mich an Berios letzte Worte zu erinnern. Nicht an die gespeicherten, sondern an die, die er unmittelbar vor seinem Tod zu mir gesagt hatte.

»Das ist es... du mußt etwas finden... eine Höhle...«

Wie war er darauf gekommen? Ich dachte angestrengt nach, aber alles war zu verschwommen. Ich konnte mich einfach nicht mehr daran erinnern. Oder vielleicht doch? Hatten wir nicht über meinen Götterstein gesprochen? Und darüber, daß in den Duka-Archiven aufgezeichnet sein könnte, was ich im grauen Haus oder unmittelbar nach seinem Verlassen gedacht und empfunden hatte?

»Duka-Überwachung«, murmelte ich. »Schutz-Engel... wo wird alles über mich verzeichnet? Ich meine alles...«

Die Nebel in der Wand vor mir wurden schwarz. Nur ein winziges Pentagramm schimmerte genau in der Mitte der Projektionskammer. Ich nannte die Namen der zehn Könige. Dann die der Götter, die zu ihnen gehörten. Namen, immer mehr Namen. Von einigen hatte ich eine Vorstellung, von anderen wußte ich nicht einmal, in welchem Teil der Welt sie sich befanden.

Der Stein der Götter übertrug alles, was ich sagte, in jenen verborgenen Bereich des inneren Palastes, in dem ich seit meiner Erschaffung nie wieder gewesen war. Das Pentagramm wurde langsam heller. Bei einigen Namen zitterte es, bei anderen veränderte es seine Farbe. Ich wechselte das Thema. Ich nannte alle Stichworte aus den Gesprächen mit Berios, die mir einfielen. Und dann rutschte ich plötzlich in ein Gespräch zwischen niederen Göttern.

Ich konnte nicht sehen, wer dort sehr weit entfernt miteinander sprach. Hinter dem strahlenden Pentagramm tauchten schemenhaft fremde Symbole auf – ein großes Augensymbol, das zu weinen schien, eine gefiederte Schlange, ein Kreuz mit einem Kreis am oberen Teil, fünfzackige und achtzackige Sterne, das Bild eines knieenden Jungen mit einem Falkenkopf...

Und dann verstand ich, was gesprochen wurde.

»Letu, ich rufe Letu, die Felder des Schilfs in Ägypten.«

»Hier ist Letu... ich wiederhole, hier ist Letu. Wir hören, anrufender Bote, wer bist du?«

»Ebenfalls der Ort des Schilfs... ich rufe aus Tula.«

»Ultima Thule in der Eisregion? Oder dem ersten Thule Atlantis?«

»Nein, keins von beiden! Hier ist Tula, ich wiederhole Tu-la am Titicacasee... versteht ihr nicht mehr, was Ort des Schilfs bedeutet?«

»Einen Moment, Tula... doch, hier ist jemand, der die alte Bezeichnung noch kennt. Aber wir heißen nicht mehr Felder des Schilfs, sondern elysische Felder...«

»Seit wann denn das?«

»Kann ich nicht sagen. Das war schon so, als ich hier eintraf!«

»Wer soll sich da noch durchfinden, wenn jeder Gott macht, was er will?«

»Das ist nicht unser Problem. Hier gilt jedenfalls, was Amun-Re befiehlt, und nichts anderes!«

»Ist er zu sprechen?«

»Wer?«

»Amun-Re natürlich. Ich habe eine dringende Botschaft für ihn... von Viracocha, dem Sohn des ersten Schöpfergottes Inti.«

»Was soll diese Beleidigung? Die Schöpfergottheit heißt Ptah, und sie trägt die Gestalt der großen Urwasser, der großen Unendlichkeiten, der großen Dunkelheiten und der großen Verneinungen!«

»Bei euch vielleicht! Bei uns herrscht immer noch Viracocha mit den Göttermännern des Landes, den Riesen des Landes, den Bewohnern der Wüste und den Menschen des Krieges... den Vari Viracocha Runa, den Vari Runa, den Purun Runa und den Auca Runa, wenn du es ganz genau wissen willst!«

»Du langweilst mich mit deinen Belehrungen. Wen interessieren jetzt noch die kleinen Götter und Hilfsrassen? Sag lieber, warum euer Gott es wagt, den unsren Gott in seiner Verborgenheit zu stören!«

»Befehl der fünf jüngeren Königs-Zwillinge!«

»Wir haben keinen derartigen Befehl erhalten.«

»Wie solltet ihr auch, wenn ihr euch ständig vor allen anderen verschließt! Ihr hättet nur zu euren großen Zeichen zu gehen brauchen. Fragt die Steine der Götter im Inneren eurer Pyramiden-Schreine! Dort warten schon seit Tagen Anrufe für Amun-Re. Von Brahma aus dem Fünfstromland, ebenso von An im Zweistromland, Tiuz von Carnac, Bai Ulgen vom Baikal-See und vielen anderen!«

»Wir haben keinen Kontakt mehr zu diesen Regionen. Außerdem werden unsere großen Pyramiden in Zukunft Grabmäler und keine Abladeplätze für das Geschwätz anderer Götter mehr sein!«

»Macht, was ihr wollt, aber holt jetzt Amun-Re! Viracocha will vor einer Gefahr warnen, die alle vernichten kann!«

»Wir fürchten uns vor keiner Gefahr! Der Herr und Vollstrekker der göttlichen Maat ist Vater und Mutter aller Menschen, einzig durch sich... ohne seinesgleichen! Er kann ebensowenig sterben wie die Sonne...«

»Dann sagt ihm, daß Aufregung am Himmel ist, daß alle anderen Götter bis auf euch Neues sehen und daß Zauberkräfte alle guten Dämonen verschlingen werden...«

»Spart euch unsinnige Drohungen. Wir wissen selbst, wie Götter und Priester Effekte hervorzaubern können! Das habt ihr und die Könige von Atlantis doch längst verlernt...«

»Es geht nicht um Zauberei, sondern um Feuer, daß vom Himmel stürzen, Kontinente versenken und die Meere zum Kochen bringen wird!«

»Wir sind an Überschwemmungen des heiligen Nils gewöhnt. Und das Meer hat uns noch nie interessiert...«

»Dann ersauft doch mit eurer verdammten Arroganz!«

»Tule? Hallo Tu-le? Ich höre gerade, daß wir doch mit euch sprechen wollen. Hier ist Leto, Ägypten. Wir rufen die Götter des doppelten Kontinents! Warum antwortet ihr nicht? Ist jemand in Viracochas Nähe? Kukulkan... Inannas ältere Schwester Ereschkigal? Ein Kaschina der Hopis vielleicht?«

Ich beugte mich unwillkürlich vor und starrte in die langsam schwächer werdenden Zeichen und Symbole. Benommen fragte ich mich, was ich da gerade gehört hatte. Irgendwie paßte das alles nicht in die große Ordnung, von der Berios und die anderen Lehrer wieder und wieder gesprochen hatten. Wie konnte der Gott von Ägypten einfach ein Gespräch mit einem anderen der hohen Götter verweigern? Und was galt noch ein Befehl der Könige, wenn sich niemand mehr darum kümmerte?

Ich fröstelte bei dem Gedanken an all die jungen Frauen und Männer, die gerade erst losgeflogen waren, um in den fernen Ländern die Unterstützung der Götter zu suchen. Was erwartete jene, die sich als Auserwählte mit dem wichtigsten Auftrag, der jemals erteilt wurde, auf den Weg gemacht hatten?

Ich fühlte mich auf einmal deprimiert und niedergeschlagen. Erst jetzt begann ich, das ganze Ausmaß der bevorstehenden Katastrophe zu begreifen. Das Reich, das durch eine fast unendliche Zahl von Generationen seine Macht gefestigt hatte, wurde nicht einmal mehr von den göttlichen Vertretern der zehn Könige ernst genommen! Wie sollte bei soviel Ignoranz jetzt noch eine alles entscheidende Zusammenarbeit möglich sein?

Ich schüttelte den Kopf. »Nein«, murmelte ich, »wenn es so aussieht, dann haben wir wirklich keinen Grund zur Hoffnung mehr!«

Ich starrte auf die Nebel der Projektionskammer. Meine Gedanken rasten, während ich immer wieder zur Seite griff, und ein Gebäckstück nach dem anderen aus einer Schale nahm, die ich bisher nicht beachtet hatte. Ich ließ Stück um Stück der süßen Kuchen auf meiner Zunge zergehen und dachte nur noch daran, wie ich doch noch eine Lösung finden konnte. Sie mußte existieren, so wie es vor langer Zeit die richtige Idee für die Geburt des Bewußtseins bei den wilden Völkerstämmen gegeben hatte.

Die fünf jüngeren Könige vermuteten den Schlüssel zum Geheimnis der verlorenen Kraft in den heiligen Höhlen von Aquitanien oder in irgendeinem anderen Versuchsfeld. Ich wischte mir über die Lippen, nahm die Weinkaraffe und goß mir einen Becher voll ein. Mit langen, durstigen Schlucken trank ich ihn bis auf den letzten Rest aus.

Konnte es nicht sein, daß die Antwort ganz nahe lag? Daß ich nur richtig sehen und die Zeichen so deuten mußte, wie ich sie schon einmal verstanden hatte? Warum war ich wirklich von Jason, dem verbannten Gott, in das Haus der Bilder und Symbole geschickt worden? Nur aus Rache? An wem? Die jetzt herrschenden Könige hatten nichts mit dem Zwist zwischen Jason und den damaligen Göttern zu tun. Oder hatte der uralte Schiffsherr etwas ganz anderes beabsichtigt? Hatte er mich dazu ausersehen, für ihn selbst etwas zu finden, was ihm noch nutzen konnte, wenn alles andere geborsten war?

Dann mußte Jason damit rechnen, daß er überlebte! Er selbst und ich ebenfalls! Aber was sollte ich ihm mitbringen? Und wohin sollte ich gehen?

»Inanna! Was machst du? Der ganze Palast sucht nach dir!«

Ich schrak zusammen und glitt hastig vor die neblig wallende Projektionskammer. Im Gegenlicht der Eingangstür stand Osiris. Mit allem hätte ich gerechnet, nur nicht damit, daß ausgerechnet er mich überraschte. Ich preßte die Lippen zusammen und starrte ihn abweisend an.

»Wir müssen los!« sprudelte er hervor. »Alle anderen sind bereits abgeflogen. Es gibt nur noch ein Himmelsschiff, und das kann jeden Moment von Flüchtenden gestohlen werden!«

Ich schüttelte den Kopf. »Wenn du fliehen willst – bitte! Aber ohne mich!«

»Sei doch vernünftig, Inanna! Wir sind so eingeteilt! Du mußt sofort mit mir kommen, ganz gleich, was zwischen uns war!«

»Ich fliege nicht mit dir!«

»Doch, Inanna!« sagte die Stimme von Berios hinter mir. Ich schrak erneut zusammen. Es war nur ein Bild. Die Projektion eines toten Sehers. Niemals hätte er voraussehen können, daß Osiris mich hier, in dieser Stunde, aufsuchte!

»Ich habe es vorausgesehen«, sagte er. »Gott Tiuz wartet bereits auf euch in der Region des Cro Magnon-Experiments. Gib Inanna noch fünf Minuten Zeit, Osiris. Ich muß ihr noch etwas zeigen...«

Der junge Mann zögerte.

»Geh!« befahl Berios so hart und laut, wie ich es nie zuvor von ihm gehört hatte. Osiris stolperte rückwärts aus dem Raum.

»Sieh genau her«, sagte die Projektion des Sehers. »Ich zeige dir jetzt die Schöpfungskammer. Sie ist der Ort, in dem ihr Auserwählten entstanden seid. Achte auf jede Kleinigkeit und bewahre sie in dir. Vielleicht erkennst du dadurch, wonach ihr suchen müßt, denn wir wissen es nicht mehr...«

Zur gleichen Stunde, wenn auch zu unterschiedlichen Sonnenständen, fanden an verschiedenen anderen Plätzen ähnliche Ereignisse statt wie am roten Felsen.

Eines davon geschah östlich von Asien auf der Gruppe der acht schönen, aber feuchtheißen Inseln, die aus der dritten Vereinigung der Schöpfungsgeschwister Izanagi und Izanami entstanden waren. Sie, die danach auch den Gott des Meeres, den Gott der Winde und die Göttin des Waldes und der Pflanzen geboren hatten, beschlossen, nach all ihren Schöpfungen ein Kind zu zeugen, das Herr über all die Schönheiten sein sollte. Izanami gebar eine Tochter. Sie war so schön, daß sie den Namen Ama-terasu – die am Himmel Leuchtende – erhielt. Und sie erhielt die Herrschaft über die Reiche des Lichts, des Himmels und der Erde. Das nächste Kind von Izanagi und Izanami war ebenso schön wie Ama-terasu. Es erhielt den Namen Tsuku-yomi – der Mond-Beherrscher – und durfte neben seiner Schwester im Himmel wohnen.

Doch noch immer sehnten sie sich nach einem Herrschergott für die Erde. Da wurde ihnen Susa-no-o – der Ungestüme – geboren. Er war häßlich, wild, aufsässig und brannte vor einem bösen inneren Feuer. Sein Atem dörrte das Land und vernichtete die Pflanzen, die Früchte trugen. Er schonte selbst seine eigene Mutter nicht, bis sie sich an ihm verbrannte und starb.

Ihr Bruder, sein Vater, begrub sie, nahm sein Schwert und enthauptete das Feuerkind. Doch je heftiger er den Leichnam zerstückelte, um so furchtbarer wurden die Wesen, die zu Tausenden aus dem Fleisch und Blut des Kindes aufstiegen. Verzeifelt über das furchtbare Ergebnis seiner Tat, suchte Izanagi Rat bei den anderen Göttern. Doch viele tausend Jahre lang antworteten die Götter der fernen Heimatinsel nicht.

Da wandte sich Izanagi an seine erste Tochter, die schöne, strahlende Ama-terasu. »Schick deinen Enkel Ninigi in das Land der üppigen Schilfgefilde«, bat er. »Ich will ihm Wohnung geben und meinen Platz für ihn frei machen, denn ich muß in die Unterwelt hinabsteigen, um meine Schwester... meine Frau zu suchen!«

»Du darfst den Platz, an dem du Gott sein sollst, jetzt nicht verlassen!« warnte die Himmelskönigin. »Wenn du es dennoch tust, werden mehr als tausend Bestien mit Feuerblicken und Fangzähnen in ihren Mäulern vom Himmel stürzen und das Feld des Schilfs zerstören. Du bist ein Wächter, der seinen Platz niemals verlassen darf, denn du mußt aufpassen, daß nichts von dem, was du gezeugt und unbedacht in alle Winde fortgeschleudert hast, auf dich und alle, die in deiner Nähe sind, zurückkommt!«

»Wie kann ich meinen Samen, der doch in jedem Fetzen Fleisch vom Leichnam meines bösen Sohnes weiterbesteht, jemals besiegen? Nein, ich muß hinab zu meiner Schwester, meinem Weib!«

Er hatte keinen Blick mehr für das Raunen der Sterne, sah nichts vom Dunkel, das sich unaufhaltsam näherte. Er stieg hinab und fand sie, schon halb von Würmern aufgefressen.

»Komm mit mir zurück ins Schilfgefilde!« flehte er sie an. Sie aber verfluchte ihn, weil er das Feuerkind getötet hatte.

»Dieser Junge war böse«, sagte er. »Ich mußte ihn töten, um nicht all das zu gefährden, was wir vorher geschaffen haben...«

»Du hast das Böse nicht getötet, sondern in deinem Zorn nur noch weiter verbreitet!« rief sie ihm voller Haß und Trauer zu. »Hörst du nicht, was die Felder des üppigen Schilfs überall sagen? Wir hätten das mißratene Feuerkind bei uns behalten und ebenso lieben müssen wie alle anderen Kinder. Jetzt kommt auf uns zurück, was du in alle Winde zerstreut hast, und das Böse wird uns steinigen, mit Dunkelheit schlagen und Kälte in alle Herzen säen. Es wird dich ebenso vernichten wie alle anderen Götter, die tatenlos zugesehen haben, weil du verändern wolltest, was aus dir und mir entstand!«

»Ich werde kämpfen!« stieß Izanagi hervor.

»Wogegen?« lachte sie nur. »Gegen das, was aus dir selbst gekommen ist?«

»Aus mir? Oder aus dir?«

Sie sahen, was aus ihnen geworden war und wußten, daß sie niemals mehr zusammenfinden konnten. Aber noch gab es Ninigi. Ihm hatte die Göttin des Himmels und des Sonnenlichts mehrere andere Götter, die Yasaka-Krummjuwelen und ihren Spiegel mitgegeben, den er am Ort Ise verehren sollte und in dem er sich selbst betrachten konnte, wenn ihn nach der Seele der am Himmel Leuchtenden dürstete.

Ninigis Himmelsschiff landete mitten im Schilfgefilde der Insel Yamato. Er fand die Insel von Göttern verlassen vor. Nur wilde Gruppen von Eingeborenen hockten hinter den Felsen, warfen mit Steinen und schleuderten mit Wurfschlingen vergiftete Speere gegen die Ankömmlinge. Die völlig verwirrten Begleiter Ninigis versuchten noch, mit den Ainu Kontakt aufzunehmen. Sie starben so schnell, daß sein Befehl zum Rückzug nur noch Tote erreichte. Ninigi selbst blieb unbehelligt. Die Ainu sprangen um ihn herum und lockten ihn mit grunzenden Lauten und wirren Gebärden bis zu einem überhängenden Felsen an einer steilen Bergwand. Sie deuteten auf eine Ritzzeichnung und immer wieder auf ihn. Erst jetzt erkannte Ninigi, daß die Wilden hellblaue Augen hatten.

»Shin-to!« schrien sie, »Shin-to... Shin-to!«

Und dann dämmerte es Ninigi, daß dieses Wort und das Zeichen im Fels der Schlüssel zum Geheimnis der Ahnen war. Die Ainu mußten Nachkommen ihrer Geschöpfe sein... Erben des Cro Magnon-Experiments!

»Das Land der Götter« stieß er hervor. Doch dann vergaß er wie viele der anderen jungen Götter in anderen Regionen der Welt, warum er gekommen war und was er suchen sollte.

DAS LICHT DER VERGANGENHEIT

Gebannt beobachtete ich über eine Projektion inmitten des Himmelsschiffs, wie unsere Landung von unten aussehen mußte. Das goldene Ma-ana sah wie eine Mond-Barke mit flirrenden Rädern an beiden Seiten, mächtigen Schlangenköpfen am Bug und am Heck und kurzen Masten ohne Segel aus. Es drang mit einem hohen Sirren durch eine weißrosa Wolkenbank und kreiste fast lautlos über dem sanft geschwungenen Tal. Die Höhenzüge mit hellgrünen Kastanien und dunklen, fast schwarz wirkenden Kiefern und Stecheichen wurden von tief eingekerbten Tälern und Schluchten mit kleinen Bächen zerteilt. Zum Fluß hin leuchteten gelbe, graue und dazwischen immer wieder kreideweiße Bergflanken im Licht der Mittagssonne. Wie sorgsam aufgestellte Kulissen begrenzten sie das Bild einer Landschaft, wie ich sie in dieser Schönheit noch nie gesehen hatte.

Das Himmelsschiff schwebte für einen Augenblick über einem Felssporn in halber Höhe eines steilen Abhangs, in dem der dunkle Schatten eines Höhleneingangs zu sehen war. Staub und Geröll flogen zur Seite, dann setzte das Himmelsschiff wie ein Vogel in seinem Berghorst auf.

Das hohe Sirren erstarb. Für eine Weile blieb alles ruhig, dann öffnete sich der Bauch des goldenen Vogels. Ich nahm einen der scharlachroten Umhänge von der Wand und sprang hinaus. Osiris wartete, bis ich einige Schritte gegangen war, ehe er mir folgte. Wir sahen uns nicht an. Während des ganzen Fluges hatten wir kein einziges Wort miteinander gesprochen.

Ich empfand es noch immer als eine Zumutung, daß ich ausgerechnet mit Osiris zum herrschenden Gott von Aquitanien und Armorica geschickt worden war, doch Tiuz hatte mir erklärt, daß es Berios gewesen sei, der diese Anordnung noch kurz vor seinem Tod getroffen hatte.

Sowohl ich als auch Osiris trugen einen goldenen Stab in der Faust. Wir richteten uns auf und sahen uns suchend um. Ich trat bis an die Kante des Felsvorsprungs. Ich blickte zum Fluß hinunter, legte die Hand über die Augen und sah über das in warmes Licht getauchte Hügelland hinweg.

»Das also ist das Flußtal von Cro Magnon!« sagte ich voller Bewunderung. Ich konnte noch immer nicht fassen, wie schnell alles gegangen war. Mir schien, als würde das unglückliche Treffen mit Osiris im verbotenen Garten bereits Jahre zurückliegen, ebenso wie das Erdbeben, die Begegnung mit Jason, der Gang durch das graue Haus, meine Verstoßung, die Zeremonie und der Tod von Berios. Nur eins unterschied sich auf grausame Art von der Vorstellung, die ich mir vom Leben in den fernen Ländern gemacht hatte. Ich war genau dort, wo ich zeit meines Lebens sein wollte – aber nicht um das faszinierende Leben einer Göttin auszukosten, sondern einzig und allein, um den Wettlauf gegen den drohenden Untergang des Reiches zu gewinnen.

Ich drehte mich zur Seite. Aus den Augenwinkeln beobachtete ich, wie Osiris versuchte, irgend etwas im Dunkel jenseits des Höhleneingangs in der überhängenden Felswand zu erkennen. Er lauschte eine Weile, dann schüttelte er den Kopf und ging zum Himmelsschiff zurück.

»Nichts zu sehen!« rief er ins Innere des Himmelsschiffs hinein. Es dauerte nur einen Augenblick, dann senkte sich eine metallglänzende Leiter herab, und ein zweiter Mann stieg herab. Er war wesentlich älter als ich und Osiris. Sein graublonder Bart fiel ihm bis auf die Brust, und um sein wildes graues Haar leuchtete ein bläulicher Schein wie der Hof um den Mond in feuchten Nebelnächten.

»Wenn es möglich wäre, würde ich nie wieder von hier fortgehen«, sagte ich mit einem tiefen Seufzer. »Wenn ich bedenke, in welcher Kälte du in deiner Kolonie Armorica oben im Norden leben mußt, dann kommt mir das hier wie ein Paradies vor!«

»Es war ein Paradies, Inanna, aber ebenfalls ein ziemlich kaltes!« lächelte der Alte. »Ich gebe zu, daß sich nicht viel verändert hat, seit unsere Vorfahren in diesem Tal mit der wichtigsten Phase des großen Experiments begonnen haben.«

»Wie lange mögen sie schon fort sein?« fragte Osiris und kam näher. »Fünftausend Jahre? Zehntausend? Oder noch länger?«

»Ich weiß es nicht«, antwortete der Grauhaarige. »Die ersten

Experimente begannen bereits vor vielen Sternzeitaltern an verschiedenen Stellen der Erde, dieses hier vor sechsundzwanzigtausend Jahren. Unsere Vorfahren haben die Gruppen der neuen Menschen an mehreren Orten zu beiden Seiten des Flusses da unten ziemlich genau zehntausend Jahre lang beobachtet... bis es so kalt wurde, daß auch hier nur noch Frostschutt und Tundragewächse übrigblieben. Damals begann das Meer viel weiter im Westen als heute. Es war das Eis, dieses furchtbare Eis, das immer mehr Wasser aus der Luft und aus dem Ozean saugte...«

»Aber das Eis schmilzt schon seit langer Zeit wieder«, sagte ich. »Der Meeresspiegel ist seit damals um mindestens fünfzig Manneslängen gestiegen.«

»Er wird noch weiter steigen«, nickte der Alte. »Möglicherweise wird auch das Tal hier eines Tages wieder zu einer Meeresbucht.«

»Was hat das Meer mit den Menschen zu tun, die wir suchen?« fragte Osiris ungeduldig. »Nun gut, sie haben hier, flußabwärts in Madeleine und am Cro Magnon, dem Großen Loch, gelebt. Aber das alles ist so lange her, daß es uns kaum noch etwas bedeuten kann!«

Erst jetzt begriff ich, daß Osiris nichts von dem wußte, was ich durch Berios erfahren hatte! Er mußte ebenso ahnungslos sein wie alle anderen, die zur gleichen Zeit an verschiedenen Stellen und auf verschiedenen Kontinenten nach Antworten auf Fragen suchen, deren wahre Natur sie nicht einmal ahnen konnten!

»Genau das ist ein Irrtum, den viele begehen, Osiris!« sagte der Alte ernst. »Du bist noch kein Geweihter, deshalb kennst du noch nicht alle Zusammenhänge. Aber auch du weißt, daß uns damals etwas gelungen ist, was sich in all den Jahrtausenden nie mehr wiederholen ließ!«

»Du meinst die Schaffung von Menschen aus Wilden, die hier, im Neandertal und an vielen anderen Stellen lebten?«

»Ich meine den Cro Magnon-Versuch. Das ist ein kleiner, aber sehr wichtiger Unterschied, Osiris. Die Gruppe in Madelaine und Moustier – also deine Neandertaler – bestand aus Menschlichen, die gute Jäger waren, Steinwaffen benutzten, den Bären verehrten und ihre Toten begruben. Aber sie waren nicht das, was wir mit Menschen meinen! Sie kamen niemals über eine bestimmte Entwicklungsstufe hinaus. Der Cro Magnon-Versuch war ein ganz neuer, entscheidender Schritt. Die neuen Menschen liebten Musik, sie benutzten Schwirrhölzer und Knochenflöten, denen sie wunderbare Melodien entlocken konnten. Ich habe selbst so eine Flöte. Sie nähten sich Kleidungsstücke und waren großartige Künstler!«

»Künstler? Diese Höhlenmenschen?«

»Was lernt ihr heute eigentlich in der Schule der Götter?« spottete der Alte. »Die Cro Magnon-Menschen haben im Freien unter Felsüberhängen wie diesem gelebt. Die Höhlen dienten nur ihren magischen Zeremonien, aus denen sie eine Kraft schöpften, von der wir heute kaum noch etwas ahnen.«

Ich fragte mich plötzlich, wieviel der Alte wußte. War dieser Gott ein Eingeweihter? Oder brüstete er sich nur mit den Schätzen seines Herrschaftsbereichs?

»Ich habe schon davon gehört«, antwortete Osiris verlegen. »Aber ich habe nie geglaubt, daß die geheimnisvollen Kunstwerke wirklich existieren... Wilde als Künstler, die denen von Atlantis ebenbürtig sein sollen... und das vor mehr als zehntausend oder gar zwanzigtausend Jahren...«

»Sie sind sogar besser gewesen!« sagte der Alte.

»Wir sind beauftragt, die Höhlen zu untersuchen.«

Der Alte winkte ab.

»Ich hätte dir auch die falschen zeigen können. Es gibt genügend Höhlen an den Steilufern dieses Flusses. Dir, Osiris, würden nicht einmal die unterschiedlichen Kopfformen der Skelette auffallen, geschweige denn die vierzehn Einkerbungen der Mondphasen im Trinkhorn des Frauenreliefs von Laussel, dessen Bild ich euch im Himmelsschiff zeigte, oder das Geheimnis der Blutgruppe Null, die beim Cro Magnon-Experiment entstand.«

Osiris verzog beleidigt das Gesicht. Ich sah, wie unangenehm ihm die Zurechtweisung war. Der alte Gott legte seinen Arm um meine Schultern und führte mich bis an den Rand der Felsnase.

»Kennst du ihn schon länger?«

»Ja«, antwortete ich zögernd.

»Aber ihr mögt euch nicht besonders, oder?«

Ich schob die Unterlippe vor und zuckte mit den Schultern. Der Alte sah es und nickte nur.

»Sonne und Eis vertragen sich nicht«, sagte er. »Das Eis im Norden schmilzt immer schneller. Es zieht sich zurück und gibt neues Land frei, fruchtbares Lößland zuweilen. Der Preis dafür ist das Versinken von ebenso fruchtbaren Ebenen und von Beweisen, die damit unwiederbringlich verloren sind.«

Ich drehte mich zur Seite. Der hellblaue Schein um den Kopf des Alten hatte zugenommen. Genau das hatte sie schon einmal gesehen – bei Berios.

»Was wollt ihr wirklich finden?« fragte er ruhig. »Den Beweis, daß wir einmal fähig waren, denkende Menschen zu erschaffen?«

»Ja«, antwortete ich. »Wir suchen das Geheimnis der alten Kraft, die aus Wilden Menschen und aus Menschen kosmische Wesen machte.«

»Steht es so schlimm um Atlantis?« fragte er.

Ich antwortete nicht. Versonnen blickte ich ins Tal hinab.

»Wenn es so ist, dann haben all jene von uns recht behalten, die seit Jahrtausenden immer wieder davor gewarnt haben, nur noch die Außenwelt zu sehen und unsere eigene Innenwelt zu vernachlässigen!« sagte der alte Gott Tiuz. »Auch ich habe nicht auf die warnenden Stimmen in mir gehört... mein ›drittes Auge‹ ist blind geworden. Ich verstehe die alten Zeichen nicht mehr und habe jeden Kontakt zu jenen verloren, die so geblieben sind, wie es vor langer Zeit alle Götter und Menschen im Paradies unserer Herkunft waren...«

Ich begann unwillkürlich, schneller zu atmen.

»Du meinst... du meinst, es gibt sie noch? Unsere Ahnen, die wahren Götter oder ihre Nachfolger?«

Tiuz hob die geöffneten Hände.

»Ja, es gibt sie noch. Irgendwo in Regionen, in denen die Quellen der Inspiration und der Friede des Herzens noch mehr bedeuten als der Hochmut beim Glanz des Goldes, die Habgier beim Funkeln von Edelsteinen und die Macht von Mauern um neue Siedlungen. Einige der ganz alten Götter haben sich längst an einen Platz zurückgezogen, an dem sie körperlos sein können. Wenn ich die Kraft noch fände, würde ich ebenfalls zum süßen Meer von Uygur gehen. Dort hättet ihr die Antwort finden können – bei den Uralten ebenso wie bei den Menschen, die mit ihnen leben.«

»Könnten die Bilder... die Kunstwerke in diesen Höhlen Hinweise enthalten?« fragte ich mit kaum unterdrückter Spannung.

»Das müßt ihr selbst herausfinden! Ich jedenfalls wüßte nicht einmal, wonach ich suchen sollte!«

»Schilf«, sagte ich »Orte des Schilfs...«

Der alte Gott schob die Lippen vor und schüttelte den Kopf.

»Ich habe nie gehört, daß in den Höhlen hier Bilder von Schilf gesehen wurden.«

»Ich will es wissen!« sagte ich ungeduldig. »Komm, sehen wir nach!«

Der Hauptraum der Höhle begann nur wenige Schritte hinter dem halbverschütteten Eingang. Schweigend und seinen eigenen Gedanken nachhängend ging Osiris voraus. Er hatte längst bemerkt, daß der alte Gott und ich ein Geheimnis teilten, in das er nicht eingeweiht war. Trotzdem leuchtete er uns.

Von der hohen, wie aufgequollener Teig aussehenden Decke hingen Wülste von Auswaschungen und weißgelben Tropfsteinen. Osiris legte den Kopf in den Nacken und betrachtete mit vorgeschobener Unterlippe die braunen Umrisse von Tierzeichnungen, die teilweise ineinander übergingen und die ihm ganz und gar nicht geheimnisvoll vorkamen. Zur Linken sah er einen Pferdekopf, dann ein paar andere Pferde in halber Höhe, gefolgt von einem Stier, den Abbildungen von Hirschen, einem zweiten Stier und einem Wisent. Auf der anderen Seite der Höhle waren erneut ein Stern, ein Hirsch, ein Bär und eine Kuh zu sehen.

»Wenn das alles ist, weiß ich wirklich nicht, was wir hier sollen!« knurrte er mißmutig. Er drehte sich um und wollte die Höhle wieder verlassen.

»Dort hinten sind zwei Durchgänge«, sagte ich. Nicht nur Osiris hörte, daß meine Stimme vor Erregung zitterte.

»Dort werdet ihr nichts finden«, meinte der alte Gott. »Nach rechts hin teilt sich der Fels in zwei Spalten mit kleinen Zeichnungen an der Decke. Von dort aus führen nur enge Schächte in andere Auswaschungen des Berges. Und geradeaus wiederholen sich die Zeichnungen ebenfalls in einem enger werdenden Spalt.«

»Trotzdem muß es hier irgend etwas geben, was bei allen vorangegangenen Untersuchungen übersehen worden ist«, sagte ich. »Überlegt doch einmal – nach dem, was wir in der Schule der Göttern gelernt haben, waren die Cro Magnon-Menschen Jäger und Sammler. Nach den Knochenfunden an den Feuerstellen außerhalb der Höhle haben sie sich hauptsächlich von Rentieren ernährt. Warum dann die Bilder von Hirschen und Kühen, von Bären und Wisenten?«

Zum ersten Mal seit langer Zeit mischte sich Osiris wieder ein. »Jäger folgen dem Wild über weite Strecken«, sagte er. »Vielleicht war die Höhle hier auch ein geheimer Platz für Jagdzauber oder eine Schule... für Jungjäger oder etwas ähnliches.«

»Diese Deutungen haben wir Alten schon vor langer Zeit diskutiert«, nickte Gott Tiuz zustimmend. »Es trifft sicherlich zu, daß einige Darstellungen etwas mit der Jagd zu tun haben. Doch wenn es nur das wäre, müßten auch Tiere abgebildet sein, die damals zu den begehrtesten Großtieren gehörten. Oder wie erklärst du dir, daß es Bilder vom mächtigen Wollhaarnashorn gibt, nicht aber vom wahrhaft gewaltigen Mammut, das viel enger und in großer Zahl sowohl mit deinen Neandertalern als auch mit den Cro Magnon-Menschen in Kontakt kam?«

»Gibt es hier keine Mammutzeichnungen?« fragte Osiris erstaunt. Tiuz schüttelte den Kopf. »Nicht eine einzige!«

»Das ist seltsam«, meinte auch ich. »Und in anderen Höhlen?«

»Dort kommen Zeichnungen von Mammuts in großer Zahl vor. Aber auch magisch wirkende Tier-Mensch-Mischwesen.«

»Vermummte Schamanen-Priester der Primitiven«, sagte Osiris. »Das kann alles zum Kult dieser Jäger gehört haben!«

»Vielleicht«, sagte Gott Tiuz geduldig. »Dennoch kann diese Erklärung allein nicht ausreichen. Zum ersten, weil es damals keinen Mangel an Tieren gab. Sie zogen in riesigen Herden von Eis im Norden bis zu den Küsten des Meeres im Westen und im Süden. Zum zweiten müssen die Darstellungen von vermummten, maskierten Tänzern viel mehr sein als Tierbeschwörungen. Nach meiner Meinung sind sie Symbolbilder, in denen ein Wissen verborgen ist, das die Cro Magnon-Menschen von unseren eigenen Vorfahren übernommen haben...«

Ich betrachtete die uralten Kunstwerke an den Wänden und an der Decke der Höhle. An manchen Stellen waren die natürlichen Wölbungen im Fels so geschickt ausgenutzt worden, daß die Tierbilder plastisch hervortraten. Und plötzlich erkannte ich, was nicht stimmte!

»Bei allen Zeichnungen fehlt eigentlich ein gemeinsamer Horizont«, sagte ich leise. »Sie scheinen ohne Erdenschwere zu schweben. Ich möchte wissen, warum kein Tier auf dem Boden steht und warum sie kreuz und quer und teilweise sogar übereinander dargestellt sind, als würde es keine Erdenschwere für sie geben... warum wurde diese Kuh bei den Hörnern, Augen und Hufen sehr genau gezeichnet, beim übrigen Körper nur als Umriß? Und warum hat die Kuh in der kleinen Gruppe dort sogar eine getupfte Fellmusterung wie ein Leopard?«

»Vielleicht wurde nicht alles zu Ende gezeichnet«, sagte Osiris abfällig. Ich warf ihm einen fast mitleidigen Blick zu.

»Wer Fackeln und Öllampen in eine Höhle bringt, Steine zu Farben zerreibt und mit Fett anmischt, und wer noch dazu Gerüste bauen muß, um an die Decke zu kommen, der hat auch die Zeit, das Bild eines Tieres zu Ende zu malen!«

»Wollt ihr nicht lieber draußen weiterstreiten?« fragte der alte Gott Tiuz fröstelnd. »Mir ist es zu kalt hier...«

»Wartet noch!« bat ich. Ich nahm meine Lampe und ging langsam unter den Zeichnungen durch die Höhle. Bilder. Symbole.

Mitteilungen, die jeder sehen konnte, die aber nur der zu deuten vermochte, der eine Erinnerung in sich aktivieren konnte.

Woran erinnerten mich diese Bilder? Ich wußte, daß es eine Antwort geben mußte! Die Bilder sagten etwas, aber in einer Sprache, die nicht die meine war. Warum standen alle Tierzeichnungen für sich allein und ohne erkennbaren Zusammenhang. Ich schlüpfte in die schmale rechte Abzweigung von der Haupthöhle. Sie verbreiterte sich zu einer weiteren Abzweigung. Durch einen Schacht spürte ich einen kaum wahrnehmbaren Luftzug.

Ich drehte mich wieder um. Direkt über meinem Kopf sah ich die schwarze Umrißzeichnung eines Stiers, dem ein Speer durch die heraushängenden Eingeweide drang. Links davon entdeckte ich die Figur eines stark schematisierten Mannes, der mit aufgerichtetem Grabstock und ausgebreiteten Armstrichen mit je vier Fingern nach hinten zu fallen schien. Die Figur hatte einen nur angedeuteten Kopf mit einem Auge und einem schnabelartigen Gesicht. Doch das Eigenartige an dieser Zeichnung war weder der Stier noch der fallende Mann, sondern der Vogel direkt darunter. Er saß auf einer senkrechten Stange und schien sich überhaupt nicht für das an der braungelben Höhlenwand dargestellte Drama zu interessieren.

Auch der verwundete Stier sah seinen Jäger nicht an. Mit ausgestreckter Zunge wandte er seinen Kopf dorthin, wo ihn der Speer getroffen hatte.

Ich erkannte endlich die ganze Symbolik der Zeichnung. Es war keine Beschreibung eines Jagdunfalls, keine Erinnerung an einen tatsächlich geschehenen Vorgang, sondern nichts anderes als die ähnlich symbolhaften Bilder, die ich im grauen Haus in der Altstadt von Basilea gesehen hatte. Wer dieses Bild gezeichnet hatte, verstand mehr von den Kräften der Harmonie und der Zerstörung der Alten Ordnung als alle Könige von Atlantis zusammen!

Erst jetzt fiel mir auf, daß der Speer zerbrochen war. Das abgesplitterte Teilstück deutete wie zufällig auf den Vogel. Ja, das war es! Das Bild mußte eine Deutung von Leben und Tod sein... die tötende Lanze des Jägers war zerbrochen, aber der Vogel, der frei sich erheben konnte, triumphierte als Symbol des Lebens! Ich holte tief Luft und fühlte mich auf einmal so froh wie schon lange nicht mehr.

Ich lächelte und schlüpfte in die Haupthöhle zurück. Die beiden Männer standen am Eingang und warteten bereits. Ich blickte noch einmal nach oben. Gleichzeitig erkannte ich in einer Gruppe von großen und kleinen Stieren und Pferden die Zeichnung eines Tieres, das weder in Aquitanien noch an irgendeinem anderen Platz der Erde existierte. Hatte denn niemand vor mir dieses Tier bemerkt? Es war ein Symbol für den verlorenen Traum vom Paradies. Ein Tier, daß es nur in der Vorstellung von träumenden, liebenden, hoffenden Menschen gab. Bei Menschen, die immer geahnt hatten, daß es mehr als die sichtbare Welt geben mußte!

Und ein Cro Magnon-Künstler hatte es in der kältesten Periode der Eiszeit gezeichnet. Ich konnte es kaum fassen, aber es war da!

»Wir müssen sie finden!« flüsterte ich kaum hörbar. Die jüngeren Könige von Atlantis hatten recht behalten. Die Cro Magnon-Menschen wußten, was ein Vogel auf einer Stange bedeutete. Sie kannten das Geheimnis des veränderlichen Mondes, des mädchenhaften Einhorns, das kein Mann einfangen konnte, und der verborgenen Kräfte der Natur.

»Es muß sie geben!« sagte ich zu mir selbst. »Auch noch nach den Jahrtausenden der Eiszeit!«

Versteckt in den wilden Bergen tief im Inneren des westlichen Kontinents lebte seit vielen Generationen das Volk der Hopis in einer kleinen Gemeinschaft zusammen. Und auch bei ihnen wußten nur die Weisen des Bären-Clans und des Schlangen-Clans, daß sie von ihren Göttern, den Kachinas, erschaffen worden waren.

Zwei von ihnen, der Häuptling des Schlangen-Clans und seine Tochter, saßen am Rand eines Felsplateaus und blickten still über die bizarren Schluchten hinweg, in denen sich die Flüsse seit Jahrmillionen immer tiefer in die farbigen Felsen gruben. Der Mann und das junge Mädchen erwarteten seit Mitternacht den Aufgang der Sonne. Seit einigen Atemzügen legte der Himmel im Osten türkisfarbene und rote Schleier an. Ein kalter Windhauch vertrieb die Reste der Nacht und blies die Sterne am Himmel nacheinander aus.

»Wir wollen uns vor dem Sonnengott verneigen, den wir seit alter Zeit Tawa nennen«, sagte der Vater zu seiner Tochter. Sie beugten sich vor, berührten mit den Fingerspitzen die Erde und die Stirn, dann das Herz und die Lippen.

»Komm, Tawa«, sagte der Vater, »du hast die Finsternis im endlosen Raum Tokpella vertrieben und die erste von allen Welten erschaffen. Aber das kleine Getier in dieser Welthöhle verstand den Sinn des Lebens nicht, konnte nicht mit dir sprechen. Deshalb hast du Großmutter Spinne hinabgeschickt, die deine Schöpfung vertilgen sollte... sprich du jetzt weiter, meine Tochter...«

»Großmutter Spinne vertilgte nicht alle kleinen Lebewesen«, fuhr seine Tochter fort. »Sie führte einen Teil des Getiers auf einem langen und mühsamen Weg in die zweite Welt und schließlich in die dritte, in der wir leben, denn einige der kleinen Tiere wurden zu Menschen...«

»Und von dir, Tawa, den anderen Kachinas und euren Boten lernten wir, wie wir Kleider weben konnten, um uns warm zu halten, und Töpfe zu formen, in denen wir Wasser und Speisen aufbewahren konnten.«

»Es war eine gute Welt«, sagte die Tochter. »Aber dann kamen andere Kachinas, die unseren Männern Rauschtrank brachten und die schönsten Mädchen der Clans raubten. Sie brachten auch Kinder zurück, die nicht mehr unsere Kinder waren und die wir im Schmutz weinen ließen.«

Der Vater und seine Tochter erhoben sich. Über den feinen Nebelschleiern zwischen den weiter entfernten Bergen brach der erste Sonnenstrahl hervor.

»Tawa, wir wissen, daß wir gefehlt haben!« rief der Vater mit klarer Stimme der Sonne entgegen. »Wir wissen auch, daß du uns keinen Boten und keine Führerin mehr schicken kannst, wenn die Schritte des Bösen über uns den Himmel zertreten, wenn die Wasser steigen und selbst das Land, aus dem du und die anderen Kachinas kommen, nicht mehr sein wird.«

»Sag, was wir tun sollen!« bat die Tochter. Gott Tawa stieg wie ein Ball aus Feuer über dem Horizont auf. Er wärmte ihre Gesichter und erfüllte ihre Herzen mit Hoffnung.

»Tawa, du weißt, daß wir dich brauchen«, rief der Vater. »Wenn du nicht bei uns bist, kriechen wir in den Schlaf wie in die tiefsten Höhlen zurück, aus denen wir durch deine Hilfe emporgestiegen sind. Doch wenn dein Licht leuchtet, sind wir eins mit allem, was uns umgibt, mit allen Tieren, allen Bäumen und allen Felsen. Die Kachinas haben uns gelehrt, daß jeder Mensch weiß, was gut und was böse ist – ganz gleich auf welche Weise und an welchem Ort er erschaffen wurde, welche Hautfarbe er hat und welche Namen er für ›das große Ich‹ benutzt, das in ihm wohnt...«

»Sag uns, was wir falsch gemacht haben!« unterbrach ihn seine Tochter. »Und warum kommt das Unheil auch über uns?«

»Was geschehen wird, richtet sich nicht gegen euch«, sagte ihr Vater plötzlich. Seine Stimme klang verändert. »Aber ihr seid ein Teil des Ganzen. Und so, wie der linke Fuß mitleiden muß, wenn der rechte in Dornen getreten ist, wird Feuer und Vernichtung auch über euch kommen, weil andere sich gegen ›das große Ich‹ versündigt haben!«

»Wir wissen nichts von dem, was du gesehen hast!« sagte die Tochter.

»Du hast recht! Eure Götter haben sich weise verhalten und euch nicht mit dem geblendet, was an anderen Stellen zur Mißachtung der Alten Ordnung geführt hat. Aus diesem Grund werdet ihr ebenso wie einige andere, die an verschiedenen Stellen der Erde leben und die reinen Herzens sind, die große Strafe überleben! Verkriecht euch in den Höhlen der Berge und wartet, bis ihr Sapapuni, das Loch in der Dunkelheit des Himmels, seht. Wenn das geschieht, dann sendet Vögel aus – zuerst eine Taube, dann einen Falken und wenn auch der nichts findet, eine Spottdrossel...«

Der Vater taumelte, und seine Tochter mußte ihn festhalten.

»Wir... wir haben das Bündnis zwischen uns und der Natur niemals vergessen«, stöhnte er, und es war wieder seine eigene Stimme.

»Wenn du das sagst, dann mußt du auch verstehen, daß wir für alles mitverantwortlich sind«, sagte seine Tochter. »Auch für das, was wir nicht selbst getan und was wir nicht verhindert haben...«

»Aber wir haben doch kaum etwas von den Dingen gewußt, die weit entfernt von uns geschehen!«

»Wir wollten nichts wissen«, sagte sie. »Auch das ist eine Schuld, für die wir jetzt bezahlen müssen!«

Das Böse am Himmel war jetzt bereits vor Sonnenuntergang zu sehen. Es hatte die Erde auf ihrer Umdrehung und in ihrem Lauf um die Sonne überholt. Die große Stadt mit ihrem Königshügel, den Tempeln und Ringmauern, Kanälen und Gärten war längst leer und verlassen. Die Schiffe hatten weder im Wasser noch in der Luft Spuren der Flucht hinterlassen. Nur an den Kaimauern und auf den Startplätzen war zurückgeblieben, was nicht mehr benötigt wurde.

Ein paar Oannes-Jüngerinnen hatten sich auf dem hohen Vorplatz des Königspalastes versammelt. Sie trugen ihre Mäntel aus

Fischhaut und ihre Hüte, die wie Fischköpfe mit geöffneten Mäulern aussahen. Nachdem auch der letzte Wächter des Palastes aus der Stadt geflohen war und nur noch einige fast unbrauchbare, riesengestaltige Erzer durch die leeren Straßen marschierten, hatten die Oannes damit begonnen, nach einem schon lange feststehenden Plan, die wichtigsten Segmente der Palastarchive auszuräumen. Immer mehr Tafeln aus Gold und Marmor türmten sich auf dem Vorplatz. Dazu gepolsterte Kästen und pyramidenförmige Schatullen mit aneinandergewachsenen Kristallen, hölzerne Truhen, in denen sich Amulette, Symbolzeichen und heilige Gegenstände befanden, deren Bedeutung längst vergessen war.

»Wenn Jason nicht bald zurückkommt, war alles umsonst!« stöhnte eine der Oannes-Frauen und fächelte sich mit dem Rand ihres Mantels aus Fischhaut kühlende Luft zu.

»Er wollte nur im großen Bogen um den östlichen Teil der Insel fahren und sich so lange verborgen halten, bis er unser Signal empfängt«, sagte eine andere.

»Hat er es denn empfangen?«

»Unsere Freunde im Schiff von Gott Enki sagen, daß er längst hier sein müßte.«

»Was ist los?« rief Morgana. »Warum macht ihr nicht weiter? Wollt ihr den Planetoiden anbeten oder was sonst?«

Die beiden jungen Frauen sahen zum Himmel hinauf. Die Sonne stand in einem diffusen Nebel dicht über dem Horizont. Direkt darüber leuchtete viel kleiner die zweite Sonne. Sie würde kein wärmendes Licht schicken, sondern Tod und Vernichtung bringen.

»Da kommt die Triere!«

Der Ruf schallte über den weiten leeren Platz vor dem Königspalast. Schnell wie ein dutzendfach gefiederter Pfeil jagte die Galeere durch den Südkanal auf die Stadt zu. Im gleichen Augenblick tauchte auch das letzte der großen neuen Unterwasserschiffe auf den Felsendocks im inneren Kanalring auf. Unter normalen Bedingungen hätte es fast einen halben Tag gedauert, bis sich die beiden so unterschiedlichen Wasserfahrzeuge begegnet wären. Doch jetzt waren die Kanäle frei und die Ringkanäle leer. Die Triere zeigte, zu welchen Leistungen sie fähig war. Schon bald wurde das harte Tamtam des Rudertaktgebers durch die Stille der Stadt hörbar.

Der goldene Buckel von Enkis Unterwasserschiff glitt ebenfalls immer schneller durch das aufschäumende Wasser. Der Gott aus dem längst versunkenen Verbindungsland zwischen den Großkontinenten Afrika und Asien stand in der halbgeöffneten Kuppel in der Mitte des Rumpfes. Er trug einen bis zu den Waden reichenden Rock aus buntschillernden Fischhäuten, einen Gürtel mit den Insignien seiner Macht und eine über der nackten Brust offene Weste mit bunten Stickereien. Enki war kein Herrscher über eine bedeutende Kolonie von Atlantis. Er unterstand An, dem obersten Gott des Zweistromlandes. An, Amun-Re am Nil und Brahma Manu im Indusgebiet waren gleichberechtigt. Dagegen mußte Enki sein Gebiet mit seinem Bruder Enlil teilen, der für alle Bewegungen oberhalb des Meeresspiegels zu Lande und in der Luft zuständig war.

Und doch genoß gerade Enki bei den Oannes einen besonderen Ruf. Es hieß, daß er einer der wenigen Götter war, die es geschafft hatten, sich einen Herrschaftsbereich zu errichten, der nicht mehr von den zehn Königen kontrolliert werden konnte. Niemand wußte, wo dieses geheime Reich lag, und einige munkelten sogar, daß Enki zum Herrn der süßen Wasser geworden war, die aus der Tiefe der Erde und von einem geheimnisvollen Süßwassermeer im Inneren Asiens kamen, das nach den ganz alten Göttern niemand mehr gesehen hatte...

Die Triere lief mit lauten Paukenschlägen und klatschenden Rudergeräuschen in den inneren Ringkanal ein. Enki hob beide Arme. Sofort verringerten sich die Wellen um den goldenen Buckel seines Unterwasserschiffes. Jason gab ebenfalls den Befehl, die Geschwindigkeit seiner Triere zu verringern. Als hätten sie das Manöver schon hundertmal geprobt, glitten die beiden ungleichen Wasserfahrzeuge ganz sanft gegeneinander. Sie trieben direkt auf die Anlegestellen direkt neben den Treppen zum Königspalast zu.

»Haben deine Anhänger gefunden, was wir suchen?« rief der Schiffsherr der Triere.

»Wenn deine Gefangenen noch in der Lage sind, die Treppen hinaufzukommen, werden wir alles aus den Palastarchiven retten können, was wichtig ist!«

»Auch die Speicherplatten aus dem Duka-Viertel?«

»Mit allen Aufzeichnungen über die Göttergeschlechter der vergangenen Jahrtausende!« Enki lachte.

»Mich interessiert viel mehr, ob die Berichte über Genversuche und Menschenzüchtungen dabei sind«, rief Jason zurück.

»Das können wir jetzt nicht feststellen!«

»Heißt das, wir müssen alles mitnehmen?«

»So viel wir können!«

»Hoffentlich schafft dein Schiff soviel Ballast!«

»Wir haben keine andere Chance!«

»Los jetzt, es ist soweit!« rief Jason in den Bauch seiner Triere hinab. »Werft die Ketten ab und lauft so schnell ihr könnt zum Palast hinauf!«

Die Männer auf den Ruderbänken lösten sich von ihren schon zuvor aufgeschlossenen Ketten. Sie taumelten hoch, blinzelten ins diffuse Tageslicht und stützten sich gegenseitig, als sie die Triere endgültig verlassen konnten.

»Los, Männer, zu den Frauen!« rief Jason ihnen nach. »Sie warten vor dem Königspalast!«

DER MORGEN DES LETZTEN TAGES

»Was haben wir nun herausgefunden?« fragte Osiris schlechtgelaunt. Er hockte auf einem Felsbrocken vor dem Höhleneingang und kaute widerwillig an ein paar Walnüssen. Ich wußte, wie sehr er sich sich vor den überall wachsenden Nüssen ekelte. Aufgeknackt und ohne Schalen sahen sie für ihn wie kleine, ausgetrocknete Gehirne aus.

Weder ich noch der alte Gott hörten ihm zu. Wir waren bis zur Kante des Felsvorsprungs gegangen und blickten über das Tal hinweg, in dem vor vielen Jahrtausenden einmal alles angefangen hatte.

»Vielleicht gibt es noch andere, besser verständliche Hinweise auf die Kraft der Vorfahren in den Höhlen dieser Gegend«, meinte ich. Ich spürte selbst, wie verzagt und bedrückt meine Stimme klang. Der alte Gott schüttelte den Kopf.

»Ich wollte euch nicht entmutigen«, sagte er, ohne mich anzusehen. »Natürlich haben auch wir Götter schon seit langem versucht, irgendeinen Hinweis auf das zu finden, was vor vielen Jahren und an mehreren Stellen der Erde gleichzeitig geschehen sein muß. Es tut mir leid, Inanna. Wir hätten euch und uns selbst gern geholfen, aber es ist vorbei!«

»Keinerlei Hoffnung mehr?«

Gott Tiuz hob die Schultern.

»Selbst wenn es gelungen wäre, eine Verbindung zum alten Atlantis mit seinen mythischen Kräften zu finden – was wäre damit erreicht worden? Was hätte uns die Erkenntnis gebracht, daß es eine Zeit gegeben hat, in der Menschen und Tiere, Bäume und Steine, Himmel und Erde in Harmonie miteinander ausgekommen sind. Glaubt denn irgend jemand auf der Königsinsel ernsthaft, daß wir damit einen herabstürzenden Planetoiden aufgehalten hätten?«

Ich blickte zur Seite und sah dem alten Gott lange in die Augen. Sie sahen anders als die von Berios oder die der Könige aus, anders als die der Bewohner der großen Stadt und anders als meine eigenen. Ihre sehr helle Iris enthielt noch mehr Goldpunkte als meine. Trotzdem wirkten sie stumpf und müde. Für einen kurzen Moment empfand ich Mitleid mit dem alten Mann. Beinahe gleichzeitig spürte ich, daß wir miteinander sprechen konnten, ohne die Lippen zu bewegen. Ich dachte keinen Augenblick daran, daß unser wortloser Gedankenaustausch nur möglich war, weil er mit seinen uralten Erfahrungen das Muster seines Göttersteins auf meinen eigenen abstimmen konnte.

»Du bist sehr schön, Inanna, und du weißt mehr, als ich vermutet habe! Wenn die Menschen in meiner Region dich sehen könnten, würden sie dich Is nennen – die Göttin der Morgenröte – vielleicht aber auch Fee Morgana...«

»Morgana? Den Namen habe ich schon einmal gehört...«

»Vergiß ihn nicht! Es könnte dir helfen, wenn du dich an ihn erinnerst!«

»Du mußt einmal ein sehr weiser Gott gewesen sein!«

»Ich habe meine Kraft verbraucht. Es gab zu viele sinnlose Kämpfe zwischen uns. Mit jeder Generation kamen neue Absolventen von der Götterschule. Und in all den vielen Jahrtausenden wurden sie zunehmend eingebildeter und arroganter. Dabei wußten sie immer weniger und machten einen Fehler nach dem anderen.«

»Ist das der Grund dafür, daß es überall auf der Erde nur noch ganz alte und ganz junge Götter gibt?«

»Wer in den letzten Jahrtausenden neu von der Insel der Könige kam, lebte oft nicht viel länger als die Eingeborenen. Das gilt für die Eingeweihten ebenso wie für die niederen Götter und die Erzer, die nicht einmal mehr als Botenengel oder als Wächter über die Menschlichen zu gebrauchen sind! Ich habe oft über die Gründe für diese verheerende Entwicklung nachgedacht, doch weder ich noch einer der anderen Alten kann das Phänomen des Niedergangs erklären. Irgend etwas stimmt einfach nicht mehr mit uns! Wir können unserem Ragnarök – dem Schicksal und Dunkel des Götterendes – nicht ausweichen!«

»Gilt das für alle Kolonien?«

»Für viele – viel zu viele!«

Es war das erste Mal, daß ich von einem Gott erfuhr, wie schlimm es um die Alte Ordnung stand. Diese ganz neue, schreckliche Erfahrung war ein Schock für mich, denn bisher hatte ich im Palast, in dem ich aufgewachsen war, fast nur Berichte über Ruhm und Größe, Macht und Herrlichkeit der Götter in den Kolonien gehört.

»Was werdet ihr jetzt tun?« fragte er.

»Ich weiß nicht. Was wirst du tun?«

»Ich möchte gern wieder in die Nordregion zurück. Dort leben Menschen, die ich sehr lange kenne. Ich möchte ihnen Trost geben, auch wenn ich weiß, daß ich ihnen nicht mehr helfen kann. Und du?«

»Hier ist es so viel schöner als in Atlantis. Die große Stadt hat mir noch nie gefallen. Vielleicht gehe ich bis zu den hohen Bergen im Süden. Ich glaube nicht, daß auch die Pyrenäen untergehen...«

»Es gibt noch andere Gebiete, in denen das Cro Magnon-Experiment erfolgreich war«, sagte Gott Tiuz sinnend. »Die Höhlen von Altamira an der Südküste der Biskaya zum Beispiel. Dort lebt ein Stamm, der zur Zeit keinen Gott verehrt. Wer weiß, vielleicht wäre das ein Platz für dich. Aber was wird mit Osiris? Soll ich ihn mitnehmen, oder wollt ihr beide mich bei Carnac absetzen und dann gemeinsam nach Altamira fliegen?«

Ich sah mich verstohlen nach Osiris um. Er hockte nicht mehr auf dem Stein vor dem Höhleneingang.

»Oder denkst du daran, nach Atlantis zurückzukehren?«

»Nein«, antwortete ich schnell. Ich drehte mich um und ging ohne Hast zum Himmelsschiff zurück. Noch ehe ich den Einstieg erreichte, hörte ich aus dem Inneren Stimmen. Osiris mußte das Botengerät aktiviert haben. Ich blieb stehen, beugte mich etwas vor und lauschte.

»Keinerlei Ergebnisse! Ich wiederhole... wir melden keinerlei Ergebnisse, die irgendwie verwendet werden können... wie lauten die weiteren Befehle? Ich wiederhole... wie lauten die weiteren Befehle?«

Ich hörte ein scharfes Rauschen und ahnte plötzlich, warum Osiris keine Antwort mehr bekam. Es gab niemanden mehr, der sich für Meldungen aus den Botengeräten interessierte!

»Komm heraus und sieh zum Himmel hinauf!« rief ich. »Dann kannst du sehen, wie sinnlos deine Versuche sind!«

Osiris kam durch den Einstieg. Er sprang auf den Felsboden, blinzelte unsicher nach oben und sah sofort den weißen Fleck neben der Sonne.

»Ist er das?«

»Ja«, sagte ich. Ich spürte, wie sich meine Augen plötzlich mit Tränen füllten. Die Unausweichlichkeit des Boten der Vernichtung erfüllte mich mit Zorn und ohnmächtiger Verzweiflung. Ich ballte meine Hände zu Fäusten, streckte sie nach oben und schrie meine ganze Hilflosigkeit aus mir heraus: »Komm doch und vernichte uns, Stern ohne Herz! Zerstöre, was in Jahrtausenden geschaffen wurde! Reiß die Berge in Stücke und verbrenne die Ozeane! Töte, was du töten kannst... aber du wirst es nicht schaffen! Du kannst alles Leben auffressen, aber das Leben lebt weiter, auch wenn es stirbt und gefressen wird! Das, Stern, weißt du nicht! Denn das ist das Geheimnis der Götter in jeder Felszeichnung, in jedem Grashalm und in jedem Regentropfen!«

»Beruhige dich, Inanna!« rief der alte Gott. Er kam auf mich zu und legte seinen Arm um meine Schultern. »Damit änderst du auch nichts mehr.« Er blickte über das friedvolle Tal hinweg. Und wieder hörte ich seine Stimme, ohne daß er die Lippen bewegte: »Weit ist die Pforte und breit der Weg, der zum Verderben führt, und viele sind, die durch dieselbe eingehen. Eng ist die Pforte und schmal der Weg, der zum Leben führt, und wenige sind es, die ihn finden...«

Die eigentümliche, fremdartige Sprache ließ mich innerlich frieren.

»Wo sind die Weisen?« fuhr seine Stimme in mir fort, »wo die Schriftgelehrten? Wo die Streiter der Alten Ordnung in diesen Zeitläuften? Haben wir Götter die alte Weisheit dieser Welt zur Torheit gemacht? Wir reden von einem alten Geheimnis, das uns vor dem jetzigen Zeitalter zu Göttern bestimmt hat über die Menschen – mit einer Macht und Herrlichkeit, die uns noch über die Könige erhebt. Aber wir nutzten das große Geheimnis nur für uns selbst, nicht für die Menschen, die uns verehrten, und wie das Unkraut der Erde müssen wir jetzt ins Feuer! Es wird das Ende dieses Zeitalters sein...«

Für eine endlose Sekunde der Ewigkeit schien alles um mich herum den Atem anzuhalten.

»Aber ich sehe einen neuen Himmel und eine neue Erde«, fuhr Gott Tiuz endlich fort, »und neue Götter werden in den Hütten der Menschen sein – ihre Götter...«

Osiris hatte von alldem nichts gehört.

»Ich will endlich nach Süden!« stieß er mürrisch hervor. Er fühlte sich offensichtlich zuwenig beachtet. »Mir steht die Sahara zu, und ich habe Stimmen empfangen, die nach den Göttern rufen!«

Nie zuvor in all den Jahrtausenden war die prächtige und unvergleichliche Stadt so still gewesen. Und gerade jetzt – ohne die Menschen und Tiere, die Wagen und Schiffe, hätte ein Beobachter in einem Himmelsschiff über dem Königshügel die ganze Harmonie im uralten Plan der Stadt erkennen können. Drei Kanalringe umgaben den inneren Königshügel. Die Kreise wurden durch die geraden Kanäle in vier Segmente geteilt und gleichzeitig durch die Brücken und die Torportale in den Ringwällen miteinander verbunden. Zusammen mit der Verlängerung des Südkanals bis zur Küste entstand von oben gesehen ein Muster von magischem Reiz. Wenn der Südkanal ein schimmernder Stab war, dann konnte der Wechsel zwischen Land- und Wasserringen das Flattern eines Vogels symbolisieren, das Ja und das Nein, das Feste und das Flüssige, das Starre und das Fließende, Materie und Geist.

Das Kreuz von Atlantis war immer mehr als ein Symbol gewesen. Es war das Zeichen der vollkommenen Harmonie und der Wechselwirkung zwischen dem Sichtbaren und dem Unsichtbaren. Im Bild der Kreise war die Erkenntnis vom Anfang und Ende verborgen, die niemand finden konnte. Kein König, kein Gott und kein Mensch können sagen, wo ein Kreis anfängt und wo er aufhört. Die Welt als Wille und Vorstellung von einem immerwährenden Kreislauf wie die Schlange, die ihren Schwanz im Maul hat.

Aber das Kreuz von Atlantis war auch ein Siegelzeichen – ein gewaltsam in das Antlitz der Erde eingeprägter Stempel, der von der Überlegenheit menschlichen Planens und Handelns und von einer neuen Ordnung der Welt und ihrer Gesetze künden sollte!

Doch plötzlich war alles, was die Bewohner von Basilea über viele Jahrtausende hinweg geglaubt hatten, nicht mehr wahr. Nicht die Menschen, die Götter, die Könige beherrschten die Natur, sondern der Zufall, die ungünstige Konstellation und das beinahe zynische Auftauchen eines unbedeutenden, namenlosen Gesteinsbrockens aus den Tiefen des Himmels. Der alles Beendende war kein teuflischer Rächer, der im verborgenen seine Heerscharen gesammelt hatte. Er war kein Hort der Verstoßenen, kein explodierender Vulkan, nicht einmal ein Geschoß aus der Waffe von Feinden. Er kam nicht einmal mit der Absicht, zu zerstören. Er war nichts – ein unbelebtes Nichts ohne Auftrag und ohne Ziel. Und genau deshalb ließ er sich nicht fassen, nicht verfluchen und nicht abwehren.

Der alles Beendende war keinen Tag mehr entfernt.

Nicht ein Bewohner der vordem mächtigen und schönen Stadt war innerhalb der Mauern zurückgeblieben, keine Frau, kein Mann und kein Kind. Und als der Wind aufkam, schlugen die Fensterläden, die niemand mehr feststellte. Leere Fischkörbe, noch feucht von den letzten Fängen, trudelten durch die Straßen. An einigen Stellen brannten noch immer die Beleuchtungen der Häuser und Plätze. Von den Büschen und Bäumen in den Gärten und an den Parksteifen der Kanalufer lösten sich duftende Blütenblätter. Sie wehten ins Wasser, und kein Schiffsbug, kein Ruderschlag und kein singender Antrieb zerschnitt ihre weich dahintreibenden Muster.

Und dann lösten sich auch noch die letzten Vögel aus dem Geäst. Sie sangen nicht mehr, als sie aufstiegen, noch einmal über der Zyklopenmauer am Rand des Poseidontempels und dann über der ganzen todgeweihten Stadt kreisten, um schließlich nach Norden zu fliegen. Viele der Vögel hatten die Stadt noch nie verlassen, in der sie wie die auserwählten Kinder der Götter aus Eiern geschlüpft waren. Sie folgten keinem Zugtrieb, aber sie schienen zu ahnen, daß die Stadt keine Zukunft mehr hatte.

Es dauerte lange, bis die Vogelschwärme die Berge erreichten. Bereits hinter den ersten Gipfeln erstreckten sich ehemals leere Täler, die jetzt an allen Hängen mit Flüchtenden gefüllt waren. Die Vögel schwebten tiefer. Sie sahen den Zug der menschlichen Wesen mit ihren vielen Kisten und Körben, mit Fässern und Truhen, Säkken und Ballen. Unzählige Gerätschaften, die ehedem wichtig gewesen waren, säumten den zertretenen Weg.

Einige der Vögel tauchten wie Fische der Luft bis zum Grund ihres Luftozeans. Sie pickten auf, was verloren war und folgten mit kleinen, trippelnden Hüpfern dem mühsam vorankommenden Treck.

Andere blieben weit oben. Sie spürten, daß eine neue Kraft ihre Orientierung störte. Was sonst nur sehr selten geschah, kam plötzlich immer häufiger vor: Vögel, die sich mit kaum wahrnehmbaren Bewegungen ihrer Schwingen kunstvoll durch die Luft bewegten, stießen zusammen, trudelten und stürzten kreischend und hilflos flatternd ab.

Gleichzeitig brachen auch Tiere des Landes in plötzliche Panik aus. Ganz vorn, bei den kräftigen Wächtern und Kriegern, rissen sich die ersten der weißen Stiere los. Sie schleiften ihre Bewacher mit und gerieten in eine wilde Stampede. Das Gebrüll der Stiere ließ die Elefanten angstvoll trompeten. Sie hatten nichts mit den riesigen Mammutherden am Rand des Eises im Norden der Kontinente zu tun. Doch jetzt verhielten sie sich wie jene. Sie stampften los, zertraten Wagen und suchten sich einem blutigen Weg durch die Reihen entsetzt zur Seite taumelnder Städter.

Die längst stumm gewordenen Flüchtlinge fanden ihr Entsetzen und ihre Stimmen wieder. Wo eben noch verbissenes Keuchen die einzige Begleitmusik des langen Trecks gewesen war, gellten auf einmal Schreie der Verzweiflung durch das Tal. Sie brachen sich an den Bergflanken und hallten tausendfach von allen Seiten zurück.

»Helft, ihr alten Götter, ihr großen und weisen... helft uns doch!«

»Wo sind die Könige?«

»O Götter, wo ist euer Wissen, eure Barmherzigkeit, eure helfende Hand?«

»Es hat keinen Sinn mehr...«

»Mein Kind! Mein Kind! Es ist tot, totgetreten!«

»Weg hier! Platz da! Laßt uns durch!«

Ein Haufen Krieger mit blutunterlaufenen Augen bahnte sich rücksichtslos den Weg durch die Menge. Sie schwangen Schwerter über den Köpfen, schleuderten tödliche Blitze nach allen Seiten und stießen Frauen über die Kanten von Felsbrocken.

»Zu den Höhlen der heißen Quellen!« brüllten sie mit heiseren Stimmen. »Bekämpft Wasser mit Wasser und laßt das Meer verdampfen, ehe es uns einholt!«

»Wir wollen Berge über dem Kopf haben, damit der Berg, der vom Himmel fällt, uns nicht treffen kann!«

»Die heiligen Höhlen haben nicht Platz für alle...«

»Nur die Stärksten können überleben!«

»Die Stärksten! Die Besten!«

»Verflucht sollt ihr sein!« schrien alte, zur Seite gestoßene Frauen. »Ihr Diebe des Lebens...«

»Sollen die Berge euch doch begraben!«

Das Himmelsschiff taumelte durch eine Wolke aus magnetischen Störungen. Es war über das mittlere Meer weit nach Süden vorgedrungen, doch jetzt, als es die Küste vor dem paradiesischen Grün der Sahararegion bereits überflogen hatte und auf die rettenden Berge zuflog, die ebenfalls den Namen von Atlas trugen, reagierte es nicht mehr auf die mühsamen Steuerimpulse von Osiris.

»Hätten wir diesen uralten Gott bloß nicht nach Armorica zu seinen Steingräbern von Carnac zurückgebracht«, preßte er zwischen den Zähnen hervor. »Ob er nun mit seinen Wilden bei ihren Tumuli, Dolmen und Cromlechs untergeht oder nicht...«

Ich antwortete nicht. Mit beiden Händen klammerte ich mich an den Seitenlehnen meines Sessels fest. Obwohl ich ebenso wie Osiris seit den Tagen in der Schule der Götter auf die Beherrschung aller technischen Gerätschaften vorbereitet worden war, konnte ich nicht verstehen, was mein Begleiter mit dem Himmelsschiff machte. Wie alle Kinder aus dem Duka-Viertel hatte ich das über Generationen immer weiter verfeinerte Gefühl für Maschinen und Apparate geerbt. Rein biologisch gesehen war ich mit allen Fasern meines Körpers dem jungen Mann neben mir ebenbürtig. Mehr noch – sogar die Gene in meinen Zellkernen entstammten dem gleichen Ausgangsmaterial. Wir weiblichen Götter verstanden weniger von Kampf und Jagd, aber unser Gehirn war dichter als das der männlichen, und aus den Quellen, die das Gefühl beeinflußten, kamen oft andere Fragen, andere Antworten.

Nach den heiligen Gesetzen des alten Reiches waren alle Auserwählten nicht nur miteinander verwandt, sondern Brüder und Schwestern. Und die jetzt noch in den Kolonien herrschenden Götter – unsere Eltern –, sie waren ebenfalls Geschwister...

Ich wußte nicht, warum mir gerade jetzt das Eigentümliche des Götterstandes wieder bewußt wurde. Vielleicht dachte ich deshalb daran, weil auch mein eigener Körper und der von Osiris sterblich waren. Wir waren ausersehen, hundertmal länger zu leben als Menschen. Unser gesamter Organismus trug den Unsterblichkeitsfaktor in jeder Zelle. Aber es war niemals eine echte Unsterblichkeit gewesen, denn auch ein Gott konnte nicht ewig leben, solange er auf einen Körper angewiesen war.

»O wunderbar«, sangen die Stämme, über die Gott Brahma und sein jüngerer Stellvertreter Manu am Indus herrschte, »ich, der ich Esser bin, esse die Esser der Speisen, um die Zeit zu betrügen! Ich, der ich selbst Speise bin, wenn ich das Licht sehen will!«

Was geschah, wenn wir abstürzten? Wie schnell würde der Tod für uns beide kommen? Hatte ich überhaupt jemals darüber nachgedacht, daß auch ich sterben konnte? Bis zu diesem Augenblick war der Gedanke weit, weit entfernt gewesen. Das war etwas ganz anderes als Angst. Ich war nie besonders mutig gewesen. Wie viele andere Auserwählte fürchtete ich mich vor dunklen Wäldern, vor den geheimnisvollen Ritualen von Eingeborenen und vor dem Beben der Erde. Aber es war nie die Angst vor der Gefahr gewesen, sondern das Unbehagen vor Situationen, in denen ich Schwächen zeigen könnte, die einer Göttin unwürdig waren. Wie hatten meine Lehrer wieder und wieder betont? »Wer zum Gott oder zur Göttin bestimmt ist, fürchtet nur eins: ein Versagen, das andere bemerken könnten!«

Das Himmelsschiff jagte immer weiter nach Osten. Es taumelte nach Norden zum Meer hin, flog erneut über Küsten, ließ einen gewaltigen Strom hinter sich und stieß urplötzlich mitten im Flug gegen eine unsichtbare Wand. Der Schlag war so hart, daß ich nach vorn gerissen wurde. Instinktiv krümmte ich mich zusammen, prallte gegen den Körper von Osiris und verlor für eine Sekunde das Bewußtsein. Nur das Gefühl plötzlicher Leere in meiner Brust weckte mich sofort wieder auf. Ich stemmte mich hoch und starrte in die grauen Fluten des mittleren Meeres. Ich hätte jedes Meer der Erde an seiner Farbe erkannt. Auch das gehörte zu meiner Ausbildung. Trotzdem dachte ich nicht einen Augenblick daran, wo wir uns befanden, sondern nur daran, wie wir der rasend schnell auf uns zustürzenden Wasserfläche entkommen könnten.

Meine Arme waren schwer wie Metall. Unendlich langsam krochen meine Finger auf die rettenden Tasten vor dem Sessel von Osiris zu. Ich wußte nicht, was ich berührte. Das Bild der Wegkreuzung aus dem grauen Haus tauchte vor mir auf. Ich mußte mich entscheiden. Und dann zog das Himmelsschiff in einer flachen Kurve dicht über die Wellen hinweg. Ich blickte zur Seite. Blut tropfte aus einer Wunde hinter Osiris linkem Ohr.

Ich versuchte, nicht an das zu denken, was meine Finger taten. Und es gelang. Das Himmelsschiff näherte sich unsicher, aber schnell genug dem Küstenstreifen, hinter dem eine doppelte, mit riesigen Zedern bewachsene Bergkette auftauchte.

Wer war der Gott dieser Gegend? Wo sein Quartier?

Baal... Marduk... meine Schwester Ereschkigal

Nein, diese Namen stimmten nicht! Sie gehörten jüngeren Auserwählten, die vor mir durch die Schule der Götter gegangen waren. Aber wer dann? Der Name der Siedlung fiel mir ein: Byblos!

Ja, Byblos war der Ort des Gottes zwischen dem grauen Meer und den Zedernwäldern! Oder hieß er Jericho und lag ein paar Atemzüge weiter südlich an einem Binnenmeer?

Ich stöhnte gequält auf. Und wieder fühlte ich mich unsicher wie bei einer Prüfung. Ich warf einen schnellen Blick zu Osiris. Er hatte die Augen geschlossen. Ich wußte, daß ich nichts für ihn tun konnte, solange das Himmelsschiff noch flog. Ich mußte landen und Hilfe für ihn finden. Aber wo?

Ich zwang mich, nicht mehr an irgendwelche Götter und Lehrer zu denken. Wie schnell durfte ein Himmelsschiff bei der Landung sein? Wie steil durfte es sinken? Ich spürte, wie mein Atem kürzer wurde. Die felsige Küstenlinie schwankte vor den Sichtfenstern von einer Seite zur anderen.

Langsamer... viel langsamer!

Ein Feuer!

Hochauflodernd am Strand, mit Kreisen von tanzenden Körpern. Ein Weg. Ein Turm. Fremdartige, weißleuchtende Schriftzeizeichen an einer schrägen Mauer zwischen gewaltigen, wie rosa Marmor leuchtenden Säulen. Es war doch Byblos!

Das Himmelsschiff platschte in die flachen Wellen, sprang wieder hoch und glitt taumelnd auf das Feuer am Strand zu. Unmittelbar vor den Tanzenden schlidderte es zur Seite, kippte gefährlich nach links und blieb zwischen zwei Säulen liegen.

Ich sackte nach vorn, schlug die Hände vor mein Gesicht und spürte, daß ich am ganzen Körper zitterte. Aufstöhnend kam Osiris hoch. Ohne mich anzusehen, wankte er zum Ausstieg.

»Nicht, Osiris! Du darfst nicht allein...«

Ich sprang auf, um ihm zu helfen. Mit Bewegungen, steif wie bei einem Erzer, öffnete Osiris den Ausstieg. Ein furchtbarer, heulender Aufschrei aus Hunderten von Kehlen schlug ihm entgegen. Er wollte zurück, verlor das Gleichgewicht und stürzte nach draußen. Ich erreichte den Ausstieg zu spät. Ein flammender Ast flog mir entgegen. Ich hörte die schrille Stimme eines Mannes, der nur mit einem Hüfttuch bekleidet war. Zuerst verstand ich ihn nicht, doch dann hörte ich, wie er schrie.

»... habt die Sonne verhext. Sie schickt... ihre Tränen aus Feuer herab... alles vernichten wird!«

Ein zweiter brennender Ast schlug gegen die Außenhülle des Himmelsschiffs. Und dann flogen Steine. Sie trafen mich am Kopf, an den Schultern und an den Beinen. Ich taumelte zurück, wußte nicht, was ich tun sollte und hatte doch keine Möglichkeit, Osiris zu helfen. Und wieder reagierte ich unbewußt. Meine Finger berührten die Tasten vor dem leeren Sessel meines göttlichen Bruders.

Das Himmelsschiff drehte sich knirschend um seine Achse. Es richtete sich wie ein verwundetes Tier auf, und dann löste es sich mit einem schweren Seufzer vom Boden.

»Nein!« rief ich. »Bleib hier! Nicht wegfliegen!«

Umsonst!

Das Himmelsschiff stieg steil nach oben. Ich konnte mich nicht mehr auf den Beinen halten und fiel in Osiris' Sessel. Wie von einer fremden Kraft gezwungen raste das Himmelsschiff immer höher. Es drehte sich und entfernte sich in östlicher Richtung vom Feuer am Uferrand der Zedernberge. Ich schüttelte immer wieder den Kopf. Das hatte ich nicht gewollt! Und plötzlich war mein ganzer Zorn auf Osiris und sein Verhalten im verbotenen Garten an der Zyklopenmauer wie weggeblasen. Ich wollte zurück, ihm helfen, ihn aufheben und umarmen.

Es ging nicht mehr. Keine der Tasten, die ich berührte, veränderte irgend etwas am Flug des Himmelsschiffs.

Ich konnte überhaupt nichts mehr tun. Das Himmelsschiff raste in tausend Schritt Höhe und oft noch weniger über Flüsse und Ebenen, Wüsten und Wälder, Wasser und endloses Land.

Ich hockte zusammengekauert im Sessel, in dem vorher Osiris gesessen hatte. Ich hatte die Beine angezogen und mit beiden Armen umschlossen. Zu jeder anderen Zeit hätte ich stundenlang so dasitzen und die Welt unter mir durch die großen Fenster des Himmelsschiffs bewundern können, doch jetzt war ich wie gelähmt.

Gleich nach dem unerwarteten Aufstieg hatte ich eine bewaldete Gebirgslandschaft und westlich davon das riesige Nildelta erkannt. Ich flog über den schon vor vielen Jahren in langer, schwerer Arbeit durch die Anunnaki angelegten Tumilat-Kanal, der den Nil über den Bitteren See und das langgestreckte Purpurne Meer mit dem Ozean westlich des Subkontinents Indien verband. Er war einer der wichtigsten Schiffahrtswege der Alten gewesen.

Das Himmelsschiff war vor dem Herrschaftsbereich von Gott Amun-Re hinter zum Purpurnen Meer abgebogen. Ich wußte nicht mehr, wie lange es gedauert hatte, bis ich die Meerenge zwischen der paradiesischen, mit vielen Flüssen geschmückten Halbinsel Arabien und den endlosen Weiten Afrikas erreichte. Erst als ich schon eine Weile über dem Horn des riesigen Kontinents flog, bemerkte ich plötzlich, daß ich nicht auf die Täler zusteuerte, in denen vor Jahrmillionen alles angefangen hatte. Für eine Weile war ich davon überzeugt gewesen, daß ich in die Oldoway-Region gebracht werden sollte. Doch das war ein Irrtum.

Lange bevor ich in die Breitengrade kam, in denen sich vor vielen Eiszeiten die sagenumwobenen Landbrücken von Mu und Lemuria erstreckt hatten, bog das Himmelsschiff mit einer weiten, sehr sanften Kurve gegen Sonnenaufgang ab. Ich wußte nicht, wer das Schiff lenkte, wer ihm seine Geschwindigkeit befahl und seine Flughöhe bestimmte. Und auch jetzt kam ich nicht auf den Gedanken, daß all dies etwas mit den Mustern im Inneren meines Göttersteins zu tun haben könnte.

Es war bereits Nacht, als ich den oberen Teil des Indischen Ozeans überquerte und wieder in nordöstlicher Richtung flog. Vor mir war alles dunkel und nur in den Bildkammern unterhalb des Sichtfensters flimmerten Zeichen und Linien, farbige Flächen und Symbole, die ich eigentlich kennen mußte, die mir aber trotz aller Überlegungen nichts sagten. Ich hatte mir eine Flasche mit Soma, dem Nektar der Götter, geholt und saugte kleine Schlucke des bittersüßen Getränks in den Mund. Das Konzentrat enthielt winzige, versiegelte Kügelchen, die schnell ins Blut gingen und ihre Wirkstoffe sehr langsam an meinen Körper abgaben und mich stärkten.

Ich begriff, daß ich Osiris niemals mehr wiedersehen würde. Ich empfand Trauer, aber keinen Schmerz über den Verlust. Und doch wünschte ich, daß es nie zu der häßlichen Szene im verbotenen Garten hinter der Kyklopenmauer gekommen wäre. Ich konnte mir selbst nicht mehr erklären, warum ich so hart und endgültig reagiert hatte. Eigentlich fühlte ich mich noch immer im Recht. Osiris hätte niemals so gefühllos über eine Trennung sprechen dürfen! Natürlich wußte ich, daß er es nicht so gemeint hatte, aber ich konnte einfach nicht akzeptieren, daß der Mann, den ich gerade zu lieben begonnen hatte, Befehlen zugänglicher gewesen war als den Gefühlen, die ich ihm entgegenbringen wollte.

Ich schüttelte unwillig den Kopf. ›Mußt du schon wieder wie ein Weib der Menschen denken?‹ fragte ich mich selbst. Vage Erinnerungen an ein sexuelles Programm in den Zellen meines Körpers? Ein Frösteln lief über meinen Rücken. Ich erinnerte mich plötzlich wieder an das, was mir das Mädchen Morgana vorgeworfen hatte, als ihr Gefährte auf der Triere verschleppt wurde. Aber was war dann mit den anderen Göttern? Umarmten sie keine Göttinnen und sprachen sie nicht mit glänzenden Augen von den Weibern der Menschen, wenn sie unter sich waren?

Ich mochte das alles nicht. Ich wollte an etwas anderes denken, aber die warme Dunkelheit und das gleichförmige Summen des Himmelsschiffs führten meine Gedanken wieder auf das zurück, was zwischen männlichen und weiblichen Lebewesen geschah.

Eigentlich ging mich das alles nichts an. Ich war von keiner Mutter geboren, und mein biologischer Vater könnte jeder der Götter, jeder der Könige sein. Vielleicht hatte ich auch mehrere Väter, denn wer konnte sagen, welche Teile des Erbgutes bei meiner Erschaffung von einem oder mehreren Elternpaaren stammten?

In der Schule der Götter hatten wir stets nur ausweichende Antworten auf diese Fragen bekommen. Aber ich hatte schon früh Hinweise darauf entdeckt, daß entweder Gott Amun-Re oder vielleicht auch Gott Enki aus dem Zweistromland zu meinen Erzeugern gehörten. Ich hatte sie niemals zu Gesicht bekommen und wäre doch gern zu einem von ihnen gegangen, um sie zu fragen, wie alles gekommen war.

Vorbei. Und wie so viele der Fragen, die ich in mir trug, würde auch diese keine Antwort mehr finden. Wozu auch, wenn ohnehin alles unterging?

Ich starrte in die Dunkelheit und erwartete vollkommen ruhig den ersten Lichtschein am Horizont. Wenn er auftauchte, konnte es sich nur noch um ein, zwei Stunden handeln, bis der Begleiter der Sonne vom Himmel stürzte. Ich dachte daran, daß nicht einmal alle dort unten die letzten Augenblicke miterleben würden. Nur eine Seite des Erdballs würde unmittelbar und ganz direkt betroffen sein. Wer dort lebte, würde hören und sehen können, wie das Ende kam. Für alle anderen würde der Tod in einer Welle der Vernichtung kommen, von der niemand sagen konnte, wie und in welcher Form sie zuschlug!

Ich spürte, wie Tränen über meine Wangen liefen. War ich denn glücklicher, weil ich allein sein konnte? Oder bildete mein einsamer Flug durch die Nacht die subtilste Form der Strafe, die sich die Götter und Könige, die Lehrer und Weisen von Atlantis für ein Mädchen ausgedacht hatten, das bereit gewesen war, seine Pflichten zu vergessen?

Wo lag der Unterschied? Und warum konnte Liebe von irgendeinem Zeitpunkt und von Genehmigungen abhängig sein? Ich erinnerte mich an die Bilder aus dem grauen Haus. Auch sie hatten sehr viel mit Zeitabschnitten zu tun. Für jede Phase des Lebens stand ein anderes Bildsymbol. Ich dachte an die Hohepriesterin und den Magier, an die Kreuzung der Wege, den berstenden Turm und an die geflügelten Tiere im Symbolbild für die Welt. Und wieder fragte ich mich, ob ich jemals verstehen würde, warum mich Jason in das Haus der Seelenspiegel geschickt hatte...

Am Anfang achtete ich überhaupt nicht auf die Lichter. Sie tauchten unter mir aus der Dunkelheit auf und bildeten seltsame Kreise, lange Wellenlinien und geometrische Muster. Ich beugte mich vor. Das Himmelsschiff flog sehr tief. Die Sterne der Nacht waren deutlich zu sehen, und das Meer unter mir sah plötzlich wie eine schwarzpolierte Silberplatte aus. Immer mehr Lichter kamen aus der Tiefe des Ozeans. Im ersten Moment dachte ich an leuchtende Kleinlebewesen, an Plankton oder ein anderes natürliches Phänomen.

Doch dann schüttelte ich ungläubig den Kopf. Ich konnte nicht ahnen, daß genau diese nicht natürlichen Lichter noch viele Jahrtausende später genauso aus den Tiefen des Indischen Ozeans auftauchen würden wie in der Nacht vor dem Ende eines langen und großen Zeitalters. Der Tanz der unheimlichen Lichter formte leuchtende Feuerräder mit Speichen, die wie ferne Galaxien aussahen. Aus Kreisen wurden Quadrate, Dreiecke, Pentagramme und explodierende Sterne mit lang durch das Wasser zuckenden Spitzen.

Niemals konnten Wellen oder gar rhythmische Vulkanausbrüche am Boden des Ozeans eine so gleichmäßige Schrift aus Lichtsymbolen ins Wasser zeichnen!

Und dann verstand ich. Ich mußte mich über dem eigentlichen Herrschaftsgebiet von Enki befinden. Er war der Gott der Wassertiefe, und er rief mich – seine Tochter!

»Unterwasserschiffe!« flüsterte ich. Sie mußten den langen Weg durch die Meere von Atlantis bis hierher sehr schnell zurückgelegt haben. Was wußte ich eigentlich von Gott Enki? Und wie konnte er unter Wasser leben? Mir fiel ein, daß wir in der Duka auch über die Oannes gesprochen hatten. Die Anhänger des Enki-Kultes sangen in ihren Liedern von einer befestigten reinen Stadt im süßen Wasser unter dem Meer, aber weder ich noch irgend ein anderer hatte bisher daran geglaubt.

Konnte es überhaupt eine richtige Stadt außerhalb von Atlantis geben? Gott Tiuz hatte mir und Osiris erzählt, daß alle Stützpunkte in den Kolonien nicht mehr als Feldlager waren, umgeben von primitiven Ansammlungen von Behausungen, die in Atlantis selbst für Tiere zu ärmlich gewesen wären.

Das Himmelsschiff stieg wieder höher. Enttäuscht sah ich, wie die letzten Leuchtzeichen unter mir zurückblieben. Für einen Augenblick hatte ich gehofft, daß Enki mich holen würde. Aber auch das war wohl nicht mehr als Träumerei gewesen. Der blaue Lichtstreifen am östlichen Horizont wurde schnell heller. Ich preßte die Hände zu Fäusten zusammen.

»Der Morgen des letzten Tages!« sagte ich leise und gefaßt.

GÖTTERDÄMMERUNG

Die Sonne konnte den lange Gesehenen nicht mehr in ihrer Nähe halten. Überall, auf dem ganzen Erdball, wußten inzwischen alle großen und kleinen Gottheiten von Atlantis, alle Erzer und Götterboten und alle zu vernunftbegabten, denkenden Wesen gewordenen Eingeborenen, daß der letzte Tag gekommen war. Und jeder Einzelne, alle Gruppen reagierten ein klein wenig anders...

Im Gebiet von Amun-Re hatte noch im Morgengrauen eine schweigende Prozession zu den Bergen zwischen dem Nil und dem Purpurnen Meer begonnen. Der alt gewordene und niemals lachende Gott ließ sich von Priestern und Untergöttern auf einer goldbeschlagenen Balkensänfte durch die Kühle des Morgens tragen. Er trug den Krummstab und die geschwänzte Peitsche, die seit Urzeiten seine Macht symbolisiert hatten. Der Stab, aus dem blendendes Licht kommen konnte, und die Peitsche, die schmerzhaft zubiß und jeden Aufsässigen, den eine ihrer Metallkugeln auf nackter Haut traf, in wildem Veitstanz aufschreien ließ, gehörten ebenso zu den regierenden Göttern wie das Geheimnis der Nilüberschwemmungen und die Weisheit vom Lauf der Sterne.

Die Prozession bewegte sich immer nur fünf Doppelschritte weiter – fünf Schritte mit dem linken Bein voran, fünf Schritte mit dem rechten. Für jeden König von Atlantis ein Schritt, der symbolhaft neues Land unter die nackten Füße bringen sollte.

Die Sonne hatte sich längst von der Linie des Horizontes gelöst. Aber noch immer verharrten die Teilnehmer der Prozession nach jedem Doppelschritt, um die Namen der Götter, die über den Nil ins Reich der Toten gegangen waren, halblaut und monoton aufzusagen...

Westlich des Nils reagierten die Bewohner der fruchtbaren Auen und der mit grünen Wäldern bewachsenen Landstriche vollkommen anders auf die Gefahr. Die schon vor langer Zeit bis ins Riesenhafte gezüchteten und dann vergessenen ebenholzschwarzen und blaulippigen Tuaregs in den Tälern des Tibesti-Gebirges in der Region Sahara schlugen mit Steinäxten Pfade durch herabhängende Blätter und Lianen, kletterten auf herausragende Felsplateaus und zündeten hochauflodernde Feuer an, um dem Licht neben der Sonne zu zeigen, daß sie bereits das Geheimnis der Flammen besaßen.

»Flieg über uns hinweg!« riefen sie beschwörend und schwenkten wieder und wieder die Arme nach Westen hin.

Und erneut ganz anders verhielt sich der kleine, von den herrschenden Göttern Afrikas als zu primitiv eingestufte Volksstamm der Dogons. Sie hatten vor langer Zeit Nommos gesehen – Fischmenschen, die aus dem Wasser gekommen waren und ihnen erzählt hatten, daß sie die Mahner des Universums, die Väter der Menschheit, die Herren des Regens und die Bewahrer der magischen Kräfte wären. All das lag so weit zurück, daß die Medizinmänner inzwischen ohne Widerspruch munkeln konnten, die Nommos und Götter seien keine menschlichen Wesen, sondern Geister der Ahnen, die jederzeit zu den Sternen reisen konnten. Wie zum Beweis erzählten die Medizinmänner von manchmal zurückkehrenden Ahnengeistern, deren neue Heimat ein großer, hell am Nachthimmel sichtbarer Stern und sein unsichtbarer Begleiter sein sollte. Keiner der Lebenden hatte Po-tolo, die zweite, unsichtbare Sonne, jemals gesehen. Aber es hieß von ihr, daß sie schwerer sein sollte als alles, was auf der Erde ein Gewicht hatte. Die Dogons glaubten, daß Po-tolo so mächtig war, daß sie sogar den Lauf der großen Stern-Sonne verändern konnte.

Als die eigentliche Sonne in Begleitung ihrer neuen Gefährten aufging, zeichneten viele Dogons die elliptische Bahn der nach Jahrhunderten wieder sichtbar gewordenen Ahnenheimat mit Stöcken in den Sand. Sie glaubten so fest daran, daß sie von jener Welt stammten, daß sie sich nicht einen Augenblick lang fürchteten. Selbst wenn alles Land unterging, würden sie sich ebenfalls in Fischmenschen verwandeln – ganz so, wie es die legendären Nommos getan hatten...

Auf der anderen Seite des Meeres, jenseits des weiten Landes und hoch oben am Ufer des Titicacasees, versuchte Gott Viracocha, die Eingeborenen der Berge und die Versuchsrassen in den verschiedenen Stadien der Entwicklung zu ordnen. Jetzt rächte sich, daß er seine Wohnung im See aus Schaum seit Jahrhunderten nicht mehr verlassen hatte. Als er auftauchte und in den heiligen Versuchsfeldern hinter schützendem Schilfdickicht nach seinen Leuten suchte, sah er nur noch faul und behäbig gewordene Göttermänner des Landes. Sie hatten sich mit Tieren umgeben, taten nichts und wandten sich gelangweilt der aufgehenden Sonne zu. Sie schienen weder ihn noch die nahende Gefahr zu bemerken.

»Ist das der Dienst, den ihr mir und den Königen von Atlantis gelobt habt?« schrie der alte Gott die Verwirrten an. Er kam so wütend auf sie zu, daß sein blondes, an den Schläfen bereits grau gewordenes Haar zurückflog und seine langen Ohrläppchen sichtbar wurden. »Glaubt ihr etwa, daß auch nur einer von euch unsterblich wird, wenn er uns Götter nachäfft?«

»Wir wissen, daß wir keine Götter sind«, sagte der älteste der Männer lakonisch. »Wir sind nur eine der von euch Göttern erschaffenen Menschenformen – die Vari Viracocha Runa. Vielleicht sind wir nicht so gelungen, wie ihr es vor langer Zeit erhofft habt, aber sollen wir deshalb wie die Riesenmänner hinter den Hügeln im Norden in wilde Panik geraten, Wälle aufschütten und Schilfmatten vor die Sonne hängen, damit wir nicht mehr sehen, was dennoch wahr wird?«

»Wenn das geschieht, was wir voraussehen, wird es sehr lange kalt und dunkel sein«, sagte ein anderer. »Ob wir nun lachen oder weinen, ändert nichts an der Geschicke Lauf. Wir kauen die Blätter des Friedens und genießen so den Vorgeschmack der Ewigkeit...«

»Das Gift der Pflanzen hat euch nur einen Rausch gebracht!« wütete Viracocha.

»Alles, was wirkt, kann töten oder heilen. Wir haben uns entschieden, das Ende glücklich zu erwarten...«

Er kam nicht weiter, denn im gleichen Augenblick tauchte mit rasender Geschwindigkeit ein Himmelsschiff genau zwischen der echten Sonne und ihrer immer heller werdenden Begleiterin auf. Wie in schwerer Trance hoben die Männer die Hände vor die Augen und blinzelten zwischen den Fingern hindurch. Manche von ihnen sahen sogar drei Sonnen: die große, die neue und den Planeten Venus, der plötzlich einen strahlenden Kranz aus Licht bekommen hatte.

Das Himmelsschiff jagte dicht über den Fluten des Titicacasees an den Männern vorbei. Es beschrieb eine weite Kurve, schien noch einmal zurückkommen zu wollen und verschwand aufsteigend in nordwestlicher Richtung über den Bergen, in denen die Luft dünn und die Pflanzen selten wurden.

Weiter im Norden, jenseits der Enge des doppelten Kontinentes, herrschte der riesenwüchsige, bärtige und von allen verehrte blonde Gott Quetzalcoatl, der sich bei anderen Eingeborenen der Region manchmal auch Kukulkan nannte. Auch hier saßen die Weisen der Stämme, die nicht mehr arbeiten konnten, zusammen und blinzelten in die aufgehende Sonne. Um sie herum hockten die Kinder, die noch nicht verstanden, warum an einem wunderbaren Tag wie diesem alles zu Ende sein sollte.

»Niemand muß traurig sein, wenn er stirbt«, sagten die Alten. »Auch wenn ein Zeitalter zu Ende geht, ist das doch nur die Voraussetzung für die Geburt einer neuen Zeit. Erinnert euch nur an die erste Sonne. Sie hieß ›vier Jaguar‹, und als ihre Zeit vorüber war, fraß sie alle Menschen vor ihrem eigenen Tod.«

»Dann gab es schon einmal Menschen wie wir?« fragte ein kleiner ernsthaft aussehender Junge mit glatten schwarzen Haaren.

»Jede Sonne, das heißt jedes neue Zeitalter versucht, aus dem Bestehenden etwas Besseres zu machen. Erinnert euch nur daran, was wir euch über die zweite Sonne erzählt haben. Ihr Name war ›vier Wind‹, und es war ein Zeitalter der Stürme und der bewegten Erde. Als diese Sonne müde war, blieben als höchste Wesen nur die Affen übrig.«

»Affen, wie sie heute noch leben?«

»Vielleicht. Vielleicht auch nicht, denn wie viele Affenarten kennen wir und wie viele haben wir noch nie gesehen. Es ist gut möglich, daß die Sonne ›vier Wind‹ irgendwo in den Dschungeln noch ganz andere Affen am Leben ließ. Die dritte Sonne, von der wir wissen, hieß ›vier Feuer‹. In ihrem Zeitalter sah es für eine Weile ganz so aus, als würden Vögel ebenso verständig werden können wie wir. Diesem Zeitalter folgte die vierte Sonne. Ihr Name ist ›vier Wasser‹...«

»Das muß unsere Sonne sein!« sagte der kleine Junge. »Mein Vater, der Häuptling, sagt, daß es noch nie so viel Wasser in den Ozeanen gegeben hat wie jetzt...«

»Noch nie, ist übertrieben«, meinte der Alte. »Aber dein Vater hat dennoch recht, denn seit Tausenden von Jahren mehren sich die Wasser. Wir wissen nicht, woher sie kommen, und wir wissen nicht, wie wir zu Fischen werden sollen, aber nun ist die Zeit gekommen, in der wir es erfahren werden!«

»Ich möchte kein Fisch werden«, sagte ein junges Mädchen. »Und ich möchte noch nicht sterben...«

»Nichts hat Bestand, weil noch nichts vollkommen ist!« sagte der Alte mit einem bedächtigen Nicken. »Es heißt sogar, daß unser Gott Quetzalcoatl ebenfalls mit der vierten Sonne untergehen wird. Aber wir werden vorsorgen... seht ihr den Holzstapel dort auf dem Platz?«

Die Blicke der Kinder folgten der ausgestreckten Hand des Alten. In der Mitte der Siedlung am Fluß wuchs ein mächtiger Altar aus Baumstämmen immer höher in den Himmel. Erst jetzt verstanden sie, warum in den vergangenen Mondnächten die Männer in den Wald gegangen waren und die Frauen bis zum Sonnenaufgang Zweige abgehackt, Rinde geschält und kleine Äste vergraben hatten. Die vierte Sonne hatte nicht sehen sollen, was geschah, wenn sie sich über Nacht auf der anderen Seite der Welt ausruhte!

»Unser Gott Quetzalcoatl hat entschieden, daß er sich selbst im Feuer opfern wird, damit die Überlebenden das Brennen seines Körpers und das Auflodern seines Geistes als neue, fünfte Sonne im Chaos dieser Zeitenwende erkennen. In seinem Licht sollen die Fisch gewordenen Menschen wieder an Land kommen, ihre Schuppenhaut ablegen und so lange feiern, bis Quetzalcoatl erneut geboren wird!«

Ein Gongschlag unterbrach die Gespräche zwischen den Weisen und den Kindern. Aus allen Hütten traten in Federgewänder gekleidete niedere Götter und Priester mit nackten, buntbemalten Oberkörpern, großen Topfhüten und breiten Gürteln um die Hüften. Sie sammelten sich auf den Verbindungswegen zwischen den Hütten, verneigten sich voreinander und schritten mit langsamen Bewegungen auf die Stufenpyramide auf einem Erdhügel in der

Mitte der Siedlung zu. Die Steine der Stufen und der Kyklopenmauern hatten jahrhundertelang so glatt und glänzend wie an dem Tag ausgesehen, an dem sie mit den Lichtstrahlen der Götterwaffen aus den Felsen geschnitten worden waren. Erst vor einem Sonnenumlauf hatte der große Gott Quetzalcoatl befohlen, die glatten Flächen mit Reliefs, Figuren und von ihm erdachten Symbolen zu schmücken. Seither war kein Tag vergangen, an dem nicht das Schlagen der Hämmer und Meißel durch die Siedlung schallte. Doch nun waren auch diese Geräusche verstummt.

Die Eingeborenen, die sich in den ersten Wochen immer wieder über den Lärm beschwert hatten, empfanden die ungewohnte Stille als viel bedrückender. Fast schien es, als würden sie die Priester und Götter darum bitten wollen, ihre Werkzeuge wieder in die Hand zu nehmen...

Die Priester bildeten ein offenes Quadrat, das zum Stufentempel hin offen war. Die buntgeschmückten Untergötter gingen in Dreiergruppen auf die Wohnstatt des obersten Gottes zu. Unter normalen Bedingungen hätte niemand Quetzalcoatl stören dürfen. Der große Schlangengott zeigte sich nur einmal im Jahr dem Volk seiner Kolonie. Und nur, wenn die Venus wieder zu sehen war, trat er für einige Stunden auf die oberste Plattform seines Wohntempels. In der übrigen Zeit arbeitete er daran, ihre Bahn und die der anderen Himmelskörper zu berechnen und die Ergebnisse in einen Kalenderstein zu übertragen, von dem es hieß, daß er jede nur denkbare Katastrophe überdauern sollte.

Nur wenige Eingeweihte wußten, daß der blonde, blauäugige und bärtige Statthalter der Könige von Atlantis sich Tag für Tag vom Stand des Experimentes berichten ließ, das ursprünglich als eine Wiederholung des Cro Magnon-Versuchs in einer anderen Gegend der Erde geplant gewesen war. Quetzalcoatl gehörte nicht zu den Göttern, die sich allen eingeborenen Stämmen überlegen betrachteten. Er hatte sich selbst stets wie einen Vater über Kinder gesehen, von denen er noch immer hoffte, daß sie an einem fernen Tag der Zukunft über sich selbst bestimmen konnten.

Die ersten seiner Helfergötter erreichten die oberste Stufenplattform. Sie verneigten sich so, daß alle unten Wartenden es sehen konnten.

»Es wird Zeit«, nickte der große blonde Gott. »Schade, daß wir gezwungen sind, den Versuch der Evolution vorzeitig abzubrechen.«

»Niemand konnte damit rechnen, daß uns der Planetoid doch noch trifft...«

»Er ist schon seit Jahrtausenden ein immer wieder auftauchender Störenfried. Wie viele von uns wären mutlos geworden, wenn sie erfahren hätten, daß sich jederzeit wieder ein Zusammenstoß zwischen der Erde und einem dieser Gesteinsbrocken im All ereignen kann. Deshalb soll jeder, der überlebt, sagen, daß es diesmal die Venus war, die über uns gekommen ist!«

»Die Überlebenden werden Sternschnuppen sehen.«

»Ja, vielleicht reißt hin und wieder auch ein heute noch völlig unbekannter Meteor Krater ins Angesicht der Erde. Aber ich glaube nicht, daß in den nächsten zehntausend Jahren noch einmal ein so großer Brocken mit uns zusammenstößt.«

»Groß?« lachte einer der Untergötter sarkastisch. »Dieses Stück lebloser Materie wird nicht viel größer sein als die tausend Schritte von hier bis dort zum Flußufer.«

»Das reicht zusammen mit seinem Gewicht und der Geschwindigkeit, um auf der ganzen Welt jede mühsam von uns gepflanzte Menschensaat vollkommen auszurotten!«

»Und Atlantis selbst? Wir hörten, daß die Menschen dort die Stadt bereits verlassen haben...«

»Wenn meine Rechnung stimmt, dann wird der Planetoid in wenigen Stunden den Inselkontinent vernichten, von dem wir alle kommen. Deshalb beginnt auch mein Kalender der neuen Zeit mit dem heutigen Tag, den ich Null-Tag oder Tag A nenne.«

Er lächelte, dann sagte er: »Kommt jetzt, und schreibt jedes Wort auf, schlagt bis zum letzten Augenblick jeden Gedanken in Stein! Die Überlebenden werden Legenden brauchen... ein Buch des Rates... ein Popol Vuh...«

Er drehte sich um und begann, die großen Stufen seines Wohntempels hinabzugehen. Sobald er an den ersten Priestern vorbei war, bückten sie sich und nahmen ihre Fackeln vom Boden auf. Sie folgten dem großen Gott zur zweiten Pyramide aus geschälten und getrockneten, rechtwinklig aufgeschichteten Baumstämmen.

Quetzalcoatl legte seinen weißen Federmantel ab. Er kniete nieder, küßte das Gras und die Erde, dann richtete er sich wieder auf, sah sich mit lächelndem Gesicht nach allen Seiten um und ging an den letzten Priestern vorbei. Vier von ihnen warteten vor dem Scheiterhaufen mit einem neuen, in vielen Stunden angefertigten Mantel aus Vogelfedern. Sie legten ihn um seine Schultern, setzten ihm eine Federkrone auf und traten zur Seite. Der Gott von Atlantis übernahm damit auch das Tabu der Tiere, ihr Mana und ihre Unterstützung für seinen letzten Weg.

Quetzalcoatl stieg den Scheiterhaufen aus Baumstämmen hinauf. Oben angekommen, wandte er sich der Sonne und den Lichtern zu, die sie wie ein böse strahlender Aussatz begleiteten. Die schweigende Menge sah, wie sich ein hellblauer Schein um den Kopf der gefiederten Schlange bildete.

Mit lauten, weithin hallenden Schlägen von Metall auf Metall gaben die Untergötter das Zeichen für das Anzünden des Feuers, durch das ein Gott sich opferte, um in den Seelen und Herzen seines Volkes die Erinnerung einzubrennen, daß selbst der Tod eines Gottes niemals die Hoffnung auf eine Wiedergeburt und neues Leben aus der Asche zerstören konnte.

Vor allen Hütten drängten sich halbnackte Männer, Frauen und Kinder. Als die ersten Flammen aufloderten, begannen sie laut jammernd zu heulen. Sie schlugen sich mit Lianenpeitschen, rauften sich die langen Haare und beschmierten ihre Gesichter mit einer Paste aus Blut und Erde. Aber das Ungeheuerliche war nicht mehr aufzuhalten. Selbst die Priester und niederen Götter schienen erst jetzt zu begreifen, wie ohnmächtig sie alle gegen das Unausweichliche waren.

»O könnten doch alle Könige sehen, was hier geschieht!« schrie einer der Untergötter mit Tränen in den Augen. »Quetzalcoatl, die gefiederte Schlange, verbrennt sich selbst, weil eure Macht, eure Kraft nicht einmal mehr bis zu euren besten und gehorsamsten Kolonien reicht! Wofür all diese Jahrhunderte und Jahrtausende? Wofür die Kriege, wofür die Arbeit der Missionare in aller Welt? Wir wollten Menschen schaffen nach unserem Bilde... denkende Wesen aus wilden Tieren... neue Rassen, die einmal über sich selbst bestimmen und die Natur beherrschen sollten... wofür? Wofür?«

Ein großer Vogel näherte sich von Süden her. Die Flammen hatten Gott Quetzalcoatl bereits erreicht. Sie hüllten ihn in eine Wand aus gelbrotem Licht, und über ihm stieg eine Rauchwolke auf, die wie ein riesenhafter Baum aussah.

Der goldene Vogel schoß steil auf den Scheiterhaufen zu. Er breitete seine Schwingen aus, und sein Schnabel zerfetzte den Baum aus Rauch. Die Halbnackten schrien entsetzt auf und warfen sich auf den festgestampften Boden. Nur sehr wenige der Priester konnten beobachten, wie das Himmelsschiff den fast schon brennenden obersten Gott aufnahm und mit schnellem Schwung aus dem Feuer riß. Sein Mantel aus bunten Vogelfedern fiel brennend zurück. Er löste sich in Asche auf, noch ehe er die oberste Plattform der Stufenpyramide erreichte.

»Warum... warum hast du das getan?« fragte Quetzalcoatl ächzend.

Für mich klang es wie ein Jubelruf. Er war stundenlang ohne Besinnung gewesen, und auch jetzt noch lag er mit schmerzverzerrtem Gesicht im Sessel, in dem einmal Osiris gesessen hatte. Ich beugte mich über den schwerverletzten Gott und tupfte gutes Wasser aus den heißen Quellen von Atlantis und Kräutersud über die Brandwunden in seinem Gesicht. Der blaue Schwächeschein um seinen Kopf sah noch immer sehr bedrohlich aus.

»Wer bist du, Mädchen?« fragte Quetzalcoatl weiter. Ich merkte, wie zornig er war, aber seine Stimme klang viel zu matt, um mich zu erschrecken.

»Ich heiße Inanna«, antwortete ich schnell. »Ich komme aus der Schule der Götter.«

»Aus der Schule der Götter?« lachte Quetzalcoatl gequält. »Auch das noch! Weißt du überhaupt, was du getan hast?«

»Ich habe nichts getan«, sagte ich, doch es klang schuldbewußt und verlegen.

»Nichts getan? Und seit wann dürfen halbe Kinder den Tod eines Gottes verhindern... eine heilige Zeremonie stören... die Legenden eines ganzen Volksstamms schon im Ansatz vernichten?«

Ich ärgerte mich über seine ungerechten Vorwürfe. Trotzdem

versuchte ich, ihm zu erklären, was ich wußte: »Das Himmelsschiff fliegt ohne mein Zutun. Ich weiß nicht, was geschehen ist, aber ich kann es nicht mehr steuern...«

»Und wie konnte es dann genau den Platz anfliegen, an dem ich mich verbrennen wollte? Jetzt ist das Ritual, mit dem ich meinem Volk die Angst der letzten Stunden ein wenig mildern wollte, ins Gegenteil umgeschlagen! Sie werden annehmen, daß du ein furchtbarer Dämon warst, der mein Opfer bösartig verhindert hat! Ja, genau das werden sie ihren Kindern und Kindeskindern weitererzählen, denn auch dieses Volk glaubt inzwischen mehr dem, was es sieht, als dem, was es durch uns gehört hat!«

»Ich kann wirklich nichts dafür«, sagte ich kleinlaut und blies mir eine Haarsträhne aus dem Gesicht. Ich ließ mich in meinen Sessel fallen, streckte die Beine aus und starrte durch die große Sichtscheibe nach unten. Nur langsam fand ich wieder zu mir selbst zurück. »Außerdem verstehe ich nicht, worin der Unterschied zwischen Sehen und Hören bestehen soll«, sagte ich dann mit einer Spur von Trotz in der Stimme.

»Nein, das haben nicht einmal mehr deine Vorgänger verstanden! Und die waren älter als du! Aber wie solltet ihr auch, die ihr umgeben seid von Künstlichkeit und technischem Tand, Maschinen und Augenblendwerk. Wen kümmert noch das Geheimnis des Vulkans, wenn er nur auf ihm tanzen kann! Die ganze Zivilisation der Königsinseln ist schon zu oberflächlich geworden... nur noch auf schwelgende Äußerlichkeit aus... jeder will anders sein, auffallen, provozieren, den flüchtigen Schein für einen Moment auskosten wie die Motte das Licht. Der Blinde ist fröhlich, weil er noch wirklich hören kann, aber der Taube leidet, auch wenn er sieht. Das ist der ganze Grund für den Niedergang unserer einst großen und harmonischen Kultur!«

Er schwieg, und ich wußte nicht, was ich darauf antworten sollte. Nur daß er ungerecht und verbittert war, verletzte und kränkte mich. Das Himmelsschiff raste immer schneller an der westlichen Küstenlinie des großen Kontinents nach Nordwesten.

»Wie kommst du zu diesem Schiff?« fragte er plötzlich. »Du siehst noch nicht so erwachsen aus, als daß du allein mit einem Maana unterwegs sein dürftest...«

Die Abweisung des Gottes ärgerte mich. »Wir wurden bereits vor vier Tagen ausgeschickt«, antwortete ich schließlich. »Ich bin zusammen mit Osiris nach Armorica und Aquitanien geflogen.«

»Armorica? Aquitanien? Sind das nicht die kalten Gegenden, in denen der Fluß Themse in den nach Norden fließenden Rhein mündet? Kurz vor den Eisgebirgen Hyperboreas?«

»Nein, nein!« sagte ich und schüttelte den Kopf. Wie konnte ein Gott nur so unwissend sein! »Die Gegenden, die du meinst, liegen östlich von Cymru. Die Eingeborenen dort nennen sich Kimmerer, tragen Streitäxte und nennen die alten Götter die Asen. Ich meine aber die Megalithstämme, die an den felsigen Ufern des sturmgepeitschten Okeanos hausen und die uns Götter als Wanen bezeichnen. Hast du noch nie von Armoricas Hauptsiedlung Carnac gehört?«

»Ach ja!« erinnerte sich Quetzalcoatl lachend, »der alte Tiuz mit seinen närrischen Steinkreisen aus Findlingen, die das große Eis nach Süden getragen hat... will er damit noch immer die Königsstadt von Atlantis für seine Eingeborenen nachbauen?«

»Ich weiß nicht, ob er das will«, gab ich zurück.

»Und was war nun, mit Aquitanien? Bisher hast du mich nur über die Gegenden belehrt, die seit drei, vier Jahrtausenden unter dem abschmelzenden Eis auftauchen...«

»Aquitanien!« sagte ich nochmals. »Die Höhlen im Tal des Dordognezuflusses Vezere... Cro Magnon...«

»Ja, ich erinnere mich!« gab er zögernd zu. »Da war irgend etwas, das ich wissen müßte! Leider habe ich längst das Interesse an anderen Gegenden verloren. Ich hatte genug mit meinen eigenen Schwierigkeiten zu tun. Außerdem gehörte mein Gebiet zu Elasippos, einem der älteren Königszwillinge. Die haben sich nie darum gekümmert, welche Probleme wir Götter hatten! Da fällt mir ein – war nicht kürzlich ein Königstreffen?«

»Du weißt wirklich nicht, was in Basilea geschehen ist?«

»Nein, und ich muß sagen, es interessiert mich auch nicht sehr. Vom Inselkontinent kommt schon seit Jahrhunderten nichts mehr, was wichtig wäre! Aber meinetwegen – erzähl ruhig weiter! Es lenkt mich von der Trauer in meinem Herzen ab. Wie hieß doch gleich dein Begleiter?«

»Osiris. Wir sollten ohnehin in diesem Jahr in die Kolonien hinaus. Aber dann mußten Osiris und ich zu Gott Tiuz...«

»Der gute Tiuz!« stieß Quetzalcoatl mit einem krächzenden Lachen hervor. »Wir sind ein Jahrgang – er, Viracocha, Amun-Re, ich und ein paar andere, die wir die letzten Großen sind. Seltsam, daß ich das alles vergessen hatte! Cro Magnon, sagst du?

Du hast recht, Mädchen! Du weißt mehr über mich als ich selbst, ist das nicht seltsam? Ja, jeder von uns hat damals, als der ganze Norden jenes Kontinents noch ein dreitausend Schritt hohes Eisgebirge war, einige Menschenpaare aus dem Cro Magnon-Experiment erhalten.« Er stockte und deutete auf den Behälter mit Somatrunk vor mir. Ich gab ihm einige Schlucke. »Was aus meinen geworden ist, hast du ja gesehen... ganz wunderbare Menschen – etwas zu romantisch veranlagt für gute Jäger – aber sehr gut gelungen! Die ersten Wilden, die über den Tod hinausdenken konnten... Menschen wie wir Götter... in gewisser Weise...«

»Ich konnte kaum etwas erkennen«, sagte ich. »Es ging alles so schnell!«

Ich wollte mich zurücklehnen, aber im gleichen Augenblick begriff ich, was der große Gott gesagt hatte.

»Aus dem Cro Magnon-Experiment?« wiederholte ich mit bebender Stimme. »Soll das heißen, daß dort unten, ich meine dort, wo ich dich aufgenommen habe...«

Er öffnete die Augen und wurde plötzlich fast väterlich.

»Ganz ruhig, Göttin! Was ist so aufregend daran?«

»Aber genau diese Menschen suchen wir doch! Überall... in allen Siedlungen und Kolonien!«

»Und warum, wenn ich fragen darf? Was ist so wichtig an ihnen? Und wer auf den Königsinseln interessiert sich auf einmal dafür, was wir Götter mit den uns anvertrauten Menschen machen?«

»Sie sind die einzigen, die noch etwas von dem in sich tragen können, was unsere Vorfahren vor Jahrtausenden an sie weitergegeben haben!«

»Ja, das ist richtig«, nickte Quetzalcoatl. »Diese Menschen sehen die Welt, in der sie leben, noch als ganz großes Wunder an. Sie können denken, sind kreativ und haben in ihrem Unterbewußtsein Reserven, die bei uns schon lange ausgebrannt sind!«

»Deswegen suchen wir sie ja!« nickte ich aufgeregt. »Wenn wir sie finden und zu unseren Weisen zurückbringen, könnten sie sich anfassen, gemeinsam singen oder irgend etwas tun, um die Katastrophe aufzuhalten!«

»Die Katastrophe aufhalten?« fragte Quetzalcoatl verwundert. »An den Händen halten und singen? Wer hat euch diese Märchen erzählt?«

»Es geht doch um die alte Kraft«, antwortete ich verstört. »Wir konnten doch früher einmal viel mehr als heute...«

»Schon möglich«, sagte Quetzalcoatl knapp. »Aber mit Singen hat das nichts zu tun! Oder glaubst du etwa, daß du dieses Himmelsschiff durch die Kraft deiner Gefühle und Gedanken auch nur zu einem leichten Schlenker bringen könntest?«

»Ich nicht«, antwortete sie leise, »aber...«

»Tut mir leid, Inanna«, sagte der große Gott. »Das alles sind nur Träume und Phantastereien! Gedanken können viel, aber genausowenig, wie meine Selbstverbrennung den Lauf der Sonne aufgehalten hätte, könnte ein Chor aus den Nachkommen der Cro Magnon-Menschen einen vom Himmel stürzenden Gesteinsbrocken in einen Frühlingswind verwandeln!«

Ich schüttelte ungläubig den Kopf. Quetzalcoatl war ganz anders als Tiuz, und ich begann zu vergessen, wie unfreundlich er eben noch gewesen war. Genau so wie Quetzalcoatl hatte ich mir von Anfang an die Götter vorgestellt. Von der Seite her betrachtete ich sein angesengtes Blondhaar, seine hohe, kantige Stirn, die gerade, kräftige Nase und die schwarzverbrannten, aber immer noch voll und weich wirkenden Lippen. Ich musterte seine starken Arme, seinen gewaltigen Brustkorb und seine lang ausgestreckten Beine.

»Zufrieden?« lächelte er, ohne mich anzusehen. Ich wurde unwillkürlich rot.

»Ich wäre es, wenn es noch irgendeine Bedeutung hätte...«

»Du glaubst also, daß alles zu Ende ist!« stellte er fest. Ich bemerkte die Ironie in seiner Stimme und wußte nicht, was ich damit anfangen sollte. Vom ersten Augenblick an hatte dieser Gott mich nur verunsichert. Er war mindestens zwei Köpfe größer als ich selbst. Schon dadurch unterschied er sich von Osiris und den sanften jungen Männern, mit denen ich im Duka-Viertel aufgewachsen war. Bisher hatte ich Riesen nur als steifbeinige Erzer kennengelernt. Dieser hier war alles andere als ein steifer alter Mann oder ein konditionierter Wächter...

»Ich möchte wissen, warum du immer noch lachen kannst«, sagte ich mit einer Mischung aus Neugier und Traurigkeit. »Die ganze Welt geht unter, aber dich scheint das alles nicht zu stören!«

»Das sieht nur so aus«, gab er zurück und sah mich an. »Ich lache, weil ich schon lange nicht mehr weinen kann! Vielleicht kann ich auch etwas weiter in die Zukunft sehen als andere. Wir alten Götter haben noch eine Menge mehr gelernt als ihr. Für uns ist Zeit etwas ganz anderes als für deine Generation. Ihr seid nur noch ein kleines Nachbeben des großartigen Aufbruchs, der seinen Höhepunkt vor mehr als zwanzigtausend Jahren hatte. Vielleicht ist es wirklich Zeit für einen Neubeginn! Und meine ganze Hoffnung gründet sich darauf, daß einige wie du den Schatz in euren Herzen und euren Zellen tragt, den das Bewußtsein nicht mehr kennt...«

»Hast du nicht grade erst gesagt, es gäbe keine Kraft der Gedanken?«

»Du paßt gut auf«, lachte er. »Aber genau das meine ich! Was du bewußt willst, um es zu beweisen, bewegt nicht mal ein Staubkorn in der Wüste. Bewußtsein... Denkvermögen... Willenskraft – wie ärmlich ist das alles gegen die Macht des Glaubens! Nimm alle Ideale und Ideen, alle Erkenntnisse und die Berechnungen der Wissenschaft, was können sie erreichen? Ein paar Paläste, Brücken, Schiffe bauen? Zehntausend oder Hunderttausend lebende Wesen blind machen und ihnen die Gemeinsamkeit des Fühlens und des Wollens vorgaukeln? Wenn du das meinst – das schafft der Rhythmus von Musik, das Spiel der Farben oder ein Hauch Parfümduft ebenso, und selbst Millionen Ameisen folgen den Duftsignalen, von denen sie nicht einmal Kenntnis haben!«

»Du meinst, wir denken überhaupt nicht?«

»Doch, doch, wir denken, daß wir denken – und das ist eine Menge. Aber was denken wir? Doch nur die Bilder, mit denen wir in irgendeiner Weise etwas anfangen können. Symbole ohne Inhalt haben keinen Wert. Und niemand kann durch pures Denken herausfinden, was Wahrheit ist, denn der Verstand braucht Vor-Bilder, Gleichnisse und Bezugssysteme. Wer das erkannt hat, kann jeden Geist manipulieren, indem er vorgibt, was grade wahr und richtig sein soll!«

Ich wußte nicht, warum ich plötzlich an das graue Haus dachte. Ob ich ihn fragen sollte?

»Ich war... ich war im grauen Haus«, sagte ich vorsichtig.

»Du?«

Er reagierte viel erstaunter, als ich erwartet hatte.

»Wer war es?« fragte er schnell. »Wer hat dich in das Haus geführt?«

»Ein Schiffsherr, er hieß Jason...«

Quetzalcoatl ließ sich schnaubend zurückfallen und schloß erneut die Augen. Das Himmelsschiff flog mit beständig zunehmender Geschwindigkeit immer weiter nach Norden. Schon seit geraumer Zeit war nur noch die glitzernde Eisdecke unter uns zu sehen. Ich hatte das Gefühl, als hätte sich die ganze Erde in einen einzigen riesigen Eisball verwandelt. Über der Rundung des Horizonts zog sich sehr schmal und blau wie eine Götteraura die dünne Schicht der Lufthülle. Über ihr hingen weit in die Schwärze des Alls hinausragende Schleier aus buntem, auflodderndem Licht.

»Ragnarök«, murmelte die gefiederte Schlange. »Der blaue Widerschein des Untergangs um einen ganzen Planeten... so wurde von den Uralten das Ende einer Götterepoche vorausgesagt. Und so tritt es jetzt ein... aber wir sind unsterblich – nicht körperlich vielleicht, aber in den Gedanken und Herzen, in Mythen, Religionen und Legenden!«

Ich spürte, wie mich ein heißer Schauder überkam. Es rann wie eine fremdartige, knisternde Energie von meinem Nacken bis in die Zehenspitzen.

»Jetzt weiß ich, wer dich zu mir geschickt hat, schöne Göttin!« sagte er mit geschlossenen Augen. Um seine Mundwinkel spielte ein feines Lächeln. »Die großen weisen Götter wollen, daß ich zu ihnen komme! Sie haben dich ausgewählt, um mich nach Uygur heimzuholen... nach Uygur, dem Göttertal des süßen Meeres, umschlossen von den Bergriesen Asiens! Dorthin also haben sie sich zurückgezogen! Und dort kann keine Flut sie finden...«

Ich spürte, daß er mehr sagte, als er eigentlich wollte. Vielleicht bemerkte er nicht einmal, wie sehnsuchtsvoll er von der letzten Zuflucht der großen Götter sprach, die alle Fesseln der Vergänglichkeit endgültig überwunden hatten.

»Solltest du überleben, dann hüte dich vor diesem Jason!« sagte Quetzalcoatl ernst. »Wenn du ihn triffst, flieh vor ihm oder töte ihn – ganz gleich, hinter welchem Namen er sich verbirgt! Und hüte dich vor allen, Mann oder Frau, die so sind wie er, oder ihm folgen, denn sie tragen Habgier, Neid und Selbstsucht als eine Seuche in sich, die nur zerstören kann... ein winziger Fehler auf einer einzigen Seite im Buch des Lebens, das nahezu unsichtbar in jeder Zelle unserer Körper verborgen ist. Es ist das gleiche Gift, daß unsere Könige eitel gemacht und die Bewohner der glücklichen Inseln von Jahrtausend zu Jahrtausend mehr geblendet hat!«

Ich dachte lange über seine Worte nach. Noch nie zuvor war mir etwas so kompliziert und verwirrend vorgekommen. Seit ich denken konnte, hatte alles aus einfachen Bildern bestanden. Doch jetzt kam derart viel zusammen, daß ich nicht wußte, wo meine Gedanken damit beginnen sollten, die vielen kreuz und quer miteinander und ineinander verwobenen Schichten und Spuren zu entwirren. Ich dachte an den verbotenen Garten zurück. Warum mußte alles nur so schwer sein?

»Warum?« fragte ich den alten Gott. »Warum hat die Erkenntnis gleichzeitig mit guten und mit bösen Göttern, mit Mythen und Legenden, mit Feueropfern der Zerstörung und mit der Katastrophe für die ganze Welt zu tun?«

»Alles fließt«, antwortete Quetzalcoatl. »Und jedesmal, wenn du etwas mehr weißt, verlierst du etwas anderes in dir. Denn alles gleicht sich aus, fließt weiter und verändert sich, ehe der Kreis vollendet ist und eine neue Ebene des Seins erreicht wird.«

»Heißt das, daß irgend jemand die Katastrophe überleben kann?« fragte ich verzagt.

»Ist die Larve im Blatt, die Puppe, der Schmetterling oder das Ei, das er nach einem Sommer legt, das Wesentliche?« fragte er zurück. »Welcher dieser nur wenigen Formen des Lebens würdest du Ziel und Wahrheit zusprechen?«

»Dem Schmetterling?«

»Nein«, sagte er lächelnd. »Es ist vielmehr die Veränderung an sich, die über jeden Tod hinausreicht. Und wenn du überleben solltest, wird die Veränderung das Ziel sein, das du begreifen und verstehen mußt!«

»Aber wohin? Wohin führt die Veränderung?«

»Das kann dir nicht einmal ein Gott beantworten.«

STRANDGUT DER SINTFLUT

Das Ende kam so exakt, wie es die Kundigen vorausberechnet hatten. Eben noch kaum sichtbar, tauchte der kosmische Bolide mit ungeheuer großer Geschwindigkeit in die Zone dichterer Luftschichten über den Meeren und den Kontinenten. In dreißigtausend Götterhöhen begann der Eindringling mit seinem Kampf gegen das schützende Blau des Himmels. Er bog von seinem bisher geraden Lauf ab und ging in einen parabolischen Sturz über. Gleichzeitig begann seine gewaltige Stirn vor Anstrengung zu glühen. Er schnaubte Feuer nach allen Seiten und zog einen immer heller werdenden Schweif hinter sich her.

Dampf und Materiebrocken, rotes und grünes Gleißen und ein plötzlich aufkreischendes Heulen begleiteten die falsche Sonne. Überall verharrten die Lebewesen der Erde wie gelähmt. Die Tiere des weiten Landes stoppten ihre Flucht. In den Wassern der Flüsse und Seen stießen die Fische gegen die Steine des Grundes und kamen taumelnd zur Oberfläche zurück. In den Dschungeln umschlangen sich Zweige und Äste, fielen Affen und Leoparden, Vögel und Schlangen von den Bäumen.

Selbst unter der Oberfläche der Erde hörten die Käfer zu kriechen auf, wanden sich Würmer nicht mehr und verkrümmten sich Larven, die noch nicht die höhere Seinsform ihrer Existenz erreicht hatten.

Obwohl es über dem Indischen Ozean und dem Meer zwischen Afrika und dem westlichen Doppelkontinent hell, wolkenlos und sonnig war, konnten nahezu alle Lebewesen vom Eis im Süden bis zum Eis im Norden die gleißend helle Gesteinsmasse im Himmel sehen. Sie wuchs und wuchs, als würde sie den halben Himmel auffressen, rot und dämonisch zuerst, dann schnell immer heller, größer und lauter werdend. Niemand sah mehr die wahre Sonne. Sie verkümmerte zu einem blassen Nichts gegenüber dem strahlenden Ungeheuer, daß bereits zu brüllen anfing, noch ehe es die Erdoberfläche erreichte. Der ganze Himmel zerriß wie ein Vorhang.

Die flammende Spur aus brennender Luft ließ für lange Augenblikke sogar eine Schwärze des Alls sehen, wie es noch niemand zuvor erblickt hatte.

Wenige Augenblicke vor dem Ende schien es, als würde sich die riesige falsche Sonne in ihre Bestandteile auflösen. Sie zerplatzte in Hunderte von Einzelstücken, die wie Feuerwerk nach unten stürzten. Einige der größeren Teile änderten ihre Bahn, jagten weiter über die Meere und zerteilten sich immer wieder.

Das Haupt des Bösen schlug genau dort auf, wo es erwartet wurde. Sofort stieg eine Säule aus Feuer, größer als ganz Basilea und höher als die höchsten Gipfel von Atlantis, in den Himmel hinauf. Es ging so schnell und so selbstverständlich, als hätten die Kundigen doch noch lenkend eingegriffen. Fast schien es, als würden einige von ihnen nur ein paar Tage abwarten wollen, um danach mit dem Wiederaufbau der Metropole an einer anderen Stelle beginnen zu können – noch größer, noch schöner und noch mächtiger als zuvor.

Doch dann geschah, womit niemand gerechnet hatte. Langsam und fast wie ein lebendes Wesen, eine Mimose, reagierte der gesamte Erdball. Er wich so geringfügig von seiner Kreiselbewegung und seiner Umlaufbahn um die Sonne ab, daß nicht einmal die sternkundigen Dogons im Westen Afrikas etwas bemerkten. Gleichzeitig setzte sich der Stoß gegen die äußere Hülle des Planeten auf den schwimmenden Platten der Kontinente fort. Die Erschütterung teilte sich, bahnte sich Wege bis in die Tiefe, ließ Erdspalten aufstöhnen und Felsen mahlen und knirschen. Spannung und Druck übertrugen sich auf das flüssige Gestein in den glühenden Magmaschichten.

Nichts wäre mit dem Planeten geschehen, und kein zehnmal größerer Planetoid hätte den Lauf der Erde um ihre Sonne stören können, wenn nicht – ja, wenn nicht die Eiskappen ohnehin für eine Unwucht in der Tag für Tag etwas schlingernden Umdrehung der Erdachse gesorgt hätten...

So aber genügte der Einschlag der im Vergleich lächerlich kleinen falschen Sonne, um etwas kippen zu lassen. Die Erdachse selbst verrutschte um eine Million Doppelschritte – um den zwanzigsten Teil des gesamten Erdumfangs. Und gleichzeitig brach das weit in die Leere des Alls hinausreichende Magnetfeld zusammen. Jedes Eisenteilchen in den Gesteinen wechselte seine Ausrichtung von Nord nach Süd und von Süd nach Nord. Und alle Vögel, alle Fische waren davon betroffen. Soweit die erst langsam aufkommenden Stürme sie nicht erfaßten, mußten sie sich in der Luft und im Wasser verirren.

Dem ersten Lichtblitz folgte eine doppelte Druckwelle. Sie raste wie ein riesiges unsichtbares Messer über Wälder und Steppen, brach die Gipfel der Berge ab und türmte die Wasser der Meere zu Wellen, die sich ebenfalls wie riesige wandernde Gebirge in Bewegung setzten.

Der Donner des Einschlags war um die halbe Erde zu hören gewesen. Er raste als gewaltiger Lärm nach Ost und nach West. Doch erst viel später, an manchen Stellen sogar erst in der darauf folgenden Nacht brach die Erde auf, als hätte ihr Inneres noch mit sich selbst gekämpft, während draußen bereits verheerende Taifune und Hurrikane das Luftmeer in ein einziges brüllendes Chaos verwandelten. Haushohe Felsbrocken platzten aus dem Boden. Schwefliges, stinkendes, kochendes Wasser schoß in wilden Kaskaden in den Himmel. Vulkane loderten auf und bliesen fauchend gewaltige Aschemengen in die stürmende Luft.

An ungezählten Küsten brachen Felsen wie kalbende Gletscher ins schäumende tosende Meere. Feuer und Rauch stiegen aus den Ozeanen auf. Hagel und scharfkantiges Eis prasselte in wilden Schauern herab. Noch war der Himmel nicht überall schwarz. Wäßriges Blau hing wie Tupfen aus Licht zwischen den Wolkengebirgen. Andere Stellen ließen nur noch ein dumpfes, rötliches Glühen der wahren Sonne durch. Gleichzeitig wurde es in den Regionen der Nacht durch das reflektierte Licht so hell, als sei ein rötlich getrübter Wintertag angebrochen. Wo Tag sein sollte, vermischte sich das Dunkel der Meere mit dem sternlosen Schwarz einer neuen Nacht, und wo die Sonne überhaupt noch nicht scheinen konnte, schienen Löcher im Himmel aufzureißen, und zwischen Oasen eines klaren Himmels strahlten plötzlich grellweiße Lichtbalken – von irgendwo her reflektiert, abgelenkt, in den Silberwolken zwischen den brüllenden Elementen gefangen.

Es war, als würden alle Wetter des Nordens und Südens, alle

Stürme und alle Feuer aus der Tiefe gemeinsam losgelassen. Der Kampf der titanischen Mächte überschwemmte Steppen und Wüsten, Dschungel und die Gebirge. Von Meeren her stürzte das Wasser landeinwärts, und von den Bergen brach es in mächtigen Kaskaden dagegen. Kein Land, kein Meer, keine Grenzen.

Und doch gab es Inseln in der furchtbaren Flut. Nördlich der Alpen ritt ein zehnjähriger Junge auf einem rasenden Mammut durch krachendes Treibgut aus Geröll und Felsen. In Aquitanien schleuderte ein kurz zuvor bei den steinernen Alleen von Carnac und Morbihan weggespültes Boot mit einer ganzen Familie, mit Tieren und Vorräten gegen die Felsen der Pyrenäen. Das Boot verklemmte sich im Eingang einer halb eingestürzten Höhle. Der Aufprall zerquetschte dem alten Gott Tiuz die Brust.

Fast das gleiche wiederholte sich an der Steilküste des östlichen Mittelmeers. Dieses Boot stammte aus der Inselwelt, über die Gott Zeus geherrscht hatte. Doch nur wenige Boote hatten ähnliches Glück, denn die Flut stieg und stieg und die Dunkelheit fraß Lichtfleck um Lichtfleck aus den wallenden Wolken.

Die Hauptwelle des größten Erdbebens aller Zeiten benötigte dreißig Stunden, um einmal den Erdball zu umkreisen. Doch dort, wo sie Angst und Schrecken verbreiten konnte, lebten zu diesem Zeitpunkt nur noch wenige. Die Welle riß tiefe Spalten in die Erde. Sofort stürzte Wasser hinterher, wurde mit Dampf und Feuer zurückgeschleudert.

Amun-Re verlor gleich am Anfang sein Volk. Er hielt noch fünf Tage ganz allein zwischen mächtigen Felsblöcken aus, dann verschluckte er sich, als ein Schwall Fischleichen über ihn hereinbrach und ihm eine zerfetzte Schwanzflosse die Kehle durchstach. Viracocha gelang es, in seine Festung unter dem schäumenden Titicacasee zu fliehen. Die ruckartig in die Höhe wachsenden Bergketten am Ufer hoben den gesamten See an, ehe sie den Eingang der Festung verschütteten.

Nur um wenige Orte der Erde machte das grausame, nicht enden wollende Inferno einen Bogen. Das uralte Felsland der Hopis und der Navajos gehörte ebenso dazu wie ein Teil der nördlichen Inseln, auf denen die Ainu lebten. Das Innere Australiens blieb fast unberührt, obwohl auch dort mehr Regen vom schwarzen Himmel schüttete als in allen Jahrhunderten zuvor. Nach Nordwesten hin überflutete das Meer die letzten Landbrücken der Verbindung nach Asien. Im Subkontinent Indien spülten die Wasser die Gebeine der Toten aus der Erde und verstreuten Schaber und Faustkeile, die noch aus dem Zeitalter vor dem großen Eis stammten. Der große Gott Brahma verschwand ohne die geringsten Spuren zu hinterlassen. Nur Manu, der Jüngling, der zur gleichen Zeit wie Inanna und Osiris die Königsinseln verlassen hatte, konnte sich mit einem Himmelsschiff, einer Musikantengruppe aus sieben Weisen und einer Ladung Saatgut bis zum Dach der Welt retten.

Doch keiner der Überlebenden hatte Licht mitgenommen.

Ich träumte, daß ich fror. Alles an mir zitterte, und Kälte kroch mit spitzen Krallen durch jede meiner Adern. Ich wollte aufwachen, aber ein Gewicht wie von einem großen, weichen Berg lastete so schwer auf mir, daß ich unfähig war, auch nur einen Finger zu bewegen.

Es war, als würde ich im grauen Haus vor dem allerletzten Bild an der Ausgangstür stehen, auf der die Welt wie die Schlange erschien, die sich selbst in den Schwanz biß. Nein, so konnte ich die Tür niemals erreichen! Ich mußte versuchen, eine der vier Symbolgestalten an den Ecken zu überreden, mir zu helfen. Aber welche? Sollte ich eine geflügelte Gestalt bitten? Den Adler? Den Löwen?

Die Kälte erreichte meinen Kopf. Sie legte sich wie ein eisiges Tuch über mein Gesicht. Ganz langsam vereisten die Tränen in meinen Augenwinkeln. War das der Tod?

Aber wie konnte ich überhaupt sterben? War ich nicht eine Göttin, der Jahrtausende vorbestimmt waren? Die einen Körper besaß, der sich stets wieder erneuern konnte, und einen Stein der Götter, der auf mich achtgab, mich warnen mußte, wenn ich Fehler beging und mir Kraft spendete, sobald das Leuchten um meinen Kopf eine Fehlfunktion signalisierte?

Du darfst nicht sterben!

»Nanna...«

Ein Laut. Ein Wort. Teil meines Namens...

»Inanna« flüsterten meine Lippen.

»Hoi, Nanna...«

Eine Männerstimme. Hart. Rauh. Dunkel schwingend.

Ich hörte weitere Geräusche. Etwas schnaufte über mir. Holz – es mußte Holz sein – schlug gegeneinander. Oder waren es Knochen? Das Schnaufen wurde heftiger, angestrengter. Ein warmer, animalischer Geruch streifte meine bebenden Nasenflügel. Es roch nach feuchter Erde, nach Schweiß und kaltem Rauch.

Der schwere, weiche Berg über mir bewegte sich. Ich bekam kalte, lange und verfilzte Haare zwischen die Lippen. Gleichzeitig erkannte ich durch die geschlossenen Augen einen Schatten. Meine Wimpern waren verklebt. Ich verzog mein schmerzendes Gesicht. Die gespannte Haut war starr wie etwas Fremdes. Mit einem leisen Knistern öffnete ich erst das linke Auge, dann das rechte.

»Hoi, Nanna, Nanna...«

Ein Schwall heißen Atems schlug mir entgegen. Ich spürte mehr, als ich es sah, wie sich eine undefinierbare Gestalt dicht über mich beugte.

»Du lebst ja!«

Ich stöhnte auf. Kräftige, grobschlächtige Hände griffen unter meine Arme. Die zottige Gestalt keuchte noch einmal, dann wurde ich gewaltsam unter dem schweren, weichen Berg hervorgezogen. Ich schrie.

»Ha, freibekommen!«

Die Männerstimme zitterte vor Anspannung und Freude. Ich fiel hart auf den Rücken zurück. Er hatte mich einfach losgelassen. Ich schrie noch einmal, aber es war mehr der Schreck als Angst und Schmerz.

»Gut!« sagte der Mann, von dem ich immer noch nichts erkennen konnte. Er entfernte sich ein wenig ins Dunkel. Etwas gluckerte dick und sämig. Er kam zurück.

»Trink das!«

Ich wagte nicht, mich zu bewegen.

»Verstehst du mich nicht?«

Ich hielt unwillkürlich die Luft an.

»Heh du! Kannst du mich verstehen? Ich tu dir nichts! Du sollst nur trinken... Mammutblut... war gefroren... kleingestampft und wieder gut!«

Ich spürte, wie Ekel meinen Magen zusammenzog.

»Zu kalt?«

Ich wollte weg. Einfach aufspringen und weglaufen. Der Wilde direkt vor mir zutzelte etwas in seinen Mund. Er grummelte einen Augenblick, dann kam er mit seinem Kopf so nah an mich heran, daß ich seine Augen im Halbdunkel erkennen konnte. Sie sahen hell und klar unter der breiten und fast schwarzen Stirn aus. Er hatte lange, kräftige Haare unter einem Stirnband aus Stoff oder Leder. Ich erkannte seine Nase, seine vollen Lippen und ein Gewirr von Schnüren mit Muscheln, Knochenstücken, Tigerkrallen und großen Zähnen um seinen Hals.

Noch ehe ich mich wehren konnte, war er bereits über mir. Er preßte seine Lippen auf meine und drückte mit roher Kraft eine warme Flüssigkeit in meinen Mund. Ich hatte nicht die geringste Möglichkeit, dem Druck seiner Lippen auszuweichen. Ich mußte schlucken – einmal, zweimal, dreimal...

Er ließ mich ruckartig los.

»Gut? Mehr?«

Ich hatte das Gefühl, als wenn sich mein ganzer Körper vor Ekel aufbäumen wollte. Ich würgte und spuckte. In wilder Verzweiflung hob ich die Hände und wollte ihn abwehren, aber da war er schon wieder mit seinen Lippen auf meinen. Er hielt mein Gesicht mit beiden Händen fest. Noch nie zuvor hatte irgend jemand mich gezwungen, etwas zu tun, was mir zuwider war. Ich wußte nicht, wovor ich mich mehr ekelte – vor dem warmen Blut in meinem Mund, vor seinem Gestank oder vor der entsetzlichen Einsicht, wie ohnmächtig und hilflos ich dem Wilden ausgeliefert war.

Seine Hände ließen mein Gesicht los. Aber er nahm sie nicht ganz weg, sondern betastete meinen Hals und meine Schultern. Viel schneller, als ich reagieren konnte, waren die Hände auf meinen Brüsten, glitten roh an meiner Taille entlang und umfaßten meine Hüften.

Und plötzlich brach eine neue Angst in mein Bewußtsein. Ich vergaß das warme Blut in meinem Mund, Hals und Magen. Der Wilde war ein Mann... ein Mann, der nach nichts fragte, sondern tat, was er wollte. Und da strichen seine rauhen Hände bereits hart über meine Oberschenkel.

»Nein!« schrie ich, so laut ich konnte. Ich bäumte mich auf, schlug mit den Fäusten gegen seine fellbedeckte Brust und versuchte vergebens, mich auf die Seite zu werfen.

»Gut! Gut!« schnaufte der Wilde. »Ungur ist gut zu Nanna!«

Darauf hatte mich niemand in der Schule der Götter vorbereitet. Aber ich wollte nicht! Lieber sterben, als diese widerliche und grauenhafte Verletzung erleiden! Nicht jetzt, nicht hier und nicht mit einem Wilden, der wie ein Tier über mich herfiel!

»Hilf mir, Stein der Götter!« schrie ich flehend. Ich wußte nicht, warum ich es tat. Und ich wußte nicht, was ich erwartete. Alles um mich herum begann zu schwimmen. Ich fiel in ein schwarzes, sehr tiefes Loch, in dem es keinen Halt mehr gab.

»Die Erde, die Himmel, die Wolken und die Meere sind in Aufruhr gegen die alten Götter geraten«, sagte der Hopi-Häuptling zu seiner Tochter. Sie hatten sich weit von den Höhlen ihres Stammes entfernt. Weder er noch sie wußten, wo sie sich befanden, denn nichts war mehr da, was sie wiedererkennen oder woran sie sich orientieren konnten.

»Wie können wir weiterleben?« fragte sie.

»Indem wir leben«, antwortete er. Und so geschah es. Stunden des Zwielichts wechselten sich mit langen Nächten ab. Manchmal kamen sie viele Perioden lang nicht zum Schlaf. Dann hockten sie in den triefenden Felsen unbekannter Berge und Schluchten, warteten geduldig auf irgendein Zeichen von Licht und kauten nach jedem zehnten oder zwölften Atemzug einmal das getrocknete Fleisch, das sie in einer Höhle gefunden hatten.

Die Zeit verrann und blieb doch immer gleich. Nur manchmal hörte der unablässige Regen auf. Dann trockneten die Steine ab, und auch ein paar kleinere Tiere wagten sich hervor. Die meisten waren ertrunken. Die Tochter des Häuptlings hatte schon lange aufgegeben, die Kadaver und Knochen, die zerrissenen Felle und die stinkenden Kadaver zu zählen. Doch dann wurden sogar die Spuren des Todes immer seltener.

Und irgendwann sahen sie einen halbverhungerten, vollkommen ausgemergelten jungen Mann auf der Steinplattform vor ihrem Loch in der steilen Felswand. Er lag auf dem Bauch und starrte mit weit geöffnetem Mund in die Schlucht hinab. Sie beobachteten ihn lange, bis sie sich vorsichtig in seine Nähe wagten. Zuerst hustete der alte Häuptling nur. Der junge Mann drehte den Kopf ohne zu erschrecken.

»Scht!« machte er und zeigte seine halb ausgeschlagenen Zähne. Sein Gesicht zuckte, und seine tief in die Höhlen zurückgesunkenen Augen weiteten sich.

»Wo kommst du her?« fragte der alte Häuptling.

»Scht... nicht stören! Seht ihr denn nicht, was ich mache?«

Der Häuptling der Hopis und seine Tochter schüttelten die Köpfe.

»Wo kommst du her?« fragte der Alte erneut.

»Ich weiß es nicht, aber ich glaube von Süden«, antwortete der Fremde. Sie gaben ihm zu essen und warteten viele Stunden, bis er ihre Fragen besser verstand.

»Dort, wo ich herkomme, ist alles vernichtet,« erzählte er. »Die Menschen waren verloren, ertranken oder wurden in Fische verwandelt. Das alles geschah an einem einzigen Tag. Aber einer der Götter und seine Gefährtin Nanna wurden gerettet, weil der uralte Gott Titlacahuan sie gewarnt und ihnen befohlen hatte, ein Boot zu bauen.«

»Dein Gott hieß Titlacahuan?« fragte der alte Häuptling.

»So ungefähr, doch die letzte Silbe seines Namens war An...«

»Dann gehörst du zu den Azteken. Ich habe von deinem Volk gehört, dessen Sonnengott Huitzlipochtli hieß. Es lebte dort, wo das Land schmaler und schmaler wird, bis es nur noch ein paar Bergketten zwischen den großen Ozeanen umfaßt. Hieß dein Land Atzlan oder Mechiko?«

»Ich weiß nicht«, antwortete der junge Mann, »vielleicht.«

»Aber du bist ein Atzlan! Ein Mann aus einer Kolonie, die zu Atlantis gehört!« sagte der Alte beharrlich. »Oder hältst du dich eher für einen Olmeken... einen Maya vielleicht?«

»Ich kann mich nicht mehr erinnern. Es ist alles viel zu dunkel in mir...« Er richtete sich urplötzlich auf, starrte die Tochter des Häuptlings an und sprach mit feierlich klingender Stimme, als ob er ein ganz anderer wäre: »Niemand wußte, was kommen würde. Ein feuriger Regen aus Fischen fiel, Asche und rote Frösche fielen, geborstene Bäume fielen... sogar Felsen aus Eis fielen vom Himmel. Die große Schlange wurde vom Himmel gerissen... und dann fielen ihre Haut und Stücke ihrer Knochen herab auf die Erde... Pfeile trafen die Waisen und Greise, Witwer und Witwen, alle Überlebenden. Sie wurden am sandigen Meeresgestade von furchtbar schwellendem Wasser verschlungen. Und mit der Großen Schlange fiel der Himmel herunter, und trockenes Land versank...«

»Er weiß nicht mehr, was er redet«, sagte das Mädchen.

»Doch, das weiß er. Aber er weiß nicht mehr, wer er eigentlich ist, woher er kommt, was er selbst erlebt und was er in seiner Verwirrung nur gehört hat.«

»Gehört? Dann müßten noch andere da sein, die ihm berichtet haben, wie es bei ihnen war...«

Der junge Mann lachte plötzlich. Er rollte mit den Augen, sprang auf, taumelte an den Rand des Abgrunds und breitete die Arme aus. Ein heißer Wirbelsturm fegte durch die tiefen, nebelverhangenen Taleinschnitte. Fast schien es, als würde ein Fleck der seit langem verborgenen Sonne wie ein Irrlicht über den Talgrund fegen. Gleichzeitig verdüsterte sich der schwarze Himmel mehr und mehr.

»Hört mich an!« schrie der junge Mann ins Tal hinab. »Hört mich an, ihr Dämonen der Nacht. Ich weiß, wie es gewesen ist! Ich kenne die Namen des Bösen und kann euch berichten. Ja, ich weiß es: im sechsten Jahre Cans, am elften Muluc des Monats Zar, ereigneten sich furchtbare Erdbeben und dauerten bis zum dreizehnten Chuen. Das Land der Lehmhügel, genannt Mur, und das Land Mound waren ihre Opfer. Sie wurden zweimal erschüttert und verschwanden plötzlich in der Nacht. Die Erdkruste wurde von unterirdischen Gewalten so oft gehoben und gesenkt, bis sie dem Druck nicht mehr standhalten konnte und tiefe Risse die Länder voneinander trennten! Aber ich... ich füge sie wieder zusammen! Ich nehme die Felswand der einen Seite und vermähle sie mit der Felswand der anderen Seite!«

»Verstehst du, was er schreit?« fragte die Tochter des Hopi-Häuptlings.

»Er verliert seine Sinne... schnell, halt ihn fest!«

Zu spät. Der junge Mann schlug mit einem Stock gegen die steile Felsmauer hinter sich. Er beugte sich vor, reckte seinen anderen Arm und verlor das Gleichgewicht.

»Ich komme, Felsen der anderen Seite!« schrie er jubelnd. »Ich füge euch zusammen – heile die Wunden der Erde!«

Das Licht aus dem Inneren des Wirbelsturms umhüllte den abstürzenden Körper. Er peitschte ihn wieder und wieder gegen die Felsen.

»Zurück in die Höhle!« rief der alte Häuptling. Ein krachender Blitz schlug neben ihm in den Stein. Dann ein zweiter, ein dritter Blitz. Der vierte verfehlte die Felsplattform. Er stieß gegen die Sandmassen des Wirbels, rollte sich wie ein feuriges Tier zusammen und kam in weitem Bogen zurück.

»Was für ein Chaos!« dachte der alte Häuptling entsetzt. Er riß seine Tochter in das schützende Loch in der Felswand zurück. »Nicht einmal die Blitze wissen mehr, wohin sie wollen!«

Ich erwachte mit einem warmen, wohligen Gefühl. Ohne die Augen zu öffnen, atmete ich tief durch die Nase ein. Alles um mich herum war hell, lichtblau und klar. Meine Finger strichen über das seidige Fell eines weichen Polsters. Ich kuschelte mich unter der schweren, aber ebenso weichen Decke zusammen. Doch dann erinnerte ich mich wieder an den bösen Traum, von dem ich mich noch immer wie ausgelaugt fühlte.

Welch ein Alptraum! Ich fröstelte unwillkürlich, als die Erinnerung an Erdbeben und Bilderlabyrinthe in kleinen grauen Häusern, an aufsteigende Vulkanwolken, magische Tierzeichnungen an Höhlenwänden, tanzende Eingeborene am Strand, Götter auf Scheiterhaufen, herabstürzende Sonnen und in gewaltigen Sturmfluten untergehende Länder und durch schwarze Wolken taumelnde Himmelsschiffe wie ein Kaleidoskop des Grauens vor meinem inneren Auge vorbeizog. Aber jetzt war alles vorbei, die Dunkelheit verflogen und die Wärme in meinen Körper zurückgekehrt. Ich seufzte erleichtert und nahm mir vor, die schrecklichen Traumbilder so schnell wie möglich zu vergessen.

Ich leckte mir über die Lippen. Sie fühlten sich fettig an und schmeckten salzig. Was hatte ich zuletzt gegessen? Was getrunken? Es fiel mir nicht mehr ein. Außerdem konnte ich mich nicht daran erinnern, was ich zuletzt getan hatte, ehe ich schlafen gegangen war. Was für ein Tag war heute eigentlich?

Ich öffnete die Augen.

Direkt über mir erkannte ich in einem seltsamen, hellblauen Widerschein die gelbbraune, tonnenartig gewölbte Decke eines großen Raumes. Das war nicht meine Schlafkammer! Kostbare, in allen Farben des Regenbogens schillernde Schmuckornamente hingen wie Bänder aus Edelsteinen und versteinerte Schleier aus Nordlichtern von der Decke herab. Vorsichtig und ohne den Kopf zu bewegen ließ ich meinen Blick an den farbigen Steinvorhängen entlangwandern. Dort wo die gewölbte Decke in eine mit großer Perfektion glattpolierte Mauer überging, flackerte das farbige Licht. Ich hob kaum merklich den Kopf, hörte ein sprudelndes Geräusch, dann ganz unterschiedliche, leise murmelnde Stimmen.

Große Schatten strichen über die funkelnden Steinwände. Ich drehte mich etwas zur Seite und entdeckte große Haufen aus weißbraunem Rohelfenbein. Stoßzähne. Wie lange, schmale Trompetenhörner gebogene Mammut-Stoßzähne rund um ein kleines, flackerndes Feuer.

Ich spürte, wie Panik nach meinem Herzen griff. Mein Leib verkrampfte sich, und mein Atem stockte.

»Nur eine Prüfung!« raste ein rettendes Wunschbild gedankenschnell durch mein Bewußtsein. »Was tut eine Göttin, wenn...«

»Wenn sie in einer Höhle von Steinzeitmenschen erwacht«, flüsterten meine Lippen. »Gefangen von Wilden, herumstreifenden Neandertalern, Urzeit-Jägern...«

Ich zog die Felldecke bis an mein Kinn. Im gleichen Moment erinnerte ich mich wieder an die schwere, zottige Masse, unter der ich beim ersten Mal aufgewacht war. Wie war ich unter den leblosen, aber noch warmen Körper des Mammuts gekommen? Und warum fehlte mir die Erinnerung an das Ende des Fluges mit Quetzalcoatl? Ein neuer Name fiel mir ein: Ungur.

Was war geschehen, als dieser Wilde mich in der Dunkelheit angefallen hatte? Alles in mir wehrte sich gegen die furchtbare Wahrheit. Ich konnte einfach nicht glauben, was ich sah. War all das nur ein neuer Alptraum? Ich starrte nach oben. Nein, diese Decke hatte nichts mit Edelsteinen zu tun. Die Stalaktiten und bunten Sinterfahnen waren nichts anderes als bunter Tropfstein, die glatte Mauer vor langer Zeit von irgendeinem unterirdischen Gewässer ausgewaschener Fels.

Jenseits des kleinen Feuers wurden stampfende und schleifende Geräusche laut.

»Sie kommen zurück«, erklang eine Jungenstimme. Zwei neue Schatten drängten sich laut und lärmend zwischen die anderen.

»Kalt!« schnaubte eine heisere Männerstimme. »So kalt wie noch nie in dieser Gegend.«

»Alles vereist«, bestätigte eine zweite, jüngere Männerstimme. Ich hielt die Luft an. Das war die Stimme von Ungur! »Hier, seht euch das an! Das ist kein Regen, sondern Eishagel! Jeder Brocken größer und schwerer als Bärenköpfe!«

Er stemmte einen Eisbrocken hoch und ließ ihn auf den Boden der Vorhöhle krachen. Das Eis splitterte und spritzte nach allen Seiten.

»Unsere Flucht ist zu Ende!« stellte der ältere Mann fest. »Ich weiß nicht, wann dieses furchtbare Wetter aufhört, aber draußen könnten wir jetzt keinen Tag lang überleben!«

»Der Himmel würde uns wie ein Vulkan, der Felsen ausspuckt, erschlagen!« sagte der jüngere Mann.

»Wir haben Vorräte für drei, vier Jahre oder länger«, sagte eine Frau. »Ihr habt gejagt, wir haben gesammelt und viel mehr Fleisch, Früchte und Beeren getrocknet als je zuvor. Es war für eine größere Familie bis zum nächsten Sommer vorgesehen...«

»Zum nächsten Sommer?« lachte der ältere Mann bitter. »Es gibt keinen Sommer mehr! Keinen Tag, keine Sonne, keinen Sommer! Keine Tiere, keine Bäume, kein Gras! Nur noch Kälte und Eis und nachtschwarze Wolkengebirge!«

»Und die Göttin?« fragte der kleine Junge. »Warum kann uns die Göttin nicht helfen? Warum kann sie keine Sonne machen?«

»Weil sie schläft!« antwortete Ungur. »Seid froh, daß sie den Schein um ihren Kopf hat. Das muß uns die Sonne ersetzen!«

»Und wenn wir sie wecken?« fragte der Junge.

»Ja, warum wecken wir sie nicht?« fragte eine der Frauen. »Sie ist schon dreißig Feuer bei uns. Zwanzig Feuer lang haben wir sie mitgeschleppt, und seit zehn Feuern liegt sie jetzt in den Fellen, ohne sich zu bewegen! Nicht einmal ihren Leib hat sie bisher entleert!«

Ich preßte die Lippen zusammen. Im vorderen Teil der Höhle mußten mindestens fünf Personen sein – nach den Schatten zu urteilen, vielleicht auch sieben oder acht. Ich wußte nicht, wie oft die Horde Feuer machte, aber wenn Feuer Tage bedeuteten, dann mußte sie bereits einen Monat bei ihnen sein.

»Gib mir etwas von der heißen Suppe!« sagte Ungur. »Ich sehe einmal nach ihr.«

»Du mußt warten, bis ich neue Glutsteine in den Suppentrog gelegt habe«, antwortete die Frau. »Wer konnte ahnen, daß ihr so schnell zurückkommt?«

»Von jetzt an können wir überhaupt nicht mehr hinausgehen!« sagte der ältere Mann. »Und es kann sein, daß wir in dieser Höhle sterben werden...«

»Dann weckt meinetwegen die Göttin! Wahrscheinlich ist sie nur eine faule Ausgestoßene aus irgendeinem anderen Clan! Wer will schon Weiber, die sich in Schlaf und weiche Pelze hüllen! Na los, Ungur! Geh schon, vielleicht taugt sie ja doch etwas!«

Das kleine, drachenförmige Himmelsschiff tanzte wie eine Nußschale auf den gischtgepeitschten, querlaufenden Wellen im endlosen Grau der Wasserwüste. Es tauchte ein, kam wieder hoch, flog durch die schmutzigen, tiefhängenden Wolkenberge und wurde ohne Richtung und Ziel immer weiter durch den furchtbaren Mahlstrom getrieben.

Wie viele Tage oder Nächte, Wochen oder gar Monate waren vergangen, seit Himmel und Meer kaum noch einen Unterschied machten? Seit die Berge geschmolzen waren, seit kochende Lava vom Boden der Meere aufstieg und seit Pech vom Himmel regnete? Und wann endlich würden die furchtbaren Tsunami-Schlagwellen aufhören, die in regelmäßigen Abständen das winzige Boot zuerst in ein Höllental rissen und es dann gegen eine Wand aus Wasser prallen ließen?

Keiner der acht Männer im Bauch des Drachenbootes hatte noch Kraft, an Ziel und Richtung zu denken. Sie hingen festgebunden auf ihren Lagern, die einmal oben, dann wieder unten waren. Sieben der Männer steckten in Schutzanzügen, die sogar ihre Köpfe umhüllten. Der achte hing unter der Sichtkuppel am eingezogenen Mittelmast. Er trug keinen Kopfschutz. Längst taub gegen das Krachen und Donnern, hörte er nur noch das schrille Pfeifen des Sturms, wie es pfiff und jaulte, auforgelnd seinen Kopf vor Schmerzen fast zerspringen ließ und dann wieder höhnisch für einen Atemzug absolute Stille vortäuschte.

Tausendmal bereits hatte Manu die Stunde verflucht, an der er Brahma einen unfähigen, alt gewordenen Narren genannt hatte. »Bist du der oberste Gott und Herrscher über das Fünfstromland südlich des Himalaja-Massivs oder ein ängstlicher alter Mann?« hatte er ihn vor allen anderen gefragt. »Seit wann fürchtet sich ein Gott vor ein paar Erdstößen oder dem Regen der Frühlingswinde?«

»Du weißt nicht, wovon du redest«, hatte Brahma geantwortet, »aber wenn du so klug und heldenhaft bist, dann nimm doch deinen Lieblingsfisch und setze ihn im Ganges aus, damit er dich und deine ständig nur musizierenden und singenden Gefährten durch die Wasserflut leitet. Beweise dir und allen anderen, daß du mehr als ein Mensch bist! Du willst ein großer Held sein, Manu, aber bisher kennst du nur die angenehmen Seiten eines Lebens als überlegener Gott.«

Manu erinnerte sich an die entsetzten Gesichter der Umstehenden im Palast des göttlichen Herrschers. Die Zeit war reif gewesen, den Platz von Brahma einzunehmen.

»Ja, großer Brahma!« hatte er geantwortet. »Ich weiß schon lange, daß mein Fisch dich ärgert. Ich habe ihn gefunden, als ich mich in der Quelle des heiligen Wassers wusch – in der Quelle, die nicht dir, sondern Gott Enki aus dem Zweistromland jenseits von Arya, Aratta und Elam gehört! Dieser Fisch, der von den Ozeanen mehr versteht als wir alle – dieser Fisch wird mir den Weg durch die Wasser weisen, damit ich dir beweisen kann, daß mich keine Flut schrecken kann!«

Er wünschte längst, daß er Brahma niemals so unverschämt herausgefordert hätte. Aber es war zu spät! Wieder und wieder mußte er an den unglücklichen Jason denken. War dieser alte Gott auf seine Triere verbannt worden, weil er sich ähnlich gegen das Gesetz der großen Ordnung unter den Göttern vergangen hatte?

»Er hat es gewußt«, keuchte Manu tonlos. Seine Lippen waren so geschwollen, daß kein Laut mehr über sie kam, aber für Manu war der ständige Fluch die einzige Möglichkeit, nicht ganz langsam wahnsinnig zu werden. Er wollte und durfte sich keine Blöße geben. Noch immer war er für seine sieben engsten Freunde – Untergötter wie er, aber viel später in das Fünfstromland gekommen – der designierte Nachfolger des großen Brahma. Aber wo war das reiche Land, über das er gebieten wollte? In welcher Richtung sollte er das himmelhoch mit Eis bedeckte Bergmassiv des Himalaja suchen?

»Er hat es gewußt... alle zehn Könige, alle Kundigen der Duka und alle Götter haben es gewußt!« Aber warum dann? Warum hatte Brahma zugelassen, daß er kurz vor der Katastrophe mit seinen sieben Freunden ein neues Himmelsschiff bestieg, daß er Vorräte einladen und aufsteigen konnte? Oder war das alles Teil eines Plans gewesen, von dem nur die herrschenden Götter Kenntnis hatten?

Manu stöhnte gequält auf. Mit brennenden Augen suchte er in einem neuen, wie eine große Schüssel auftauchenden Wellental nach seinem Fisch. Wie lange schon hatte er ihn nicht mehr gesehen? Der Fisch war seine ganze Hoffnung. Ihm war das winzige Schiff wie von einem unsichtbaren Seil gezogen Stunde um Stunde im fahlen Grau der Tagesstürme und in der Finsternis der Nacht gefolgt. Manu leckte sich mit schwerer, dick gewordener Zunge über die Lippen. Er hatte Durst, furchtbaren Durst. Wie lange noch mußte er diese Strafe aushalten?

Er sah farbige Lichter vor seinen Augen. Sie drehten sich wie Labyrinthe mit Ringen und in sich verschlungenen Schleifen unmittelbar vor der Sichtkuppel. Gischt wischte sie fort. Wasser schlug schwer und bösartig gegen das schwimmende Himmelsschiff. Tausendmal schon. Tausendmal tausendmal. Und nichts ließ Hoffnung auf ein Ende der Qual.

MESSER AUS STEIN

Wir dürfen nicht zulassen, daß die Dunkelheit draußen bis in uns selbst dringt«, sagte Ungur beinahe beschwörend. »Für uns ist das alles genauso furchtbar und schwer zu verstehen wie für dich! Aber du bist eine Göttin... hast du denn nicht gewußt, was kommt?«

Ich hob den Blick und sah ihn über das rötlich glimmende Feuer hinweg nachdenklich. Ich wußte inzwischen, daß ich mich geirrt hatte. Er war keine Gefahr für mich, war niemals eine gewesen. Ungur hatte seinen Pelz abgelegt und seine Fellweste ausgezogen. Ich konnte mich noch immer nicht daran gewöhnen, daß seine glänzende glatte Haut dunkelbraun, ja, fast schwarz war. Aus irgendeinem Grund war ich nie auf den Gedanken gekommen, daß die Nachkommen des Cro Magnon-Experiments dunkelhäutig sein könnten. Weder Berios noch die alten Götter hatten diese seltsame Tatsache erwähnt.

Seit Stunden schon hockten sie in Gedanken versunken am Feuer aus den Tiefen der Erde. Es kam aus einem winzigen Spalt und reichte gerade aus, um die vordere Höhle zu erwärmen. Die anderen Überlebenden aus Ungurs Familie hatten sich schlafen gelegt. Sie waren lange wach geblieben, um Ungurs geheimnisvolle, endlich erwachte Beute zu bestaunen.

»Ja, Ungur«, sagte ich schließlich mit gedämpfter Stimme. »Viele von uns haben gewußt, was geschehen würde. Aber sie haben es sich bestimmt nicht so grauenhaft vorgestellt.«

Ich wußte inzwischen viel über Ungurs Familie, aber es war alles noch viel zu neu und beinahe unglaublich. Vor der Katastrophe waren sie noch fünfzehn Personen gewesen, drei Männer, vier Frauen, zwei Alte und sechs Kinder. Die Alten, vier der Kinder, eine Frau und ein Mann lebten nicht mehr. Ungur eingeschlossen bestand die Familie nur noch aus sieben Personen. Und auch das erschien mir noch wie ein Wunder, nachdem ich erfahren hatte, wie brutal der Himmel aufgerissen und die Eiseskälte des Alls für eine kurze Stunde über die Tundra hereingebrochen war. Jeder der

Überlebenden war davon überzeugt gewesen, daß kein einziges größeres Tier und nicht einmal die Mammuts den furchtbaren Kälteschock überlebt haben konnten.

Er hatte mir alles über die vergangenen Tage erzählt. Trotzdem wunderte ich mich, daß er ganz anders trauerte, als ich es kannte und mit einem stillen Lächeln von den Toten in seiner Familie gesprochen hatte.

Ich wußte noch immer nicht, wie ich all das innerlich verarbeiten sollte, was ich gesehen, erlebt und gehört hatte. Ich merkte, daß ich begonnen hatte, Ungur zu bewundern. Der junge Mann strahlte eine Ruhe aus, die mir mehr Kraft gab als jede Mahlzeit aus zerstampften und gekochten Körnern und Wurzeln, mit der die beiden Frauen mich zögernd gefüttert hatten, ehe sie sich leise tuschelnd zurückzogen.

Nur eines war mir inzwischen klargeworden: Die Kundigen des Duka-Viertels in der Königsburg von Basilea hatten recht gehabt. Und Berios hatte recht gehabt, denn es gab sie noch, die Nachfahren des Cro Magnon-Experiments. Doch auch das war nicht die eigentliche Überraschung für mich gewesen.

Niemand hatte mir gesagt, daß die Cro Magnon-Leute keine Wilden waren. Im Gegenteil: sie verstanden meine Sprache und hatten eine viel höhere Entwicklungsstufe erreicht, als es nach den Zeichnungen in der Höhle in der Gegend von Lascaux zu erwarten gewesen war. Und sie schienen sehr genau zu wissen, warum sie sich stets weit entfernt von den Siedlungen und Kolonien der Götter aufgehalten hatten.

»Auch wir haben die Sterne beobachtet«, sagte Ungur. »Natürlich konnten wir nicht so genau wie ihr sehen, was auf uns zukam. Aber es gab schon seit vielen Jahren Prophezeiungen, die wir hörten, wenn wir auf andere Familien trafen. Wir haben Vorräte gesammelt und Lager angelegt. Trotzdem können nicht viele überlebt haben – weder von uns noch von euch.«

Ich nickte stumm, preßte die Lippen zusammen und bemühte mich, mit der tiefen Trauer in meinem Herzen fertigzuwerden. Wieder und wieder mußte ich aufkommende Tränen unterdrükken.

»Du warst sehr gut zu mir«, sagte ich leise. »Ich schäme mich jetzt noch, daß ich Angst vor dir hatte, weil ich dachte, du seist wie ein wildes Tier.«

»Die meisten Götter hielten uns für ungezähmte Tiere, weil wir die Freiheit des weiten Landes der Knechtschaft in euren Siedlungen und Städten vorgezogen haben. Wir sind Sammler und Jäger geblieben. Nicht alle zwar, aber doch mehr, als ihr je erfahren habt.«

»Dann gab es Kontakte zwischen euch und uns?«

»Ja, immer wieder und während aller Jahrtausende des großen Eises. Aber wir haben uns lieber selbst getötet als in eure Gefangenschaft zu geraten.«

»Warum, Ungur? Warum haßt ihr uns?«

»Ist das so schwer zu verstehen?« lächelte er.

»Willst du es mir erklären?«

»Ihr habt niemals auch nur den Versuch gemacht, uns als gleichwertige Menschen zu sehen. Für euch waren wir Wilde, die Mammuts erlegen und Samen sammeln konnten, die vielleicht sogar Zelte als Windschutz hatten und mit Feuersteinsplittern primitive Zeichen zur Dämonenbeschwörung in Knochen schnitten. Ihr wart so verblendet und arrogant, daß ihr nicht einmal bemerkt habt, wie unsere Familien nach neuen Göttern suchten...«

»Nach neuen Göttern?«

»Ja, keine Elohim mehr, sondern die wahren Wesenheiten der Natur... die Sonne, den Mond, den Sturmwind, das Wasser und die Erde. Und die nicht sichtbare große Kraft, die in allen sichtbaren Dingen verborgen ist – in jeder Blume, jedem Baum, jeder Mücke und jedem Stein.«

»Welche Kraft ist das?« fragte ich und hielt unwillkürlich den Atem an. Er hob die Brauen, und seine Augen blitzten im Widerschein des Feuers.

»Die Kraft der Erinnerung«, sagte er. »Nichts wird vergessen, nichts wird jemals vergessen, und selbst wenn etwas zerstört wird oder stirbt, lebt die Kraft in anderer Form weiter. Wir haben keine Angst vor dem Tod, denn er gehört zu uns wie unsere Geburt. Aber das hier drin...« Er klopfte auf seine nackte Brust. »Das hier drin kann nicht sterben, weil es immer und überall ist!«

»Das ist es!« stieß ich erregt hervor. »Du hast die Kraft, die wir verloren hatten und bei euch suchen sollten!«

»Jeder hat sie – auch du!«

»Sag mir, wie man sie spürt! Woran erkennt man die Kraft?«

»Kann eine Göttin das einen Wilden fragen?«

»Habe ich mich in euren Augen wie eine Göttin benommen?«

»Nein, eher wie ein hilfloses Mädchen. Du hast die Aura einer Göttin, aber du hättest ohne mein Mana wohl kaum die Katastrophe überlebt!«

»Was ist ein... Mana?« fragte ich schaudernd.

»Die Kraft. Ein Baum kann sie ebenso haben wie ein Bär oder ein Mensch.«

»Und du hast dieses... Mana?«

»Ja«, antwortete er schlicht.

Ich lachte verlegen und schüttelte den Kopf.

»Und ich dachte, daß ich die Göttin bin!«

»Du hast auch ein Mana«, sagte er und schob die Lippen vor. »Aber es ist anders, als wir es kennen. Dein Mana kommt nicht aus dir selbst, sondern aus dem Stein an deiner Brust...«

Ich legte eine Hand über den Stein der Götter. Es beruhigte mich, daß er noch da war.

»Alle Götter tragen diesen Stein«, sagte er. »Wir haben etwas ähnliches, aber unser sprechender Stein zeigt uns nur, wo die Sonne steht, wenn Wolken sie verdecken.«

Ich runzelte die Stirn.

»Du hast einen sprechenden Stein?«

»Er spricht nicht wirklich, sondern verändert seine Farbe, damit wir wissen, in welcher Richtung wir gehen sollen.«

»Ich wünschte, mein Stein der Götter hätte wenigstens diese eine Kraft!« seufzte ich.

»Er hat viel mehr, oder willst du sagen, daß du nicht einmal weißt, warum du deinen Stein trägst?«

Ich sah ihn unsicher über den Schein des Feuers im Boden hinweg an. Ich bewunderte ihn, doch gleichzeitig ärgerte ich mich über seine überlegene Ruhe und sein erstaunliches Wissen.

»Der Stein der Götter verlängert das Leben«, sagte er. »Hast du ihn nicht, dann bist du eine Sterbliche wie wir. Aber mit dem Stein können Götter wie du viele tausend Sonnenumläufe alt werden. Ich weiß es nicht, aber vielleicht konnten eure Weisen und Kundigen das Mana der Dinge einfangen und in diese Steine übertragen.«

»Das ist unmöglich!« wehrte ich ab, doch gleichzeitig ahnte ich, daß dieser junge Mann, der noch nie eine Stadt von Atlantis gesehen hatte und der nichts vom Duka-Viertel, von der Schule der Götter und dem verzweifelten letzten Versuch wußte, daß gerade er der verlorengegangenen Wahrheit näher gekommen sein konnte als alle Kundigen...

»Wie kommt es, daß du so viel über uns weißt?« fragte ich weiter. Ungur hob die Schultern. Er strich sich durch seine langen Haare, drehte eine Strähne zwischen den Fingern und dachte nach. Dann sagte er: »Ich habe viel von den Älteren gehört, als sie noch lebten. Aber erst jetzt, in dieser Stunde, erinnere ich mich an Dinge, über die ich vorher überhaupt nicht nachgedacht habe.«

»Es muß auch vor der Katastrophe sehr schwer für euch gewesen sein«, meinte ich.

Er lachte und schüttelte den Kopf. »Nein, unser Leben war überhaupt nicht schwer! Habt ihr Götter das etwa geglaubt?«

»Na ja, ich meine, eine so große Gruppe zu ernähren...«

»Was soll denn schwer daran sein. Wir haben immer gewußt, wo Früchte und Beeren wachsen und wo wir ohne große Mühe jagen konnten. Immer dann, wenn eine Familie zu groß geworden war, haben wir uns zusammengesetzt und alles beredet, bis eine der jungen Frauen sich entschloß, die Familie zu verlassen und sich einen neuen Platz zu suchen. Manche nahmen einen jungen Mann mit, der ihnen gefiel, andere gingen allein. Sie zogen eine Weile auf den Fährten der Tiere weiter, andere kamen alle vier, fünf Jahre zu den Stellen zurück, die gute Plätze für den Tausch und für die Feste waren.«

»Und deine eigene Familie? Wie habt ihr gelebt?«

»Eigentlich sind wir immer umhergezogen. Wir lebten, wo es uns gefiel. Im Sommer weiter im Norden, im Winter in den wärmeren Regionen. Wir stammen ursprünglich aus dem Gebiet des westlichen Ozeans. Unsere Ahnen haben die Höhlen von Lascaux und in den Pyrenäen verlassen, als ihnen die Götter zu laut geworden waren. Sie erinnerten sich an die ganz alten Götter, die groß und gütig gewesen waren und brachen auf, um sie zu suchen. Es war ein langer, langer Weg...«

Er lächelte versonnen und schien plötzlich sehr weit in die Erinnerung seiner Familie zurückzusehen.

»Es hat Jahrtausende gedauert, bis einige von uns das große Land durchquert hatten«, fuhr er fort. »Einige sind über die schmalen Landbrücken im Osten und im Süden gegangen, die einmal alles verbunden haben. Und wenige von ihnen kamen zurück, weil sie niemals gefunden haben, was sie suchten: das Meer aus süßem Wasser, an dessen Ufern Frieden herrschte und alle Menschen, alle Götter mit den Tieren sprechen konnten. Es hieß, die alten Götter hätten sich dorthin zurückgezogen, geschützt von schneebedeckten Bergen, die bis hinauf zum Himmel ragen. Ich weiß nicht, wo sich dieses Land befindet. Ich weiß nur, daß die Alten das Meer aus süßem Wasser Uygur nannten...«

Ganz langsam begann ich zu verstehen, wie falsch mein Bild von den Menschen war, die mir als primitive Eingeborene und Wilde geschildert worden waren. Ich überlegte, was eigentlich besser an Atlantis mit seiner großen Stadt, den goldgeschmückten Häusern und dem prächtigen Königspalast gewesen war. Menschen wie Ungur und seine Leute brauchten keine Trieren und keine Himmelsschiffe. Gewiß, sie hatten keine seidenen Gewänder und keine Straßen, durch die sie nach getaner Arbeit flanieren konnten. Aber auch sie konnten die kalten und warmen Quellen nutzen, hatten Feuer zum Kochen und weiche Lager für die Nacht.

»Was denkst du?« fragte er.

»Ich wundere mich, daß ich so wenig wußte.«

»Das hat mich auch gewundert«, grinste er. Wir lachten beide. Zum ersten Mal kam mir ein neuer, ganz ungewöhnlicher Gedanke. Im ersten Moment war ich erschrocken. Ich dachte daran, wie es wäre, mit diesem klugen und stolzen, wilden und fast schwarzhäutigen jungen Mann fortzugehen, mit ihm zu leben und Kinder von ihm zu bekommen. Er nahm sich einen Lederbecher und füllte ihn aus einem Tonkrug mit einer süß duftenden Flüssigkeit.

»Hier«, sagte er und gab mir den Becher. Er sah mich an, und ich hatte das Gefühl, als würde er etwas ganz anderes denken, als er sagte. »Aus Honig und dem Saft von Trauben. Wir mögen es, wenn die Trauben etwas angegoren sind. Es macht den Kopf leicht, und wenn man viel davon trinkt, kann man besser tanzen.«

»Du überraschst mich immer wieder, Ungur«, sagte ich und nahm den Becher. Ich roch daran und nippte vorsichtig an dem Getränk.

»Schmeckt sehr gut«, sagte ich. »Erzähl mir mehr von euch. Was weißt du noch von den ganz alten Göttern?«

»Ich habe dir alles erzählt«, sagte er. Ich schüttelte den Kopf. Wir sahen uns eine Weile in die Augen, dann lächelte er und sagte: »Na gut, du ahnungslose Göttin! Wenn du nicht einmal weißt, was jedes Kind bei uns schon in der Wiege hört, dann singe ich dir die alten Lieder vor...«

Er räusperte sich leise, trank ebenfalls einen Schluck Met und starrte dann bewegungslos in das Feuer am Boden. Sein schönes, ebenmäßiges Gesicht bekam einen feierlichen Ausdruck. Und dann begann er mit seiner jungen, aber schon männlich rauhen Stimme leise zu singen. Er berichtete von einem paradiesischen Land an der Küste des großen Ozeans im Westen, von der Zeit, in der Höhlenbären heilige Tiere waren und in der Götter vom Himmel kamen, um die Menschen von den Tieren zu unterscheiden. Und er sang davon, wie sich die Götter mehr und mehr von ihren eigenen Geschöpfen abgewandt hatten.

»Die uns das Licht gegeben, verloren es für sich«, sang er. Ich lauschte ihm fasziniert und gleichzeitig tief berührt. Es war für mich, als sei die Zeit am Feuer in der kleinen, schützenden Höhle stehengeblieben. Ich trank den Met, er sang sein Lied, und als wir uns erneut ansahen, wünschten wir beide, daß es so bleiben würde.

Ich hatte längst jedes Zeitgefühl verloren. Ich wußte nicht mehr, ob es außerhalb der Höhle Tag oder Nacht, Sommer oder Winter war. Nur manchmal noch, wenn ich den Frauen bei den stets gleichen Ritualen für die Vorbereitung der Mahlzeiten half, hielt ich mitten in der Bewegung inne. Dann wunderte ich mich, wie selbstverständlich mir alles geworden war und wie schnell ich mich an das Leben in einer Höhle ohne Tageslicht, ohne die Geräusche der großen Stadt und des Königspalastes und ohne den sternfunkelnden Nachthimmel gewöhnt hatte. In diesen Augenblicken hatte ich das Gefühl, bereits eine Ewigkeit bei der Familie von Ungur zu sein.

Aber es gab auch andere Gedanken und Empfindungen. Sie kamen meist dann, wenn ich durch ein plötzliches Fauchen des Erdfeuers hochschreckte und nicht sofort wußte, wo ich war. Dann fürchtete ich mich vor dem unheimlichen Feuerschein und den farbig flackernden Schatten an den Wänden der Höhle. Und jedesmal fiel es mir schwer, zwischen Traum und Wirklichkeit zu unterscheiden. Das Gleichmaß der Lebensabläufe in der Höhle kam mir in diesen Augenblicken viel unwirklicher vor, als alle Bilder in meinen Träumen.

Nach und nach wurden auch meine Traumbilder immer gleichförmiger. Sie änderten sich kaum noch. Mal war es Osiris am Strand, von dem ich träumte, dann wieder Quetzalcoatl auf dem brennenden Scheiterhaufen. Nur von einem Geschehen existierte kein Bild in mir: ich konnte mich einfach nicht mehr daran erinnern, wo und wie der Flug mit dem Himmelsschiff zu Ende gegangen und was danach mit mir geschehen war. Es gab einfach keine Brücke zwischen dem grauenhaft strahlenden, gleißenden Himmelslicht und der warmen, pelzigen Dunkelheit, aus der Ungur mich aufgeweckt hatte.

Ich hatte ihn mehrmals danach gefragt. Bereits beim ersten Mal war Ungur mir ausgewichen. Er hatte mir erklärt, daß der Himmel bis hinauf zu den Sternen aufgerissen war und daß die plötzliche, tödliche Kälte von draußen alles Leben in weitem Umkreis vernichtet hatte. Aber er und einige Menschen aus seiner Familie lebten noch. Und auch der Mammut in der Dunkelheit war warm gewesen und nicht zu einem Eisblock erstarrt.

Irgend etwas stimmte nicht.

Ich strich über den Rand des Tonkruges zwischen meinen Beinen. Ich hockte auf einem Pelzkissen am Feuer und stampfte mit einem Knochenmörser winzige getrocknete Grassamen klein. Noch während ich mit der mühsamen Arbeit fortfuhr, fragte ich mich, warum die Familie keine größeren Körner kannte. Selbst Ungur hatte mich zweifelnd angesehen, als ich ihm von Gerste und Weizen, Hafer und Emmer erzählte, die auf den Feldern des Inselkontinents nach festen Plänen ausgesät und zweimal im Jahr geerntet wurden.

»Warum sollen wir etwas in den Boden stecken und viele Monde warten, bis es gereift ist?« hatte er mich in seiner langsamen, jedes Wort abwägenden Redeweise gefragt. »Wir hätten viel zu tun, um Schafe und Ziegen, Rehe und Vögel von den Samen zu verscheuchen.«

»Nein, nein – wir sammeln, was wir sehen, und warten nicht auf ein Wunder der Götter!« hatte auch sein sonst so wortkarger Vater bestätigt.

Weder er noch die anderen hielten es für sinnvoll, guten Samen wieder über den Boden zu verstreuen. »Aber es ist kein Wunder«, hatte ich wieder und wieder zu erklären versucht. Viele Monate mochten vergangen sein, als ich erneut auf das Thema zu sprechen kam. Die Männer waren mit leeren Händen von einem ihrer ständigen Streifzüge durch die Tiefen der Höhle zurückgekehrt.

»Nichts mehr!« hatte Ungur gesagt. »Wir finden nicht einmal mehr Moos und Farnkräuter in den Spalten.«

»Früher hat die Erde selbst die Saat aufgehen und in jedem Jahr neue Früchte wachsen lassen«, hatte Ungurs ältere Schwester Ania mit einem traurigen Seufzer bestätigt.

»Sie hat es auch ohne uns getan«, nickte ihre Mutter mit einem mißmutigen Blick zu mir hin. Ich dachte an die vergeblichen Versuche, Samen auf einem kleinen mit Feuersteinmessern umgegrabenen Stück Erde an der Seite der Feuerhöhle zum Keimen zu bringen. »Hier war es umsonst, und auch draußen wäre es umsonst gewesen. Außerdem macht es viel zuviel Arbeit, Gestrüpp abzuschlagen, die Erde aufzubrechen und dann viele Monde zu warten, bis etwas wächst.«

Damit war das Thema endgültig beendet.

Ich dachte an meine vielen anderen Versuche, den Jägern und Sammlern etwas von dem zu vermitteln, was ich wußte. Doch fast jedesmal lehnten sogar die Kinder nach anfänglichem Staunen meine Berichte als unsinnig und bestenfalls für Götter geeignet ab.

Ich wußte längst, daß ich nicht mehr ernst genommen wurde. Für eine Weile spürte ich noch eine gewisse Scheu und Respekt. Doch auch das war vorbei, nachdem die beiden Frauen mich ganz direkt gefragt hatten, warum ich noch nie mit Ungur unter seinen Felldecken geschlafen hatte.

»Du bist doch ein Mädchen, eine Frau«, hatte Ania gesagt. »Was ist anders bei dir? Wir haben nie bemerkt, daß dein Bauch dem Mond opfert. Du siehst erwachsen aus, aber du blutest nicht wie wir...«

»Und du hast keine Narbe auf deinem Leib von der Schnur, mit der jeder Mensch mit seiner Mutter verbunden war!«

Ich preßte die Lippen zusammen. Ich dachte nicht gern an diese Szene zurück. Die Männer waren wie schon häufiger zu einem Erkundungsgang in die Tiefen der Höhle aufgebrochen. Die Kinder schliefen, und ich war mit den Frauen allein am Feuer zurückgeblieben.

»Hier«, hatte Ania gesagt und ihren Bauch frei gemacht. »Diese Narbe... du hast sie nicht!«

»Ich wurde anders... ich meine, ich kam nicht so zur Welt wie ihr...«

»Was meinst du damit? Haben die Götter keinen Vater und keine Mutter?«

»Ich weiß, daß die Götter sich sehr gern mit den Weibern der Menschen vergnügen«, hatte Ania eingeworfen. »Es gibt überall Erzer, Titanen und Giganten... hilflose Mißgeburten, die nur dazu taugen, ihren Erzeugern zu dienen...«

»Werdet ihr etwa auch in die Erde gesteckt wie die großen Grassamen, die es in Atlantis geben soll?« hatte Ania lachend gefragt. Ich stampfte verbissen auf den winzigen Samen herum. Ich hatte gar nicht erst versucht, das Geheimnis der Schöpfungskammer im inneren Palastbereich zu erwähnen.

Seit jenen Gesprächen war ich nur noch geduldet worden. Was auch immer ich versucht hatte – es galt den Angehörigen der Familie weniger als die kleinen Handfertigkeiten der Kinder. Ich hatte kochen gelernt, konnte inzwischen alle Samen, Kräuter und Farne unterscheiden und wußte, wie mit kleinen Knochennadeln genäht wurde. Selbst mein Geschick, aus den kopfgroßen Feuersteinknollen an den Wänden durch vorsichtige Schläge mit kurzen Stücken von Hirschgeweihen vollkommene Feuersteinmesser anzufertigen, galt kaum etwas.

Sogar Ungur wich mir aus. In der ersten Zeit hatte er mich, wenn wir allein waren, noch manchmal mit seinen großen, dunklen Augen traurig angesehen. Inzwischen aber beachtete er mich ebensowenig wie die anderen. Ich hatte meinen Wert als Hoffnung für die klein gewordene Familie verloren.

Jetzt war ich nur noch eine, die nicht geboren worden war und die nicht einmal sagte, ob sie gebären konnte. Ungurs Familie hatte mich nach altem Brauch bei sich aufgenommen wie jedes andere junge Mädchen auf der Suche nach einem Gefährten. Mit einer Göttin, die nur die Vorräte verringerte, konnten sie nichts anfangen.

»Letu, ich rufe Letu, die Felder des Schilfs...«

»Hier sind die Felder des Schilfs. Ich höre dich, anrufender Bote. Wer bist du?«

»Ebenfalls Ort des Schilfs... ich rufe aus Tula... Tula am Titicacasee... Gott Viracocha verlangt nach Gott Amun-Re...«

»Amun-Re? Den haben wir nicht! Hier sind die Felder des Schilfs am großen Baikalsee.«

»Baikalsee? Wie kommt das Heilige Auge Sibiriens in die Verbindung?«

»Sei froh, daß es mich überhaupt noch gibt! Vor vielen Tagen, die ich nicht mehr zählen kann, haben gewaltige Wolkengebirge die Sonne verschlungen und alles um mich herum zerstört. Seitdem peitscht nur noch Kälte von den Gipfeln der Berge und Eis türmt sich dort, wo der See einmal war. Ich kann nichts mehr sehen – nicht eine Fußspur vom Mammut, vom Säbelzahntiger und vom Höhlenlöwen. Ich kann den heiligen Bären kein Opfer mehr bringen und weiß nicht mehr, wo ich herumirre.«

»Bist du... bist du allein?«

»Nein, außer mir haben noch einige Evenki-Tungusen im Gebirge südlich des tiefsten Sees der Erde überlebt. Sie haben den Verstand verloren, behängen sich mit Glocken, schlagen Felltrommeln und hoffen verzweifelt, daß sie doch noch über die neunästige Himmelsbirke zu Gott Bai Ulgen aufsteigen können.«

»Gott Bai Ulgen? Nie gehört!«

»Er flog mit seinen fähigsten Untergöttern und Kundigen der abstürzenden Sonne entgegen, um sich zu opfern. Aber sein Himmelsschiff erreichte den Feuerglanz am Himmel nicht. Es stürzte ab und versank in den Tiefen des Baikalsees.«

»Und wer bist du?«

»Ich war der oberste Schamane der Tungusen-Stämme.«

»Schamane? Ist das die Bezeichnung für einen Anunnaki, einen der Untergötter, bei euch?«

»Nein, ich war ein Kundiger, durch den die Götter sprachen... die alten Götter am süßen Meer von Uygur, wenn du weißt, was ich meine...«

»Soll das heißen, daß du kein Atlanter bist?«

»Meine Ahnen verließen vor langer Zeit, als die Welt immer mehr vereiste, die heiligen Höhlen von Aquitanien. Ich folgte dem Weg der Bären nach Osten...«

»Wie kannst du mich verstehen, wenn du ein Wilder und kein Gott bist?«

»Wie kannst du mich verstehen, wenn ich nur denke, daß ich mit dir spreche? Ich... ich halte mir den Mund zu. Hörst du mich trotzdem?«

»Ja, ich höre dich und kann dich verstehen. Das ist sehr ungewöhnlich! Ich habe nicht gewußt, daß es Wildmenschen gibt, die das Geheimnis der alten Götter kennen!«

»Es ist nur eine der vielen Fähigkeiten, die ihr längst verloren habt! Bevor die Nacht begann, konnte ich mich mit den Aborigines in Australien ebenso unterhalten wie mit den Eingeweihten der Hopis, den Dogons in Afrika und den Gefährten von Gott Enki in den Tiefen der Ozeane.«

»Du kennst die Oannes? Die Sekte der Abtrünnigen?«

»Ich kenne alle Wesen, die durch die Götter von Atlantis erschaffen wurden – die Erzer und Oannes ebenso wie die Riesen und Ungeheuer aus der Duka- Schöpfungskammer im großen Palast von Atlantis...«

»Wie heißt du?«

»Mein Name hat keine Bedeutung mehr. Oder hast du jemals von Gog oder Magog gehört, dem ›König der Nördlichen‹? Kennst du die Prophezeiungen der Stämme und Völker im Zweistromland und an den Küsten des Mittleren Meeres, vor der sich selbst die Götter fürchteten? Heißt mein Name Apokalypse und Endzeit, die über die Dekadenz kommen soll, oder nur Untergang der Alten Ordnung? Ich habe es vergessen.«

»Und du stammst wirklich nicht von der Insel der Könige... bist keiner von uns?«

»Wie viele Menschen haben sich über Jahrtausende hinweg aus dem atlantischen Imperium entfernt? Wie viele sind geflohen oder durch euch verbannt worden, nur weil sie die Katastrophe kommen sahen und vor den falschen Wegen warnten...«

»Ein Gott! Du mußt ein verstoßener uralter Gott wie Atlas sein!«

»Und wie die anderen Titanen... wie Vrtra in Indien, Ymir in der Eisregion, Kingu im Zweistromland, Prometheus, Sisyphos und Jason und all die anderen, die stets dafür gekämpft haben, daß Könige und Götter die Menschen, die sie schufen, als Gleichberechtigte behandelten!«

»Jetzt ist ohnehin alles zu spät! Du tappst in Kälte und Dunkelheit ohne Sonne umher. Bei mir kommen die Gebirge nicht zur Ruhe, und von den anderen höre ich seit der Katastrophe vor fünf Sonnenumläufen kein einziges Lebenszeichen mehr! Was macht es jetzt noch aus, ob einer in der vorigen Welt Gott, König oder Jäger des Mammuts war?«

»Aber du hast überlebt, ich ebenfalls, und überall werden mit der Zeit neue Feuer brennen – ganz gleich, ob im Eis, an den Ufern der unaufhaltsam steigenden Wasser oder in einstmals blühenden Regionen, die jetzt zu Wüsten werden. Wir beide könnten dafür sorgen, daß nicht noch einmal alles wie vor mehr als einer Million Jahren beginnen muß!«

»Worauf sollten die Überlebenden bauen, was in Legenden übernehmen? Nur wenn wir uns zurückziehen, wenn durch eine natürliche Entwicklung aus Paaren Familien und aus Familien Clans, Sippen und ganz neue Völkerstämme entstehen, gehört die Erde, wenn sie dereinst wieder zur Ruhe gekommen ist, den wahren Erben. Töte dich, Gog oder Magog! Ich werde mich ebenfalls töten. Denn nichts wäre schlimmer für die Zukunft der neuen Welt als das Auftauchen der alten Herren, denen nichts mehr geblieben ist als die Erinnerung an die Macht!«

»Ich werde mich nicht töten!«

»Du mußt es tun!«

»Nein, ich muß verhindern, daß falsche Mythen entstehen. Ich werde herumgehen in den Ländern südlich des Eises und zeigen, wie alt und schwach ich bin. Wir beide wissen nicht, welche Untergötter außer uns überlebt haben. Wenn es außer uns noch andere gibt, werden einige von ihnen die Gelegenheit nutzen, um sich als rechtmäßige Erben der ersten Großkultur darzustellen. Doch weil nur wenige zu den wirklich Wissenden gehörten, werden sie alles, was sie selbst nie verstanden und gelernt haben, mit dem Anspruch alleiniger Wahrheit zu Legenden und Religionen ummünzen. Wehe den Generationen, wenn es niemanden mehr gibt, der diesem Wahn entgegentritt! Können wir wirklich zulassen, daß sich die kommenden Menschengeschlechter nur so weit entwickeln, bis sie so satt und unfähig geworden sind, wie das Reich von Atlantis?«

»Ich kann... ich kann nicht antworten! Der ganze See kocht! Viracochas Wohnung... die Berge fallen... Feuer an ihren Flanken... ich muß nach Westen... zum großen Meer jenseits der Nazka-Ebene, die nach der Eiszeit niemals grün geworden ist... die Erde bebt... sie hebt sich... o nein! Nicht schon wieder...«

»Ich werde dich suchen! Schreib Götterzeichen an die Bergflanken! Zeichen, die groß genug und schon vom Meer zu sehen sind! Hörst du mich noch? Leg riesige Figuren mit dem Geröll der Küstenwüste aus! Tula... ich will dich finden... Tula...«

Und dann, eines Tages, brach neues Unheil über die kleine Gruppe der Überlebenden herein. Ungur und sein Vater waren schon seit geraumer Zeit in den tieferen Höhlenbereichen unterwegs. Die anderen hockten am Feuer und versuchten, aus kärglichen Wurzelresten noch einen heißen Sud zu kochen, als plötzlich sehr nah ein Schrei durch die Stille hallte.

»Die Wortlosen kommen!« Es war Ungurs Vater, der da rief. »Paßt auf und werft mit Feuer!«

Steine polterten durch die Höhlengänge. Und dann taumelte Ungurs Vater mit blutüberströmtem Gesicht in den Feuerschein. Drei wild und wie Tiere aussehende Schatten folgten ihm. Sie sahen zottig aus, hatten vorspringende Augenwülste und fliehende Kinnladen.

Ich sprang erschreckt auf. Im ersten Augenblick glaubte ich,

Menschenaffen seien in die Höhle eingedrungen. Doch dann sah ich Faustkeile und keulenartige Knüppel in den Händen der Angreifer.

Nein, das waren keine Affen, sondern die Urbewohner des Landes, von denen ich gelernt hatte, daß sie schon während der Eiszeit ausgestorben seien. Diese drei entsprachen in ihrem ganzen Verhalten, ihrem Körperbau und ihrem vergeblichen Bemühen, grunzende Laute in Wörter zu pressen, genau der Entwicklungsstufe von Menschen, denen vor dem Cro Magnon-Experiment die Wälder und die Höhlen allein gehört hatten.

Noch ehe ich irgend etwas tun konnte, flog ein kopfgroßer Stein an mir vorbei. Kven stieß einen furchtbaren, gellenden Schrei aus. Der Felsbrocken zertrümmerte ihre Stirn. Das Mädchen taumelte bis gegen die Wand der Höhle und brach zusammen. Der zweite und der dritte Wilde packten Ungurs Vater, wirbelten ihn mit brutaler Gewalt hoch und schleuderten ihn über die Feuerstelle. Seine Knochen zerbrachen wie morsches Holz.

Die Wilden stürzten sich auf die Schalen und Lederbeutel neben dem Erdfeuer. Sie rissen Ania und Ama dicht an sich heran, während sie gleichzeitig alles Eßbare in ihre Münder stopften, was sie mit einer Hand greifen konnten.

Spät, viel zu spät begriff ich, was geschah. Doch dann, im Augenblick höchster Gefahr für die ganze Gemeinschaft, brach etwas Neues in mir auf. Bilder aus dem grauen Haus jagten vor meinem inneren Auge vorbei. Tod, Kraft, Gerechtigkeit...

Blitzschnell und ohne zu denken bückte ich mich. Meine Finger tasteten nach einem Feuersteinmesser auf dem Boden. Das glatte, leicht gebogene Horngriffstück mit der durch Harz und Sand fest eingepaßten Klinge glitt in meine Hand. Ich stieß mich von der Wand der Höhle ab. Ein heller, blauer Schein umstrahlte meinen Kopf, als ich schnell wie ein Sonnenstrahl die Klinge aus beschlagenem Stein direkt ins Herz des ersten Wilden stieß. Dem zweiten fuhr das Messer mit einem reißenden Geräusch durch den behaarten Hals.

Ich schwang herum und wollte auch den dritten Eindringling abwehren, doch da war Ungur bereits neben mir. Er stieß sein eigenes Messer in den Leib des Wilden und riß es steil nach oben.

Die grauenhaften Schreie der Sterbenden brachen sich an den Wänden der Höhle. Ich starrte auf das blutige Feuersteinmesser in meiner Hand. Ich begriff, was ich getan hatte. Wie konnte ich – eine Göttin – ebenso archaisch töten wie die Eingeborenen? Niemals zuvor war ich auch nur auf den Gedanken gekommen, etwas derartig Unwürdiges und Tierisches zu tun. Ich spürte, wie meine Mundwinkel zuckten. Und dann schüttelte ich mich vor Scham und Ekel. Tränen liefen über meine Wangen. Ich ließ das Messer fallen, taumelte zu einem der Wasserbehälter und versuchte wie wahnsinnig, das Blut der Wilden von meinen Händen zu waschen. Gleichzeitig erkannte ich, daß ich mich nicht einmal mit allen Wassern der Ozeane von meiner Tat reinwaschen konnte.

Erst lange danach holte mich das Klagen und Weinen der Frauen aus meiner Erstarrung zurück. Ama und Ania war bis auf ein paar Kratzer nichts passiert. Sie streuten Reste von Zweigen und ausgekochten Wurzeln auf den Boden neben dem Erdfeuer und betteten die Körper von Kven und Aqual so neben die wabernden Flammen, daß ihre Köpfe in die Richtung zeigten, in der einmal Osten gewesen war.

Ungur und die Kinder schafften inzwischen die Leichname der Wilden in eine kühle Ecke der Höhle. Als sie schweigend und mit verbissenen Gesichtern zurückkamen, hatten Ania und Ama bereits damit begonnen, rote Erde aus einem bisher unbenutzten Lederbeutel um die toten Familienmitglieder zu streuen. Sie sangen leise und wie in Trance so traurige Melodien, daß auch ich wieder weinen mußte. Ania kniete nieder. Sie wusch das Gesicht von Kven und bedeckte ihre zerschlagene Stirn mit weißen Flaumfedern. Einige färbten sich rot, aber die meisten blieben rein wie Schnee. Sie legte ihrer toten Schwester die schönsten ihrer Perlenketten um, formte aus Muscheln einen Kreis um ihren Kopf und verteilte leise summend und mit wiegenden Bewegungen die rote Erde über ihren Körper.

Ama litt anders. Die Familienmutter deutete mit monotonem Singsang nacheinander auf verschiedene Mammutknochen. Zusammen mit Ungur schleppten die Kinder die riesige Platte eines Mammut-Schulterblatts heran. Sie bahrten Aqual auf und legten seinen Bogen, seine Pfeile und seine Messer neben ihn. Dann kniete sein Sohn Ungur nieder und begann damit, alles über seinen toten Vater vorzusingen, was dieser in seinem Leben gesehen und getan hatte. Nach jeder Strophe seines Klageliedes legte er eine Muschel, einen Stein oder eine Pfeilspitze aus der stets sorgsam gehüteten Sammlung von Ama neben den Toten.

Und wieder erfuhr ich etwas mehr über die Herkunft und die Wege der Familie, bei der ich jetzt schon so lange lebte.

»Die Mütter unserer Mütter waren wie Schwestern der Väter unserer Väter«, sang Ungur. »Sie gingen im Einklang mit Pflanzen und Tieren, von denen sie lebten, durch Tage und Nächte, Sommer und Winter. Der Norden ist kalt und weiß, der Süden ist wunderbar grün, der Osten ist licht und der Westen das Land, aus dem wir kommen. Unsere Ahnen haben die Höhlen bemalt mit Bildern von Mammuts und Bisons, Pferden und Rindern. Wir aber mußten die heiligen Höhlen verlassen, weil der Norden sein erhabenes Eis, seine Kälte verlor und bis in Regionen der langen Nächte zurückwich. Das große Wasser kam und vertrieb Mammut und Bison, Pferd und Rind. Wir folgten ihnen, auch wenn die Götter uns nicht mehr verstanden und nichts dagegen taten, daß etwas Böses vom Himmel fiel. Sie haben uns geschaffen und dann verlassen, so wie uns die Tiere verlassen haben, wie uns die Sonne verlassen hat, wie du uns verlassen hast, unser Vater...«

Er hob beide Arme, schloß die Augen, holte tief Luft und verneigte sich, bis seine Stirn den Boden berührte. Nur noch das leise Fauchen des Erdfeuers war zu hören. Ungur richtete sich halb auf, faßte noch einmal beide Hände des Toten, drückte sie und legte sie dann über der Brust zusammen.

»Zwei Zeiten«, sagte er, und seine Stimme klang rauh. »Zwei Zeiten soll er am Feuer bleiben, ehe wir ihn in die Kälte bringen, aus der er erwachen wird, wenn die Zeit jenseits der Zeiten kommt...«

Die Vorräte gehen zur Neige«, sagte Ungurs Mutter mit zahnlosem Mund. Die Familie saß schweigend und mit starren Gesichtern am kleinen Herdfeuer, das noch immer aus den Tiefen der Erde mit Flammen gespeist wurde. Wie lange war es der Mittelpunkt des verschütteten Lebens in der Höhle gewesen? Ich wußte es nicht. Am Anfang war nur der Abstand zwischen den Schmerzen in den Leibern der Frauen eine verläßliche Zeiteinteilung gewesen. Auf diese Weise hatte die klein gewordene Familie wenigstens ungefähr die Monate bestimmen können. Doch dann hatte auch diese stets wiederkehrende Erinnerung an eine andere Art von Leben aufgehört. Der Mondmund von Ania blutete schon lange nicht mehr.

Irgendwann hatte Ungur bemerkt, daß die Glut aus der Erde in einem bestimmten Rhythmus zu atmen schien. Es war gleichgültig geworden, ob das in regelmäßigen Abständen heller und heißer werdende Feuer frühere Tage anzeigte oder nicht. Wichtig war allein, daß sich die Familie daran halten konnte, wann sie schlafen oder essen mußten. Und wie selbstverständlich nannten sie die Zeit der hellen Glut einen Höhlentag und die der dunklen Glut eine Nacht.

»Das Fleisch der Wortlosen hat unser Leiden nur verlängert«, sagte die alte Familienmutter. »Wir haben Kven gegessen, als wir nichts anderes mehr hatten, und dann sogar Aqual, von dem jetzt nur noch die heilige Leber im Eis liegt, aber das Eis, dieses furchtbare Eis läßt uns nicht auf die Erde zurück!«

»Es tut so weh!« jammerte eines der Kinder.

»Hunger«, keuchte ein anderes. »Ich habe solchen Hunger...«

»Wir werden essen, wenn die Erde uns wieder zu sich einlädt«, sagte Ama.

»Wann wird das sein?« fragte Ania. Sie hockte direkt am Erdfeuer und röstete an einer langen Tropfsteinnadel zwei Grottenolme, die Ungur bei seinem letzten Streifzug durch die hintere Dunkelheit aus flachen Höhlenteichen geholt hatte.

Ama schüttete das letzte Salz aus einem welk gewordenen Lederbeutel auf einen flachen Stein. Sie teilte die Körner mit den Fingerspitzen in drei kleine Häufchen.

»Nach der alten Zeitrechnung sind wir bereits sechs Jahre hier unten eingeschlossen. Und spätestens im nächsten Mond werden wir sterben.« Sie hob ganz langsam den Kopf und sah zu Ungur hinüber. »Du hast getan, was du konntest«, sagte sie leise. »Seit dein Vater nicht mehr bei uns ist, hast du uns jeden Grottenolm, jeden Käfer und jede Spinne in dieser Höhle gebracht. Du hast im Dunkel des Unbekannten gejagt und in der Kälte auf der Lauer gelegen. Du bist ein guter Mann für uns gewesen, mein Sohn. Aber du konntest nichts gegen den Hunger ausrichten...«

Sie starrte auf die winzigen, kaum fingerlangen gerösteten Grottenolme an der Spitze der Tropfsteinnadel.

»Selbst wenn du jedesmal zwischen zwei Glutwallungen ein paar von diesen weißen Salamandern fängst, reicht das nicht zum Überleben. Wir haben nur noch dieses Salz. Nur zwei unserer Kinder leben noch. Seht meine Haut an – wie krank und bleich sie inzwischen geworden ist...«

»Wieso stirbt man, wenn die Haut weiß wird?« fragte eines der Kinder. »Inanna hat doch auch weiße Haut.«

»Unsere Haut war immer dunkel«, antwortete Ama. »Menschen brauchen eine dunkle Haut gegen die bösen Strahlen der Sonne.«

»Aber die Sonne ist nicht mehr da.«

»Sie wird wiederkommen!« preßte Ungur zwischen den Zähnen hervor. »Sie wird wiederkommen, selbst wenn es hundert oder tausend Jahre dauert!«

»Bis dahin sind wir tot!« sagte Ania leise.

Ich hatte die ganze Zeit im Hintergrund gesessen und schweigend zugehört. Seit ich die beiden Wortlosen getötet hatte, sagten die Kinder ›Silex – das Messer aus Stein‹ zu mir. Doch weder für Ania noch ihre Mutter oder Ungur war meine Tat mehr als eine Notwendigkeit gewesen. Sie wog kaum auf, daß ich ebenfalls essen mußte und bisher nichts von den Fähigkeiten gezeigt hatte, die insgeheim jeder der Überlebenden noch immer von einer Göttin erwartete...

Ich wußte, was die anderen dachten. Und mehr als alle anderen litt ich unter meinem Versagen und meiner Nutzlosigkeit. In all den endlosen Stunden der Stille zwischen den Phasen des Feuerfauchens hatte ich mich wieder und wieder gefragt, warum ich wie gelähmt war. Ich sah, daß alles zu Ende ging, aber ich wußte einfach nicht, was ich tun sollte. Ich hatte gelernt, hauchdünne Streifen aus Leder zu schneiden und mit Knochennadeln die Kleidung der Männer und Kinder auszubessern. Eine Weile hatte ich auch versucht, Schmuck aus alten Muscheln, Elfenbein und Knochen herzustellen. Nichts von dem, was ich in vielen Stunden anfertigte, gefiel den beiden Frauen.

»Du machst alles falsch«, hatte mir Ania einmal gesagt. »Was du zusammenfügst, hat einfach kein Mana. Es ist nutzloser Tand ohne Bedeutung.«

»Ich habe es genauso gemacht wie du«, hatte ich geantwortet. »Sieh diese Kette von mir und diese von dir. Wo ist der Unterschied?«

»Du verstehst nichts!« hatte Ania gesagt. »Überhaupt nichts! Deine Ketten sind tot – nur eine Ansammlung von Teilen, die keinen Sinn ergeben...«

»Welchen Sinn kann eine Kette haben?«

»Wenn du nicht einmal das weißt, kann ich dir nicht helfen!«

Seither hatten die anderen kaum noch mit mir gesprochen. In der ersten Zeit war ich sogar froh darüber gewesen. Ich wußte nicht mehr, wie oft ich daran gedacht hatte, daß alles falsch gewesen war. Mir war gesagt worden, daß die Eingeborenen unzivilisiert und dumm waren. Noch jetzt schämte ich mich für meine Vorstellungen von tierhaften Wilden, die für mich nichts anderes gewesen waren als gezähmte Affen.

Doch genau das waren Ungur und seine Familie nicht. Ich dachte an die vielen Stunden zurück, in denen ich mit Ama, Ania und Kven gesungen und getanzt, mit den Kindern gespielt und gelacht hatte. Und plötzlich hatte ich Angst – Angst vor dem Tod, Angst davor, ganz allein übrig zu bleiben, Angst, keine Göttin, keine Cro Magnon und nicht einmal eine Menschenfrau zu sein...

Ich zog die Schultern zusammen und hüllte mich enger in meinen Pelzumhang. Ich hatte ihn selbst zurechtgeschnitten und mit

Lederschnüren zusammengenäht. Es war warm in der Wohnhöhle, doch mich fröstelte bei dem Gedanken an die kommenden Stunden.

Ich erkannte, daß ich nicht länger am Rand der Familie leben konnte. Irgend etwas mußte geschehen! Aber was? Was konnte ich tun? In diesem Moment dachte ich nicht einmal an mich selbst. Ich wollte helfen, wenn es nur irgendeine Möglichkeit gegeben hätte! War denn nichts von dem, was ich jahrelang im Duka-Viertel gehört, gesehen und gelernt hatte, in einer eisbedeckten Vulkanhöhle nutzbar? Was hätte ein Junge getan, ein Weiser, ein Kundiger? Und was ein Schiffsherr oder ein Krieger?

Nacheinander stellte ich mir vor, daß ich einer von jenen wäre. Ich begann damit, mich in das Handeln eines Erzers einzufühlen. Recht, Ordnung, Gesetz. Nein – damit kam ich hier nicht weiter. Dann eben ein Krieger! Ich tastete nach einem Stück Mammutzahn. Das graue Elfenbein fühlte sich leicht und trocken an. Was konnte ich mit einem Messer aus Stein erreichen? Noch mehr Wilde töten?

Oder die anderen... die Frauen... die Kinder... Ungur...

Keiner von ihnen konnte überleben. Götter haben die Macht über Leben und Tod der Menschen. Wann hatte ich das zum ersten oder zum letzten Mal gehört?

Ich spürte plötzlich, daß ich weinte. Ich sah, daß die Kraft der Familie, in der ich fast sieben Jahre gelebt hatte, wie ein verglimmender Zweig im Feuer schwarz und dunkel wurde. Nur noch die Asche hielt die sterbenden Körper zusammen, gelegentlich aufgebrochen durch ein immer schwächer werdendes Feuer aus den Herzen dieser großartigen, zum Untergang verdammten Gemeinschaft.

»Warum?« flüsterte ich und schüttelte den Kopf. »Warum bin ich Göttin und weiß nicht, wie ich helfen kann?«

Das graue Haus! Die zweiundzwanzig Bilder!

Ich spürte, wie ein warmer Schauer über meinen Rücken lief. Und plötzlich kamen mir die Bilder in der Erinnerung wie ein geheimnisvolles Buch vor, in dem ich nur noch nachzuschlagen brauchte...

Der Einsiedler – war ich das? Rad des Schicksals... der Gehängte... dann der Tod. Was kam danach? Der Teufel oder der einstürzende Turm im Chaos wilder Fluten? Ich atmete schwerer. Wie hatte das nächste Bild ausgesehen? Ich schloß die Augen, aber ich sah nur eine Truhe, aus der Krankheit und widerliche Grottenolme quollen. Spinnenartige Tiere, Insekten, Schlangen. Aber da war noch etwas anderes gewesen? Ein nacktes Mädchen... hilflos und allein. Es kniete, sah zum Dunkel des Nachthimmels hinauf und wollte glauben. Aber was... was wollte sie sehen?

Den Weg zurück zum Inselkontinent der zehn Könige? Zum Duka-Viertel im Palast? Zur Kyklopenmauer?

Nein, all das war es nicht!

Ich wußte plötzlich, daß ich nach der Sonne suchte. Nach dem Mond und nach den Sternen. Mir fehlte der Himmel. Er war es, den ich finden wollte. »Du mußt in dich hineinhören, wenn du auch außerhalb von dir die Wege finden willst!«

Ich schrak zusammen. Mit großen Augen sah ich mich um. Doch da war niemand neben mir. Ama, Ania und die Kinder hockten mit leise schwankenden Bewegungen ihrer Oberkörper vor dem Feuer, bewegten mühsam die Köpfe im Kreis und summten eine Melodie, die so schwer war wie ihr Versuch, gegen die letzte, unendlich lange Trauer anzugehen.

Und dann stand Ungur vor mir. Nichts mehr erinnerte an den stolzen, starken Mann, der mich im Blut des Mammuts gefunden und in seine Familie gebracht hatte.

»Geh deinen Weg, Inanna!« sagte er mühsam atmend. »Du hast genug gewartet!«

»Ich... ich werde einen Weg nach draußen suchen! Für uns alle...«

Meine Stimme klang klar und fest. Er hob die Hände. Mühsam und wie mit letzter Kraft berührten seine zitternden Finger die Spitzen meiner Brüste. Sie glitten ab, strichen über meinen Leib, meine Schenkel und platschten in eine Wasserpfütze neben meinen Füßen.

»Ungur!«

Ich schrie seinen Namen so laut ich konnte, beugte mich vor und griff in seine Haare. Mein ganzer Körper bebte, als ich seinen Kopf drehte. Ich wollte nicht glauben, was ich sah. Für eine lange, lange Zeit wiegte ich seinen Kopf in meinen Armen. Ich küßte seine

Stirn, die Lider seiner Augen, seine Wangen und seine Lippen, aber er antwortete nicht mehr. Und irgendwann wurde er mir so schwer, daß ich ihn auf den Boden sinken ließ. Ich kroch zum Lederbeutel mit der roten Erde, schleifte ihn zurück und streute alles, was in ihm war, über Ungurs Gesicht, seinen Hals, seine Brust, seinen Leib und schließlich auch über die Stelle, die mir in all den Jahren verborgen geblieben war.

Die beiden Frauen am Erdfeuer sahen wie eingeschlafen aus. Sie hielten die Kinder in ihren Armen, als wollten sie sie noch bis zum letzten Atemzug schützen.

Ich empfand die plötzliche Leere wie einen Peitschenhieb. Wie war es möglich, daß beide Frauen fast gleichzeitig mit Ungur sterben konnten? Hatten sie nicht eben noch... und die Kinder! Warum waren die Kinder so sanft eingeschlafen, als wäre der Tod nur ein warmes Fell?

Ich zitterte am ganzen Körper, schlang meine Arme umeinander und versuchte verzweifelt, meine Panik zu bekämpfen.

»O Göttin!« keuchte ich. »Großartig bist du, wunderbar, einmalig! Sieben Jahre Zeit hattest du, und was hast du daraus gemacht? Verkriech dich... nimm den Rest und durchbrich das Eis, wenn du wenigstens das noch kannst!«

Ich schluchzte und weinte, während ich mich immer weiter beschimpfte, uneins mit mir selbst war und gleichzeitig die Lederbeutel aufsammelte, die ich mitnehmen wollte. Gab es noch irgend jemanden, der den aufglimmenden Lichtschein um meinen Kopf sehen würde? Je trauriger ich wurde, um so schöner leuchtete er.

Die tobenden Wasser, die schaumgeschwängerten Stürme, die jagenden, wallenden Wolken ruhten nicht. Nichts kam zur Ruhe. Strandhafer peitschte gegen den aufstiebenden Sand, duckte sich, krallte sich mit seinen Wurzeln an versinkendem Land fest, bis auch sie bloßlagen, zerrissen und ohne Halt.

Nichts blieb bestehen. Das alte Angesicht des Erde verlor seine Konturen, formte sich stetig neu und und verging, kaum daß es entstanden war. Wieder und wieder brach das Chaos mit Urgewalt aus allen Wolken und allen Meeren. Kein Berg behielt seine Spitze, kein Tal seinen Grund. Wo einstmals Wälder gestanden hatten, peitschten jetzt schwarze Stürme den nackten Boden. Geröllmassen schoben sich vor eisigen Fluten bis in die Ebenen. Und überall regnete es Asche aus den Vulkanen der aufgewühlten Erde.

Die Qual dauerte hundert, tausend Sonnenjahre. Und tausend Jahre waren wie ein Tag...

Nein!

Eine einzige, endlose Nacht!

Die Menschen waren verloren, ertranken oder wurden in Fische verwandelt. Und nur wenige, sehr wenige überlebten. Nata und seine Gefährtin Nana wurden gerettet, weil der Gott Titlacahuan sie rechtzeitig gewarnt und ihnen befohlen hatte, ein Boot aus einem Zypressenbaum zu bauen. So berichteten später noch die Azteken.

Odin, Wili und We, die Söhne Bors, töteten den Riesen Ymir, den Vater der Eisriesen. Aus Ymirs Wunden floß so viel Blut, daß alle Riesen außer Bergalmir ertranken. Er aber rettete sich und seine Frau in einem Boot und wurde Stammvater einer neuen Riesenrasse. Schwarz ward die Sonne, die Erde sank ins Meer. Vom Himmel fielen die heiteren Sterne, heiße Lohe beleckte den Himmel und Glutwirbel umwühlten den heiligen Weltbaum Yggdrasil. So erinnerten sich die Völker im Norden Europas, der lange mit Eis bedeckt gewesen war, an die kurzen Jahrtausende seit dem Beginn der Schmelze. Das Eis hatte immer neues Land freigegeben, und alle waren zusammen mit den Tieren weiter und weiter nach Norden und Osten gewandert. Bis zu dem Tag, an dem die Sonne verschwand.

In schneller Folge zogen warme und eisige Luftmassen in gewaltigen Wirbeln rund um die Nordhalbkugel. Unaufhaltsam gaben die Eisgebirge des Nordens das Wasser wieder zurück, das sie den Ozeanen vor Jahrtausenden gestohlen hatten. Und ebenso unaufhaltsam versank immer mehr Land.

Das war die eigentliche Katastrophe. Das Wasser der Meere stieg höher und höher. Es überspülte Inseln und weitere Ebenen, drang in Gebiete ein, die seit einem Zeitalter kein salziges Wasser mehr gespürt hatten, und schuf neue Buchten, neue Meere.

Gut tausend Jahre nach dem Herabstürzen des furchtbaren

Himmelskörpers waren die Ozeane so groß geworden wie vor mehr als drei Eiszeiten. Und das Wasser der Meere stieg weiter...

An zwei besonders schwachen Senken kam es über Nacht zu erneuten Katastrophen. Hoch im Norden, wo das Eis aus der Cro Magnon-Zeit erst vor vier-, fünftausend Jahren neues Land freigegeben hatte, kam das eisige Maar wie auf leisen Sohlen. In fast völliger Dunkelheit überflutete das Wasser immer mehr Flachland zu beiden Ufern des riesigen Rheinstroms. Noch hatte es den Zufluß der Themse nicht erreicht, aber es drang weiter nach Süden vor, fraß den mächtigen Rheinstrom von seiner Mündung her auf. Und eines fernen Tages würden aus einem Fluß zwei werden. Und auch die mächtigen Barrieren aus Kreidegestein zwischen Armorika und Cymru konnten absinken. Im Nordosten war das bereits geschehen. Dort, wo die steilen Gebirge in flaches Land übergingen, schwappte das Meer über einen Hügelstreifen und ergoß sich in eine weite Senke mit süßem Schmelzwasser, die erst viel später den Namen Ostsee erhalten sollte.

Im Süden, noch jenseits des Mittelmeeres, an dessen Gestaden nie völlige Nacht und Kälte geherrscht hatten, geschah das gleiche. Nur waren es hier feuchtheiße Stürme, vom Indischen Ozean her, die sich peitschende Wellen als Waffe suchten und sich nicht einmal von den Gebirgen Arabiens aufhalten ließen. Jahrhundertelang bissen die Wellen Stück um Stück aus dem Küstengestein, bis sie endlich den Durchbruch schafften und ein neues Meer, einen neuen Golf aus dem großen See machten, in den Euphrat und Tigris mündeten. Die salzigen Wasser der Ozeane überfluteten die langgestreckte Senke. Sie ließen die letzten der sehr alten Götterburgen in dieser Region zu steinernen Gräbern in den Tiefen der Wasser werden.

Für lange Zeit war selbst die einst fruchtbare, weit nach Norden reichende Ebene zwischen dem Hochland von Arabien und den im Osten aufragenden Gebirgen nur noch eine einzige schäumende Wasserfläche, in die sich zudem Schmelzwasser von Norden und Osten her ergoß.

Es war Wasser, das in anderen Kontinenten plötzlich fehlte. Zum ersten Mal seit vielen Jahrtausenden regnete es im Inneren Afrikas nicht mehr. Wälder und Büsche verdorrten, und die Sahara begann zu sterben. Das gleiche geschah im Kontinent Australien und im innersten Herzen Asiens. Das einstmals süße Meer von Uygur im Becken nördlich des Himalaja war durch die neue Stellung der Erdachse viel länger der Sonnenhitze ausgesetzt als in vergangenen Jahrtausenden. Es begann zu verdunsten, wurde nach und nach salziger und verlor seine einst majestätische Größe. Wer hier noch lebte, mußte erneut fliehen oder verkommen.

Und nichts blieb so, wie es die Alten gekannt hatten.

Ich ging und ging immer weiter durch die Nacht. Schon seit Stunden näherte ich mich dem seltsamen, unwirklichen Geräusch, das wie ein Sturm mit nie schwankender Stärke durch die Finsternis tönte. Feuchtkalte Luft schlug mir entgegen. Ich beugte mich weiter vor, setzte Fuß vor Fuß und kam doch nur mühsam voran. Nur wenige Steinwürfe entfernt rauschte ein wilder, von fetzenden Schaumkronen begleiteter Strom.

Und dann erkannte ich plötzlich die Ursache des donnernden Dröhnens. Ich stand vor dem gewaltigsten Wasserfall, den ich je gesehen hatte. Mit einer Wucht, die das ganze Land unter meinen Füßen erzittern ließ, schossen die tosenden Wassermassen in einem hohen Bogen von der kalten, durch und durch aus Eis bestehenden Steilwand herab. Die Mauer aus Eis reichte so hoch in die schwarzstürmenden Wolken hinauf, daß wohl noch nie eines Menschen Auge gesehen hatte, in welcher Höhe sie endete.

Dichte Nebelwolken wogten durch die diffuse Dämmerung. Sie waren heller und kälter als die Wolken des Himmels, die schwer und schwarz wie die nasse Erde in wilden Wirbeln über dem Wasserfall an der Eiswand entlangjagten. Verwundert blickte ich an den stürzenden Wassern hoch. Es kam mir so vor, als würde ganz oben – dort, wo die Wolken am dunkelsten waren – eine geheimnisvolle Lichtquelle verborgen sein. Nicht die Wolken, sondern die Wasser schienen in ihrem Herabstürzen etwas vom Licht aus einer anderen Welt in die Finsternis zu spülen. Die Sonne? Konnte dort oben jenseits der Wolken doch noch eine Sonne sein?

In meiner Welt war alles dunkel und kalt, naß und gegen das Leben gerichtet. Und doch war ich schon seit geraumer Zeit mit einer

Herde von Rentieren immer dichter an den eisigen Wasserfall herangekommen. Keines der mächtigen Tiere hatte bisher auf die Wolken und den fernen Lärm geachtet. Ahnten die Tiere vielleicht mehr als die Menschen und mehr noch als eine Göttin?

Ich wußte nicht mehr, wie lange ich schon mit der Familie der Renjäger umherzog. Ich hatte miterlebt, wie Kinder geboren wurden, wie sie heranwuchsen, neue Kinder zeugten und starben. Generation um Generation hat sich der immer gleiche, mühsame Kampf ums Überleben wiederholt. Und oft genug hatten Feuersteinmesser und steinerne Streitäxte kaum ausgereicht, um die plötzlich auftauchenden Wortlosen abzuwehren, die wie kleinwüchsige, dunkelhäutige und mörderische Dämonen der Finsternis auf alles lauerten, was sich erschlagen, zerfleischen und fressen ließ.

Ich selbst war dabei stets eine Fremde geblieben, eine Heilige vielleicht – eine Göttin, doch keine Anführerin. Seit ich die Höhle von Ungurs Familie verlassen hatte und in die kalte Dunkelheit hinausgegangen war, hatte ich immer wieder versucht, über alles nachzudenken. Aber es war, als ob meine Gedanken wie in einem undurchsichtigen Käfig gefangen blieben. Ich lebte, bewegte mich, wanderte ohne jedes Gefühl für Raum und Zeit durch die nicht endende Dunkelheit.

Mehrmals hatte ich mich daran erinnert, daß mein Stein der Götter den Stand der Sonne auch jenseits der düsteren Wolken bestimmen konnte. Und einmal – vor sehr langer Zeit – war ich sogar bis in eine Region vorgedrungen, in der ein schwarzes, sturmgepeitschtes Meer unablässig gegen zerrissene Küstenfelsen brandete. Für ein paar flüchtige Augenblicke sah ich auch andere Felsen – Felsen, die so nicht von der Natur aufgerichtet waren. Ich sah Reihen von Steinen, die größer waren als ich, dazu mächtige Steinbrocken, auf denen weitere Felsplatten wie verlassene Tische für unbekannte Giganten lagen. Ich entdeckte Steinkreise, deren Bedeutung ich nicht kannte und die mir wie Grabmale von verschollenen Göttern vorkamen.

Nachtschwarzes Nichts wechselte sich mit diffusem Sturmgrau ab. Die dunklen Nächte und die Zeiten wallender Dämmerung waren die einzigen Hinweise für mich, daß es irgendwo jenseits der

Finsternis doch eine stete Wiederkehr von Tagen und von Nächten gab. Ich irrte an den Steinreihen entlang, näherte mich Wellen, die so gewaltig waren, daß sie viele hundert Schritt über Felsenufer und das Land dahinter brachen. Und dann keimte für eine kurze Zeit neue Hoffnung in mir auf.

Ich fand immer mehr Steinkreise, bei deren Anblick meine Brust eng wurde. Die Wolken peitschten über Reihen großer Felsbrokken, die senkrecht in der Erde steckten – wie Reste jener Mauerringe, die einst die Hauptstadt Basilea schmückten. War ich zurückgekehrt? Hatte ich hier, wo Land und Meer und Wolken sich im Orkan bekämpften, hatte ich hier die alte Könisgsstadt gefunden? Ich suchte lange nach Kanälen, nach Häusern, Schiffswracks und den Mauern das Palastes, aber ich fand nur Hügel, die wie Gräber von Riesen und Titanen wirkten.

Oft preßte ich mich ohne Tränen weinend in feuchte Mauernischen, ertastete mit meinen Fingern Linien und Kreise im Gestein und stammelte die Worte, die mir nichts mehr sagten und die der schwarze Sturm sofort von meinen Lippen riß...

Carnac... Menhire... Cromlechs... Tiuz...

Und irgendwann, als ich fühlte, daß ich an diesem Meer und bei den toten Zeichen der Vergangenheit doch nichts mehr finden würde, war ich fortgegangen, immer weiter gegangen, bis ich das Donnern und Peitschen der Brandung nicht mehr hören mußte. Ich war nach Norden gewandert, hatte halbüberspülte Gruben von uralten Zinn- Bergwerken erkannt und vermutet, daß ich in den früheren Kolonien von Cornwall und Cymru angelangt war. Am Ufer des Themseflusses schloß ich mich kleinen Gruppen von Wesen an, die kaum etwas Menschenähnliches mehr hatten, nicht miteinander sprachen, nichts mehr von den Stämmen der Kimmerer wußten und nur geduckt durch die Nacht huschten, bis sie aufschreiend irgendein Tier ansprangen und dann mit Zähnen und Krallenhänden jeden abwehrten, der es wagte, auch nur ein Stück aus ihrer noch warmen Beute herauszureißen.

Ich war wie sie gewesen, hatte die harten und bitteren Blätter von zerzausten Büschen gekaut, um jeden Bissen von rohem Fleisch gekämpft und dennoch furchtbar gehungert. Viel später und nach Zeiten, die ich nicht messen und nicht begreifen konnte, war ich nach langen Irrwegen weiter im Süden und Osten an einem Fluß entlang stromaufwärts gezogen, der sich mäanderartig durch kaum fünfhundert Schritt hohe Bergketten schlängelte. Der Stein der Götter zeigte Licht und Glanz, wo nach meiner Erinnerung ganz andere Sonnenumläufe richtig gewesen wären. Doch irgend etwas hatte sich so verändert, daß nichts mehr stimmte. Der kleine Fluß mündete in einem gewaltigen Strom. Ich konnte weder das eine noch das andere Wasser überwinden und wanderte weiter, jetzt dem größeren Strom flußabwärts folgend.

Ich weiß nicht mehr, wie ich darauf gekommen war, aber irgendwann war ein Begriff in meiner Erinnerung aufgetaucht: der große Rhein, der nach Nordosten zum Eis hin führt. Es konnte nicht sein! Obwohl ich keine Sonne sah, fühlte ich ganz tief in mir, daß dieser Fluß nicht nach Nordosten, sondern eher nach Norden oder gar Nordwesten strömte. Oder hatte sich der ewig kreisende Ball der Erde so weit gen Westen geneigt, daß alles anders war, als ich es kannte?

Nur wenig entfernt vom Zusammenfluß war ich auf einen Vulkankegel gestoßen. Die Spur bestärkte meine Vermutungen noch weiter. Ich erinnerte mich dunkel an ein Ereignis, das gut tausend Jahre vor dem Ende des alten Reiches mit einer einzigen, gewaltigen Gaseruption eine der größten und erfolgreichsten Versuchs-Siedlungen über Nacht unter Bimsstein und Lava-Asche begraben hatte. Irgendwo ganz in der Nähe, kaum vierzig Schritt oberhalb des Flußufers, mußte der Platz gelegen haben, den die Eingeborenen ›Das Dorf der Götter‹ und später ›Gönnersdorf‹ genannt hatten...

Ich fand nicht eine einzige Spur in der Dunkelheit – weder das Steinpflaster des Dorfplatzes noch Feuersteinknollen, weder Pfeilspitzen noch Feuerstellen, nicht einmal Rengeweihe oder Knochenreste von wilden Pferden, Eisfüchsen und Wasservögeln. So sehr ich auch davon überzeugt war, daß all das unter der kalten, feuchten Schicht aus Bimsstein liegen mußte, gab es für mich keinen Weg zurück in die Vergangenheit, in der ich Trost gefunden hätte.

Nicht einmal mit dem Stein der Götter über meiner Brust gelang es mir, zu sehen, was ich finden wollte. Der Stein war alt und verkrustet – ein nutzloses Amulett, graubraun und ohne Glanz und ohne das geringste Anzeichen für die Kraft, die einmal in ihm war...

Später und viel weiter flußabwärts hatte ich dann doch gewagt, durch den großen Strom zu schwimmen. Die Rentierjäger hatten mich aufgenommen, ohne lange zu fragen. Sie sprachen schneller als die Höhlenfamilie der Mammutjäger. Manchmal hatte ich daran gedacht, wie es gewesen wäre, wenn ich mir gleich am Anfang das Fell von einer Renkuh umgehängt und den Angehörigen der Familie gesagt hätte, ich sei fortan das Leittier. Ich war sicher, daß mir alle ohne Widerspruch gefolgt wären. Ich habe es nicht getan, denn von Anfang an hinderte mich ein ganz bestimmter Gedanke daran, mehr zu wollen und zu wünschen, als es die furchtbare Umwelt mir und allen anderen erlaubte. Ich glaubte, daß alles nur ein Traum, eine Prüfung und nur ein Abschnitt des Weges sein könnte, der vorgezeichnet und nicht beeinflußbar war.

So wie schon seit Jahrhunderten bestimmten weiterhin die Tiere Weg und Richtung der immerwährenden Wanderschaft. An den Abenden, wenn das düstere Tageslicht in die noch schwärzeren, noch kälteren Nachtstunden überging, suchten die Männer an den Südwestseiten großer Findlinge einen einigermaßen trockenen Lagerplatz.

Es war wie immer. Und doch ahnte und spürte ich in unmittelbarer Nähe des gewaltigen Wasserfalls, daß die Eismauer mehr war als das Ende der Welt. Noch während ich bewegungslos auf etwas wartete, von dem ich nicht wußte, was es sein könnte, vernahm ich ein feines Geräusch, das mir Angst machte. Zuerst hörte ich es kaum im Tosen der stürzenden Wasser. Doch dann näherte sich das eigenartige, wie winselnder Wind klingende Jaulen. Und plötzlich erkannte ich die Töne.

Wölfe!

Wie lange war es her, seit ich zum letzten Mal dieses unheimliche, klagende Jaulen gehört hatte? Zehn Jahre, oder gar hundert? Es mußte lange vor meiner Zeit bei den Renjägern gewesen sein, als ich noch allein und ohne Ziel zwischen den Eisbarrieren des südlichen Gebirges und der Dunkelwelt hin und her gewandert bin. Aus irgendeinem Grund war ich stets den Wölfen ausgewichen. Bären und andere Tiere schreckten mich nicht. Nur Wölfe ließen mein Blut kalt werden und meine Haut frösteln. Ich mochte das Jaulen nicht, dieses fast magische Ansteigen des Jammerns bis in Tonhöhen, die in den Ohren schmerzten.

Und dann sah ich die Wölfe. Sechs, sieben Tiere mit schneeweißen Fellen sprangen jeweils einige Schritte weiter, schlichen sich dicht aneinander, reckten die schmalen Köpfe steil nach oben und jaulten dem winzigen Lichtfleck am oberen Ende des Wasserfalls zu.

Weiße Wölfe!

Noch nie zuvor hatte ich derartige Tiere gesehen. Es war, als würden sie mit der ganzen Kraft ihrer Tierseelen den hellen Fleck hoch über sich anflehen, endlich größer zu werden, die jagenden Wolken zu vertreiben und wieder Licht und Wärme in die Dunkelheit zu schicken.

Ich erinnerte mich unwillkürlich an die Priester der Vergangenheit. Hatten sie nicht auch gemeinsam gesungen, ihre Stimmen erhoben und mit ständig wiederholten Tonfolgen versucht, etwas von den ganz großen und ewigen Geheimnissen des Universums für sich zu gewinnen? Was wußten die weißen Wölfe davon? Und wie kamen Tiere dazu, genauso zu handeln, wie einst die Eingeweihten des versunkenen Landes?

Ich war so fasziniert vom Bild der starr hochgestreckten Wolfsköpfe, daß ich sogar meine Scheu verlor. Behutsam näherte ich mich dem weißen Rudel. Wie gebannt blickte ich abwechselnd auf die Wölfe und auf den hellen Lichtfleck am Wolkenhimmel. Wurde er größer? Konnte es sein, daß er tatsächlich heller leuchtete?

Urplötzlich brach das Jaulen der Wölfe ab. Die Tiere senkten die Köpfe, drehten sich wie auf ein geheimes Kommando hin zu mir. Ich starrte in sieben Augenpaare. Sie glitzerten so kalt und böse, daß ich unwillkürlich die Luft anhielt. Und dann löste sich das Leittier aus dem Rudel. Mit steil aufgestelltem Schwanzwedel kam der riesige, gefährlich aussehende weiße Wolf auf mich zu. Ich sah die mächtigen Zähne zwischen seinen zuckenden Lefzen und ahnte plötzlich, daß dieser Wolf keine Göttin in mir sah. Ich hatte das Ritual gestört, war zum Feind des Rudels geworden...

Ich wußte nicht, welchen Gesetzen die weißen Wölfe folgten. Ich erkannte nur, daß der Leitwolf mich töten wollte. Zum ersten Mal in meinem Leben begriff ich, daß selbst Göttinnen nicht unsterblich waren. In allen den vergangenen Jahren, Jahrzehnten und Jahrhunderten habe ich nie ernsthaft damit gerechnet, aus dem Schlaf nicht mehr aufzuwachen oder durch eine äußere Gefahr umzukommen. Wenn andere um mich herum gestorben waren, habe ich für eine kleine Weile mitgetrauert, doch im ewigen Kreislauf von Tod und Geburt habe ich mich niemals als Teil der vergänglichen und stets wiederentstehenden Natur gefühlt.

Ich war anders als die Welt, in der ich mich nur als Gast fühlen konnte. Doch genau dieses Bewußtsein, das mir einen Halt gegeben hatte, löste sich unter dem herrischen Blick des weißen Wolfes wie ein flüchtiger Schleier aus Nebeln auf.

Ich hatte keine Angst vor dem Tod. Es gab nicht viel, was ich verlieren konnte, wenn ich starb. Und ganz tief in meinem Inneren sehnte ich mich sogar nach dem Ende des Alptraums. Was kam danach? Was konnte kommen, wenn die Fänge des weißen Wolfes meine Kehle zerfetzen, meinen Körper zerstören und mein Bewußtsein auslöschen würden? Eine Wiedergeburt? Ein neuer Körper in einer Welt voller Wärme und Sonne? Ein Wiedersehen mit allen, die ebenfalls nicht mehr lebten?

Der weiße Wolf duckte sich. Ich hob langsam die Hände. Wie in Trance versuchte ich, dem Tier meinen Willen aufzuzwingen. Die Lichtpunkte in meinen Augen glitzerten wie schon lange nicht mehr. Ich spürte, daß die Aura der Götter meinen Kopf in ein sanftes, hellblaues Leuchten hüllte. Die anderen Wölfe jaulten auf, duckten sich und flohen zurück in die Dunkelheit. Nur der Leitwolf hatte keine Furcht. Ihm blieb keine andere Wahl, wenn er das bleiben wollte, was er war.

Mit einem gewaltigen Satz sprang er mich an. Ich spürte seinen heiß und nach Blut riechenden Atem im Gesicht und fiel durch die Wucht des Aufpralls nach hinten. Seine Zähne krachten gegen den Stein der Götter, suchten nach weicher Haut, wollten mit einem einzigen Biß vollenden, was getan werden mußte.

Der Wolf, dem die lange Dunkelheit das Fell weiß gefärbt hatte, kannte nur ein Ziel: töten, töten, töten...

ZEICHEN DES NEUBEGINNS

Sehr weit entfernt, in der Wasserwelt südlich des neu entstandenen Golfs, bewegten sich die Wellen des Ozeans zwischen den Landmassen von Afrika und Indien auf eine andere Weise als sonst. Die Nacht war noch jung, als aus den Tiefen des Meeres farbige Feuerräder, leuchtende geometrische Muster und hell scheinende Linien bis zur Wasseroberfläche aufstiegen.

»Letu... ich rufe Letu, Thule, die Felder des Schilfs...«

»Wer bist du?«

»Gott Enki, auch Ea genannt...«

»Du hast überlebt?«

»In der Tiefe des Meeres... in meinem Haus, in dem ich die Wasser beschütze, die vom süßen Meer Uygur aus durch Höhlensysteme und Flußläufe, die dort Agartha heißen, die Quellen der Erde speisen.«

»Bist du allein?«

»Nein, einige unglückliche Mißgeburten sind bei mir, aber wir können das Schiff, mit dem wir gesunken sind, nicht wieder in die Höhe aufsteigen lassen. Gibt es noch andere Schiffe, die zu uns kommen können?«

»Nur die Schiffe, mit denen wir ins Totenreich fahren. Warum fragst du, wenn du doch schon so lange in der Tiefe des Meeres lebst?«

»Inanna, die Tochter der Götter, ist in Gefahr...«

»Inanna, Inanna – ich kenne den Namen. Mir ist, als hätte ich ihn vor langer Zeit schon einmal gehört.«

»Wer bist du?«

»Am oberen Nil heiße ich ›erster der Westlichen‹.«

»Und woher kommst du, wo bist du jetzt?«

»Ich lebe im Zedernwald der Berge östlich von Byblos und besuche manchmal die alte ummauerte Siedlung Jericho.«

»Haben dort Eingeborene überlebt?«

»Seltsam, daß du mich gerade danach fragst. Ja, es gibt erstaunlich viele, allerdings kleine Gruppen in dieser Gegend. Sie nennen sich Amalkiter und Ammoniter, Enakiter und Philister. Manche sind seßhaft an ihren Feuern, andere ziehen als Nomaden bis in die fruchtbare Sahara und in die grünen Wadis von Arabien.«

»Woher weißt du das so genau?«

»Weil ich ihnen oft gefolgt bin. Am oberen Nil fand ich sogar Hinweise auf meine Herkunft. Dazu mußt du wissen, daß mir in meiner Erinnerung gut tausend Sonnenumläufe fehlen. Aber ich denke, daß ich von Ptah abstamme, von Nun und Naunet, den großen Urwassern, von Hu und Hauhet, den großen Unendlichkeiten, von Kuk und Kauket, den ewigen Dunkelheiten und von Niau und Niaut, den großen Verneinungen. Andere sagen, daß Ammon und Amaunet die ersten meiner Vorfahren waren. Ich aber ziehe es vor, den großen Geist Shu und die Feuchtigkeit des Wasser, die Tefnut heißt, als meine Ahnen anzusehen. Sie waren es, die aus der großen Neunheit hervorgingen. Sie zeugten den Erdenmann Geb und die Himmelsfrau Nut, die ich als meine wahren Eltern verehre.«

»Und du bist sicher, daß du mir die richtigen Namen deiner Vorfahren nennst?«

»Was sollte falsch daran sein?«

»Daß ich keinen davon jemals gehört habe!«

»Du lebst seit tausend Jahren nicht mehr in der oberen Welt. Das hast du selbst gesagt.«

»Ja, aber wie kannst du wissen, wer ich bin und deine Herkunft doch ganz anders beschreiben?«

»Es gibt sehr viele Überlieferungen aus der Zeit vor meiner Zeit. Wie soll ich prüfen, welche davon die richtige ist? Du hast nichts von meinen Vorfahren gehört, und ich hörte nie, daß der alte Gott Enki eine Tochter namens Inanna hatte...«

»Sie ist meine Tochter... nicht leiblich zwar, aber ich gab meinen Samen...«

»Für die Duka?«

»Du kennst den Begriff?«

»Ich hörte von einer Schöpfungskammer, in der die Alten die Götter, die Ungeheuer und einige der neuen Menschen schufen. Das ist sehr lange her.«

»Ich weiß, doch erst jetzt erfahre ich, daß Inanna noch lebt und daß ihr Leben in höchster Gefahr ist.«

»Woher kam die Botschaft?«

»Aus der Dunkelwelt unter den Wolken des Nordens.«

»Das ist schlecht – sehr schlecht sogar! Dorthin reicht keine unserer Verbindungen. Nicht durch die schattigen Haine der Sahara und nicht einmal die durch das Totenreich.«

»Gibt es denn keine anderen Götter in der Nähe?«

»Doch, es gibt sogar neue Siedlungen an den Flüssen und an den neuen Küsten der Meere – andere Siedlungen als früher, viel selbständiger und ohne die große Ordnung, die einmal von der Insel der Könige ausging.«

»Kann man von dort aus kein Himmelsschiff senden?«

»Die neuen Siedlungen kennen die Himmelsschiffe nicht mehr. Sie haben kaum etwas von dem übernommen, was einmal zur alten Welt gehörte.«

»Und was kann ich tun? Es muß doch irgendeinen Weg geben, der in das dunkle Land führt? Die neue Erde braucht Inanna! Sie allein kann fortführen, was einmal in den Cro Magnon-Höhlen begonnen hat!«

»Tut mir leid, Gott Enki! Es gibt keinen Weg, der über das Eis in die Dunkelheit führt. In tausend Jahren vielleicht. Oder in zweitausend...«

»Das ist zu spät!«

Die farbigen Feuerräder und leuchtenden geometrischen Muster in den Wellen des Ozeans wurden schwächer. Sie sanken ganz langsam in die Tiefe zurück. Das große Meer sah aus, als ob es zutiefst enttäuscht war. Und nur noch einmal stieg ein kurzes Licht in den lapislazuliblauen Nachthimmel mit seinen ungezählten Sternen auf.

Der weiße Wolf wich wie von einem Peitschenhieb getroffen zurück. Dort, wo sein Reißzahn die Verkrustung am Stein der Götter abgeschabt hatte, entstand ein neues Licht. Es war, als würde sich der helle Fleck hoch über dem Wasserfall wie in einem Spiegel aus Diamant verdichten.

Ich sah an mir herab, starrte auf das Licht über meiner Brust und dann auf den weißen Wolf. Eben noch hatte er meineKehle zerfetzen und mich töten wollen. Doch jetzt hockte er kaum zwei Schritte entfernt, ließ die Zunge heraushängen und hechelte freundlich, während sein Schweif wie wild über die feuchte Erde wischte.

Ich konnte nicht verstehen, was geschehen war. Im gleichen Augenblick legte der weiße Wolf sich auf die Seite, streckte die Läufe aus und schien nur noch darauf zu warten, daß ich ihm das Bauchfell kraulte.

Ohne zu denken, aber auch ohne die geringste Furcht ging ich auf den weißen Wolf zu. Ich beugte mich zu ihm herab und berührte sein feuchtes weißes Fell. Der Bauch des weißen Wolfes bewegte sich schnell auf und ab. Er sah mich an, doch aus seinen Augen war jeder Haß und jede Mordlust verschwunden. Im gleichen Moment verstand ich, daß er mich nicht mehr töten, sondern mir folgen wollte. Der Gedanke war so neu für mich, daß ich aus einer plötzlichen Regung heraus niederkniete, den Kopf des weißen Wolfes in meinen Schoß bettete und ihn zwischen den Ohren kraulte. Noch nie hatte ich gehört, daß sich ein frei und wild lebendes Tier freiwillig einem menschlichen Wesen unterworfen hatte. Oder erkannte der weiße Wolf mich etwa als Göttin an? Ich schüttelte den Kopf.

»Komm, Wolf!« sagte ich. Es war nur ein Versuch – eine übermütige und doch ganz ernsthafte Idee, so unlogisch und selbstverständlich zugleich wie ein Gedanke, für den es keine Bedingungen und keine Fesseln gibt.

Der weiße Wolf konnte meinen leisen Befehl im Lärm des Wasserfalls nicht gehört haben, aber er sprang dennoch sofort auf. Ich sah ihn an, dachte für einen Moment an eine zufällige Bewegung des schönen und gefährlichen Tieres und stand ebenfalls auf. Ich drehte mich um und ging ein paar Schritte zurück. Der weiße Wolf zögerte einen Augenblick, dann hob er den Kopf und sah sich nach allen Seiten um und folgte mir.

Die ganze Zeit mußte ich daran denken, daß auch auf der Insel der Könige Elefanten, Delphine und andere Tiere dressiert worden waren. Doch das war etwas ganz anderes gewesen. Ich hatte den weißen Wolf weder mit Strafen verängstigt, noch mit Belohnungen gelockt. Für einen Moment dachte ich, daß etwas Neues entstanden sein könnte – eine Art Zuneigung zwischen ganz unterschiedlichen Lebewesen, die fortan gemeinsam existieren wollten. Der weiße Wolf wollte mein Gefährte sein, obwohl er stärker war als ich...

Ich dachte lange über das Wunder nach, während ich, gefolgt vom weißen Wolf, um eine Reihe von kleinen Seen und Tümpeln abseits des Stroms herumging. Das Lärmen des gewaltigen Wasserfalls wurde allmählich durch andere Geräusche übertönt. Ich hörte das gleichmäßige Rupfen, mit dem die Lippen der Rentiere Moose und spärliche Gräser auszupften. Es waren beruhigende Laute – nur hörbar, wenn die stürmenden Winde sich für eine Weile beruhigten und wenn es besonders dunkel war. Die Rentiere ästen mit bis zum Boden gesenkten Schaufelgeweihen in der Spur von Moosen und Farnen, von Zwergweiden und knapp hufhohen Teppichen von Sträuchern, deren dichte weiße Blüten wie Schnee aussahen.

Mit einem Abstand, der groß genug war, die Herde nicht zu erschrecken, lagerte die Großfamilie der Renjäger bei ihrem lebenden Fleischreservoir. Ich ging schnell weiter. Trotzdem dauerte es lange, bis ich zusammen mit dem weißen Wolf den Lagerplatz erreichte.

Während die Frauen unter großen Mühen versuchten, aus den in lederne Decken eingeschlagenen Holzvorräten ein Feuer zu entzünden, hatten die Männer lange Stangen gegen die vom Eis blankpolierten Findlinge gelegt, triefende Häute darübergezogen und warteten nun, daß Rauch und Feuer ein wenig feuchte Wärme unter dem Windfang erzeugten.

Als ich zurückkehrte, wurden gerade die Kinder in den Rauch unter den Fellen getragen. Es tat mir jedesmal weh, wenn ich sah, wie mühsam sich die Kleinsten an den feuchtwarmen Qualm gewöhnen mußten. Sie husteten, weinten und wehrten sich wie an jedem der vielen, vielen Abende, die ich bereits mit der Familie der Rentierjäger verbracht hatte.

Ich wußte nicht, warum ich ausgerechnet an diesem Abend anders handelte als sonst. Vielleicht war es der magische Lichtschein am oberen Beginn des Wasserfalls gewesen, vielleicht der Stolz auf meinen wilden Begleiter und vielleicht auch nur eine uralte Erinnerung daran, daß Kinder auch ohne krampfartige Hustenanfälle einschlafen konnten...

Ich wartete, bis mein neuer Gefährte neben mir war.

»Bleib hier, Wolf!« sagte ich zu ihm. Er sah mich fragend an. Ich bedeutete ihm mit einer Handbewegung, daß er sich auf den Boden setzen sollte. Er brauchte eine Weile, bis er mich verstand. Ich drehte mich wieder um und ging zu den Frauen im Windschatten des Stangenzeltes.

»Warum quält ihr die Kinder immer wieder?« rief ich den Müttern zu. Helle, verwunderte Augen in fast völlig mit Pelzen vermummten Gesichtern blickten mir erstaunt, überrascht und auch ratlos entgegen. In diesem Augenblick kam der weiße Wolf näher. Einige griffen erschreckt nach ihren Waffen, als sie das gefürchtete Raubtier neben mir sahen. Das hatte es noch nie gegeben. Ich sah genau, was sie dachten: Zum ersten Mal seit ich bei den Rentierjägern war, mischte ich mich in die stete Wiederkehr der alten und bewährten Rituale ein. Und dann hatte ich auch noch den gefährlichsten aller Feinde der Nacht mitgebracht...

»Ein Wolf! Ein Wolf!« schrie ein junges Mädchen. Sofort kam einer der Jüngeren mit einem schnell ergriffenen Speer hinter dem Stangenzelt hervor. Er war kaum fünfzehn Jahre alt, aber er trug bereits einen Namen, der eine Ehre für ihn war. Mit dreizehn Jahren hatte Hellfried nur durch die Kraft seiner Hände einem allein herumstreunenden Wolf die Kiefer aufgebrochen. Seitdem galt er als Beschützer der Sippe, wenn Wölfe in der Nähe waren.

Ich spürte ein eigenartiges Kribbeln im Nacken. Es war, als würde der Schweif des Wolfes über meinen Rücken streifen. Die Männer der Sippe traten mit finsteren Gesichtern neben ihre Frauen. Sie alle richteten ihre Waffen gegen mich und den weißen Wolf an meiner Seite. Und selbst die Kinder hörten auf zu weinen.

»Was gefällt dir nicht an unserem Tun?« fragte der Älteste der Sippe. »Und was hast du mit dem Wolf gemacht? Geh zur Seite, damit wir ihn erschlagen können!«

Ich blickte Renbart furchtlos an. Bisher hatte ich den knapp dreißig Jahre alten Mann stets geachtet. Ich kannte ihn seit seiner Geburt, bei der bereits vorbestimmt war, daß er eines Tages die Führung übernehmen würde. Er war es auch gewesen, der seinem Sohn den Namen Hellfried gegeben hatte.

»Der Wolf ist von heute an mein Gefährte«, sagte ich. »Er wird euch nichts tun, solange ihr ihm und mir nichts tut!«

»Was soll der Unsinn?« fragte Renbart rauh. »Kein Wolf wird je Gefährte eines Weibes!«

»Es ist so, wie ich sage! Denn dieser Wolf hat mich als seine Herrin auserwählt.« Ich wollte es dabei belassen und deutete auf das Stangenzelt, aus dem noch immer dichter Rauch quoll. »Wenn ihr... wenn ihr die Felle oben ein Stück aufschneidet, könnte der Rauch besser abziehen«, sagte ich und wunderte mich gleichzeitig darüber. Dabei dachte ich an das helle Licht, das ich hoch oben am Wasserfall gesehen hatte. Das gewaltige Wasser stürzte beständig nach unten, aber der Rauch konnte aufsteigen wie meine Sehnsucht nach der Sonne. Ich sah im Rauch plötzlich die Seele des Feuers, sein Geheimnis und seine verborgene Kraft. Wo das Holz verbrannte, mußte ein Weg geschaffen werden, um seiner Seele die Freiheit zu geben. Es war nicht gut, wenn die Dinge bei der Verwandlung von einem Zustand des Seins in einen höheren behindert wurden!

Vielleicht war es genau diese Erkenntnis, die mir nach tausend Jahren im Dämmerzustand des langen Wartens gefehlt hatte.

»Schneidet ein Fell oben auf!« wiederholte ich. »Dann kann der Rauch abziehen, das Feuer wärmer glühen und niemand muß mehr husten!«

»Was soll das?« fragte Renbart unwillig. »Zuerst erzählst du uns, der Wolf sei dein Gefährte, und jetzt verlangst du auch noch, daß wir der Kälte einen Einlaß schaffen. Hast du falsche Wurzeln gegessen? Giftige Kröten berührt?«

»Nein, Renbart«, sagte ich schnell. »Die Kälte wird sich davor fürchten, gegen den Geist des Feuers im aufsteigenden Rauch zu kämpfen! Glaubt mir – sie wird nicht eindringen, solange auch nur eine Spur von Feuerwärme nach oben steigt und durch ein Loch im Zelt abziehen kann...«

»Warum solltet wir dir glauben?« fragte Renbart mißtrauisch.

»Du warst schon bei uns, als ich in diesem Zelt geboren wurde, als meines Vaters Vorväter im Zelt geboren wurden und – wie es heißt – auch schon davor.«

»Ja, das ist richtig.«

»Und warum hast du ihnen nie etwas vom Geist des Feuers in seinem Rauch erzählt? Was heute gelten soll, muß doch schon immer so gewesen sein!«

»Ich hatte... ich hatte es vergessen.«

»Und warum ist es dir wieder eingefallen?«

»Weil ich am Wasserfall gesehen habe, daß es noch etwas anderes geben muß als Kälte, Dunkelheit und Leid!«

»Sie stört!«, sagte Renbarts Frau Fjörgyn und trat einige Schritte vor die anderen. »Von Anfang an wußten wir Frauen, daß sie Unruhe und eines Tages auch den Unfrieden bringen wird!«

»Fangt nicht schon wieder damit an!« sagte Renbart zunehmend verärgert. »Haben wir nicht genug zu tun? Was stehen wir hier und reden über ein Rauchloch im Zelt! Los, Hellfried, schneide das Zelt ganz oben auf! Ich will jetzt sehen, was geschieht, damit ich weiß, wie ich entscheide!«

»Sie ist keine Göttin!« fauchte Renbarts stämmige Frau. »Und sie war auch nie eine von uns! Kein Mann hat sie jemals berührt, kein Jüngling sie umfangen... sie ist nur da wie eine Renkuh, die zu nichts taugt!«

»Sei still!« befahl Renbart.

»Du bist still!« antwortete Fjörgyn scharf. »Du magst der Älteste in der Sippe sein, aber hier sage noch immer ich, was wir zu tun oder zu lassen haben.«

»Hach, du brauchst keinen Wolf, du bist selber eine Wölfin!« knurrte Renbart und hob ärgerlich die Hände.

»Seht sie doch an!« fuhr seine Frau fort. »Schlank und noch immer mit den Brüsten eines Mädchens. Sie ist nicht fähig zu gebären und hätte nicht einmal die Milch für einen Lemming!« Sie kam noch weiter auf mich zu. »Was willst du eigentlich bei uns? Und warum wird die weiße Haut an dir nicht älter? Wo sind die Falten, wo die Schründe, der Speck der Hüften und der Schenkel, der uns andere im langen Winter überleben läßt?«

»Ich hab's getan!« rief in diesem Augenblick ihr Sohn. Wolfing war von hinten über den großen Findling geklettert, hatte sich weit nach vorn gebeugt und ein Stück des Zeltfells aufgeschnitten. Rötlicher Rauch quoll steil nach oben, ehe der Wind ihn faßte und verwehte. Das Feuer im Inneren des großen Zeltes schien plötzlich heller als zuvor zu brennen. Die Männer liefen auf die Felle am Eingang zu und blieben im warmen Lichtschein stehen. Niemand achtete mehr auf mich und den weißen Wolf. Nur Fjörgyn ließ nicht locker.

»Du mußt weg von uns!« zischte sie mich an. »Heute ist es das Rauchloch und morgen wirst du den Männern weismachen, daß jede Frau aussehen sollte wie du selbst! Nein, du bist keine Göttin, sondern nur Blüte, die keine Wurzeln hat! Ich weiß nicht, was du wirklich bist, woher du kommst und warum nur wir mit dir gestraft werden. Aber ich weiß, daß ich dich verhungern lasse, wenn du noch länger als eine lange, kalte Nacht bei der Sippe bleibst!«

Sie drehte sich schnell um und verschwand hinter den Eingangsfellen des großen Stangenzeltes. Ich blieb wie gelähmt zurück. Was war in Fjörgyn gefahren? Und was bedeutete dieser plötzliche Ausbruch von Haß? Warum hatte sie etwas gegen mein Aussehen? Es fiel mir schwer, meine Gedanken und Gefühle wieder zu ordnen. Was war geschehen? Und warum so viel in so kurzer Zeit? Ich dachte an das Licht des Wasserfalls, an den Angriff des weißen Wolfes und seine unerwartete Zutraulichkeit, an die Eingebung mit dem Rauchloch und an den unerwarteten Haßausbruch von Renbarts Frau.

Und dann erinnerte ich mich wieder an jene Gruppe von Menschen, die mich gleich nach dem Beginn der Katastrophe in ihrer Höhle aufgenommen hatte. Waren nicht auch dort, vor langer Zeit, die Frauen gegen mich gewesen?

Aber warum? Gewiß, ich war einmal eine Auserwählte und eine Göttin gewesen. War ich das wirklich? Oder hatte ich erst den Beginn des Weges beschritten, als eine kosmische Gewalt alles zerstörte, was einmal meine Welt gewesen war?

Ich fühlte, daß sich irgend etwas in mir verändert hatte. Gut ein Jahrtausend lang hatte ich wie ein Tier im Winterschlaf verbracht, wach zwar, aber ohne den Willen, irgend etwas zu ändern. Ich hatte festgehalten an Erinnerungen, Träumen und einer Wehmut, die nichts mit dem zu tun hatte, was wirklich war.

Ich war nicht Göttin und nicht Frau gewesen, sondern ein fremdes und geduldetes Objekt in einem Zeitenwandel, der immer noch nach einem neuen Anfang suchte...

Ich mußte nachdenken, aber ganz anders als bisher. Denn zwei Tatsachen bestätigten noch immer, daß ich etwas Besonders war: Ich hatte keinen Bauchnabel. Und ich war kaum gealtert in all den langen, finsteren Jahrhunderten.

Ich holte tief Luft, richtete mich auf und strich langsam und mit beiden Händen über meine Hüften. Selbst durch den Pelz hindurch konnte ich fühlen, wie recht Renbarts Frau hatte. Ich war noch immer mädchenhaft und schlank – viel schlanker als alle Frauen, die ich im Lauf der Zeit gesehen hatte. Und dann, ganz unerwartet, mußte ich lachen.

»Nun gut«, sagte ich leise, und glitzernde Funken tanzten vor meinen Augen. »Dann wach jetzt auf, Inanna!«

»Letu... Tula... Thule... hört irgend jemand?«

»Ultima Thule... hier ist Ultima Thula, die letzte Bastion!«

»Im ewigen Eis? Jenseits von Hyperborea?«

»Nein, im Inneren Asiens... in Paradies Uygur, das von Jahrhundert zu Jahrhundert immer mehr zu einer furchtbaren Wüste wird! Die Trockenheit frißt das grüne Land. Heiße Winde zerstören, was einmal fruchtbar war. Die Quellen versiegen, die Flüsse versickern, und selbst das süße Meer trocknet langsam aus.«

»Ich habe nie von einer Kolonie Uygur gehört.«

»Sie ist die letzte Zuflucht der Götter von Atlantis...«

»Auch das ist mir nicht bekannt.«

»Das Tal von Uygur mit seinen unterirdischen Gängen, seinen Vorratslagern und Dokumenten über die Alte Ordnung geriet schon während der letzten Eiszeit allmählich in Vergessenheit. Nur noch wenige Eingeweihte überlieferten von einer Generation auf die andere das große Wissen.«

»Verstehe ich nicht! Wenn ihr das Wissen gehütet habt, warum konntet ihr dann nichts tun, als der Planetoid die Königsinseln und fast alle Kolonien vernichtete?«

»Die Unwissenden der letzten Jahrhunderte haben zugelassen,

daß die wichtigsten Dokumente nach Shangri-La in den Hochtälern des Himalaja gebracht wurden. Dort schützten die Nachkommen der allerersten Kolonisten, von denen es heißt, daß sie nicht altern, wochenlang ohne Luft zum Atmen und ohne Speisen und Getränke auskommen konnten, die großen Schätze des alten Wissens...«

»Shangri-La im Himalaja? Davon habe ich schon gehört. Ist dort nicht auch der Berg, den kein Himmelsschiff überfliegen kann?«

»So ist es! Die Kraft der Alten reichte lange Zeit aus, um den Berg Karakal zu einem Ort zu machen, an dem jede Technik versagen und jeder Versuch einer Annäherung scheitern mußte.«

»Blieb denn nichts übrig? Irgend etwas?«

»Nein. Was nicht von den sehr Alten in die Täler der Schneeriesen gebracht werden konnte, wurde fünfhundert Jahre vor der Katastrophe in der vierfarbigen Pyramide von Sian im Inneren von Asien eingeschlossen. Dort mauerten sich die Priester des großen Wissens ein und töteten sich selbst, als sie erkannten, daß man kurz vor dem Ende damit begann, nach einem letzten Ausweg zu suchen. Sie wollten nicht, daß auch nur einer ihrer Gedanken sie verraten und das zum Untergang bestimmte System doch noch retten könnte.«

»Und du? Wer bist du, daß du soviel weißt und dennoch nichts verhindern konntest?«

»Sag mir erst, wer du bist, Anrufender!«

»Ich bin Manu, Nachfolger von Gott Brahma.«

»Du kannst nicht Nachfolger von Brahma sein!«

»Und warum nicht?«

»Weil ich selbst diesen Namen trage!«

»Brahma ist tot!«

»Brahma ist ewig in seiner Inkarnation. Und viele der alten Götter haben es mir gleichgetan. Es war der einzige Weg, um aus der sterblichen Körperlichkeit in eine andere Form des Seins zu gelangen...«

»Eine Wiedergeburt?«

»Erkenne dich selbst, damit du die Antwort findest! Eine von euch ist bereits dabei...«

Die Männer, Frauen und Kinder hatten ihre Pelze und Kleidungsstücke aus feuchtem Leder zum Trocknen aufgehängt. Wie jeden Abend saßen wir nackt zwischen den dampfenden Ledertüchern rund um das Feuer, das nach dem endlosen Tag im düsteren, stürmenden Zwielicht Wärme und Nahrung, Schutz und Geborgenheit bedeutete. Zum ersten Mal blieb der Rauch erträglich, und jeder konnte bis in den letzten Winkel des Zeltes sehen.

»Warten wir ab, wie lange es gutgeht«, sagte Renbart jedes Mal, wenn Hellfried ihn auf das seltsame Loch am obersten Ende des Zeltes hinwies.

»Du warst also am Wasserfall«, meinte Renbart schließlich zu mir. Ebenso wie die anderen hielt er geduldig einen Knochenspieß mit einem frischen Fleischstück an die Randflammen des Feuers. Ich nickte und griff noch einmal nach dem ledernen Beutel mit warmer Milch neben dem Feuer. Ich trank zwei, drei Schlucke, und dabei fielen einige Tropfen auf meine nackten Brüste. Zuerst bemerkte ich nichts, doch dann sah ich, wie Fjörgyn mich durch ihr in die Stirn fallendes Haar anstarrte. Ganz langsam hängte ich den Lederbeutel wieder an die Stange neben dem Feuer. Auch die Männer und die älteren Jungen und Mädchen sahen mich alle ganz anders an als sonst. Mir war nicht wohl bei diesen Blicken. Ich bewegte ganz langsam den Kopf zur Seite. Eigenartig, dachte ich, wie konnte eine junge Göttin wie ich fast körperlich spüren, daß sich etwas verändert hatte?

Selbst der weiße Wolf am Eingang des Stangenzeltes richtete seine Ohren auf und drehte sie von einer Seite zur anderen. Er zog seine schwarzglänzenden Lefzen auseinander und knurrte ganz leise. Es kam selten vor, daß Tiere in das Zelt durften. Nur manchmal, wenn die Kinder einen Vogel mit gebrochenem Flügel oder ein schwaches Junges mitbrachten, erlaubte Fjörgyn, daß sie eine Weile gepflegt wurden.

Renbarts Frau strich sich über ihre vollen Brüste und hob sie etwas an, während sie sich mit verschränkten Beinen näher an das Feuer schob. Es war, als wollte sie ganz absichtlich zeigen, wie stark und gutgenährt sie gegen mich wirkte...

Noch nie zuvor hatte ich die Bewegungen und angedeuteten Gesten einer anderen Frau als Herausforderung empfunden. Ich gehörte nicht dazu, hatte keinen Grund, mich an den Ritualen zwischen den Männern und Frauen zu beteiligen, die mich anfänglich interessiert und dann für eine lange Zeit unbeeindruckt gelassen hatten. Für mich war das, was die Männer und Frauen ebenso wie die Tiere taten, bisher nichts anderes gewesen als ein Teil ihres kurzen Lebensablaufs – so notwendig und vielleicht auch angenehm wie essen und trinken, atmen und schlafen.

Auch ich mußte ebenso wie Menschen und Tiere essen, trinken, atmen und schlafen. Aber bei mir spielte die Zeit keine so wichtige Rolle wie bei ihnen. Und – viel entscheidender – ich war nicht eingebunden in das geheimnisvolle Geflecht aus Zeugung, Geburt und Tod, aus Ängsten und Ritualen, Machtkämpfen und gegenseitiger Abhängigkeit. Ich lebte wie eine der ihren, war aber dennoch frei – so frei, daß ich jetzt etwas tun konnte, was mir nie zuvor eingefallen wäre...

Ganz langsam drückte ich meinen Rücken durch. Ich nahm die Schultern zurück und streckte meine Finger aus. Sie waren viel länger und feiner als die der anderen Frauen am Feuer. Zum ersten Mal nach vielen hundert Jahren störten mich die schwarzen Schmutzmonde an den Spitzen meiner Fingernägel. Fjörgyn preßte die Lippen zusammen. Sie schien zu ahnen, was ich vorhatte, und holte tief Luft.

Mein Bauch hatte keine Wülste wie der von Fjörgyn. Er glich viel eher den straff gespannten Fellen des Zeltes zwischen den Stangen. Und meine Schenkel waren ebenso glatt und straff. Ich öffnete den Mund ein wenig, hob die Hände, spreizte die Finger und strich mit ihren Spitzen über die Milchspuren auf meinen Brüsten.

Renbarts Gesicht verfinsterte sich. Auf seiner Stirn bildeten sich scharfe Falten, aber ich wußte instinktiv, daß er sich nur hinter diesem Mienenspiel verbergen wollte. Er tat es wegen Fjörgyn. Hellfried hingegen fehlten noch einige Jahre Erfahrung im Umgang mit den Frauen der Sippe.

Er öffnete seinen Mund immer weiter, starrte mich an und biß dann so aufgeregt in einen Rest Unterkeule, daß er sich fast verschluckte. Ich mußte mir Mühe geben, nicht laut zu lachen, sondern so zu tun, als würde ich von all dem nichts bemerken. Die Gespräche am Feuer waren verstummt. Fast atemlos beobachteten die anderen den stummen Zweikampf zwischen mir und Fjörgyn. Die meisten waren nur einige Augenblicke überrascht. Aus irgendeinem Grund, den ich mir noch nicht erklären konnte, schienen alle schon lange auf diesen Augenblick gewartet zu haben.

»Schluß jetzt!« sagte Renbart rauh.

»Sie muß gehen!« fauchte Fjörgyn augenblicklich. Sie sank in sich zusammen, weil sie die Luft nicht länger anhalten konnte.

»Mir paßt das mit dem Wolf auch nicht.«

»Hör auf, von dieser Bestie zu reden!« rief Fjörgyn zornig. »Darum geht es überhaupt nicht! Merkt denn keiner außer mir, was diese Fremde vorhat? Sie glaubt, daß ihre Zeit gekommen ist! Sie hat da draußen in der Nacht den sanften Pelz endgültig abgestreift. Jetzt will sie Wölfin werden... Leitwölfin, die uns beherrschen kann!«

»Du redest wirr!« unterbrach Renbart. »Was hat sie denn getan? Einen Wolf mitgebracht. Dem Rauch ein Loch geschaffen. Und sich mit dir gestritten. Ist es das, was dich so zornig macht?«

»Ach, du verstehst gar nichts!«

»Doch, doch«, lachte Renbart heiser. »Ich habe schon verstanden, daß dir das Bittere die Augen trübt. Sie ist ein Mädchen und keine Frau für unsereins. Soll sie doch aussehen wie ein junges Weib von sechzehn, siebzehn Jahren! Glaubst du denn wirklich, daß einen von uns nach einer Frau verlangt, die schon so alt ist, daß sie nicht einmal Staub mehr wäre, wenn sie den Götterstein nicht hätte?«

»Um warum habt ihr alle sie dann so angestarrt?«

»Hast du nicht angefangen, deine Brust zu heben?«

»Ja, habe ich. Weil das, was diese da so stolz macht, nichts taugt. Mich kann sie nicht verwirren, aber dich und Hellfried und euch anderen, die ihr jetzt zu feige seid, eure Gedanken bis ans Feuerlicht zu bringen...«

Renbarts Gesicht wurde noch dunkler. Er beugte sich vor, suchte umständlich ein paar dünne, krüppelige Äste aus dem Stapel neben dem Feuer und legte vorsichtig nach. Das feuchte Wurzelholz brauchte eine Weile, bis es zu dampfen und zu singen begann. Ich wußte nicht warum, aber irgendwie taten die Männer mir leid.

Zum ersten Mal empfand ich eine größere Abneigung gegen Fjörgyn und die anderen Frauen der Sippe als gegen die Männer. Es war verwirrend – denn eigentlich hätte ich auf der Seite der Mütter und Töchter stehen müssen! War ich nicht selbst ein weibliches Wesen, eine Frau mit Brüsten und einem Mondmund – auch wenn dieser mir nicht das gleiche bedeutete wie jenen?

Bisher hatten meine Gefühle kaum einen Unterschied zwischen Männern, Frauen und Kindern gemacht. Für mich waren sie Menschen gewesen – allesamt gleich. Ich lebte unter ihnen, aber ich gehörte nicht dazu, war nur eine Göttin, die jede Verbindung zu ihrer Herkunft und ihresgleichen verloren hatte. Ich hatte plötzlich das Gefühl, daß ich gerade in diesen Augenblicken eine Erklärung geben sollte. Aber wie sollte ich ihnen und auch mir erklären, was ich am Wasserfall erlebt hatte?

Die folgenden Wochen vergingen ohne besondere Ereignisse. Nichts änderte sich im steten Ablauf der Wanderschaft durch Kälte und Feuchtigkeit, schnell und tiefhängend vorbeieilende schwarze Wolken und die trostlose Einöde, in der außer Moosen und windgepeitschten Sträuchern nur Schlamm und nacktes Felsgestein zu finden war.

Der Weg der Rentiere wurde durch den Lauf reißender Flüsse bestimmt. Ihr eisiges Wasser hatte in all den Jahrtausenden seit dem Beginn der großen Schmelze breitausgewaschene Urstromtäler gebildet. Jetzt stellten sie die natürlichen Grenzen des Lebensraums dar, aus dem es kaum ein Entkommen gab.

Aber nicht jedes der breiten Täler war unüberwindbar. Einige führten nur Rinnsale an ihrer tiefsten Stelle, durch die jedes Ren schwimmen konnte. Ich hatte mir nie Gedanken darüber gemacht, warum einige Flüsse viel Wasser führten und andere weit weniger. Irgendwann in diesen Tagen und ohne besonderen Grund wurde mir klar, was geschehen sein mußte: die wasserarmen Täler waren die ersten gewesen. Erst durch die Katastrophe, als sich die Achse der Erde verlagerte, hatten neue Richtungen den Weg der Schmelzwasser verändert.

Ich brauchte lange, bis mir klar wurde, was das bedeutete. Die

Orientierung der Rentierjäger war falsch! Sie lebten noch immer mit den uralten Vorstellungen. Wenn aber Norden nicht Norden, sondern vielleicht Nordwesten oder Nordosten bedeutete, wenn der Weg der Wolken und der geringe Unterschied im Licht zwischen Tag und Nacht nicht mehr stimmten, dann konnten weder die Tiere noch die Menschen dem Irrtum entrinnen, der sich mit jeder Umdrehung des Erdballs neu ergab!

Sie liefen im Kreis! Sie glaubten, daß sie tagsüber und ohne die Sonne zu sehen immer weiter in die gleiche Richtung zogen, aber die Flüsse und Pflanzen, die Wolken und Winde der immer noch spürbaren Jahreszeiten lenkten sie weiter und weiter ab, bis sie in einem weiten Bogen wieder dort ankamen, wo sie vor einigen Monaten aufgebrochen waren.

Ich stand neben einer Renkuh, als mir klar wurde, was ich soeben entdeckt hatte. Eines der jüngeren Mädchen versuchte, mit einem Holzstock Milch in einem ledernen Beutel so dick zu schlagen, daß Butter entstand. Einige Schritte weiter zerteilten die Männer in dunklen Blutlachen stehend das dampfende Fleisch eines Bullen. Der weiße Wolf neben mir knurrte unruhig. Jedesmal, wenn er aufspringen wollte, warf er mir einen fragenden Blick zu. Ich schüttelte automatisch den Kopf, weil ich nicht wollte, daß seine Wildheit zurückkehrte. Er sollte lernen, wann seine Zeit gekommen war.

In den vergangenen Nächten waren die anderen Wölfe in die Nähe des Stangenzeltes gekommen. Ich hatte den weißen Wolf hinausgelassen. Inzwischen tuschelten die Frauen bereits, daß ich den weißen Wolf verzaubert hätte und daß ich Nachkommen mit Wölfen haben wollte...

Ich wußte, daß ich vorsichtiger sein mußte. Die Stimmung wendete sich gegen mich. Trotzdem war ich noch nicht bereit, die Sippe der Rentierjäger zu verlassen. Mir war klar, daß ich nicht mehr viel Zeit hatte, und ohne den weißen Wolf an meiner Seite hätte jede der vergangenen Nächte meine letzte sein können!

Ich ging auf die Männer am halbzerlegten Renbullen zu, setzte mich auf einen runden Stein in ihrer Nähe, sah ihnen zu und versuchte gleichzeitig, darüber nachzudenken, was ich eigentlich noch erfahren wollte.

Was nützte mir die Erkenntnis, daß ich jahrhundertelang fast immer an der gleichen Stelle gelebt hatte? Und was hatte die Wanderschaft in einem großen Kreis mit dem zu tun, was sich die Männer und Frauen abends am Feuer wieder und wieder erzählten? Ich kannte ihre Geschichten aus der Zeit vor der Dunkelheit. Und doch – irgendwie verstanden weder sie noch ich, was sie bedeuteten! Ich ahnte plötzlich, daß in den Überlieferungen ein Hinweis für mich verborgen sein könnte. Es war einfach undenkbar, daß die Weisen und Kundigen des versunkenen Reiches mit all ihrem Wissen nichts vorbereitet hatten, als sie erkannten, was geschehen würde.

Sie mußten versucht haben, zumindest Teile der großen Zivilisation zu retten! Nicht durch sich selbst, sondern auf allen anderen nur denkbaren Wegen. Was hätte ich getan? Hätte ich den Schatz des Wissens vergraben? Oder hätte ich nicht versucht, ihn wie Saatkörner überall dort einzupflanzen, wo auch nur die geringste Chance dafür bestand, daß er die Stürme der Dunkelheit überdauert? Wo keimt ein Saatkorn? Im dunklen und feuchten Schoß der Erde. Wo entsteht neues Leben? Im Schutz des Verborgenen und nicht in der Hitze der Sonnenglut. Es ist der Keim des Neuanfangs, auf den es ankommt. Und er ist so winzig, daß nur Eingeweihte erkennen, was aus ihm entstehen kann.

Ich starrte auf die Männer mit ihren Messern im Fleisch des getöteten Rentiers. Für sie gab es nichts anderes. Sie dachten und lebten, wie sie es seit jeher getan hatten?

Nein!

Genau das stimmte nicht!

Sie lebten im Kreis der Blindheit und Dunkelheit ihrer Welt. Aber das war nur eine Seite der Wahrheit, denn ohne eine ganz andere Vergangenheit hätten sie niemals am Feuer von den großen Zusammenhängen erzählen können, die ihnen auch jetzt noch so viel bedeuteten.

Sie trugen die Saat in sich. Und sie würde aufgehen – selbst wenn noch Jahrtausende vergehen mußten! Ich selbst aber konnte eher erkennen. Vielleicht hatte ich deshalb überlebt. Und plötzlich wußte ich, worauf es ankam: ich mußte zuhören... endlich genau zuhören, was diese Menschen erzählten.

Ich begann, jeden Tag den Glanz im Stein der Götter über meiner Brust zu beobachten. Zusammen mit Wolf entfernte ich mich dafür so weit von der Familie und der Herde, bis ich allein war. Ich merkte mir Flußläufe und verglich sie am Morgen, am Mittag und am Abend mit dem schwachen Widerschein der Sonne im Stein der Götter. Aus der Erinnerung zeichnete ich so gut es ging mit Renblut eine Karte der Region unter der Eiswand auf die Innenseite eines Fellstücks. Es dauerte lange, bis ich zu der Erkenntnis kam, daß sich die Erde anders als früher drehen mußte.

Mehr konnte ich nicht herausfinden, denn an den Plätzen, an denen wir uns bewegten, hatte vor der Katastrophe noch eine unüberwindliche Eisschicht gelegen. Und doch half mir meine notdürftig gezeichnete Karte. Ich stellte fest, daß das Eis neue Seen und neue Binnenmeere zurückgelassen hatte. Und eines Tages – vielleicht schon in naher Zukunft – würde das Eis so weit abtauen, daß nicht mehr Land, sondern Salzwasser zum Vorschein kam. Das würde der Zeitpunkt sein, an dem das Eis dem Ozean erlaubte, seinen Platz einzunehmen. Und überall, wo jetzt noch Herden zogen, würde ein neues Meer entstehen, das mit den anderen verbunden war – eine Nordsee, die es während der Zeit des Eises nicht gegeben hatte.

FLUCHT AUS DER DUNKELWELT

Bereits am gleichen Abend geschah das, worauf ich ungeduldig gewartet hatte. Wir aßen und tranken, während draußen Sturm aufkam. Obwohl Fjörgyn ihn böse ansah, fragte Renbart erneut, was ich am Wasserfall eigentlich gesehen hatte.

»Es war wie die Tropfen Milch auf meiner Brust«, sagte ich leise und mehr zu mir selbst als zu den anderen. »Ich nahm das Licht wahr und wußte plötzlich, daß ich wieder Glück empfinden und etwas anderes fühlen konnte als Kälte und Dunkelheit.«

»Hört nicht auf sie!« preßte Fjörgyn mühsam beherrscht zwischen ihren schmal gewordenen Lippen hervor. »Was soll es sonst noch geben? Schon unsere Mütter haben uns Töchter vor ihr gewarnt!« Sie sah sich erbost um, und ihre Blicke forderten die Zustimmung der anderen Frauen und Mädchen im Zelt. »Es gibt nichts, was sie gesehen haben kann!«

»Dann haben die Tiere bessere Augen als ihr!« antwortete ich vollkommen ruhig.

»Was sollen sie sehen?« fragte Hellfried. Ich lächelte ihm zu und sah, wie sich seine noch haarlose Brust spannte. Er ließ seine Muskeln an Armen und Schenkeln spielen, und seine schweißnasse helle Haut glänzte im Schein des Feuers.

»Das Licht der Sonne«, sagte ich. »Ich glaube, die Tiere erkennen im Schein des Wasserfalls das Licht der Sonne wieder. Mir war, als hätte ich es ebenfalls gesehen...«

»Die Sonne«, sagte Renbart mit einem tiefen Seufzer. »Was ist die Sonne? Wir sind sehr weit nach Norden gewandert und kein Rentierjäger aus irgendeinem Stamm bei den Herden hat jemals das Feuer gesehen, das von einer Seite der Ebenen aufgestiegen sein soll, um still grasend durch ein blaues Meer über den Köpfen zu ziehen und dann wieder zu verschwinden.«

»Vielleicht ist doch etwas daran«, sagte einer der jüngeren Brüder Renbarts. Wie Hellfried hatte er rötliche Haare und eine viel blassere Haut als alle anderen Angehörigen der Familie. Er war an dem

Tag vor fünfundzwanzig Jahren geboren, an dem nach der langen Zeit der Finsternis zum ersten Mal ein ganz zarter und wie ein gelbes Feuer im Himmel aussehender Fleck in den schwarzen Wolken sichtbar gewesen war. »Es gibt doch auch andere Lichter in den Wolken, flammende Risse, die lärmend zu Boden fahren und uns erschrecken...«

»Ach, das ist leicht zu erklären«, wehrte Renbart ab. »Da streiten sich nur die Bewohner im Geäst des Urbaums!«

»Wo ist er?« fragte Windkald. »Seit drei Generationen folgen wir unserer Herde immer nur nach Norden. Ich habe noch nie einen Berg gesehen. Alles ist flach und glatt, vom Eis niedergewalzt und bis auf den Felsboden abgeschliffen.«

»Aber die Tiere finden die Stellen, an denen nach vielen Jahrtausenden wieder etwas wächst«, sagte Renbart. Er spuckte einen Fleischrest aus, dann sagte er: »Vielleicht erlebt Hellfried den Tag, an dem das Licht der Sonne den Sieg über das Dunkel von Niflheim erringt.« Er sah zu seinem Bruder hinüber. »Am Tag, als du geboren wurdest, hat unser Vater zu unserer Mutter gesagt ›Sieh, welch ein Licht!‹ und weißt du, was deine Mutter geantwortet hat?«

»Du hast es mir oft genug erzählt.«

»Ja, weil es die Wahrheit ist! Sie sagte: ›Welches Licht ist dir lieber, das von den Wolken geborene oder das aus meinem Schoß?‹«

»Hör schon auf!« gab Windkald verstimmt zurück. »Ich weiß, was unser Vater antwortete...«

»Er sagte: ›Ich gäbe ein Dutzend Kinder aus deinem Schoß für ein Feuer am Himmel, das Tag für Tag neu geboren wird und das so hell ist wie der Name der Hoffnung, den ich deinem Sohn gebe!‹«

Nie wieder seit jenem Leuchtwunder waren die Wolken weniger dicht oder die Tage heller geworden. Nur einmal, so erzählten sich die Frauen der Sippe, nur einmal, als vor langer Zeit die weiße Göttin mit einem hellblauen Schein um den Kopf bei ihnen aufgetaucht war, hatten sie alle den Stern gesehen. Er sollte so klar und gleißend durch ein winziges, höhlenförmiges Loch in der Wolkendecke geleuchtet haben, daß selbst die Tiere der Herde aufgesprungen und mehrmals um das Lager gerannt waren.

»Ich verstehe euch immer noch nicht«, sagte ich. Für einen Augenblick dachte ich daran, ihnen zu erklären, daß sie nicht, wie sie glaubten, stets nach Norden gezogen waren. Doch das hätte nur neue Verstimmung gebracht. Deshalb blieb ich bei den Vorstellungen, die sie alle hatten, auch wenn sie falsch waren.

»Ihr habt mir nie geglaubt, wenn ich euch erzählte, daß es nicht nötig ist, in dieser furchtbaren Dämmerung zu leben«, fuhr ich fort. »Ich würde euch nach Süden führen, durch die Lande der Hügel und Berge, zu denen das Eis niemals vorgedrungen ist. Ich weiß, daß es auch dort Tiere für die Jagd gibt...«

»Nein, nicht schon wieder!« unterbrach Renbart. Er nahm einen neuen Knochen mit Fleisch aus der Hand von Fjörgyn. »Vielleicht gibt es wirklich die Lande deiner Erinnerung, die Stadt Brasilea, dein Ata-Lantis. Aber was sollen wir da? Wir haben nie den wilden Stier, das Nashorn und den Bären gejagt. Unser Leben sind die Herden der Rens. Die Kälte macht uns nichts aus, ebensowenig wie ihnen. Wir haben gemeinsam die grausamen Unwetter überstanden, als unsere Welt zur Unterwelt wurde, als furchtbares Gebrüll die Luft zerriß, als der Schnee schwarz vom Himmel fiel und als alles wahr wurde, was die alten Seher von den Asen gehört hatten. Wir folgen den Rens, die wie Brüder und Schwestern für uns sind. Wir würden sterben, wenn wir sie verlassen müßten.«

Ich zog die Schultern zusammen. Es hatte keinen Sinn. Ich konnte diese Menschen nicht dazu bewegen, in andere, freundlichere Regionen der Erde auszuweichen. Aber ich selbst wollte mehr wissen.

»Renbart hat recht«, stimmte jetzt auch Windkald zu. »Hier sind unsere Wurzeln. Hier finden die Rens jeden Tag Ableger vom großen Baum Yggdrasil. Und eines Tages werden wir selbst unter der Weltesche stehen, von der schon unsere Ahnen berichteten.«

Das war es! Die Überlieferung von einem einzigen großen Baum, der alles Leben einmal bestimmt hatte! Mußte es wirklich ein Baum gewesen sein? Oder konnte dieses Bild nicht auch etwas ganz anderes bedeuten? Ich dachte an die verschlüsselten Darstellungen im grauen Haus. Was ragt so hoch in den Himmel hinauf wie ein Baum mit ausgebreiteten Ästen? Ganz dunkel erinnerte ich mich an eine Geschichte, die den Kleinsten in der Schule der Götter oft erzählt wurde. Hatten wir den großen Vulkan der Königsinsel mit seinem hochaufsteigenden und oben immer breiter auseinanderwehenden Rauch nicht stets als einen starken Mann gesehen, der das ganze Himmelsgewölbe auf seinen Schultern trug?

»Yggdrasil ist der größte und beste von allen Bäumen«, nickte Renbart bedächtig. Er schien zu genießen, daß seine Frau ihn mit immer neuen Fleischstücken versorgte. »Seine Zweige breiten sich über die ganze Welt aus... reichen bis über die Wolken...«

»Hellfried!« unterbrach Fjörgyn. Ihr Sohn fuhr zusammen. Die ganze Zeit hatte er überhaupt nicht auf das geachtet, was die Älteren besprachen. Er sah nur mich an, wenn ich mit meinen Fingerkuppen die glänzenden Perlen zwischen meinen Brüsten und an der Innenseite der Oberschenkel zur Seite strich. Es war warm unter den schützenden Zelthäuten – viel wärmer als sonst.

»Hast du nicht gehört?«

»Doch, Mutter, ich höre.«

»Dann berichte du weiter, was du von mir gehört hast und was ich selbst von meinen Eltern hörte...«

»Wir alle...« begann er stockend, »wir alle sind Kinder des Baumes. Er ist es, den die große Mutter Erde schon vor langer Zeit geboren hat, damit er alles Leben schützt. Drei Wurzeln halten ihn aufrecht. Darunter ist der Hwergelmir versteckt, aus dem alles süße Wasser kommt – auch wenn der Drache Nidhöggr an allem nagt...«

»Und was ist mit dem Adler?« fragte Renbart. Er warf mir einen zufriedenen, fast stolzen Blick zu.

»Ein Adler, der viele Dinge weiß, sitzt in den Zweigen von Yggdrasil, und über den Augen des Adlers wacht der Habicht Wedrfölnir. Selbst für das zänkische Eichhörnchen Ratatöskr haben die Zweige von Yggdrasil Platz. Es trägt den Streit zwischen dem weisen Adler und dem bösen Drachen bei den Wurzeln hin und her. Die vier Hirsche Dain, Dwalin, Dunneir und Durathror laufen um den mächtigen Baum herum und beißen die Knospen ab. Aber es schadet ihm nicht – ebensowenig wie die vielen Schlangen in der Höhle des Drachens –, denn niemand kann Yggdrasil fällen, und weder Brand noch Beil schaden ihm...«

»Siehst du, so einfach ist unsere Geschichte«, sagte Fjörgyn. »Vielleicht klingt manches davon so wie das, was du uns zu erzählen weißt. Aber was sollen wir mit deinen Märchen von Zelten aus Stein, von Schiffen, die auf großen Wassern fahren oder durch die Lüfte segeln? Von Früchten, die wie Euter voller süßer Milch an Riesenbäumen hängen... nein, nein... du kannst erzählen, was du willst! Das hier ist unser Land – mit allen Nebeln, aller Kälte und allen dunklen Wolken. Wir kennen es nicht anders, und wir verlangen auch nicht mehr!«

Ich sah in die Gesichter der Rentierjäger und ihrer Frauen. Selbst die Kinder verhielten sich scheu und abweisend.

»Warum erzählt ihr mir das alles?« fragte ich. »Ich kenne eure Geschichten doch schon viel länger als ihr...«

»Du hast versucht, etwas zu ändern!« sagte Fjörgyn streng.

»Aber ich habe doch nur gesagt, was ich am Wasserfall sah.«

»Wer hat Hellfried dazu verleitet, dem Rauch, mit dem wir schon immer gelebt haben, in die Nacht hinaus zu lassen?«

»Ist es denn nicht wärmer?« fragte ich. »Husten die Kinder noch? Und hattet ihr es irgendwann schon einmal so angenehm unter den gespannten Fellen?«

»Du versuchst, die Männer zu betrügen!« behauptete Fjörgyn. »Mit der Milch einer Renkuh hast du deine eigenen Brüste benetzt! Glaubst du, ich hätte nicht bemerkt, was du damit beabsichtigst? Ich sehe, wie Hellfried dich anstarrt. Wie Windkald sich in deine Nähe gesetzt hat. Und wie Renbart versucht, dich mit den Geschichten der Ahnen für sich zu gewinnen.«

Ich verstand nicht, was sie meinte.

»Warum haßt du mich plötzlich?« fragte ich. »Ich habe doch nie etwas gegen euch getan?«

»Nein? Hast du nicht?« lachte Fjörgyn hart. »Dann sag uns hier und jetzt, ob du jemals überhaupt etwas getan hast in all den Jahren oder Jahrhunderten!«

Ich schüttelte hilflos den Kopf. Was warf sie mir vor?

»Du antwortest nicht? Dann will ich dir sagen, was ich denke: es heißt, daß du eine Göttin bist! Du bist größer als wir, aber du stammst nicht vom Reifriesen Ymir ab! Riesen und Götter sind anders als Menschen und Zwerge. Odin war ein Gott, Wili und We ebenfalls. Und Odin wußte vom drohenden Ende der Götter – er wußte, wie alles entstanden war und wie es enden würde...«

Das Feuer knackte und sank etwas zusammen. Ein Rauchschwall stieg nach oben, sammelte sich zwischen der Felswand und den oberen Fellbahnen und wallte an den Schrägen zurück.

»Siehst du! Nicht einmal dein Rauchloch hält, was du versprochen hast!« triumphierte Fjörgyn. Sie wandte den Kopf zu Renbart um. Und dann sang sie mit schwerer, rauchiger Stimme das Lied der Klage:

»Aus Ymirs Fleisch war die Erde erschaffen,
aus seinem Blut das stürmende Meer,
aus seinen Knochen die höchsten Berge,
aus seinen Haaren Pflanzen und Bäume,
aus seinem Kopf das Dach des Himmels,
aus seinen Wimpern schufen die Götter
Midgard, den Garten für Menschen,
aus Midgards Mitte, in lichter Höhe,
bauten die Götter sich Asgard, ihr Heim.
Doch wo blieb Midgard, wo der Asengarten?
Wir sehen nur noch Utgard, ödes Land,
nur noch die Wolkennacht von Niflheim...«

Die Fellbahnen des Stangenzeltes bauschten sich auf. Im hinteren Teil begannen die Kinder zu husten. Wie zur Bestätigung von Fjörgyns melancholischer Klage prasselte harter Regen auf die von innen straff und trocken gewordenen Häute.

Ich achtete kaum noch auf die anderen. Alles in meinen Gedanken kreiste nur noch um das Bild des großen Baumes. Konnte damit tatsächlich der Vulkan der Königsinsel gemeint sein? Und spiegelten die vielfältigen Lebewesen an seinen Wurzeln, in seinem Geäst nicht genau das wider, was einmal meine eigene Welt ausgemacht hatte? Alle Intrigen, alle Macht und alle Weisheit?

Selbst die Rivalität der Götter-Gouverneure schien in der Geschichte von Yggdrasil wieder lebendig zu werden. Nur eines störte mich: »Niemand kann Yggdrasil fällen, und weder Feuer noch Beil schaden ihm...«

Feuer und Beil. Sie waren vom Himmel gekommen. Doch wenn beides nur Bilder waren, Symbole wie im grauen Haus, dann stimmte die Überlieferung! Die Katastrophe hatte fast alles zerstören und vernichten können – nur die Erinnerung nicht!

Ich schlief noch achtundzwanzig Mal bei der Familie der Rentierjäger. In dieser Zeit schlug ich mein Feuersteinmesser scharf, nähte mir Stiefel aus Renfellen, eine Hose mit Taschen, wie sie die Männer trugen, eine neue Jacke, zwei Beutel und einen Gürtel mit vielen kleinen Schlaufen.

Nur Fjörgyn und Renbart wußten, daß ich sie verlassen wollte. Ich hatte es ihnen noch in der Nacht gesagt, in der Hellfried vom alten Baum erzählte. Zu meinem Erstaunen war Fjörgyn auf einmal sehr hilfsbereit und beinahe schwesterlich. Sie sorgte dafür, daß harter Käse für mich vorbereitet wurde, dazu kleine Lederbeutel mit zerstampften Wurzeln, wertvolle Gräsersamen und über Rauch getrocknete Fleischstreifen. Nur die Männer waren von Tag zu Tag mißtrauischer geworden. Sie murrten nicht über mich, sondern über meinen Begleiter.

»Wir können nichts mehr draußen lassen«, murrte Windkald. »Nachts kommt das Rudel deines Wolfes und frißt alles weg, was wir mühsam zerlegt haben.«

»Dann müßt ihr eben Geweihe übereinanderstapeln und zusammengedrehte Därme zwischen ihnen aufspannen...«

Ich zeigte ihnen, was ich meinte. Die Männer trugen von allen Seiten die mächtigen Geweihe von getöteten Rens zusammen. Zusammen mit Hellfried spannte ich Lederschnüre und Darmleinen wie ein Spinnennetz über die Spitzen der Geweihhaufen. Wir rammten Knochen in den weichen Boden und schlugen sie mit rundgewaschenen Steinen so tief ein, daß sie die Schnüre und Leinen halten konnten. Anschließend hängten die Männer die Fleischstücke mit großen Knochenhaken in den Wind.

Während der Zeit der Vorbereitung blieb die Familie am gleichen Platz. Das lag weniger an mir als an einem sehr ungewöhnlichen Verhalten der Rentierherde. Bisher waren die Tiere ebenso wie die Menschen an jedem düsteren und kalten Tag ein wenig weiter gezogen. Es war Hellfried, dem zuerst auffiel, daß der weiße Wolf die Herde zusammenhielt. Jedesmal, wenn der Wolf zu mir kam, seinen schönen Kopf hob und zu jaulen begann, gab ich ihm etwas von seiner Freiheit zurück. Ich ahnte nicht, wohin er lief, nahm aber an, er würde mit den anderen Wölfen seines Rudels zusammenkommen. Möglicherweise tat er das auch.

»Er kann sich nicht zwischen dir und seinem Rudel entscheiden«, vermutete Hellfried. Er ging dem weißen Wolf nach und entdeckte, warum die Rentierherde nicht weiterzog.

»Er läuft immer wieder in weitem Bogen um die gesamte Herde herum«, berichtete Hellfried eines Abends. »Und wenn ein Tier ausbrechen will, jagt er es sofort zurück.«

»Die Tiere fürchten die Wölfe«, nickte Renbart.

»Ja«, sagte Hellfried. »Zuerst war er allein, aber dann kamen auch die anderen Wölfe dazu.«

»Sie werden wieder nach schwachen Tieren suchen«, meinte Windkald. »Seit wir die Leinen haben, kommen sie nicht mehr so leicht an Beute wie bisher.« Hellfried schüttelte den Kopf.

»Sie haben nie ein Tier angefallen.«

»Und wovon leben sie dann?«

»Von den Resten an unserem Schlachtplatz...«

»Wovon redest du, Junge? Ein Wolf bleibt ein Wolf. Er ist ein Raubtier – daran kann nicht einmal Inanna etwas ändern!«

»Vielleicht irrst du dich«, sagte ich und lächelte. Ich hatte längst bemerkt, wie sehr sich das Verhalten des weißen Wolfs und seines Rudels gewandelt hatte. Inzwischen waren junge Wölfe geboren worden. Am Anfang fiel es niemandem auf, aber dann merkten die Frauen der Familie, daß sie anders waren als die jungen Wolfswelpen, denen sie früher gelegentlich begegnet waren.

»Merkwürdig«, sagte sogar Fjörgyn. »Sie sind so zutraulich wie sonst kein anderes Tier.«

»Sie werden bei euch bleiben, auch wenn ich mit dem Leitwolf fortgehe.«

Fjörgyn sah mich ungläubig von der Seite her an.

»Ist das wieder ein Zauber von dir?«

»Ich weiß es noch nicht«, antwortete ich. »Ich weiß nur, daß ihr keine Angst mehr vor den jungen Wölfen haben müßt. Solange ihr sie gut behandelt, werden sie euch Gefährten sein und als erste der wilden Tiere bei euch bleiben.«

Fjörgyn schüttelte immer wieder den Kopf.

»Geh!« sagte sie dann, aber es war weniger Zorn als Furcht in ihrer Stimme. »Geh fort von uns so schnell du kannst!«

»Ich werde gehen«, nickte ich. »Morgen früh, sobald die Wolken nicht mehr ganz so dunkel sind.«

Ich lernte meine sehr lückenhafte Karte aus Rentierfell so zu drehen, daß der Norden im ehemaligen Nordosten lag. Ich wollte nach Westen, doch nirgendwo bestand eine Möglichkeit, die endlos breiten Ströme mit Eiswasser zu überqueren. Im Norden versperrte die bis in die Wolken ragende Mauer aus Eis jeden Weg. Aus Tagen, die lange zurücklagen, wußte ich, daß auch im Süden ein zweites Eisgebiet die Täler himmelhochragender Berge ausfüllte. Ich hatte beschlossen, nach Süden zu gehen, der früher einmal die südwestliche Richtung gewesen sein mußte. Schon längst bedauerte ich, daß ich mich während der Jahre in der Schule der Götter nicht mehr für die Gebiete interessiert hatte, die nicht von der Königsinsel kolonisiert waren.

Was kannte ich denn? Ein paar Namen von Siedlungen im alten Armorica, in Aquitanien, an den Küsten des Mittleren Meeres und in Afrika. Ich konnte die alten Umrisse der Kontinente einigermaßen aufzeichnen und die Bezeichnungen von Ozeanen und Meeresströmungen angeben, von denen wohl keine mehr so verlief, wie ich es gelernt hatte.

Selbst die Erinnerung an die Einflußgebiete der großen Götter halfen mir nicht weiter. Und doch hoffte ich mit jedem neuen Tag, daß ich auf irgendeine Spur, einen Hinweis oder einen anderen von uns treffen würde. Als mir einfiel, wie die Berge des großen Eises in der Mitte Europas damals genannt worden waren, half auch das mir nicht weiter.

»Al-pen«, murmelte ich immer wieder, doch nicht einmal der weiße Wolf an meiner Seite konnte mit diesem Wort etwas anfangen. Nachts schlief ich an seiner Seite. Wir wärmten uns gegenseitig, und nur manchmal entfernte er sich ein wenig, um kurz darauf mit einem geschlagenen Vogel, einem Eisfuchs oder einem Schneehasen zurückzukommen.

Er brachte mir seine Beute, wedelte jedesmal freudig mit seinem Schwanz und forderte mich auf, mit ihm zu teilen. Ich konnte es nicht. Ich trank kaltes Wasser, aß winzige Knospen und Kräuter und wandte mich ab, wenn er selbst seine Zähne in das Fleisch der erlegten Tiere schlug.

Ich weiß nicht, wann es war, doch eines Nachts, als der stürmische Wind etwas abflaute und die düsteren Wolken nicht ganz so tief wie sonst über uns hinwegeilten, richtete der weiße Wolf sich ruckartig auf. Ich versuchte vergeblich, irgend etwas zu erkennen. Am Tag zuvor hatten wir die ersten größeren Hügelketten nach vielen Jahren in der baumlosen Tundra erreicht. Ich war ebenso froh darüber gewesen wie mein Begleiter. Wir mußten schon Monate unterwegs sein. Und dann hörte ich die Geräusche. Es kam mir vor, als wären weitere Wölfe in der Nähe. Ich streichelte das Fell meines treuen Begleiters, aber er wurde immer unruhiger. Und dann verschwand er plötzlich in der Finsternis.

Gleich darauf bellte und fauchte es rund um mich herum. Wild aufheulend jagten kaum sichtbare Schatten an allen Seiten um mich herum. Die ganze Gegend verwandelte sich in ein kreischendes, heulendes, grausig jaulendes Lärmen.

Und dann war plötzlich kein Laut mehr zu hören. Die Ruhe kam mir noch unwirklicher vor als die verbissenen Kampfgeräusche. Als der weiße Wolf zurückkehrte, hatten sich meine Augen ein wenig an die Dunkelheit gewöhnt. Ich spürte den kaum wahrnehmbaren Lichtschein um mich herum. Er kam aus dem Stein der Götter an meinem Hals. Und dann sah ich sie – zehn, zwölf graue Wölfe, und er – der weiße Wolf – führte sie an. Erst da wurde mir klar, was geschehen sein mußte: er hatte sich ein neues Rudel erkämpft und den Leitwolf der anderen getötet...

»Mach das nie wieder, Wolf!« sagte ich scharf zu ihm, als er stolz und zufrieden zu mir zurückkehrte. Er sah mich mit seinen schönen, großen Augen an und schien zu verstehen, was ich meinte. Eben noch wild und ganz Sieger, duckte er sich und kniff den Schwanz ein. Er strich um mich herum, legte sich vor mir auf den Boden und rollte sich so weit zur Seite, daß ich das weiche Fell an seinem Bauch sehen konnte. Mit angezogenen Läufen wartete er darauf, daß ich ihn kraulte.

»Nein«, sagte ich streng. »Diesmal nicht!«

Er begann zu schniefen und leise zu jaulen. In diesem Augenblick war er alles andere als ein Raubtier. Ich hob die Schultern, sah ihn noch eine Weile streng an, dann beugte ich mich zu ihm und schlug ihm besänftigend auf die Flanken.

»Ist ja gut, alter Wolf! Ich weiß ja, daß du mir nur zeigen wolltest, wie groß und stark du bist! Aber ich mag keinen Kampf und keinen Krieg, verstehst du? Auch nicht, um ein größeres Rudel zu bekommen...«

Er drehte sich und sprang hoch. Fast hätte er mich durch die plötzliche Bewegung umgerissen. Er wich aus und schüttelte den Kopf.

»Na gut«, rief ich ihm zu. »Dann sind wir jetzt eben mehr als vorher!«

Er schien zufrieden zu sein. Und wieder hatte ich das Gefühl, daß er mich sehr gut verstanden und trotzdem seinen Willen durchgesetzt hatte.

Von dieser Nacht an zog ich mit großer Begleitung weiter. Allmählich wurden die Hügel zu Bergen. Wir streiften durch weite Täler und erklommen Berge, die bis in die Wolken reichten. Aus verkrüppelten Sträuchern auf kargem Boden wurden fast unmerklich kleine Büsche und Bäume. Der Boden verlor seine sumpfige Nässe; Gras wuchs fast bis zu meinen Knien, und die Felsbrocken sahen nicht mehr vom Wasser glattgeschliffen aus.

Nach meiner Erinnerung hätten wir längst irgendeine Küste erreichen müssen. Tausendmal hatte sich Dunkelheit und Dämmerung bereits abgelöst, aber noch immer umgaben uns unbekannte Berge und Täler, endlose Hochplateaus, sumpfige Flußauen und Seen, an deren Ufern kaum etwas wuchs. Ging ich vielleicht ebenso im Kreis wie die im Norden?

Ich wollte nach Südosten. War ich statt dessen direkt nach Osten gegangen? Dann konnte es Jahrzehnte dauern, bis ich am Ende des riesigen Kontinents Asien ein Meer sah...

Wir hatten einen besonders hohen Berg erreicht. Ich setzte mich auf einen umgestürzten Baumstamm, stützte die Ellenbogen auf die Knie und legte mein Kinn in die Hände. Was machte ich falsch? Und warum hatte ich in all der Zeit keine Menschen gesehen?

Irgendwo mußten doch weitere Überlebende der Katastrophe zu finden sein! Oder lag es vielleicht daran, daß ich mit einem Rudel Wölfe umherzog? Konnte es sein, daß sie flohen, wenn sie uns hörten? Ich schüttelte den Kopf. Selbst dann hätte ich wenigstens Reste von Lagerplätzen finden müssen. Oder war das Land der Berge und und Täler im Südwesten so einsam, daß es hier überhaupt keine Menschen mehr gab?

Wovor waren sie geflohen?

Ich dachte wieder und wieder darüber nach, ohne eine Antwort zu finden. So lange nicht, bis ich eines Morgens erwachte und einfach nicht glauben wollte, was ich sah...

Ich richtete mich auf, starrte nach oben und kniff die Augen zusammen. Ich mußte beide Hände vor mein Gesicht halten. Hatte ich je zuvor etwas Schöneres gesehen? Mein Herz klopfte wie wild, und meine Augen füllten sich mit Tränen. Ich weinte vor Freude und konnte kaum noch etwas erkennen. Gleichzeitig spannten sich meine Brüste und begannen zu schmerzen. Erst als ich mir die Augen wischte und mühsam mein freudiges Schluchzen bezwang, konnte ich das Bild trinken, das sich wie ein wunderbarer, unwirklicher Traum vor mir ausbreitete.

Über den weißen Morgennebeln der Täler, in denen noch Schatten der Nacht versteckt waren, reihten sich sanfte, von Grün bis Violett schimmernde Bergketten. Der Rausch der Farben wurde vom gelbroten Ball der aufgehenden Sonne sehr weit im Osten gekrönt.

Ich sah den hellblauen Fleck eines Himmels, der wie ein Teich mit lebensspendendem Wasser im majestätischen Wogen der Wolken aufleuchtete. Ein kleines Stück Himmel nur, doch weit genug, um mir die Sonne zu schenken. Es gab sie noch nach der langen dunklen und kalten Zeit.

»Hört ihr mich? Hier ist Enki, der Gott der Wassertiefe...«

»Was? gibt es den immer noch?«

»Sie hat es geschafft! Hört ihr? Inanna hat es geschafft! Und sie wird finden, wonach so viele der ausgesandten jungen Göttinnen und Götter so lange, lange Zeit gesucht haben!«

»Fängst der schon wieder damit an?« stöhnte einer.

»Ich höre Zeichen aus ihrem Stein der Götter. Er sendet wieder... schwach nur... aber das heißt, sie muß die Sonne sehen!«

»Er kommt nun mal aus der Tiefe des Wassers«, seufzte ein anderer, »und er weiß nichts von dem, was im Jahrtausend seit der Katastrophe alles geschehen ist, was sich überall neu gebildet, verändert und gewandelt hat...«

»Auch wenn er nicht alles kennen kann, was auf dem Land und den Kontinenten anders geworden ist – er muß doch gehört haben, daß die alten Regeln der Götter nichts mehr gelten!«

»Gehört vielleicht, aber wie kann einer, der sich im süßen Urozean versteckt hält, begreifen, daß die Überlebenden inzwischen ganz andere Wunder verehren?«

»Was weiß er von der Erde, den Elementen, den Steinen, den Quellen und Flüssen, den Pflanzen und Bäumen, den Bergen und Höhlen, dem Wind und den Wolken, dem Himmel, der Sonne, den Sternen oder der Finsternis im Norden?«

»Kennt einer im Meer den Regen?«

»Weiß er, was ein Regenbogen verspricht?«

»Kann ein so alter Gott überhaupt begreifen, wie lange seine Zeit schon zurückliegt?«

»Wer seid ihr, daß es euch stört, wenn ich Freude zeige?«

»Nicht deine Freude amüsiert uns«, antwortete der erste. »Nur sind deine Probleme zu weit entfernt von der Wirklichkeit. Nichts ist mehr so, wie du es verstehst! Es gibt keine Welt mehr, in der zehn Könige über unzählige Kolonien und über allmächtige Götter gebieten konnten! Die Macht der Könige ist längst verweht, ihr Reich versunken und schon fast vergessen! Wer heute Götter braucht, schafft sie sich selbst nach seinem Bilde und seinen eigenen Vorstellungen!«

»Was soll das heißen? Das Menschenmachen war schon schwer genug! Und ihr behauptet, daß nun die Menschen Götter machen?«

»Verstehst du das nicht, Gott von gestern? Die ganze Welt, die Erde, hat sich bewegt. Der Ruck hat mehr bewirkt als Sturm und Feuer, Erdbeben und eine Flut, die alles durcheinanderwirbelte! Und wie in Bechern für den Opfertrank sind die Erinnerungen an die Alte Ordnung zu vielen unterschiedlichen und oftmals gänzlich neuen Wahrheiten vermischt.«

»Es fällt mir schwer, zu glauben, was ich höre.«

»Nichts ist mehr klar und einfach.«

»O hätte ich die Stille meiner Tiefe nie verlassen! Wie grauenhaft für all die Unglücklichen, die überleben mußten, um ohne Ordnung das Chaos in sich selbst und in der Welt, in der sie leben müssen, zu ertragen!«

»Da irrst du dich, Gott Enki!«

»Es ist ein neuer Anfang...«

»Zehnmal und hundertmal ein neuer Anfang!«

»Aber wer lenkt, wer ordnet alles?«

»Das muß sich jedesmal und überall erst noch entscheiden!«

Ich fühlte mich wie neugeboren. Den ersten Tag verbrachte ich fast nur damit, mir alle Pflanzen anzusehen, die mir im Tageslicht so wunderbar wie die Blumen, Farne und Sträucher im verbotenen Garten hinter der Zyklopenmauer vorkamen. Ich hatte schon vergessen, wie vielfältig die Natur sein konnte, wenn sie nicht nur aus Dunkelheit und Kälte bestand.

Mindestens hundertmal strich ich über Blätter und Knospen, bewunderte Blüten und betrachtete ganz genau die Dolden und Fruchtstände von Sträuchern und Gräsern. Das größte aller Wunder aber waren die Bäume. Wie lange hatte ich keine richtigen Bäume mehr gesehen! Mit ihren mächtigen Kronen erinnerten sie mich immer wieder an den Rauchpilz des Vulkans, vor dem ich mich stets gefürchtet hatte. Doch diese ausladenden Wipfel von Buchen und Eichen, Ulmen und Eschen schreckten mich nicht. Sie waren vielmehr wie ein großes und faszinierendes Haus mit immer neuen Fenstern eines riesigen Tempels, durch die ich sanfte Bergketten, hochaufragende Gipfel und weite Täler erkennen konnte.

Wolf und ich gingen voraus, und das Rudel folgte uns mit dem üblichen Abstand. Das Sonnenlicht aus dem Loch in den ansonsten noch immer dichten und schnell über den Himmel jagenden Wolkengebilden wies uns den Weg. Nach den langen Jahren in Dämmerung und Dunkelheit mußte ich mich erst einmal daran gewöhnen, nicht direkt in den gleißenden Schein der Sonne zu sehen. Dennoch versuchte ich es wieder und wieder. Es machte einfach Spaß, die Augen zusammenzukneifen und mit aufwärts gerichtetem Gesicht dem hellen, warmen Spiel des Lichts zwischen Zweigen und Blättern zu folgen.

Ich weiß nicht mehr, wie lange ich mit den Wölfen durch den prächtigen Wald ging. Doch irgendwann merkte ich, daß wir einen weiten Bogen geschlagen hatten, zuerst nach Südosten, dann nach Süden und schließlich nach Südwesten. Wir waren dem Lauf der Sonne gefolgt.

Als die Ränder der Wolken blutrot wurden, blieb ich an einem schräg aufsteigenden Felsen stehen. Er bildete eine Terrasse, auf der nur ein paar kleine Büsche standen. Ich ging noch einige Schritte weiter, aber die Felskante ließ es nicht zu, daß wir den Weg in die gleiche Richtung fortsetzten.

»Wir wollen Rast machen«, sagte ich zu Wolf. Er kam neben mich und lehnte sich gegen meine Beine. Ich legte eine Hand auf seinen Kopf und kraulte ihn zwischen den Ohren. Ich sah über ein weites Tal hinweg. Ganz tief unten glitzerte ein breiter, sanft gewundener Flußlauf wie das Metall der Könige aus dem Schatten des Abends.

Der Fluß führte auf eine Bergkette am Horizont zu. Dort, wo er sie durchschnitt, leuchteten Felswände im letzten Licht der Sonne. Sie glühten so rot im Abendlicht, als seien sie weiß wie der Schnee und würden deshalb das letzte Licht besonders gut einfangen.

»Wenn das Renbart und Hellfried sehen würden!« sagte ich leise. Wolf hob den Kopf. Ich lächelte ihm zu. »Und schade, daß Ungur dieses großartige Bild niemals erleben durfte...«

Ich spürte eine Spur von Traurigkeit in mir. Denn gerade weil meine Augen sich an so viel Schönheit und Frieden nicht sattsehen konnten, vermißte ich Gefährten, mit denen es noch schöner gewesen wäre, das alles gemeinsam zu genießen. Vielleicht war es ungerecht Wolf gegenüber, aber wie gern hätte ich mich jetzt auf einen Stein gesetzt, mich von den Armen eines Mannes umfangen lassen und an nichts weiter als an das Glück des Augenblicks gedacht.

Was mochte wohl aus Osiris geworden sein? Ich lächelte, als ich an seine seidigen Haare, seine hohe Stirn und seinen kindischen

Stolz dachte, mit dem er mir damals seine Männlichkeit demonstrieren wollte. Wir alle waren Kinder gewesen, die nichts von dem erfuhren, was außerhalb der Königsinsel wirklich geschah.

Vorbei! Ich nahm mir vor, nicht mehr so oft an die Zeit zu denken, die ich inzwischen als falsch und in gewisser Weise als beschämend empfand. Ich mußte mich von den Bildern der verlorenen Welt lösen. Zum ersten Mal seit langer Zeit fragte ich mich wieder, wie es weitergehen sollte. Seit dem Augenblick, in dem der weiße Wolf mein Gefährte geworden war, hatte sich auch in mir etwas verändert. Die immer wiederkehrende Abfolge von Schlafen und Essen, Wachen und Wandern genügte mir schon längst nicht mehr. Bei der Sippe der Renjäger hatte ich nichts anderes gekannt und gewollt. Doch spätestens jetzt, im Augenblick eines seit langem nicht mehr empfundenen Glücks, fragte ich mich, wohin mein Weg mich führen sollte.

Ich hatte die Sonne gefunden, die Schönheit des Tages und den Frieden des Abends. Und doch empfand ich auf einmal eine Unruhe, die mir bisher fremd gewesen war.

»Wohin, Inanna«, murmelte ich leise. »Wohin willst du und was suchst du noch?«

Wolf hob den Kopf und sah mich mit seinen großen Augen an. Er legte seine Schnauze auf meine Knie, ganz so als hätte er mich verstanden und wolle mir sagen, daß er bei mir bleiben würde. Die Haare links und rechts von seinen schwarzen Lefzen waren grau geworden. Ein alter Wolf. Und ich selbst? Ich fühlte mich wie sechzehn oder siebzehn, auch wenn das eigentlich keine Bedeutung hatte.

Ich blickte auf. Das Flußtal war bereits dunkel. Weiße Nebel zogen wie zarte Schleier höher. Nur ganz weit entfernt glühten noch ein paar Stellen im Fels des Bergrückens. Dort, wo die Sonne gerade unterging, tauchte im Rot, Blau und Türkis des Himmels zwischen den Wolken zuerst ein Stern und dann das zartweiße Gesicht des vollen Mondes auf. Wie lange hatte ich ihn nicht mehr gesehen? Ich spürte, wie ein seltsamer Schmerz durch meinen Bauch zog. Ich wußte sofort, was es war. Der weiße Wolf nahm den Kopf von meinen Knien, drehte sich um und trabte davon. Ich preßte die Lippen zusammen und sah ihm nach.

Und dann entdeckte ich einen schmalen, fein aus dem Dunkel der Berge aufsteigenden Rauchfaden, den erst die Höhenwinde über dem Tal verwehten. Ich beobachtete sehr lange den Abschied eines Tages, der seine Schönheit an die Nacht übergab. Es war, als würde mir der volle Mond alles auf einmal zeigen wollen – alle Farben des hohen, lange nicht gesehenen Himmels, die langsam ineinander übergingen und sich so zart vermählten, daß ich vor Freude weinen mußte.

DER FISCH IM FELS

Die Wölfe heulten die ganze Nacht. Seit jenem Licht am Wasserfall aus der Eiswand im Dunkel des Nordens hatte ich nie wieder ein derartig jaulendes, klagendes Wolfsgeheul gehört. Ich konnte kaum schlafen. Mehrmals, wenn ich mich ruhelos unter meiner alten Felldecke hin und her gedreht hatte, stand ich auf und ging zu den heulenden Tieren. Ich versuchte, sie durch gutes Zureden zu beruhigen, doch als die Nacht weiter fortschritt und ihr Lärm nicht enden wollte, wurde ich immer gereizter.

Nur Wolf, mein engster Begleiter, hörte schließlich auf. Er kam zu mir, sah mich ihm fahlen Licht des Mondes lange an und legte sich dann schnaufend neben mich. Ich kuschelte mich an ihn und schlief endlich ein...

Am nächsten Morgen erwachte ich dadurch, daß mich die bereits hoch stehende Sonne in der Nase kitzelte. Ich mußte nießen und richtete mich ruckartig auf. Es dauerte eine ganze Weile, bis ich einigermaßen klar denken konnte. Das Tal und die bis zum Horizont reichenden, viele hundert Schritt hohen Bergketten ringsherum bildeten ein überwältigendes Panorama. Ich genoß die von Vogelgeschrei, zirpenden Tierlauten und leichtem Windrauschen erfüllte Luft, atmete wieder und wieder den Duft von Gras, Büschen und Bäumen ein und fühlte mich gleichzeitig müde und erschöpft.

Zuerst dachte ich, daß ich einfach zuwenig geschlafen hatte, aber dann verwarf ich diesen Gedanken wieder. Wie oft in den vergangenen Jahrhunderten hatte ich manchmal wochenlang keinen Schlaf gebraucht? Wie oft war ich ohne ausreichende Nahrung durch die Dunkelwelt geirrt und wie oft hatte die Kälte meinem Körper auf eine so grausame Art zugesetzt, daß keiner der wilden Eingeborenen diese Tortur überstanden hätte?

Nein – irgendwie war ich auf eine ganz andere, mir bisher unbekannte Weise erschöpft. Ich sah zu den dunklen Wolken mit ihren weißen Rändern hinauf. Sie zogen noch immer beängstigend schnell über den Himmel. Doch zwischen den wallenden, fliegenden Gebirgen, die weiter im Norden keinen einzigen Sonnenstrahl bis zur Erde gelangen ließen, waren hier Streifen und Flecken des Himmels zu sehen, den ich so lange vermißt hatte. Ich war noch immer so überwältigt vom Blau des Raumes jenseits des Wolkenmeeres, daß ich mich kaum daran satt sehen konnte.

Ich wußte nicht, wie lange ich alle Farben, Gerüche und Geräusche wie eine zu lange Eingekerkerte mit Augen und Ohren aufnahm, mit meiner Nase roch und auf der Zunge schmeckte. Der frische, aber für mich schon fast warm wirkende Wind streichelte meine Haut und ließ meine strähnig gewordenen Haare wehen.

Ich sah meine Hände an. Sie hatten nichts mehr von einer Göttin. Schmutz und Pflanzensäfte hatten die Rillen in den feinen Falten über den Knöchelgelenken verfärbt. Die Fingernägel waren grob und stumpf, teilweise eingerissen und abgebrochen. Das helle Tageslicht zeigte mir überall Schrammen und Schründe auf der Haut meiner Hände, Arme und Beine.

»Was ist bloß aus dir geworden, Inanna?«

Ich schüttelte den Kopf und lachte über mich selbst. »Im nächsten Bach wird gebadet!« befahl ich mir. Seit ich mit den Wölfen unterwegs war, kam es immer häufiger vor, daß ich nicht nur zu ihnen, sondern auch mit mir selbst sprach. Ich dachte daran, daß ich vor langer Zeit, als ich erst acht oder neun Jahre alt gewesen war, auch manchmal mit mir selbst gesprochen hatte. Dann hatte ich mich mit mir selbst unterhalten: Die eine Inanna hatte Fragen gestellt und die andere hatte sie beantwortet. Gab es das überhaupt? Konnten Gedanken, Gefühle und Empfindungen so aufgeteilt werden, daß ein Individuum mehrere unterschiedliche Ansichten vertrat?

Ich schüttelte erneut den Kopf – diesmal aber, weil ich mich darüber wunderte, daß ich an derartige Dinge dachte und nicht daran, was ich in den kommenden Stunden tun wollte. Zusammen mit dem Rudel der Wölfe hatte ich ein Gebiet erreicht, in dem die Sonne zu sehen war – die Sonne, der Himmel, der Mond und die Sterne. Doch wie sollte ich den zweiten Tag außerhalb der Dunkelwelt verbringen? Und was an den kommenden tun? Eine Hütte aus Zweigen auf der Felsterrasse errichten, Früchte und Beeren für den

Winter sammeln, Grassamen in den Boden stecken und darauf warten, daß neues, größeres Gras wachsen könnte?

Mir wurde klar, daß ich eigentlich noch nie darüber nachgedacht hatte, wohin ich eigentlich wollte. Aber ich mußte doch irgendein Ziel haben! Oder waren all die Jahrhunderte, all die Wege, die ich gegangen war, nicht mehr als ein zielloses Umherstreifen auf der Suche nach einem Weg aus der Dunkelheit gewesen?

Zum dritten Mal nach meinem Erwachen an diesem Morgen schüttelte ich den Kopf. Ich dachte an die letzten Tage und Stunden vor dem Eintritt der Katastrophe. Wenn es nicht zu jenem inzwischen weit zurückliegenden Inferno gekommen wäre, hätte ich wie alle anderen der jungen Göttinnen und Götter einen genau festgelegten und in allen Einzelheiten vorbestimmten Platz eingenommen: Ich wäre zur weiteren Ausbildung in eine der Kolonien geschickt worden und hätte gelernt, irgendeine der vielen Sippen oder Gruppen von Eingeborenen zu verstehen. Nach einem ebenfalls vorbestimmten Zeitraum, der nach Jahrzehnten oder Jahrhunderten dieser Menschen bemessen war, hätte ich Stellvertreterin eines der großen alten Götter werden können, um irgendwann einmal selbst oberste Gottheit, Statthalterin der zehn Könige und Herrin über ein Volk zu werden. Ich hätte ausgewählt, wer meine Hohepriesterin, mein Mundschenk und und mein Lenker des Himmelsschiffs sein sollte. Ich hätte bestimmt, von welcher Art die Opfer waren, die ich bereit war, anzunehmen. Und wenn mir danach war, hätte ich mir den König meines Volkes und Vater meiner Kinder ausgesucht, die ebenso wie ich in der Duka-Kammer des Inneren Palastes entstanden wären.

Das alles war nicht eingetreten.

Aber was dann? Galt immer noch der letzte Auftrag an uns unfertig ausgesandten Göttinnen und Götter, nach Spuren jener Zeit zu suchen, in der aus Eingeborenen Menschen wie wir geworden waren? Oder war das Geheimnis des Cro Magnon-Experiments nichts mehr wert?

Ich wußte es nicht.

Nur eines war mir inzwischen klargeworden: keiner von uns – weder Manu noch ich, Osiris oder irgendein anderer aus dem letzten Aufgebot – konnte Erfolg gehabt haben! Keiner hatte herausgefunden, wie durch die Kraft des Geistes, des Willens und des Glaubens nach den Prinzipien der Alten Ordnung ein Planetoid auf dem Kurs der Vernichtung angehalten und eine Welt vor Untergang und Chaos gerettet werden konnte!

Was aber blieb dann noch? Was hatte überlebt? Und welche alten oder neuen Regeln und Zusammenhänge waren jetzt wichtig? Nach all den Jahren in der Dunkelheit sehnte ich mich danach, einen von uns zu finden und mit ihm zu reden. Ich hatte überlebt. Konnte nicht irgendwo noch jemand darauf warten, daß eine Göttin oder ein Gott erschien?

Ich seufzte tief auf.

»Wo bist du, andere Göttin«, sagte ich. »Und wo du, Gott, nach dem ich mich so sehne?«

Ich stand auf, zog alles aus, was mich bisher gewärmt hatte, hob meine Arme über den Kopf, schloß die Augen und trank mit meinem ganzen Körper das Licht der Sonne, die ich so lange entbehren mußte. Meine Haare wehten über die Schultern, und ich genoß den Sommerwinde auf meiner Haut. Ich war so mit mir selbst beschäftigt, daß mir erst sehr viel später eine weitere Veränderung auffiel: Wolf war nicht mehr da.

Ich pfiff leise nach ihm, rief ihn und musterte die Büsche an der Bergwand der Felsterrasse. Ein paar junge, vor wenigen Wochen erst geborene Wölfe tollten gefährlich nahe an der steil abfallenden Kante des Vorsprungs. Ich zog mich wieder an und ging zu ihnen.

»Wo ist Wolf? Sucht ihn, sucht!«

Der älteste der jungen Wölfe kam schniefend zu mir, setzte sich und sah mich erwartungsvoll an.

»Was ist los? Warum schniefst du so?«

Erst jetzt hörte ich, daß auch andere Wölfe in den Büschen schnieften und leise jaulten. Ich ging den Geräuschen nach, teilte die Zweige und gelangte an eine kleine, höhlenartige Ausbuchtung in der Felswand. Und dort lag Wolf, mein alter, weißer Wolf.

Zuerst verstand ich nicht, warum fast das ganze Rudel in respektvollem Abstand vor der Höhle hin und her lief. Doch dann sah ich die gebrochenen Augen meines treuen Begleiters. Der weiße Wolf war tot. Ich ging an den anderen Wölfen vorbei. Sie machten mir respektvoll Platz. Ich kniete neben Wolf nieder.

»Mein alter Freund«, sagte ich traurig, schloß ihm die Augen und strich über seine grauen Barthaare. Sein Körper war bereits steif geworden. Wie lange waren wir beide durch Kälte und Dunkelheit gewandert, wie viele Stürme und eisige Nächte hatten wir überstanden, indem wir uns in Erdmulden oder unter Büschen aneinandergekuschelt und gegenseitig gewärmt hatten! Er war solange mein Begleiter gewesen, bis wir das Tageslicht und die Wärme der Sonne erreichten. Hatte ihn das viel älter werden lassen als andere Wölfe?

Ich streichelte noch einmal sein Fell, dann sammelte ich Steine und Felsbrocken auf, trug sie zusammen und schichtete sie über dem steifen Körper auf. Mehr konnte ich nicht für ihn tun. Ich dachte daran, wie viele Menschen bereits in meiner Nähe alt geworden und schließlich gestorben waren. Auch dabei hatte ich Trauer empfunden. Manchmal hatte ich auch mit den anderen geweint. Aber das war etwas ganz anderes gewesen...

Ich wischte mir mit dem Handrücken über die Augen und wandte mich ab. Die übrigen Wölfe hatten sich unter die Büsche zurückgezogen. Sie schienen müde von der langen und lauten Nacht zu sein. Nur Wolfs letztgeborener Nachkomme, der kaum einige Monate alt war, sprang an meinen Beinen hoch, als ob er spielen wollte.

»Nein, du verstehst das noch nicht«, sagte ich zu ihm. Der schöne junge Wolf hatte das gleiche schneeweiße Fell wie sein Vater. Die meisten anderen Nachkommen von Wolf hatten ein graues Fell. Ich ging zu meinen Lederbeuteln zurück, die noch immer dort lagen, wo ich mit Wolf die ersten Stunden der Nacht verbracht hatte. Wolfs jüngster Sohn folgte mir auf Schritt und Tritt. Und plötzlich verstand ich. »Willst du bei mir bleiben?« fragte ich den jungen Wolf. Er sprang hoch und hechelte mich an. Seine rosa Zunge fuhr aufgeregt hin und her. »Ja, ja«, sagte ich und streichelte seinen Kopf, »du kannst ja bei mir bleiben! Wie soll ich dich nennen? Willst du ebenfalls Wolf heißen?«

Ich überlegte eine Weile, dann beschloß ich, ihn ›Wolfssohn‹ zu rufen. Irgendwie schien es mir richtig, das Andenken an meinen ersten Wolf dadurch zu bewahren, daß ich keinem anderen seinen Namen gab.

Wir blieben den ganzen Sommer über in der Gegend des Felsplateaus. Das Rudel streifte im Wald herum, blieb manchmal mehrere Tage und Nächte fort und kam doch immer wieder zur Terrasse mit dem Grabhügel des weißen Wolfes zurück.

Schon kurz nach dem Tod von Wolf hatte Wolfssohn einen kleinen Bergbach entdeckt, an dem wir uns waschen konnten. Das klare Quellwasser schmeckte viel köstlicher als alles, was ich jahrhundertelang getrunken hatte.

Ich wußte, daß ich lernte. Jeder Tag war ein neues Geschenk, brachte mir neue Erkenntnisse und Einsichten. Manchmal war es nur eine Kleinigkeit. Ich fand Vogeleier mit Mustern, die ich noch nie gesehen hatte, Fußspuren am Bach, bei denen ich lange überlegte, von welchem Tier sie stammen konnten, Pflanzen, bei denen ich nicht wußte, warum sie mir vertraut vorkamen und warum ich dennoch nicht wußte, woher ich sie kannte.

Fast jeden neuen Tag besuchten mich andere Tiere des Waldes auf dem Felsbalkon. Sie kamen scheu und wie zufällig über den schmalen Zugang, musterten mich neugierig und verschwanden wieder, sobald ich mich ihnen näherte. Ich hatte inzwischen Dachse und Marder, winzige Haselmäuse, Biber und einmal sogar einen Hirsch gesehen...

Es dauerte eine ganze Weile, bis ich bemerkte, daß ich immer dann neue Gesellschaft bekam, wenn die Wölfe nicht da waren. Schon in den ersten Tagen flogen wilde Enten vom Tal des Flusses zu mir herauf. Zuerst kreisten sie nur in weitem Bogen um das Felsplateau. Ich saß auf einem Stein am Rand des grasbewachsenen Bergvorsprungs, sah ihnen zu, ahmte ihre Rufe nach und lockte sie so lange, bis sie zutraulicher wurden und ohne Scheu vor mir landeten.

Von da an besuchten sie mich fast jeden Morgen. Später kamen auch wilde Hühner und andere Tiere des Bergwaldes zuerst zögernd und dann immer neugieriger auf die Terrasse. Und oftmals in diesem friedvollen Sommer war ich von Schafen und Ziegen, Enten und Gänsen, Rehen und kleinen Wildschweinen umgeben. Wir spielten zusammen und ich sprach mit allen, ganz so, als wären wir Geschwister.

In diesen stillen und doch ausgefüllten Tagen fiel mir Morgana wieder ein, die junge Frau, die mir vor langer, langer Zeit von ihrem

Traum erzählt hatte – vom Traum, in einem unberührten Wald an einem Bach zu wohnen, mit Tieren, die sie streicheln konnte. Immer wieder beschäftigte mich der Gedanke, ob sie noch einen Wald und einen unberührten Bach gesehen hatte, ehe das Unheil alle Träume auslöschte. Morgana konnte keine Kinder mehr bekommen und auch nicht überlebt haben. Mir stand deutlich die Szene vor Augen, wie sie Jasons Triere nachgesehen hatte. Das Schiff des rätselhaften Gottes hatte der jungen Frau den Mann entführt, mit dem sie glücklich werden wollte – für Kinder, die sie lehren wollte, wie alles ineinandergreift.

Hätte sie es gekonnt? Ich war mir plötzlich nicht mehr sicher, ob der Gedanke wirklich so falsch war, wie ich damals ganz selbstverständlich angenommen hatte. Warum hatten die Könige und die Mächtigen des Reiches alle Bewohner von Atlantis verbannt, die doch nichts anderes als Frieden mit sich selbst und der Natur erstrebten? Welche Gefahr war von den Träumen und Visionen der Stillen ausgegangen, die weder Gold noch Ruhm und Macht verlangten? Und warum hatte Gott Tiuz gesagt, daß mich die Eingeborenen in seiner Siedlung ›Fee Morgana‹ nennen würden? Hatte Tiuz bereits geahnt, daß ich eines Tages ebenso empfinden würde wie Morgana. War sie wie mein anderes Ich, von dem ich damals noch nichts wußte?

Ich überlegte, ob wir den Schlüssel zur großen Kraft der alten Götter nicht ganz woanders hätten suchen sollen – nicht in den Zeichen der Vergangenheit, sondern vielleicht bei jenen, denen im Lärm des Fortschritts und der Zivilisation niemand mehr zugehört hatte...

Ich sah den Vögeln zu und seufzte. Hatte es überhaupt noch Sinn, über Vergangenes nachzudenken? Ich lebte nicht mehr in der Abgeschiedenheit eines Palastes!

Sobald die Wölfe zurückkehrten, verließen mich die anderen Tiere mit Protestgeschrei. Ich redete streng mit dem Rudel und erklärte ihm, daß all diese friedlichen Tiere meine Freunde waren. Es dauerte ein paar Tage, und dann taten die heimkehrenden Wölfe einfach so, als würden sie die anderen Tiere nicht riechen, nicht hören und nicht sehen. Ich war mit dieser Lösung einverstanden.

»Sie werden euch nichts tun, wenn ihr in meiner Nähe seid«,

versprach ich den Enten und Huhnvögeln, den Ziegen und Schafen, den wilden Schweinen und den noch immer scheuen Rehen. »Und auch ich werde nie wieder daran denken, ein Tier zu töten oder zu essen, das mit mir spricht...«

Doch dann geschah es dennoch: als die Tage sehr lang und die Nächte kurz geworden waren, führte mich Wolfssohn eines Morgens zu einer toten Hirschkuh. Sie mußte in der Nacht zuvor vom Rudel gestellt worden sein. Ich schimpfte mit Wolfssohn, machte ihm immer neue Vorwürfe und brauchte lange, um meine Enttäuschung und meinen Abscheu zu überwinden. Ich war sehr traurig, als ich schließlich mein Feuersteinmesser nahm und das Fell der Hirschkuh von den Fleischresten trennte, die das Rudel übriggelassen hatte. Ich trug das Fell zum Bach und hängte es ins Wasser. Der Tod des Tieres tat mir leid, aber ich sah ein, daß es nicht anders ging. Wölfe konnten nun einmal nicht so wie ich von Früchten und Beeren leben...

Ich wußte inzwischen, warum ich in der Nacht von Wolfs Tod, als ich nach langer Zeit zum erstenmal wieder den Mond gesehen hatte, die seltsamen Schmerzen in meinem Bauch gespürt hatte. Es war am Bergbach gewesen, als ich mich wusch. Die Spur von hellem Blut aus meinem Mondmund bedeutete, daß auch ich mich verändert hatte und erwachsener geworden war...

Ich hatte nicht sehr viel zu tun. Drei Tage später nahm ich das Fell der Hirschkuh aus dem Wasser des Bachs. Ich trug es zum Rand des Felsbalkons, breitete es flach aus, schlug mir ein paar kleine, scharfe Splitter von meiner Feuersteinknolle und begann mit der mühseligen Arbeit, das Fell sauberzuschaben. Ich mußte dreimal zum Bach zurückgehen, um auch noch die letzten Reste von Fett, Häuten und Haaren abzulösen. Jetzt zeigte sich, daß ich doch sehr viel während der Zeit bei Fjörgyns Sippe gesehen und gelernt hatte.

Nur Salz und Asche hatte ich nicht. Ich dachte lange darüber nach, wie ich das Fell davor bewahren konnte, nach dem Trocknen hart und schwer zu werden. Dann erinnerte ich mich, daß die Flüssigkeit meines eigenen Körpers Stoffe enthielt, die das Fell gerben konnten. Und so gingen Wolfssohn und ich, sooft es möglich war, zum Fell der Hirschkuh und netzten es mit unserem Körperwasser.

Zwischendurch walkte und wusch ich das Fell wieder und wieder im Bach. Es war sehr umständlich und dauerte sehr lange, aber nach einer Woche hatte ich Leder, wie es weicher und schmiegsamer nicht sein konnte. Ich schnitt kleinere Stücke für Beutel ab. Die größeren hob ich für später auf.

Überall wuchsen Früchte und Beeren im Überfluß. Wie ich es gewohnt war, sammelte ich Samen von Gräsern in meine am Bach frischgewaschenen und auf den Steinen am Ufer naß ausgeklopften Lederbeutel. Ich schärfte die Knochennadeln, die ich noch hatte, sortierte Darmschnüre und Lederbänder und reparierte die Felljacke und meine bereits arg zerschlissenen Fellhosen. Aus ein paar Beutelresten schnitt ich mir neue Schuhe. Ich nahm dazu eine der letzten Feuersteinknollen, die mir verblieben waren, suchte durch ein paar Probeschläge mit dem Horngriff meines Messers die richtige Stelle im Stein und spaltete dann eine Klinge in der Größe des kleinen Fingers ab. Nach zwei, drei weiteren Schlägen war die Klinge so fein gespalten und scharf, daß ich ohne jede Mühe selbst durch das Hirschleder schneiden konnte.

Ich polsterte die Sohlen meiner neuen Schuhe mit Gras und Flaumfedern von Vögeln, zog Lederschnüre durch gleichmäßig geschnittene Löcher an den Seiten und probierte meine Arbeit sofort an. Die Schuhe paßten gut, und ich war sehr zufrieden.

Sobald es Abend wurde, ging ich regelmäßig zu dem Platz, von dem aus ich bereits am ersten Abend den Rauch am Horizont gesehen hatte. Wenn der Wind zu heftig wehte, konnte ich nichts erkennen. Nur manchmal sah ihn wieder, diesen eigenartigen Rauchfaden einige tausend Schritt flußabwärts vor den tagsüber weißen und abends roten Felsnarben zwischen dem Fluß und den schwarzgrünen Bergen...

Ich baute mir eine Hütte an der hinteren Felswand, indem ich die Zweige von langen Ästen miteinander verflocht und nach Art von Fjörgyns Sippenzelt schräg gegen die hintere Felswand des kleinen Felsbalkons über der Weite des Tales stellte. Ich mußte dafür ein paar Grasbüschel von der Felswand lösen. Dabei machte ich eine Entdeckung:

Ich sah eine tief eingeritzte Zeichnung in der Wand.

Ich hatte mich bereits wieder umgedreht, als ich wie versteinert stehenblieb. Das Grasbüschel fiel aus meinen Händen. Ich wagte kaum zu atmen. Eine heiße Welle raste durch meinen Körper. Eine Ritzzeichnung! Keine Krallenspur von irgendeinem Tier, sondern das reliefartige Bild eines Fisches.

Ich blickte mich verstohlen nach allen Seiten um, so als erwartete ich jeden Augenblick, daß jemand kam und sagte: ›Warum hast du das Gras von meinem Bild im Fels fortgenommen? Ich war schon vor dir hier, und dies ist mein Platz. Geh wieder dorthin zurück, woher du gekommen bist!‹

Doch niemand kam. Ich wagte kaum, die Ritzzeichnung erneut zu betrachten. Es gab keinen Zweifel. Das Bild das Fisches war nicht nur in den Fels eingeritzt, sondern an einigen Stellen auch fingerbreit herausgearbeitet. Irgendwie erinnerte mich die Form und die Art, wie der Fisch aus dem Gestein herausgearbeitet war, an die Höhlenmalereien, die ich zusammen mit Gott Tiuz und Osiris gesehen hatte, als wir auf der Suche nach dem Geheimnis des Cro Magnon-Experiments gewesen waren. Sollte dieser Fisch im Fels etwa auch aus der Zeit des letzten Eises stammen? Die Zeichnung war anderthalb Schritt lang und einen halben Schritt hoch. Ich ging näher. An einigen tieferliegenden Stellen konnte ich Reste von roter Farbe erkennen. Mir wurde klar, daß dieses Bild sehr, sehr alt sein mußte.

Aber auch das beruhigte mich nicht. Wenn es stimmte, daß vor ungezählten Generationen Menschen lange genug auf meinem Felsbalkon über dem großen Fluß gewesen waren, um das Bild eines großes Fisches in den Fels zu kratzen, dann waren sie nicht nur für ein paar Tage gekommen, sondern hatten in dieser Gegend gelebt! War der Platz, an den ich mich zurückgezogen hatte, vielleicht sogar ein Heiligtum gewesen? Ein Altar hoch über dem Fluß? Wenn es so war, mußten irgendwo noch weitere Spuren verborgen sein!

Ich baute weiter an meiner Hütte, aber ich war nicht mehr ganz bei der Sache. Bei jedem Schritt stocherte ich im Boden, um vielleicht etwas Asche zu finden, Spuren einer Feuerstelle, Knochenreste oder andere Hinweise. Im Inneren der Hütte fügte ich ein kniehohes Lager für mich und ein ebenso großes, aber flacheres für

Wolfssohn aus Zweigen, getrocknetem Moos und Blättern zusammen.

Bisher waren die Nächte kalt, aber nicht eisig, und ich hatte kein Bedürfnis, irgend etwas zu braten oder zu kochen. In der Familie von Ungur und bei den Rentierjägern hatte ich wie alle anderen Fleisch gegessen und heiße Brühe getrunken. Und während der Jahrhunderte des Herumirrens war mir alles recht gewesen, was irgendwie nach Nahrung für meinen Körper aussah. Das war inzwischen anders geworden: Ich ernährte mich ausschließlich von Früchten, Beeren, Kräutern und gelegentlich von einem Vogelei, das ich ausschlürfte, wenn mein Hunger nach etwas anderem als pflanzlicher Nahrung übermächtig wurde. Ich hatte mich sogar daran gewöhnt, ganz ohne Salz zu leben. Ein paarmal dachte ich daran, daß ich vielleicht ein Feuer machen und die Asche zum Würzen nehmen könnte. Aber allein der Gedanke, so schmutzig zu werden wie in der Zeit, ehe ich die Sonne wiedersah, hinderte mich daran.

Ich ging jeden Tag zum Bach und verwandte viel Zeit darauf, meine Haut mit schäumendem Seifenkraut zu reinigen. Anschließend ließ ich mich von der Sonne trocknen und rieb meinen Körper mit einer Salbe ein, die ich aus Distelsaft, zerdrücktem Buchenholzbrei und dem Samenöl der süßen Mandelbäumchen angerührt hatte. Jetzt half mir, daß ich mich in der Schule der Götter eine Zeitlang für Blumen und für Pflanzen interessiert hatte. Vieles von dem, was ich in den Gärten des Palastes über exotische Gewächse gesehen und gelernt hatte, war längst vergessen. Doch wunderbarerweise erinnerte ich mich jetzt an Dinge, die mir damals überhaupt nicht wichtig gewesen waren.

Bereits nach wenigen Tagen fühlte sich meine Haut straff und glatt an. Einige Schritt oberhalb des Plateaus an der steilen Bergwand hatte ich eine Stelle im Bach gefunden, an der das Wasser sich durch ein paar Felsbrocken, angeschwemmte Zweige und verrottete Blätter staute. An manchen Tagen, wenn die Sonne im Süden stand, wurde der Wasserspiegel so glatt, daß ich mich darin spiegeln konnte wie im Brunnen des verbotenen Gartens.

Ich fand, daß ich noch schöner aussah als im verbotenen Garten. Mein Gesicht war noch immer oval, meine Stirn hoch und meine

Nase gerade. Ich schürzte meine vollen Lippen, sah, wie meine Zähne sich wie Perlen im dunklen Wasser spiegelten und wie das Weiß meiner Augäpfel aufleuchtete. Ich sah nicht mehr so zart und elfenhaft aus wie früher. Meine Schultern sahen runder und meine Brüste ein wenig größer aus. Aber wieviel Zeit war auch vergangen! Was ich sah, gefiel mir jedenfalls viel besser als jedes ferne Bild von mir, an das ich mich kaum noch erinnerte.

Mit kleinen Feuersteinklingen schnitt ich mein Haar so kurz, daß es weich bis auf die Schultern fiel. Ich schnitzte mir einen Kamm und verwandte zwei Tage darauf, aus Borsten scheuer Tiere, die ich stets nur im Unterholz gehört und nie gesehen hatte, eine Bürste herzustellen. Aus weichem, wolligem Flaum, den ich überall an den Büschen fand, flocht ich mir zwei Stirnbänder. Ich hatte auf einer steinigen Lichtung weiter oben im Wald eine Alkanna entdeckt, wie sie auch in den Gärten der Königsinsel kultiviert worden war. Ich erkannte sie an den kelchartig nach oben geöffneten, hellvioletten Blüten, ihren rauh behaarten Stengeln und ihren großen, ebenfalls stark behaarten Blättern. Mit einem Stock grub ich die Pflanze samt ihren fußlangen Wurzeln aus und nahm sie zu meiner Hütte mit. Irgendwie wußte ich, daß ich aus dieser Pflanze zwei ganz unterschiedliche rote Farben gewinnen konnte: das Alkannarot und das Anchusarot.

Es war viel einfacher, als ich gedacht hatte. Und schon am gleichen Nachmittag färbte ich zum ersten Mal zwei Stirnbänder. Ich ließ die Farben eintrocknen. Am nächsten Morgen wusch ich die Stirnbänder so lange im Bach, bis sie die Farben behielten und sich nichts mehr auflöste. Dann färbte ich sie nochmals, wartete wieder zwei Tage und nahm sie dann erneut zum Bach mit. Diesmal löste sich nur noch wenig Farbe im Wasser. Ich war so stolz auf meine Arbeit, daß ich beschloß, weitere Farben herzustellen und in Steinen mit kleinen Mulden auf einem Felsbord neben der Hütte zu sammeln.

Dabei verschüttete ich etwas Farbe in eine Felsspalte. Und gleichzeitig ging mir auf, woher die Farbe in den Ritzen des Fischrelief stammen konnte. Vielleicht war sie zusätzlich mit Harz oder Wachs vermischt worden, um auch noch nach Jahrtausenden zu leuchten. Ich wußte es nicht, aber ich war inzwischen fest davon überzeugt, daß mein Felsbalkon vor langer Zeit ein alter Siedlungsplatz oder eine Kultstätte gewesen sein mußte. Ich hatte weder Asche noch irgendwelche Knochen oder Feuersteinsplitter gefunden. Das ließ viele Deutungen zu. Eine Weile spielte ich mit dem Gedanken, auch einen Fisch oder das Bild eines Tieres in die Felswand zu ritzen. Wenn ich nun etwas zeichnete, was noch niemand in dieser Gegend gesehen hatte... einen Elefanten vielleicht... oder ein Himmelsschiff...

Nein, das waren kindische Gedanken! Aber sie machten mir Spaß! Mehrmals stellte ich mir vor, was spätere Generationen von Menschen wohl sagen würden, wenn sie das Bild eines Tieres, das es in dieser Gegend nicht gab, oder von einer Maschine hier finden würden. Ich lächelte vergnügt vor mich hin. Wie würden Archäologen kommender Jahrtausende wohl das Bild eines riesigen Erzers deuten? Oder das Pentagramm-Symbol der zehn Könige?

Nach langem Zögern konnte ich es nicht lassen, doch noch ein Zeichen neben dem Fisch in den Fels zu gravieren. Ich gab mir viel Mühe und ritzte den Plan der Kanäle in der versunkenen Königsstadt wie ein Labyrinth in die Wand: mehrere konzentrische Kreise und ein Kreuz durch die Mitte mit einem langen Strich nach unten, der den Kanal von der Stadt bis zum Ozean darstellen sollte.

Sie würden niemals herausfinden, was ich in den Fels gezeichnet hatte! Niemand in keiner Zeit der Zukunft würde verstehen, was der Fisch im Fels und meine Zeichnung daneben bedeutete!

Der junge weiße Wolf wuchs zu einem prächtigen Exemplar heran. Wie schon sein Vater verschwand er ab und zu, dann hörte ich in den Nächten wütende Kampfgeräusche, aber ich wollte gar nicht wissen, was er tat. Irgendwie fühlte ich, daß ich ihn nur dann an mich binden konnte, wenn ich erlaubte, daß er gelegentlich seinen Instinkten folgen durfte. Wolfssohn war kein menschliches Wesen, sondern ein Tier. Und Tiere konnten nun einmal nicht so frei zwischen verschiedenen Möglichkeiten entscheiden wie Menschen oder Götter. Sie blieben stets eingebunden in einen Überlebensplan, der ihren freien Willen einschränkte und ihnen dafür die Chance bot, das Richtige zu tun, ohne lange zu denken.

Ich fragte mich sehr oft, was besser war – in einer Welt mit klaren Spielregeln zu leben und zu sterben, oder die Freiheit zu erlangen, mit jedem Schritt richtig und akzeptiert oder einsam und falsch zu handeln. Ich überlegte, wie frei die Bewohner des Inselkontinents, die Götter, Könige oder die Eingeborenen der Kolonien wirklich gewesen waren. Wo endete die Macht der uralten Instinkte, und wo begannen Geist und Wille, mehr zu bieten als Zweifel, Angst und Sehnsucht nach der Harmonie des Urzustandes?

Nach einer lauten, von wildem Lärmen im Wald erfüllten Nacht blieb Wolfssohn lange aus. An diesem schönen, warmen Morgen war ich allein zum Bach gegangen. Ich hatte mehr abgebrochene Zweige und Wühlspuren im Waldboden als sonst gesehen. Ich saß bereits wieder am Rand der Felsterrasse und wollte mir einen Rock aus bunten Vogelfedern und Wollfasern nähen, die ich seit vielen Tagen von den Zweigen der Büsche gesammelt, mehrmals mit Seifenkraut gewaschen, gekämmt, in der Sonne gebleicht, getrocknet und zwischen den Fingern zusammengedreht hatte.

Ich lauschte dem Zwitschern der Vögel um mich herum. Die Morgennebel im Flußtal stiegen nur langsam höher, ehe sie sich in weiß verwehenden Fahnen auflösten. Jenseits des Tales schlug ein Kuckuck an. Ich fand, daß es reichlich spät für diese Jahreszeit war. Doch immer wieder sagte ich mir, daß viel durcheinandergeraten sein mußte, während ich durch die Dunkelheit des Nordens geirrt war. Auch ohne die immer noch nicht überwundene Katastrophe hätte ich erst einmal lernen müssen, die Laute und Zeichen in diesen mir völlig fremden Regionen des Erdballs zu deuten.

Und dann kam Wolfssohn zurück. Ich hörte sein Schniefen bereits, ehe er die Felsterrasse erreichte, und merkte sofort, daß er Hilfe brauchte. Ich warf die ersten zusammengenähten Federn beiseite, sprang auf und lief zum Zugang des Felsbalkons. Wolfssohn hinkte. Sein weißes Fell sah schlimm aus. Es war zerzaust, zerbissen und überall blutig.

»Oh, Wolfssohn!« rief ich. »Was hast du denn gemacht?«

Er kam mit schleppenden, taumelnden Schritten auf mich zu. Ich fing ihn auf und half ihm, sich neben mir hinzulegen. Sein großer, sonst so stark wirkender Körper fühlte sich schwer und kraftlos in meinen Armen an.

Ich tastete mit den Fingern über seine Wunden. Und dann fühlte ich plötzlich etwas Hartes unter seinem bißnassen Fell. Er bäumte sich auf, winselte schmerzverzerrt und schnappte nach meinem Arm.

»Still!« befahl ich, obwohl ich ihm nachfühlen konnte. »Ich will dir doch nur helfen...«

Ich tastete nochmals über die harte Stelle, fand einen Widerstand und zog daran. Wolfssohn jaulte wild auf. Im gleichen Augenblick hielt ich ein blutiges, dreieckiges Knochenstück zwischen den Fingern. Ich hob es hoch und sah, daß es am Ende mit einem abgebrochenen Holzstück verbunden war. Das Blut von Wolfssohn tropfte zu Boden. Ich preßte die Lippen zusammen. Und dann fielen meine Tränen auf das Blut des weißen Wolfes.

Es war vorbei. Die wunderbaren Tage und Nächte des Friedens, die Wochen und Monate des Glücks auf meiner abgeschiedenen Felsterrasse über dem fern und tief bis zu den Bergen am Horizont dahinziehenden Strom, waren schlagartig beendet!

Ein Pfeil hatte Wolfssohn getroffen. Ich wußte nicht, ob er die Bisse in seinen Körper vorher oder danach erdulden mußte. Es war mir gleichgültig, denn alles, was jetzt noch zählte, war das Ende der Abgeschiedenheit. Ich stand auf, lief zu meiner Hütte an der Bergwand und suchte weinend nach Kräutern und Pflanzen, nach Schnüren, heilenden Pflanzen und trockenen, gewaschenen Moospolstern, mit denen ich ihn verbinden konnte.

Der Pfeil im Fleisch des jüngeren weißen Wolfes war das Ende des Sommers, in dem ich mich frei und glücklich gefühlt hatte.

Es dauerte drei Wochen, bis Wolfssohn wieder ohne zu humpeln herumspringen konnte. Schon daran wurde mir klar, wie knapp er dem Tod entgangen war. Ich zupfte noch mehr Wolle von den Büschen und drehte lange Fäden zusammen. Ich führte die Fäden von der Steilwand bis zum Rand des Felsbalkons und verband sie mit einigen flachen Steinen, die ich so neben meinem Lager in der Hütte aufstellte, daß sie schon bei der geringsten Bewegung umfallen mußten. Auf diese Weise wollte ich mich davor schützen, daß die Leute mit spitzen Pfeilen mich überraschten.

In der Zwischenzeit waren die Nächte merklich kühler geworden. Die Nebel im Flußtal brauchten länger, bis sie sich hoben, und auch die Sonne wärmte nur noch um die Mittagsstunden. Es wurde Zeit, daß wir weiter nach Süden zogen.

Ich bereitete mich sorgfältig vor. Nicht alles, was ich den Sommer über gesammelt hatte, konnte ich mitnehmen. Die Last wäre zu schwer und zu unpraktisch gewesen. Deshalb beschränkte ich mich auf Nüsse, getrocknete Kräuter und Früchte, Beutel mit Samen und ein paar Kleidungsstücke, die ich mit in den vergangenen Monaten aus dem Leder der Hirschkuh, aus Wollflaum von den Büschen und Vogelfedern angefertigt hatte.

Ein letztes Mal badete ich in der kühlen Frische das Bergbachs, salbte mir den ganzen Körper und zog frischgewaschene und gerade erst trockengewordene Sachen an: halbhohe Schuhe, die ich zusätzlich kreuz und quer mit Lederriemen umwickelte, ein Wolltuch um die Hüften, dann einen knielangen Lederrock mit einem breiten Gürtel und vielen Schlaufen für meine Beutel mit Samen, Kräutern, Salben, Farben, Knochennadeln, Feuersteinscherben und andere Kleinigkeiten. Anschließend zog ich die Jacke mit langen Ärmeln an, die ich aus Hirschleder und den Resten von Rentierfellen zusammengenäht hatte. Ich legte das alkannarote Stirnband um meine Haare, steckte mein Feuersteinmesser in den Gürtel und nahm die Stange auf, an der ich die größeren Lederbeutel befestigt hatte.

»Komm, Wolfssohn«, sagte ich. Noch einmal blickte ich zum Fisch im Fels. Ich lächelte, als ich das Kreuzzeichen mit Kreisen um die Mitte sah. Ich hatte lange überlegt, ob ich es doch noch unkenntlich machen, zerkratzen oder abschlagen sollte. Jetzt aber hob ich die Schultern, pfiff Wolfssohn kurz zu und ging zur Stelle, an der der Felsbalkon den Durchlaß zur Bergflanke bot.

Ich blickte nicht mehr zurück. Obwohl ich mich auf unbestimmte Art traurig fühlte, daß ich nicht bleiben konnte, war ich andererseits froh über meinen Entschluß, weiter nach Süden zu ziehen. Ich glaube, daß ich mich ganz einfach davor fürchtete, noch einmal lange Zeit nur dunkle Wolken zu sehen und eine Kälte zu verspüren, die niemals aus den Gliedern weichen wollte.

Der Abstieg war viel mühsamer, als ich gedacht hatte. In den vergangenen Monaten hatte ich mich kaum weiter als fünfhundert Schritt vom Felsbalkon entfernt. Jetzt aber entdeckte ich, wie steil und unwegsam die Bergflanke tatsächlich war. Der Wald wurde dichter und dichter. Gebüsch, dornige Ranken und umgestürzte Baumriesen versperrten mir immer wieder den Weg. Ich rutschte, kletterte und glitt mehr, als ich ging. Ich mußte mich bücken, Zweige und Äste zur Seite biegen und kam nur sehr mühsam voran.

Wir waren gegen Mittag aufgebrochen. Viel schneller, als ich gedacht hatte, wurde der Wald so dunkel, daß ich kaum noch etwas erkennen konnte. Die meiste Arbeit hatte Wolfssohn. Er zwängte sich durch das verfilzte Unterholz, kam zurück, wies mir erneut den Weg, und führte mich mit seinem leisen »Wuff-wuff«, warnenden Knurrgeräuschen und kurzem Schniefen immer weiter abwärts.

Ich war die Anstrengung nicht mehr gewöhnt. Ein halbes Jahr in Frieden und Geborgenheit hatten meine Haut glatt und meine Muskeln schwach gemacht. Und dann, als ich schon fast nicht mehr weiter konnte, sah ich den Fluß. Er war so breit wie ein See. Ich blinzelte und stolperte einfach weiter. Der dichte Wald reichte bis ans Ufer. Die Abendsonne tauchte das weite Wasser in rotgoldenes Licht.

Urplötzlich schoß Wolfssohn in das Unterholz. Ein Aufschrei gellte durch die Abendstille. Gleich darauf jaulte auch Wolfssohn. Er raste an mir vorbei zum Ufer. Keine zehn Schritt entfernt stürzten sich zwei Männer ins Flußwasser. Den Schatten des dritten sah ich erst, als er bereits über mir war.

AM STRUDEL VON LEPENO

Wärme. Rauch. Knisterndes Feuer. Der Duft von gebratenem Fisch und ein Gewirr von Stimmen. Männerstimmen, Frauenstimmen, dazwischen Kinderstimmen. Ich verstand kein einziges Wort. Aber wozu auch? Hatte ich das alles nicht schon mehrfach erlebt? Ungur. Renbart. Mußte sich alles immer nur wiederholen? Wo war ich diesmal?

Ich fühlte mich wie zerschlagen. Was hatten die Männer am Fluß und der Schatten, der plötzlich neben mir aufgetaucht war, mit mir gemacht? Ich reckte mich ein wenig, dann richtete ich mich auf. Ich lag kaum fünf Schritt von einem kleinen, hochauflodernden Feuer entfernt auf einer Art Netz, das über zwei Reihen größerer Flußsteine gespannt war. Um mich herum bildete eine Gruppe aus mehreren Dutzend Männern, Frauen und Kindern eine dichte Mauer aus Leibern und Gesichtern. So viele Eingeborene auf einmal hatte ich noch nie gesehen. Ich brauchte ein paar Augenblicke, bis ich erkannte, daß das Feuer extra wegen mir so hell loderte.

Wo war Wolfssohn?

Sie bemerkten, daß ich erwacht war, und redeten aufgeregt durcheinander. Ich erkannte stämmige, robuste und kraftvolle Männer mit runden Köpfen, langen, fast schwarz glänzenden Haaren und Gesichtszügen, die schärfer und faltiger wirkten als bei allen anderen Gruppen von Eingeborenen, die ich bisher gesehen hatte. Sie trugen nur einen kurzen Lendenschurz und ein paar Riemen kreuz und quer über dem Oberkörper.

Seltsamerweise sahen die Frauen ganz anders aus. Sie waren größer als die Männer, ausgesprochen füllig und hatten ihr Haar in Hunderte von Locken gelegt. Es sah aus, als trügen sie runde Bienenkörbe auf dem Hals, aus denen nur die runden Gesichter hervorsahen. Sie hatten Röcke an, und einige der älteren waren in Schultertücher gehüllt. Ich wunderte mich darüber, denn ich konnte mir nicht erklären, woraus die Tücher waren.

Auf der anderen Seite des Feuers klirrte es rhythmisch. Das heftige Palaver verstummte nur zögernd. Und dann entdeckte ich einen Mann undefinierbaren Alters, bei dessen Anblick ich unwillkürlich zusammenzuckte. Er erinnerte mich so frappierend an einen Oannes-Jünger, daß ich für einen endlosen Augenblick schon dachte, ich hätte endlich einen Überlebenden gefunden. Aber dann sah ich, daß es nicht sein konnte, auch wenn der fischförmige Hut mit einem Fischschwanz, der bis zu seinen Oberschenkeln reichte, mich nach wie vor verwirrte. Der Mann trug einen vorn offenen Rock, der bis zu seinen nackten Füßen reichte. An Schnüren über seiner Brust hingen runde Steine, große Muscheln und ausgebleichte Fischgräten. Vor jedem Schritt durch den feinsandigen Boden suchte er einen rundgewaschenen Stein, auf den er mit einem übermannsgroßen und oben schneckenartig gekrümmten Stab stoßen und dadurch Muschelschalen an kurzen Schnüren klappern lassen konnte.

Der Schein des Feuers malte farbig schillernde Reflexe auf seine glänzende, spiegelnde Rockhaut. Es kam mir vor, als würde er mit tanzenden Sprüngen absichtlich langsam einmal um das Feuer und dann um mich herumgehen. Ich spürte, wie die Anspannung der Zuschauer immer mehr wuchs, aber ich kannte die Regeln dieser Gruppe von Menschen nicht und wußte nichts von der Bedeutung ihrer Rituale. Harmlos oder gefährlich, drohend oder besänftigend – ich hatte einfach kein Gefühl dafür, was hier und jetzt am Ufer des großen Flusses geschah, der einen wunderbaren Sommer lang nur Frieden und Weite für mich bedeutet hatte.

Der eigenartig Geschmückte kam plötzlich auf mich zu, stieß seinen Muschelstab schräg in den steinigen Uferboden und verneigte sich kaum merklich. Die Geste wirkte auf mich wie eine Mischung aus Respekt, Stolz und Vorsicht. Er verschränkte seine nackten, olivfarbenen Arme auf dem Rücken, beugte sich etwas vor und ging mit leicht gesenktem Kopf dreimal vor mir hin und her. Dann blieb er abrupt stehen und sprach mich an.

Seine Stimme klang guttural und überraschend melodisch. Er sprach viel schneller als die Männer und Frauen im kalten Norden. Ich bemühte mich, genau zuzuhören, aber ich verstand nicht ein einziges Wort.

Seine Arme flogen nach vorn. Er streckte die Hände aus, riß die

Augen auf und starrte mich fragend an. Ich konnte nur den Kopf schütteln. Zu meiner Überraschung nickte er, verschränkte erneut seine Arme auf dem Rücken und nahm seine schon fast rituell wirkende Wanderung vor mir wieder auf – drei Schritte nach links, drei Schritte nach rechts. Aus den Augenwinkeln beobachtete ich die anderen. Ihre Gesichter wirkten angespannt, aber nicht feindlich oder abweisend. Das Licht der Flammen reichte nicht aus, um die weitere Umgebung zu erkennen. Nur manchmal hörte ich ein Wasserplätschern in der Dunkelheit jenseits des Feuerkreises.

Und dann – ohne jede Vorwarnung – riß der so eigenartig Geschmückte beide Arme hoch. Er stieß einen schrillen Schrei aus. Ich fuhr zusammen und hielt mich unwillkürlich an den Knoten des Netzes fest. Der Vortänzer schrie noch immer. Eigentlich war es kein Schrei, sondern eine immer schneller werdende kunstvolle Folge von Kopf-, Kehl- und Brustlauten. Es klang schauderhaft und gleichzeitig so, als würden drei, vier oder fünf längst ausgestorbene Tiere gleichzeitig seinen Mund benutzen.

Nie zuvor hatte ich etwas derartig Faszinierendes und zugleich Unwirkliches gehört. Schon die Art, in der die einzelnen Halbtöne ansetzten und sofort von anderen überholt wurden, riefen in mir Erinnerungen an das graue Haus und eine überirdisch bestimmte Folge von Zeiten hervor. Es war eine neue Erfahrung für mich, die ich mir nur sehr schwer erklären konnte.

Ich hatte gelernt, daß es stets mehrere Wahrheiten gab. Die erste Ebene umfaßte die sinnlich erkennbaren Tatsachen. Berühren und Sehen gehörte dazu, ebenso wie Hören und Schmecken und Riechen. Die zweite Ebene der Wahrheit konnte Informationen der ersten Ebene veredeln oder verfälschen. Sie war aber nicht notgedrungen auf sie angewiesen, denn die Benutzung des Verstandes konnte sich selbst da Beweise vorgaukeln, wo es sie überhaupt nicht gab. Wissen, wie ich es gelernt hatte, baute auf Fakten und Analysen und wiederholbaren Experimenten auf. Doch genau diese Definition von Wahrheit hatte den Untergang einer ganzen Zivilisation zur Folge gehabt! Nur noch das hatte gezählt, was sich als schneller, höher und weiter bewerten ließ. Und mit der Oberflächlichkeit angeblicher Beweise war die dritte Ebene der Wahrheit mehr und mehr verlorengegangen.

Und dann fiel es mir wie Schuppen von den Augen. Ich erkannte, warum wir vergeblich nach dem Geheimnis des Cro Magnon-Experiments gesucht hatten: wir waren ausgeschickt worden, den Ursprung zu finden, aus dem Ideen und Träume, Gefühl und Sehnsucht, Hoffnung und Glaube entstanden. Wie aber konnte ein Blinder Farben finden, ein Tauber aus Noten die Macht einer Sinfonie erahnen, ein Gott menschlich empfinden und ein Mensch die Harmonie des Kosmos verstehen?

Ich fühlte mich plötzlich sehr nackt und verloren. Mit einer hilflosen Gebärde hob ich die Hände. Ich wußte, daß ich nichts wußte und gab mich in die Hände des anderen. Es war keine Ekstase, keine Verzauberung, keine Meditation. Ich wollte nicht einmal verstehen, sondern nur sein und gleichzeitig nicht sein: nicht das Ziel sollte meinen Weg bestimmen, sondern der Weg sollte das Ziel sein! Der Weg zu mir selbst...

»Wenn du bist, was ich sehe«, sang der Eingeweihte, »wirst du seh'n, was ich bin!«

Ich verstand ihn! Er war kein Priester der Fischer, kein Vorbeter, dem Funktionen wichtiger waren als Inhalte, sondern ihr Schamane. Für einen Augenblick verwirrte mich, daß mir der Unterschied zwischen Priestern und Schamanen nicht mehr ganz klar war. Nur eines wußte ich: Kein Schamane wurde zum Besessenen in Frauenkleidern, weil er es wollte! Echte Schamanen der Eingeborenen waren von Anfang an magische Werkzeuge gewesen... die Stimme der wissenden Vorfahren... lebende Steine der Götter!

Ich konnte jedes Wort seines Gesanges verstehen! Er spürte es. Und ohne den Ausdruck seines zur Maske erstarrten Gesichtes zu verändern, tanzte er weiter. Und dann, ganz plötzlich, grinste er mich an. Seine Augen blitzten und rollten. Seine Bewegungen wurden ruckartiger. Wie in Hypnose erzählte er mir in meiner eigenen Sprache, was geschehen war, seit die Götter vor vielen Jahrtausenden zum ersten Mal den Donaustrom heruntergekommen waren und am Tor durch die Kalkfelsen der Karpaten den Strudel von Lepeno zu einem der vielen abgeschirmten Plätze bestimmt hatten, an dem sie Menschen ansiedeln wollten...

»Sie kamen und gingen«, sang der Eingeweihte, »wir nannten sie Bogs – das bedeutet Wissen und Reichtum und Spender. Wir opferten ihnen, damit sie uns mit ihrer Anwesenheit erfreuten. So herrschten in steter Wiederkehr Daz-Bog über das Feuer am Himmel und Stri-Bog über die Bewegung der Luft, die Wolken, die Stürme... doch dann sahen wir die Götter nicht mehr... die Götter vergaßen uns, und wir erinnerten uns nur noch dunkel an sie. Doch dann kamst du zum Altar am Berg, den unsere Ahnen verehrten, um die Bogs zu rufen... bist du eine der Göttinnen, die uns erschuf?«

Die folgenden Tage und Nächte vergingen wie in einem einzigen rauschhaften Fest. Die kleinen Fischer feierten mit allem, was sie lange Zeit gesammelt und gehortet haben mußten. Ich erkannte schnell, daß sie zwar völlig abgeschieden, aber nur teilweise einsam lebten. In den Jahrtausenden seit der ersten Besiedlung der steinigen Uferbank oberhalb des großen Strudels im Fluß hatten sich Strukturen herausgebildet, die viel komplizierter waren als alles, was ich bisher über das Zusammenleben von Eingeborenen gehört und gesehen hatte. Und schon in den nächsten Wochen lernte ich, wie sehr der Fluß das Leben der Fischer bestimmte.

Die nur hundertfünfzig Schritt lange und fünfzig Schritt breite Siedlung am Fuß der steil ansteigenden Kalkberge schien einer Laune der Natur entsprungen zu sein: der Durchbruch des Flusses war nur wenige hundert Schritte breit. Er reichte nicht aus, um die sich stauenden Wassermassen ruhig hindurchfließen zu lassen. Etwa in der Mitte des Felsentors fiel der Boden des Flußbettes so steil ab, daß dadurch ein gewaltiges, fünfhundert Schritt langes Strudelfeld entstand. Die Strudel waren zu bestimmten Zeiten so wild und mächtig, daß immer wieder sogar sehr große Fische gegen die Laufrichtung des Flusses bis ins flache Uferwasser direkt vor der Siedlung geschleudert wurden.

An diesen Tagen fuhr kein Boot hinaus. Dann reichte es, wenn Männer, Frauen und Kinder Dämme aus Felsgestein im flachen Wasser errichteten und einfach warteten, bis es wieder ablief. Nie zuvor hätte ich gedacht, wieviel Getier in einem Fluß wie diesem leben konnte. Denn wenn die Strudel ohne jeden sichtbaren Anlaß wild wurden, waren die Geschenke des Wassers groß und reich.

Hunderte von Fischen aller Art, Flußkrebse und Muscheln türmten sich am Uferrand. Während die einen sammelten, sorgten andere bereits für die Aufteilung.

Einige Fische wurden in eigenartige, fast zwei Schritt breite Steine mit muldenartigen Vertiefungen gelegt, die ich schon in den ersten Tagen überall am Ufer bemerkt hatte, und in denen die eingefangenen Fische noch viele Tage herumschwimmen konnten. Erst später entdeckte ich, daß die Form der seltsamen Steine immer dann in den Hütten entstand, wenn besonders schwere Regenfälle die Schlafplätze rund um die Feuerstellen überschwemmten.

Andere Fische wurden sofort ausgenommen, geschuppt, mit Asche eingerieben und an Schnüren aus zusammengedrehter Fischhaut aufgehängt. Und wieder andere kamen in den Rauch der Feuer, wo sie fetttropfend eine glänzende, hellbraune Farbe annahmen und köstlich zu duften begannen.

Ich hatte die Fischer völlig falsch eingeschätzt: nicht der Fischfang mit Booten und Netzen oder die Jagd mit irgendwelchen Harpunen und Pfeilen sicherte den Bestand der Siedlung, sondern die Ernte, die der Fluß von Zeit zu Zeit überreich und wie ein Geschenk anbot. Von der Siedlung aus konnte ich stromauf etwa zweitausend Schritt weit blicken, stromabwärts sechstausend, doch was zu den Strudeln schwamm, war verloren! Tag und Nacht schäumte das Wasser mit einem dumpfen Brausen an der Auswaschung in den Kreidefelsen vorüber – während der Sommermonate etwas leiser, nach den Herbstregen und im Frühling, wenn das Wasser stieg, lauter und oft bedrohlich nah.

Nicht ein einziges Mal gestatteten sie mir, mit ihnen in eines der kleinen Boote zu steigen, mit denen sie den breiten Fluß nur stromaufwärts befuhren. Wenn die Männer zurückkehrten, brachten sie Beeren und Kräuter, Nüsse und Früchte mit – niemals aber einen Vogel oder ein erlegtes Tier des Waldes!

Sie begannen immer deutlicher zu murren. Ich wußte nicht, was es war, aber dann sahen mich auch die Frauen mit bösen und vorwurfsvollen Blicken an. Irgend etwas stimmte nicht! Der Fluß brachte reiche Ernte, und das Dorf hatte genug zu essen, doch etwas schien den Bewohnern der Uferbank zu fehlen. Ich zögerte lange, doch dann entschloß ich mich, sie ganz direkt zu fragen.

»Warum seht ihr mich von Tag zu Tag zorniger an? Was habe ich euch getan?«

Die Männer wandten sich ab und zogen sich bis zur Steilwand des Kreidefelsens zurück. Nur ein paar Frauen blieben in meiner Nähe. Sie tuschelten lange miteinander, dann trat eine von ihnen vor.

»Unsere Männer fahren umsonst den Fluß hinauf«, brachte sie anklagend hervor. »Sie bringen nur noch Beeren, Früchte und Kräuter zurück!«

Ich nickte zustimmend, wußte aber nicht, worauf die Frau hinauswollte. Doch dann fiel mir die Pfeilspitze in Wolfssohns Fleisch ein. Und plötzlich verstand ich den Zorn und das Murren.

»Seit du hier bist, hat niemand mehr einen Vogel gefangen! Die Pfeile der Männer verfehlen das Wild! Fallgruben bleiben leer, und die Tiere des Waldes fliehen schneller, als unsere Männer sie verfolgen können!«

»Und ihr meint, daß ich...«

»Du hast mit vielen Tieren zusammengelebt! Du kennst ihre Sprache! Du hast ihnen gesagt, wann sie vor raubenden Wölfen und schwirrenden Pfeilen fliehen müssen!«

»Nein, nein, ihr irrt euch! Ich habe nichts dergleichen...«

»Doch!« unterbrach mich eine bekannte Stimme. »Ich habe es gehört!« Ich drehte mich schnell um und starrte in das verlegen zuckende Gesicht des Schamanen. »Die Männer riefen mich hinzu, als sie dich am Berg in der Ferne entdeckt hatten. Sie wollten dich sofort rauben, aber ich rief die Dämonen an und riet dann den Männern, dich einen Sommer lang zu beobachten...«

Ich schüttelte ungläubig den Kopf.

»Fast jeden Tag waren zwei, drei Männer von uns in deiner Nähe«, fuhr der Schamane fort. »Sie haben alles beobachtet und alles Gesehene zu mir gebracht! Wie du mit Wölfen und Vögeln redetest, wie du dir Kleider genäht und Mützen für deine Füße gemacht hast, wie du den Fisch im Fels entdecktest und wie du versprachst, deine Freunde weder zu töten noch zu essen...«

Ich spürte, wie sich alles in mir verkrampfte. Schon der Gedanke, daß der Zauber des Sommers ständig belauscht und beobachtet worden war, erfüllte mich ebenfalls mit Zorn.

»Ja, es ist gut so!« schrie ich den Schamanen unbeherrscht an. »Ich will nicht, daß ihr meine Vögel fangt, meine Rehe jagt und meine Tiere des Waldes verspeist! Habt ihr nicht Fische im Übermaß? Begnügt euch damit und laßt alle anderen Wesen in Frieden!«

Mein zorniger Ausbruch zeigte mehr Wirkung, als ich erwarten konnte. Noch oft in den folgenden Jahren fragte ich mich, warum keine der Frauen und nicht einmal der Schamane gewagt hatten, mir zu widersprechen. Und erst langsam fand ich die Gründe dafür heraus, daß fortan ohne weiteres Murren nur noch das gegessen wurde, was der Fluß hergab.

Ich lernte, daß es neben den großen Bog-Gottheiten der Vergangenheit auch noch andere Wesenheiten in der Vorstellung der Dorfbewohner gab, die offen und insgeheim von allen verehrt und gefürchtet wurden. Sie zeigten mir kleine, rundliche Skulpturen aus Stein, die fast alle etwas Fischartiges in ihrem Gesichtsausdruck hatten. Sie stellten die Dämonen der diesseitigen Felsen, der herabstürzenden Steine und der auf der anderen Seite des breiten Stroms aufragenden, dunkel und dicht bewaldeten Berge dar. Ich hörte von Nymphen des Wassers namens Vily, die in mondhellen Nächten ihre Lieder sangen, vernahm, von kreischenden Russalky-Ungeheuern der Strudel und von ertrunkenen Kindern, die alles allein durch die Reinheit der Herzen besänftigen konnten.

Und ich hörte vom bösen, schwarzhäutigen Tscherne-Bog im Norden. Dieser Gott interessierte mich mehr als alle anderen, doch niemand war in all den vielen Jahren bereit gewesen, mir mehr über den Herrn der Dunkelwelt zu erzählen, der auch in dieser Gegend einmal geherrscht haben mußte.

»Seine Macht bestand aus der Gewißheit, daß seine Befehle befolgt wurden«, erzählte mir die Frau, die ich als Anführerin der ganzen Gruppe betrachtete, eines Tages. »Und du hast damals genauso gesprochen, als du befahlst, keine Vögel und keine Tiere des Waldes mehr zu essen! Unsere Vorfahren wären damals fast verhungert!«

»Damals hatte ich gerade einen sehr schönen Sommer in der Gesellschaft von Tieren erlebt«, meinte ich wie zur Entschuldigung.

»Außerdem war ich noch jünger. Ich glaube, heute würde ich das nicht mehr sagen, auch wenn du zugeben mußt, daß der Fluß ausreichend Nahrung hergibt.«

Sie hob die Schultern und entfernte sich ohne zu antworten. Ich sah ihr lange nach. In den folgenden Wochen überlegte ich immer wieder, ob ich den Namen des Gottes, mit dem sie mich verglichen, schon einmal gehört hatte oder nicht, aber ich konnte mich einfach nicht mehr daran erinnern, ob es auch dunkelhäutige Götter gegeben hatte oder nicht.

Insgesamt lebten knapp hundert Männer, Frauen und Kinder auf der nur vom Wasser aus zugänglichen Uferscholle. Und irgendwann erkannte ich, daß ich eine Gefangene war – eine von allen verehrte und respektierte Göttin zwar, aber eine Gefangene.

Sie errichteten für mich dicht vor den Strudeln eine Hütte aus Stangen und Zweigen. Sie sah fast genauso aus wie die Hütte, die ich mir selbst auf der Felsterrasse stromaufwärts gebaut hatte. Als das Laub von den Bäumen hoch über der Siedlung am Fluß herabfiel und der Winter kam, wurde auch für mich ein Herdofen aus Kalksteinen mitten in meiner Hütte gebaut. Der breite Strom trieb genügend Äste und Zweige an. Sie wurden als Baumaterial und als Brennholz verwendet.

Zwei Jahre nach meiner Ankunft, an einem stillen, ruhigen Tag, ertönten laute Warnrufe von den Wächtern des Ufers durch die ganze Siedlung. Ich war gerade damit beschäftigt, gemeinsam mit anderen jungen Mädchen getrocknete und mit der Asche der Feuer eingeweichte Fischhäute zusammenzunähen.

Und dann, in einer stürmischen, regnerischen Nacht, als der Fluß so wild schäumte, daß die Wellen bis in die ersten Hütten schwappten und weder ich noch die anderen schlafen konnten, gellte plötzlich der Schrei eines Kindes durch die Dunkelheit. Ich fuhr hoch, zog mir schnell etwas über und trat in den peitschenden Regen hinaus. Zuerst konnte ich nur ein paar flackernde Feuer in den Hütten erkennen, doch dann sah ich, daß sich das ganze Dorf direkt am Ufer versammelt hatte. Der Sturm trug nur Fetzen eines seltsamen, klagenden Gesanges bis zu mir. Ich wischte die Wassertropfen aus dem Gesicht, beugte mich vor und näherte mich vorsichtig den anderen.

Mehrere Männer hielten eines der kleinen, auf und ab tanzenden Boote fest. Eine Frau brachte ein etwa fünf Jahre altes, vollkommen nacktes, frierendes und schreiendes Kind. Ich wußte nicht, was das alles bedeuten sollte. Und ehe ich etwas tun konnte, warf die Frau ihr Kind in das Boot. Die Männer sprangen wie auf ein Kommando hin zurück. Sofort wurde der Nachen von den Wellen fortgerissen. Er drehte sich, taumelte wie ein welkes Blatt dicht an mir vorbei und verschwand in der Nacht. Noch einmal hörte ich das Schreien, dann war es vorbei.

Mord! Das ganze Dorf hatte absichtlich ein kleines, unschuldiges Kind geopfert! Ich war so entsetzt, daß ich nicht wußte, wie ich mich verhalten sollte. Im gleichen Augenblick schrien die anderen auf. Sie kamen auf mich zu und stießen mich einfach zur Seite. Ich stolperte. Kräftige Hände griffen nach meinen Armen. Sie rissen mich fast bis zu meiner Hütte zurück. Und dann knirschte und polterte es am Berg über uns. Ich konnte kaum etwas erkennen.

»Sovij kommt!« schrie der Mann, der als Eingeweihter, Narr und Schamane des Dorfes eine besondere Funktion hatte. »Flieht vor Sovij-Bog, dem Gott des tötenden Berges!«

Aber es gab keinen Platz mehr, wohin wir noch fliehen konnten. Mit einem furchtbaren Krachen stürzten gewaltige Felsbrocken mitten ins Dorf. Sie zerschlugen die Hütten rissen die Leinen mit getrockneten und geräucherten Fischen ab und zertrümmerten die Boote. In einer einzigen schrecklichen Nacht verwandelte sich die friedliche Siedlung in einen Trümmerhaufen.

Und erst jetzt verstand ich das Kindesopfer. Es hatte weder den Fluß noch den Berg besänftigt.

Ich brauchte hundert Generationen, um die Verehrung der Flußfischer am Strudel von Lepeno so weit zu dämpfen, daß ich mich geachtet, aber in vielen alltäglichen Dingen auch ganz normal und gleichberechtigt unter ihnen bewegen konnte.

Dreihundert Jahre! Und oft genug in den ersten Jahrzehnten hatte ich an nichts anderes gedacht als daran, wie ich die wieder und wieder von Überschwemmungen und Steinschlag gefährdete Siedlung verlassen könnte. Meine Welt war sehr klein geworden und mein Denken und Fühlen ebenfalls. Noch oft in den vergangenen Jahren waren kleine Kinder auf die gleiche Weise wie in meiner ersten Sturmnacht am Fluß geopfert worden. Und fast genauso oft hatte der wütende Strom Gestein fortgerissen, das vom Berg wieder aufgefüllt wurde. Ich lernte nur schwer, mich ebenso wie die Menschen am Strudel von Lepeno zu verhalten. Sie kannten seit Urzeiten die Gefahren, mit denen sie fertigwerden mußten. Sie hatten sich damit abgefunden, aber ich war in den ersten Jahrzehnten mehr als einmal drauf und dran gewesen, einfach ins Wasser zu springen und mich zu den Strudeln treiben zu lassen. Ich hatte es nicht getan, sondern mich ganz allmählich daran gewöhnt, nicht mehr zu wollen und zu erhoffen, als erreichbar war.

Einige Male in den ersten Jahrzehnten hatte ich seltsame Wolken gesehen, bei deren Anblick mir fast das Herz stehenblieb. Sie erinnerten mich so sehr an die früheren Himmelsschiffe, daß ich drauf und dran war, laut aufzuschreien, die Arme hochzureißen und ihnen zu winken. Inzwischen wußte ich nicht mehr, was ich glauben sollte. Manchmal war ich davon überzeugt, daß die Wolken zwischen den Wolken hoch am Himmel beobachtende Ma-anas gewesen waren, dann wieder vertrieb ich diese Gedanken und sagte mir, daß kein Götterschiff noch mehr als tausend Sonnenumläufe nach der Katastrophe das wilde Land beobachten konnte. Wenn es auch nur einen einzigen der alten Götter und Himmelsschifflenker gegeben hätte – wäre ich dann nicht längst gefunden worden?

Ich hielt meinen Stein der Götter sauber, und wenn ich mich unbeobachtet fühlte, dann putzte und polierte ich ihn, bis er wie ein großer, dunkel strahlender Edelstein aussah.

Es kam immer seltener vor, daß ich über meinen eigenen Fatalismus lächeln oder mich ärgern konnte. Natürlich blieb in all den langen Jahren stets der Hauch einer Sehnsucht in mir. Es gab Zeiten, in denen ich so unruhig wurde, daß ich mich von den anderen zurückzog und sogar freundlich zu mir kommende Kinder schlecht gelaunt abwies. Ich spürte selbst, wie unausstehlich ich dann war. Doch mit der Geduld von Menschen, die ganz andere Probleme hatten, ließen die Dorfbewohner mich gewähren. Sie registrierten meine Stimmungen und stellten sich darauf ein, daß ich schwieriger war als die anderen Frauen und Mädchen der Siedlung.

Die Männer behandelten mich wie eine Schamanin, die viel geheimes Wissen besaß, in den alltäglichsten Dingen aber oft ungeschickter war als die Angehörigen der Großfamilie. Mein Verhältnis zu den weiblichen Angehörigen der Großfamilien war wesentlich komplizierter. Ich spürte immer wieder, daß sie mich sehr genau beobachteten und dennoch auswichen, wenn ich versuchte, mich zu ihnen zu setzen und mit ihnen zu reden. Insofern unterschied sich mein Leben doch nicht so sehr von der Zeit bei Ungur oder bei Renbart und Fjörgyn.

Der Fluß, der Berg und die Kindesopfer sorgten dafür, daß nie mehr Menschen auf dem winzigen Stück steinigen Landes lebten als es ernähren konnte. Nicht ein einziges Mal versuchte einer der Männer, sich mir zu nähern. Die Frauen der Siedlung schienen mich sogar dafür zu bewundern, daß ich keine Kinder bekam, die unser Zusammenleben nur noch problematischer gemacht hätten.

Wer die Kindheit überstand, nicht vom Strom fortgerissen oder vom Berg erschlagen wurde, konnte etwa dreißig Jahre alt werden. Nur die Schamanen wurden etwas älter. Dreihundert Jahre nach meiner Ankunft sorgte der siebte Kundige dafür, daß regelmäßig Opfer gebracht und die Ereignisse des Jahresverlaufs in der überlieferten Reihenfolge gefeiert wurden.

Das höchste von allen Festen fand immer dann statt, wenn der Fluß in einem schweren Winter zugefroren war und das Eis unter den wärmenden Strahlen der Frühlingssonne knirschend und knackend aufbrach. Dann zogen die Jüngeren mit den letzten Vorräten bis zu den treibenden Schollen. Sie sprangen von einer Eisplatte zur nächsten, und jeder versuchte so weit wie möglich in die Mitte des Stroms zu gelangen, um dem Fluß zu opfern. Auch dabei kehrten die Mutigsten oft nicht zurück. Ihre Namen wurden so lange genannt, bis wieder ein harter Winter und wieder ein Frühling kam.

Ich weiß nicht mehr, wann mir zum ersten Mal die muldenförmigen Steine am Uferrand aufgefallen waren. In manchen Jahren standen mehr Fischtröge herum, in anderen weniger. Ich hatte mich daran gewöhnt, daß nach jedem schweren Regen die hart und unbrauchbar gewordenen Herdsteine aus den Hütten zum Ufer gebracht wurden. Doch dann eines Morgens, nach einer Nacht wilder Frühlingsstürme, kamen die Männer auch zu mir. Wie schon so oft, wollten sie meinen Herdstein abholen.

Am Abend zuvor hatte es wieder einmal eine Auseinandersetzung mit Slava gegeben. Schon als Kind und als junges Mädchen hatte die resolute und sehr geschickte Frau mir immer wieder gezeigt, daß sie mich nicht mochte.

»Geopfert wird nur Göttern!« war einer ihrer oftmals wiederholten Ermahnungen, wenn einer der jüngeren Männer mir ein besonders großes, gut durchgebratenes Stück Fisch an einem Stock anbieten wollte. Und jeder wußte, was sie damit meinte.

An jenem Abend hatte Slava, die inzwischen das Oberhaupt des Dorfes war, behauptet, daß der Winter besonders hart und die Frühlingsüberschwemmungen schwer und bedrohlich ausfallen würden.

»Woher willst du das eigentlich wissen?« hatte ich eingeworfen.

»Ich weiß es, weil ich mehr sehe als du!« hatte Slava geantwortet. »Du hast immer nur behauptet, daß dein Halsschmuck ein Stein der Götter ist. Aber du erkennst nichts in der Farbe des Wassers, im Geruch des Winters in der Luft und im Flug der Vogelschwärme?«

Obwohl ich wußte, daß ihre Behauptungen zutrafen, hatten wir noch eine Weile gestritten, dann war ich in meine Hütte am Rand des Dorfes zurückgegangen. Ich hatte versonnen und ziemlich traurig mit dem ausgebrannten Kalkpulver am Rand des Hüttenfeuers gespielt und dabei wie zufällig die Form der lange versunkenen Königsstadt auf den Boden gezeichnet...

Als die Männer die Herdsteine anhoben, entdeckte ich, daß meine Zeichnung im Staub noch immer vorhanden war.

»Wartet!« rief ich und ging zu ihnen. Drei der Männer hielten eine schwere Platte hoch. Ich strich über meine Zeichnung. Sie war zu Stein geworden...

»Laß dies hier liegen«, sagte ich.

»Aber wozu, Inanna? Wir wollen dir doch nur neue Herdsteine aufstellen«, meinte der junge Bursche, den ich seit seiner Geburt vor vierzehn Jahren immer ganz gern gemocht hatte. Er war etwas größer als die anderen, und als Slava mich damals gefragt hatte, wie sie ihn nennen sollte, hatte ich ihr den Namen Urso vorgeschlagen. Ich wußte, daß sie sich längst darüber ärgerte...

»Das da habe ich gestern abend in den Staub neben der Feuerstelle gezeichnet.«

»Was ist das?« fragte Urso. Die jungen Männer legten den flachen Stein wieder ab.

»So sah einmal die Stadt aus, in der ich geboren wurde.«

»Stadt? Was ist Stadt?«

Ich seufzte leise, dann schüttelte ich den Kopf.

»Zu lange her und zu schwer zu erklären«, lächelte ich. »Ihr würdet es doch nicht verstehen!«

Ich hatte mir abgewöhnt, jeder neuen Generation von meiner Herkunft und meiner Vergangenheit zu erzählten. Es verwirrte die Bewohner des Dorfes nur.

»Und warum sollen wir dir keine neuen Herdsteine aufstellen? Diese Platte hier ist doch nur hart gewordenes Steinpulver...«

Ich spürte, wie ein kalter Schauer über meinen Rücken lief. Natürlich! Genau das war es: hart gewordenes Kalksteinpulver! Waren nicht auch sehr viele der Häuser und Paläste der Königsinsel mit gebranntem Steinpulver erbaut worden?

»Kommt!« sagte ich aufgeregt. »Wo ist noch eine Feuerstelle mit Steinpulver, das heute nacht nicht naß geworden ist?«

»Bei meiner Mutter«, antwortete Urso sofort. Ich sah Slava weiter oben am Fluß und lief voran. Die jungen Männer zögerten einen Moment, denn jeder im Dorf wußte natürlich, wie es zwischen mir und Slava stand.

In der Hütte von Ursos Mutter kniete ich mich neben der trokkenen Feuerstelle auf den Boden und schob mit beiden Händen den weißgrauen, noch warmen Staub neben den Umfassungssteinen zusammen. Vorsichtig steckte ich ein paar flache Kopfknochen von abgenagten Fischen in die Erde. Ich baute einen kleinen, kaum handtellergroßen Kasten. Dann tröpfelte ich Wasser aus dem steinernen Vorratsbehälter in den verbrannten Kalkstaub.

Die jungen Männer erschienen zögernd am Eingang der Hütte, als ich mit einem aus Schwemmholz geschnitzten Löffel ganz langsam den Kalkstaub mit Wasser verrührte. Ich blieb noch eine Weile knien, ehe ich wieder aufstand und den jungen Männern zulachte.

»Niemand soll das da anrühren!« sagte ich. »Bis morgen nicht ... oder bis übermorgen, das muß ich erst noch herausfinden.«

»Was soll das, Inanna?« fragte Urso mißtrauisch. »Warum verrührst du Steinstaub mit Wasser? Und welchen Dämon willst du damit beschwören? Und was sollen wir Slava sagen?«

»Ich weiß es noch nicht«, antwortete ich vergnügt. »Aber wenn eintritt, was ich vermute, wird sich dieses Dorf nie wieder vor Überschwemmungen fürchten müssen!«

Das Wunder geschah. Zwei Tage später versammelte sich das ganze Dorf vor der Hütte von Ursos Mutter. Nacheinander erklärte ich immer neuen Gruppen, was ich versucht hatte. Und noch lange, nachdem jeder Mann, jede Frau und jedes Kind meinen Stein im Mantel aus Fischknochen gesehen hatte, saß ich mit Urso und seinen Freunden zusammen und schmiedete Pläne für die nächsten Wochen.

»Wir haben es immer gewußt«, sagte Urso kopfschüttelnd. »Nach jedem starken Regen, der durch die Hütten bis zu den Feuerstellen drang, mußten wir den hart gebackenen Kalkstaub forträumen...«

»Der Staub der Kalksteine verändert sich in der Hitze des Feuers«, erklärte ich, noch immer ein wenig erstaunt darüber, daß ich es überhaupt wußte. »Wir werden sehr viel Staub brennen müssen, aber wenn wir ungefähr zwei, drei Boote voll haben, können wir den Fußboden für eine neue Hütte so hoch aufgießen, daß keine Überschwemmung mehr gefährlich werden kann.«

»Könnte man damit auch Wände bauen?«

»Ich weiß, daß es geht«, nickte ich. »Aber dafür war noch etwas anderes nötig, woran ich mich einfach nicht erinnern kann!«

»Macht nichts«, sagte Urso nachsichtig. »Ich denke, wir sollten zuerst den Boden für eine neue Hütte aus dem Schlamm der gebrannten Steine gießen. Es soll eine große Hütte in der Mitte der Siedlung werden...«

»Wir haben mit allen gesprochen«, ergänzte ein anderer. »Sie meinen, daß du in dieser neuen Hütte wohnen sollst!«

Seit langer Zeit fühlte ich mich wieder froh und glücklich. Ich hatte etwas getan, das dem ganzen Dorf in seinem Überlebenskampf helfen würde. Eine neue Technik? Möglich. Vielleicht aber auch nur ein winziger Bruchteil jener Erinnerungen, die noch in mir schliefen. Überall flammten Feuer auf. Die Männer schlugen Kalksteine von der Steilwand, Kinder schleppten sie bis zu den Feuern, und die Frauen zerrieben sie Stück um Stück zu feinem Staub.

Die nächsten Tage vergingen mit immer neuen Versuchen. Es war ziemlich schwierig, Steinstaub und Holzasche so zu trennen, daß sie sich nicht vermischten. Wir versuchten es auf alle nur denkbaren Arten, aber so rein, wie ich es wollte, wurde der Kalkstaub nur ganz selten. Bis Urso darauf kam, daß wir zuerst ganz dünne Steinplatten gießen sollten, um sie über die Feuer zu legen.

»Das wird nicht reichen«, sagte ich. Irgendwie wunderte ich mich über mein Wissen. »Die Flammen müssen den Staub direkt berühren.«

»Und wenn wir Löcher in die Platten bohren?«

»Dann fällt der Staub hindurch«, sagte einer der anderen.

»Kleine Löcher«, meinte Urso beharrlich. »Dann kommen die Flammen hindurch, und die Asche des Feuers bleibt unten.«

»Das klingt gut«, stimmte ich zu. »Versuchen wir es!«

Wir arbeiteten viele Wochen lang wie an den Vorbereitungen zu einem ganz großen Fest. Zweimal fast wäre alle Mühe umsonst gewesen. Beim ersten Mal wurde das Dorf von einem unerwartet heftigen Sommergewitter überrascht. Der Himmel bezog sich und wurde so schnell dunkel, daß uns kaum Zeit blieb, den bisher gesammelten Steinstaub mit aneinandergenähten Fischhäuten zu bedecken und die Ränder mit schweren Steinen zu sichern.

Beim zweiten Mal schlug mitten in der Nacht ein herabstürzender Felsbrocken mitten in den Haufen aus Steinstaub. Beim blakenden Schein von stinkenden, mit Fischtran getränkten Fackeln besahen wir uns den Schaden.

»Die Götter sind gegen uns!« murmelte Slava. »Doch warum sollten sie bei einem Werk helfen, das von einer stammt, die behauptet, selbst eine Göttin zu sein?«

Die Männer starrten mit verbissenen Gesichtern auf die Reste des mühsam angehäuften Staubs aus gebranntem Kalk. Er war so fein gewesen, daß der Felsbrocken ihn nach allen Seiten geschleudert hatte.

»Wir könnten den Staub wieder einsammeln«, schlug Urso vor. Seine Mutter warf ihm einen mißbilligenden Blick zu.

»Was ist aus uns geworden!« preßte sie hervor. »Solange wir noch mit dem Tanz der Schamanen lebten, hatten wir Frieden und gute Verbindungen zu unseren Ahnen, Dämonen und alten Göttern. Seit sie bei uns ist, haben wir keine Schamanentrommel mehr gehört. Und das ist nicht gut für uns! Was haben wir in diesem Jahr gesammelt? Wo sind die Vorräte für die Zeit, in der die Strudel keine Fische ans Ufer treiben?«

Jeder wußte, wie recht sie hatte. Auch ich hatte mir bereits Gedanken darüber gemacht, wieviel Zeit wir mit dem Experiment bereits verloren hatten. Aber sprach nicht gerade Slavas Voraussage dafür, einen sicheren Platz zu schaffen, ehe die Frühlingshochwasser kamen? Ich zweifelte keinen Augenblick daran, daß Slavas Vorahnung richtig war. Jede Frau im Dorf schien ganz genau sagen zu können, wann der Fluß reich war, wann schwere Winter kamen und wann die Zahl aller Dorfbewohner wieder einmal mit einem grausigen Ritual verringert werden mußte.

»Ich schlage euch etwas vor«, sagte ich so laut, daß alle anderen sofort verstummten. Sie drehten sich zu mir und warteten. Ich hatte in all den Jahren nie sehr laut geredet. Doch jetzt wollte ich ihnen beweisen, daß ich mehr sein konnte als nur ein geduldeter Gast. »Wenn alle noch einmal mithelfen, das neue Haus zu bauen, und wenn dann eintritt, was Slava befürchtet, werde ich mich selbst opfern!«

»Ja, aber bis zum Winter wirst du von unseren Vorräten essen!« rief Slava. Irgendwie erinnerte mich die Situation an meine Auseinandersetzungen mit Fjörgyn. Es waren die starken Mütter, die mich nicht akzeptierten. Was war so anders an mir? Warum lehnten mich gerade diese Frauen so auffällig ab?

Auf den Inseln der Könige war es seit Urzeiten wie selbstverständlich gewesen, daß Männer über die Macht und das Recht verfügen konnten, wie es ihnen gefiel. Ich brauchte nur daran zu denken, wie herablassend Osiris gewesen war und wie befehlsgewohnt mich der Schiffsherr behandelt hatte. Seit die Könige nicht mehr über ein Weltreich herrschten und die Götter keine Eingeborenen-Kolonien mehr regierten, mußte sich etwas verändert haben. So sehr ich auch nachdachte – ich fand einfach keine Erklärung dafür...

»Sobald der Winter kommt und die Vorräte knapp werden, will ich nichts mehr!« rief ich. »Ich werde nicht essen, bis der Fluß wieder eisfrei ist!«

»Dann kannst du dich auch gleich ins Wasser stürzen!« lachte Slava triumphierend. »Verhungern oder ertrinken – such es dir aus!«

»Wir werden das neue Haus bauen!«

»Haus? Eine Hütte auf Schlamm aus Staub...«

»Es wird das erste Haus in diesem Dorf!« rief ich. »Mit einem Fundament, das keine Welle und kein Frühlingshochwasser fortreißen kann!«

»Gut, ich bin einverstanden!« rief Slava. Sie reckte sich, stemmte die Fäuste in die Seiten und sah sich triumphierend um. »Aber du stirbst in jedem Fall – entweder vor Hunger oder aber, weil du behauptest, klüger und stärker zu sein als der Fluß!«

Es war Rache – nichts als Rache für eine dreihundert Jahre zurückliegende Demütigung! Sie hatten nicht vergessen, daß ich gleich nach meinem Auftauchen im Dorf das Jagen und Essen von Tieren des Waldes verboten hatte! Damals war ich noch ein Wunderwesen, eine Göttin für die Fischer von Lepeno gewesen. Die Erinnerung an das große Ereignis meiner Ankunft war über alle Generationen von Mutter zu Tochter weitergegeben worden, doch seither hatte ich nichts mehr getan, was sie mit Ehrfurcht und Staunen erfüllen konnte. Es wurde Zeit für eine neue Bestimmung meiner Position.

Und Slava wußte das.

DER LETZTE WINTER

Hat irgend jemand etwas von Gott Enki gehört, auch Ea genannt? Oder von seinen früheren Gefährten, den Oannes-Fischmenschen? Vom Ma-ana, seinem Schiff, das nach oben und nach unten fährt?«

»Nichts...«, die erste Antwort.

»Negativ!« eine in weiter Ferne.

»Wir auch nicht«, gelangweilt die dritte.

»Wer das Nichts sucht, wird das Nichts finden!«

»Das Sein besteht im Nichtsein des Gegenteils...«

»Und Philosophie ist nur Heimweh!«

»Bei allen Göttern! Kann denn keiner von euch Männern vernünftig auf eine vernünftige Frage antworten? Ich suche Enki, den Gott des süßen Wassers. Es ist eine Nachricht für ihn da. Sie betrifft Inanna, die junge Göttin...«

»Frauen! Wen interessiert denn noch, was eine Priesterin der Großen Muttergöttin verlangt? Das war bereits vergessen, noch ehe alle Könige versagten! Versucht vielmehr, die nächste Stufe des Seins zu erlangen. Das allein zählt, wenn ihr wiedergeboren werden wollt!«

»Ich dachte nur, es interessiert irgendeinen von euch Göttern, daß Inanna noch lebt. Ihr Stein der Götter sagt, daß sie Hilfe braucht – ein Zeichen, das Eindruck auf Menschen macht.«

»Mag sein, aber es ist nicht unser Problem, anrufende Botin. Übrigens – woher sprichst du?«

»Aus der Region, in der Gott Tiuz herrschte.«

»Scheußliche Gegend – zu kalt und zuviel Eis!«

»Nein, nur kalt und dunkel und ein neues Meer, das immer größer wird. Früher war alles...«

»Nein, sprich nicht weiter! Ich will nichts wissen, was mich verwirren könnte! Ich will auch nichts von heldenhaften Müttern und ihrem Überlebenskampf erfahren! Denn nur, wer nichts tut, vermeidet Fehler!«

»Das mag deine Einstellung sein, aber woher nimmst du den Anspruch, daß du allein recht hast?«

»Jede Region und jeder Überrest der Alten Ordnung ist auf Erinnerungen angewiesen. Jeder, der mit den Göttern zu tun hatte und der den Untergang auf diese oder jene Weise überlebt hat, behauptet, er sei zum Nabel und Mittelpunkt der neuen Weltordnung auserwählt. Doch nachdem der gesamte Planet seine Achse verschoben hat, fließen Flüsse anders als vorher. Die Winde im Luftmeer wehen nicht mehr wie früher, und selbst die Ströme in den Tiefen der Ozeane haben die Ordnung des untergegangenen Zeitalters durchbrochen, und niemand wird je beweisen können, daß er allein die Alte Wahrheit kennt!«

»Vergiß die Höhlen nicht! Wir Priesterinnen der Großen Muttergöttin haben schon vor euch Männern die Geheimnise des Lebens und der verborgenen Kräfte in uns selbst erkannt. Wir wußten lange vor euch alles über den Lauf der Sterne, über die Mondveränderungen und die Kraft der Sonne!«

»Hat dieses Wissen irgend etwas bewirkt? Wissen und Dulden verändert nichts auf der Welt!«

»Wir haben stets die Überlieferungen weitergegeben...«

»Nur so, wie ihr sie selbst versteht! Wie viele große Götter haben die Flut überlebt? Und wie viele unfertige Götterschüler, Halbgötter und selbst Krieger, Händler, Handwerker und Eingeborene maßen sich inzwischen die alten Fähigkeiten an? Träume und Phantastereien, Märchen und Aberglaube – das ist es, was ihr bei ihnen mit dem Geschwätz von Überlieferungen erreicht habt!«

»Verbittert dich, daß du die Macht verloren hast?«

»Ich bin ein Gott und bleibe es!«

»Was ist ein Gott, der nichts mehr hat außer sich selbst?«

»Eine Idee und ein Gedanke. Und eben das wird niemals eine Frau begreifen! Ihr braucht den Leib, die Körperlichkeit, um etwas zu erschaffen! Wir aber können Welten durch die Kraft des Geistes, durch reines Denken planen und erbauen! Logische Welten! Funktional! Namen, Symbole und Programme! Ordnung, Gesetz und Hierarchie! Fortschritt und Zivilisation! Die Welt als ein System des klaren Überwillens! Das ist es, was wir anstreben! Was sind dagegen schon der Mond und die Gefühle...«

»Was du suchst, ist unmenschlich... die Hölle für die Überlebenden! Und es wird niemals eintreten!«

»Im Gegenteil! Es gibt bereits Götter, die es geschafft haben! Bei den Eingeborenen südlich der Himalajagipfel, bei denen ich mich jetzt aufhalte, heißt der Erleuchtete Dyaus-pita, in anderen Gegenden Dioupiter, Zeus-pater und mancherorts sogar Tiuz, obwohl ich diesen Namen eigentlich für jünger hielt. Auch seine göttliche Gemahlin muß vielen der Eingeborenen in den Kolonien bekannt gewesen sein. Sie hieß Prthivi-mata, Ge-meter, Terra-mater und was ich sonst noch hörte.«

»Was haben die uralten Götter mit dir zu tun?«

»Ich suchte sowohl nach den Schöpfern als auch nach den Erhaltern des Himmels und der Erde. Dabei stieß ich auf den göttlichen Zwerg Vischnu, der als Lenker der Sonne ins Riesenhafte zu wachsen vermochte. Seine Symbole sind Aufgang, Höhepunkt und Niedergang. Ein wahrhaft männlicher Gott, der ebenfalls viele Namen besitzt, denn das, was Eines ist, benennen Eingeweihte vielfach, um das Wissen zu schützen...«

»Verstehst du eigentlich selbst, was du mir sagen willst?«

»Du hast nach meinem Zustand gefragt, und ich sage dir, wer ich geworden bin: Nachdem ich die uralten und die weniger alten Gottheiten gesucht und viel über sie erfahren hatte, hörte ich von einer ganzen Gruppe von Überlebenden. Ihr Gott war Schiwa, der Zerstörer. Alles, was ihn und die maßlose Horde seiner Begleiter interessierte, war das Vergnügen im Untergang. Es war Schiwa, der behauptete, daß seine Potenz stärker sein würde als die des Sonengottes Vischnu und der Könige der Insel. Er machte seinen gewaltigen Grabstock – sein Linga – zum Symbol in den Kolonien, die ihm überhaupt nicht gehörten, und ließ ihn anbeten wie ein Heiligtum! Aber er war ein Feigling, denn er floh in die Berge im Norden, als die Sonne einen rächenden Begleiter nach ihm warf...«

»Du meinst, daß Schiwa der Grund für den Untergang einer ganzen Welt gewesen ist?«

»Er war ein Zerstörer der alten Harmonie, der sogar mir den Kopf abschlagen wollte, als wir zusammentrafen!«

»Und was hast du getan?«

»Ich habe ihn durch Soma, den alten Trank der Götter, besiegt.

Als er machttrunken und wild schreiend überall verkündete, er sei der Herr der Welt, bin ich mit Hilfe der Sonnenseele in seinen Geist eingedrungen. Seither bilden Vischnu, Schiwa und ich die Dreigestalt Trimurti. Denn wer nicht siegen kann, muß teilen! Jeder von uns hat seinen Platz: Ich bin der Nachfolger des Schöpfers, Vischnu erhält und Schiwa zerstört, wo es nötig ist.«

»Und wer warst du, alter Gott, vor der Vereinigung?«

»Brahma, wenn dir der Name noch etwas sagt. Und von jetzt an werde ich überhaupt nicht mehr antworten. Es interessiert mich nicht, ob irgendeine junge Göttin noch lebt oder nicht. Schiwa, Vischnu und ich sind uns selbst genug. Wir haben die Einheit zwischen unseren Individualseelen und der Weltseele gefunden.«

»Halt! Geh nicht weg! Nur eine Frage noch!«

»Eine Frage!«

»Du sagst, der Überwille ist dein Ziel, und dann sprichst du von Seele. Wie kann zusammenpassen, was so unterschiedlich ist?«

»Eine Frage, und dies ist unsere dreieinige Antwort, die aber heute und in Zukunft nicht für Frauen gelten kann: fragt diejenigen, die uns verstanden haben. Fragt meine eingeweihten Priester. Fragt die Brahmanen...«

Die Tage wurden kürzer und kühler. Wie schon so oft in den vergangenen Jahrzehnten kündigte sich der Winter mit bizarren Wolkenformationen an, die lange Schatten über den Fluß und die bewaldeten Berge am gegenüberliegenden Ufer warfen.

Die Herstellung von gebranntem Kalkstaub gelang immer besser. Ich versuchte, den Bewohnern des Fischerdorfes zu erklären, was ich beabsichtigte. Dabei bemerkte ich, daß die Männer kaum darauf achteten, was ich sagte. Die meisten schien viel mehr zu interessieren, wie ich sprach, wie ich mit meinen Händen Formen in die Luft malte und wie ich dazu meinen Körper bewegte. Sie lauschten mit halbgeöffneten Mündern. Je eindringlicher ich redete, desto leuchtender wurden ihre Augen. Und irgendwie verstanden sie mich in diesem Zustand aus Wachtraum und Trance. Sie verstanden, auch wenn ich den Eindruck hatte, daß meine Worte nur angenehm klingende, erregende Töne für sie waren...

Ganz anders die Frauen.

Zu meiner Überraschung erfaßten sie sehr schnell, was mir selbst lange Zeit als kompliziert und nur schwer zu beschreiben erschienen war.

»Hör auf, uns darüber zu belehren, welchen Wert dieser steinige Uferstreifen für uns hat«, sagte Slava eines Morgens. Sie benahm sich seit ihrer letzten Drohung fast wie eine Schwester. Aber der Schein trog. Jedermann wußte, daß sich Slava nur deshalb so sanft und hilfsbereit gab, weil sie sich ihres kommenden Sieges sicher war. Je besser sie mich behandelte, um so nachhaltiger würde sich ihre Position festigen, sobald eintrat, was sie erhoffte.

Ich richtete mich auf, pustete ein paar Haarsträhnen aus meinem Gesicht und wischte den schwarzgrauen Kalkschlamm von meinen Händen. Bis jetzt war es ganz allein mein Recht und meine Aufgabe gewesen, Versuche über die Zusammensetzung des Kalkschlamms anzustellen. In meiner Ungeduld war ich auf den Gedanken gekommen, daß wir den vorhandenen Staub mit etwas Sand vom Ufer des Flusses strecken könnten. Es ging viel besser, als ich zunächst vermutet hatte.

»Wenn es soweit ist, soll dein Sohn den Schlamm anrühren«, sagte ich zu Slava. »Er weiß alles, was auch ich weiß.«

»Und du? Was willst du tun?«

»Ich möchte ein Zeichen setzen«, sagte ich schlicht. Slava klopfte mit den Handflächen den Staub aus ihrem kurzen Rock. Der Tag im Spätherbst war warm und still. Am frühen Morgen hatten noch überall jenseits des Stroms die Tiere des Waldes ein lärmendes Konzert veranstaltet. Jetzt, kurz vor der Mittagsstunde, stand die Sonne hoch über uns. Der Fluß floß ruhig dahin, und selbst die unberechenbaren Strudel stromabwärts plätscherten so, als hätten sie niemals Fische an Land geschleudert und Kindesopfer verschlungen.

Ich sah den Schweiß auf Slavas rundem Gesicht. Sie arbeitete ebenso hart wie alle anderen, und es schien ihr nichts auszumachen. Sie kam ganz langsam auf mich zu. In ihren wachen Augen entdeckte ich eine Art von Mißtrauen, das ich ihr nicht einmal übelnehmen konnte.

»Du willst also ein Zeichen setzen«, wiederholte sie meine Worte so leise, daß kein anderer uns hören konnte. »Meinst du, ich würde zulassen, daß du deine Magie oder dein altes Wissen benutzen kannst, um mich vor allen anderen herabzusetzen?«

»Du verstehst mich falsch«, sagte ich ebenso leise. »Sieh mal – dieses schmale Stück Ufer ist seit Jahrhunderten und vielleicht schon seit Jahrtausenden eure Heimat. Die Männer fahren gelegentlich mit den Booten dort ein Stück stromaufwärts, aber ihr Frauen seid niemals mehr als hundertfünfzig Schritte in eine Richtung gegangen. Auch du, Slava, kennst nur, was du hier siehst...«

»Warum sollte ich mehr wollen?«

»Nein, das meine ich nicht. Aber kannst du dir nicht vorstellen, daß es jenseits des Stroms und hinter der Steilwand des Kalkberges noch viele andere Siedlungen gibt?«

Slava hob die Schultern. »Na und? Was ändert es, wenn ich weiß, daß der Fluß aus den flachen Ebenen gen Sonnenuntergang kommt und gen Sonnenaufgang erneut durch langweiliges Land ohne Berge fließt, bis er die großen Wasser erreicht, in die alle Flüsse münden...« Sie zeichnete mit ihrer Hand den Weg des Flusses so plastisch vor mir auf, daß ich das Bild sofort verstand. »Dies hier ist mein Dorf«, fuhr sie dann fort, »meine Heimat, mein Leben! Und alles, was mich daran stört, bist du, Inanna!«

Ich spürte, wie kalte Schauder über meinen Rücken liefen. Ich mußte mehrmals tief durchatmen, bis ich fragen konnte: »Du weißt, wohin der Fluß fließt?«

»Jeder weiß es.«

»Woher, Slava?« fragte ich und versuchte, so ruhig wie möglich zu bleiben. »Woher wißt ihr das? Ihr habt niemals darüber gesprochen! Dreihundert Jahre lang habe ich kein einziges Wort über den Weg des Flusses gehört!«

Sie hob die Schultern. »Es ist nicht wichtig«, sagte sie. »Außerdem hast du nie danach gefragt!«

Ich schloß für einen Moment die Augen. Zum ersten Mal seit langer, langer Zeit spürte ich so viel Trauer und Enttäuschung in mir, daß ich am liebsten laut geschrien und geweint hätte. Wie war es möglich gewesen, daß ich dreißig Generationen lang neben uraltem Wissen gelebt hatte, ohne auch nur ein einziges Mal zu fragen. Lag es an mir, an meiner Einstellung gegenüber den Eingeborenen? War die Gefangenschaft am Rande des Flusses nur die Strafe für meinen Stolz und meine Überheblichkeit? Nach langer Zeit fielen mir plötzlich wieder die Bilder aus dem grauen Haus ein. Ich hatte gesehen, ohne zu verstehen. So wie die Männer des Dorfes meine Worte hörten und doch an etwas ganz anderes dachten, hatte ich bei den Fischerfamilien gelebt und dreihundert Jahre lang nicht begriffen, daß sie keineswegs primitiv und einfältig waren. Ihre Welt war kein Zufall – keine grausame Laune der Natur, sondern Teil eines größeren Planes, von dem sie alle mehr in sich zu tragen schienen, als ich bisher auch nur geahnt hatte. Das Cro Magnon-Experiment! Der Versuch, das Geheimnis der Alten Ordnung von Göttern auf die verschiedensten Menschengruppen zu übertragen! Wie groß und weise mußten die alten Götter gewesen sein, wenn sie bereits Jahrtausende vor dem Ende ihres eigenen Zeitalters damit begonnen hatten, Erben und Nachfolger auszuwählen, die dereinst weiterführen konnten, was ihnen nicht mehr vergönnt war.

Ich hatte mich stets für klüger und wissender gehalten als die Menschen, mit denen ich nach der Katastrophe zusammengetroffen war. Vielleicht nicht immer bewußt, aber doch so, daß mein Verhalten die anderen davon abgehalten hatte, mich als eine der ihren zu anzusehen. Auch jetzt noch fühlte ich mich als Göttin.

Aber was hieß das schon in einer Gemeinschaft, die mehr besaß, als ich ihr geben konnte?

Ich seufzte sehr tief, dann lächelte ich Slava zu.

»Ich habe viel falsch gemacht.«

»Du siehst also ein, daß alles vertane Zeit war, daß dein Hiersein uns nur stört und daß du sterben mußt?«

»Nein«, sagte ich und schüttelte den Kopf. »Der Bau des Hauses wird gelingen. Ich weiß nicht, ob ihr mich überhaupt töten könnt, aber ich werde den Stein an meinem Hals in den Fluß werfen, wenn nicht gelingt, was ich versprochen habe! Du weißt, daß ich damit meinen göttlichen Schutz aufgebe. Und das ist für mich ebenso wie bei euch der Tod!«

Sie verzog ihr rundes Gesicht, daß ich fast sehen konnte, wie angestrengt sie nachdachte. »Was verlangst du dafür?«

»Nichts weiter als ein Gebet an die alten Götter meiner eigenen Heimat.«

»Du sprachst von einem Zeichen...«

»Ich möchte mein Haus nach den alten Regeln der Harmonie errichten, die ich vor langer Zeit gelernt habe.«

»Urso hat mir den Stein gezeigt, in dem hart geworden ist, was du aufgemalt hast. Meinst du das?«

»Nicht ganz. Für euch sind Luft und Wasser, Strömung und Wetter die Zeichen, nach denen ihr euch richtet. Ich aber bin in einer Welt aufgewachsen, in der das Maß der Zahl die Ordnung aller Dinge symbolisierte.«

»Das ist mir unverständlich.«

»Überleg doch mal, Slava: Ihr entscheidet doch auch, welche Zahl gut ist, wenn ihr die Kinder opfert. Und alles, was ich möchte, ist ein Haus, dessen Fundament nach den alten Maßzahlen der Ordnung und des Gleichgewichts der Schönheit erbaut wird.«

Slava kaute eine Weile auf ihrer Unterlippe. Ganz tief in ihrem Inneren schien sie zu ahnen, daß ich ihr nicht die ganze Wahrheit sagte. Ich hatte lange darüber nachgedacht, wie ich mein Todesurteil doch noch aufheben könnte. Bis ich auf den Gedanken gekommen war, ein Zeichen auszulegen für irgendeinen Unsichtbaren, der mir vielleicht noch helfen könnte.

Den Grundriß des Atlantis-Kreuzes konnte ich nicht mehr verwenden. Jeder im Dorf wußte, was ich vor vielen Wochen in den Staub neben der Feuerstelle in meiner Hütte gezeichnet hatte. Sie würden sofort mißtrauisch werden.

Ich mußte eine Grundform finden, die in den wilden Gegenden auffällig war und nicht natürlich vorkam. Gleichzeitig mußte die Form so einfach sein, daß nicht einmal Slava Verdacht schöpfte.

Schon deshalb schied das Pentagramm aus. Kreisformen kamen zu häufig bei Teichen und anderen natürlichen Landmarken vor. Ein Quadrat war nicht auffällig genug. Selbst ein Felsbrocken, der über einen Berghang rollte, konnte den Boden quadratförmig oder als rechteckige Narbe aufreißen. All diese Überlegungen hatten mich in dem Gedanken verstärkt, die neue Hütte mit einem Grundriß zu errichten, der ein gleichseitiges Dreieck mit zwei gleichen Winkeln bildete. Ich kannte Slava lange genug. Sie würde meinem Wunsch zustimmen und erst ganz zum Schluß verlangen, daß ich die Form des Zeichens veränderte. Nun gut – mit einem Dreieck war ich auf diese Falle vorbereitet...

»Ich bin einverstanden«, sagte Slava. Sie konnte nicht verbergen, daß sie sich wieder einmal als Siegerin fühlte.

Vier Wochen vor der Wintersonnenwende begann ich mit dem Aufmaß für das Fundament. Genau in der Mitte zwischen der Uferlinie und der Steilwand steckte ich einen Fischknochen zwischen die Steine. Dann ging ich sieben Schritte parallel zum Ufer flußabwärts und steckte dann den zweiten Fischknochen ein.

Von der Mitte der Linie aus ging ich nochmals sieben Schritte auf den Berg zu. Und wieder bildete ein Fischknochen die Markierung für eine Ecke des Fundaments. Ich halbierte alle Seiten mit weiteren Fischknochen.

»Dies ist die Form, um die ich bat«, sagte ich zu den Männern und Frauen, die mir aufmerksam zugesehen hatten. »Und innerhalb der Markierungen sollen alle Steine fortgeräumt werden. Grabt so tief, wie ihr könnt, damit das Fundament des neuen Hauses schwer und mächtig wird.«

Sie taten, was ich gesagt hatte. Der Rest des Tages verging damit, die Grube auszuheben. Slava hielt sich die ganze Zeit zurück. Am Abend schlug sie vor, daß wir ein kleines Fest feiern sollten. Die meisten waren überrascht. Nur ich ahnte bereits, was sie beabsichtigte...

Als die Feuer herabgebrannt und die Bewohner des Dorfes nach viel gebratenem Fisch satt und müde geworden waren, als dann auch noch kleine Becher aus zusammengenähten und gebleichten Fischköpfen mit scharf vergorenem Kräutersud herumgereicht wurden, und als der Schamane sein letztes Lied beendet hatte, da stand Slava auf und hob beide Hände.

»Wir haben dir die Grube für das Fundament deines Hauses gegraben«, sagte sie für alle vernehmlich. »Wir haben getan, was du wolltest. Aber ich kann deine Gedanken lesen, Inanna! Du sagst, daß du nicht nur von den Göttern abstammst, sondern selbst eine Göttin bist!«

Sie ließ sich einen Fischkopfbecher reichen, trank ihn mit einem kurzen Schluck aus und warf ihn hinter sich ins Wasser des dunklen Flusses. »Ich weiß nicht, was göttlich an dir sein soll!« fuhr sie fort. »Aber ich weiß, wie erregt du bist, wenn du bestimmte Wolkenformen am Himmel siehst. Du glaubst noch immer, daß die Männer der Vergangenheit dich hier finden können! Und dein Haus...«, ihre Stimme wurde schriller, »Dein Haus ist ein Zeichen von so klarer Form, daß selbst ein blinder Bog es aus der Luft erkennen könnte!«

Ich hatte keine Lust mehr, mich zu verstellen, deshalb trat ich einen Schritt vor und richtete mich auf.

»Ja!« rief ich. »Ich bin und bleibe eine Göttin! Ich war zu jung, als die große Katastrophe die ganze Welt in ein Chaos stürzte! Aber kein noch so furchtbarer Weltuntergang kann alle Götter vernichtet haben! Seht mich doch an! Ich bin da, und keiner von euch weiß, woher ich komme und warum ich unsterblich seit Jahrhunderten bei euch lebe!«

»Hört ihr das? Sie gibt es zu!« Sie streckte ihren rechten Arm aus und deutete auf mein Gesicht. »Deshalb will ich, daß du das Zeichen veränderst!« rief sie herrisch.

»Ich habe nichts dagegen, sofern ich die Winkel nicht verändern muß«, antwortete ich vollkommen ruhig. »Ich könnte die Seiten verlängern, oder...«

»Nein, Inanna!« rief Slava und lachte laut. »So einfach kommst du mir nicht davon! Du willst grade Linien wie in der Zeichnung vom Ort deiner Herkunft, damit jeder erkennt, daß hier am Ufer des Flusses eine wie du lebt! Ich aber sage dir: mach sie rund! Rund wie das hier, von dem ich mehr habe als du!«

Sie schlug beide Hände unter ihre vollen Brüste und hob sie an. »Ich weiß genau, was du willst, Inanna, denn schon meine Mutter erzählte uns von deiner Vorliebe für Formen, die nicht natürlich wachsen und entstehen. Deshalb befehle ich: Mach die Seite des Hauses zum Fluß hin rund!«

Damit hatte ich nicht gerechnet. Und plötzlich bewunderte ich diese Eingeborene. Vielleicht war ihr nicht einmal bewußt, woher sie ihr instinktives Mißtrauen hatte, aber es war da, und es wirkte wie eine Waffe gegen mich.

Es hatte keinen Zweck, weiter zu streiten. Ich drehte mich um und ging zu meinem Schlafplatz am Rand des Dorfes zurück. Zweimal sah ich Ursos Gesicht im Halbdunkel zwischen den Hütten.

Er folgte mir, aber er wagte nicht, mich anzusprechen. Ich verstand, was er mir sagen wollte. Er würde in dieser Nacht darüber wachen, daß mir nichts geschah...

Ich lag lange wach und überlegte, wie ich Slavas Mißtrauen besänftigen und dennoch das tun konnte, was ich vorhatte. Am nächsten Morgen holten mich drei der erwachsenen Männer ab. Wie sich später herausstellen sollte, hatte sie Slava noch in der gleichen Nacht dazu eingeteilt, mich zu jeder Stunde des Tages und der Nacht zu beobachten. Ich wurde doppelt bewacht, doch das änderte im Prinzip überhaupt nichts an meiner Situation.

Ohne zu zögern nahm ich eine Schnur aus gedrehten und getrockneten Fischdärmen. Ich ging bis zur Steilwand des Kalkberges und sah über die sanft abfallende Uferbank zum Fluß. Er wirkte kalt und unfreundlich. Ein unangenehmer Wind kräuselte das Wasser und ließ höhere Wellen als sonst bis zu den Booten schwappen. Ich sah zu den Strudeln hinüber. Schaum spritzte aus ihnen nach oben, und wie so oft in den vergangenen Jahrzehnten mußte ich einsehen, daß mir dieser Fluchtweg für immer versperrt blieb.

Ich ging zum obersten der Fischknochen, band das Seil aus Därmen darum und kletterte in die ausgehobene Grube. Dort, wo der linke unterste Fischknochen steckte, stieg ich wieder hoch. Mit dem Ende der Darmschnur beschrieb ich einen Bogen bis zum rechten unteren Fischknochen.

»Das dürfte wohl reichen!« sagte ich so laut, daß jeder der Umstehenden mich verstehen konnte. »Hebt auch noch diesen Teil des Bodens aus!«

Slava war die ganze Zeit nicht zu sehen. Die Männer wuchteten Steine hoch, schabten Geröll zur Seite und vergrößerten auf diese Weise das Dreieck des Fundaments um einen Kreisbogen. Genau das hatte ich mir in der vergangenen Nacht überlegt. Die Grundwinkel des Dreieck-Zeichens blieben auch dann erhalten, wenn die zum Fluß weisende Seite einen Kreisbogen bildete.

Als Slava am Nachmittag kam, ging sie mehrmals um die neue Form des Fundaments herum, dann lächelte sie plötzlich und deutete auf den obersten Eckpunkt.

»Diese Spitze muß auch noch weg!«

Ich hatte nichts dagegen. Ebenso wie bei der Flußseite benutzte ich erneut die Darmschnur zum Ausmessen. Ich schnitt einfach die obere Spitze ab – aber auch diesmal mit einem Kreisbogen. Und ohne es zu wissen, hatte mir Slava die Möglichkeit gegeben, eine Form zu finden, die einem Überlebenden der Königsinseln noch eher auffallen mußte als ein gleichwinkliges Dreieck. Als die obere Spitze wieder mit Steinen und Geröll aufgefüllt war, entsprach die neue Form genau einem Ausschnitt der alten Hauptstadt vom äußeren Kanal bis zum Berg des Königspalastes!

Wir gossen das Fundament in zweimal sieben Tagen. Nach den ersten sieben Tagen zeigte ich den Männern, wo der Trog für das Herdfeuer gesetzt werden sollte. Dort, wo alle Linien des Grundrisses zusammenliefen, wollte ich einen runden Altarstein errichten, und direkt davor – zur Flußseite hin – entstand die rechteckige Mulde für das Herdfeuer. An den Stellen, die ich ganz am Anfang mit Fischknochen markiert hatte, wurden Löcher für Wandpfähle freigelassen.

Das Fundament wirkte schon bald wie eine mächtige Steinplatte, die nichts und niemand mehr erschüttern konnte. Selbst Slava mußte zugeben, daß meine Idee interessant wurde.

»Du hattest recht«, sagte sie. »Diesen Brocken aus gegossenem Stein kann keine Flut mehr wegschwemmen! Aber warten wir ab, wie hoch das Frühlingswasser steigt...«

»Wir könnten noch einen Fußbreit höher gießen«, schlug ich vor. »Es ist noch genügend gebrannter Kalkstaub da!«

Sie überlegte eine Weile, dann konterte sie mit einer eigenen Vorstellung: »Wir werden nicht einen, sondern drei Fuß höher gießen! Aber dann ist das hier nicht mehr dein Haus, sondern meins!«

Ich konnte nur mühsam meinen Triumph unterdrücken. Trotzdem stellte ich mich naiv.

»War nicht vereinbart, daß ich hier...«

»Vereinbart? Das war vor gestern und vor heute! Warum solltest ausgerechnet du ein neues, sicheres Haus bewohnen? Genausogut kann ich hier einziehen...« Sie merkte, daß sie eine Begründung für ihren Anspruch finden mußte, deshalb sagte sie: »Wenn die Flut kommt, soll jeder Bewohner des Dorfes das Recht haben, auf diesem hohen Fundament zu stehen!«

»Das würde auch möglich sein, wenn ich hier lebe«, erwiderte ich. Und dann hatte auch ich eine Idee, der sowohl sie als auch ich zustimmen konnten, ohne unser Gesicht zu verlieren. »Was hältst du davon, wenn dieses Haus weder für mich noch für dich, sondern als ein Haus für das ganze Dorf gebaut wird?«

Slava war einen Moment verdutzt, dann fragte sie lachend: »Soll das Haus etwa unbewohnt bleiben?«

»Es könnte ein Platz für besondere Gelegenheiten sein«, erklärte ich schnell. »Mit einem Feuer, das niemals ausgeht. Und mit sicheren Vorräten für Zeiten der Not. Eine Zuflucht und ein Heiligtum, in dem Platz für die Bilder der alten Götter und Dämonen ist...«

Slava starrte regungslos auf die gewaltige Steinplatte.

»Drei Fuß höher!« sagte sie schließlich. »Und mit einem Fußboden, der so glatt und gleichmäßig sein soll, wie ihn noch keine Hütte gesehen hat!«

Erst viel später wurde mir klar, daß die Machtprobe zwischen Slava und mir die Geburtsstunde für einen Tempel gewesen war. Die Arbeiten nahmen noch alle verbleibenden Tage bis zur Wintersonnenwende ein. Und schon bald sprachen die Männer und Frauen darüber, daß in den nächsten Jahren weitere Platten aus flüssigem Stein gegossen werden könnten – kleinere zwar, aber nach und nach für jedes Paar mit seinen Kindern eine.

Ich stellte mir vor, wie das Dorf der Fischer einmal aussehen würde. Auch wenn ich nicht mehr da sein sollte, hatten die Leute am Ufer des großen Stroms für viele Jahre zu tun. Es würden wertvolle Jahre sein, denn mit jedem neuen Fundament verringerte sich die Abhängigkeit von den Launen des Flusses. Und selbst von der Steilwand herabstürzende Steine und Felsbrocken würden nicht mehr bis zum Ufer poltern und dabei die Hütten einreißen. Die Fundamentblöcke würden sie aufhalten...

Erstmals seit vielen Jahren fror der Fluß wieder zu. Obwohl die meisten Bewohner der Siedlung in den vergangenen Monaten mit der Herstellung der Fundamentplatte beschäftigt gewesen waren, hatten die Frauen und Kinder genügend Fische gesammelt, die von den Strudeln ins seichte Wasser getrieben worden waren.

In einer klaren, mondhellen und sehr kalten Nacht erwachte ich von einem unheimlich klingenden Jaulen. Am Tag zuvor war Schnee gefallen. Ich richtete mich auf und konnte kaum glauben, was ich hörte. Vorsichtig stand ich auf und kleidete mich an. Meine Bewacher waren verschwunden. Es war ihnen zu kalt vor meiner Hütte geworden. Ich ging hinaus und blickte über das hell im Mondlicht glänzende Flußbett hinweg.

›Wenn ich jetzt einfach losgehen würde‹, dachte ich, ›über den vereisten und verschneiten Fluß bis zur anderen Seite... wer sollte mich aufhalten?‹

»Es gibt keine Flucht für dich!« sagte Slava unmittelbar hinter mir. »Die Männer würden dich jagen und einfangen wie ein wildes Tier!«

»Aber warum? Was liegt dir so viel an meiner Demütigung?«

»Du bist zu stark geworden«, antwortete sie. »Ich ahnte von Anfang an, daß deine Geschichte stimmt. Jetzt weiß ich, daß auch unsere Überlieferungen richtig sind. Du mußt tatsächlich zu den jungen Göttern und Göttinnen gehört haben, die vor fast fünfzehnhundert Sonnenumläufen versucht haben, die alte Welt zu retten.«

»Auch das wußtest du also...«

»Es gibt Dinge, die werden bei uns nur von Mutter zu Tochter weitergegeben. Dies ist die wahre Bahn des Lebens, und deshalb warst du, Göttin Inanna, seit deiner Ankunft bei uns nichts anderes als ein Altarstein, durch den wir uns erinnern. Wir haben dir geopfert und dich ernährt, dich mit Kleidung versorgt und eine Hütte für dich gebaut. Denn eines Tages, so lautet die Überlieferung, wirst du uns genauso beschenken, wie es die alten Gottheiten taten!«

»Heißt das, ihr habt in all den vielen Jahren nur darauf gewartet, daß ich euch etwas schenke?«

»Ja, so ist es.«

»Und jetzt?«

»Du hast uns Sicherheit geschenkt.«

»Willst du immer noch, daß ich gehe?«

»Noch nicht.«

»Was erwartest du noch von mir? Ich dachte, du wünschst meinen Tod!«

»Du weißt noch mehr... und das will ich haben!«

Das Jaulen in der Nacht kam näher. Ich achtete nicht mehr auf Slava, denn plötzlich erkannte ich das klagende, langgezogene Heulen.

»Die Wölfe!« flüsterte ich atemlos. Dreihundert Jahre waren vergangen, seit ich sie zum letzten Mal gehört hatte. Dreihundert Jahre!

»Wir sind keine Jäger«, sagte Slava. Ihre Stimme zitterte kaum merklich. Ich lächelte und wußte gleichzeitig, was ich den Fischern am Ufer des großen Stroms noch geben konnte, ehe ich gehen mußte.

Die Wölfe heulten die ganze Nacht. Am nächsten Morgen begann es erneut leise und sanft zu schneien. Sofort nahm das Palaver über das schreckliche und furchterregende Jaulen eine andere Wendung. Einige der älteren Dorfbewohner schlugen vor, sofort und ehe die Spuren verwischten, aufs Eis zu gehen und getrocknete Fischbrocken als Opfergaben für die Dämonen der Nacht auszulegen. Andere meinten, daß es besser sei, zugespitzte Fischknochen wie einen Zaun an der Uferlinie zu errichten.

»Wenn ihr noch lange diskutiert, werdet ihr keine Spuren mehr finden!« sagte ich.

»Aber du kannst sie finden, Inanna!« sagte Slava.

»Ich? Wie kommst du darauf?«

»Du hast mit den wilden Tieren gelebt, ehe dich unsere Vorfahren hierher brachten. Wer sagt uns, ob sie nicht die ganze Zeit in der Nähe waren? Und wer sagt uns, ob du sie nicht gerufen hast – durch die Form des Hausfundaments oder durch den Schmuck über deiner Brust, den du niemals ablegst...«

»Nein, das stimmt nicht, Slava! Ich habe diese Siedlung mehr als dreihundert Jahre nicht verlassen. Niemand hier hat in dieser Zeit irgend etwas von den Wölfen gehört!«

»Aber du nennst sie beim Namen!«

»Und was beweist das?«

»Das Wort verstehe ich nicht! Ich denke nur, daß sie sich auch an deinen Namen erinnern könnten...«

Ich sah Slava verdutzt an und wußte nicht, auf was sie hinauswollte. Diese so einfältig aussehende Frau dachte und argumentierte auf eine Art, die mich immer wieder erstaunte und überraschte. Sie wußte viel mehr, als sie selbst ahnte! Und wie bei mir tauchte gelegentlich etwas von diesem alten Wissen wieder in Slava auf. Aber es war ein ganz anderes, viel älteres Wissen...

Ich blickte durch die langsam herabsinkenden Schneeflocken auf den vereisten Fluß hinaus. Das gegenüberliegende Ufer war schon nicht mehr zu sehen. Nur einige Schatten schienen vorsichtig näher zu kommen. Ich hielt unwillkürlich die Luft an. Und dann sah ich sie: Sieben, acht graue Wölfe näherten sich der Siedlung in der Uferausbuchtung des Kalkberges. Ganz vorn erkannte ich einen weißen Wolf. Er kam ohne zu zögern, ohne Scheu und ohne gefährliche Gebärden direkt auf mich zu.

»Wolfssohn!« flüsterte ich tonlos.

Ich wußte, daß er es nicht sein konnte. Kein Wolf lebte dreihundert Jahre! Aber der weiße Leitwolf des seltsam zutraulichen Rudels sah ganz genauso aus wie der Sohn meines ersten Tiergefährten. Langsam und ohne Furcht ging ich auf ihn zu.

FELDER DES SCHILFS

Die Frühlingsschmelze kündete sich mit dem schwerfälligen Erwachen des Flusses an, der seine Kraft viele Wochen unter der dikken Eisdecke verborgen hatte. Fünf Tage lang schien die Sonne bereits auf das Glitzern der dünnen Wasserschicht über dem Eis, doch erst in der Nacht zum sechsten Tag dehnte und reckte sich der unsichtbar gewordene Fluß. Es war, als wolle er mit aller Gewalt seine Fesseln sprengen, bevor die Sonne erneut am Himmel erschien.

Schon ehe das erste Knistern im Eis begann, erwachte ich durch das leise Schniefen von Wolfssohn an meiner Seite. Ich richtete mich auf und lauschte in die Dunkelheit hinaus. Jetzt kamen auch die beiden jungen Wölfinnen heran, die bei ihm geblieben waren, nachdem es vor ein paar Wochen eine erbitterte Auseinandersetzung zwischen ihm und zwei starken Jungtieren aus dem Rudel gegeben hatte. Einen der Herausforderer hatte Wolfssohn nach einem kurzen, heftigen Kampf getötet, den anderen mitsamt dem Rudel über das Eis des Flusses verbellt.

Für die Bewohner der Siedlung war der getötete Wolf eine willkommene, wenn auch ungewohnte Bereicherung der Vorräte gewesen. Sie hatten nicht verstanden, was zwischen dem weißen Wolf, seinem Rudel und mir vorgegangen war. Die meisten hatten die Vorfälle als Zeichen meiner magischen Kräfte und als Teil der noch immer schwelenden Rivalität zwischen mir und Slava hingenommen. Für mich selbst war ein neuer, wertvoller Pelz abgefallen. Ich hatte ihn einige Tage in Fischsud eingeweicht, um den Geruch des toten Jungwolfs zu vertreiben. Danach hatte das Fell noch eine zweite Weiche mit scharfen, würzigen Kräutern benötigt, um den Fischgestank zu verlieren.

»Was ist denn?« fragte ich leise und kraulte den Nacken von Wolfssohn. Er sprang plötzlich auf und lief zum Eingang der Hütte. Ich wohnte noch immer an dem Platz, den mir das Dorf von Anfang an zugewiesen hatte. Die andere, größere Hütte, die wir

›das Haus‹ nannten, war schon lange fertiggestellt. Wir hatten ausprobiert, ob alle Bewohner des Dorfes zusätzlich zu den innen gestapelten Vorräten hineinpaßten und sie danach mit Stangen und zusammengenähten Fischhäuten verschlossen, damit die Kinder nicht darin spielten.

Ich kroch unter dem Wolfsfell hervor, nahm es hoch und legte es über meine Schultern. Wolfssohn lief aus der Hütte. Ich folgte ihm, während die beiden jungen Wölfinnen zurückblieben. Und dann hörte ich das eigenartige, unheimliche Knacken der Eisdecke des Flusses. Die schmale Sichel des zunehmenden Mondes tauchte nur hin und wieder in den Löchern schnell nach Osten ziehender Wolkenbänke auf. Und jedesmal, wenn sich das Mondlicht im Wasser über dem Flußeis spiegelte, spielte Wolfssohn verrückt. Er knurrte abwechselnd die eine und dann die andere Mondsichel an.

Das Krachen und Knacken wurde immer stärker. Jetzt kamen auch die anderen Bewohner des Dorfes heran. Die ersten Feuer flackerten im lauen Nachtwind hoch. Und dann sprang ein Riß im Eis von der Mitte des Flusses bis zum Ufer.

»Das Wasser kommt!« rief ein junger Mann. Es war Urso.

»Nicht gut! Nicht gut!« antwortete erregt eine Frauenstimme. »Das Eis muß viel langsamer schmelzen, sonst schieben die Schollen zum Kalkberg hinauf...«

»Da ist es schon!« schrie Urso. »Bereitet die Opferkörbe vor!«

Mit einem scharfen Geräusch brach eine große Eisplatte auf. Ein breiter Wasserschwall schoß gurgelnd durch den grade entstandenen Spalt. Fasziniert beobachtete ich das Schauspiel, das ich schon so oft gesehen hatte und das mir jedesmal wie ein geheimnisvolles Zusammenwirken von Kräften erschien, die weiter reichten, als jeder von uns zu sehen vermochte.

Fünf Feuer beleuchteten das gesamte Ufer. Wolfssohn hatte sich längst zu seinen Gefährtinnen zurückgezogen. Ich bemerkte es erst viel später. Noch ehe der Morgen graute, schoben und drängten die ersten Eisschollen die schmale Uferböschung hinauf. Sie berührten schon fast die Reihe der hastig aufgestellten, Opferkörbe zwischen den Feuern. Und dann – beim ersten Aufleuchten der Sonne am Rand des Wolkenmeers über uns – sprangen die ersten der Mutigen auf die driftenden, knirschenden Eisplatten.

Ich sah, wie Urso mir zulachte. Ich winkte ihm zu. Er riß einen Korb mit Opfergaben vom Boden hoch, stieß einen lauten, übermütigen Schrei aus und rannte los. Schon nach ein paar Schritten überholte er die anderen jungen Männer, die sich vor ihm auf das mahlende, brechende Eis gewagt hatten. Sie alle mußten flußaufwärts laufen, um der zur Mitte des Stroms immer heftiger werdenden Abdrift zu begegnen. Und auch die Schollen wurden zur Flußmitte hin immer kleiner. Innerhalb weniger Stunden war aus der festen und starren Eisdecke ein wildes Geschiebe aus großen und kleinen Platten gefrorenen Wassers entstanden.

Es gab so viel zu sehen und zu hören, daß ich für einen Moment nicht auf Urso achtete. Ein gellender Aufschrei von Slava ließ mich zusammenfahren:

»Zuuu-rück! Uuur-sooo! Zuuu-rück!«

Ich erkannte, was Urso nicht sehen konnte oder nicht sehen wollte: Zwei-, dreihundert Schritt flußaufwärts schob sich ein neuer Schwall Schmelzwasser im Bett des breiten Stroms heran. Er hob die Eisdecke wie ein schnell näherkommender Buckel, zerbrach, was vor ihm lag und machte aus großen Eisplatten so kleine Stücke, daß sie nicht mehr in der Lage waren, das Gewicht eines Mannes zu tragen.

»Uuur-sooo! Uuur-sooo!« schrien jetzt immer mehr Zuschauer am Ufer des Flusses. Ich sah mich um. Zu meiner Verwunderung sah ich keine Angst, kein Erschrecken in den erhitzten Gesichtern – nur höchste Anspannung und eine fast freudige Erwartung.

Sie wollten, daß er scheiterte!

»Uuur-sooo! Uuur-sooo!«

Sie warteten, hofften, erflehten mit dem rhythmischen Ruf seines Namens sein Opfer! Nicht den Korb mit getrockneten Samen und Früchten, mit Fischen und Resten gefangener Kleintiere... nein! Alle beteten, schrien und flehten darum, daß Urso zwischen den immer kleineren Eisschollen keinen Halt mehr finden, langsam versinken und ertrinken möge.

»Urso!«

Ich wunderte mich, wie hell und klar meine eigene Stimme den Sprechchor des ganzen Dorfes übertönen konnte. Er drehte sich um. Mit einer Hand preßte er den Opferkorb gegen seine Brust, und mit der anderen winkte er zu uns herüber. Er hatte die Flußmitte fast erreicht. Noch nie zuvor war ein junger Mann so weit über die kaum noch schrittgroßen Eisschollen gelaufen. Ich sah, wie er mit jedem Sprung tiefer eintauchte. Das Wasser reichte ihm erst bis zu den Knöcheln, dann zu den Waden und schließlich bis zu den Knien. Und dennoch schaffte er noch eine Eisscholle und noch eine.

Die große Woge aus Schmelzwasser hob das Eis und zerbrach es in tausend Stücke. Sie schob Platten so groß wie die Fundamente des neuen Hauses über die zischend ersterbenden Feuer rechts und links neben uns.

»Zurück! Zurück!«

Neben mir, vor mir und hinter mir stürzten und stolperten die Dorfbewohner höher. Nur ich blieb inmitten der krachenden, sich immer neu auftürmenden Eisschollen stehen.

»Warum?« stieß ich mitten im eisigen, berstenden Chaos hervor. »Warum muß Leben geopfert werden, um andere Leben zu retten?«

Noch nie zuvor war mir der von allen gewollte Tod eines Menschen sinnloser erschienen. Der Fluß würde nicht einmal bemerken, was die Fischer am Strudel von Lepeno von ihm wollten. Er folgte anderen Regeln und größeren Gesetzen.

Und dann schoß plötzlich der weiße Wolf an mir vorbei. Ich hörte ein Hecheln, sah seine dampfenden Lefzen, roch den Hauch seines Fells und spürte das kurze Lecken seiner Zunge an meinem Handrücken. Wolfssohn sprang über die krachenden Eisschollen, platschte durch das Schmelzwasser, kroch, rutschte und schwamm immer näher an Urso heran.

Ich allein sah, wie das Wunder geschah.

Slavas Sohn kippte von einer Eisscholle, auf der er sich nicht mehr halten konnte. Er tauchte ins Eiswasser, kam wieder hoch und hielt den Korb mit den triefenden Opfergaben über seinen Kopf. Eisschollen mit Kanten so scharf wie Messer strichen an ihm vorbei. Mit ihrem Gewicht schlugen sie auf ihn ein, während die immer schnellere Strömung ihn auf die Strudel zutrieb.

Doch dann kam Wolfssohn.

Der Nachkomme des weißen Wolfes, den ich vor vielen hundert

Jahren in einer viel größeren, höheren Eiswelt durch einen einzigen Sonnenstrahl zum Gefährten gewonnen hatte, dieser bisher so sanfte Wolfssohn tat etwas Ungeheuerliches: Er sprang ins Wasser, packte den Mann im Eis, zog, riß und schleifte den Ertrinkenden von Scholle zu Scholle, bellte ihn an, stieß ihn weiter und ruhte nicht eher, bis er mit Urso bei mir war.

Ich stieg über die aufgetürmten Eisschollen, rutschte ab und schlidderte bis zu den beiden nassen, völlig erschöpften Wesen. Urso blutete, aber er lebte.

»Ich danke dir, Wolfssohn!«

Er sah sehr schmal und mager unter seinem nassen Fell aus, aber sein Blick war klar, hell und stolz. Ich nahm seinen Kopf in beide Hände. Zum ersten Mal in meinem Leben küßte ich ein Tier auf den Mund. Wäre er ein Gott oder ein Mensch gewesen – ich hätte ihn in dieser Nacht zu meinem Gemahl genommen...

»Ist jemand da, der mich hören kann? Ich habe eine Nachricht aus den nördlichen Regionen. Ein Stein der Götter fragt, wo sich in seiner Nähe Felder des Schilfs befinden...«

»Wer fragt nach Feldern des Schilfs? Hier im Zweistromland gibt es nichts anderes als Schilf und bestenfalls Dattelpalmen. Schwer genug, Überlebende von den Bergen im Osten auf diesen Schilfinseln anzusiedeln. Die Furcht vor den steigenden Wassern sitzt noch zu tief...«

»Ich weiß nicht, wovon du redest. Hier fürchtet sich niemand vor Wasser, sondern nur vor Dämonen, die in zerfallenen und rätselhaften Bauten von unbekannten Riesen hausen.«

»Es gibt alte Bauwerke bei dir?«

»Reste von Mauern... Bollwerke, Tempel, was weiß ich... keine der lebenden Gruppen von Wilden kann sie errichtet haben!«

»Spuren der Götter! Du mußt bei den letzten Spuren deiner eigenen Vergangenheit leben!«

»Ich kann nicht verstehen, wovon du sprichst.«

»Das geht nicht nur dir so! Zuviel hat sich verändert, seit Felder des Schilfs Orte der Götter waren. Erinnerst du dich an die zehn Könige? An die Kolonien der Götter? An Letu, Thule und Tula?«

»Nein.«

»Es ist ein Jammer! Nur anderthalb Jahrtausende sind vergangen, und nur noch wenige wissen, welche Bedeutung die heiligen Orte der Erde einst hatten.«

»Weißt du es noch?«

»Sag mir zuerst, wo du bist und wie du heißt!«

»Ich lebe am östlichen Rand des Mittelmeers vor zwei Gebirgsketten mit herrlichen Zedernwäldern. Es ist ein gutes, fruchtbares Ufer. Und manchmal, wenn Schwärme von Sternen über den Nachthimmel reisen, denke ich, daß ich einer von ihnen war... ein junger Gott, der vor langer Zeit ausgesandt wurde, um das Geheimnis der großen Harmonie zu finden...«

»Hast du keinen Namen?«

»Doch, doch, aber ich nenne ihn nicht mehr, denn er ist unwichtig geworden! Meine Väter sind keine Menschen und meine Mütter sind keine Menschen. Ich weiß nur, daß die göttliche Ordnung vor meiner Zeit nicht vollkommen gewesen sein kann, denn die Erde wurde des Königtums beraubt. Der Himmel war wolkenschwer, die Sterne verfinstert, als das Himmelsgewölbe erbebte und die Knochen der Erde zitterten. Ich verlor meine Liebste und meine göttlichen Schwestern und Brüder. Ich mag nicht mehr daran denken. Sprich deshalb lieber von dir... wer bist du?«

»Ich sagte bereits, daß ich im Zweistromland lebe und zusammen mit einigen anderen versuche, Einwanderer von den Bergen auf Schilfinseln anzusiedeln. Mein Name ist Enlil, der Flutenheber. Man nennt mich auch Gott der Luft.«

»Den Namen habe ich noch nie gehört. Gehörst du etwa zum alten Gott Enki?«

»Er ist mein Bruder, und beide sind wir die Söhne des großen Gottes An.«

»Hast du Macht über Wetter und Stürme?«

»Nein, Gott der Luft wurde ich genannt, weil ich einer der letzten bin, die mit einem Ma-ana umgehen können.«

»Mit einem Ma-ana? Seltsam – ich kenne dieses Wort! Waren Ma-anas nicht Schiffe, die im Ozean nach unten und in der Luft nach oben fahren konnten?«

»Du hast wirklich viel vergessen – oder nie gewußt! Vielleicht ist es besser, wenn ich dir auf diese Fragen nicht antworte. Es würde dich nur verwirren und deinen Frieden stören!«

»Aber ich sagte doch, ich könnte ebenfalls ein Gott gewesen sein! Wenn ich wollte, könnte ich mich an alles erinnern und alles wissen!«

»Es gibt so viele, die das inzwischen sagen! Gott oder Nichtgott, das ist keine Frage! Nicht, was du bist oder einst warst, ist wichtig, sondern allein, wie andere dich sehen! Laß Menschen glauben, daß ein Stein ein Gott ist, und sie werden ihn anbeten, ihn heilig halten und ihm Opfer bringen. Nimm einen Stift und schreibe nur das Wort Gott, und es wird göttlich sein! Deshalb verstehe ich nicht, wie es möglich ist, daß ein Stein der Götter nach Feldern des Schilfs fragt. Kann er nicht jeden Ort zum Platz der Kraft bestimmen?«

»Das habe ich bereits gefragt. Es scheint, als würde jener Stein der Götter die Frage nicht verstehen...«

»Das ist höchst eigenartig, in der Tat! Was meinst du? Wer könnte Träger jenes Steins sein?«

»Ich weiß es nicht. Es war ein Name, der mir nichts bedeutet. Ich hörte etwas wie ›Inanna‹...«

»Inanna lebt? Das ändert vieles!«

»Wer ist der Gott mit diesem Namen?«

»Kein Gott, Verwirrter! Kein Gott – eine Göttin! Inanna war die erste aus der Duka-Kammer, die zur ausgleichenden Kraft unter den Eingeborenen werden sollte... zum Weib, das mehr Fähigkeiten als die der Mutterschaft besitzt... sie sollte den Eingeborenen zeigen, daß mehrere Arten der Liebe existieren, und gleichzeitig die Gegenkraft zum zerstörerischen Anspruch der Männer werden!«

»Ich habe niemals von derartigen Plänen gehört.«

»Dafür warst du auch viel zu jung! Inanna hätte die nächste Phase der menschlichen Entwicklung eingeleitet, die mit dem Ende der letzten Eiszeit begann und dummerweise durch diese gänzlich überflüssige Katastrophe beendet wurde! Trotzdem – woher kamen die Zeichen?«

»Von einem Fluß, der in ein Meer des Nordens führt.«

»Du meinst das neue Meer, das durch die Eisschmelze entstand?«

»Nein, die Erinnerung im Stein der Götter nannte ein schwarzes Meer!«

»Aber das ist doch gar nicht weit von dir entfernt! Besitzt du Boote? Kannst du nach Norden fahren?«

»Wir haben Boote, aber wir sind noch nie so weit gesegelt, daß wir die Zedernberge nicht mehr sehen konnten...«

»Dann muß mir selbst etwas einfallen! Ich werde Enki in der Tiefe des Ozeans verständigen. Vielleicht auch Brahma, Zeus, Tiuz, Amun-Re und die anderen ganz Alten!«

Das große Wasser kam drei Tage später. Tag und Nacht türmte der Fluß Eis über Eis am Ufer auf. Wir brannten alles unter den Schollen ab, was wir entbehren konnten. Die Wasser rannen, aber der Fluß warf immer neue Platten hoch. Und dann kam die Flut.

Ich war in allen Nächten an Ursos Lager geblieben. Er phantasierte, sprach wirr und faselte von fernen Inseln, die niemals Eis gesehen hatten und von drei Wölfen, die dem Dorf zuviel Nahrung wegfraßen. Erst jetzt verstand ich, was Urso wirklich gewollt hatte. Das Dorf hatte einen Wolf erhalten, aber um drei andere Wölfe zu ernähren, mußte dem Fluß ein besonderes Opfer gebracht werden. In der Vorstellungswelt der Fischer war das nur möglich, wenn ich nichts davon vorher erfuhr. Schon als Urso mir zugelächelt hatte, war er entschlossen gewesen, die Belastung der kleinen Gemeinschaft durch meine Wolfsgefährten durch seinen eigenen Tod auszugleichen.

Zur Mitte jeder Nacht kam Ursos Mutter ins ›neue Haus‹. Mit einer stillschweigenden Vereinbarung war das Krankenlager von Urso im Vorratstempel eingerichtet worden. Ein halbes Dutzend junger Frauen sorgten dafür, daß alles so ablief, wie Slava es gestattet hatte. Sie legten den Verletzten Kräuterumschläge an, brachten nach und nach die besten Stücke aus dem Vorrat ihrer Familien zur Herdstelle, rührten in Muschelschalen trockenen Blütenstaub mit Fischtran an und sorgten für die Abdichtung der Hüttenwände. Zweimal in der vergangenen Nacht hatte ich gesehen und gehört, daß sich die Mädchen auch um mehr kümmerten, als ihnen aufgetragen war.

Ich haßte dieses Keuchen und Stöhnen, dieses Tierwerden, in dem für mich alle Leiden, alle Qual, und alle Ungerechtigkeiten eines weiblichen Wesens deutlich wurden.

Ich schüttelte die störenden Gedanken ab. Viel wichtiger war jetzt, ob das Dorf dem erwarteten Hochwasser standhalten konnte. Schon sah ich kleine Kinder mit einem Mal auf der Stirn. Ich sprach mit allen Frauen und vielen der Männer. Sie hörten mir geduldig zu, lachten und nickten zu allem, was ich sagte. Aber es war, als würden all meine Argumente wie Bilder in einem Spiegel verkehrt und umgedreht. Und immer häufiger hatte ich das Gefühl, als würden sie stets nur so antworteten, wie ich es erwartete. Das hatte nichts mit Unwahrheiten oder Lügen zu tun, aber sie versuchten gar nicht erst, das einzuhalten, was wir vereinbart hatten. So sehr ich mich auch bemühte – sie redeten mir nur noch nach dem Mund, während ich ihr wahres Fühlen und Denken immer weniger verstand.

Dreihundert Jahre lang war ich gut mit den Fischern am Strudel von Lepeno ausgekommen, doch jetzt entwickelte sich unter dem Einfluß von Slava eine ganz andere Gemeinschaft. Oder lag es vielleicht auch an mir? Konnten die seltsamen Veränderungen im Verhalten der Menschen am Fluß etwas damit zu tun haben, daß ich ihnen gesagt hatte, was sie tun sollten? Wehrten sie sich gegen mich, ohne daß es ihnen bewußt wurde? Fürchteten sie gar meine magischen oder göttlichen Kräfte, durch die wilde Tiere zu friedlichen Gefährten geworden waren?

Ich mußte mir selbst eingestehen, daß in all diesen Dingen eine Spur von Wahrheit enthalten war. Wir hatten uns alle verändert. Ich mußte die Situation so akzeptieren, wie sie war. Die Dorfbewohner ließen sich nicht davon abhalten, schon jetzt weitere Opfer vorzubereiten. Da mir kein weiteres Argument mehr einfiel, konnte ich nur noch versuchen, die Furcht der Menschen vor den zahm gewordenen Wölfen erneut zu schüren.

»Ihr habt gesehen, wie groß die magischen Kräfte des weißen Wolfes sind!« rief ich einer mit Slava um Ufer wartenden Gruppe zu. »Habt ihr es gesehen oder nicht?«

»Das waren keine magischen Kräfte, sondern deine Befehle!« antwortete Slava, ohne sich zu mir umzudrehen.

»Der Wolf war nicht bei mir, als es geschah! Ich konnte ihm überhaupt nichts befehlen!«

»Kannst du nicht ohne Worte mit ihm reden? Du bist doch eine Göttin...«

Ich spürte, wie mich Slavas herablassende Überlegenheit mehr und mehr ärgerte. »Ja!« rief ich ihr zu. »Ich bin eine Göttin und keiner von euch kann das, was ich konnte! Ich habe die Wölfe gezähmt! Zum ersten Mal ist es gelungen, aus wilden Raubtieren friedliche Gefährten zu machen! Begreift ihr überhaupt, was das heißt?«

»Ach, nimm doch deine verzauberten Wölfe! Uns fressen sie nur die Vorräte weg!«

»Ich werde sie den Kindern hinterherhetzen...«

Slava drehte sich ruckartig um.

»Wenn du das wagst, wird der Fluß dich zuerst verschlingen!«

»Gebt mir ein Boot, und ich schwöre euch, daß der Fluß mich nicht annimmt – weder als Opfer noch als Bestrafte!«

»Nein, weiße Göttin!« keuchte Slava, und ihr ganzes Gesicht glühte. »So einfach kommst du nicht davon!«

»Dann sag endlich, was du von mir willst! Mal sagst du, daß ihr mich töten, opfern oder verjagen wollt. Dann wieder bin ich Gefangene, die nicht einmal auf das Eis hinaus darf. Du kannst doch nicht einmal so und einmal so reden!«

»Warum nicht?« fragte sie triumphierend. »Ich denke und fühle wie die Wolken am Himmel und die Wellen im Wasser. Die kommen und gehen ebenfalls einmal so und einmal so. Und genau das wirst du nie verstehen, weil du immer anders als wir bleiben wirst, Göttin Inanna!«

Ich wußte nicht, ob Slava wirklich so dachte und empfand, oder ob sie mich nur in Unklarkeit darüber lassen wollte, was sie wirklich beabsichtigte. Ich wollte endlich erfahren, welche Intrige sie und die anderen Frauen des Dorfes in ihren heimlichen, tuschelnden Gesprächen planten.

Ich kam nicht mehr zu einer Entgegnung. Vom Stangenfirst einer Hütte am oberen Ende des Dorfes erklang ein warnendes Tuten. Der Bläser der Muschel hatte die erste Woge des Hochwassers gesichtet.

»Ins neue Haus!« rief Slava sofort. »Alle sofort ins neue Haus!«

Männer, Frauen und Kinder hasteten dorthin, wo sich die Hütte auf ihrem hohen Fundament erhob. Ich sah die schwellende, weißgrüne Woge, die so mächtig war, daß sie sich nicht einmal von den treibenden Eisschollen aufhalten ließ. Und gleich hinter der ersten Welle kam eine zweite. Ich war so fasziniert, daß ich fast vergaß, mich selbst in Sicherheit zu bringen. Ich drehte mich um und lief so schnell ich konnte auf das neue Haus zu. Um ein Haar hätte die Woge mich erfaßt. Nur das beherzte Zugreifen von ein paar jungen Männern riß mich gerade noch rechtzeitig hoch.

Das Dorf zerbrach. Hütte um Hütte löste sich in den Fluten auf. Überall knirschte und brodelte, schäumte und krachte es. Das Wasser überspülte sogar das mächtige Fundament. Mühelos hob die Flutwelle die Stangen der Hauswände aus ihren Löchern. Die ganze Konstruktion aus Stangen und Fischhäuten wankte, dann kippte sie krachend zur Seite. Wir standen im Freien, nur noch das gegossene Fundament unter uns. Einige junge Mädchen schrien in wilder Panik, andere klammerten sich bleich und mit weit aufgerissenen Augen aneinander. Die ersten Körbe mit Vorräten lösten sich aus ihrer Verschnürung. Sie trieben mit Stangen und Fischhäuten davon.

»Ist das dein Schutz?« schrie Slava mir zu. »Dein göttliches Zeichen?«

»Haltet euch fest!« schrie ich zurück. »Das Fundament hält! Niemand muß fürchten! Niemand! Habt ihr verstanden?«

Das Schreien und Wimmern wich einem unwirklichen Schweigen. Gut hundert Menschen klammerten sich aneinander, und nicht einmal für zwei oder drei weitere wäre noch Platz gewesen. Der Fluß fraß die gesamte Uferscholle. Nur noch das wieder und wieder überspülte Fundament des neuen Hauses ragte wie ein vollkommen überladenes Schiff kaum eine Handbreit aus den gurgelnden Wassermassen.

Die Flutwelle zog weiter. Die bösen Wasser, die bis an die Steilwand des Kalkfelsens geschlagen hatten, flossen zurück und nahmen auch noch die letzten Reste der zerstörten Hütten mit. Nur zwei der kleinen Boote hatten sich so zwischen den Felsbrocken verkeilt, daß sie umgestürzt, aber nicht beschädigt waren.

Ich sprang vom Fundament, ging ein paar Schritte auf die Boote zu und drehte mich um. Die Bewohner des Dorfes standen wie ein einziger Block aus Menschenleibern auf dem nassen Fundament, das keine Hütte, kein Haus und kein Tempel mehr war, sondern nur noch der Stein, auf dem wir überlebt hatten.

»Ihr könnt ruhig runterkommen!« rief ich den Zitternden zu. »Es ist vorbei! Das Wasser bleibt noch ein paar Tage hoch, aber es wird keine weitere große Welle mehr geben!«

»Woher willst du das wissen?« brüllte einer der älteren Männer heiser. Es war der Schamane des Dorfes, der sich in den vergangenen Tagen und Wochen kaum bemerkbar gemacht hatte.

»Ich lebe hier länger als jeder von euch!« rief ich laut. »Mehr als dreihundert Jahre! Und ich weiß, daß es immer nur eine ganz große Woge gibt!«

»Du weißt! Du weißt!« echote Slava. »Was weißt du denn wirklich?«

»Lebt ihr noch oder nicht? Und mehr hatte ich nicht versprochen!«

»Und das Dorf? Wo sind die Hütten?«

»Dort, wo ihr jetzt auch wärt, wenn wir das Fundament nicht gegossen hätten!«

Ich mußte so hart sein, um sie wieder zur Vernunft zu bringen. Aber ich machte mir nichts vor. Bis auf die Vorräte auf dem Fundament war nichts mehr übriggeblieben, keine Behälter, keine Fischhäute, keine Haken und keine Schnüre. Das ganze Dorf mußte jetzt mit den wenigen Gerätschaften auskommen, die an der Feuerstelle des Fundaments gelegen hatten.

Nach und nach sprangen die Dorfbewohner nach unten. Einige liefen zu den Stellen, an denen ihre eigenen Hütten gestanden hatten. Andere standen nur herum und wußten nicht, was sie nun anfangen sollten.

»Solange das Wasser noch hoch steht, schicken die Strudel keine Fische«, sagte einer der jungen Burschen, die sich gern in meiner Nähe aufgehalten hatten.

»Macht euch nichts draus«, antwortete ich. »Es sind noch genügend Vorräte da. Außerdem war ein hohes Wasser stets ein Anzeichen für ein reiches Jahr.«

Ich ging zum Fundament zurück. Nur noch zehn, zwölf Dorfbewohner hatten noch nicht den Mut gefunden, den sicheren Platz zu verlassen. Sie starrten auf den Fluß hinaus und schienen mißtrauisch auf eine weitere, alles zerstörende Woge zu warten. Ich sah, wie Urso mir winkte, und als ich zu ihm kletterte, deutete er lachend auf die rechteckige Mulde für das Herdfeuer. Ich wußte nicht, was er meinte, doch dann sah ich, daß eine der jungen Wölfinnen zwischen den aufgestellten Randsteinen der Feuerkuhle lag. Sie war nicht allein. Drei, vier winzige Wesen krochen ungelenk zwischen ihren ausgestrecken Beinen hin und her.

»Wann ist denn das passiert?« fragte ich fassungslos. Urso hob die Schultern.

»Ich habe keine Ahnung. Aber wenn du erlaubst, möchte ich für sie sorgen.«

»Natürlich«, nickte ich. Gleichzeitig fragte ich mich, warum ich die Gefährtinnen von Wolfssohn die ganze Zeit für viel jünger gehalten hatte. Wo war er eigentlich?

»Hast du Wolfssohn gesehen?« fragte ich Urso.

»Er war noch da, als das Wasser kam.«

»Und dann?«

»Ich weiß nicht.«

Ich blickte über den Fluß zu den Strudeln hinüber. Sie waren kaum auszumachen. Mein Blick streifte die beiden ineinander verkeilten Boote.

»Willst du mir helfen?« fragte ich Urso.

»Wobei?«

»Ich will eines der Boote dort nehmen...«

»Eines der Boote? Das wird meine Mutter nie zulassen!«

»Ich habe bewiesen, daß meine Idee mit dem Fundament richtig war. Ihr werdet neue Hütten bauen, und die Strudel werden euch Fische anspülen. Aber meine Zeit bei euch ist vorbei. Ich habe dreihundert Jahre lang nicht gewußt, welchen Sinn mein Leben bei euch hatte. Jetzt weiß ich es, und ihr wißt es auch. Ihr braucht mich nicht mehr! Und deshalb werde ich gehen...«

Sie beachteten mich einfach nicht mehr. Obwohl jeder im Dorf wußte, daß mein Fundament das sichere Ende der Siedlung verhindert hatte, murmelten sie, daß sich das Hochwasser dafür alle anderen Hütten geholt hätte. Ich spürte, daß sie mir die Schuld dafür gaben...

Es war bereits Nachmittag, als ich Wolfssohn bei den Booten fand. Zusammen mit der anderen jungen Wölfin hatte er die Flut überlebt. Ich wußte nicht, wie sie es geschafft hatten, aber ich freute mich sehr darüber, daß sie noch lebten.

Kurz darauf hinkte Urso mit drei jungen Männern heran. Sie stützten ihn, dann wuchteten sie wortlos eines der Boote zum überspülten Ufer und gingen wieder fort. Nur Urso blieb schwankend und auf ein breites Paddel gestützt zwischen mir und den Booten stehen.

»Du also auch, Urso!« sagte ich. Er preßte die Lippen zusammen und nickte.

»Geh fort, Inanna! Du gehörst nicht zu uns. Es ist nicht gut, wenn jemand unter uns lebt, der nicht alt werden und sterben kann wie wir.«

»Ich habe mehr als dreihundert Jahre mit euch gelebt.«

»Ja, aber jetzt stört es uns! Du bist als Göttin gekommen, vor der unsere Ahnen soviel Achtung hatten, daß sie sogar darauf verzichteten, die Tiere des Waldes und der Luft zu jagen. Dreihundert Sonnenjahre und noch viel mehr Mondjahre haben wir nur von dem gelebt, was der Fluß uns gab.«

»Waren es schlechte Jahre?«

»Nein – es waren deine Jahre. Vielleicht brauchtest du diese Zeit, um dich von dem zu erholen, was du manchmal die lange Nacht oder die Unterwelt nanntest! Doch das ist nun vorbei!«

Ich nickte. Er hob das stützende Paddel und warf es ins Boot. Noch immer schwankend, nestelte er einen kleinen Beutel aus Fischhaut von seinem Gürtel. »Mehr kann ich dir nicht mitgeben«, sagte er und streckte die Hand vor. Ich nahm den Beutel und band ihn an meinen eigenen Gürtel.

»Ich danke dir, Urso!«

Er lächelte traurig, dann drehte er sich um und hüpfte ungelenk auf einem Bein über die Steine der Uferbank davon. Keiner der anderen Dorfbewohner wandte mir sein Gesicht zu. Sie sahen mich nicht. Ich brauchte eine ganze Weile, bis ich verstand, daß sie mich nicht mehr sehen wollten...

Das also war mein Abschied vom Dorf der kleinen Fischer und ihren Frauen am Strudel von Lepeno. Sie ignorierten mich und ließen mich einfach gehen. Kein Wort von Tod und Opfer mehr und keine Forderung nach göttlichen Geschenken! Es war vorbei, und ich war wieder einmal eine Ausgestoßene.

In diesen Augenblicken empfand ich Trauer darüber, daß es mir nicht gelungen war, mehr zu tun, zu ihnen zu gehören und so zu sein wie sie. Ich ging zu der Stelle zurück, an der mehr als dreihundert Jahre lang meine Hütte gestanden hatte. Nichts mehr war von ihr übriggeblieben. Nur dort, wo sich die Herdstelle befunden hatte, lag wie ein Relikt der Vergangenheit jenes Kalkstück, in das ich das Kreuz von Atlantis gezeichnet hatte und mit dessen Versteinerung die Veränderung in meinem Verhalten und dem der Dorfbewohner begonnen hatte. Ich nahm es auf und trug es zu einem der Boote. Wolfssohn und seine Gefährtin sprangen hinein, obwohl ich nicht ein Wort zu ihnen sagte. Ich schob das Boot ins Wasser, stieg ebenfalls ein und kniete auf dem feuchten Boden nieder. Die Strömung trug uns davon, aber ich blickte nicht mehr zurück. Ich legte meine Hand auf Wolfssohns Hals, spürte die Wärme seines Körpers unter seinem Fell und weinte.

Die Strudel, die das ganze Leben des Uferdorfes bestimmten, hatten im hohen Wasser keine Kraft. Das Boot schaukelte nur, drehte sich mehrmals und wurde etwas schneller. Ich brauchte Ursos Paddel nicht. Der breite Strom reihte das Boot in schwimmende Eisschollen ein, trug mich an hohen Bergflanken vorbei und führte mich immer weiter von dem winzigen Platz fort, der mehr als dreihundert Jahre lang mein Zuhause gewesen war.

Ich nahm die stetige Veränderung wahr, aber es waren nur Bilder für mich, die nichts bedeuteten. Der Fluß änderte mehrmals seine Richtung. Noch in den Bergen sah ich Rehe und Hirsche zwischen den Bäumen. Ich bemerkte, daß sie bis dicht ans Ufer kamen und beobachteten, wie das winzige Boot vorbeitrieb. Der Fluß wandte sich nach Südosten, dann nach Süden und schließlich westwärts. Ich sah Schafe und Ziegen und einmal sogar Rinder.

Als die Sonne hinter den Bergen versank, schwamm das Boot wieder nach Südosten. Vor mir lag ein weites, flaches Land, wie ich es in all den Jahren zuvor nicht einmal erahnt hatte.

Wolfssohn und seine Gefährtin schliefen zu meinen Füßen. Ich saß auf dem gebrannten Stein mit dem Plan der Königsstadt, hatte Hunger, wollte das Boot aber noch nicht ans Ufer bringen. Es sollte einfach nur weiter, immer weiter fahren. Der große Strom war längst ruhig geworden. Er wandte sich nach Norden. Ich lehnte mich zurück und legte mich auf den Rücken und schlief ein.

Der nächste Tag und die nächste Nacht vergingen ohne bemerkenswerte Ereignisse. Die Wölfe und ich tranken das kühle Wasser des Flusses. Wir aßen nichts, aber weder sie noch ich hatten Hunger. Ich wußte nicht, wie groß die Strecke war, die uns der Fluß bereits von den Strudeln fortgetragen hatte. Ich wunderte mich auch nicht über die weiten Schleifen und die mehrfachen Richtungsänderungen seines Laufs. Das Land blieb flach, und nirgendwo konnte ich Berge erkennen. Hatten am ersten Tag noch hin und wieder Wälder und Buschgruppen die Flußufer gesäumt, so standen jetzt nur noch vereinzelt Bäume in der grünen, fast endlos wirkenden Ebene.

Am Abend des zweiten Tages im Boot teilte sich der Fluß vor uns. Immer neue Seitenarme zweigten vom Hauptstrom ab. Wir kamen nur noch sehr langsam voran. Fast schien es, als hätte der große, im Dunkel des Nordens entstandene Fluß seine Kraft auf seinem langen Weg verbraucht, als würde er die Wasser nicht mehr zusammenhalten können und jeder Strömung ihren eigenen Weg freigeben. Als die Sonne hinter uns unterging, sah ich im letzten Abendrot einen Schwarm Zugvögel hoch über uns. Sie sahen wie Kraniche aus, und sie erinnerten mich an die Wildenten und die anderen Vögel des Waldes, die ich so lange nicht mehr in meiner Nähe gehabt hatte.

Wir trieben langsam in ein dichtes, noch einmal golden aufleuchtendes Feld aus Schilf. Und dann sah ich sie. Die am Hals und an den Federn geschmückten Wildenten erhoben sich aus dem Schilf, kreisten über dem winzigen Boot und begleiteten es mit triumphierendem Geschrei bis in die Dunkelheit.

Zwischen den Wolken über den goldroten Schilfspitzen entdeckte ich die hellen Lichtpunkte der Sterne. Je länger ich zum Himmel hinaufsah, um so mehr wurden es. Und zwischen all den klar funkelnden Zeichen erschienen andere, viel kleinere, die sich erst zeigten, als ich lange genug hinsah.

Die Sterne kamen mir wie Erinnerungen an die vergangene Welt der großen, mächtigen Götter und der unzähligen kleinen Göttinnen und Götter vor. Einer der Lichtpunkte dort oben konnte ich sein – ein Staubkorn in der Unendlichkeit, verloren in der Ewigkeit des Werdens und Vergehens.

Ich schlief glücklich ein. Alle großen, alle kleinen Sterne waren Göttinnen und Götter, die schon sehr lange im Strom der Zeit auf mich gewartet hatten. Denn ich, Inanna, war ihre Schwester...

ÜBER DREI MEERE

Die wärmende Sonne stand bereits hoch am hellblauen Himmel, als ich nach langem Schlaf erwachte. Es war sehr still, und ich genoß noch eine Weile das leise Dümpeln des Bootes. Ich drehte den Kopf und sah Wolfssohns Rücken. Der weiße Wolf saß am Bug des Bootes und blickte mit bedächtigen Kopfbewegungen und aufgestellten Lauschern wie ein wachsamer Steuermann nach allen Seiten.

Ich spitzte die Lippen und pfiff ganz leise. Wolfssohn reagierte nicht. Dafür sprang seine Begleiterin auf, reckte sich, gähnte mit weit aufgerissenem Maul und leckte sich anschließend über die Lefzen.

»Na, ihr beiden? Wie fühlt ihr euch?« fragte ich fröhlich. Die Wölfin kam auf mich zu, beschnupperte mich und ließ sich neben mir auf den Boden des Bootes fallen.

»Nein, nein«, lachte ich. »Wir haben genug geschlafen. Laß uns lieber sehen, wo wir uns befinden.«

Ich sah in die Augen der Wölfin.

»Wie soll ich dich eigentlich nennen? Du hast ja noch keinen Namen. Möchtest du Wolfssohns Kind heißen? Nein? Dann werde ich dich Wolfstochter nennen...«

Die Wölfin schniefte leise und leckte mir über den Handrücken. Der weiße Wolf am Bug des Bootes nahm noch immer keine Notiz von uns. Ich richtete mich auf und kniff im gleichen Moment die Augen zusammen. Es war, als würden wir auf einer riesigen, glitzernden Platte aus funkelndem Silber schwimmen. Die Sonne spiegelte sich mit Milliarden Lichtpunkten in den winzigen Wellen des Meeres. Ich war so benommen von der Schönheit des leuchtenden Meeres, daß ich eine ganze Weile brauchte, bis ich daran dachte, mich auch nach den anderen Seiten hin umzudrehen.

Ich empfand das Meer wie ein sehr großes, sanft gewölbtes, metallisches Schild. Die Horizontlinie verlief nicht gerade, sondern in einer seltsam fallenden Linie, nach welcher Seite ich auch blickte.

Aber konnte es denn sein, daß mein Boot genau in der Mitte des unbekannten Meeres wie auf einem sehr flachen, gleichmäßig runden Hügel aus glitzerndem, gleißendem Wasser schwamm? Und was war hinter der Linie des Horizonts? Ich hatte plötzlich das Gefühl, als würde ich dort, wo Himmel und Meer zusammenstießen, eine Kante sehen. Dort mußte das Ende der Welt sein, und was dahinter kam, lockte mich wie ein verbotener Garten.

Ich hatte keine Vorstellung, was jenseits der sichtbaren Welt sein könnte. Ich blickte nach oben und überlegte, wohin all die Götter gegangen sein konnten, an die ich nur noch eine vage Erinnerung hatte. Der Himmel war zu klar und zu rein. Dort konnte sich niemand verstecken – jedenfalls nicht, solange die Sonne schien. Aber jenseits des kreisrunden Meeres, für das mir nur die Bezeichnung Okeanos einfiel, jenseits der gebogenen Horizontgrenze schien all das auf mich zu warten, was mich schon eine ganze Weile mit Unruhe erfüllte. Ich spürte, wie widersprüchlich meine Empfindungen waren. Einerseits genoß ich den zeitlosen Frieden, andererseits machte mich die glatte, klare, und vollkommen übersichtliche Weite des Meeres fast krank.

Ich erinnerte mich an das Bild der Sonne im grauen Haus. Auch dort hatten die Spiegel mehr als ein Bild gezeigt! Ich öffnete die Augen weiter und weiter. Während die Nacht mir das unendliche und ganz Große durch die Milliarden Sterne gezeigt hatte, erschien das eine Licht des Tages ebenfalls milliardenfach als Wellen und als Funkenteilchen im winzig Kleinen. Diese zwei Bilder waren eine Botschaft!

Der Stein der Götter über meiner Brust schien zu summen. Ich hörte eine Melodie, die so alt war wie die Erinnerung an meine Kindheit. Das Licht erfüllte mich, und ich trank alles mit ganzem Herzen, ganzer Seele. Ich fühlte, wie die Dunkelheit in meinem Fühlen, meinem Denken langsam zurückwich. War alles nur ein böser Traum gewesen? Ein Trugbild? Eine Prüfung?

Ich sah die beiden Wölfe. Sie hockten vor mir, hatten die Schnauzen auf den Rand des Bootes gelegt und blinzelten vollkommen regungslos aufs Meer hinaus. Nein, Wolfssohn und Wolfstocher waren ebensowenig Einbildung wie das Boot selbst. Wir schwammen fernab von allen Küsten in einem fremden Meer. Und doch hatte sich etwas verändert. Ich spürte, daß ich plötzlich anders empfand als in den langen Jahren, in denen ich nur manchmal in einer höheren Bewußtseinsebene gedacht hatte.

Es war, als hätten die Felder des Schilfs, die Sternennacht und das lichtspiegelnde Meer einen Schleier durchdrungen, der viel zu lange über meinem Bewußtsein gelegen hatte! Ich blätterte die Seiten eines uralten Buches um. Es war die ganze Zeit über in mir versteckt gewesen. Namen fielen mir ein, Bilder von Küstenlinien, von Meeren und von Flüssen, von Bergen, Ebenen und Wüsten, von Eingeborenen und Völkerschaften, von alten Göttern und ihren Kolonien.

Es war so viel auf einmal, daß ich mich zwingen mußte, nicht laut zu schreien. Ich achtete nicht darauf, ob wir standen oder von irgendeiner unsichtbaren Strömung weitergetrieben wurden. Bisher hatte ich alles, was ich tat und was mit mir geschah, nach den Regeln für die Außenwelt beurteilt. Ich hatte wie ein Mensch gesehen und gehört, gefühlt, gerochen und geschmeckt. Heiß war mir heiß, kalt war mir kalt erschienen. Und nur sehr selten war etwas von dem aufgebrochen, was zu den eigentlichen Geheimnissen des großen Wissens gehören mußte!

Von nun an würde alles ganz anders sein! Vielleicht noch nicht so perfekt, wie es den göttlichen Idealen entsprach, aber doch klarer als bei einem Leben, das nur Instinkten folgte. Ich hatte einen ganz wesentlichen Teil meiner Herkunft, meines Wissens, meiner Bestimmung und meiner eigenen Innenwelt wiederentdeckt. Und dafür waren genau tausend Jahre in der Dunkelheit des Nordens und vierhundert Jahre in der Nähe des großen Flusses nötig gewesen. Vierzehn Jahrhunderte. Konnte es sein, daß ich selbst etwa vierzehn Jahre alt war? Ich schüttelte den Kopf und lachte. Nein, so durfte ich nicht rechnen! Aber wie alt war ich wirklich? Fünfzehn? Knapp sechzehn wie in den Tagen vor der Katastrophe? Oder vielleicht schon siebzehn? Mein Gefühl sagte mir, daß ich eine Achtzehnjährige als alt empfand.

Ich seufzte leise und beschloß, daß ich siebzehn war. Das war ein Alter, mit dem ich einverstanden sein konnte – auch wenn mir noch nicht klar war, wie ich als siebzehnjährige Göttin denken und fühlen sollte. Und ich begann, mich selbst wie mit den Augen einer ganz anderen zu sehen. Es war eine ganz neue Empfindung für mich – fast wie ein vorsichtiges Erwachen.

Stunden später bildete sich nach Westen hin eine eigenartige Wolkenformation. Sie sah aus, als würden sich zwei oder gar drei unterschiedliche Luftschichten übereinanderschieben. Das Meer wurde unruhig. Ich sah, wie überall Gruppen von kleinen Fischen aus dem Wasser schnellten. Einmal sprang ein Dutzend Fische direkt über das Boot hinweg. Ich zog den Kopf ein, nicht so Wolfssohn und Wolfstochter. Sie richteten sich so schnell auf, daß ich überhaupt nicht mitbekam, wie es ihnen gelang. Sie schnappten einfach zu. Ein Fisch nach dem anderen platschte vor meine Füße. Hungrig und mit dem Urinstikt der Wildnis hatten die beiden Wölfe schneller gehandelt, als ich überhaupt denken konnte.

Wir teilten uns die willkommene Beute. Zufrieden schmatzend fraßen Wolfssohn und Wolfstochter ihren Anteil. Ich sah ihnen zu, konnte aber selbst nichts essen. Und dann entdeckte ich plötzlich kaum zweitausend Schritt entfernt ein zweites Boot! Der Schreck traf mich wie eine eisige Dusche. Ich spürte, wie sich die Härchen auf meiner Haut aufrichteten und kalte Schauer über meinen Körper liefen.

Das andere Boot sah genauso aus wie das, in dem ich mich mit den beiden Wölfen befand! Es war wesentlich größer als meines, und an seinem Bug blickte ein weißer Wolf wie ein blutrünstiges Ungeheuer zu uns herüber. Genau wie ich, saß eine Frauengestalt im anderen Boot. Ich konnte nur die Umrisse ihres Kopfes und ihres Oberkörpers erkennen, nicht aber ihr Gesicht.

Das andere Boot kam schnell auf uns zu. Es wurde größer und größer. Ein lautloses Wetterleuchten zuckte zu beiden Seiten des furchtbaren Bootes auf. Direkt vor uns fegte ein Windstoß über die Wasserfläche. Er bließ die glitzernden Funken aus und zog einen schwarzen, welligen Streifen über das Meer. Die beiden Wölfe begannen leise zu jaulen. Ihr Wimmern erinnerte mich unwillkürlich an jene ungewöhnliche Situation vor vielen, vielen Jahren, als die Vorfahren meiner beiden Begleiter zum ersten Mal das Licht hoch über der dunklen Mauer aus Eis erblickt hatten. Damals hatte der riesige weiße Leitwolf mich mit dem Willen zu töten angesprungen. Sein Reißzahn hatte den Dreck eines ganzen Jahrtausends vom Stein der Götter über meiner Brust gelöst.

Ein neuer Windstoß kam schnell auf mein Boot zu. Gleichzeitig löste sich das Bild des riesigen anderen Bootes auf. Wie aus dem Nichts tauchten schwarze Wolken über uns auf. Die Sonne verschwand, und der Himmel bezog sich so schnell, daß ich für einen Moment fürchtete, erneut in die Dunkelwelt geraten zu sein. Ich klammerte mich an den Bordwänden fest. Die pechschwarze Windspur erfaßte das Boot so hart, daß ich Mühe hatte, das winzige Boot im Gleichgewicht zu halten. Es schaukelte und schwankte. Ein breiter Wasserschwall schlug gegen eine Bootsseite und übergoß uns mit salziger Gischt. Wie lange hatte ich kein Salz mehr geschmeckt? Ich hustete und würgte das bittere Salzwasser aus, schüttelte mich und wußte nicht, was geschah.

Der Wind wurde zum Sturm. Er drehte sich und erfaßte das Boot von hinten. In immer schnelleren Folgen schlugen Gischtwellen über uns zusammen. Und dann krachten die ersten Blitze neben uns, vor uns und hinter uns ins Wasser. Es klang, als würden gigantische Metalltore einer im Sturmschwarz verborgenen Stadt zerreißen, zerbrechen und zum Schluß übereinanderfallen. Das Boot flog wie ein Vogel ohne lenkende, steuernde Flügel über die Wellen, die noch schneller waren und uns von hinten überholten.

»Pech für dich!« sagte die eine Inanna in mir kühl zur anderen. »Hochmut und zuviel Glück kommt vor dem Untergang!«

Ich biß die Zähne zusammen. Das kleine Boot schoß auf zwei schwarze Wolkenberge direkt vor uns zu. Mein Boot nahm immer mehr Wasser auf, doch viel gefährlicher war es, wenn einer der Wölfe oder ich selbst über Bord gingen.

»Los, kommt her!« rief ich durch das Klatschen der Wellen und das Heulen des Sturms. Ich legte mich flach auf den Boden. Das Wasser spülte über meine Beine und meinen Rücken. Trotzdem zog ich Wolfssohn und Wolfstochter ganz nah an mich heran. Sie winselten nur noch ganz leise, aber ich spürte, wie sehr sie vor Angst bebten und zitterten. Ich nahm das Paddel, das mir Urso mitgegeben hatte, und verklemmte es über uns an beiden Innenseiten der Bootswände. Keine Sekunde zu früh!

Das Boot stieg so steil auf, daß alles Wasser nach hinten hinausschwappte. Für einen fast ewigen Augenblick hörten wir weder den Wellenschlag noch irgend etwas anders. Die plötzliche Stille war so unheimlich, daß ich bereits das Paddel lösen wollte. Doch dann krachte der winzige Nachen hart ins Wasser zurück. Das Holz der Bordwände splitterte. Nur noch die straffen Fischhäute an den Innenseiten hielten zusammen, was eigentlich längst auseinandergefallen sein mußte!

Was nützte mir jetzt, daß ich mich an so viele Dinge erinnerte, die ich vorher vergessen hatte? Was tat ein Mensch, eine Frau, eine Göttin in einem kaum fünf Schritt langen Boot mit zwei nassen, verängstigten Wölfen in ihren Armen im Sturm irgendwo in einem unbekannten Meer?

Unbekannt?

Nein! Vor sehr langer Zeit war dieses Meer ›das Schwarze‹ genannt worden... ›Schwarzes Meer... Schernoje More... Mare Neagra... Kara Deniz‹. Ich wunderte mich, warum mir so viele ähnliche und unterschiedliche Bezeichnungen für das furchtbare Wasser gleichzeitig einfielen. Welche war richtig? Oder gab es auch hierbei stets mehr als eine Wahrheit?

Ich spürte, daß ich mitten im Tosen des Sturms, unter dem Blitzen und Donnern wie beim Ende der alten Welt die Schwelle einer für mich ganz neuen Erkenntnis überschritt. Es gab sie, die vielfache Wahrheit! Und so wie jede Familie, jede Sippe und jedes Volk der Menschen sich das Recht genommen hatte, gleiche Gegenstände und Phänomene der Natur mit ähnlich klingenden oder auch unterschiedlichen Lautfolgen zu benennen, so waren auch die Erinnerungen an die Zeit vor der Katastrophe und den Untergang der alten Welt keine unveränderlichen Gesetze, sondern frei wie die Vögel und unberechenbar wie Wolken und Winde!

Woher hatten die großen Götter gewußt, daß es einmal so kommen könnte? Mir war klar, daß jede Vogelart, jede Tierfamilie in Jahrmillionen ihre eigenen Zeichen und Laute, Duftmarken und Bewegungsrituale für die Verständigung entwickelt hatte. Aber warum geschah genau das gleiche bei göttlich-menschlichen Lebewesen in einem viel kürzeren Zeitraum?

Alle Götter und alle Kolonien hatten den gleichen Ursprung.

Und bis zum Untergang des Zehnkönigereichs hatte es nicht den geringsten Unterschied in der Sprache der Götter und ihrer Völkerschaften gegeben. Aber warum erinnerte ich mich bei einem einzigen Meer gleich an vier, fünf Namen? Welcher Kode, welches Geheimnis und welche Absicht steckten dahinter?

Und plötzlich erinnerte ich mich wieder an den Schiffsherrn, der mich ins graue Haus geführt hatte. Dies hier mußte sein Meer gewesen sein, das grauenhafte, furchtbare und abweisende Meer, das er mit siebenmal sieben seiner besten Anunnaki – mit Castor, Polydeukes, Herakles, Orpheus und den Zwillingssöhnen des Nordwindes – zur Zeit des großen Gottes Zeus befahren hatte. Ich dachte angestrengt darüber nach, was die Argonauten damals eigentlich gesucht hatten. Wenn mich nicht alles täuschte, war es ein Vlies gewesen, ein goldenes Fell. Aber warum? Was war so wertvoll an einem Fell, daß sich fünfzig Wagemutige ganz bewußt in tödliche Gefahr begeben hatten? Für einen kurzen, flüchtigen Augenblick tauchte ein verrückter Gedanke in mir auf. Fünfzig Männer! Ein goldenes Vlies. Konnte es vielleicht das Vlies einer Frau gewesen sein, das ihren Mondmund verhüllte?

Ich kam nicht mehr zu einer Antwort. Mir fiel nur ein, daß alles mit einem Orakel angefangen hatte. Einer der frühen Statthalter namens Pelias war vor Urzeiten davor gewarnt worden, daß einer kommen würde, um ihm sein Land und seine Macht zu stehlen. Als Jason auftauchte, hatte Pelias ihn ins ferne Kolchis am Ufer jenes Meeres entsandt, das mir jetzt ebenfalls so sehr zu schaffen machte.

Pelias hoffte, daß Jason auf der langen Reise umkommen würde. Denn Jason sollte für ihn das magische, golden leuchtende Vlies des Widders Chrysomallos aus dem Hain des kriegerischen Untergottes Ares stehlen. Ganz dunkel erinnerte ich mich nur daran, daß es mit dem Untergott Phrixos und seiner Schwester Helle von Böotien zu tun hatte. Wahrscheinlich waren die beiden die Lenker eines Himmelsschiffs gewesen. Oder hatte ihr Himmelsschiff den Namen Chrysomallos getragen? Ein Versuchsmodell mit einer neuartigen Außenhaut?

Auf jeden Fall war Helle beim Flug nach Kolchis in einen Meeressund gestürzt, der zur Erinnerung an ihren tragischen Tod Hellespont benannt wurde. Jason und seinen Argonauten gelang es, das Goldene Vlies zu stehlen und in das andere, friedliche Meer zurückzukehren. Trotzdem verstand ich nicht, warum diese uralte Geschichte uns im Inneren Palast so sehr interessiert hatte. Ich überlegte lange, ob Quetzalcoatls Warnung etwas damit zu tun hatte. Auch das brachte mich nicht weiter.

Ich spürte, wie der Stein der Götter über meiner Brust wärmer war als sonst. Hatte er zu mir gesprochen?

Der letzte, krachende Blitzschlag traf eine ansteigende Welle unmittelbar vor uns. Das grelle Licht rollte sich zusammen, wurde zur Kugel und raste sprühend und knisternd so scharf an meinem Boot vorbei, daß grünes Licht die Fellhaare von Wolfssohn und Wolfstochter auflodern ließ. Ich spürte, wie der Stein der Götter über meiner Brust heiß wurde und bläuliche Funken sprühte. Es tat weh, und ich schrie unwillkürlich auf. Alles um mich herum kreiste. Ich drehte mich um, griff mit beiden Händen an die Paddelstange und sah nur noch ein hellblau leuchtendes Licht. Mein Kopf fiel zurück. Bitteres, salziges Wasser drang in meinen Mund ein. Ich hustete und schluckte. Und dann war so viel Wasser über mir, daß ich mich nicht mehr wehren konnte. Ich sank und sank, und tauchte immer tiefer in Schichten einer Erinnerung ein, die einmal allen Göttern und allen Göttinnen gehört hatte. Und es war Berios' Stimme, die mich begleitete.

»Es war die Zeit der Kolonisation vor zwanzig-, dreißigtausend Jahren. Die Zeit, in der die fähigsten und besten Männer und Frauen von Atlantis ausgesandt worden waren, um an den Küsten und an ausgewählten Plätzen aller Kontinente das faszinierendste und anspruchsvollste Projekt aller Zeiten einzuleiten. Zum ersten Mal sollte versucht werden, das Wissen und die Hochkultur der Inseln schrittweise auf völlig unterschiedlich entwickelte Gruppen von frei lebenden Wilden zu übertragen.

Die ursprüngliche Idee für das Cro Magnon-Experiment hatte absolut nichts mit imperialen Machtgelüsten, mit Größenwahn und mit der Hybris späterer Jahrtausende zu tun. Sie wurde vielmehr aus der Einsicht geboren, daß die Verantwortung für spätere

Generationen und die Zukunft des Planeten mit Teilen, Weitergeben und dem Dienst am Geringeren beginnen mußte.

Das Auftauchen der Götter in den bisher gemiedenen Regionen der Erde war keine Invasion, sondern Expedition gewesen. Sie waren mit der Kraft der höchsten ethischen Verpflichtung gekommen und mit dem Wunsch, all jene Fehler zu vermeiden, die ihre eigene Kultur zunehmend in Gefahr brachten. Die großen alten Götter waren so gütig, demütig und bescheiden aufgetaucht, daß sie sogar ihre Statur und ihr Gesicht so gut es ging verbargen. Nicht fordernd und befehlend, nicht mächtig und furchteinflößend erschreckend hatten sie mit dem großen Werk begonnen, sondern als Licht im Dornbusch, raunende Misteln in den Bäumen, Spuren im Gras und Wolkenzeichen.

Götter und Göttinnen vermählten sich in feierlichen Zeremonien mit Menschen ferner Lande, die sie zu sich hinaufheben wollten. Doch nichts blieb, wie es angefangen hatte. Bereits drei-, viertausend Jahre nach den ersten Versuchen hatten Seher und Kundige durch den Vergleich mit früheren Zeitaltern erkannt, daß sich das Eis im Norden des Erdballs zunächst noch weiter ausbreiten, dann aber zurückziehen und unaufhaltsam abschmelzen würde. Dagegen konnte niemand etwas tun. Es bestätigte sich auch noch ein lange schwelendes, mühsam geheimgehaltenes Gerücht: Einer der vielen im All vagabundierenden Gesteinsbrocken würde die Erde treffen. Allein der Gedanke daran, daß die uralte Kultur eines Tages untergehen könnte, war ein so schwerer Schock gewesen, daß alle Überzeugungen von der großen kosmischen Harmonie zusammenbrachen. Atlantis, diese einmalige, paradiesische Weltenordnung, verlor die Kraft des Glaubens an sich selbst.

Und letztlich hatte der Untergang bereits damals begonnen. Fortan waren in jeder neuen Generation von Eingeweihten unüberschaubar komplizierte und oftmals auch politisch eingefärbte Auslegungen der letzten Wahrheiten berechnet worden.

Wahrhaftigkeit wurde durch Bilder und Symbole ersetzt. Die Sprache wurde mehr und mehr dazu mißbraucht, Gedanken zu verbergen. Was vordem ehrlich war, wurde zur Dummheit. Und jeder Mann, jede Frau war fortan darauf angewiesen, nicht mehr zu denken und zu sagen was richtig, sondern nur, was gerade als wichtig galt. Die Angst vor dem drohenden Ende zerfraß die Harmonie und teilte das Ganze in Tausende von Einzelwesen. Vollkommen unvorbereitet überschwemmten Neid und Mißtrauen, Lügen und Egoismus die uralte Kultur und die Zivilisation der Königsinseln und ihrer Kolonien.

Während die Könige des alten Reiches sich immer mehr mit ihren inneren Problemen beschäftigten, erstarkten viele der Herrscher in den Kolonien. Sie verfügten über weniger Informationen und sahen in der Hilflosigkeit der alten Zwillingskönige nur Dekadenz. Sie wollten einfach nicht wahrhaben, daß die Äonen, in denen sich das Reich immer schneller entwickelt hatte, daß diese Zeit dem Ende zuging.

Einige der Götter begannen, sich eigene Königreiche aufzubauen. Und um sich selbst zu legitimieren, veränderten sie die Überlieferungen in kleinen, aber für sie wichtigen Passagen. Auch Zeus sorgte dafür, daß er nicht nur als oberster der Götter angesehen wurde. Durch seine Kundigen und Priester ließ er sich eine Genesis entwickeln, die mit der wahren Vorgeschichte übereinstimmte, ihn selbst aber zum End- und Höhepunkt der Entwicklung machte. Die neue Lesart setzte nach dem Chaos Gaia als erste Göttin und Urmutter ein. Sie war rund wie eine Scheibe und vom Okeanos umströmt, dessen Wasser rückwärts flossen, damit der Strom sich stets wieder in sich selbst ergoß.

Aus der Vereinigung der Erdmutter Gaia mit Uranos, der Personifikation aller Himmelssitze für die Götter, entstanden zunächst furchtbare Mißgeburten: einäugige Kyklopen, Kinder mit fünfzig Köpfen und hundert Armen, Furien und Untergötter, die allesamt dafür mißbraucht wurden, die Eingeborenen mit Angst und Schrecken zu erfüllen. In Wahrheit waren all diese Schöpfungen mißlungene Versuche, das Cro Magnon-Experiment zu wiederholen...

Selbst Nymphen wie Io, zeugungsunfähige Giganten oder Titanen wie Iapetus und Kronos, waren keine Götter der Königsinseln mehr, sondern eigene Züchtungen. Zeus selbst leitete seine Herkunft vom jüngsten der Titanen und Rhea ab, die offiziell zur Nachfolgerin von Gaia erklärt wurde.

Zeus war der maßloseste von allen Göttern in den Jahrtausenden zwischen dem Cro Magnon-Experiment und dem Untergang der alten Welt. Sein Hofstaat, sein Olymp, umfaßte alle nur denkbaren Kreuzungen und Zuchtversuche. Zeus ließ behaupten, daß er die Sonne und den Mond anhalten könne, daß er allein oberster Richter und Entscheider sei, und daß er alles tun und lassen dürfe, was ihm beliebte. Und dann führte er sogar Krieg gegen die Zwillingskönige...«

Die Stimme des Sehers wurde schwächer und schwächer.

Ich fiel durch die wirbelnden Schleier der Zeit, versuchte vergebens, Gestern und Morgen irgendwo, irgendwie, irgendwann zu verknüpfen, eilte in meinen Gedanken von einem Bild zum anderen – ohne Halt, ohne Festpunkt, nur fliegend mit ausgebreiteten Armen und dennoch körperlos in einer Aura aus weißblauem Licht.

Zwei junge Göttinnen der alten Zeit tauchten vor mir auf. Sie waren vollkommen transparent für mich, denn ich sah ihre noch mädchenhaften Körper: die schlanken Schenkel, die weich gerundeten Hüften, die wunderschönen Brüste, die zarten Gesichter und darüber hinaus auch ihre Gedanken und Gefühle.

Sie wußten, daß sie durch einen Fehler der Götterplanung gleichzeitig und mit den gleichen Rechten ausgestattet in der Kolonie von Gott Zeus angekommen waren. Von Anfang an hatte Zeus eine eigene Welt und ein eigenes Reich aufgebaut. Er ließ die ihm anvertrauten Ureinwohner seiner Inselwelt Boote, Schiffe und schließlich sogar Galeeren bauen. Er bildete Krieger aus und ernannte seinen Zweitgott Jason zum Herrn der Vernichtung, der stets unterwegs sein mußte, um reiche Küsten zu suchen.

Ich schnippte meine Gedanken eine Zeitebene weiter und sah, wie Hera vom mächtigen, breitschultrigen, bärtigen und herrischen Gott Zeus zum ersten Mal verführt wurde. Sie gebar Ares, der ein guter Krieger wurde, dann Hebe und schließlich Eileithya, von der es hieß, daß sie die Wehenschmerzen mildern könne. Voller Abscheu und gleichzeitiger Genugtuung sah ich, wie Zeus, dieser ewige Lüstling, den Befehl der zehn Könige erhielt, Hera als seine zweite Frau anzuerkennen.

»Er blieb siebzehn Göttergenerationen lang der wildeste und unersättlichste von allen Statthaltern des alten Reiches«, hörte ich

Berios erneut berichten. »Niemand zählte, wie viele Göttinnen, wie viele Weiber der Eingeborenen er kraft seines Amtes belog, ausnutzte und schwängerte. Er verwandte die alten Geheimnisse der Transformation und der Telekinese ausschließlich zu seinem eigenen Vergnügen. Er tarnte sich als Drossel auf Heras Brust, als Goldregen bei Danae und als Schwan bei Leda. Als schwimmender Stier zwängte er sich zwischen die Schenkel der ahnungslosen Göttin Europa und entführte sie nach Kreta.

Während der ganzen Zeit seiner Herrschaft schlief er in seiner natürlichen Gestalt immer wieder mit der jungen Göttin Io. Als Hera davon erfuhr, brach sie das uralte Gesetz der Unterordnung und begann zu kämpfen – für ihre Kinder und für sich selbst. Sie ließ den hundertäugigen Wächter Argus durch die Musik des jungen Gottes namens Hermes einschläfern. Danach wartete sie Nacht um Nacht.

Gott Zeus mußte geahnt haben, um was es ging. Es dauerte sehr lange, bis er nachlässig wurde. Doch dann geschah genau das, was Hera vorgeplant hatte: In einer kalten nebligen Nacht schwamm Io durch den Sund zwischen den Kontinenten Asien und Europa, um zu Zeus zu gelangen. Sie wollte eine Entscheidung. Nicht wissend, daß sie längst beobachtet und für eine neue Intrige eingeplant war, stieg sie am Nordufer aus den Fluten des Wassers. Sie wunderte sich über die Schwerfälligkeit ihres Körpers und wußte nicht, warum ihr Arme und Beine wie Füße mit gespreizten Hufen vorkamen. Sie schritt am Uferhang hoch. Und plötzlich merkte sie, daß sie wie eine Kuh aussah. Sie blickte auf die Meerenge zurück, die nicht nur sie und den Gott Zeus, sondern zwei Kontinente voneinander trennte.

Hüte dich deshalb, Göttin Inanna! Hüte dich vor den Männern, die so sein wollen wie Zeus! Es werden viele sein, wenn nichts geschieht, um sie zu zügeln! Sie glauben, daß ihnen das Recht des Stärkeren Macht über andere verleiht... hüte dich vor diesen Halbgöttern, mögen sie Tammuz heißen, Seth oder Gilgamesch... sie schwören heute dies, und werden morgen weder List noch Lüge scheuen, um die Geliebte oder sogar die Mütter ihrer Kinder zu verraten! Vergiß deshalb nicht einen Augenblick den Namen jener Furt, durch die Io geschwommen ist...«

»Bosporus!« durchfuhr es mich wie ein Dolch aus Eis. »Die Furt der dummen Kuh... Erniedrigung eines Weibes, das liebt, und dafür verhöhnt wird...«

Alles um mich herum wallte in weißen Nebelschwaden. Ich war noch so benommen von der Erinnerung an all die Überlieferungen, daß ich sehr lange brauchte, um in die Gegenwart zurückzufinden. Ich kroch unter der Paddelstange des halbversunkenen Bootes hervor, schüttelte das Wasser aus den Haaren und starrte in die weiße Stille. Wolfssohn und Wolfstochter standen durchnäßt am Bug des halbzerstörten Bootes, das wie ein jämmerlicher Rest von irgend etwas durch bleigrau schwere Wellen schwamm.

Ich wagte nicht, mich noch mehr zu bewegen. Die beiden Wölfe sahen nach vorn, nach rechts, nach links. Sie hoben ihre Köpfe ganz so, als suchten sie im Nebel nach einem Uferecho. Auch ich empfand eine Art Widerstand hinter den Nebelbänken. Ich spürte einfach, daß wir uns nicht mehr im Schwarzen Meer befinden konnten. Die Ufer, die ich nicht sehen konnte, waren manchmal tausendfünfhundert Schritt nach jeder Seite entfernt, dann wiederum nur zwei-, dreihundert. Ich spürte, daß sich sogar die Tiefe der schweren Wasser unter dem Boot veränderte.

Und dann lichteten sich die Nebel. Sie stiegen auf, zogen in hellen Fetzen über uns hinweg und gaben mir ein neues Meer mit vielen kleinen Inselflecken frei.

»Marmara!« rief ich Wolfssohn und Wolfstochter zu. »Wir sind im Marmarameer.« Sie drehten ihre Köpfe zu mir, doch sie verstanden nicht, was ich ihnen sagen wollte. Vorsichtig begann ich, mit meinen Händen das Wasser aus dem Boot zu schöpfen. Ich dachte bereits daran, mit Ursos Paddel die nächste Insel anzusteuern, aber die Strömung kam mir zur Hilfe. Wir schafften fünfzigtausend, hunderttausend und noch mehr Schritt an diesem schönen, klaren Tag.

Mein Haar war längst getrocknet. Ich hatte Ursos Paddel wie einen Mastbaum schräg nach vorn gelegt und mit dem Stein beschwert. Ein warmer Wind ließ meine aufgehängten Kleidungsstücke wehen. Er kräuselte das Fell der beiden Wölfe, fuhr streichelnd über meine nackten Schultern, meine Brüste und meinen Leib.

Nackt, wie ich war, genoß ich jeden Windhauch. Ich lehnte mich zurück, stützte mich mit den Armen ab, legte den Kopf nach hinten, schloß meine Augen und öffnete die Lippen. Es war so schön zu leben, so köstlich, wunderbar!

Gegen Abend erreichten wir die zweite Landbrücke zwischen den beiden Kontinenten. Ich erinnerte mich ganz deutlich daran, daß eine langgestreckte Halbinsel wie eine Lasche des Nordkontinents das kleine Marmarameer zwischen den beiden Erdteilen zum Westen hin abschloß. Wir trieben bei Nacht durch den Sund, der den Wasserzugang zum eigentlichen Inselreich des alten Gottes Zeus bildete.

Die Sterne leuchteten erneut über uns. Wolfssohn und Wolfstochter schliefen dicht nebeneinander am Bug des kleinen Bootes, das schon so viel überstanden hatte. Es war ein eigenartiges Gefühl, durch eine Meerenge zu treiben, die stets den Namen eines Mädchens von Atlantis, einer noch jungen Frau getragen hatte, von der ich nicht mehr wußte, als daß sie hier aus einem Himmelsschiff gefallen und in den stillen Wassern umgekommen war. Das Boot schwamm über Helles Grab, und es hieß Hellespont.

Ich schlief die ganze Nacht nicht. Als sich der rote Sonnenball über den dicht bewaldeten Hügeln hinter uns in den Himmel hob, öffnete sich der Sund und ging in ein fischgraues Meer über. Zur linken Hand sah ich einige flache Hügel. Sie kamen mir so vor, als würden sie bereits in naher Zukunft besiedelt und bewohnt werden. Ich wußte nicht, wie ich auf den Gedanken kam – vielleicht hatte ich auch nur von einem guten Platz in dieser Gegend gehört, den meine Lehrer Troja nannten.

Das kleine Boot dümpelte immer weiter. Es drehte sich in der Strömung und trieb dicht unter der Küste nach Süden ab. Ich wunderte mich schon längst nicht mehr darüber, wie dieser winzige, aus Schwemmholz, Schnüren aus Fischdärmen und Fischhäuten angefertigte Nachen Strudel und Stürme, Wellen und Wetter überstanden hatte. Fast noch erstaunlicher fand ich das Verhalten der beiden Wölfe. Sie waren kein einziges Mal in Panik geraten. Ich erinnerte mich nur an eine einzige Situation während der letzten Tage und Nächte, in der sie Furcht gezeigt hatten.

Ich beugte mich zu ihnen und streichelte dankbar ihre Nacken.

Es war, als würde ich sie durch meine Berührung aus einem langen, schweigenden Leiden befreien. Sie sprangen so wild und lebensfroh hechelnd an mir hoch, daß ich sie lachend und mit beiden Händen abwehren mußte.

»Genug, genug!« rief ich. »Ihr kippt noch das Boot um!«

Sie warfen sich vor mir auf den Bootsboden. Wolfstochter schnupperte am Beutel, den Urso mir mitgegeben hatte. Ich war noch nicht dazu gekommen, mir seinen Inhalt anzusehen. Warum eigentlich nicht? Kopfschüttelnd löste ich den Beutel von meinem Gürtel. Ich nestelte ihn auf und schüttete vorsichtig den Inhalt auf den Stein mit der Zeichnung der alten Stadt.

Zwei Angelhaken aus Fischknochen, ein großer und ein kleiner. Ich lächelte und legte Ursos Schätze behutsam ins warme Sonnenlicht. Dann ein Stück aufgedrehter Schnur aus Fischdärmen. Ein winziger Feuersteinsplitter. Ich hatte keine Ahnung, wie Urso an diesen Schatz gekommen war. Zwei Muschelschalen. In eine hatte er den Plan des alten Dorfes eingeritzt. Ich zog die Nase hoch und sagte: »Du Dummkopf, lieber...«

Grassamen. Ich überlegte, was er damit gemeint haben könnte. Am Strudel von Lepeno hatte es kaum Gras gegeben. Der steinige Boden der Uferbank war dafür nicht geeignet gewesen. Ich nahm ein paar Samenkörner zwischen die Fingerspitzen, roch daran und steckte sie in den Mund. Ganz langsam kauend versuchte ich, ihre Herkunft herauszuschmecken.

Einen Tag weiter südlich näherten wir uns einer Insel, die mir schon von weitem wie ein Paradies erschien. Ein fast tausend Schritt hoher Berg im Inneren überragte sanfte grüne Hügel und steile Felshänge. Die Strömung trieb das Boot bis an an den Westrand. Zum ersten Mal benutzte ich Ursos Paddel, um das Boot schräg durch die Strömung zu lenken. Ich hatte genug davon, mit den beiden Wölfen über die Meere zu schwimmen. Außerdem brauchten wir dringend frisches Wasser.

Kurz darauf schoben die flachen Wellen das Boot über die Steine des Ufers. Ich stand gerade auf, als eine letzte, größere Welle das Boot noch einmal anhob und hart nach vorn warf. Es zerbrach wie mit einer Axt zerteilt. Ich stolperte nach vorn. Wolfssohn und Wolfstochter sprangen vor mir an Land. Sie jaulten und heulten das zerstörte Boot an, ganz so, als handele es sich um einen endlich überwundenen, besiegten Feind.

Ich drehte mich um, schwankte ein wenig in den Knien und starrte die Reste des winzigen Gefährts an, das uns über drei Meere bis zu dieser Insel getragen hatte. Warum war es nicht früher zerbrochen, nicht im Sturm gekentert und nicht untergegangen?

Ich bückte mich und faßte mit den Fingerspitzen nach den zusammengedrehten Fischdärmen. Sie zerfielen, wie vom Salz der Meere zerfressen, zu einem grauen Pulver. Kopfschüttelnd und ein wenig verwirrt nahm ich den Stein mit meiner Zeichnung aus dem Wasser, der mir inzwischen wie ein Talisman vorkam.

Ein kleines Felskap schützte die Bucht, in der wir nun gestrandet waren. Eigentlich hatte ich nur an Land gehen wollen, um Wasser und ein paar Früchte zu beschaffen. Jetzt aber mußte ich mich damit abfinden, an einem Ziel angekommen zu sein, von dem ich nichts wußte. Aber vielleicht fiel mir der Name der Insel wieder ein, wenn ich zum Berggipfel hinaufstieg und mir die Küstenlinien ansah.

Ich beschloß, meinen Stein weiter oben unter den Bäumen zu verstecken. Ich sah mich um und suchte nach einem günstigen Platz. Im gleichen Augenblick fiel mir auf, was ich schon vom Wasser her gesehen, aber nicht beachtet hatte: hier mußten Menschen leben oder zumindest einmal gelebt haben.

Ich sah Bäume, die wie ein künstlich angelegter Olivenhain wirkten. Während die Wölfe sich im dichten Gras des Hangs tummelten, ging ich ganz langsam mit meinem Stein auf die knorrigen Bäume mit ihren silbrigweißen, staubig aussehenden Blättern zu. Die Frühlingssonne schien hier viel wärmer als am Strudel von Lepeno. Ich legte meinen Stein unter den ersten Baum und griff in die Blätter. Enttäuscht stellte ich fest, daß sie höchstens einen Monat alt waren. Die Bäume trugen noch keine Früchte. Wie gern hätte ich jetzt eine Olive, eine Nuß, einen Apfel oder eine Birne gegessen! Ich hatte plötzlich Heißhunger auf frische Früchte.

Die Wölfe begannen zu pirschen. Ich konnte sie nicht sehen, aber ich hörte, wie sie Spuren aufnahmen und kraftvoll durch Gebüsch und Gras rannten. Ich ging langsam den Hügel hinauf. Langes Gras streifte an meinen Fingern entlang. Ich merkte zuerst nicht, wie groß die Samen waren. Bis ich nach unten sah und erstaunt stehenblieb. Das was kein Gras, sondern eindeutig Gerste!

Alte Gerste, alte Olivenbäume! Jetzt war ich sicher, daß diese Insel eine Kolonie gewesen war! Mit gespreizten Fingern zog ich eine Handvoll noch nicht ganz ausgereifter Saatkörner von den Halmen. Sie schmeckten frisch und wurden immer süßer, je länger ich sie kaute. Ich ging weiter hangaufwärts und nahm mir vor, diesmal vorsichtiger bei einer Begegnung mit Einheimischen zu sein. Jede Gruppe, die ich bisher getroffen hatte, war auf irgendeine Weise mit den alten Göttern in Berührung gekommen. Die Mammutjäger und die Leute um Renbart und Fjörgyn ebenso wie die Fischer im Dorf am Strudel von Lepeno. Im Grunde war mir nie etwas getan worden, aber ich wollte einfach nicht mehr in eine Gemeinschaft einbrechen, für die ich dann doch wieder zu einer Fremden wurde...

Seit der Fahrt durch die beiden Meerengen war mir immer klarer geworden, wie sehr ich mich nach einem anderen Gott, einer anderen Göttin sehnte. Selbst wenn Osiris in diesem Augenblick unter einem Olivenbaum hervorgetreten wäre, hätte gejubelt und darauf gewartet, daß er mich erkannte und mich in seine Arme schloß.

Ich seufzte, spuckte ein paar Kornschalen aus und wischte mir über die Lippen. Zunächst einmal hatte ich Durst, denn meine Lippen, meine Hände, alles schmeckte salzig. Ich stieg immer höher durch den Olivenhain. Irgendwie hatte ich das Gefühl, daß diese Bäume schon lange nicht mehr abgeerntet wurden. Ich weiß nicht, wie ich darauf kam, sie standen einfach zu dicht, und sie waren nicht beschnitten.

Ich mußte lange laufen, bis ich einen Bach fand. Das frische, köstlich schmeckende Wasser entschädigte mich für viele schwere, quälende Gedanken, die ich während der langen Fahrt über das Meer gehabt hatte. Ich zog mich aus, badete und wusch anschließend meine Kleidungsstücke. Ein paar Schritte vom Bachufer entfernt fand ich süße Beeren. Ich aß sie, dann legte ich mich neben meine zum Trocknen ausgebreiteten Kleidungsstücke und ließ die Sonne auf meinen Körper scheinen. Seit jenem Sommer auf der Felsterrasse oberhalb der Donau hatte ich mich nicht mehr so wohl gefühlt...

INSELN DER EINSAMKEIT

Am dritten Tag auf der Insel fiel mir ihr Name wieder ein. Ich war ein paar Stunden am Strand entlang und dann ins Innere gegangen und konnte plötzlich eine große Meeresbucht erkennen, die bis zur Mitte der Insel reichte. Die grünen Hügel und Berge umschlossen wie ein Kranz die etwa fünfzehntausend Schritt lange und fast zehntausend Schritt breite Bucht. Der Berg auf der Südseite des Landrings gab mir die letzte Gewißheit.

»Lesbos!« murmelte ich. »Das kann nur Lesbos sein!«

Ich setzte mich auf einen weißen Steinblock und versuchte, mich an alles zu erinnern, was ich vor langer, langer Zeit über diese Insel gehört hatte. Obwohl ich einst zur Göttin erzogen und ausgebildet worden war, hatte ich Mühe, ungenutzte Informationen in meinem Unterbewußtsein wiederzufinden.

Einer der ersten Götter auf Lesbos mußte Makareos gewesen sein. Wenn mich nicht alles täuschte, konnte er gut in jenem üppigen grünen Tal direkt unter mir gelebt haben, das sich von der Bucht vor mir bis in die Berge hinaufzog. Soweit ich mich erinnerte, hatte seine Tochter Methymna einen jungen Gott namens Lesbos geheiratet. Das alles mußte bereits vor der Herrschaftszeit von Gott Zeus geschehen sein.

Zeus! Immer wieder Zeus! Je öfter ich an den Namen dieses Gottes dachte, um so zorniger wurde ich. Im Grunde interessierte er mich überhaupt nicht. Aber er wurde allmählich zu einer Art Symbol für mich – zu einer Abfallgrube, in die ich alles hineinwarf, was mich bei meinen Gedanken an die versunkene Welt der langen Männerherrschaft ärgerte. Es war die Truhe des siebzehnten Spiegelbildes im grauen Haus – das Unbekannte, Unverständliche, Bedrohende in allen Männern! In diesen Augenblicken wünschte ich, daß ich mir mehr von den vielen hundert Namen und Orten aus der ersten Zeit der Kolonisation gemerkt hätte. Jetzt hatte ich keine Bibliothek mehr und niemanden, den ich fragen konnte.

Ich blieb fast den ganzen Tag an der Stelle, von der aus ich die Ufer der Meeresbucht beobachten konnte. Irgendwann fiel mir eine andere Geschichte ein, die auch zu dieser Insel gehörte. Sie handelte von einem Sänger, der Orpheus genannt wurde. Er war an den Küsten entlanggezogen, die ich zusammen mit Wolfssohn und Wolfstochter passiert hatte. Orpheus hatte mit seiner Leier die Götter und Menschen erfreut. Sein Gesang konnte wilde Tiere verzaubern und das Meer besänftigen. Aber irgendwelche Wilden, die sich Mänaden nannten, hatten ihn getötet und seinen Kopf samt seiner Leier in den Fluß Ebros geworfen. Von dort aus war beides bis an die Nordküste von Lesbos getrieben. Der Kopf von Orpheus war im Sand versunken, doch seine Leier blieb aufrecht stekken, und der Wind spielte mit ihren Saiten. Auf diese Weise lernten die Nachtigallen ihr Lied, der Wind trug es bis an ferne Küsten, und selbst die Blätter der Bäume teilten sich viele Jahrtausende lang das süße und gleichzeitig traurige Lied mit. Die Leier aber hieß Lyra.

In dieser Nacht schlief ich hoch über der Bucht. Ich hörte die sehnsuchtsvollen Laute von Orpheus Gesang und träumte davon, daß eines Tages immer mehr Frauen und Mädchen wie ich mit Booten und Himmelsschiffen, auf weißen Stieren und auf den Rücken von Delphinen zur Insel Lesbos kämen, um die gleichen uralten Melodien in den lieblichen Hügeln und Hainen zu genießen. Sie würden sich um die eingeweihten Priesterinnen versammeln und wie im verbotenen Garten wandeln, den wohlgesetzten Versen und Gesängen lauschen, die ihnen von mir, meiner ewigen Jugend und meiner Einsamkeit erzählten. Ich malte mir aus, daß jedes Mädchen und jede junge Frau, die meinen Empfindungen und meiner Sehnsucht mit ihren eigenen Versen besonders nahe kam, von mir umarmt und geküßt werden sollte. Und auch davon sollten sie singen, wenn sie im Reigen tanzten und sich dabei liebkosten.

Am nächsten Morgen wollte ich über die Hügel zu der Stelle zurückgehen, an der mein Boot auseinandergebrochen war. Ich hatte die Küste im Nordwesten fast erreicht, als plötzlich ein bizarrer Wald vor mir auftauchte. Dicke, zehn, zwölf Schritt hohe Baumstämme ragten wie Tempelsäulen in den wolkenlosen Himmel hinauf. Versteinerte Äste und Zweige in grauen, schwarzen und braunen Farbtönen lagen wie Riesenspielzeug kreuz und quer auf dem Boden. Ich ging näher und wunderte mich, warum in all den Jahren kein Grashalm auf der verbrannten Erde gewachsen war.

Mir war sofort klar, was hier geschehen sein mußte. Als der Planetoid eingeschlagen war, hatte sich überall dort die Erdkruste bewegt, wo sie dünn und empfindlich war. Vulkane waren ausgebrochen, und heiße Quellen hatten noch jahrhundertelang als bösartige Geysire gewütet. Während der hohe Norden der Erdkugel durch eine dichte Wolkenschicht in Kälte und Dunkelheit fiel, waren in anderen Gegenden die Meere noch schneller gestiegen und fruchtbare Zonen durch den Pesthauch des Todes vernichtet worden. Der steinerne Wald wirkte auf mich wie ein Mahnmal.

Ich ging weiter, bis ich an den Bach gelangte, aus dem ich gleich nach der Strandung getrunken und in dem ich gebadet hatte. Ich trank erneut und setzte mich ans Ufer des kleinen plätschernden Wassers. Was sollte ich noch tun? Mir erneut eine Hütte bauen, Beeren und Gerstenkörner sammeln und darauf warten, daß andere Früchte reiften? War das ein Leben für eine Frau, eine Göttin?

Ich kam mir auf einmal sehr einsam und verlassen vor. Nicht einmal Wolfssohn und Wolfstochter hatten sich wieder blicken lassen. Ich wußte nicht, wo sie sich herumtrieben, aber sie waren wenigstens zu zweit. Ich aber hatte niemanden. Ich ärgerte mich über meine Sentimentalität, aber ich konnte einfach nichts dagegen tun, daß mir an diesem wunderschönen, sonnigen Tag die Tränen über die Wangen liefen.

»Jedes Ding, jede Pflanze, jedes Tier hat seine Bestimmung«, sagte ich traurig. »Nur du, Inanna, nur du weißt nicht, warum es dich überhaupt gibt.«

Der Bach plätscherte leise. Ein Blatt schwamm schwankend an mir vorüber. Ich sah ihm nach und fragte mich, ob ich wirklich ganz allein auf der Insel war. Bisher hatte ich nicht die geringste Spur von anderen gefunden. Mir fiel auf, daß ich immer öfter laut mit mir selbst sprach. Es war, als würde ich aus zwei Wesen bestehen, die nicht eins werden konnten. Dabei hätte ich fröhlich sein können. Die Insel bot mir alles, was ich zum Leben brauchte. Durch kluges Sammeln und gute Planung brauchte ich weder Durst noch Hunger zu fürchten. Aber das war es nicht!

Mir graute plötzlich davor, Jahr um Jahr allein zu leben und irgendwann einmal zu sterben, von niemandem betrauert, von keinem Mann und keinem Kind vermißt. Wie kalt konnte der Gedanke an die Zeit sein, wenn man so viel wie ich davon besaß! Ich hatte alle Zeit der Welt, den Himmel und die Erde, die Pflanzen und das Meer. Ich konnte tun, was mir beliebte – frei, unabhängig und keinem Gott, keinem Menschen, keinem Mann verantwortlich.

Als die Sterne und die zartsilberne Sichel des zunehmenden Mondes am samtigweichen Abendhimmel auftauchten, saß ich noch immer am leise murmelnden Bach. Ich sah zum Mond hinauf, der sich so deutlich Nacht für Nacht veränderte, der zunahm, bis er wie ein feister Mann Mädchen, Frauen und Wölfe erschreckte, dann wieder abnahm und verschwand – ganz so, als wolle er wieder neue Kräfte für sein Verwirrspiel sammeln. Manchmal war mir der Mond unheimlicher als alle anderen Himmelskörper. Doch war nicht auch das Wasser, das wie ein friedliches, doch ständig bewegtes Lebewesen vor meinen Füßen plätscherte, gleichermaßen ein Trugbild, eine Illusion und nicht die Wahrheit?

Das Wasser, das ich sah, war im nächsten Augenblick bereits einige Schritte weiter geflossen. Dennoch erschien ein Bach wie dieser immer gleich oder zumindest ähnlich. Er änderte sich nur, wenn Wind aufkaum, wenn Regen fiel oder die Jahreszeiten ihn beeinflußten. Gab es denn überhaupt das, was ich einen Bach nannte? Oder war das fließende Wasser etwas Ähnliches wie die Zeit – real in einem flüchtigen Moment und doch nicht faßbar?

Wenn ich die Hand hineinhalten und aus dem Bach schöpfen würde – hatte ich dann einen Teil das Baches eingefangen, oder nur Wasser, das mir zwischen den Fingern hindurchrann?

Ich wunderte mich über meine Gedanken und Gefühle. Waren sie göttlich oder menschlich? Oder entsprangen sie nur meiner Einsamkeit und meiner Sehnsucht, wieder mit anderen zu sprechen?

Ich wußte, daß meine Gedanken nicht konsequent und logisch waren. Vor gar nicht allzulanger Zeit war ich noch froh darüber gewesen, daß ich der Enge des Zusammenlebens mit anderen entkommen war. Warum fehlten sie mir bereits jetzt, wo doch erst ein paar Tage vergangen waren, seit ich die Menschen verlassen hatte?

Ich sprang auf und ging am Bachufer entlang durch die warme Nacht. Die Bäume rechts und links erschienen mir wie große und weise Wächter, die verbargen, ob sie meine Gedanken belauscht hatten oder nicht.

Unten am Ufer umfing mich das stete Raunen des Meeres. Die Nachtwellen kosten mit weichen Lippen Steine und Strand. Die Mondsichel spiegelte sich vielfach in der Dünung, und in der Ferne schien Orpheus sein Lied zum Klang der Lyra anzustimmen.

Ich war allein – ganz allein zwischen Himmel und Erde. Ich lebte, aber hatte es überhaupt andere Götter und Göttinnen, andere menschliche Wesen außer mir gegeben? Konnte es nicht ebensogut sein, daß ich mir alles nur einbildete? Daß ich in einer Welt aus Gedanken, Gefühlen und Empfindungen lebte, von denen nichts jemals wirklich gewesen war?

»Eine Göttin kann und darf nicht zweifeln!« sagte die Stimme von Berios in mir. »Denn Zweifel sind den Menschen vorbehalten, damit sie strebend sich erhöhen und zu entscheiden lernen...«

»Ich zweifele nicht«, sagte ich leise. »Ich frage doch nur!«

»Sie hat vergessen, was jeder Zelle ihres Körpers und jedem ihrer innersten Gedanken aufgetragen war...«

»Warum erregst du dich darüber, Quetzalcoatl? Sie ist bereits dabei, sich zu erinnern!«

»Ja, aber viel zu langsam! Fast anderthalb Jahrtausende irrt sie bereits umher. Ich habe seinerzeit alles getan, um sie zu schützen. Gab ich nicht meinen eigenen Stein der Götter an einen Mammut, nachdem das Himmelsschiff im Eis der Dunkelheit zerschellt war? Bin ich nicht der Beschützer Inannas gewesen, die als Morgenstern zu den Menschen gehen sollte! Und war ich nicht der Träger des Himmelsgewölbes, als zum Ende des vierten Weltalters die Sterne herabstürzten...«

»Ein Stern, Quetzalcoatl – es war nur ein Stern!«

»Mag sein, aber mein Stein des Wissens und der großen Energie hat Inanna gewärmt, bis sie gefunden wurde – selbst als der Mammut, unter dem ich sie verbarg, bereits vereiste?«

»Das ist den anderen alten Göttern bekannt. Außerdem kam dir

Gott Viracocha mit seiner Schlange, die geflügelt war, zur Hilfe. Er hat viel mehr unter der Dunkelheit gelitten als du, als er dir seinen eigenen Stein der Götter brachte...«

»Verschone mich mit Viracocha! Ich kenne diesen angeblichen Sohn des Inka-Sonnengottes Inti und einem Menschenmädchen. Er wäre niemals Herrscher am Titicacasee geworden, wenn sich der große alte Gott Manco Capac nicht nach Uygur zurückgezogen hätte...«

»Hör auf mit dem Gejammer, Quetzalcoatl! Such dir doch ebenfalls einen Stamm Eingeborener und zeige ihnen, daß du besser bist als jene, die dich mit Neid erfüllen!«

»Es ist kein Neid, Enki! Ich bin kein alter Gott wie du. Ich habe lange denken müssen, bis mir gelang, wieder mit euch zu sprechen. Was wißt ihr schon vom Fluch der Einsamkeit für einen Gott wie mich und eine Göttin wie Inanna? Aber ich schwöre dir, daß ich zu denen zurückkehren werde, die von meinem ersten Volk überlebt haben. Sie werden mich an meiner Größe, an meinen blauen Augen und an meinem Bart wiedererkennen! Aber noch geht es nicht. Ich werde viele tausend Jahre benötigen, bis ich herausgefunden habe, welche Sperre mir Viracocha in jenem Stein der Götter versteckte, den er mir schenkte, als ich ohne Verbindung zur großen Ordnung war. In der Zwischenzeit werde ich weiter nach anderen Göttern suchen, die ebenso wie ich ihr Land, ihr Volk und ihre Macht verloren haben... ihr aber solltet Innana bald einsetzen, denn überall entwickeln sich die Dinge ganz anders, als es vorgesehen war...«

»Wir dürfen jetzt nicht eingreifen! Göttin Inanna muß den Weg, der ihr bestimmt ist, aus sich heraus finden!«

»Du hast gut reden! Begreift ihr denn nicht, in welche Richtung die Entwicklung vieler Menschengruppen läuft? Sie folgen falschen Propheten, kleinen Göttern, die nur an sich selbst denken und denen überhaupt nichts heilig ist außer der Sucht, Herren und Götter zugleich zu sein...«

»Du übertreibst mal wieder, Quetzalcoatl! Es kann nur gut sein für den alten Plan, wenn sich die Menschen selbst ein Bild von ihren Göttern machen! Sie werden schon erkennen, was gut und böse ist.«

»Aber um welchen Preis, Gott Enki, um welchen Preis?«

»Um den Preis der Erkenntnis durch Erfahrung!«

»Erkenntnis sagst du? Und Erfahrung? Das ist doch zynisch, wenn ihr zuseht, wie die Menschen blindlings in ihr Verderben laufen? Genauso könntest du diesen Kindern Waffen in die Hände geben, wie wir sie einmal besaßen. Sie werden glauben, daß die Erde ihnen gehört, werden sich selbst als Krönung einer Schöpfung verstehen, von der sie nichts verstehen. Vielleicht werden sie irgendwann begreifen, daß sie doch keine Götter sind – wenn wieder einmal alles zusammenbricht! Es ist nicht fair und nicht gerecht, Gott Enki, denn unsere Schöpfungen können nicht in die höheren Zustände des Seins entfliehen. Selbst wenn sie ahnen würden, was wir wissen, gelänge ihnen niemals die Heimkehr in die große Ordnung! Sie sind nur Menschen, Enki! Menschenwesen und keine Götter!«

»Willst du sie zähmen und ihrem jungen Geist Fesseln anlegen?«

»Es ist zuviel für sie... wir haben Hunderttausende von Jahren benötigt, bis wir begannen, die große Ordnung im Kosmos und in uns zu verstehen! Wenn wir nicht eingreifen, werden sie bestenfalls zehntausend Jahre überleben, bis sie sich selbst vernichten und die gesamte Welt zerstören!«

»Du meinst, daß diese junge Göttin auch jetzt noch etwas verändern und die Entwicklung ordnen könnte?«

»So war es vorgesehen, als sie mit deinem und der anderen alten Götter Samen erschaffen wurde! Was sollte sich geändert haben?«

»Eine Welt ging unter.«

»Vielleicht, aber die Probleme blieben.«

Die nächsten Wochen und Monate erinnerten mich immer wieder an den Sommer auf der Felsterrasse über dem Fluß im Norden. Nur der Raum, den ich durchstreifen konnte, war weiter, vielfältiger und interessanter. In der ersten Zeit war ich nackt herumgelaufen, aber dann fand ich Freude daran, mir breite Gürtel und verschiedene Schurze aus Ranken, Weinblättern und Pflanzenwolle zu knoten und zu flechten. Ich hatte den Platz, an dem mein Boot in der Nähe des steinernen Waldes zerschellt war, zu meinem Ausgangspunkt gemacht, an den ich immer wieder zurückkehrte. Vielleicht dachte ich auch, daß die Wölfe eines Tages wieder dort auftauchen würden.

Nach und nach lernte ich die ganze Insel kennen. Ich entdeckte Büsche und Bäume, die vor sehr langer Zeit einmal Kulturpflanzen gewesen sein mußten, inzwischen aber längst wieder verwildert waren. Einige der Früchte erinnerten mich an Granatäpfel, andere an Birnen und an Feigen. Sie waren klein und säuerlich, aber sie schmeckten immer noch.

Im Südwesten fand ich eine zweite, kleinere Meeresbucht. An einem Tag, an dem zum ersten Mal nach langer Zeit Wolken am Himmel aufzogen und Regen die heißen Felsen abkühlte, ging ich von dort aus an der Ostseite der Insel entlang. Ich stellte mich unter einen Baum, wartete darauf, daß der Regen aufhörte und überlegte, ob ich nicht doch eine Schutzhütte für die regnerischen Monate und die langsam kühler werdenden Nächte bauen sollte. Bisher war das nicht nötig gewesen.

Doch irgendwie wehrte ich mich innerlich noch immer gegen den Gedanken, für längere Zeit auf Lesbos zu bleiben. In den vergangenen Monaten war ich mitten in der Nacht durch Laute aufgewacht, die ich nicht deuten konnte. Ein- oder zweimal war es mir vorgekommen, als würde mein Stein der Götter versuchen, mit mir zu sprechen. Aber das war unmöglich! Seit fast anderthalb Jahrtausenden hatte ich nichts mehr aus dem Stein vernommen. Eigentlich trug ich ihn nur noch als eine Erinnerung an die Zeit, in der noch alles in eine größere Ordnung und eine feste Bestimmung eingebettet gewesen war. Ich hatte den Stein mit dem feinen Sand des Strandes geputzt und mit weichen Blättern poliert. Das hatte nichts mit irgendeiner Hoffnung zu tun, sondern nur damit, daß ich nichts anderes zu tun gehabt hatte.

Der Regen hörte auf, und die Sonne kam wieder hinter den weiterziehenden Wolken hervor. Ich ging bis zu einem Felsvorsprung und blickte zu einem Ufer hinab, das ich bisher noch nicht gesehen hatte. Das Meer war so still und klar, daß ich Steine und Felsbrokken weit unterhalb der Wasseroberfläche erkennen konnte. Zuerst merkte ich überhaupt nicht, was mich daran so faszinierte. Doch dann setzte für einen Augenblick mein Herzschlag aus. Ich wollte einfach nicht glauben, was ich tief in den klaren Wassern erkannte!

»Mauern!« stieß ich tonlos hervor. »Mauern von Häusern!«

Ich starrte wie gelähmt auf die versunkenen Überreste einer Siedlung. Dutzende von Fragen gingen mir gleichzeitig durch den Kopf. Wann wurden diese Häuser gebaut? Wer hatte sie errichtet? Wie waren sie untergegangen? Und wo waren jene geblieben, die in ihnen gewohnt hatten?

Ich drehte mich ruckartig um, lief zur Seite, kletterte und rutschte an der Seite des Felsvorsprungs herab, schürfte mir Arme und Beine auf und lief atemlos bis zu der Stelle des Ufers, von der aus ich mehr zu sehen erhoffte. Ich eilte mehrmals auf und ab, aber von hier aus war nichts, absolut nichts zu sehen. Jetzt hatte ich nur noch eine Möglichkeit.

Ich warf mich ins Wasser. Das Salz brannte in meinen Hautabschürfungen. Ich schwamm so weit, bis ich glaubte, direkt über den versunkenen Mauerresten zu sein. Mehrmals hielt ich den Kopf unter Wasser, konnte aber viel weniger erkennen als vom Felsvorsprung. Ich schwamm etwas zur Seite, dann holte ich tief Luft und tauchte.

Vielleicht war es nur meine Erregung, aber ich hatte plötzlich das Gefühl, als würde ich die gleichen Laute hören wie in den Nächten, in denen ich aufgewacht war. Ich näherte mich dem Meeresboden. Vorsichtig schwamm ich über aufeinandergeschichtete Steinblöcke hinweg. Ich entdeckte über und über von Seegras, Tang und kleinen Muscheln bedeckte Gefäße, schwamm über glatte Sandstrecken und erkannte, daß es sich tatsächlich um eine sehr alte Siedlung handeln mußte.

Ich griff nach einem der Krüge, konnte ihn aber nicht aus dem Meeresboden heben. Wie festgemauert steckte er in Ablagerungen fest. Nur ein kleines Stück ließ sich lösen. Ich tauchte wieder auf, hielt das Steinstück hoch, konnte aber nicht ausmachen, um was es sich handelte. Ich schwamm zum Ufer zurück und setzte mich in den noch regenfeuchten Sand. Behutsam schabte und wischte ich die Meerespflanzen und Verkrustungen ab. Auf einer kaum daumennagelgroßen Stelle entdeckte ich das Schönste, was ich seit vielen Jahren gesehen hatte: Das graue Steinstück bestand aus Ton... aus gebranntem Ton!

Es hatte eine winzige Kannelierung und eine Glasur.

Genau die gleiche Ritzzeichnung, die gleiche Glasur kannte ich aus den Archiven des Duka-Viertels. Auch wenn dort mehr gesammelt gewesen war, als ich mir gemerkt hatte, an dieses Material erinnerte ich mich!

Ich hielt die winzige Scherbe in meiner Hand und weinte vor Freude. Zum ersten Mal hatte ich etwas gefunden, was noch aus der Zeit vor der Katastrophe stammte.

Ich beschloß, nicht zu der Stelle zurückzukehren, an der das Boot gestrandet war, obwohl ich immer wieder an Wolfssohn und Wolfstochter denken mußte. Vielleicht wollten sie eine Zeitlang ohne mich leben oder waren aus irgendwelchen Gründen zum Festland übergewechselt. Ich wußte es nicht. Bereits am nächsten Tag richtete ich mir unterhalb des Felsvorsprungs eine Schlafstatt ein, die halb Höhle und halb Hütte war. Obwohl ich eigentlich vorgehabt hatte, mir Vorräte für den Winter zu beschaffen, konzentrierte ich mich voll und ganz auf die versunkene Siedlung.

Nur gelegentlich fing ich einen Fisch. Ich holte Muscheln und Seeigel vom Meeresgrund, und manchmal ging ich ein Stück ins Innere der Insel, um Früchte zu sammeln, die ich trocknen konnte. Den größten Teil meiner Zeit verbrachte ich im Wasser. Ich konnte viel länger tauchen, als mir bisher bekannt gewesen war. Einige Male machte es mir sogar Spaß, auszuprobieren, wie lange ich ohne Luft zu holen unter Wasser bleiben konnte. Wenn ich dann wieder auftauchte, schwamm ich ohne Ermüdung zum Ufer zurück und legte alle Fundstücke nebeneinander auf eine Felsbank und untersuchte sie, so gut es ging. Und ganz allmählich wurde mir klar, daß die versunkene Siedlung noch älter sein mußte als die der Fischer am Strudel von Lepeno. Vielleicht stammte sie sogar aus jener Zeit, von der die Mammutjäger und die Begleiter der Rentierherden gesprochen hatten – aus der Zeit des Cro Magnon-Experiments...

Dennoch – so alt wie die Zeichnungen in den Höhlen von Lascaux und Altamira konnte das Dorf im Meer auch nicht sein. Ich kam mehr und mehr zu der Überzeugung, daß die Ruinen auf dem Meeresboden nur drei- oder viertausend Jahre vor der großen Katastrophe entstanden sein konnten. Wahrscheinlich war die Siedlung überschwemmt worden, als die Eiswände hoch im Norden langsam abschmolzen. Wenn diese Vermutung stimmte, dann mußten die Bewohner genügend Zeit gehabt haben, um fortzuziehen. Auf Lesbos lebten sie nicht mehr, doch wohin waren sie gegangen?

Ich stellte mir vor, was ich getan hätte. Ein Meer kann lange steigen, bis alle mitbekommen, was eigentlich geschieht. Doch irgendwann schlägt Ahnungslosigkeit in Furcht um. Was vorher keiner wahrhaben will, kann dann von einem Tag zum anderen Handlungen auslösen, die nichts mehr mit der tatsächlichen Situation zu tun haben. Konnte es so gewesen sein? Hatten die Bewohner der Siedlung ihre Häuser fluchtartig verlassen und nicht einmal mehr den Bergen der Insel getraut?

Ich kletterte auf den Felsvorsprung über meiner Höhlenhütte und sah nach Osten über das Meer. Zunächst entdeckte ich nur einige weiße Delphine, die im Gegenlicht aus dem Wasser sprangen, sich in der Luft drehten und hell pfeifend wieder eintauchten. Erst als die Sonne höher stieg, sah ich am Horizont die Küstenlinie des fernen Festlandes. Waren die Bewohner der versunkenen Siedlung in Boote gestiegen und hatten versucht, dorthin zu gelangen?

Der Gedanke wurde immer einleuchtender für mich. Vielleicht hatte auch einer der Untergötter, die für die Insel zuständig waren, schon mehrere tausend Sonnenumläufe vor der großen Katastrophe die Übersiedlung befohlen. Wenn das zutraf, konnte es irgendwo jenseits des Meeres noch Überlebende geben – so wie die Familie von Fjörgyn oder die Fischer am Strudel von Lepeno.

Ich schüttelte den Kopf. Wollte ich wieder auf die Suche nach Menschengruppen gehen? Ich mußte mir eingestehen, daß ich es nicht wußte. In gewisser Weise genoß ich es, daß ich tun und lassen konnte, was mir gerade einfiel. Ich war frei wie die Vögel, die immer häufiger in dichten Scharen über die Insel hinwegzogen. An manchen Abenden kam ich mir aber wie eine Gefangene vor – eine Gefangene der Insel, der Einsamkeit und der Zeit, die keine Bedeutung für mich hatte.

Solange ich mich beschäftigte, konnte ich diesen Zustand sehr gut ertragen. Ich pfiff vor mich hin, sang manchmal oder redete mit Steinen, Bäumen und Tieren, die zutraulich in meine Nähe kamen.

Ich kannte inzwischen einige wilde Ziegen und konnte sie an der Musterung ihres Fells unterscheiden. In einem kleinen Teich oberhalb des Felsvorsprungs hatten sich Wildenten angesiedelt, die mir manchmal watschelnd ein Stück folgten. Kraniche ließen mich bei ihrer Rast ganz dicht herankommen, und selbst die Nachtigallen fürchteten sich nicht vor mir.

Ich sprach auch immer häufiger mit mir selbst. Es war wie ein Spiel, wenn ich mir Fragen stellte, dann unwissend tat und mich an allen möglichen Antworten versuchte.

»Kann ich dich etwas fragen, Inanna?«

»Wenn es nicht schon wieder die gleiche Frage wie gestern und vorgestern ist...«

»Du hast sie noch nicht beantwortet.«

»Muß ich das denn?«

»Nein, aber es wäre interessant zu wissen, ob du dich überhaupt entscheiden willst...«

»Wozu soll das gut sein?«

»Um es zu wissen!«

»Würde das irgend etwas verändern?«

»Ja... das heißt... nein...«

Ich stockte und blieb abrupt stehen. Wußte ich nun, was ich wollte, oder wußte ich es nicht? Ich schüttelte den Kopf. Das Spiel war nicht gut heute! Oder kannte ich doch eine Antwort und wehrte mich nur dagegen?

»Puh!« seufzte ich. »Was soll ich nur von dir halten, Inanna? Du bist eine Göttin, du bist eine junge Frau. Aber du läßt Tag um Tag vergehen und tauchst nach den Scherben von uralten Krügen. Sehnst du dich wenigstens manchmal nach einem Mann, einem Gefährten, der dich in seine Arme nimmt und dir zuflüstert, daß er dich mehr als alles auf der Welt liebt?«

»Ich darf nicht...«

»Wer hat das gesagt?«

»Jeder in Atlantis, denn ich bin eine Auserwählte!«

»Auserwählt? Wofür?«

Ich preßte die Lippen zusammen und wollte mir nicht länger antworten. Es fiel mir schwer, die Gedanken zurückzudrängen, die dieses Thema betrafen. Sie waren schon immer ein Tabu, eine

Art verbotener Garten für mich gewesen. Ich lief zum Meer zurück und warf mich in die kühl gewordenen Wellen. Das war besser, als noch länger an jenem Geheimnis zu rühren, das ich seit anderthalb Jahrtausenden an den tiefsten Stellen meines Herzens und meiner Seele bewahrte. Es gab niemanden auf der ganzen Erde, der mich brauchte. Und selbst, wenn ursprünglich einmal ein ganz bestimmter Weg für mich vorgesehen gewesen war – was galt das noch? Ich war überflüssig geworden! Gestrandet in der Dunkelwelt des Nordens und vergessen...

Ich tauchte sehr lange. Als ich wieder nach oben kam, war die Sonne bereits hinter dem Wald und den Bergen verschwunden. Nur noch im Osten deutete ein rötlicher Streifen die Küste des Kontinents Asien an. Ich trug meinen Fund zur Felsbank. Ohne besonders darauf zu achten, säuberte ich eine flache Platte aus gebranntem Ton. Und dann blieb plötzlich die Welt für mich stehen. Was ich sah, war so ungewöhnlich, daß ich das gleiche Gefühl hatte wie bei der allerersten Scherbe aus dem Meer.

Ich sah eine Aufreihung von bräunlichen Quadraten und Rechtecken auf hellerem Grund. In jedem der Zeichen befand sich genau in der Mitte ein ebenfalls quadratischer oder rechteckiger heller Fleck. Zusätzlich bildeten vier, fünf und machmal auch sechs winzige Quadrate ein ähnliches und doch immer wieder anderes Muster in den braunen Rahmen.

Im ersten Moment dachte ich, daß es sich um Abdrücke irgendeines Musters handeln könnte, eines Stücks Stoff oder einer Schnitzerei. Doch dann fiel mir über den Reihen der Rechtecke und Quadrate eine Zeichnung auf, die nicht von Atlantis stammen konnte. In ihrer ganzen Art erinnerte sie mich an die Höhlenzeichnungen in der Kolonie von Gott Tiuz. Die Zeichnung stammte von Eingeborenen!

Ich erkannte zwei Berggipfel. Aus einem kam Rauch, und am Fuß des anderen Berges waren Rillen wie fließende Lava aufgemalt. Ich erinnerte mich an meinen eigenen spielerischen Versuch, den Plan der Königsstadt in den Kalkstaub neben der Feuerstelle in meiner Hütte am Strudel von Lepeno zu malen. Was ich hier in den Händen hielt, war ein Plan, eine Landkarte, die Darstellung einer Stadt unterhalb eines doppelten Vulkankegels.

Ich wußte genau, daß es auf ganz Lesbos keine so nebeneinanderliegenden Berggipfel gab. Aber woher stammte die Zeichnung dann? Welche Siedlung, welche Stadt stellte sie dar?

Ich blickte aufs Meer hinaus. Der rote Streifen am östlichen Horizont verblaßte. Es gab nur eine Möglichkeit: Der doppelte Vulkanberg mußte irgendwo dort drüben liegen. Ich überlegte, ob ich noch am gleichen Abend zum höchsten Berg der Insel aufsteigen sollte, um am nächsten Morgen von ganz oben die Küste des Festlandes abzusuchen. Doch dann sagte ich mir, daß ich einen doppelten Vulkanberg in den vergangenen Wochen auch vom Strand oder vom Felsvorsprung aus hätte sehen müssen.

Ich beschloß, Lesbos noch in der gleichen Nacht zu verlassen, nahm ein paar von meinen gesammelten Früchten und Samen und steckte sie in kleine Beutel aus Fischhaut. Ich stieg noch einmal auf den Felsen und sah mich nach den beiden Wölfen um. Es war nur eine Geste, denn mir war klar, daß ich sie nicht wiedersehen würde. Ich ging zum Ufer zurück, legte einen Gürtel aus Bastfasern um und befestigte an ihm die schönsten meiner Fundstücke. Ich wartete bis die schmale Sichel des Mondes im Osten über dem Horizont erschien, dann ging ich ins Meer. Ich schwamm auf die Mondsichel zu wie auf ein Leuchtzeichen über einem Hafen, von dem ich nicht wußte, wo ich ihn finden würde und wie weit es bis zu ihm war.

Während der ersten Stunde im Meer kam ich sehr gut voran. Ich benutzte gleichmäßig meine Arme und Beine. Es war eine neue Erfahrung, so durch die herrliche Nacht zu schwimmen. Gelegentlich drehte ich mich auf den Rücken, bewegte nur noch ganz leicht Hände und Füße und ruhte mich für ein paar Minuten aus. Stille und Einsamkeit drangen dann noch deutlicher als auf der Insel in mein Bewußtsein. Ich sah zum sternübersäten Himmel hinauf und fühlte mich verloren und zugleich sicher eingebettet zwischen Oben und Unten, Gestern und Morgen.

Die Strömung erfaßte mich so unerwartet, daß ich mit Armen und Beinen kämpfen mußte, um nicht aufs offene Meer hinausgezogen zu werden. Damit hatte ich nicht gerechnet! Ich wollte nach

Osten, zur Mondsichel, zur Küste des fremden Landes, in dem ich die Stadt an den beiden Vulkankegeln vermutete, und nicht nach Westen.

Ich hatte noch nicht einmal ein Viertel der Strecke geschafft, als das Licht der Mondsichel hinter einer dunklen, schwarz aufkommenden Wolkenbank verschwand. Das Wasser wurde spürbar kühler. Ich hatte keinerlei Anhaltspunkte dafür, wie rasch ich fortgezogen wurde. Nur einmal, als ich mich umsah, erkannte ich für einen kurzen Augenblick ein paar Sterne. Ich versuchte, mich an ihrer Stellung zu orientieren, aber sie schienen sich ständig zu drehen. Der ganze Himmel drehte sich, aber nicht um den Stern, der einmal den Zenit des Nachthimmels gebildet hatte, sondern um einen ganz anderen.

Zum ersten Mal seit der Katastrophe gewann ich eine Vorstellung darüber, wie weit sich die Achse des kreisenden Erdballs geneigt hatte. Und plötzlich wurde mir vieles klar: Ich hatte mich all die Jahre lang immer nach dem Bild des Himmels gerichtet, wie ich es gelernt und in mich aufgenommen hatte. Doch alles war anders geworden. War das der Grund dafür, daß meine Vorstellungen von Himmelsrichtungen nie mit denen der Tiere und der Eingeborenen übereingestimmt hatten und daß selbst die Jäger so oft im Kreis herumgezogen waren – verwirrt durch den Konflikt zwischen uralten Überlieferungen und dem, was sie sahen?

Die Strömung riß mich an dunklen Schatten vorbei. Ich ahnte Land im Osten, Land im Westen, aber das Meer ließ mich nicht los. Weiter und immer weiter trieb mich der unsichtbare Strom. Jetzt konnte ich nur noch hoffen, daß ich bis zum Licht des Morgens aushielt.

Die Sonne ging nicht auf. Als die Nacht sich verabschiedete, schwamm ich unter einer grauen, tiefhängenden Wolkendecke unweit einer Küste entlang, die sich kaum von derjenigen unterschied, die ich vor Stunden verlassen hatte. Auch diese Küste lag auf der falschen Seite. Ich hatte nach Osten gewollt, doch eine Nacht später und gut hunderttausend Schritt südlich blieb mir nur noch eine Möglichkeit: Ich mußte erneut auf einer Insel Zuflucht suchen, und ich vermutete, daß sie Chios hieß.

Ich brauchte noch zwei weitere Stunden, um mich aus der Strömung im Meer zu befreien und das unwirtliche, abweisende Ufer an der Südspitze der Insel zu erreichen. Und erst als ich aus dem Wasser schwankte, wurde mir klar, daß ich die Insel um ein Haar verfehlt hätte.

Ich sah nicht zurück. Ich wollte das Meer, das mich betrogen hatte, nicht mehr sehen. Zutiefst enttäuscht und entmutigt ging ich immer weiter die felsigen Hügel hinauf. Nicht einmal Bäume wuchsen hier. Die Wolken berührten kahle Felsen und zogen als wallende Nebel vor mir entlang.

»Warum?« fragte ich zornig und enttäuscht weinend. »Warum hat die Nacht so schön begonnen und muß jetzt so traurig enden? Wo seid ihr, Götter? Warum habt ihr mich erschaffen, und warum laßt ihr mich allein?«

Ich weinte immer heftiger, ballte die Hände zu Fäusten und hätte am liebsten geschrien.

»Dann schrei doch, Inanna!« stieß ich schluchzend hervor.

»Ja, ich will schreien, nur noch schreien!«

Ich schrie so laut, daß ich selbst erschrak. Wieder und wieder warf ich die Arme hoch und schrie die Wolken an, die es wagten, die Sonne zu verbergen. Alles schrie ich ihnen entgegen – die Wut der ganzen Zeit, in der ich nicht gewußt hatte, wozu ich lebte und was aus mir werden sollte.

Ich schrie, bis ich nicht mehr konnte und der Stein der Götter über meiner Brust ein warnendes bläuliches Licht aussandte. Es war mir gleichgültig, ob der Stein nach vielen Jahren der Stille sich wieder regte oder nicht. Erschöpft ließ ich mich neben einem feuchten Felsbrocken auf den Boden sinken und weinte, bis ich einschlief.

Die Wolken hielten das wenige, was ich von Chios erkunden konnte, wie in ein riesiges, triefendes Tuch gehüllt. Ich fand nicht einmal Gräser, Früchte oder Beeren. Die einzigen Pflanzen, die in der Einöde wuchsen, waren seltsame, vereinzelt stehende Büsche, die mir bis zu den Schultern reichten. Die immergrünen Sträucher erinnerten mich an Pistazien, aber ihre kaum erbsengroßen Früchte waren schwarz, steinhart und ungenießbar.

Ich sah bereits am ersten Tag, daß ein dicklicher, lichtgelber Saft aus der Stammrinde quoll. Er roch angenehm, und als meine Tränen auf das weiche Harz fielen, verwandelte sich der Baumsaft ganz langsam zu kleinen, wie Diamanten schimmernden Kügelchen.

Ich probierte den zäh gewordenen Baumsaft. Er ließ sich lange kauen und vertrieb meinen Hunger so weit, daß ich tagsüber mit ein paar Körnern oder einem Stück aufgeweichtem Trockenobst aus meinem Vorrat auskaum.

Vierundzwanzig Nächte lang versuchte ich, an immer anderen Plätzen etwas Schlaf zu finden. Einer war ebenso fürchterlich wie der andere. Mir wurde einfach nicht mehr warm. Ich hatte weder Decken noch Äste mit trockenem Laub. Nirgendwo fand ich eine Höhle, und selbst unter vorspringenden Felsen war alles modrig und naß.

Ich hatte eine ganze Menge Kügelchen aus Baumsaft gesammelt, mit meinen Tränen erstarren lassen und durchsichtig gemacht. In diesen Tagen ahnte ich noch nicht, daß es später einmal an keinem anderen Ort der Welt vergleichbare reine Bröckchen aus Mastix-Baumharz geben würde, denn nur die Büsche an den vierundzwanzig Plätzen, an denen ich geschlafen hatte, merkten sich, daß eine Göttin unter ihnen Schlaf finden wollte und dabei Tag und Nacht geweint hatte...

Während der ganzen Zeit nahm das bläuliche Glühen aus meinem Stein der Götter nicht ab. Ich gewöhnte mich nur schwer an den ständigen Lichtschimmer um meinen Kopf und meine Schultern. Er gaukelte mir vor, daß die nassen, grauen Felsen etwas ganz anderes waren, daß doch noch Licht der Sonne oder irgendeiner anderen Lichtquelle über den Wolken existierte, und daß ich nur das richtige Wort sagen mußte, um den furchtbaren Ort zu verlassen.

Ich tat alles, um einen Ausweg zu finden, aber so sehr ich mich auch quälte – mir fiel weder ein Wort noch ein Zauber, weder eine magische Beschwörung, noch eine göttliche Weisheit ein. Ich kam mir einfach nur verloren vor.

Am fünfundzwanzigsten Tag auf der schrecklichen Insel versiegten meine Tränen. Ich wollte weiterweinen, aber ich konnte es nicht mehr. Mein Herz war leer und meine Seele hatte aufgehört, irgend etwas zu empfinden. Ich verspürte weder Hunger noch Durst. Ich hörte und roch nichts mehr, meine Zunge und meine Lippen schmeckten nichts, und meine Haut war kalt wie die eines toten Fisches. Ziellos wanderte ich zwischen den Sträuchern und Felsen an den Stellen vorbei, in denen ich in den vergangenen Nächten zu schlafen versucht hatte.

Am sechsundzwanzigsten Tag nach meiner Strandung bewegte ich mich nur noch ganz langsam weiter. Ich kam mir wie ein Tier vor, das ganz langsam stirbt. Aber ich hatte nicht einmal eine Höhle, nicht den geringsten Unterschlupf, in den ich mich verkriechen konnte. Ich ging zum Ufer der Insel. Den ganzen Tag lang wanderte ich mal im Wasser und mal am feuchten Strand entlang. Immer wieder ging ich um Felsbrocken herum und suchte nach irgendeinem Platz, um mich hinlegen und die Augen schließen zu können.

Ich merkte nicht, wie auch der siebenundzwanzigste Tag verging. Irgendwann in der Dunkelheit der Nacht, als ich klein und zusammengekauert im kalt aufkommenden Wind saß und nur das hellblau flackernde Leuchten aus meinem Stein der Götter mich wie ein hauchdünnes, durchsichtiges Spinnweben umhüllte – irgendwann im Zustand zwischen Sein und Vergehen riß die Wolkendecke über mir auf.

Die schmale silberne Sichel des erneut zunehmenden Mondes leuchtete ganz so am Nachthimmel, als sei nicht ein Monat, sondern nur ein kleiner Augenblick vergangen. Ich trank das Licht wie eine Verdurstende. Es erfüllte mein Herz, meine Seele und meinen Körper wie die Begegnung mit einem längst verloren geglaubten Geliebten. Nie zuvor hatte ich soviel Innigkeit und Dank beim Anblick des Mondes empfunden. Die silberne Sichel am Himmel erschien mir wie ein Füllhorn, in dem alles enthalten war, was ich jemals erträumt hatte. Für einen winzigen Moment hörte ich das ferne Jaulen und Heulen von weißen Wölfen.

»Nimm mich zu dir, Nanna-suin«, flüsterten meine Lippen. »Ich bin es, die auf dich wartet – deine Inanna!«

Ein dünner, wie Reihen von schwarzen Linien aussehender Wolkenschleier zog vor der Mondsichel entlang.

Sie kam mir plötzlich wie das Horn in der Hand jener weiblichen Statuette vor, die ich im Cro Magnon-Tal gesehen hatte: die Venus von Laussel.

Auch ohne zu zählen wußte ich, daß ich vierzehn helle und vierzehn dunkle Linien über dem Bild der Mondsichel sah – die Zahl des Mondes und seiner Wunde in jeder Frau: achtundzwanzig...

Ein leise schnaubender Schatten wurde schräg unterhalb der Mondsichel sichtbar. Er kam auf mich zu, wurde größer und größer. Es war, als würde sich die Mondsichel in Hörner eines gewaltigen Stiers verwandeln. Der Stier kam vom Himmel herab. Er stampfte dicht über den Wassern des Meeres auf mich zu, umkreiste mich und ließ mich in seine leuchtenden Augen blicken. Ich lächelte, als sein Atem mich traf. Und dann hob er mich hoch in den Himmel hinauf. Der junge Wildstier trug mich über das Meer und die Berge im Südosten, erneut über weite Wasserflächen und andere, mit dichten Zedernwäldern bedeckte Bergketten. Der Stier eilte mit mir über den langen Lauf eines breiten Flusses und eine endlose Tiefebene, die nur aus Schilf zu bestehen schien.

Felder des Schilfs, durchzogen von Wasserlinien, kleinen Seen, flachen Hügeln mit Dattelpalmen und seltsamen Ansammlungen von Hütten aus Schilf. Weiter und weiter ging mein Himmelsflug – bis über die flachen nördlichen Ufer eines geheimnisvoll im Licht des Mondes schimmernden Meeres, das ich noch nie gesehen hatte. Jetzt war auch ich ein Stern und kehrte heim zu den Göttern.

INNENWELT UND AUSSENWELT

Ich fühlte mich, als würde ich gleichzeitig aus mir heraus und in mich hinein sehen. Ich konnte empfinden, was gewesen war. Ich war der Mittelpunkt des ganzen Universums – jenes unendlichen Gartens aus Milliarden wirbelnden Bildern, von denen jedes einzelne seine eigene Herkunft, seine eigene Wahrheit und seine eigene Zukunft hatte. Viele Bilder existierten nicht einmal so lange, daß sie mir bewußt wurden. Andere glühten wie Wetterleuchten auf und beherrschten für einen Augenblick der Ewigkeit alles andere, ehe sie kraftlos zerfielen und verwehten oder von neuen Bildern gefressen wurden.

Der sprühende Kosmos der Bilder spiegelte alles, was in mir war. Oder war ich selbst das Spiegelbild dieses unermeßlichen, durch keine Zahl, kein Wort der Menschen begreifbaren Universums?

Während ich schneller als jeder stürzende Stern durch die ewige Bibliothek göttlichen Wissens in mir fiel, versuchte ich unentwegt, das Kaleidoskop der Bilder zu ordnen und die Gesänge des Himmels zu verstehen. Vieles von dem, was ich sah, hörte und empfand, verbarg seine Bedeutung. Ich nahm es nur wahr, ohne zu wissen, was mit diesem und jenem gemeint sein konnte. Andere Empfindungen kamen mir auf flüchtige Weise bekannt vor – wie Gedanken, die ich irgendwann einmal nicht zu Ende gedacht hatte: tote Gedanken, Kinder, die gezeugt, aber niemals geboren wurden, Visionen, Ideen und Gefühle, die kamen und gingen, ohne daß sie mir bewußt und wichtig geworden waren.

Ich fiel durch die Zeit, und sie ordnete sich für mich in einer Sprache, die nicht die meine war und die ich dennoch verstand. Vieles hatte verschiedene Namen, vieles klang anders, als ich es kannte. Und doch war mir nichts davon fremd:

»In frühen Tagen, in den sehr frühen Tagen,
in frühen Nächten, in den sehr frühen Nächten,
in frühen Jahren, in den sehr frühen Jahren,

in jenen Tagen, als geschaffen wurde,
was existieren sollte, ehe Menschen kamen,
bevor das Brot erschaffen wurde und Gewänder,
bevor der Himmel sich von der Erde entfernte,
bevor die Erde sich von ihrem Himmel trennte,
und ehe ein Mensch den anderen mit Namen rief,
als Atlas-An der oberste des Himmels,
Ninmach seine mächtige Gemahlin,
und Enlil Herr der Stürme wurde,
in jenen Tagen wurde der Mensch erdacht.

Der Vater der Menschen erdachte sie,
Gott Enki, Sohn der Ninmach und des An,
erdachte sie, die ersten Menschenwesen
im Palast der Götter, der Schöpfungskammer.
Aber die Großen wollten keine Menschen.
Er jedoch verließ den Palast der Götter
mit Menschen, die von ihm geschaffen,
mit seinem Himmelsschiff trug er sie fort
zu den Gestaden wilder Länder.

Der Gott der Luft befahl den Stürmen,
Hagel auf Enkis Schiff zu werfen,
befahl dem Erdgeist Kur in Bergestiefen,
Feuer und Felsen hochzuschleudern.
Enki lenkte das Himmelsschiff Ma-ana
wie ein Schiff, das nach unten taucht.
Durch Hagel, Feuer und durch Stürme
fuhr er tief in das Meer hinab.
Wogen des Meeres schlugen gegen den Bug
wie brüllende, wütende Löwen.
Wogen des Meeres folgten dem Heck
wie eine Meute Wölfe.

Doch Enki fand die süßen Wasser
unter den Meeren und Ländern,
die Abzu-Wasser fand der weise Gott,

die alle Flüsse, alle Quellen speisen.
Dort baute er sein Haus aus Lapislazuli,
nicht fragend Kur, den Geist der Erde.
Aber die Großen, sie wollten keine Menschen,
und sie begannen, selbst Kinder zu zeugen,
so wie es Enki, der Entflohene getan.
Enlil nahm Ninlil, die Tochter Ninmachs,
zu seiner Frau, und ihren ersten Sohn
nannten sie Nanna-suin, Gott des Mondes,
aber er konnte Enki niemals finden.
Der Götter Zweitgeborener war Nergal,
und tief im toten Inneren der Welt
sollte er Enki und die Menschen suchen.
Und ihrer erstgeborenen Tochter Nisaba
gaben Enlil und Ninlil ihr Wissen mit.

Noch viele Götterkinder wurden geboren:
der Mondgott Nanna-suin zeugte Ereschkigal,
die Herrscherin über die Unterwelt,
Utu erhielt die Sonne als sein Götterzeichen,
und mir, Inanna, wurde der Morgenstern geweiht.«

Auch aus den ersten Menschen waren immer mehr geworden. Während Enki in der Tiefe verborgen blieb und schlief, nahmen sie nach und nach den vielen Göttern ihre schwerste Arbeit ab. Nur einmal erschien Enki wieder mit dem Schiff, das hoch nach oben und tief nach unten fährt. Er wich den anderen Göttern aus und suchte einen Platz, an dem es keine lauten Götter und keine Menschen gab, die ihnen opferten und für sie arbeiteten.

Die Insel Dilmun war ein reiner, leuchtender Ort, ein Land, in dem kein Rabe kreischte, kein Löwe anderes Getier anfiel, kein Wolf die Lämmer riß. Es war ein Land ohne Krankheit, Alter und Tod – so wie einst die Inseln, von denen alle großen Götter stammten. Dort lebte Enki, bis inmitten schlimmer Winde reißende Fluten aufbrachen, glühende Lavabrocken vom Himmel regneten, die Erde ihre Hände auf den Leib preßte und schrie. Enki dachte, daß

Enlil wieder mit Felsen nach ihm warf, ganzen Bergen. Als der Mond verlosch und die Sonne sich verfinsterte, als der Tag zur Nacht und der Sommer zum Winter wurde, da verließ Enki die Insel und fuhr zurück in die Tiefe des Meeres.

Mir war, als wäre ich bei alledem dabeigewesen. Ich sah mich selbst, wie ich als junge Göttin einen Huluppa-Baum am Ufer eines Flusses pflanzte und mir aus seinem Bast den kurzen Gürtelrock flocht, den ich noch immer trug.

Meine Empfindungen schweiften immer weiter. Sie suchten nach dem Baum, den ich gepflanzt hatte, sahen ihn halbzerbrochen und zerzaust im Euphrat-Wasser treiben. Ich empfand Traurigkeit, als ich sah, was aus meinem schönen Baum – dem ersten Baum am Ufer des breiten Flusses – geworden war. Suchend sah ich mich um. Wer konnte mir hier helfen? Je weiter der Baum trieb, um so sehnsüchtiger wünschte ich, daß er für mich blühen und wunderbare Früchte tragen sollte. Ich malte mir aus, daß ich aus seinem Holz einen Thron anfertigen konnte – einen Thron, von dem aus ich über ein weites Land mit vielen Menschen, die mich liebten und die mir freudig dienten, herrschte. Oder ein Bett vielleicht... ein breites Lager, das einer Göttin, einer Königin gemäß war, damit der Gatte kam, den sie erwählte...

Mir war nicht klar, welcher der beiden Wünsche mich mehr erregte. Beide Gedanken kamen so tief aus meinem Inneren, daß ich bereits befürchtete, die großen Götter würden sie ebenfalls sehen und hören können. Ich war noch keine Königin, war Mädchen und nicht Frau, aber ich wollte den Baum, der mir all das zu versprechen schien!

Da fiel mir der Stier ein, der weiße Stier, der mich so leicht bis in die Nähe jenes Ortes gebracht hatte, an dem der gütige und weise Urgott Enki sich verborgen hielt. Ich rief den Stier, rief immer wieder. Und weil ich seinen Namen nicht gehört hatte, begann ich, ihn herbeizulocken – mit allen Namen, allen Koseworten, die ich kannte.

Und als er kam, erkannte ich ihn nicht. Zuerst sah ich nur den Schatten eines Mannes auf der anderen Seite des Flusses. Im ersten Augenblick glaubte ich, Berios zu erkennen, dann Gadeiros, den jungen König. Minutenlang wehrte ich mich gegen die Befürchtung, daß nicht Berios, nicht Gadeiros, sondern Jason der Schiffsherr der Triere sein könnte, der kam, um mich erneut an einen Ort zu führen, der mir bisher verborgen war.

Ich dachte nacheinander an Ugur, Hellfried, Urso und alle anderen Männer, die bisher meinen Weg gekreuzt hatten. Wollte ich sie wiedersehen, oder fürchtete ich mich vor der Erinnerung an sie? Am liebsten hätte ich mich umgedreht und wäre zurückgelaufen zur stillen Insel Lesbos, zur Felsterrasse hoch über der Donau oder zum verbotenen Garten hinter den Kyklopenmauern der Königsinseln.

Der Fremde wurde immer größer. Stark, stolz und mit golden leuchtenden Locken um seinen schönen Kopf näherte er sich wie ein unbekannter Gott. Das dichte Schilf verneigte sich vor ihm wie Tausende von Dienern. War er ein Bote Enlis? Ein Abgesandter Ans? Oder einer von jenen Halbgöttern, vor denen ich mich in acht nehmen sollte?

»Richte kein Wort an mich«, wollte ich bereits rufen, als er am Ufer auf der anderen Seite ankam. »Ich will dich nicht, Tammuz, Seth oder wie du heißen magst!«

Noch war der Fluß zwischen uns – der Fluß mit meinem Baum. Der Fremde lachte nur, sprang in die Wellen, zerteilte ihn mit seinen starken Armen und ließ dabei die Waffe blinken, die er in seiner Rechten hielt. In der Flußmitte packte er den Baum und schwamm zu mir, obwohl ich ihm nicht zugerufen hatte, was mein Begehren, meine Wünsche waren.

Er zog den Baum ans Ufer und trug ihn bis zu ein paar Hütten aus gebogenen Schilfbündeln auf einem flachen Hügel hinter der Böschung. Mächtig stampfte sein Fuß in den Boden. Er pflanzte den Baum ein und wischte sich die Hände an seinem kurzen Rock ab. Dann nahm er seine goldglänzende, zweischneidige Axt vom Boden auf und kam zu mir. Tage und Nächte, Wochen und Monate vergingen. Wir sahen uns nur an, und ich erkannte, daß er kein gewöhnlicher Sterblicher war.

»Bist du es, Osiris?« fragte ich irgendwann.

»Nein«, lachte er stolz und reckte sich zu seiner ganzen Größe. »Osiris ist nur ein kleiner Gott für die Nomadenstämme der Zedernwälder, ein Träumer, sanft, ohne Saft und Kraft und ohne jedes

Ziel! Ich aber bin ein Sohn der großen Götter und der Könige zugleich! Mein Name ist Gilgamesch, und er wird ewig währen, denn er bedeutet lodernder Feuerbrand und wilder Stier des Landes.«

Meine Vermutung war richtig gewesen, aber ich wollte mir nicht anmerken lassen, wie sehr ich darüber erschrak.

»Gilgamesch also!« Ich lachte ganz so, als würde ich ihn kennen. »Woher kommst du?«

»Ich bin auf dem Weg nach Uruk, und ich werde ihn mehrmals gehen – als Krieger und als König jener Hütten dort und als Unsterblicher. Ich werde für die großen Götter mächtige Tempel bauen lassen und eine Stadt mit Mauern.« Er lachte stolz, ließ seine Zähne blitzen und fuhr sich mit der Zunge über die Lippen. »Und wenn du willst, kannst du die Göttin meiner Stadt und meines Reiches werden! Nicht nur die Mutter meiner Kinder, verstehst du, sondern die Herrscherin an meiner Seite!«

»Warum ich? Du kennst mich doch nicht, weißt nicht mal meinen Namen...«

Er lachte erneut und ließ die Muskeln seiner Arme und seiner Beine spielen.

»Soll ich dir sagen, seit wie vielen Sonnenumläufen die Götter von dir erzählen? Inzwischen suchen sie dich wie einen Stein der Weisen. Ich weiß nicht, was so wertvoll an dir ist, aber ich werde es erfahren! Du warst im Nichts verloren, und ich bin stark genug, um dich zu mir hinaufzuheben. Es liegt an dir, ob du mich lieben und verehren willst. Und du kannst stolz sein, daß ich dich erwähle!«

»Nein«, sagte ich. Es stieß mich ab, wie arrogant und maßlos er über mich bestimmen wollte.

»Du willst nicht?« Er lachte. »Dann sieh dir an, was dir die Zukunft neben mir geboten hätte!«

Er hob seine Axt und schleuderte sie durch die Nacht. Nicht einmal die Riesengötter des Nordens hätten mit einem derartigen Wurf die Zeit zerschneiden können! Das Bild der armseligen Behausungen riß in der Mitte auf, und hinter primitiven Schilfhütten erkannte ich auf einmal Häuser mit Mauern aus getrockneten Lehmziegeln. Kinder tollten um uns herum. Zuerst spielten sie noch gemeinsam miteinander, doch schon kurze Zeit später blieben die Mädchen mit kleinen Puppen in der Nähe der Häuser, während die Jungen Holzstöcke wie Schwerter mit sich trugen, wenn sie zusammen mit den Männern zum Fluß und auf die Felder gingen. Sie wurden älter und wuchsen heran, wurden alt und starben. Die Trauerzüge bewegten sich immer schneller an uns vorüber, doch keiner der Lebenden schien uns zu sehen.

Fremde Männer kamen von den Bergen im Osten. Sie sahen rundköpfig aus und hatten schwarzes Haar. Doch kein Streit, kein Kampf entstand, als sie zu jungen Mädchen zogen. Das Dorf mit den ersten Bewohnern und den zweiten, den dritten Gruppen von Zuwanderern breitete sich aus, wo einst nur Hütten standen. Menschen mit Tieren und schweren Lasten zogen an uns vorüber. Auf dem breiten Strom bewegten sich immer mehr Boote flußauf und flußab. Die ersten waren noch rund und bestanden nur aus Häuten, die über gebogene Rohrstangen gespannt und vernäht oder mit Erdpech verklebt waren. Dann tauchten längliche Boote aus verschnürten Schilfbündeln auf. Schiffsherren, die allesamt wie Jason aussahen, riefen den Ruderern ihre Befehle zu. Boote mit spitzen Segeln an schrägen Masten und langen Querbäumen legten schwerbeladen an den Uferkais an.

Die Flußfischer warfen ihre Netze aus und holten reiche Fänge aus den Reusen. In den Gärten wuchs, was nicht gesät werden mußte, und noch immer standen wir beide uns gegenüber, denn all die Jahre waren wie ein einziger, ein göttlicher Gedanke...

Weder er noch ich bemerkten, daß eine Schlange sich im Wurzelwerk des stark und groß gewordenen Huluppa-Baumes versteckte. Wir sahen nicht, wie der Anzu-Vogel mit mächtigen Schwingen sein Nest in den Zweigen baute und schon nach kurzer Zeit damit begann, seine Jungen zu füttern. Wir hörten nicht einmal das Raunen dunkler Dämonen in der Luft um den Stamm.

Erst als die Jungen im Nest des Anzu-Vogels sangen, entdeckte ich entsetzt, daß mir mein Baum nicht mehr allein gehörte. Gilgamesch lachte nur. Er spuckte in die Hände, sah mich mit einem überlegenen Ausdruck an, nahm seine zweischneidige Axt plötzlich wieder in die Hand, holte so tief Luft, daß sein gewaltiger Brustkorb sich spannte, und tat, was ich nicht tun konnte.

Er tötete die Schlange, die mir Angst machte. Er vertrieb den Vogel und seine Jungen. Und dann schlug er die Lilith-Dämonen. Ich empfand den schneidenden Schmerz, als wäre ich selbst getroffen, wollte ihm in den Arm fallen, den Baum lieber leben lassen, meinen vermessenen Wunsch nach einem Thron und einem königlichen Bett vergessen. Aber es war bereits zu spät! Wie gelähmt sah ich dem Ausbruch von Gewalt zu, der mich erschreckte und mir noch mehr Angst machte als Schlange, Vogel und Dämonen.

Er fällte meinen Baum mit einem einzigen Schlag. Ich hörte ein Seufzen, sah, wie der Baum zu Boden krachte und wußte im gleichen Augenblick, daß es nie wieder so sein würde wie vorher! Kein Baum, der einmal gefällt, kann wieder aufgerichtet werden. Kein Wunsch, der zur Tat wird, behält seine Unschuld. Und kein Sterblicher wird jemals unsterblich. Mit Tränen in den Augen ging ich zu den Kronästen, brach einen Zweig ab, der einmal die Spitze des Baumes gewesen war, und gab ihn Gilgamesch.

»Ich muß dir danken, auch wenn mein Herz nur voller Trauer ist«, sagte ich verzagt. »Dieses Holz soll dir gehören, wenn du mir aus dem Stamm des Baumes den Thron einer Göttin und Königin baust!«

Ich ging zur Wurzel, brach auch dort ein Stück ab und brachte es ebenfalls Gilgamesch.

»Und dieses Holz soll dir gehören, wenn du mir aus dem Stamm des Baumes das Bett einer Göttin und ihres Gemahls baust!«

»Ich werde beides bauen!« lachte er stolz und stark. »Aber nur, wenn du mir sagst, was ich mit diesen Holzstücken anfangen soll!«

»Sie sind Geschenke für dich«, sagte ich, noch immer ganz benommen von dem, was er getan hatte. »Wenn du zwei Trommelschläger aus ihnen schnitzt, werden dir diese Schläger, die du Pukku und Mikku nennen sollst, alle Macht der Welt über das Lebende um dich herum verleihen!«

»Auch über dich?« fragte er und verzog seine harten Lippen. Ich spürte, wie ich errötete.

»Vielleicht«, antwortete ich dann und bemühte mich zu lächeln, »vielleicht aber auch nicht! Vergiß nicht, daß ich eine Göttin bin...«

»Vielleicht«, sagte jetzt er, »vielleicht aber auch nicht! Ein Mann wie ich glaubt nichts, was nicht bewiesen ist!«

»Warum muß irgend etwas bewiesen werden?«

»Weil nur die wahren Götter, die echten Göttinnen die großen ME besitzen und verstehen. Nur du scheinst nicht zu wissen, was das ist! Mich wundert, was die anderen Götter dann ausgerechnet von dir wollen!«

Ich spürte, wie der Strudel der Zeit sich wie ein dämonisches Gelächter um mich schlang. Ich war so verwirrt, daß ich am liebsten vor ihm in den Boden versunken wäre. Gleichzeitig ärgerte ich mich über meine Scham und meine Unsicherheit. Wer war dieser anmaßende und gleichzeitig so faszinierende Hüne, daß er mit mir wie mit den Flaumfedern vom Nest des Anzu-Vogels spielen konnte?

Ich stampfte auf den Boden, doch nur eine übelriechende Erdspalte tat sich zwischen uns auf. Die ME... die göttlichen ME... woher sollte ich sie bekommen, wenn ich nicht einmal ahnte, was das war?

»Ich würde es an deiner Stelle bei Enki versuchen«, hörte ich die Stimme von Gilgamesch. Sie kam mir auf einmal wie der Hohn eines Tyrannen vor, der nur an sich selbst dachte, und der dafür sogar die Götter ausnutzen und über Leichen gehen würde. War das der neue Mann? Der Mann, der sich auflehnte und Beweise verlangte... Beweise für alles, was man nicht sehen konnte und das doch überall war?

Er nahm seine zweischneidige Axt auf, sprang über die Erdspalte und verschwand laut lachend in der Nacht.

Mir grauste plötzlich vor einer Welt, in der Männer wie dieser Gilgamesch zu Herrschern wurden.

»Nein«, stieß ich zornig hervor. »Nicht so... und nicht mit mir! Du sollst Beweise haben... und wenn ich sie stehlen müßte!«

Ich dachte an die Axt, mit der Gilgamesch den Baum – meinen Baum – gefällt hatte. Was würde er ohne seine Waffe sein? Mir fiel ein, daß ich selbst niemals eine Waffe besessen hatte, bis auf meine Messer aus Feuerstein.

»Du hast eine Waffe, jungfräuliche Göttin!«

Ich erschrak. Die Stimme hatte so klar und deutlich geklungen, daß ich mich unwillkürlich nach allen Seiten umsah. War die Stimme etwa aus dem Erdspalt gekommen? In der nachtschwarzen Dunkelheit war kein einziger Stern zu sehen – nur die Sichel des Mondes, die mir wie ein Schiff mit einem Heck und einem Bug aus vollendet nach oben gebogenen Spitzen vorkam. So hatte ich den Mond noch nie gesehen.

Direkt unter dem Mond stand auf einmal ein kleiner Baum, der vorher noch nicht dagewesen war. Ich ging zögernd auf ihn zu. Sollte so schnell ein neuer Trieb aus dem Wurzelrest des gefällten Huluppa-Baumes geschossen sein? Ich schüttelte ungläubig den Kopf. Der Baum – es war eher ein Strauch, den ich vordem nicht bemerkt hatte, trug große, im silbernen Licht des Mondes leuchtende Äpfel.

»Du hast eine Waffe, Inanna... eine ganz wunderbare, viel stärkere Waffe als Gilgamesch!«

Mir war, als wüßte ich bereits, was mir die Stimme sagen wollte. Aber ich wehrte mich, wollte nichts weiter hören. Ein sanfter Windhauch bewegte die schimmernden Früchte des Apfelbuschs. Ich sah bittend zum Mond hinauf, aber es schien, als würde sein Licht die Früchte nur noch heller scheinen lassen.

»Hilf mir doch, Nanna-suin!« flehte ich.

»Wovor fürchstest du dich, Inanna? Du hast den reinen Gott Osiris verachtet, den Jäger der Mammuts verschmäht, die Männer im Zelt bei den Rentieren verwirrt und den Sohn der Fischerin verlassen. Bist du vielleicht vor dir selbst und nicht vor ihnen geflohen? Wie lange willst du noch leugnen, daß du eine Frau bist?«

»Ich bin eine Göttin!« keuchte ich.

»Ganz richtig – kein Gott, sondern eine Göttin! Ein weiblicher Gott, Inanna! Und es wird Zeit, daß du den Männern des Landes Einhalt gebietest!«

»Wer bist du, Stimme der Erde oder des Apfelstrauchs?«

»Erkennst du mich nicht? Ich bin dein Mondmund...«

»Nein.«

»Dann heb deinen Gürtelrock hoch und sprich aus, was du im Licht des Mondes siehst!«

»Niemals! Ich denke nicht daran!«

»Du bist allein...«

»Aber ich will nicht!«

»Ich werde nicht aufhören, dich zu drängen!«

»Also gut!« seufzte ich und hob den Gürtelrock, damit der Nanna-suin meinen Mondmund sehen konnte.

»Sieh hin, Inanna! Ist dein Vlies nicht weicher als die Flaumfedern der Vögel? Wertvoller noch als jenes, das Jason und die Argonauten suchten?«

Ich beugte mich vor und sah nach unten.

»Ich kann nichts Besonderes daran erkennen.«

»Dann streich über das Vlies und sieh, was darin verborgen ist...«

Ich tat es. Gleichzeitig spürte ich eine seltsame Erregung. Ich spürte, wie Feuer durch meine Glieder rann und heiße Wellen meinen Leib spannten.

»Spürst du die Kraft, die aus mir, deiner so wunderbaren Waffe kommt?« fragte der Mondmund. Ich schluckte, preßte die Lippen zusammen und spürte, wie meine Beine zitterten.

»Du glaubst mir noch immer nicht? Dann nimm Zweige des gefällten Baumes und winde eine Krone für dein Haar. Setz dir die Krone auf den Kopf, damit der erste Mann, der dir begegnet, dich als die Göttin des Landes, der Liebe und der Fruchtbarkeit erkennt! Stell deine Waffe auf die Probe! Gib einem Mann deine Liebe und dann kämpfe mit ihm als die Göttin des Krieges!«

»Ich soll mit Gilgamesch, diesem...«

»Das habe ich nicht gesagt – noch nicht!«

»Aber ich sehe keinen anderen Mann.«

»Wolltest du nicht zu Enki? Zum Gott, der jetzt den geheiligten Geist der hundert ME beschützt?«

Ich wußte nicht mehr, was ich denken sollte. Eben noch hatte mein Mondmund von einem Mann gesprochen, nun aber schlug er mir vor, nach den Fähigkeiten zu suchen, die jeder wahre Gott und jede echte Göttin kannte. Was sollte und was konnte ich denn tun?

»Ich weiß nicht, wo ich Gott Enki finden soll«, sagte ich zögernd. Ich fühlte mich überhaupt nicht mehr wie eine Göttin.

Und wozu mußte ich beweisen, daß auch ich die geheimnisvollen ME verstand? Und warum konnte ich nicht ebenso wie viele andere göttliche Wesen vor mir die nächste Stufe des Seins erringen?

Ich wollte nicht mehr durch die Welt der Menschen irren.

»Folge dem Boot«, sagte mein Mondmund lockend. »Folge der Sichel, die durch das Meer der Sterngewordenen zieht! Der Mond ist unser Vater, unser Geliebter – der einzige, auf den sich alle Frauen in der Nacht verlassen können!«

Ich ließ meinen Rock wieder nach unten fallen.

»Was wird geschehen?« fragte ich.

Die Stimme antwortete nicht mehr. Ich holte tief Luft, dann folgte ich Schritt um Schritt dem Weg der Mondbarke. Ich wollte nicht, aber der Sog, endlich mehr zu erfahren, war stärker als alles, was mich aufhalten konnte.

Dunkelheit umhüllte mich wie ein weiches und warmes Tuch. Ich stürzte tiefer und tiefer durch die Zeit. Sie war kein Tunnel und keine Röhre im Nichts, keine Spirale und kein Weg mit einem Anfang und einem Ende. Sie war ein Zustand, aus dem es kein Entrinnen gab.

Mich wunderte kaum noch, daß sich der Mond in eine silberne Barke verwandelte, als er kurz vor dem Untergang die Flußwasser berührte. Der Mond – ein Himmelsschiff? Ich wollte nicht darüber nachdenken! Ich stand am Rand eines weiten Meeres. Ein warmer Wind strich raunend durch das Schilf. Ich ging auf die silberne Barke zu. Gestalten mit verhüllten Körpern und Gesichtern hoben mich an und setzten mich in einen Sessel. Ich hörte nur das Rauschen des Windes im Schilf, den sanften Wellenschlag an den Bootswänden und das Knistern der Gewänder um mich herum.

»Wohin sollen wir fahren, Göttin des Himmels und der Erde?« fragte eine der seltsamen Gestalten. Sie hatte eine tiefe, aber sehr angenehm und warm klingende Stimme. Ich hob die Schultern.

»Wer bist du, unbekannter Bote des Mondes?«

»Ich bin Nin-shubur, dein Steuermann und Diener.«

»Wenn du der Steuermann des Himmelsschiffs bist und ich die Königin des Himmels und der Erde, dann will ich Enki sehen, will ihn besuchen, mich vor ihm verneigen. Ich will die alten Worte sagen, mit denen eine jungfräuliche Göttin den großen Alten gegenübertritt...«

Es war ganz leicht. Genau diese Sätze hatte ich vor sehr, sehr langer Zeit gelernt. Als alles einstürzte und die Welt dunkel zu werden drohte, hatten die Kundigen und Weisen im inneren Palast von Basilea noch einmal alles versucht, um den Kontakt zu jenen herzustellen, die fortgegangen waren. Und als auch das nicht mehr gelungen war, hatten sie uns ausgeschickt, um Spuren, Zeichen und Erinnerungen dort zu suchen, wo einst die Götter den Menschen etwas von dem abgegeben hatten, was bis dahin ihnen vorbehalten war.

»Die hundert ME«, lächelte ich, als aus dem Inneren der Barke ein leises Summen aufklang, und sich der Steuermann an seinen Platz begab. Die anderen Gestalten stellten sich an den Seiten auf. Das Summen wurde immer heller, ging in einen Sirren über und ließ die Barke sanft erzittern. Die Aufgereihten an den Bootswänden warfen ihre verhüllenden Gewänder ab. Bläuliches Licht drang aus dem Inneren der Barke hervor. Es warf einen sanften Schein über das Meer. Erst jetzt erkannte ich meine Begleiter. Jeder von ihnen trug eine Schärpe, die von den Schultern bis zum Boden reichte, und einen hohen, spitzen Hut aus golden schimmerndem Gewebe, der wie ein Fischmaul nach oben hin geöffnet war.

Oannes-Jünger!

Nin-shubur drehte sich zu mir um. »Leg beide Hände über deinen Stein der Götter«, riet er mir. »Es ist nicht gut, wenn deine Kraft die Kraft des Schiffes stört! Deine Ausstrahlung ist fremd für Fischwesen der Tiefe. Es könnte sein, daß Ekum-Kreaturen Enki vor dir bewahren wollen...«

Ich tat, was er gesagt hatte. Mit übereinandergelegten Händen lehnte ich mich zurück. Die Barke begann sich zu bewegen. Am Anfang schäumte das Meer noch an den Seiten vorbei. Dann wurde die Fahrt schneller und schneller. Die Barke hob sich und schien dicht über der Wasserfläche des Meeres nach Südwesten zu fliegen.

Obwohl der schwimmende Flug noch nicht lange dauerte, sah ich, wie Ufer und Küsten immer schneller an uns vorbeirasten. Ich sah die Silhouette einer Siedlung am Westufer des Meeres, die mir wie die Vision vorkam, von der Gilgamesch gesprochen hatte. Ich erkannte gerade noch den Umriß eines Stufentempels, dann waren wir auch schon vorbei.

»Eridu«, rief der Steuermann, »die alte Stadt des Gottes Enki! Er wohnte dort, bis nichts mehr blieb, was einmal war!«

Wir passierten kleine und große Inseln, und dann tauchten hinter einer flachen Ebene Berge direkt vor uns auf. Die Barke legte sich in eine weite Kurve. Mit einem zweiten Schlenker umflog sie ein weit ins Meer hinausragendes Felskap und glitt durch eine Meerenge. Der Meeresstraße kam mir so eng vor, daß ich für einen Augenblick befürchtete, die Barke würde an den Felswänden zerschellen. Ein endloses, eigenartig glimmendes Meer nahm die Barke auf.

»Wo sind wir?« rief ich durch den Fahrtwind den Männern an der Reling zu. »Und wohin reisen wir?«

»Wir sind im Gebiet des alten Okeanos, der Afrika und Indien trennt!« antwortete Nin-shubur. »Vor langer, langer Zeit – als noch die Saurier auf der Erde lebten – begann am Horizont vor uns Gondwanaland. Es ist versunken wie das Weltreich der zehn Könige und viele andere Länder in den vergangenen Jahrtausenden!«

Und plötzlich sah ich sie erneut – die eigenartigen, wie Muster eines großen Plans aus den Tiefen des Wassers aufsteigenden Zeichen und Symbole, die Feuerräder und Spiralen, die Wellenlinien wie gewebte Muster, Quadrate, Speichenräder und Reihen breiter Pfeile, die wie die Lichterketten eines Landeplatzes durchs Wasser eilten.

»Leg dich zurück, Inanna!« rief der Steuermann laut. »Niemand darf sehen, wo der Gott Enki in der Tiefe wohnt!«

Mein Sessel neigte sich nach hinten. Ich konnte gerade noch erkennen, wie sich gläserne Wände von allen Seiten über uns schlossen, dann rauschten bereits Schaum und Wasser hoch.

Ich hörte eine Stimme von weither, und sie klang so vertraut für mich wie einst die Stimme und der reine Geist des alten Sehers Berios: »Komm her, mein Sukkal, mein Wesir! Die junge Frau nähert sich unserem Abzu-Reich... wir wollen sie empfangen!«

Goldenes Licht verdrängte Wasserfluten und die Schaumblasen um das Schiff. In allen Farben leuchtende Wasserschleier rannen an der gläsernen Schutzkuppel entlang. Das Schiff glitt in eine Röhre aus hellblauen Ringen, und langsam wurde das Sirren des unsichtbaren Antriebs leiser. Mit einem weichen, schmatzenden Geräusch fand das Schiff seinen Liegeplatz.

Mein Sessel richtete sich wieder auf. Die Männer an der Reling sprangen nach beiden Seiten auf einen Kai aus hellen Marmorplatten. Im gleichen Augenblick hatte ich das Gefühl, nach vielen, vielen Jahren in den Palast der Könige zurückgekehrt zu sein. Alles sah ganz genauso aus, wie ich es einmal gekannt hatte. Die Säulen und Figuren an den Wänden, die Bodenplatten mit eingelegten Bildern aus Gold und Lapislazuli, die hohen Deckenbalken und selbst die Türvorhänge aus schweren, bunt bestickten Stoffen.

All das erinnerte mich schmerzhaft an den inneren Palast. Ich stand sehr langsam auf und sah mich zögernd um. Die Oannes-Jünger mit ihren spitzen, nach oben wie Fischmäuler geöffneten Hüten liefen geschäftig auf dem Kai hin und her. Sie luden Ballen aus und Körbe voller Früchte. Aus Mauernischen kamen Gestalten wie aus Alpträumen: riesige Männer und Frauen mit halslosen Köpfen auf breiten Schultern, dann Wesen, die wie die Schatten ihrer selbst auf dürren Spinnenbeinchen hin und her huschten. Ich sah Mißgeburten mit Gesichtern wie von Löwen und Vögeln, Händen aus Krallen und nachschleifenden Schwänzen. Mit grauen Bändern umwickelte Erzer stampften an mir vorbei. Sie waren so vermummt, daß nur noch die Augen frei blieben. Neben dem Himmelsschiff tauchten grazile Körper von jungen Mädchen mit langen, tangartigen Haaren auf. Ich sah in durchscheinende Gesichter. Sie öffneten die Lippen und sangen so unwirklich klar und hoch, daß mir die Töne in meinen Ohren weh taten. Einige von ihnen sprangen hoch aus dem Wasser, drehten ihre fischartigen Unterkörper und tauchten ins aufspritzende Wasser zurück. Sie verschwanden und machten Platz für schreckliche Fischwesen, von denen ich nur platte Köpfe mit breiten Mäulern, auf Stielen nach allen Seiten ruckenden Kugelaugen und borstigen Bärten erkennen konnte. Nur Menschen, wie ich sie kannte, sah ich nicht. Und keines der unglaublichen und dämonisch wirkenden Wesen sagte mir, was ich nun tun sollte.

Ich verließ ebenfalls das Schiff, das einmal eine Mondbarke gewesen war, und ging unbehelligt bis zu den ersten hohen Türöffnungen. Das also war der heilige, geheimnisvolle Schrein, in dem Gott Enki sich bereits vor dem Untergang des Reiches der zehn Könige verborgen hatte. Die ganze Anlage erschien mir wie ein uralter Tempel, ein Palast, ein Archiv für mißratene Kreaturen der Schöpfungskammer und wie ein sehr, sehr großes, am Grund des Ozeans verankertes Himmelsschiff.

Ich hatte den großen Vorhang der ersten Tür fast erreicht, als er mit Kordeln nach beiden Seiten aufgezogen wurde. Vor mir erschien ein kleiner, mager aussehender Mann. Er trug ein lederartiges Brustwams, einen breiten Gürtel, einen bis zu den Knöcheln reichenden Rock aus Wollschlingen, Sandalen und einen ärmellosen Mantel aus Fischhaut, auf der Tausende von winzigen bunten Federn befestigt waren. An beiden Armen hatte er schlangenförmige Ringe bis über seine Ellenbogen hochgeschoben.

»Willkommen im Palast des großen Gottes Enki«, sagte er mit einer angedeuteten Verbeugung. »Du bist die einzige von allen jungfräulichen Göttinnen, die bis hierher gefunden hat. Es ist nicht leicht, dem Gott der Weisheit und Berater der anderen großen Götter zu begegnen.«

»Bist du Gott Enki?« fragte ich.

»Nein, ich bin Isimud, sein Wesir. Ich soll dich gleich zu Enki bringen. Er wartet schon mit Wein und süßen Kuchen auf seine Tochter...«

Ich schüttelte den Kopf und wollte ihm schon antworten.

Er aber hob nur beide Hände wie zum Gebet und senkte erneut seinen Kopf. »Sag nichts und folge mir!«

Ich sah an mir herab und spürte für einen schrecklichen Augenblick, wie ich vor Scham zwischen Traum und Erwachen hin- und herschwankte. Ich war so schmutzig, daß aller Glanz und alle Herrlichkeit um mich herum wie Nebelbilder zu verfliegen drohten. So konnte ich auf keinen Fall dem großen Gott der Weisheit und des süßen Wassers gegenübertreten!

Aber ich wollte nicht zurück in die die feuchte Kälte der furchtbaren Insel! Nicht wieder frieren... weinen... einsam sein! So kurz vor dem Ziel durfte ich einfach nicht aufgeben! Ich fühlte mich wie gelähmt. Menschenschwäche hielt mich gefangen wie mit harten Fesseln über jedem Äon meiner Göttlichkeit. Konnte mein Körper wirklich schwächer sein als meine Lebenskraft, mein Stein der Götter? War ich vielleicht ebenso sterblich wie ein Mensch?

Die Angst vor diesem einen, grausamen Gedanken – vor dieser Frage, die ich nicht stellen wollte – die Angst, daß erst das Nichts das Ende war, floß in den Stein, den ich auf meiner Brust trug. Und plötzlich kam das Licht, der Glanz und auch die Wärme meines großen Traumes wieder.

Der kleine Wesir war schon weit vorausgegangen. Ich mußte mich beeilen, wenn ich ihm folgen wollte. Er drehte sich erst um, als ich erneut bei ihm war. Und, als hätte er meine Gedanken gelesen, brachte er mich in einen Raum, in dem drei Marmorbecken in den Boden eingelassen waren, jedes gefüllt mit anderem, köstlich duftendem Wasser.

Der Wesir des großen Gottes zog sich zurück. Ohne lange zu überlegen, riß ich die Reste meiner Kleidungsstücke herunter, lief über die warmen Marmorstufen und stieg ins erste der drei Becken. Mit jedem meiner Schritte rann eine neue Welle des Behagens durch meinen Körper. So wundervoll war mir noch nie ein Bad erschienen. Ich tauchte ganz ein und genoß die Wärme. Als ich genug hatte, stieg ich hinaus und versuchte das zweite Wasser. Es war eiskalt und dennoch so belebend wie ein Bergquell. Mit vier, fünf Zügen schwamm ich durch die würzig-kühle Frische, stieg aus dem Becken und ging zum dritten Bad. Es verwöhnte mich wie weicher Pelz auf meiner Haut. Ich blieb sehr lange im Bad, das mir der Gott des süßen Wassers vorbereiten ließ.

Flauschige Tücher, verschiedene Kleider und mehrere Kästen lagen auf einer Marmorbank vor einem großen Wandspiegel. Ich trocknete mich ab, nahm eine Bürste und strich so lange durch mein Haar, das wieder bis zu meinen Hüften reichte, bis ich im Wandspiegel den Seidenschimmer wiedersah, den es zuletzt im Inneren Palast gehabt hatte. Ich wunderte mich, wie gut ich mich in all den Jahren gehalten hatte. Ich erkundete mein Gesicht sehr intensiv und versuchte herauszufinden, was sich verändert hatte.

Auf den ersten Blick erkannte ich sofort die Inanna wieder, die so war, wie ich mich selbst gesehen hatte: jungfräulich und von vollkommenem Ebenmaß aller Proportionen, aber auch unnahbar und kühl wie eine Marmorstatue. Je länger ich in den Spiegel blickte, um so deutlicher wurde ein anderes, unter der Oberfläche verborgenes Gesicht. Ich erkannte eine sehr schöne junge Frau, die selbstbewußt aussah, die aber kaum verbergen konnte, wie stark und widersprüchlich die Gefühle in ihr waren. Eine kaum zu bändigende Unruhe ließ Licht und Schatten über mein Gesicht huschen. Es war, als würde ich unter dem Schleier äußerlicher Schönheit Bilder wie im grauen Haus erkennen. Noch wichen diese Bilder zurück, sobald ich mehr erkennen wollte, aber ich wußte plötzlich, daß ich sie nicht mehr verdrängen konnte. Selbst wenn ich mich an der anderen Inanna festhalten wollte – das Bild des jungen Mädchens würde verwehen, die junge Frau obsiegen!

Was hatte Quetzalcoatl über den Schmetterling gesagt? Ich lächelte und war bereit, die Flügel auszubreiten, dem Blütenduft zu folgen und mir den schönsten Nektar, den es gab, zu holen...

Ich entschied mich für ein langes, weißes und federleichtes Kleid, das nur bedeckte, aber nicht verhüllte, dazu kleine Sandalen mit sehr schmalen, aus Gold gewirkten Bändern. In einem Kästchen aus schwarzlackiertem Ebenholz entdeckte ich mehr Schmuck, als ich an einem Tag anlegen konnte. Ich nahm nur eine Perlenkette und legte sie dreimal um meinen Hals. Auf diese Weise blieb mein Stein der Götter der Schmuck, auf den ich stolz war.

Um jedes Handgelenk wand ich ein Band aus Hunderten von feinen, goldenen Ringen. Gott Enki oder sein Wesir hatte alles sorgsam vorbereitet. Ich öffnete eine Schatulle neben dem Kästchen mit dem Schmuck und entdeckte alle Arten von Tiegeln, Näpfen und kleinen Glasfläschchen, dazu Pinsel, Stifte und winzige Schwämmchen. Wie lange hatte ich all das vermißt?

Ich begann, mich zu schminken. Sehr vorsichtig und behutsam schmückte ich meine Wangen. Ich zog die Brauen nach und legte ein wenig Türkis um meine blaugrünen Augen. Ich hatte völlig vergessen, wie magisch sie mit ihren goldenen Punkten in der Iris wirkten. Nachdem ich meine Lippen mit Pfirsichrot betont und und etwas Goldstaub auf meinen Brustansatz getupft hatte, sah mir im Spiegel eine vollkommene Göttin entgegen.

»Es wird ihm gefallen«, sagte der Wesir der großen Gottes schräg hinter mir. »Es wird ihm sogar sehr gefallen!«

Ich lächelte und drehte mich um.

»Dann führe mich jetzt zu ihm!«

Diesmal verneigte sich Isimud etwas tiefer als bei meiner Ankunft. Er führte mich durch hell erleuchtete Gänge und mehrere Hallen, in denen sich Kostbarkeiten wie wertloser Tand stapelten. Und dann betraten wir das Allerheiligste – die Wohnung eines großen Gottes.

Der weite Raum war nicht so hell erleuchtet wie die anderen. Trotzdem erkannte ich den großen Gott sofort. Mich wunderte, daß er genauso aussah, wie ich ihn mir vorgestellt hatte: ein großer, breitschultriger Mann mit einem gepflegten Vollbart und dichtem, bis auf die Schultern reichendem Haar, das von einigen silbernen Fäden durchzogen war. Er trug eine über der behaarten Brust offene Bluse mit weiten Ärmeln, dazu enganliegende Beinkleider und halbhohe Stiefel.

Ich sah mich in seinem Gemach um. Überall standen Marmorplatten auf Sockeln mit Figuren des Ziegenfisches an den Wänden. Ich erinnerte mich, daß der Ziegenfisch das göttliche Symbol für Enki war, denn die Ziege konnte den höchsten der Berge und der Fisch die tiefste Stelle der Ozeane erreichen – ebenso wie Gott

Enki in der Zeit, als alles angefangen hatte. Die Tischplatten waren mit Fruchtkörben, alten Dokumenten und Instrumenten beladen, die ich noch nie gesehen hatte. An den Wänden hingen geschnitzte Rahmen mit glatten Flächen anstelle von Bildern. An der gegenüberliegenden Seite des Raumes erkannte ich vor einem riesigen, wie ein Altar bis fast zur Decke aufragenden Löwenstandbild eine breite Liege, die über und über mit Kissen bedeckt war.

Enki saß vor einem großen Marmortisch in der Mitte des Raumes und hatte seine Beine ausgestreckt. Das hintere Ende des Tisches war mit zahllosen halbgeöffneten und völlig leeren Perlenmuscheln bedeckt. Er sah mich an und lächelte. Dann hob er kurz die Hand. Sein Wesir verneigte sich fast bis zum Boden und verließ rückwärtsgehend den Raum.

»Da bist du also, Göttin des Himmels und der Erden«, sagte Enki, noch immer lächelnd. »Ich habe viel von dir gehört und oftmals nach dir suchen lassen, aber die Kraft in deinem Stein der Götter reichte nie aus, um mir ein Bild von dir zu machen.«

»Und?« fragte ich ohne Scheu. »Gefällt dir, was du siehst?«

Er stutzte, schob die Unterlippe vor und fing an, laut zu lachen. Es klang sehr stark und angenehm.

»Und wie mir das gefällt! Eigentlich bin ich viel zu alt für eine derartige Frage, aber ich muß schon sagen, daß ich gut zwanzigtausend Jahre lang keine Göttin und kein Weib der Menschenwesen mehr gesehen habe, das sich mit deiner Schönheit messen könnte!«

»Vielleicht hättest du öfter nach oben kommen sollen!«

»Ach, das ist eine lange Geschichte«, seufzte er. »Setz dich doch hin! Möchtest du Gebäck oder einen Schluck von meinem besten Wasser?«

Ich schüttelte den Kopf, obwohl ich durstig und hungrig war.

»Nun komm schon«, sagte Enki freundlich. »Du kannst auch einen Becher Bier oder einen Schluck Wein haben, wenn dir mein Wasser zu gering erscheint...«

Ich schritt langsam auf ihn zu. Ich wollte, daß er mich ansah, mich bewunderte. Ich hatte nichts außer mir selbst – keine Botschaft von anderen Göttern, keine Geschenke und nicht einmal ein Opfer, wie es die Menschen für die Götter brachten.

Enki stand auf. Er kam um den großen Tisch herum und rückte

einen hochlehnigen Stuhl für mich zurecht und wartete, bis ich näher gekommen war. Als er den Duft der Bäder roch, bebten seine Nasenflügel für einen Augenblick. Er strich genüßlich mit der Zunge über seine Lippen.

»Setz dich«, sagte er. Ich glitt dicht an ihm vorbei und setzte mich. Er schob den Stuhl an seinen Tisch heran. Dann pfiff er leise vor sich hin, ging bis zu einem Faß mit glänzenden Beschlägen neben der Löwenstatue und füllte uns zwei hohe Becher mit schäumend frischem Bier, kam zurück und schob mir einen Becher zu.

»Hast du schon einmal Bier getrunken?« fragte er und nahm auf der anderen Seite des Tisches Platz. Ich schüttelte den Kopf.

»Entschuldige, das war wohl eine dumme Frage«, lachte er. »Wie sollten junge Göttinnen im Inneren Palast an Bier gekommen sein? Und nach dem großen Himmelslärm gab es wohl keinen Gott und keinen Menschen mehr, der noch an Bier oder gar Wein zu denken wagte. Was hast du denn getrunken in all den furchtbaren Jahrhunderten? Wasser mit Schwefelstaub vom Himmel? Milch? Oder gar warmes Blut von frischerlegten Tieren?«

»Ich habe alles getrunken, wenn ich durstig war...«

»Tja«, sagte Enki. Er hob seinen Bierbecher und wartete, bis ich meinen Becher ebenfalls hob. Das Bier roch malzig und nach frischem Brot. Wie lange hatte ich kein Brot mehr gegessen?

»Ich trinke auf die jüngste aller Göttinnen, die je den Frieden und die Abgeschiedenheit der Königstempel mit einer schweren Aufgabe verlassen mußte!«

Ich wußte nicht genau, ob er es ernst oder ironisch meinte. Trotzdem hob ich den Becher, setzte ihn an die Lippen und trank vorsichtig einen Schluck Bier. Es schmeckte süß und bitter zugleich. Ich dachte daran, daß ich mit gänzlich anderen Gedanken und Empfindungen zu ihm gekommen war. War ich das wirklich? Wollte ich ihm nicht das entlocken, was ich im Chaos vor der Katastrophe nicht mehr erfahren hatte und was nicht einmal jene Kundigen hatten benennen können, in deren Auftrag wir zur letzten Suche aufgebrochen waren?

Was hatten wir gesucht? Welche Geheimnisse der alten Götter hätten die Kraft gehabt, einen zur Erde stürzenden Planetoiden im letzten Moment aufzuhalten? Und warum hatte weder Enki noch ein anderer der alten Götter eingegriffen, ehe es zu spät gewesen war?

Ich weiß nicht, wie es kam, aber ich fühlte mich durch seine väterliche, gütige Art herausgefordert. Er war ganz anders als Gilgamesch, und dennoch gab es Züge, in denen sich die Männer ähnlich waren. Nicht nur Gilgamesch und Enki, nein – alle Männer, die ich bisher getroffen hatte! Und alle Männer vorher – bis auf Berios...

Enki stand lächelnd und erneut leise pfeifend auf, um zwei weitere Becher mit Bier für uns zu holen. Ich starrte meinen halbgeleerten Becher an. Ich wollte nicht, daß er Gelegenheit bekam, noch spöttischer auf mich herabzusehen. Ich trank den Becher schnell und mit großen Zügen aus.

Enki blieb zwei Schritt vor dem Tisch stehen. Er hielt in jeder Hand einen Becher und sah mich prüfend an. Diesmal lachte er nicht. Wortlos kam er an den Tisch, schob mir den zweiten Becher zu und setzte sich.

»Erzähl mir, was du erlebt hast, nachdem die Kundigen dich in die Welt geschickt hatten!«

»Was willst du wissen? Wo soll ich beginnen?«

»Beim Tod von Berios«, antwortete Enki und lehnte sich zurück. Ich blickte in den Schaum des Bieres. Weit entfernt hörte ich eine Melodie. Ich wußte nicht, ob sie aus einem anderen Raum oder aus den Rahmen ohne Gemälde an den Wänden kam. Ich holte tief Luft, trank noch einen Schluck Bier und begann zu erzählen. Am Anfang scheute ich mich davor, ihm auch von Osiris und dem Garten hinter der Zyklopenmauer zu berichten. Doch als ich Jason erwähnte, verzog sich sein Gesicht und eine steile Falte bildete sich auf seiner Stirn.

»Er wäre fast einer von uns geworden«, sagte er rauh. »Und vielleicht war es es sogar, aber wie viele andere vergaß er, daß ein wahrer Gott nicht auf Besitz und Macht aus ist! Er war zu menschlich, allzu menschlich!«

»Er hat mir immerhin gezeigt, was alle anderen schon längst vergessen hatten...«

»Das graue Haus?« lachte Gott Enki abfällig. »Das war zu meiner Zeit etwas für Götterkinder... Spielwelten des Bewußtseins! Was dort zu sehen war, das weiß inzwischen jeder Mensch zu deuten! Spiegel des Unbewußten, der Gefühle, der verborgenen Erinnerungen in jeder Körperzelle... und meinetwegen auch der Stoff, aus dem sich Menschen Religionen schaffen...«

»Die anderen jungen Götter waren nicht im grauen Haus.«

»Was sollten sie da auch? Sie hätten ohnehin dort nichts gefunden, um eine Welt zu retten!«

Er stand erneut auf, um sich Bier zu holen. Ich zögerte, ob ich mit ihm nochmals gleichzuziehen in der Lage war.

»Noch eins?« rief er vom Faß her. Ich schüttelte den Kopf.

»Also gut, noch eins für mich – noch eins für dich!«

Ich wußte nicht, wie ich dieser Prüfung standhalten sollte. Er schob ein neues Bier neben meinen noch nicht geleerten zweiten Becher.

»Bier darf nicht schal werden«, sagte er mahnend. »Und jetzt berichte weiter!«

Ich war enttäuscht und irgendwie verstimmt darüber, daß er das graue Haus so abfällig beurteilte. Was wußte er davon, wie sehr mir die Bilder geholfen hatten! Ich trank den zweiten Becher aus und fuhr mit dem Bericht über meinen langen Irrweg fort. Diesmal unterbrach er mich nicht mehr. Und nur gelegentlich stand er noch auf, um neues Bier zu holen.

Ich weiß nicht, ob wir stunden- oder tage- und nächtelang zusammensaßen. Zum ersten Mal, seit ich mit Berios gesprochen hatte, hörte mir jemand zu, der mich verstehen konnte. Und dann erzählte ich ihm auch noch vom Himmelsstier, vom Huluppa-Baum, von Gilgamesch und von der Stadt, die er mir in der Nacht versprochen hatte.

»Das war sehr viel für eine junge Frau, die eigentlich eine ganz andere Göttin werden sollte«, brummte er, nachdem ich meine Geschichte beendet hatte. Er schüttelte mehrmals den Kopf und strich sich etwas Bierschaum aus seinem Bart. »Immerhin haben sich ziemlich viele der sehr alten und sehr wertvollen Kräfte der Götter in dir erneut bestätigt. Ehrlich gesagt – ich habe nie geglaubt, daß der Versuch mit dir gelingen könnte! Richtige Götter wie die alten sind nur einmal entstanden. Ebenso, wie es nur einmal gelang, aus tierähnlichen Wilden die Menschen zu erschaffen, wie du sie kennengelernt hast. Niemand – und nicht einmal ein

Gott – kann wiederholen, was die Natur als einmalig entstehen läßt…«

Er kraulte seinen Bart und wirkte plötzlich wie ein alter Mann, der plötzlich einsah, daß auch für ihn Vergangenheit geworden war, was er noch immer für seine Stärke hielt.

»Deine Vision von Gilgamesch war übrigens sehr gut«, sagte Enki mit einem tiefen Seufzer. »Daß du sie hattest, beweist, daß du tatsächlich eine Göttin bist, die in Vergangenem das Zukünftige erkennen kann!«

Ich bedankte mich mit einem Lächeln. Gleichzeitig überlegte ich, wie ich ihn noch weiter für mich einnehmen konnte. Enki war eine so phantastische Schatztruhe des Wissens, daß mir der Atem stockte, wenn ich nur daran dachte.

»Die Menschen werden eines Tages Dörfer, Städte, Tempel und Paläste bauen«, fuhr er bedächtig fort. »Die Zeit ist nicht mehr fern, in der all das beginnt, was dein Gilgamesch vorausgesehen hat! Er ist der Prototyp, ein neuer Gott, vielleicht ein König, aber doch ein Mensch, der herrschen will und quälend sich bemühen wird, Unsterblichkeit zu finden. Noch aber ist es nicht soweit! Die Menschen leben mit den Erinnerungen an ihr Erwachen, das vor gut zwanzigtausend Sonnenumläufen begann. Sie wissen, was Geburt und Tod ist. Aber sie folgen noch zu sehr den uralten Instinkten, die wir vor langer Zeit bei unserem Cro Magnon-Versuch durch mehr Bewußtsein überwinden wollten. Wir lehrten sie, von sich selbst als ›Ich‹ zu denken. Jeder von ihnen sollte einen Namen tragen und den Geboten göttlicher Gemeinschaften verpflichtet sein. Nur so wäre es einigen gelungen, zu überleben und dennoch eine neue Ebene menschlicher Existenz zu finden. Wir wollten, daß sie Ehrfurcht vor dem Leben hatten und nicht wie Tiere ihre Zeit verschenkten. Das war der Plan, als wir die neuen Menschen in der Duka-Kammer schufen. Er ist gescheitert wie wir selbst.«

»Nein, Enki!« protestierte ich. »Ich habe dir doch gerade erst erzählt, daß ich Menschen getroffen habe, die all das kannten, was ihr alten Götter wolltet! Sie haben nicht vergessen!«

»Aber sie beten Bäume an und Wasserstrudel! Sie sehen Götter und Dämonen in Tieren, Wolken, Nebelschleiern! Sie haben nichts verstanden… überhaupt nichts! Sie opfern Kinder, wie du sagst, und fürchten die Symbole, durch die wir ihnen erklären wollten, daß alles eins und alles wunderbar sein kann, wenn sie ihr Herz und ihren Geist frei machen von der Angst! Wir wollten Freiheit für die Menschen und keine dumpfe Sklaverei durch immer neue, immer falsche Götterbilder! Sie sollten sich kein Bild von irgendwelchen Göttern machen – so lange nicht, bis sie von selbst verstehen lernten, daß durch ein reines Herz, das sich der Wahrheit öffnet, viel mehr gewonnen wird als durch das Schwert! Ihr ›Ich‹ sollte ihr Gott sein, und keine anderen Götter neben ihm!«

»Das alles wußte ich nicht«, sagte ich benommen.

»Nein, weil du es nicht wissen konntest! Dennoch bist du kaum einen Schritt von den Möglichkeiten abgewichen, die dich von Menschen unterscheidet! Du hast nicht nach der Macht gegriffen, wolltest nicht herrschen und dir andere zu Untertanen machen! Im Gegenteil – du bist gegangen, wenn du spürtest, daß du stören würdest. Und manchmal hast du sogar etwas hinterlassen, was deinen Menschen weiterhalf!«

»Erlaubst du, daß ich dir ebenfalls eine Frage stelle?«

»Stell deine Fragen! Dafür bist du doch hergekommen, oder?«

»Ja und nein«, antwortete ich verlegen. Was wußte und was ahnte dieser weise Gott? Und mußten Göttinnen und Götter wie er nicht alles wissen, was die anderen wollten? Oder galt das nur für die Geschöpfe, die sie einmal erschaffen hatten?

»Es war nie leicht, ein Gott zu sein«, sagte Enki. »Eigentlich waren wir Götter auch nichts anderes als die Menschen, die heute auf der Erde leben. Jahrhunderttausende haben wir Schritt für Schritt gelernt, uns von den Tieren zu unterscheiden, von denen auch die Könige und alle Gottheiten letztlich abstammen. Unser Vorteil und Fluch zugleich war im Prinzip nur eine günstige Voraussetzung: wir blieben abgeschlossen auf den Inseln, während in vielen anderen Regionen eine ähnliche Entwicklung stattfand – wenn auch viel langsamer und auch heute noch nicht abgeschlossen. Du kannst es Inzucht nennen oder den Zwang, aus einer Laune der Natur die erste wirklich große Zivilisation zu schaffen. Wir haben alle Fehler gemacht, die anderen noch bevorstehen. Und wir erklommen eine Kulturstufe nach der anderen. Schon vor einer Million Jahren entdeckten wir das Feuer und die Nützlichkeit von Werkzeugen. Wir lernten sprechen und erhoben uns über die Tiere, indem wir aufrecht gingen. Aus Wildbeutern und Sammlern bildeten sich Horden und Familienclans, die gemeinsam jagten und Mutterschaft verehrten. Doch dann geschah ein biologischer Kultursprung: Die Weiber unserer Ahnen entdeckten, daß sie den Schutz der Männer für sich und ihre Kinder noch besser sichern konnten, wenn sie sich jederzeit verfügbar hielten. Wie es dann weiterging, hast du wohl selbst erlebt.«

»Ja, aber ich verstehe nicht, was das mit euch zu tun hat, ich meine mit den Göttern...«

»Du hast die Anfänge gesehen oder das Ende unserer Bemühungen – ganz wie du willst: Menschen in Gruppen, die bereits Vorstellungen vom Leben und vom Tod entwickeln. Nun gut, da mag vielleicht auch unser Einfluß in der Vergangenheit eine gewisse Rolle spielen.«

»Jetzt untertreibst du!« sagte ich mutig. »Würden die Menschen Menschen sein ohne das Cro Magnon-Experiment der Götter?«

Enki hob seine breiten Schultern.

»Wir jedenfalls sind von allein entstanden. Warum sollte die Natur nicht Gleiches wiederholen?«

Ich spürte ganz genau, daß er mich prüfen wollte. Nein, ich war sicher, daß nichts sich so entwickelt hätte, wenn nicht vor zwanzig-, dreißigtausend Jahren überall auf der Erde eine ganz neue Menschenart entstanden wäre, während die Wortlosen am Ende ihres falschen Weges ausstarben und verschwanden.

»Wie ging es weiter?« fragte ich behutsam.

»Unsere Vorfahren lernten zu säen und zu züchten. Sie bauten Hütten, Häuser, Dörfer – und schließlich Städte und Paläste, Fahrzeuge und Maschinen. Wir hatten, was wir brauchten, aber wir wollten mehr... immer noch mehr! Wir beuteten den Boden aus und suchten neuen Reichtum in den Kolonien, in denen wir genügend Arbeitskräfte fanden. Und wir vergaßen, was lange Zeit unser Stolz und unser Antrieb war – wir vergaßen, daß alles Leben nur geborgt sein konnte! Mit unserer Technik, unserem Wissen wollten wir schließlich auch noch diese Grenze überschreiten. Wir lösten die Geheimnisse der großen und der kleinen, der starken und der schwachen Wechselwirkungen in kleinsten Teilchen der Materie. Wir ließen Gegenstände fliegen – zunächst mit physikalischen Antrieben, dann als zerlegte und am Ziel neu gebündelte Informationen. Auf diese Weise überwanden wir die Erdenschwere ebenso wie die Fesseln der Zeit. Ich will dich nicht mit all den Schwierigkeiten und großartigen Leistungen verwirren, die damals an der Tagesordnung waren. Zwei Dinge aber mußt du wissen: Wir wurden Götter, weil wir herausfanden, wie unser Geist und unsere Seele ohne Körperlichkeit weiterexistieren konnten. Und wir entdeckten, was Menschen ausmacht, was sie von Tieren unterscheidet und wie wir all das in der Schöpfungskammer nach unseren Vorstellungen vereinen konnten!«

»Habt ihr auch Götter gemacht?« fragte ich leise. Er schürzte die Lippen, nahm seinen Becher und trank langsam einen großen Schluck Bier.

»Das war die schlechteste von allen Ideen«, antwortete er schließlich. »Der Anfang unseres Untergangs! Nach dem Triumph mit dem Cro Magnon-Experiment wollten wir uns auch noch selbst neu schaffen. Dazu gab jeder, der bereits die höchste Stufe der Erkenntnis und des Wissens erlangt hatte, etwas von seinen individuellen Eigenschaften an die Duka-Kammer ab, genauso, wie wir es zuvor zusammen mit den Informationen aus den Körperzellen von ganz bestimmten Eingeborenen getan hatten. Wir glaubten, daß wir auch Gefühle und Empfindungen nach dem Gesetz von Yin und Yang genau so kombinieren könnten wie körperliche Merkmale. Doch nicht ein einziges der Wesen, das ohne leiblichen Vater und ohne Mutter geschaffen wurde, erreichte jemals den Status von uns letzten Göttern. Denn wir vergaßen, daß sich Bewußtsein – sei es nun menschlich oder göttlich – stets nur auf einem unermeßlichen Fundament aller im Unbewußten verborgenen Erfahrungen aufbauen kann. Und genau dies kann nicht einmal ein Gott wie ich mit allem Glanz der höheren Erkenntnis übertragen!«

»Ich stamme aus der Schöpfungskammer...«

»Ja«, nickte er, »du hast keinen Bauchnabel und du bist wunderschön geworden – eine perfekte Göttin, gezeugt aus unserem Geist! Doch deine Schwester oder dein Bruder können ebenfalls göttliche Wesen geworden sein, die du nicht mehr erkennst, weil sie als Erzer oder Mißgeburten leben müssen! Du hast das Glück gehabt, daß du nicht leer und ein so künstliches Geschöpf geworden bist wie andere junge Göttinnen und Götter die nichts verstanden haben...«

Er stockte, schüttelte den Kopf und schnaufte plötzlich.

»Was hast du?«

»Vergiß, was ich vom grauen Haus gesagt habe«, antwortete er rauh. »Das also war Jasons Rache. Er hat gewußt, was keinem von uns einfiel. Wir hätten jede junge Göttin und jeden jungen Gott zur großen Weihe durch Traumbilder der Kindheit schicken müssen! Zu spät... leider zu spät!«

»Aber warum – wenn ihr doch wußtet, daß die Schöpfungskammer nichts taugt –, warum ist sie so lange noch benutzt worden?«

»Wir wußten es, aber die Könige wollten nie einsehen, daß keine großen Götter nachwuchsen. Und sie begnügten sich mit Nachahmungen...«

»Vielen Dank für die Beleidigung, alter Mann!«

Er hob die Hände und versuchte, mich zu besänftigen: »Aber ich meine doch nicht dich!«

»Du hast gesagt, was du gemeinst hast!« gab ich erbost zurück. Ich fand es einfach unmöglich, wie überheblich er sich benahm. Wer war er denn mit seinen ganzen Ungeheuern und scheußlichen Gestalten! Ein Relikt aus längst vergangenen Zeiten, ein Fossil wie ausgebleichte Saurierknochen! Ein saufender und geiler Bock! Ich war so wütend, daß ich nur noch daran dachte, wie ich ihn schmerzhaft treffen könnte.

»Wozu denn überhaupt die Schöpfungskammer?« fragte ich mit süßer Stimme und einem falschen Lächeln. »Konntet ihr alten Götter nicht mehr mit euren Göttinnen...?«

»Nein«, gab er kopfschüttelnd zurück. Er merkte nicht einmal, wie giftig ich gefragt hatte. »Wir haben unsere Fruchtbarkeit verloren, als wir die neuen Menschen machten! Es war, als würdest du sehr kaltes und sehr heißes Wasser mischen. Wenn du das tust, kann nichts im ganzen Universum den Zustand, der davor war, wieder zurückerlangen!«

Ich sah, wieviel er schon getrunken hatte.

»Bist du zornig auf mich?« fragte er unvermittelt. »Nun gut, dann will ich dir zur Entschädigung etwas schenken... zuvor verlange ich nur eins von dir: Du mußt mir sagen, warum du mich gesucht hast!«

»Du bist ein großer alter Gott«, antwortete ich beherrscht. Mein Zorn durfte jetzt nicht stärker sein als meine Ziele. »Ich suche nach der Weisheit, die mir fehlt...«

»Ich warne dich, Inanna! Du forderst einen Gott heraus!«

»Ich bin selbst eine Göttin!«

»So?« lachte er. »Und über welche Waffen kannst du gegen mich verfügen?«

Es war, als wäre die Zeit stehengeblieben. Wir saßen regungslos einander gegenüber, und beide schienen wir darauf zu warten, daß der andere etwas sagte. Schließlich seufzte ich und bewegte mich ein wenig. Der weiche Stoff des weißen Kleides umhüllte mich, und dennoch fühlte ich mich plötzlich nackt. Ich spürte, wie der Stein der Götter über meiner Brust immer wärmer wurde. Ein erstes blaues Glühen zog zwischen mich und den großen Gott.

Im gleichen Augenblick hörte ich wieder die Stimme meines Mondmundes: »Du hast eine Waffe, Inanna... eine ganz wunderbare, viel stärkere Waffe als Gilgamesch! Erprobe sie... erprobe sie an Enki! Laß ihn ein wenig deinen Mondmund sehen...«

»Er ist ein großer Gott, und es heißt, daß er vielleicht sogar mein Vater sein kann«, murmelte ich wortlos. Trotzdem schob ich nach kurzer Überlegung meinen Stuhl so weit zurück, daß er auch meine Beine sehen konnte. Ich spreizte sie ein wenig. Der leichte Stoff über meinen Oberschenkeln spannte sich. Enki starrte schräg über den Marmortisch.

»Warum höre ich nichts, obwohl du die Lippen bewegst?«

»Ich spreche leise aus, was du mir schenken könntest...«

»Nun gut!« räusperte er sich und leckte sich zum zweiten Mal über die Lippen. »Im Namen meiner Macht, im Namen meines unzerstörbaren und allen Katastrophen trotzenden Palastes im tiefen, süßen Wasser! Ich, Enki, gebe dir, meine Tochter Inanna, ich schenke dir die Weihe einer Hohenpriesterin... ich schenke dir mein Ja auf deine Frage, ob du tatsächlich eine Göttin bist... ich schenke dir unwiderruflich das Recht der Königinnenkrone.«

Bei jedem Geschenk, das er mir anbot, hatte er wie ein symbolisches Zeichen eine Perle in eine der Muschelschalen an der Seite des Tisches gelegt und die Schalen so fest zusammengedrückt, daß sie geschlossen blieben. Ich starrte ihn mit großen Augen an.

»Ist das dein Ernst?«

Er hob den Arm und warf die Hand nach hinten.

»Geschenkt, geschenkt!«

»Ich nehme die Geschenke!«

»Ja, nimm es nur samt einem Thron, den du schon immer wolltest, samt Zepter und Beamten, samt königlichem Maßstab und Meßband für die Felder. Nimm als Geschenk das Recht, Schafherden aufzuziehen und sie mit Zäunen zu umfrieden. Du hast das Recht, dir einen Herrscher auszuwählen, dazu die königlichen Priesterinnen, göttliche Stellvertreterinnen, Beschwörungspriester und ihre magischen Berechnungen, edle Priester, die die Naturgesetze kennen, Trankopferpriester für die Riten heiliger Meditation und Reinigung und was du sonst noch willst...«

Enki rülpste und stieß mit seinem Oberkörper bis an den Rand der Marmorplatte. Er hatte Mühe, seine Perlen in weitere Muschelschalen zu legen. Mit schweren Armen wischte er über den Tisch, zog langsam seinen Bierkrug näher, hob ihn leicht schwankend hoch und trank ihn aus. Bier tropfte von seinen Mundwinkeln.

»Im Namen meiner Macht, im Namen meines unzerstörbaren und allen Katastrophen trotzenden Palastes im tiefen, süßen Wasser! Hol mir ein neues Bier... na los, ich habe Durst, Inanna...«

Ich zögerte nur einen Augenblick, dann griff ich nach dem Becher in seinen Händen, sprang auf und lief zum großen Faß. Wenn ich jetzt richtig handelte, dann konnte mir gelingen, was keine andere Göttin vor mir bei einem großen Gott geschafft hatte. Ich ahnte, warum Enki mir die Geschenke machte. Ich ahnte auch, warum für mich die Bäder, Kleider und Geschmeide vorbereitet worden waren.

Ich hatte nur noch eine Möglichkeit, Enki zu entrinnen. Ich mußte fordern – immer mehr fordern und ihn dabei mit Bier bei Laune halten. So schnell ich konnte und selbst schon etwas unsicher, brachte ich ihm einen neuen Becher. Er riß ihn an sich und trank ihn ohne abzusetzen bis zur Neige aus. Ich brachte ihm den nächsten Krug.

»An meine Tochter Inanna schenke ich hiermit das Geheimnis göttlicher Wahrheit. Den Schlüssel für den Abstieg in die Unterwelt... vom Aufstieg aus der Unterwelt. Das wache Ohr, die Kraft der Konzentration, Angst, Furcht, Bestürzung, Müdigkeit ... ja, meine Tochter, das gehört auch dazu! Gib mir mehr Bier!«

Ich schob ihm einen neuen Becher zu.

»Ja, meine wunderschöne Tochter!« polterte der trunkene Gott. »Ich schenke dir die Kunst der Liebe... die Kunst, wie jedes gute Weib den Grabstock küssen soll!«

»Ich nehme die Geschenke!«

»Noch nicht genug?« Er lachte dröhnend. »Im Namen meiner Macht, im Namen meines unzerstörbaren und allen Katastrophen trotzenden Palastes im tiefen, süßen Wasser! Dann schenke ich dir eben auch noch die Priesterschaft des Himmels, dazu Dolch und Schwert, schwarze Gewänder für den Krieg, bunte Gewänder für die Liebe. Ich schenke dir die Kunst, dein langes Haar verführerisch zu binden, die Kunst, es keusch wie einen Mantel auf nackter Haut zu tragen.«

»Ich nehme die Geschenke!«

»Wie viele hast du jetzt?« Er lachte so laut, daß seine Stimme mir weh tat. Dann trank er seinen zwölften Becher aus. »Zehn, zwanzig oder dreißig? Und wieviel willst du noch? Etwa die ganzen hundert göttlichen ME? Ich fürchte, ich habe nicht mehr genug Perlen!«

»Kannst du mir etwas schenken, was nicht für mich, sondern für andere bestimmt ist?«

»Für andere?« lachte er und trank den dreizehnten Becher. »Was soll das sein? Eine Standarte für Krieger, die du nicht hast? Du sollst sie bekommen! Der Krieg braucht auch die Kunst, schneller zu sein... geschenkt! Für andere? Für andere? Was kann ich dir noch schenken, wovon auch andere etwas haben? Ha, ich weiß! Ich schenke dir die Kunst der Schankmädchen, die Kunst der Prostitution!«

Ich brachte ihm den vierzehnten Becher.

»Willst du die Kunst, ganz direkt zu sprechen«, lallte er, »andere zu verleumden, blumenreich zu reden? Die schönsten Töne aus Trommeln, Leiern, Flöten zu holen? Kunst des Gesangs? Weisheit der Älteren? Geschenkt, geschenkt! Dazu die Fähigkeiten, Holz zu schnitzen und Metall zu treiben, die Fertigkeit der Schmiede, Schreiber, Ledermacher, der Walker, Weber, Baumeister der Paläste und der Schiffe. Ich schenke sie dir! Nimm auch die Glut des Feuers und das Wissen, wie Feuer wieder ausgelöscht wird!«

»Ich nehme die Geschenke!«

»Ja, ja, nimm nur! Nimm alles hin... Macht, Heldenhaftigkeit, Streit und Verrat... nimm diese Fähigkeiten hin! Dazu Unbeugsamkeit, Hinterlist, Freude am Städteplündern... auch das sind göttliche ME! Die Kunst des Reisens willst du noch? Eine Familie, und den sicheren Wohnsitz? Die Kunst der Zeugung, Jubel des Herzens, Toleranz? Güte und Freundlichkeit und die Fähigkeit zum gerechten Urteil? Geschenkt, geschenkt und nochmals geschenkt!«

Er rührte den fünfzehnten Becher nicht mehr an und starrte nur noch auf die Bierlachen vor sich. Seine Finger versuchten vergeblich, drei Perlen zugleich aus der Bierlache zu holen. Sein Atem ging schwer und seine Brust hob und senkte sich wie bei einem großen Fisch, der aus dem Wasser ans Land gespült worden war.

»Willst... du noch mehr... Geschenke?« fragte er mühsam.

»Hast du noch mehr?«

Er wollte lachen, aber aus seiner Brust kam nur noch ein kurzer Luftstoß.

»Jaaaa«, preßte er dann hervor. Er nahm eine schwarze und eine weiße Perle zwischen die Finger. Ich schob ihm zwei Muschelschalen zu, doch beide Perlen fielen in die gleiche Schale. Er lachte wie über eine gelungene magische Handlung und schlug mit seiner Hand die Muschelschalen zu. »Da hast du dein Geschenk... es ist die Kunst... die Kunst, zu entscheiden...«

»Ich nehme dieses Geschenk!« sagte ich so schnell, daß ich Enkis letzten Becher umstieß. Schaumiges Bier rann über die Tischplatte auf den Boden. Ohne es zu wissen, hatte ich genau darauf gewartet: die Kunst, zu entscheiden! Das war es – das wertvollste aller Geschenke!

Enki legte seinen Kopf auf die Arme. Ich sprang auf, hob den Saum meines Kleides an und wischte hastig alle mit Perlen gefüllten Muscheln zusammen. Ich war entschlossen, sie in Sicherheit zu bringen. Aber wo?

Er hob noch einmal seinen Kopf.

»I-si-muuud!« sprach er mit schwerer Stimme. »Isimud! Inanna will jetzt gehen! Sie will nach... Uruk! Sie soll nach Uruk reisen... soll sich in Sicherheit bringen... vor wem denn? Weißt du das?«

Der Wesir zeigte mit keiner Miene, was er von Enkis maßlosem Gelage hielt. Er hob die Vorhänge der Türen und verneigte sich, als ich mit meinen Muscheln im Kleid an ihm vorbeiging. Diesmal sah ich weder Erzer noch andere Mißgeburten. Nur meine Schritte hallten durch die leeren Säle des göttlichen Palastes.

Zusammen mit Isimud erreichte ich das angedockte Himmelsschiff. Die Reihen der siebenmal sieben Oannes-Jünger standen wie bei der Fahrt hierher aufgereiht an der Reling. Isimud half mir, über die Stufen an der Reling bis zum Sessel zu gehen. Ich ließ den Saum meines Kleides fallen und schüttete die Muscheln auf den Sitz. Sie sahen unscheinbar und nicht so wie der größte Schatz aus, den je ein Gott verschenkt hatte.

Isimud verneigte sich noch einmal, dann hob er seine Hände und bedeutete dem Steuermann, daß er ablegen solle. Erneut schlossen sich die gläsernen Wände um das Schiff. Es fuhr rückwärts aus seiner Ankerbucht aus Marmor. Mein Sessel war mit Muscheln überfüllt, deshalb winkte der Steuermann mich zu sich und ließ mich neben sich Platz nehmen. Ich sah, daß er ähnliche Leuchtzeichen vor sich hatte, wie ich sie bei der Hinfahrt im Meer gesehen hatte. Das Tunnelleuchten nahm uns auf, und Wasser spritzte auf die Scheiben. Im Inneren des Schiffes begann erneut das feine Sirren eines unbekannten Antriebs.

Es dauerte nicht lange, bis das Schiff, das nach oben und nach unten fahren konnte, die Wasseroberfläche durchbrach, sich langsam drehte und langsam Fahrt aufnahm. Diesmal leuchteten keine Feuerzeichen im Ozean. Ich sah die Sterne wieder und beobachtete, wie wir nach Norden abbogen. Schneller und schneller wurde die Fahrt. Bereits nach wenigen Stunden erkannte ich die Felsenküste wieder. Das Schiff schwang um das Kap, bog in die schmale Meeresstraße ein und nahm Kurs nach Nordosten.

Obwohl es mir zuerst nicht aufgefallen war, erkannte ich auf einmal, daß ich genau wußte, wo wir uns befanden. Auch ohne

Muscheln und Perlen in der Hand mußte etwas von den vielen Künsten und Fähigkeiten des großen Gottes Enki auf mich übergegangen sein...

Nin-shubur deutete auf einen kleinen Rahmen ohne Bild unmittelbar vor uns. »Sie suchen nach dir«, sagte er. Ein Flimmern huschte über die kleine Projektionsfläche. Und ebenso wie damals, als ich die letzten Worte von Berios empfing, sah ich plötzlich Gott Enki. Er tobte durch die leeren Säle seines Palastes in der Tiefe des Ozeans und brüllte seinen Wesir herbei.

»I-si-muud! Isimud, wo steckst du wieder?«

»Mein Gott, mein König, ich bin hier, um dir zu dienen!«

»Wo ist das ME der Hohenpriesterschaft? Wo das der Göttlichkeit? Wo sind die Krone und das Zepter?«

»Mein Gott, mein König und mein Herr, du hast sie deiner Tochter geschenkt...«

»Und was ist mit dem ME des Heldentums, dem ME Macht, dem ME der handwerklichen Fähigkeiten?«

»Mein Gott, mein König, du hast auch diese ME deiner Tochter Inanna geschenkt...«

Siebenmal fragte Gott Enki, siebenmal antwortete sein Wesir. Erst danach verflog Enkis Rausch. Erneut fragte der Gott siebenmal, und sein Wesir antwortete ebensooft. Nachdem Isimud zum letzten Mal geantwortet hatte, stampfte Enki in sein Wohngemach zurück. Mit einem Fingerschnippen ließ er in allen Rahmen an den Wänden Bilder von Meeren, Bergen, Küsten und Siedlungen aufleuchten.

»Isimud! Wo ist das Himmelsschiff jetzt?«

»Es nähert sich Eridu.«

»Was, schon so weit?« schnaubte Enki. »Mit guten Erzern wäre das kein Problem gewesen. Jetzt muß ich zusehen, was mir noch bleibt.« Er überlegte kurz, dann befahl er: »Gib Nachricht an die Ekum-Kreaturen, die ich als Schutzgeister unter den Fundamenten meiner Stadt Eridu versteckt habe! Sie sollen das Schiff abfangen und sofort wieder hierher bringen!«

Das kleine Bild vor dem Steuermann verlosch. Dafür tauchte das Gesicht von Isimud auf.

»Du hast gehört, was Enki will, Inanna!« sagte er und es klang so klar, als würde er direkt vor uns stehen. »Gott Enki sagt, daß seine Worte nur deinem Liebreiz und seinem Zustand zuzuschreiben waren. Er war verwirrt. Seine Worte von Geschenken waren nicht so gemeint, seine Befehle gelten nicht!«

»Welche Befehle?«

»Daß du nach Uruk fahren darfst. Er will, daß du umkehrst, um ihm die ME zurückzubringen, die nur einer der großen, alten Götter mit reinem Geist verwalten kann!«

»Den reinen Geist nennst du das?« rief ich erzürnt. »Wie oft hat Enki mir sein Wort gegeben und dabei alles angerufen, was ihm wichtig ist! Die ME sind meine Pfänder... er kann die mir gegebenen Versprechen nicht einfach aufheben!«

Nin-shubur, der Steuermann des Himmelsschiffs, trat einen Schritt vor, warf seine verhüllende Gewandung ab und warf sie über die Lichter und das kleine Bild des fernen Gottesdieners, als könne sie die Drohung Enkis dadurch abwehren. Ich hielt unwillkürlich den Atem an, denn was ich sah, überraschte mich. Im hellen und doch geheimnisvollen Licht der Sterne erkannte ich, daß mein Steuermann kein Mann, sondern eine junge Frau war. Und ich hatte sie schon einmal gesehen... ich wußte ganz genau, daß ich sie schon gesehen hatte.

»Du bist... eine Frau?«

»Ja, ich bin eine Frau, Inanna! Ich ging fort aus unserer Stadt, als mir mein Mann gestohlen wurde. Ich schloß mich einigen Oannes-Jüngern an, die mit einem lange Zeit versteckten Himmelsschiff zu Enki wollten. Sturm und Orkanwolken schleuderten uns bis zu den Inseln, auf denen kurz zuvor einer von euch mit seinem Himmelsschiff gelandet war. Sein Name war Ninigi, glaube ich. Die Oannes-Jünger erkannten trotz der Dunkelheit die alten Shin-to-Zeichen an den Felsen. Sie wollten weiter bis nach Uygur, zum süßen Meer der alten Götter nördlich des Himalaja, um dann von dort aus durch die Flüsse unter der Erde den Abzu von Gott Enki anzusteuern. Außerdem mochten sie nicht auf den Inseln warten, wo Ama-terasu einmal Göttin des Himmels und der Erde war...«

»Göttin des Himmels und der Erde?« fragte ich erstaunt. »Du meinst, es gab bereits eine Göttin mit der Bezeichnung, die ich jetzt trage?«

»Natürlich gab es diesen Ehrentitel schon oft vor dir – in vielen Gegenden der Erde! Sie war die Bienenkönigin, die Zuchtstute...«

Ich zuckte unwillkürlich zusammen.

»Wie heißt du wirklich, du Mondgesandte?«

»Weißt du nicht, was der Name Nin-shubur in der Sprache dieses Landes bedeutet?«

»Ich war noch niemals hier...«

»Nin-shubur heißt ›Königin des Ostens und des Lichts‹«, lächelte sie. »Wasser und Samen haben hier das gleiche Wort. Und beides – weder das Wasser noch der Samen Enkis haben mich bisher berührt. Sieh mich daher als dein anderes Ich und die verborgenen Kräfte in dir selbst an, über die Enki keine Macht hat!«

»Ich habe dich schon einmal gesehen...«

»Ja, und schon damals wollte ich dir etwas sagen, aber du hast mich nicht verstanden. Als ich zum ersten Mal in dein Bewußtsein trat, nannte ich mich Morgana.«

Ich brauchte lange, um das unerwartete Bekenntnis meiner Begleiterin innerlich zu verarbeiten. Es klang unfaßbar, aber Morgana, die behauptete, mein anderes Ich zu sein, mußte ganz andere Wege gegangen sein!

»Du existierst, aber wo warst du in all den grauenhaften Jahrhunderten?« fragte ich nachdenklich.

»Ich sagte doch, daß ich das süße Binnenmeer von Uygur gesucht habe. Wir fanden es nach langen Irrfahrten. Die Götter haben uns geholfen. Sie wollten, daß ich zwischen ihnen und den Menschen vermittelte, die all das Chaos überstanden hatten. Meine Begleiter wurden Priester, verstehst du, die ersten der Brahmanen. Wir erhielten dafür das Kraut der Pflanze, die jedes Leben um einige Jahrhunderte verlängert.«

»Fünfzehn Jahrhunderte?« fragte ich skeptisch.

»Manchmal«, antwortete Morgana. »Viele der Eingeborenen aus dem Cro Magnon-Experiment in Uygur brachen nach Westen auf, als die Götter langsam verstummten und der süße See sein Wasser durch die unterirdischen Flüsse an Enkis Reich der Tiefe verlor. Es war fast eine Völkerwanderung, Nach dem Cro Magnon-Experiment vor zwanzig-, dreißigtausend Sonnenumläufen sind viele Sippen und Familien quer durch ganz Asien bis zum Doppelkontinent gezogen. Und in den anderthalb Jahrtausenden nach dem Untergang der Königsinseln erfolgte von Uygur aus eine ähnliche Wanderschaft über das Pamirgebirge in Richtung Westen durch das wilde Hochland bis nach Elam, Aratta und ins Zweistromland. Einige Gruppen suchten weiter im Norden einen Weg. Sie kamen bis zum Mittleren Meer, wo früher Zeus der große Gott war, und an die Pforte des kaukasischen Gebirgsriegels. Nicht einmal tausend Jahre werden vergehen, bis sie auch die Eiseskälte Hyperboreas hoch im Norden erreichen, die immer noch im Dunkel liegen.«

»Das dunkle Land«, sagte ich schaudernd. »Ich habe lange dort gelebt, und es ist grausam! Erzähl nicht davon, sondern wie es dir erging.«

»Als die letzten Tropfen des einstmals großen Meeres versickert waren, zog ich mit einer Gruppe Eingeborener und den neunundvierzig Oannes dieses Himmelsschiffs nach Süden. Wir nahmen auch die Aryer mit, die letzten und die besten jener Eingeborenen, die lange von den alten Göttern lernten. Wir fanden Quellen mit süßem Wasser, aus dem sich der Indus bildet. Die Aryer wollten, daß ich die Königin der Stadt sein sollte, die sie für mich am Indusufer bauen wollten...«

»Die Eingeborenen?« fragte ich erstaunt. »Was wußten sie von Städten?«

»Die Männer wollten es und nicht die Frauen«, sagte Morgana.

»Und was hast du getan?«

»Ich habe es versucht.«

»Königin einer Eingeborenenstadt zu sein?«

»Ja. Wir nannten sie Harappa. Aber es ging nicht gut. Ich mochte die Stadt nicht, obwohl die Männer sehr gut planten. Sie wuchs nicht wie etwas Natürliches, sondern wurde zum falschverstandenen Abklatsch längst vergangener Größe. In einer dunklen Nacht verließen die Oannes und einige der Aryer Harappa. Wir schwammen dreihunderttausend Schritt flußabwärts und gründeten die zweite Stadt – Mohenjo Daro, die erste Stadt, in der Oannes-Jünger mit jungen Aryer-Frauen lebten.«

»Und du?«

»Ich suchte Nacht für Nacht weiter nach Gott Enki und einer Göttin, die mehr sein sollte als die anderen...«

»Heißt das, du hast nach mir gesucht?«

»Fünfzehn Jahrhunderte lang.«

»Und warum?«

»Weil einer der ganz alten Götter am Meer von Uygur mir gesagt hatte, daß nicht ich, sondern du in deiner jetzigen Existenzform die einzige sein solltest, die Enki finden könnte.«

»Wer war es?« fragte ich gespannt.

»Jason, der Schiffsherr der Triere. Er wollte seit Jahrtausenden, daß die Götter die hundert ME den Menschen übergeben sollten. Er hat in immer neuen Verkleidungen für sein Ideal gekämpft und wurde stets verstoßen – als Atlas und Prometheus ganz am Anfang und später immer wieder als Viracocha, Quetzalcoatl und...«

Wie ein Blitz fuhr der Name dieses Gottes durch meine Glieder. »Hast du gerade Quetzalcoatl gesagt?« fragte ich erregt.

»Ja, er war Jason in kaum veränderter Gestalt. Irgendwie war Jason davon überzeugt, daß der Geist der göttlichen ME etwas mit Licht, Erleuchtung und mit dem Geist des Feuers zu tun hatte. Vielleicht hat er sich doch bei allem, was er vergessen hatte, daran erinnert, daß die ersten Menschen von Atlantis mit dem Feuer aus der Dunkelheit ihres Denkens herausgetreten waren.«

»Die Wortlosen kannten auch Feuer«, meinte ich nachdenklich. »Ich habe Menschen mit barbarischen Ritualen erlebt, für die das Feuer kaum etwas Besonderes ist.«

»Trotzdem«, sagte Morgana. »Das Feuer ist konkret, und es erleuchtet – aber da muß noch etwas anderes sein, eine ganz andere Art von Erleuchtung, die Jason suchte und den Menschen geben wollte. Die großen Alten hatten aufgegeben und sich zurückgezogen. Nur Jason glaubte stets, daß dem Cro Magnon-Experiment noch eine zweite Phase folgen mußte...«

»Die Übergabe aller Götterfähigkeiten an die Menschen!«

»Fast aller Fähigkeiten.« Morgana lächelte. »Die letzten Schritte müssen die Menschen selber gehen – auch wenn es Tausende von Jahren dauert!«

Im gleichen Augenblick stieß einer der Oannes-Jünger am Bug des Himmelsschiffs einen Warnruf aus. Andere folgten, und dann gellten die Schreie der seltsamen Männer weit über das Meer: »Die Wildhaarigen... die Ekum-Kreaturen aus Eridu...«

Ich lief nach vorn und stieg zum Bug des Himmelsschiffs hinauf. In dichten Wellen kamen zehn furchterregende Ungeheuer auf uns zu. Dampf fauchte aus aufgeblähten Atemlöchern, und ihre Zahnreihen schlugen das Wasser und zerkauten es. Ihr Röhren und Gebrüll ließ die Nacht zum Schlachtfeld werden.

Ich stemmte beide Fäuste in die Seiten, richtete mich hoch auf und rief mit lauter, feierlicher Stimme, was Enki mir versprochen hatte. Ich wiederholte jedes Wort. Und dann geschah das Wunder. Gott Enkis Schutzgeister wichen erschreckt zurück. Sie kreisten dreimal, viermal um das Himmelsschiff, dann tauchten sie weg und verschwanden in der Tiefe.

»Er gibt nicht auf, Inanna!« rief Nin-shubur, die einst Morgana hieß, vom Platz des Steuermannes. Sie hatte ihren Mantel wieder um ihre Schultern gelegt – einen tiefschwarzen Mantel. Ich kletterte zurück und stellte mich neben sie.

»Da, sieh nur... eben hat er befohlen, fünfzig fliegende Utu-Giganten von seiner Stadt Eridu aus gegen uns zu schicken.«

»Was sind Utu-Giganten?«

»Ich habe keine Ahnung«, lachte Morgana. »Aber wir werden sehen! Da – seine nächsten Befehle... fünfzig steinerne Lahama-Drachen! Kreischende Kugugals... Eneons...«

»Die ganze Schreckenskammer der mißratenen Züchtungsversuche«, preßte ich zwischen den Lippen hervor. »Wie weit sind wir von seiner Stadt am Land entfernt?«

»Keine Stunde«, antwortete sie und blickte auf die Leuchtzeichen vor sich. »Was meintest du mit ›Schreckenskammer‹?«

So knapp wie möglich erklärte ich ihr, was ich inzwischen wußte. Nur von den ME und ihren Perlenzeichen in den Muscheln sagte ich nichts. Morgana antwortete nicht auf das, was sie von mir erfuhr. Sie musterte den Himmel und wies die Männer mit den fischköpfigen Hüten an, nach allen Seiten Ausschau zu halten.

»Wo warst du früher?« fragte ich zwischendurch. »Ich bin dir im Palast niemals begegnet...«

»Ich war das Göttliche in dir, das noch geschlafen hat«, lächelte sie. »Die alten Götter haben ihren Verstand benutzt, um die Unsterblichkeit zu finden. Sie waren Männer und konnten gar nicht anders, weil sie nichts von der Kraft verstehen, die in den Herzen, in der Seele jeder Frau verborgen ist!«

Ich hätte gern mehr über das erfahren, was Morgana wußte. Doch da wurden die Sterne dunkel, und aus der Richtung, in der Enkis uralte Stadt Eridu lag, kamen mit brausenden Geräuschen nachtschwarze Schatten auf uns zu.

»Die fünfzig Utu-Giganten!« rief Morgana. Sie rannte erneut zum Bug des Himmelsschiffs. Die Schatten fielen wie segelgroße, pechschwarze Fledermäuse über uns her. Schon wollte ich erneut die Worte Enkis gegen sie ausrufen, als sie wie zahme Riesenvögel das Schiff umkreisten und harmlos flatternd nach Westen hin abzogen.

»Was war das?« rief ich Morgana zu.

»Diesmal war ich es, die ihnen etwas zugerufen hat«, lachte sie fröhlich. »Frag mich nur nicht, was es war – ich hatte einfach das Gefühl, sie wären Vögel, die mich verstehen könnten!«

Ich schüttelte ungläubig den Kopf.

»Das mußt du mir unbedingt zeigen!«

»Ich kann es nicht, weil ich selbst nicht weiß, wie ich es mache.«

»Lahama-Monster!« schrieen die Wächter an der Reling. Mit harten Schlägen gegen die Bootswände tauchten die schnaubenden Verfolger auf. Sie schlugen Krakenarme von einer Schiffsseite zur anderen, rissen die Männer um und brachen Teile von den Aufbauten ab.

Ich schrie sie an, rief Enkis Worte. Gleichzeitig barst über uns der Himmel vom Kreischen und Geschrei der Kugugals. Sie sahen wie riesige Quallen aus, die pausenlos auf uns herabregneten. Und dann schossen glühend wie grell lodernde Pfeile auch noch Eneons kreuz und quer über das Schiff.

Rücken an Rücken kämpften Morgana und ich gegen den Angriff der Ungeheuer. Wir wehrten sie mit allem ab, was uns in die Finger kam. Dabei näherten wir uns immer mehr dem Sessel mit den Muscheln. Wahllos griff ich zu und riß die Schalen auf. Feuer und Schwert wurden frei, dann Konzentration, Heldentum und

Furchtlosigkeit. Und schließlich das ME, Entscheidungen zu treffen.

»Wie weit ist es bis Uruk?« rief ich Morgana zu. Sie stand bewegungslos und mit erhobenen Armen inmitten der kreischenden, beißenden, peitschenden Scheusale.

»Wir kommen nicht an Enkis Stadt vorbei...«

»Gib dem Himmelsschiff den Befehl zu fliegen! Wir brechen durch bis in meine Stadt... bis nach Uruk!«

Sie taumelte vor. Das Himmelsschiff zitterte und bebte unter der Last der Ungeheuer. Langsam nur hob es sich aus dem Wasser des Meeres. Es taumelte, und immer mehr der scheußlichen Dämonen glitten wie zäher Schlamm an beiden Seiten herab und fielen schreiend in den Ozean, aus dem sie aufgestiegen waren, zurück. Weder ich noch Morgana konnten sagen, wer von uns beiden die furchtbaren Geschöpfe des zornerfüllten Gottes in der Tiefe abgewehrt hatte. Und keine von uns beiden wußte, ob Enki jetzt aufgab oder noch andere Übel kannte...

Ich spürte, daß sich der Stein der Götter über meiner Brust viel wärmer als sonst anfühlte. Und plötzlich lächelte ich. Vorsichtig begann ich, den einzigen Gegenstand, der mir aus frühester Zeit geblieben war, mit den Fingerspitzen zu streicheln. Wie oft hatte er mich geschützt? Wie oft Hinweise gegeben, ohne daß ich es überhaupt bemerkte? Und welche Geheimnisse, welche verschlüsselten Botschaften für mich waren noch in diesem Stein der Weisen verborgen, von denen keiner mehr existieren konnte?

»Flieg nicht nach Uruk!« sagte ich aus einer plötzlichen Eingebung. Morgana stieg über übelriechende Reste auf dem Deck des Himmelsschiffes. Sie drehte sich zu mir und sah mich fragend an. Überall säuberten Oannes-Jünger das sanft und still durch die Sternennacht fliegende Schiff mit feuchten Nebelschwaden.

»Warum nicht?« fragte Morgana. »Uruk soll deine Stadt werden. Du hast von Enki einen Schatz erhalten, den keine junge Göttin je zuvor in ihren Händen hielt. Du kannst jetzt alles tun, was dein Verstand oder dein Herz befiehlt. Begreif doch nur, Inanna! Du bist es, die das Erbe der großen alten Götter antritt...«

»Ich weiß nicht«, antwortete ich. »Es ist zu neu und fremd für mich. Vielleicht hast du ja recht – ich sollte jubeln, tanzen, lachen und all das tun, was ich ich nie wagte.«

»Ich fliege dich zu jedem Ort der Welt«, lachte Morgana. »Du mußt nur sagen, in welchem Tal, auf welchem Berg der Mann gefangen ist, den deine Träume suchen.«

»Meine Träume«, sagte ich leise. Ich ging zum Bug, und Morgana folgte mir. Wir standen lange ganz vorn am Sichelbogen und sahen in die Himmelswelt. Je länger uns die alten Götterzeichen umgaben, um so heller und schöner funkelten sie.

»Eigentlich möchte ich nie mehr zur Erde zurück«, seufzte ich.

»Hast du denn niemanden dort unten, der auf dich wartet und dich liebt?« fragte Morgana vorsichtig. Ich schüttelte den Kopf und wußte plötzlich, daß ich ihr vertrauen konnte.

»Nein, niemanden«, sagte ich wehmütig.

»Das ist das Grausamste, was ich jemals gehört habe«, meinte Morgana teilnahmsvoll. »Wie kann man ohne Liebe leben?«

»Vergiß nicht, daß ich eine Göttin bin.«

»Auch Göttinnen sind Frauen.«

»Das habe ich auch einmal gedacht.«

»Dann gab es also doch einen, der dich verletzt hat und deine Liebe nicht erwiderte!«

»Ich war sehr jung damals«, sagte ich leise und mit einer Spur von Bitterkeit. »Was wußten wir denn? Wir waren wie in einem goldenen Käfig aufgewachsen. Die Auserwählten... Götterkinder! Damals erschien mir alles, was geschah und was wir taten, wie eine große, feierliche Handlung, die ihre Krönung an dem Tag finden sollte, an dem wir in die Welt der Götter aufgenommen wurden. Wir wollten Götter werden und hatten niemals einen anderen Gedanken...«

»Niemals? Wirklich niemals, Inanna?«

»Doch«, gab ich zu und blickte über die tief unter uns entlangziehenden Länder und Meere, Berge und Flüsse hinweg. Sie sahen aus wie Schattenspiele mit dunklen Tälern, glitzernden Bändern von Flußläufen und hellen Flächen wie poliertes Silber, in denen sich die Sterne spiegelten.

»Ja, es stimmt«, sagte ich. »Es gab auch andere Gedanken.

Eigentlich fing es schon damit an, daß wir von Zwistigkeiten zwischen den Königen und Göttern hörten. Wir glaubten, daß die Götter viel wissender und mächtiger als alle anderen waren. Deshalb verstanden wir auch nicht, warum sich unsere Lehrer vor Königen und Hohepriestern duckten.«

»Hat man euch nicht gesagt, daß es schon lange keine wahren Götter mehr gab?«

»Nein, niemals. Wir sollten doch selbst Götter werden.«

»Aber nur Götter der zweiten oder dritten Generation, Inanna! Die legitimen Nachkommen der großen Alten vielleicht, aber doch längst nicht mehr mit dem verlorenen Wissen!«

»Ich weiß«, antwortete ich. »Jetzt weiß ich es, aber damals hat niemand von uns auch nur einen Moment daran gezweifelt, daß uns die große Weihe der echten Götter zustand.«

»Dann müßt ihr tatsächlich in einem goldenen Käfig gelebt haben, in den nur eindrang, was ihr erfahren solltet!«

»Es waren Lügen!« sagte ich und empfand dennoch Heimweh. »Es klingt vermessen, aber ich meine fast, daß es so kommen mußte und daß es gut war!«

»Die Katastrophe? Inanna, du weißt nicht,was du sagst!«

»Ich weiß es!« sagte ich völlig klar. »Es ist nicht wichtig, auf welche Art der Untergang geschah. Planetoiden, Seuchen, Kriege, Sintfluten und alle anderen Katastrophen sind Strafen der Natur. Und jedesmal sind Unschuldige die ersten Opfer. Sie sind der Lehm, mit dem die Herrschenden Mauern und Tempel für sich selbst errichten wollen. Die durch den eigenen Glanz und frühe Größe blind gewordenen Götter und Könige!«

»So wird es immer sein, Inanna!« sagte Morgana. »Es ist der Fluch der Männer. Sie schnellen hoch und sonnen sich in Ruhm und Stärke, weil alles kurz ist, was sie als Befriedigung empfinden. Sie wollen haben und erobern – das neue Himmelsschiff, den größten Tempel, die stolze Stadt oder das heißumkämpfte Weib. Haben sie dann ihr Ziel erreicht, packt sie die Furcht vor Beständigkeit und Glück. Rastlos suchen sie neue Höhepunkte und reißen alles ein, was sie zuvor errungen haben...«

Ich deutete auf das kleine Bild zwischen den bunten Lichtern vor Morgana. »Da ist er wieder... der Wesir...«

Wir beugten uns etwas vor. Und plötzlich sahen wir auch Enki. Er hatte seine Hände auf dem Rücken verschränkt und lief mit vorgebeugtem Oberkörper in seinem Wohngemach hin und her.

»Er überlegt, was er noch gegen uns unternehmen kann«, flüsterte Morgana leise. Ich nickte nur und hielt den Atem an. Wir erkannten nur undeutlich, was Enki tat. Er lief von Wand zu Wand und starrte immer wieder minutenlang auf die leeren Bilderrahmen.

»Kann er uns ebenso sehen wie wir ihn?« fragte ich.

»Möglich ist es«, antwortete Morgana. »Andererseits hat er bisher stets Isimud befragt. Vielleicht kann er uns nicht direkt sehen, sondern über irgendeine Spiegeltechnik, die ich nicht kenne.«

»Weißt du denn, wie ein Himmelsschiff funktioniert?«

»Ich nicht«, sagte sie, »aber meine Oannes. Ich weiß nur, wie ein Himmelsschiff gelenkt wird.«

»Ich habe es einmal gelernt und wieder vergessen«, sagte ich. Ich dachte an meine ersten Versuche zurück und hatte kein Bedürfnis, es noch einmal zu versuchen.

Morgana blickte auf. Sie reckte sich und hob den Kopf. »Ist unten etwas zu erkennen?« rief sie den Oannes-Jüngern an den Seiten zu.

»Wir sind an Eridu vorbei...«

»Wir fliegen über dem Euphrat...«

»Wir nähern uns der Siedlung Uruk...«

Ich legte meine Hand auf Morganas Arm. Sie wandte ihren Kopf und sah mich fragend an.

»U-ruk«, formten meine Lippen. Sie verstand sofort, was ich meinte. Im gleichen Augenblick hörten wir erneut Enkis Stimme: »Wo sind sie jetzt, Isimud?«

»Mein Gott, mein König, das Himmelsschiff wird auf dem Euphrat vor den Kais von Uruk wassern...«

»Dann schnell! Befiehl den Wächtern des Iturungu-Kanals, das Himmelsschiff abzufangen, ehe es Uruk erreicht!«

»Kennst du diesen Kanal?« fragte Morgana.

»Nein, nie gehört«, antwortete ich. »Ich wußte nicht einmal, daß Uruk bereits einen Kanal hat. Als wir losflogen, standen hier nur ein paar armselige Schilfhütten...«

»Komm!« sagte Morgana und lief wieder nach vorn. Ich folgte ihr. Gemeinsam blickten wir nach unten. Das Himmelsschiff schwebte kaum hundert Schritt über einer Ansammlung von Häusern, wie ich sie nie zuvor gesehen hatte.

»Was ist das?« fragte ich aufgeregt.

»Was das ist? Uruk natürlich!« lachte sie.

»Aber...«

»Hast du vergessen, was dir der Mann erzählte, der aus dem Schilf kam und dir den Huluppa-Baum zurückbrachte? Hat er dir nicht gesagt, daß diese Stadt wie viele andere Siedlungen aufstreben und Tempel bauen wird?«

»Ja, aber ich verstehe nicht, wie die Bewohner der Schilfhütten sich so schnell weiterentwickeln konnten.«

»Wahrscheinlich sind in der Zwischenzeit Gruppen von neuen Menschen aus dem Hochland im Osten gekommen – aus Elam und Aratta und von den endlosen Gebirgen, die bis nach Uygur reichen. Menschen, die etwas vom alten Götterwissen wie ein Kulturgeschenk bis in die Ebene der beiden Ströme brachten.«

»Er muß gewußt haben, daß es so kommen würde«, murmelte ich.

»Wen meinst du?«

»Gilgamesch.«

»Das hätten viele wissen können«, wehrte Morgana ab. »Ich sagte dir doch, daß nach der Katastrophe und als das süße Meer von Ugur austrocknete, immer wieder Nomadengruppen nach Westen abgewandert sind. Einige sollen sogar eine Stadt namens Jericho mit festen Mauern gebaut haben, andere erbauten Städte, wie es Ameisen und Bienen tun. Aber laß dich nicht täuschen, Inanna! Ich weiß, was du jetzt denkst: Wozu die hundert göttlichen Fähigkeiten, wozu der ganze Schatz guter und böser Schöpfungskräfte, wenn sich die Menschen auch allein entwickeln könnten!«

»Ist es denn nicht so?«

»Nein!« lächelte Morgana. »Sie tun es vielleicht, aber sie wissen noch nicht, was sie tun! Die ME bewirken keine Mutationen. Sie ändern Menschen innerlich, verstehst du? Sie sind der Geist, aus dem das Große und das Schöne, das Schlechte und das Schreckliche entsteht!«

»So wie das Mana«, sagte ich leise und irgendwie enttäuscht.

»Nein, nein!« wehrte Morgana ganz entschieden ab. »Genau das ist der Punkt. Mana, Tabu und dumpfe Ausstrahlung kann alles haben. Selbst Tiere folgen uralten Plänen und Instinkten, wenn sie das Nest zusammenfügen, das uns so wundervoll erscheint! Was du von Enki mitgenommen hast, ist etwas ganz anderes – es sind die Spiegel allen Handelns, in denen Menschen sehen und erkennen können, was gut und böse ist!«

Sie deutete nach unten.

»Wir werden schon erwartet. Um Uruk ist nur Sumpf. Die Stadt hat keinen Platz, der groß genug ist, um zu landen. Wir müssen daher im Fluß wassern, und sie werden mit ihren schnellen Rundbooten kommen...«

»Nein, das gefällt mir nicht!« sagte ich entschlossen.

»Dann sage ich: worauf wartest du noch, Königin des Himmels und der Erde? Du hast die ME. Such dir das Richtige, laß alle Wasser steigen und laß uns wie die Barke einer Königin durch das Ningulla-Tor in deine Stadt einziehen!«

Und plötzlich konnte ich wieder lachen. Ich stand am Bug des Himmelsschiffs, das sich ganz langsam tiefer senkte. Ich hatte nie von einem Ningulla-Tor gehört, aber ich folgte Morganas Rat. Ich summte leise vor mich hin. Als das erste Licht des neuen Morgens den Himmel über den Bergketten im Osten mit zarten Farben schmückte, verblaßten die Zeichen der alten Götter. Sie wichen vor dem Tag zurück, der mein Tag werden sollte!

Ich breitete die Arme aus, hob sie zum Himmel auf und rief mit einer Stimme, die wie Gesang weit über das Land flog:

»Dies ist der Tag, an dem mein Himmelsschiff
Durch das Ningulla-Tor von Uruk schwimmen wird!
Vor mir soll hohes Wasser durch alle Straßen strömen,
Soll reines Wasser durch die Gassen fließen,
Die alten Männer sollen mir guten Rat zurufen,
Die alten Frauen mich herzlich und warm empfangen.
Ich will, daß junge Männer mir die Waffen zeigen,
Ich will, daß alle Kinder lachend singen.
Ich will, daß Uruk festlich für mich ist.

Der Hohepriester soll mein Schiff des Himmels
mit einer neuen, feierlichen Ode grüßen.
Ich will, daß er große Gebete für mich ausruft.
Der König soll Ochsen und Schafe schlachten,
Ich will, daß Bier in alle Becher fließt.
Ich will, daß Tamburin und Trommeln klingen,
Ich will, daß süße Tigi-Musik für mich spielt.
Ich will, daß alle Länder meinen Namen preisen,
Ich will ein Volk, daß mir zu Ehren singt!«

Und so geschah es. Ich sah, wie die Wasser des Euphrats an den Ufern vor der kleinen Stadt stauten. Sie drangen mächtig bis in die Straßen vor. Sie spülten über Plätze und reinigten die Gassen von altem Unrat und dem Schutt der Vergangenheit. Das Himmelsschiff senkte sich langsam bis in die Fluten des Kanals, dessen Namen ich nie zuvor gehört hatte. Doch niemand zeigte Angst. Im Gegenteil – überall an den überfluteten Ufern winkten und lachten Männer, Frauen und Kinder. Die Männer riefen mir zu, wohin Nin-shubur das Himmelsschiff lenken sollte. Die Frauen kreischten vor Freude, umarmten sich und warfen Blütenzweige in das Wasser. In majestätischer Ruhe glitt das Himmelsschiff bis an die überspülten Stufen eines neu erbauten Tempels.

»Das alles erinnert mich an den Palast der Könige«, rief Morgana vom Steuer her durch den jubelnden Lärm.

»Ja«, rief ich lachend zurück, »aber sie haben nicht nur den Palast, sondern den ganzen Berg in der Mitte von Basilea nachempfunden...«

»Sehr viel Ehre für dich!«

Ich hob lachend die Hände. In diesem Augenblick wollte ich überhaupt nicht wissen, wer den Menschen von Uruk gesagt und gezeigt hatte, wie sie mich empfangen sollten. Ich war ihre Königin und ihre Göttin! Nach all den Jahren des Herumirrens wollte ich endlich eine Göttin für die Menschen sein!

»Inanna!«

Ich sah mich um und suchte nach der Frau, die gerufen hatte.

»Inanna! Schnell!«

Morgana. Sie hatte ihr verhüllendes Gewand wieder umgeworfen. Ich hob die Brauen und fragte mich, was geschehen sein konnte. Ich winkte noch einmal nach allen Seiten, dann ging ich mit festen Schritten zu ihr.

»Was ist passiert?«

»Sieh selbst... Isimud und Enki...«

»Nein! Nicht schon wieder!« stöhnte ich und beugte mich vor. Die beiden in der Tiefe des Abzu waren im hellen Tageslicht nur undeutlich zu erkennen. Ich ahnte plötzlich, daß Enki noch immer nicht aufgegeben hatte. Mit einer schnellen Handbewegung deutete ich zum Sessel, auf dem ich bei der Ausfahrt gesessen hatte. Die Muscheln mit den Perlensymbolen für die hundert göttlichen ME lagen noch immer dort.

»Hilf mir noch einmal, Nin-shubur... Morgana!« sagte ich schnell. »Schaff die Muscheln an Land! Nimm eine in jede Hand und halte sie fest! Jeder deiner Onannes-Jünger soll ebenfalls zwei Muscheln nehmen! Los, geht jetzt – ich bleibe hier und passe auf, was Enki unternimmt!«

»Wohin sollen wir die Muscheln bringen?« fragte Nin-shubur.

»In den Tempel... nein, stellt euch in einer Reihe auf der obersten Stufe auf. Niemand zeigt etwas, ehe ich es befehle!«

Sie nickte. Ich beugte mich wieder über das Bild zwischen den erloschenen Lichtern. Zum siebenten Mal wiederholte der große Gott seine Fragen an den Wesir, der ihm diente:

»Mein Sukkal, mein getreuer Isimud...«

»Mein König, mein Gott, ich bin dir zu Diensten...«

»Wo ist das Himmelsschiff nun?«

»Das Himmelsschiff, die Barke des Mondes, liegt an den Stufen des neuen Tempels von Uruk wie an einem weißen Kai...«

»Ach, geh! Sie müßte Wunder vollbracht haben! Ja, sie hat Wunder vollbracht, wenn es ihr gelang, mit ihrem Himmelsschiff mitten in Uruk wie an einem weißen Kai anzulegen! Sag mir, was sie jetzt tut!«

»Sie läßt die Muscheln mit den Symbolen für die hundert ME ausladen...«

»Das darf sie nicht!« brüllte Enki voller Entrüstung und Entsetzen. »Auf keinen Fall! Sie weiß nicht, was sie damit anrichtet! Die Menschen sind noch nicht reif für all die göttlichen Fähigkeiten, die ich noch Jahrtausende in den tiefsten Tiefen hüten sollte!«

Ich schob die Lippen vor und ahnte nicht, wie hart und fest entschlossen ich in diesem Augenblick aussah. Der Stein der Götter über meiner Brust sprach mit mir, und ich verstand, wofür ich existierte...

Das also hatten sich die großen alten Götter gedacht: Zuerst waren sie über die anderen Menschen des ersten Erdenvolkes durch Zufall oder Glück, Erkenntnis oder Notwendigkeit hinausgewachsen. Das mochte zwanzig-, dreißig- und meinetwegen sogar fünfzigtausend Jahre zurückliegen. Sie hatten mit sich selbst und anderen Geschöpfen der Natur so lange gespielt, bis es ihnen tatsächlich gelungen war, Geist und Seele von den Fesseln der Gesetze für die Materie loszulösen. Die neue Grenzenlosigkeit hatte die alten Götter glauben lassen, daß sie auch noch Herrscher des Lebens und des Todes und Meister der Natur sein könnten.

Irgendwann mußten sie erkannt haben, daß sie sich nicht verändern konnten – daß sie in jedem sterblichen Körper, den sie sich aussuchten, die gleichen Individuen und Persönlichkeiten blieben... Menschen mit allen Fehlern, allen Stärken, allen Schwächen, sterblich und unsterblich zugleich!

Was sie für sich nicht schafften, versuchten sie bei anderen. Sie wollten ausprobieren, ob nicht ganz neue Menschen ihr Erbe übernehmen könnten – nicht mehr mit Saurierinstinkten und quälenden Erinnerungen an eine dunkle Vorzeit überladen. Sie wollten Menschen erschaffen, in deren Unterbewußsein mehr Friede herrschte als in ihrem!

Sie taten, was sie konnten, aber es reichte nicht. Nach einem kurzen Zeitalter geheimnisvoller Hoffnung erhob sich die Natur und ließ vereisen, was eben erste Knospen zeigte. Die neuen Menschen fielen zurück, und auch die Götter hatten verspielt. Ihr Einsatz war verloren, und nur noch Reste der Erinnerung blieben dem Volk der ersten Hochkultur, den alten Göttern und den jungen Menschen... so lange, bis eine lange schon befürchtete Bedrohung von außen das Ergebnis von Millionen Jahren Versuch und Irrtum bis zu den Menschen, zu den Göttern endgültig vernichten konnte!

In diesem furchtbaren Dilemma blieben die alten Götter vollkommen untätig. Die Weisen, Kundigen und Priester wußten, daß ihre neuen, seit Jahrtausenden gezüchteten Göttinnen und Götter nichts anderes als Herrschaftsinstrumente waren – Fetische der Macht, unfähig, wie die alten ohne Körperlichkeit zu sein. Dennoch versuchten die Hüter und die Wächter der ersten Zivilisation das Unmögliche. Sie konzentrierten ihr gesamtes Wissen in tragbaren Archiven und gaben sie den jungen Auserwählten als Stein der Götter mit. Jahrhunderte, Jahrtausende vergingen, und die Bedrohung aus dem All kam immer näher. Doch nicht einmal das allerletzte Aufgebot fand einen Ausweg. Die alten Götter hätten die Erde und die erste Kultur retten können, aber sie waren schon zu lange uneins und müde, sich gegenseitig ihr Versagen vorzuwerfen...

Der Stein der Götter verstummte. Ich hörte wie aus weiter Ferne das Jubeln, Singen, Lachen um mich herum. Tamburine und Trommeln klangen auf. Ich roch den Duft von Blüten und sah den Rauch von Bratherden und Opferfeuern unter freiem Himmel.

Zum ersten Mal begriff ich, was geschehen war. Ich hatte das gefunden und mitgebracht, was der große alte Gott Enki seit Jahrtausenden in der Verborgenheit des tiefen Wassers als Schatz der Götter aufbewahrte. Keiner von ihnen schien verstanden zu haben, was die ME wirklich bedeuteten! Sie hatten beim Cro Magnon-Experiment Menschen wie Kelche geformt und dann vergessen, sie zu füllen! Doch nicht der Kelch, der Tempel, der äußerliche Schein war heilig, sondern der Trank, der Inhalt und der Geist. Wie oft war das in der Vergangenheit vergessen worden? Und wie oft würde es in Zukunft noch vergessen?

Ich hob die Hände und streckte sie so aus, daß Nin-shubur vor meinem neuen Haus meine Handflächen sehen konnte. Morgana hob ihre beiden Muscheln. Ich nickte ihr zu. Das Volk von Uruk verstummte. Atemlos wartete es auf mein nächstes Zeichen. Ich war allein an Bord des Himmelsschiffs. Jetzt war der Augenblick gekommen, an dem ich Göttin wurde...

»Ich will, daß allem Volk gezeigt wird, welche göttlichen Fähigkeiten und Künste ich besitze!« rief ich. »Ich will, daß jeder sieht, wovon ich spreche!«

Nin-shubur ließ die Muschel in ihrer Linken aufspringen. Der

Glanz der Perle bildete einen Bogen aus hellblau glühendem Licht bis zum Himmelsschiff – bis zu mir.

»Inanna, unsere Hohepriesterin!« riefen die Menschen im Chor. Die Muschel in Nin-shuburs Rechten öffnete sich. Ein zweiter Lichtbogen legte sich dicht neben den ersten. Er hatte eine etwas andere Farbe.

»Inanna, unsere Göttin!«

Der erste der Oannes-Jünger auf der obersten Stufe vor dem neuen Tempel ließ die Muscheln in seinen hocherhobenen Händen aufgehen. Neues Licht erreichte mich und neue Farben. Nacheinander zeigten alle Oannes-Jünger, was ich mitgebracht hatte. Und über uns strahlte ein Bogen aus buntem Licht wie die Verheißung, daß ich mit dem Geschenk der göttlichen ME das Zeitalter der Dunkelheit in diesen Menschen überwunden hatte...

Als die letzte Perle, der letzte Lichtbogen erschienen war, wollte ich zur Reling meines Himmelsschiffs gehen. Doch dann sah ich weitere Muscheln auf dem Sessel. Ich hatte noch mehr ME!

»Was tun sie jetzt?« fragte die Stimme von Enki hinter mir.

»Sie haben all deine ME gesehen«, antwortete Isimud gequält. »Aber sie hat noch mehr... mehr, als dir gehörten!«

»Mehr ME, als ich aufbewahrt habe?« fragte Enki mit bebender Stimme. »Welche sind es? Sie können nur in ihr selbst verborgen gewesen sein!«

»Die Kunst, wie ein Kleid zu Boden fallen soll... die Kunst der Verführung... das Geheimnis der Frauen... die Kunst, all diese ME richtig anzuwenden... die kleinen Ergänzungen durch Musik und...«

Ich wollte nicht, daß Enki mehr hörte. Er war ein Mann, und er mußte nicht alles wissen! Mit einem überlegenen, spöttischen Lächeln drehte ich mich um.

»Zu spät, Gott Enki!« sagte ich zu dem winzigen Bild, auf dem ich ihn sehen konnte. »Ich werde diesen Platz, an dem mein Himmelsschiff mit den Menschen zusammengetroffen ist, den Weißen Kai nennen. Und die Stufen dort drüben, an denen alle den Schatz der göttlichen ME gesehen haben, werde ich Lapislazuli-Kai nennen.«

»Es liegt bei dir«, antwortete Enki gefaßt. »Ich kann nichts mehr rückgängig machen. Aber im Namen meiner Macht, im Namen meines unzerstörbaren, allen Katastrophen trotzenden Palastes im tiefen, süßen Wasser! Laß die ME, die du mir gestohlen hast, im innersten, sichersten Altarraum deiner Stadt! Jeder hat die ME gesehen – das genügt! Laß die ME von den höchsten Priestern singend bewachen, damit du weißt, daß Gefahr droht, wenn sie nicht mehr singen! Nur so wird dein erstes Volk nicht sicher zwar, doch tätig frei und glücklich sein. Sorge dafür, daß die Menschen meiner alten Siedlung Eridu zu Freunden und Verbündeten von Uruk werden. Sie sollen Wettkämpfe und Spiele miteinander feiern. Sorge für Fruchtbarkeit und Liebe, und kämpfe, wenn es sein muß, für die Freiheit deines Volkes, und du wirst Uruk so groß machen, daß noch in ferner Zukunft von dir gesungen wird.«

Ich wollte ihm antworten, aber ein seltsames Flimmern blies das Bild von ihm fort. Ich wußte nicht, was geschah. Ein neues Lärmen und Trommeln verwirrte mich. Ich blickte zu den Menschen meiner Stadt hinüber. Es war, als würden sie einfach nach allen Seiten weggehen. Die Onannes-Jünger gingen fort, Nin-shubur ging fort, und der neue Tempel löste sich in grauen Nebeln auf. Dort, wo er gestanden hatte, sah ich nur noch ärmliche Hütten aus zusammengebundenen Schilfbündeln.

Ich wehrte mich mit aller Kraft gegen die Veränderung, doch nichts im Strom der Zeit half mir. Je mehr ich halten wollte, desto mehr zerrann. Das Lärmen und Rufen, Trommeln und Stampfen verstärkte sich. Ich fühlte, wie ich innerlich zusammenbrach. Enki, dieser gütige, hinterhältige alte Gott hatte doch noch gewonnen! Nicht seine Ungeheuer, nicht seine dienstbaren Dämonen hatten mich besiegt, sondern die Zeit, die nur Unsterblichen nichts mehr bedeutet.

Mit aller Kraft wehrte ich mich dagegen, aus meinen Träumen zu erwachen. Vergeblich.

DIE STADT DER FRAUEN

Seit mich der Himmelsstier von der Insel der Tränen in die Welt der göttlichen Träume entführt hatte, waren mehr als fünfhundert Sonnenjahre und mehr als sechseinhalbtausend Monde vergangen, doch diese Erkenntnis erschreckte mich nicht, sondern ließ mich lächeln. Ich fühlte mich so wohl wie schon lange nicht mehr. Alles war nur ein Traum gewesen, doch was bedeutete das? Ich hatte es wirklich erlebt, und es war in mir – ganz gleich, ob als Erinnerung, Blick in die Zukunft oder als Summe all meiner tiefsten Wünsche und Sehnsüchte.

Und dann lachte ich laut und prustete vor Vergnügen, als mir klarwurde, was ich gerade gedacht hatte. Was war lange? Fünfhundert Jahre? Der Monat auf der furchtbaren Insel war viel, viel länger gewesen!

Ich reckte und rekelte mich, streckte Arme und Beine aus und genoß das Sonnenlicht und die Wärme um mich herum. Im gleichen Augenblick hörte ich Stimmen wie von einem inbrünstigen, ergriffen singenden Chor. Es mußten sehr viele Stimmen sein. Ich hörte die Töne von Flöten, und dann brachen Zimbeln und Hörner, Trommeln und Pauken in einen frenetischen Lärm aus. Überall um mich herum dröhnte und pfiff, brüllte und schrie, stampfte und rasselte es.

Ich richtete mich auf. Rötliche Staubschwaden wallten über mich hinweg. Ich sah dicht an dicht tanzende Schatten mit weit aufgerissenen Augen und schreienden Mündern, die wieder und wieder die Arme hochwarfen und sich in rhythmischer Trance vor mir verbeugten. Sie kamen näher, beugten sich vor, ohne mich zu berühren, warfen irgend etwas über mich und wichen wieder zurück. Gestalten mit Stierköpfen tauchten auf, dann Schatten mit Röcken aus Tigerfellen und wild in die Haare gesteckten Federn.

Es war eine Orgie aus Farben und Lärm, Schatten und Staub. Ich sah nackte Brüste, zuckende Hüften und blitzenden Schmuck an Armen und Beinen. Ich wußte nicht, ob es ich wagen durfte, mich zu bewegen, denn jetzt war keine Nin-shubur, keine Morgana und keine göttliche Kraft aus der höheren Ebene meiner Existenz neben mir. Ich besaß wieder einen Körper, und das bedeutete, daß es Grenzen gab, die ich auch mit dem Stein der Götter nicht überschreiten konnte!

Ganz langsam versuchte ich es. Der Krach um mich herum veränderte sich. Er ging in einen fanatischen Jubel über, der immer schriller und immer wahnsinniger wurde. Nie zuvor seit der Katastrophe hatte ich derartiges gehört und gesehen.

Ich stand ganz auf und merkte beinahe erleichtert, daß ich die tanzenden Gestalten um fast zwei Köpfe überragte. Und erst jetzt sah ich, daß mich ausschließlich Frauen und Mädchen umringten. Die ersten Finger berührten meine Arme. Sie streiften mich nur, aber sie hinterließen braune und rote, schwarze und weiße Farbspuren auf meiner Haut. Die Berührungen wurden immer drängender. Dutzende von Händen strichen mir über Arme und Beine, Schultern und Brüste, dann über meinen Leib und schließlich sogar über mein Gesicht. Es war, als wollten die vielen Finger und Hände gleichzeitig geben und nehmen.

Noch nie zuvor hatte ich etwas Ähnliches erlebt, nie zuvor bemerkt, wie intensiv mein eigener Körper empfinden konnte! Ich überwand meine anfängliche Verwirrung und mein Erstaunen. Während die Schreie und der Lärm der Musikinstrumente einen neuen, noch schnelleren Takt fanden, blieb ich wie eine Statue inmitten der zuckenden Frauenkörper stehen. Ich sah in bunt angemalte, verzerrte und dennoch verzückt strahlende Gesichter. Der Staub wurde immer dichter, und ich konnte nur mühsam einen Hustenreiz unterdrücken. Irgendwie ahnte ich, daß ich in diesem Moment eine andere Rolle zu spielen hatte. Ich mußte Mittelpunkt, Statue und Objekt der Begeisterung bleiben. Jede andere Regung, jedes Abweichen von dem, was diese Frauen und Mädchen von mir zu erwarten schienen, konnte alles zunichte machen!

Ich spürte, wie mich die Menge der Tanzenden weiterschob. Die Bewegung begann ganz langsam. Ich war eingekeilt, wurde wieder und wieder von vielen Händen und Fingern gleichzeitig berührt und langsam vorangeschoben. Der Staub wallte weiter, und plötzlich konnte ich durch die rötlichen Schleier und über die Köpfe der Menschen, die mich umringten, einen flach ansteigenden, sehr eigenartigen Hügel erkennen. Unwillkürlich erinnerte er mich an den Tempelberg in der Mitte der längst versunkenen Königsstadt. Ich sah Würfel aus braungelbem Lehm, die wie willkürlich ineinander verschachtelt und übereinandergestapelt den gesamten Hügel bedeckten.

Häuser! Ein Berg aus Häuserwürfeln!

Nur Dächer schienen zu fehlen, und auf der Spitze des Hügels stand kein Palast und kein Tempel. Ich sah weder Straßen noch Plätze; nicht einmal eine Mauer umschloß die erstaunliche Siedlung. Auf jeder Mauer saßen Kinder. Sie ließen die Beine baumeln und klatschten zum Takt der Musik in die Hände.

Die Prozession der tanzenden Frauen und Mädchen zerrte und schob mich immer weiter. Mir blieb nichts anderes übrig, als in der Mitte mitzugehen. Ohne die geringsten Anzeichen von Ermüdung umkreisten wir dreimal den Hügel aus Häusern. Nach Westen hin fiel das Gelände bis zu einem breiten Fluß hin ab. Dort standen in respektvoller Entfernung kleine Gruppen von Männern zusammen. Sie waren weder geschmückt noch mit Farben bemalt.

Bei der ersten Umkreisung des Häuserhügels sah ich einen breiten, ziemlich flachen Fluß, der träge die Hochebene durchschnitt, bei der zweiten einen etwas kleineren Hügel auf der anderen Seite, auf dem kein einziges Haus stand, und bei der dritten bemerkte ich jenseits von feuchten Wiesen und einem Wald die Berge im Osten. Und dann erkannte ich den doppelten Vulkankegel wieder, den ich auf Lesbos zum ersten Mal auf einer Tonscherbe gesehen hatte. Aus einer der beiden Bergspitzen stieg eine feine Rauchwolke hoch in den klaren, tiefblauen Himmel hinauf. Die Ebene mußte mindestens tausend Schritt höher liegen als das Meer. Da wußte ich, daß ich jene Menschen gefunden hatte, die vor sehr langer Zeit durch die steigenden Wasser des Meeres auf den bergigen Kontinent vertrieben worden waren.

Der Sprung aus meiner göttlichen Traumwelt zu dem lauten, stets von Rufen, Gelächter und Musik erfüllten Häuserhügel war wie eine Offenbarung für mich. Wenn die Berichte und Geschichten der Frauen stimmten, dann waren tatsächlich schon zwei Jahrtausende für sie vergangen, seit das Auge der Sonne vom Himmel gefallen war. Zu meinem Erstaunen erfuhr ich, daß die Frauen, die ihren Häuserberg Catal Hüyük nannten, schon lange Zeit vor der Katastrophe diesen Platz gewählt hatten, um noch einmal ganz von vorn anzufangen.

»Es ist sehr schwer mit den jetzigen Männern«, sagte die Frau, in deren Hauswürfel ich gleich nach der Prozession gebracht worden war, »sehr schwer! Sie sind schlechte Jäger und noch schlechtere Heger der Saat. Sie streiten nur, und jahrhundertelang hat der Bruder den Bruder erschlagen, weil sie sich nie einigen konnten, ob ein Tieropfer oder ein Kornopfer uns Frauen und den Ahnen, die wir verehren, gefälliger war. Alles umsonst, alles umsonst... Es begann mit Emesch, dem ersten Hirten, und Enten, dem ersten Wächter über die Pflanzen. Unsere Ahnfrauen hatten versucht, den Männern neue Aufgaben zu geben, doch was ist daraus geworden! Selbst jetzt noch hält diese unsinnige Rivalität an. Es muß ein Fluch über den Männern liegen... ein schrecklicher Drang, das Gefühl der Minderwertigkeit durch sichtbare Taten und große Posen zu überwinden, denn wieder streiten zwei Brüder – Enkimdu, der auf das Korn achten soll, und Tammuz, den wir zum obersten Hirten ernannten. Sie sind meine Söhne, sind beide Söhne von mir, auch wenn ihre Väter nicht die gleichen waren...«

Sie hatte diese klagenden Tiraden schon so oft ausgestoßen, daß ich schon gar nicht mehr darauf einging. Inzwischen lebte ich bereits einen Monat unter den fast tausend Eingeborenen der seltsamen Siedlung. Sie hatten mir ein geräumiges, leerstehendes Haus auf der Kuppe des Hügels zugewiesen, doch immer, wenn mir danach war, konnte ich die Älteste besuchen. Wohl als Erinnerung an sehr alte Zeiten wurde sie von Frauen, die ich für wichtig für das Zusammenleben der Gemeinschaft hielt, immer dann Gaia genannt, wenn sie unter sich waren. Draußen hörte sie auch noch auf ganz andere Namen. Das gleiche galt für Frauen, die ich in der Zwischenzeit kennengelernt hatte. Auch sie trugen Namen, die mich anfänglich sehr verwirrt hatten, da ich sie aus ganz anderen Zusammenhängen kannte. Und erst allmählich verstand ich, daß die alten Namensbezeichnungen mit einem Kult zu tun hatten: Sie waren magische Formeln der Macht, die nur die eingeweihten Frauen kannten.

In den ersten Tagen hatte ich Gaia für krank und bedauernswert fett gehalten. Inzwischen wußte ich, daß eben diese Körpereigenschaft ihr die höchste Verehrung zusicherte. Ich war wie stets über die einholmige, aus einem jungen Baumstamm gefertigte Leiter vom Dach aus in Gaias Wohnraum gestiegen und hatte mich nach einer kurzen Begrüßung auf ihr aus Ziegeln gemauertes, mit Lehm verputztes und mit weichen Fellen bedecktes Lager an der Ostseite des Raumes gesetzt und wartete. Sie schien schon wieder vergessen zu haben, daß ich da war.

Ich beobachtete, wie sie eines der beiden Herdfeuer im Wohnraum ihres Hauses schürte. An der Südseite des fünf mal sechs Schritt großen Raumes schien Tageslicht durch kleine, rechteckige Fensteröffnungen dicht unterhalb der Decke aus Balken und mit Lehm verputzten Bündeln aus Schilfstroh. Jedesmal, wenn jemand über das Dach ging, fielen kleine Lehmstückchen herab. Ein engmaschiges Netz dicht unter der Decke sorgte dafür, daß sie aufgefangen wurden.

Das große, offene Feuer auf einem erhöhten Bodenstück an der Südseite des Raumes loderte auf, und ich sah deutlich die bunten Zeichnungen und Gemälde von riesigen geierartigen Vögeln mit weitgespreizten Schwingen und Menschen ohne Kopf an den ehemals weißgekalkten Wänden. Direkt neben der zweiten Feuerstelle, die eher einem Ofen glich, befand sich ein Altar, bei dessen erstem Anblick ich daran gezweifelt hatte, ob ich mich mit den Frauen von Catal anfreunden konnte. Über einer kniehohen Mulde aus festem Lehm erhob sich eine mit der Wandmauer verbundene Stele, die wie ein Totempfahl von Eingeborenenstämmen der westlichen Kontinente aussah. Der Pfahl aus geformtem und hart gewordenem Lehm war mit roter Erdfarbe bemalt.

Und plötzlich erinnerte ich mich wieder an die Bedeutung der roten Farbe: Sie symbolisierte das Blut von Kingu – des einzigen Gottes, der von den Wilden vergangener Tage erschlagen worden war, als er trotz aller Verbote der Götterversammlung versucht hatte, sich mit ihnen zu paaren. Mit seinem Blut und den Zellen seines Leibes war der erste Versuch zur Züchtung von Menschen durchgeführt worden. Und der erste, der durch die Übertragung der göttlichen Lebenskraft entstanden war, hatte den Namen von Kingus Blut erhalten: Adamah...

Ich schüttelte den Kopf, wunderte mich, warum ich gerade jetzt daran dachte, und blickte höher. Am oberen Ende der Stele waren drei Hornpaare von Stieren eingemauert. Und noch weiter oben erkannte ich die aus Lehm geformte Gestalt einer knienden Frau, die ihre Arme auf zwei Tiger gelegt hatte. Aus der Unterseite ihres vorgewölbten Leibes kam der Kopf eines jungen Stieres hervor. Doch das war es nicht, was mich jedesmal neu erschreckte.

Viel unangenehmer erschienen mir die weißgebleichten Menschenschädel in der gemauerten Mulde vor dem Totempfahl. Drei kaum faustgroße lagen ganz vorn. Dahinter stapelten sich sechs unterschiedliche große Schädel, von denen drei in einem geflochtenen Korb aufbewahrt wurden.

»Meine jüngsten Kinder, die tot sind – meine Männer, die tot sind«, hatte mir Gaia bereits am zweiten Tag erklärt.

An der Nordseite des Raumes befanden sich zwei dunkle Öffnungen. Die hüfthohe führte zu einer fensterlosen Vorratskammer, eine noch niedrigere in einen winzigen Raum, in dem Gaias Kinder geschlafen hatten, ehe sie gestorben oder herangewachsen waren und ein eigenes Haus bekommen hatten.

Ich wußte inzwischen, daß diese Kammern hinter den Seitenwänden des großen Wohnraums genau den hellen Flecken entsprachen, die ich auf der Tonscherbe von Lesbos gesehen hatte. Die Scherbe war nicht nur eine Landkarte, sondern auch eine Art Stadtplan mit genauen Grundrissen aus der Zeit der ersten Besiedlung des Hügels von Catal in der Konya-Ebene Kleinasiens gewesen. Und noch etwas kam mir seltsam bekannt vor. Ich wußte lange nicht, was es war, bis mir fast drei Wochen nach meiner Ankunft einfiel, was mich von Anfang an an irgend etwas erinnert hatte: Es war die Darstellung der Tiere im Vergleich zu den eher kleinen, nachlässig gezeichneten Menschenfiguren an den Wänden. Die dünnen Männchen sahen fast genauso aus wie die Strichzeichnungen in den Höhlen des Cro Magnon-Tals. Es war, als wären sie viel unwichtiger als die Tiere.

Ich sah zum flachen Lager auf der gegenüberliegenden Seite des

Raumes hinüber. Es war wohl für die Männer in Gaias Leben bestimmt – Männer, auf sie seit meiner Ankunft keinen Wert mehr legte. Sie hatte mir erklärt, daß sie bis zum nächsten Frühlingsfest ausschließlich für mich da sein wollte. Ich verstand noch immer nicht, was sie damit meinte, aber ich hatte in all den Jahren gelernt, Geduld mit den Menschen zu haben.

Bei den Frauen von Catal traf das noch mehr zu, als bei allen anderen, die ich vorher kennengelernt hatte. Ich gewöhnte mich schnell daran, langsam zu sprechen und wichtige Worte und Sätze mehrmals zu wiederholen.

»Ich danke euch, daß ihr mich derart freundlich aufgenommen habt«, sagte ich, während Gaia mit Töpfen, Krügen und Schöpflöffeln am großen Feuer hantierte. Sie wandte mir ihren Rücken zu. Schweiß lief über ihren nackten Rücken. Er rann bis zu ihrem Rock aus Leopardenfell, der unter ihrem ausgeprägten Steiß Schenkel sehen ließ, die zwei- bis dreimal so stark waren wie meine eigenen.

»Ich danke euch«, wiederholte ich. Jetzt erst richtete sich Gaia auf und drehte sich um. Ihre riesigen Brüste hingen schwer bis zu ihrem vorgewölbten Bauch herab. Und wieder dachte ich an die Höhlen des Cro Magnon-Tals, an die uralten Steinfigürchen, die noch aus der Eiszeit stammten, und die ich in verblüffend ähnlicher Form immer wieder auf meinem langen Irrweg bis zur Stadt der Frauen wiedergesehen hatte. Sie waren anders als ich – vollkommen anders!

»Wir wundern uns, wie sehr du dich verstellen kannst«, sagte Gaia und lachte. »Manchmal denke ich, du weißt gar nicht, daß du die Schwester des Sonnengottes bist!«

»Des Sonnengottes? Wen meinst du damit?«

Sie nahm einen Mörser aus schwarzem Obsidian und stampfte damit Körner in einer Schale aus Ton. »Er hat viele Namen, Inanna... man nennt ihn Tawa und Inti im fernen Westen, Schamasch und Utu im Land jenseits der südlichen Berge, Helios und Apoll im versunkenen Reich des Zeus, aber auch Surja, Amon und Re...«

»Wie kommst du darauf, daß ich die Schwester eines Gottes mit so vielen Namen sein soll?« fragte ich skeptisch. Ich wunderte mich, wie wenig Unterschied sie zwischen Namen von Göttern machte, die in ganz unterschiedlichen Generationen gelebt hatten.

»Schon unsere Ahnen haben gesagt, daß dereinst eine weiße Göttin zu uns kommen würde, die uns lehrt, was wir noch nicht wissen. Das gleiche sagten später die Götter, die hier vorüberzogen. Du bist zu uns gekommen, als der Morgenstern aufging – und jeder weiß doch, daß er die Schwester der Sonne ist!«

Ich sah sie lange an und spürte, wie eine uralte Erinnerung in allen Adern meines Körpers, in jeder Faser meines Leibes wie der Keim eines lange verborgenen Saatkorns ans Licht brechen wollte.

Sie lächelte über meine Verwirrung. Wortlos goß sie etwas heiße Brühe und Stücke von gekochtem Fleisch in die Schale mit zerstoßenen Kräutern und Samen. Sie trug die Schale bis zur Stele mit den Stierhörnern, hielt sie jedem der ausgebleichten Totenköpfe vor die Zähne, murmelte Worte, die ich nicht verstand, und kam dann zu mir.

»Iß das«, sagte sie. »Ich habe dir Minze und Kümmel, Thymian und Rosmarin, Kamille und Melisse zerstoßen. Das lindert die Schmerzen des Leibes, wenn der Mondmund der Frauen blutet...«

»Aber mein Mondmund hat schon lange nicht geblutet!«

»Das dachte ich mir. Iß trotzdem! Du bist zu mager und mußt zunehmen!«

»Das sagst du, seit ich bei euch bin.«

»Ich werde es sagen, bis dein Bruder, der Sonnengott, den Frühlingspunkt auf seinem Weg über den Himmel erreicht hat.«

Ich nahm die Schale, konnte aber nichts essen. Schon länger hatte ich das Gefühl, daß ich gemästet werden sollte. Aber wofür, zu welchem Zweck?

»Iß auf!« befahl Gaia. »Ich ziehe mich jetzt an, und wenn du fertig bist, gehen wir hinaus. Es wird Zeit, daß die Männer vor dir in Staub fallen!«

Sie ging zu einer der kleinen, dunklen Öffnungen in der nördlichen Wand, bückte sich und kniete sich ächzend auf den Boden aus gestampftem Lehm. Ihre Brüste berührten fast den Boden, als sie sich duckte und langsam durch das schwarze Loch kroch.

Ich dachte über Gaias letzte Worte nach, aber es gelang mir nicht, den Sinn ihrer Andeutungen zu ergründen. Irgend etwas ging hier vor, von dem ich nichts wußte. Aber was? In den vergangenen Tagen und Wochen hatte ich mehrmals versucht, von Gaia oder einer der wenigen anderen Frauen, mit denen ich sprechen konnte, mehr über die Götter zu erfahren, die an der Stadt vorbeigezogen sein sollten, und darüber, warum alle männlichen Bewohner der Stadt sich duckten und davonliefen, sobald sie mich sahen. Doch Gaia blieb gerade in diesen Fragen sehr verschlossen.

Sie hatte mir geraten, zu bestimmten Zeiten des Tages den mir zugewiesenen Hausraum zu verlassen. Am Anfang, als ich noch nicht wußte, wie ernst sie es mit dieser Anordnung meinte, hatte ich mehrmals die Leiter angelegt und war auf das flache Dach meines Hauses gestiegen. Und jedesmal hatte sofort ein wildes Pfeifkonzert begonnen, sobald auch nur die Spitzen der Leiter in der Öffnung sichtbar wurden.

Sie bewachten mich, und erst später hatte ich bemerkt, daß nicht die Männer der Nachbarschaft pfiffen, sondern junge Mädchen und Frauen, die auf den umliegenden Hausdächern eine Art Leibwache bildeten...

Ich weiß nicht, wie es geschah, aber während ich mich anzog, kam mir ganz plötzlich ein Gedanke, der mich derart erschreckte und zugleich faszinierte, daß ich nicht aufpaßte und die Schale mit Fleischsuppe verschüttete.

Das Höhlenprinzip!

Irgendwie hingen die Höhlen von Lascaux mit der Stadt ohne Türen zusammen. Ich hatte niemals erfahren, warum die Höhlenzeichnungen im Cro Magnon-Tal meist sehr weit innen und oft sogar an den tiefsten und verborgensten Stellen vorkamen. Es mußte irgend etwas mit dem Geheimnis von Zeugung und Geburt zu tun haben!

Die Höhlenzeichnungen konnten einfach keine primitiven Jagdzauber gewesen sein! Sie mußten mehr bedeuten als Beschwörungen von Männern, mit denen sie um reiche Beute flehten! Genau das Gegenteil war richtig! Sie waren Zeugnisse der Wahrheit, die nicht von Männern, aber stets von Frauen verstanden worden war.

Zum ersten Mal begriff ich, daß es Frauen gewesen sein mußten, die dort, wo nie ein Grabstock – sei er auch noch so mächtig – und nicht einmal Gedanken eines Mannes hingelangen konnten, das uralte Geheimnis vom Beginn des Lebens in jedem Mädchen, jeder

Frau und jedem Weib verborgen war. Sie hatten es gewußt. Von Anfang an hatten die Frauen gewußt, daß nicht der Eingang und der wilde Kuß des Mondmunds auf den Grabstock wichtig waren, sondern die warme Dunkelheit der Tiefe. Saat ging im Schoß der Erde auf.

Die Höhlen des Cro Magnon-Tals und anderswo waren als Sinnbild für den geheimnisvollen Altar des Lebens auserwählt worden, in denen nicht getötet werden durfte, sondern das Leben immer wieder neu entstand! Höhlen der Großen Mutter – der ersten Frau, die Menschen gebar, wie ich sie kennengelernt hatte...

Und plötzlich ahnte ich, daß ich Jahrtausende danach auf Erbinnen der ersten menschlichen Kultur gestoßen war, die auf ganz eigene Art etwas von dem bewahrt hatten, was selbst die Weisen, Könige und Götter der verlorenen Welt vergessen hatten. Die Stadt der Frauen kam mir auf einmal wie ein kostbares Heiligtum vor. Denn auch die Häuserwürfel, zu denen keine Tür führte, bildeten Höhlen mit dunklen Kammern, von denen nur die Frauen wußten, was in ihnen verborgen war.

Und jetzt verstand ich auch, warum sie Namen trugen, die bis ins Goldene Zeitalter, die Zeit der ersten Muttergöttin, zurückreichten.

So viele Kinder hatte ich in meinem ganzen Leben noch nicht gesehen. Sie tollten lachend und kreischend am Flußufer umher, rannten die flache Böschung bis zu den ersten Buschgruppen hinauf und genossen es, mit ausgebreiteten Armen wieder zum Fluß zurückzurennen. Ihre Mütter saßen ein wenig höher und sahen ihnen zu. Das Wasser des Flusses war noch kalt, aber überall sprossen bereits die ersten Gräser und Knospen. Die rotbraune Ebene hatte sich über Nacht in einen grünen Teppich verwandelt, der bis zum blaßvioletten Wald am Fuß der Vulkanberge reichte.

»Beim nächsten Vollmond feiern wir das große Fest«, sagte Gaia fast beiläufig, während sie die Leiter hochzog und quer über die Dachöffnung ihres Hauses legte, »bis dahin sind nur noch zehn Tage Zeit, und es ist noch sehr viel zu tun!«

Ich sah sie fragend von der Seite her an. Sie trug einen Schulterüberwurf aus schwarz und rot gefärbtem Hirschfell, einen halblangen Rock aus zusammengenähten Baststreifen mit bunten, geflochtenen Knotenschnüren am Saum, breite Sandalen und eine schwere Tasche mit Schulterriemen, die sie immer dann mit sich herumschleppte, wenn sie ihr Wohnhaus verließ. Noch immer bewunderte ich die vielen Fertigkeiten der Frauen von Catal Hüyük. Sie konnten spinnen, weben, nähen, in Töpfen kochen, die Ziegelsteine ihrer Häuser formen und vieles mehr. Andererseits hatten sie nie etwas vom Backen, von der richtigen Aussaat und von Haustieren gehört.

Gaia bückte sich schnaufend, goß etwas vorher angewärmtes Bienenwachs über die obere und untere Sprosse der Leiter, holte zwei Büschel Haare von sich selbst aus ihrer unergründlichen Tasche und schlang sie so über die Sprossen, daß sie mit dem langsam erstarrenden Wachs verklebten. Dabei murmelte sie die ganze Zeit unverständliche Beschwörungsformeln vor sich hin.

»Was sagst du da eigentlich?« fragte ich neugierig. Sie ließ sich nicht ablenken. Es dauerte lange, bis sie sich endlich aufrichtete, über ihre Lippen leckte und den Kopf schnuppernd in den Nacken legte. Es sah sehr komisch aus, aber ich wußte inzwischen, daß jeder Schritt, jede Bewegung und jede Geste von Gaia eine ganz bestimmte Bedeutung hatte. Das galt nicht nur, wenn sie ihr Haus verließ. Auch innerhalb ihrer eigenen vier Wände achtete sie ganz genau darauf, daß sie die Rituale einhielt, die ihrem Rang und ihrer Stellung in der Stadt der Frauen entsprachen.

»Du fragst, was ich sage«, meinte sie, ohne den Kopf zu senken. Sie drehte sich langsam und mit kleinen, watschelnden Schritten im Kreis. Als sie an mir vorbeiblicken wollte, stellte sie fest, daß ich ihr im Weg stand. »Du fragst, was ich sage, und störst mein Gebet, indem du dich vor deinen Bruder, den strahlenden, wärmenden Gott der Sonne, stellst...«

»Oh, das wollte ich nicht«, meinte ich sofort und duckte mich. Sie zog die Nase hoch. Ich hatte mein Haar zu Zöpfen geflochten und wie einige der anderen Frauen der Siedlung zu einer Zopfkrone aufgesteckt. Die wärmenden Strahlen der Frühlingssonne streichelten meinen bloßen Nacken. Es war ein seltsames, angenehmes Gefühl, und irgendwie kam ich mir nackt dabei vor, wenn ich daran dachte, daß die Sonne das Himmelszeichen eines Gottes war, der mein Bruder sein sollte, von dem ich bisher kaum etwas wußte. Die Sonne war älter als alle Menschen, alle Könige und alle anderen alten Götter. Wie konnte sie gleichzeitig der Bruder einer so jungen und unerfahrenen Göttin wie ich sein?

Ich spürte, wie sehr mich all das verwirrte, was ich in den wenigen Tagen bei den Frauen von Catal gehört und gesehen hatte. Wie stetig war dagegen das Leben bei den Rentier-Nomaden im kalten und dunklen Norden gewesen, wie klein die Welt der Fischer am Strudel der Donau und wie schön die Monate, die ich ganz allein auf der Bergterrasse und auf der paradiesischen Insel Lesbos verbracht hatte!

Gaia beendete ihre Himmelsmusterung und sah über die unter uns liegenden Häuser hinweg. Von hier oben wirkte die Hügelsiedlung wie ein zufällig zusammengefügter Kreis aus quadratischen Terrassen in unterschiedlichen Höhen. Die einzige Übereinstimmung bildeten die dunklen Dachöffnungen. Sie befanden sich ausnahmslos in der Mitte der Flachdächer aus glatt verschmiertem Lehm.

Wie schon in den vorangegangenen Tagen fiel mir auf, daß bei einigen Häusern die Dachfläche bröckelig aussah und zerfranste Schilfbüschel nach oben ragten. An ein paar anderen Dächern entdeckte ich schwarze Spuren wie von Rauch.

»Ich habe den Schließzauber gesagt«, meinte Gaia unvermittelt. Ich brauchte einen Moment, bis ich verstand, daß sie mir auf die Frage nach ihren Haaren im Wachs um die Leitersprossen geantwortet hatte. »Niemand wird wagen, mein Haus zu betreten – kein Gott, kein Damön, kein böser Wind, kein Vogel und keine Schlange...«

»Du meinst, du hast dein Haus sicher verschlossen?«

Sie nickte ernsthaft. »Sicher verschlossen.«

»Aber der Wind und der Regen – sie könnten durch die Leitersprossen...«

»Sicher verschlossen!« wiederholte sie mit einer abwehrenden Bewegung ihrer fleischigen Hände. »Aber davon verstehst du nichts! Du verstehst überhaupt nichts!«

»Das hast du mir inzwischen oft genug gesagt«, meinte ich lächelnd. Ich nahm ihr nicht übel, daß sie mich wie eine Tochter behandelte. Außerdem hatte sie recht: Ich verstand noch viel zu wenig von den Ritualen und Lebensgewohnheiten der Hügelstadt.

»Da kommen sie wieder!« brummte sie. »Es ist sehr schwer mit den Männern, sehr schwer...«

Sie deutete zum Wald hinüber. Ich legte die Hand über die Augen. Gut zweitausend Schritt entfernt erkannte ich einen Pulk von Gestalten, die irgend etwas mit sich schleppten. Sie riefen und schrien so laut, daß wir sie bereits jetzt hören konnten.

»Die Sonne sinkt bereits«, sagte Gaia vorwurfsvoll und beinahe gekränkt. »Und was machen diese nichtsnutzigen Esser? Brechen bei Morgengrauen auf und behaupten, daß sie jagen wollen! Aber ich weiß genau, was sie im Wald tun: hocken sich in eine Lichtung und erzählen sich den ganzen Tag lang Geschichten von ihrer Kraft und ihren Klugheiten. Brüsten sich, daß sie uns wieder einmal entwischt sind. Prahlen mit Heldentaten wie die Männer, die von Osten kommen, und gewaltigen Tieren, die sie erlegt haben wollen. Freuen sich wie die Kinder, daß ihnen niemand von uns befiehlt, was sie zu tun haben. Warten auf die magere Ziege, den kranken Hirsch, den alten Eber. Und kommen zurück, als wären sie selbst die strahlenden Götter von den Inseln der Könige oder vom einst süßen Meer jenseits des endlosen Berglandes im Osten, obwohl wir es doch sind, die hier bestimmen und alles in Ordnung halten!«

Noch nie zuvor hatte mir Gaia einen so langen Vortrag gehalten. Ich war so erstaunt, daß ich sie mit offenem Mund anstarrte. Zum ersten Mal hatte ich etwas über das Verhältnis der Frauen und Männer von Catal Hüyük erfahren.

»Und wer ist wieder der Anführer?« schnaubte Gaia. »Tammuz natürlich, dieser mißratene Hirte!«

Ich spürte, wie es in meinem Nacken kribbelte. Tammuz! Schon mehrmals hatte ich diesen Namen aus Gaias Mund gehört, meist in Zusammenhang mit irgendwelchen Beschwörungen am Totenkopfaltar in ihrem Haus. Bisher hatte ich noch keinen der Männer aus der Nähe gesehen. Sie waren sofort verschwunden, sobald ich meinen eigenen Wohnwürfel auf der Kuppe des Hügels verließ, um zu Gaia oder einer der anderen Frauen hinabzusteigen.

In den ersten Wochen hatte ich angenommen, daß sie sich vor mir fürchteten. Inzwischen ahnte ich, daß es die Frauen waren, die ihren Männern befahlen, in irgendeine Nebenhöhle zu kriechen, sobald ich auftauchte.

»Warum erzürnt dein Sohn Tammuz dich so?« wollte ich wissen.

»Warum er mich erzürnt?« erwiderte sie sofort. »Weil er der Sohn ist, den ich am liebsten nie geboren hätte! Mein Erstgeborener ist er! Sein Vater war ein Gott, ja ein Gott, der eines Tages aus dem Wald trat und mir viele Lügen von einem Paradies, von seiner Macht, von fliegenden Schiffen, von zehn Königen und von den großen Göttern am süßen Meer Uygur erzählte. Ja, er erzählte viel, und alle Frauen beteten ihn an. Ein Riese von Gestalt war er und noch größer als du. Er ging fort, wie er gekommen war. Und sein Sohn? Schon als Kind war er aufsässig, weigerte sich, Samen von Gräsern und Beeren des Waldes zu sammeln wie alle anderen. Ach, wie oft habe ich ihn verflucht! Wie oft die Ahnen angerufen, daß ihm ein Baum auf den Kopf fallen solle, daß er im Fluß ertrinken möge, daß ihn der Auerochse zerstampfe...«

»Gaia! Wie kannst du so über deinen Sohn reden!«

»Meinen Sohn? Ja! Und Vater meiner jüngsten Kinder, die alle starben, noch ehe sie meiner Milch entwöhnt waren!« Sie wiegte ihre breiten, ausladenden Hüften und begann plötzlich zu singen: »Vom Fleisch der Mutter speist er sich. Ich war ihm Mutter, sicherlich. Ich war die Mutter ihm und Weib, und als er koste meinen Leib, stellt sich doch nicht ein Bruder ein, der Sohn mir ward und Enkel sein...«

Ich fühlte mich völlig verwirrt. Was ging hier vor zwischen den Frauen und Männern der Hügelstadt? Das Johlen und Schreien kam immer näher. Einige andere Männer waren um die Siedlung herum gegangen. Sie blickten verstohlen und scheu zu uns und den anderen Frauen hoch, die inzwischen auf den Dächern aufgetaucht waren. Zu meiner Verwunderung bemerkte ich, daß es hier mehrere Arten von Männern gab – robuste und feingliedrige, kurzköpfige und wiederum andere, die mich an die Wortlosen erinnerten. Einige zögerten noch, dann duckten sie sich nacheinander und liefen den stolz und übermütig herankommenden Jägern entgegen.

»Letu, Tula... Felder des Schilfs! Hört einer der anderen Götter die Fragen eines Gottes?«

»Ich höre sie, Enki! Und ich warte mit Zorn darauf, daß du dich endlich meldest!«

»Wer bist du, antwortender Gott?«

»Osiris, wer sonst?«

»Osiris? Das kann nicht sein! Osiris war einer der jungen Götter, die ausgesandt wurden und seit zwei Jahrtausenden verschollen sind...«

»Ich war nicht verschollen, sondern geschützt durch die Erinnerungssperre in meinem Stein der Götter.«

»Erinnerungssperre... nennt man Schwachheit, Unfähigkeit und persönliches Versagen der kleinen Wächter und Hüter inzwischen so? Was willst du, wenn du von Zorn sprichst? Mein Mitleid für deine Unwissenheit? Oder meine Großmut, damit ich mich überhaupt herablasse, mit einem Spätgeborenen zu sprechen?«

»Du hast bereits ganz anders mit mir geredet. Damals wußte ich nicht, wer ich war. Jetzt weiß ich es!«

»Wie angenehm für dich. Und nun sei still, damit ich mich mit richtigen Göttern unterhalten kann!«

»Ich bin ein Gott wie du!«

»Du bist ein Versager, der nichts von dem weiß, was groß und ewig war!«

»Dafür weiß ich, wo sie ist...«

»Wo wer ist?«

»Inanna.«

»Inanna.«

»Ja, und mein Zorn über das, was ihr Uralten vorhabt, wird Folgen haben! Denkst du, ich weiß nicht, wie schlecht du auf die göttlichen ME geachtet hast? Noch meint Inanna, sie hätte alles nur geträumt. Aber sie hat auch Träume und Ideen an die Menschen weitergeben – all das, was ihr verstecken wolltet! Es kommt nie darauf an, was wirklich ist, sondern darauf, was wir glauben! Das gilt für die Menschen ebenso wie für die Götter, Enki! Deshalb verlange ich ein Himmelsschiff! Ich will Inanna davor bewahren, daß sie zu einer neuen, vom Mondrhythmus bestimmten Muttergöttin wird! Wenn die Weiber von Catal Hüyük auch noch die ME erhalten, werden die Menschen über Jahrtausende hinweg von Weibern beherrscht, und Männer werden weniger wert sein als Drohnen für die Bienenkönigin!«

»Das laß nur unsere Sorge sein!«

»Begreift doch endlich! Das Goldene Zeitalter ist vorbei! Atlantis ist versunken, und selbst die Götterzuflucht im Gebiet von Uygur ist nur noch eine verdorrte Wüste. Wer sich dort versteckt hatte, zieht längst westwärts, geht über steile Pässe, stürmische Hochebenen und karge Steppen bis ins Land der Arya, nach Aratta, zum Indus hinab oder am Kaukasus-Tor vorbei nach Norden. Jeder sucht jeden, scheint mir, doch keiner hat bisher gefunden, was einmal war! Auch ihr Uralten könnt das Rad der Zeit nicht mehr zurückdrehen! Überall auf der Erde erwachen die Sippen und Stämme der Menschen, die ihr noch immer als wilde Eingeborene und interessante Tierwesen betrachtet. Was ihr noch einmal wiederbeleben wollt, ist vor zweitausend Jahren untergegangen! Endgültig, Enki!«

»Woher nimmst du die Weisheit, daß wir zurück wollen? Was weißt du überhaupt vom Plan, die Menschen zu unseren Nachfolgern zu machen?«

»Ihr wolltet in allerletzter Minute doch nur noch durch uns junge Götter wiederfinden, was euch schon während der Eiszeit verlorengegangen war! Ihr habt vergessen, was einmal wahrhaft göttlich an euch gewesen ist! Gebt mir ein Himmelsschiff, und ich hole Inanna zu mir, damit sie keinen Schaden anrichtet!«

»Und wenn wir es nicht tun?«

»Dann nehme ich euch alten Göttern nach und nach die Macht weg! Was würde euch mehr kränken? Jericho? Aratta im Hochland der Arya? Die Indus-Siedlungen? Oder Ägypten?«

»Was ist in dich gefahren? Bist du größenwahnsinnig geworden oder versagt dein Stein der Götter?«

»Ägypten also... das würde euch stören...«

»Ja, du hast recht – es würde unsere Kreise stören. Jetzt weiß ich auch, wer du bist: Du hast uns schon einmal verleitet, Inanna vor der Zeit an einen anderen Ort zu bringen! Du störst nicht noch einmal den Beschluß der Götter!«

»Weil ihr nur noch an euch denkt! Euch interessiert nicht mehr, was aus den Menschen wird. Ich aber könnte zusammen mit Inanna die Alte Ordnung mit dem Neuen Zeitalter vermählen...«

»Du kennst sie.«

»Seit zweitausend Jahren.«

»Ihr konntet nicht zusammenkommen?«

»Nein, dafür waren lange Zeit die Himmelsstürme über ihr und das Meer des Vergessens in mir selbst zu dunkel.«

»Ich weiß jetzt, was du willst, doch meine Antwort heißt nein! Du bekommst weder Inanna noch die göttlichen ME! Von mir aus kannst du Ägypten haben... wenn du es schaffst, mit deinem Zwillingsbruder Seth zu teilen. Du warst für die Sahara vorgesehen, und ihm gehört das Erbe Amun-Res! Doch was Inanna angeht, das bleibt unsere Sache! Sie wird den alten Plan erfüllen und dann die Strafe finden, die wir ihr zugedacht haben!«

ZWEI MÄNNER

Die Vorbereitungen für das Frühlingsfest begannen noch am gleichen Abend. Nachdem die heimkehrenden Männer ihre Beute mit großem Geschrei bis zum Platz zwischen der Stadt und dem Fluß geschleppt hatten, begannen sie mit einem wilden Tanz. Andere brachten tote Mäuse, Maulwürfe, Vögel und sogar Schlangen und schillernde Salamander und legten sie kreisförmig um den Hirsch.

Gaia und ich waren als letzte der Frauen umständlich von Dach zu Dach gestiegen und über kleine Leitern und Stufen zu den tieferliegenden Hausdächern gelangt. Ich folgte Gaia, die ihre Körpermassen zu jedem Zeitpunkt wie eine respektheischende Mutterkuh bewegte. Obwohl ich mehrmals befürchtete, sie könne durch brüchig gewordene Schilfbüschel fallen, bewegte sie sich erstaunlich schnell und behende bis zum Dach eines der Häuser, deren Außenseiten eine Art Mauer um alle anderen Häuser bildeten. Es war keine richtige Mauer, sondern eher eine von Haus zu Haus reichende Wand mit Fensteröffnungen dicht unter den Dachbalken, die einmal um die gesamte Anhöhe am Fluß herumlief.

Die Frauen standen direkt an der Dachkante der am tiefsten gelegenen westlichen Häuser. Mit zusammengepreßten Lippen betrachteten sie das lärmende Gehabe der Männer.

»Am besten sollten wir alle davonjagen und warten, bis neue Männer aus den Gebirgen des Ostens kommen!« rief Gaia mir zu. Ich konnte sie kaum verstehen im kreischenden, johlenden Geschrei unter uns. Was Gaia und die anderen Frauen so zornig machte, erschien mir inzwischen wie ein törichtes Theater. Das hatte nichts mehr mit feierlichen Ritualen oder Freude über ein gemeinsam erreichtes Ziel zu tun. Was ich hier sah, glich eher dem Beginn einer Herausforderung... eines Aufstandes... einer Revolution...

Ich spürte, wie sich das unangenehme Gefühl in meinem Magen mehr und mehr verstärkte. Nach allen Gesprächen mit Gaia und den anderen Frauen hatte ich angenommen, daß die männlichen

Bewohner der Stadt eine Art störrischer Sklaven oder sogar Angehörige einer Rasse waren, deren Entwicklung schon vor Jahrtausenden stehengeblieben war.

Was wollten diese Männer? Warum legten sie es gerade jetzt darauf an, den Frauen aus sicherem Abstand durch ihr Geschrei und ihre Gebärden zu zeigen, daß sie sich in der Gemeinschaft mit anderen stark fühlten? War der tote Hirsch, diese mächtige Beute, vielleicht Auslöser für das Hervorbrechen eines lange unterdrückten Selbstbewußtseins? Ich sah, wie die Männer die kleinen, schon früher erlegten Beutetiere in Zehnergruppen zusammenlegten. Sie zählten nicht so, wie ich es gewohnt war, sondern bildeten eigenartige Gruppen, die einmal nach Größen, dann wieder nach Farben von Fell, Haut und Federn und schließlich nach ausgesonderten männlichen und weiblichen Tieren geordnet waren. Rund um den Hirsch entstand ein schamanenhaft wirkendes Muster, in dem jede Reihe eine unterschiedliche Beziehung zur vorangegangenen bedeuten konnte. Und ganz zum Schluß warfen sie achtlos Körner von wilden Gräsern auf den Boden.

Ich wußte, was sie taten! Und niemand brauchte mir zu erklären, daß die Männer von Catal Hüyük in dieser Stunde das uralte Prinzip der Gleichberechtigung zerstörten. Zehn Finger haben die Hände, zehn Finger auch die Füße; zehn Könige hatte das alte Reich. Aber die tiefere Symbolik der Zahl zehn lag für die Männer darin, daß sie damit die Siebenzahl der Frauen störten, die viermal sieben Tage von einem Vollmond bis zum nächsten währte, und siebenmal sieben als Bezeichnung für die große Menge. Dort, wo die Frauen sich der Zehnzahl beugen mußten, waren sie seit Anbeginn für Männer schwächer: in zehn Mondmonaten der Schwangerschaft...

Mit den Kadavern ihrer Beutetiere legten die Männer die Unterschiede offen um das größte Beutestück. Sie zeigten den Frauen den Wert des Hirsches. Er war die Königstrophäe. Die nächste Reihe bildeten die schönen und starken Nager. Von ihnen gab es hierarchische Querverbindungen zu bunten Vögeln und zu schillernden Salamandern. Und wie zufällig lagen alle Weibchen in ungeordneten Reihen bei den Körnern.

War ich deshalb über tausend Berge und durch tausend Täler gegangen, hatte mir tausend Fragen gestellt und tausendmal nur ein verborgenes Rauschen in mir gehört, damit ich jetzt erkannte, was diese Männer vorhatten? Ich hatte so viel gesehen, so viel erlebt, und war doch keinen einzigen Schritt weitergekommen! In seiner scheinbaren Ziellosigkeit hatte mein innerer wie mein äußerer Weg den Stufenplan eines Wunders begleitet. Was mir nur wie eine Spur im Schnee oder im unberührten Sand der Wüste vorgekommen war, mußte auf lange Sicht viel mehr Folgen haben, als ich mir jetzt schon vorstellen konnte. Ich dachte an die Vision jenes Gilgamesch von Uruk, der mir das Bild einer blühenden Stadt entworfen hatte, in der sich vieles von dem wiederholte, was eigentlich mit Atlantis untergegangen sein sollte. Konnte es sein, daß sich Mythen, Erinnerungen und Legenden auch noch nach Jahrtausenden wie Saatkörner verhielten, die so lange im verborgenen keimten, bis sie ein Tropfen Wasser, ein Sonnenstrahl zu neuem Leben erweckte?

War alles, was noch kommen sollte, schon lange vorgeplant?

Ich begriff, daß ich von Anfang an nicht das ahnungslose, verträumte Mädchen aus dem Paradies der Unschuld gewesen sein konnte. War ich die Göttin, die alles, was sie berührte, veränderte? Ich hatte uralte Geheimnisse in mir, und jetzt auch noch die hundert göttlichen ME! Was hatte ich bereits an die Menschen weitergegeben, ehe die alten Götter mich durch eine Traumszene warnen konnten?

Und plötzlich wußte ich, daß ich in einen Widerspruch geraten war, für den es keine Lösung gab: Ich war erschaffen worden, um die Menschen behutsam in die nächsthöhere Daseinsform zu führen, doch genau das durfte ich nicht mehr, weil sich die Welt verändert hatte und keine der ursprünglichen Bedingungen mehr stimmte!

Was war jetzt richtig? Konnte ich überhaupt anders handeln, als mir vorgegeben war?

Das Bild des Schmetterlings tauchte vor meinem inneren Auge auf. Dann sah ich eine Knospe. Sie war so voller Kraft und Energie, daß es nur eines einzigen schmeichelnden Windhauchs bedurfte, um sie aufbrechen und voll erblühen zu lassen. Noch nie zuvor hatte ich mich so sehr danach gesehnt, daß es endlich geschah! Wie würde sie sein, die neue Inanna, ohne den schützenden Kokon des alten Auftrags in jeder ihrer Zellen?

Ich spürte, wie mir heiß und kalt zugleich wurde. Ich zog die Schultern zusammen. Mein ganzer Körper schien plötzlich wie in einem Sturm von innen heraus zu beben. In all dem Lärmen um mich herum tauchten plötzlich die Bilder aus dem grauen Haus erneut vor mir auf. Wo war das richtige Symbol, der Schlüssel, der diesen Frauen und allen anderen Frauen zukünftiger Zeiten doch noch eine Chance gab? Bilder der Kindheit erfüllten mich mit Zuversicht. Ich hörte Glocken im Inneren Palast, sah, wie Jungen und Mädchen einträchtig auf den Marmorstufen im Duka-Viertel saßen und den Lehrern lauschten. Wir jungen Göttinnen und Götter, die wir nichts von der körperlichen Liebe wußten, nur die Agape kannten und nicht mit Schmerz geboren waren, hatten niemals von Haß und Mißgunst zwischen den Geschlechtern gehört. Wir waren eins gewesen, Himmel und Erde, Yin und Yang, ein Doppelstrang aus kleinsten Teilen, der sich stets drehte, damit sich rechts und links, oben und unten, aber auch gut und böse, ja und nein niemals festlegen oder bestimmen ließen, mit welchem Werturteil auch immer...

Götter und Göttinnen brauchen weder Moral noch Ethik und keine Furcht vor der Vergänglichkeit der Augenblicke wie Sterbliche. Sie haben alle Zeit der Welt, und müssen weder gütig sein noch böse. Das Schlimmste aber ist eigenes Handeln eines Gottes, einer Göttin. Sei es nun Strafe oder Hilfe – es ist stets ein göttliches Versagen, denn jeder Eingriff stört Gesetze, aus denen alles kommt und denen alles zustrebt!

Galt das auch noch, wenn eine ganze Welt versunken war?

Kein Bild im grauen Haus hatte mir irgendwie befohlen oder dabei geholfen, wie ich es sehen sollte! Sie waren da gewesen, und ich sah nur, was ich sehen wollte. Sie waren Spiegel meines eigenen Ichs gewesen – der einzige Weg, den ich gehen konnte, und er hieß »Erkenne dich selbst!«

Und plötzlich brach die Erkenntnis wie ein großes Licht in mir hervor: die alten Göttinnen und Götter waren niemals allmächtige Herrscher und Himmelsköniginnen gewesen, wie ich und viele andere geglaubt hatten. Der Fehler war gewesen, daß wir gesucht hatten, was wir kannten. Die wahren Götter und Göttinnen hatten niemals Opfer und Rituale, heilige Handlungen und starre Zeremonien verlangt – ebensowenig wie das Meer, der Himmel, die Flüsse, Ozeane und Winde. Denn echte Götter und wahre Göttinnen waren keine Wesenheiten, sondern Zustände der Vollkommenheit und der Harmonie mit dem Allergrößten und dem Geringsten in der Unendlichkeit und der Ewigkeit des gesamten Alls. Göttlichkeit ist wie ein Spiegel, in dem die Menschen sehen, was sie tun und denken. Und erst die schlechten Priester und sogenannten Weisen hatten zugelassen, daß sich die Menschen ein Bild vom Unfaßbaren machten.

Vor mir entstand ein feiner, hellblau glimmender Schein. Ich spürte, wie die lange Zeit als Schwäche ausgelegte Kraft aus meinem Stein der Götter eine große, strahlende Aura um mich bildete. Auch Schwäche konnte für denjenigen zur Stärke werden, der sich zu ihr bekannte! Ich sagte nichts, bewegte mich nicht und wartete darauf, welche der beiden Gruppen im Licht um mich zuerst ein Zeichen meiner neuen, weiblichen Göttlichkeit erkennen würde.

Der Lärm verstummte. Wie gelähmt standen die Männer genau dort, wo sie eben noch johlend und tanzend herumgesprungen waren. Aus ihren erhitzten Gesichtern wich jeder Glanz. Sie starrten nur zu mir herauf. Aber auch die Frauen sahen nicht mehr zornig aus. Sie wirkten ebenso versteinert wie die Männer. Das Glühen um mich nahm nur langsam ab.

Ohne ein Wort kamen die ersten Männer auf die Häuser zu. Sie holten sich ausgehöhlte Steine von einem Stangengestell, wandten sich wieder um und begannen zu laufen, sobald sie den Rand des Platzes erreicht hatten. Sie suchten die halbwilden Ziegen, die jenseits der kleinen, dürftig aussehenden Flecken mit wildem Weizen und Gerste herumstreunten. Und dann sah ich nur einige Steinwürfe entfernt mehrere hin und her jagende Wölfe – grauweiß und viel kleiner als Wolfssohn und Wolfstochter, aber unverkennbar ähnlich in ihrem Körperbau.

Sobald einer der Männer die Ziege, für die er verantwortlich war, gefunden und mühsam eingefangen hatte, lief er mit ihr zur Flußaue hinab, stellte den Stein unter ihr Euter, zog die Milch aus ihren Euterzitzen und badete anschließend im Licht der untergehenden Sonne, um sich von seinem schlechten Gewissen zu reinigen und gleichzeitig so lange wie irgend möglich derjenigen Frau aus dem Weg zu gehen, die ihm sagte, was er tun und lassen sollte.

Ich ging ein paar Schritte zur Seite, setzte mich auf einen umgestülpten Korb am Dachrand, stützte die Ellenbogen auf die Knie, legte mein Gesicht in die Hände und sah dem Treiben rund um die Siedlung schweigend zu. Ich war ein wenig enttäuscht. Eigentlich hatte ich ein viel deutlicheres Ergebnis meiner Manifestation erwartet, aber offenbar war alles beim alten geblieben, und ich hatte nur den Tanz der Männer beendet. Auch gut, dachte ich. Von nun an würde ich alles sehen und jeden Versuch unterbinden, der das Gefüge der Stadt veränderte! Sie sollte die Stadt der Frauen bleiben – eine Welt, in der die Mütter und Frauen einen Mann nur so lange akzeptierten und duldeten, wie er sich den natürlichsten von allen Gesetzen unterwarf – Gesetzen, die älter waren als alle Götter!

Und wieder bemerkte ich, wie unterschiedlich die Männer in der Stadt der Frauen waren. Die großen und kräftigen, die den Hirsch getragen hatten, stellten sich mit den Ziegen ziemlich ungeschickt an. Die etwas kleineren mit runden Köpfen, die an die Fischer von Lepeno erinnerten, kamen mit den Ziegen gut aus. Sie waren die ersten am Wasser. Dagegen wußten die meisten der Männer offenbar nicht, was sie tun sollten. Sie waren kleiner und feingliedriger und viel scheuer als die anderen, blickten ständig zu den Häusern zurück, rannten hierhin und dorthin, versteckten sich ziemlich auffällig hinter Büschen und machten den Eindruck, als fürchteten sie nichts mehr als eine Begegnung mit den Frauen...

Gaia und einige andere Frauen waren inzwischen bis zur verloren in der Mitte des Platzes liegenden Jagdbeute gegangen. Ich stand auf, kletterte nach unten und gesellte mich zu ihnen. Gaia tat so, als sei nichts geschehen. Sie schritt watschelnd um das erlegte Tier herum und schob mit den Füßen die toten Kleintiere so achtlos beiseite, als würde sie keines davon sehen. Hier und da bückte sie sich, um Fell, Klauen und Geweih zu prüfen und untersuchte schließlich auch noch das Gebiß. Sie strich mit ihren Fingern über das bereits angetrocknete Blut der einzigen Wunde im Körper des toten Tieres. Und plötzlich zog sie ein honigfarbenes Feuersteinmesser aus ihrem Gürtel. Sie hatte es mir schon am zweiten Tag nach meiner Ankunft zusammen mit ihrem Schmuck, ihrem Spiegel aus poliertem Obsidianstein, ihren Perlen und Muscheln, Ketten und Bändern gezeigt. Es stammte von vorüberziehenden Nomaden, die vor einigen Jahren vom Meer jenseits des Taurusgebirges im Süden gekommen und nach Norden weitergezogen waren. Jedenfalls hatte Gaia mir das erzählt. Dieses Messer hatte meine Gedanken immer wieder beschäftigt. Es erinnerte mich an ein anderes – ein blaugraues, mit dem ich vor langer Zeit einmal Menschen getötet hatte.

Sie hob das Messer, dessen geschnitzter Knochengriff wie eine doppelte Schlange geformt war, und stieß die Spitze in die Brust des toten Hirsches. Mit einer schnellen Bewegung vergrößerte sie die blutige Öffnung, dann griff sie mit der anderen Hand hinein und riß mit großer Kraft das Herz heraus. Sie richtete sich wieder auf und sah sich triumphierend um.

»Nun? Was sagt ihr?« rief sie laut. »Das Herz dieses Tieres war nicht krank! Diese Ziegenhirten haben einen vollkommen gesunden Hirsch getötet!«

Wieder redeten mehr als zwei Dutzend Frauen und Mädchen aufgeregt durcheinander. Ich verstand nicht viel, aber ich spürte, wie ungläubig sie alle nacheinander das Herz in Gaias Hand untersuchten.

Gaia warf das blutende Herz in hohem Bogen zur Seite. Sofort stürzte aus dem Gebüsch am Rande des Platzes ein Rudel von wolfsartigen Tieren und balgte sich jaulend und knurrend um den Leckerbissen. Ich starrte auf die seltsamen Tiere. Es gab mir einen Stich ins Herz, als ich sah, wie gierig sie waren und wie wenig Stolz sie zeigten. Konnte es sein, daß dieses Rudel von den Wölfen abstammte, die einmal meine Begleiter gewesen waren? Wieviel Zeit war seither vergangen! Und wie weit mußte der Weg gewesen sein, den diese Tiere zurückgelegt hatten!

Ich fuhr zusammen, als Gaia mich von der Seite her ansprach. Sie behandelte mich genauso wie vorher. »Das ist noch nie passiert«, sagte sie und schüttelte immer wieder den Kopf. Sie ging zu einem Holzbottich und schöpfte mit einer geschnitzten Kelle etwas Wasser über ihre Hände. »jedenfalls nicht, seit wir hier leben...«

»Ich verstehe nicht, was euch so erregt«, meinte ich. Gaia stieß einen abfällig knurrenden Laut aus und kaute nachdenklich auf ihrer Unterlippe. Zum dritten Mal, nein, eigentlich schon zum vierten Mal in all den Jahren bemerkte ich eine seltsam dominierende Rolle bei Frauen, die weder wie Göttinnen noch wie Hohepriesterinnen aussahen. Auf den Inseln der Könige wäre keine von ihnen auch nur über das Hafenviertel und die Markthallen hinausgekommen. Keine dieser so starken und selbstbewußten Frauen war sonderlich jung und schlank gewesen. In der Vulkanhöhle von Ama war es mir noch nicht aufgefallen, aber mit Fjörgyn und Slava hatte ich bereits erhebliche Schwierigkeiten gehabt, die vielleicht auch ein wenig dadurch begründet waren, daß sie nicht so groß und so schlank wie ich waren. Und dennoch hatten sie sich auch ohne mein Aussehen und meine Herkunft gegen alle anderen und eines Tages auch gegen mich durchgesetzt. Und woher nahmen sie sich das Recht, unwidersprochen selbst über die geringsten Kleinigkeiten zu bestimmen? Wodurch waren diese Frauen auch ohne Göttin in ihren Reihen für so lange Zeit stärker als die Männer geblieben?

Erfahrung, besondere Geschicklichkeit oder andere sichtbare Vorzüge allein konnten es nicht sein. Natürlich hatte jede der Anführinnen, an die ich dachte, ganz bestimmte Fähigkeiten für sich genutzt. Trotzdem waren weder körperliche Kraft noch Schönheit oder besondere Klugheit dafür bestimmend gewesen, ob eine Frau im Zusammenleben der Familien, Sippen und Stämme als die Mutter von allen anerkannt wurde oder nicht. Nicht einmal die Weisheit des Lebensalters oder die Zahl der Kinder waren ausschlaggebend, ob eine Frau als oberste Mutter der Gemeinschaft anerkannt wurde oder nicht. Und doch hatte die Macht dieser starken Frauen irgend etwas mit dem Geheimnis von Geburt und Tod und mit den Männern zu tun...

»Warum erklärst du mir nicht, was euch erstaunt?« fragte ich Gaia, obwohl ich etwas ganz anderes wissen wollte. »Was ist denn passiert? Die Männer haben einen Hirsch erlegt. Ist das so ungewöhnlich für Jäger?«

»Ja, es stimmt«, seufzte Gaia. »Unsere Männer haben einen Hirsch erlegt. Sie wollen wieder Jäger sein, verstehst du? Aber sie sind keine Jäger!«

»Sie haben gejagt, also sind sie Jäger«, antwortete ich. Die anderen Frauen begannen zu lachen. Sie hielten sich die Hände vor den Mund und glucksten immer heftiger.

»Nein, Inanna!« Auch Gaia lachte nun. »Es gibt keine Jäger mehr! Nicht hier und nicht hinter den Bergen! Ja, früher einmal – als wir noch keine Häuser hatten –, da waren wir alle Jäger. Vor vielen Jahrtausenden mußte jeder von uns jagen. Wir lebten im Norden...« Sie zeigte mit der Hand nach Nordosten und wiederholte: »Im Norden ganz in der Nähe des großen Eises lebten wir, denn dort gab es die großen Herden des Mammuts, des Rindes und des anderes Wildes. Aber wir Frauen hatten die Kinder. Sie waren Fesseln an unseren Beinen. Wir zogen umher. Folgten den Männern. Folgten den Tieren. Den Männern hinter den Tieren folgten wir...«

Die anderen Frauen waren verstummt. Sie lauschten Gaia, und aus der Erklärung für mich wurde eine Ansprache für alle.

»Wir fingen den Ur in großen Löchern, mit Zweigen bedeckt. Nicht nur als Speise des Hungers, als Vorrat... als Mondopfer fingen wir den gehörnten Ur. Sein Tod war unser Leben. Wenn der Mondmund der Frauen blutete, wenn unsere Wunde uns Schmerzen bereitete, dann töteten wir den Ur, denn der Mond am Himmel war zu weit weg... wir töteten den Mond, töteten mit ihm jeden Mann, der uns Schmerzen bereitete... sie waren Jäger, wir waren stärker... wir opferten jeden Monat, jedesmal, wenn erneut achtundzwanzig Tage dahingegangen waren...«

Nie zuvor hatte ich eine so uralte Erinnerung gehört, aber ich hatte das Gefühl, als würde Gaia mir, nicht den anderen etwas mitteilen wollen. Es war bereits dunkel geworden, aber Gaia war noch nicht fertig. Sie stemmte die Fäuste gegen die seitlichen Wülste ihres Leibes, und an fünf, sechs Stellen im Rund flackerten Fackeln auf.

»Sie jagten, wir sammelten«, fuhr Gaia fort. Ihre Stimme wurde immer lauter und mächtiger. »Dann wurde es wärmer. Den Tieren gefiel es nicht, und so zogen die Herden dem großen Eis nach. Wir konnten mit unseren Kindern kaum noch folgen, so mühsam wurden Verfolgung und Jagd. Und oft sahen wir die Männer für viele Tagen und manchmal sogar viele Wochen nicht. Wir mußten mehr sammeln, wenn wir nicht verhungern wollten. In dieser Zeit tauchten die ersten Götter auf...«

Sie stockte und lächelte mit einer Innigkeit, die ich noch nie an ihr gesehen hatte. Es war, als hätte sie vergessen, wo sie war und was sie sagen wollte. Sie schloß für einen Moment die Augen, dann seufzte sie und sagte: »Das müssen andere Männer als unsere gewesen sein! Und ich weiß, wovon ich spreche! Sie kannten alle Geheimnisse des Himmels und der Erde. Sie lehrten die Frauen, die vor uns waren, wie alles entsteht, und daß man Kräuter und Pflanzen, Gräser und Samen essen kann, an die vordem niemand gedacht hatte. Wir lernten, daß niemand jagen und töten muß. Und schließlich gaben unsere eigenen Männer die Jagd auf, wie sie von Anbeginn gewesen war. Jetzt sammelten auch sie und wurden die nichtsnutzigen Hirten der schwachen, der übriggebliebenen Tiere, die wir wie unsere Kinder gesäugt hatten. Wir vertrieben sie von ihren Lagern und verjagten sie, als andere Männer durch den Wald kamen. Aber auch diese Männer taugten nichts mehr, als sie merkten, daß es bei uns Nahrung gab, die in der Erde wuchs. Ihr Lager in unseren Hütten und Häusern verkam zur kleinen Schlafstatt. Wozu auch mehr, frage ich. Vor ein paar Jahrhunderten nahmen wir die großen und starken Männer aus dem Norden bei uns auf. Sie brachten Wölfe mit... zahme Wölfe, die ihnen folgten, als wären sie von ihrer Art. Doch seht euch an, was auch aus diesen Männern wurde! Wenn es an der Zeit ist, lassen wir sie zu uns. Sie aber vertreiben sich ihre Tage. Nichtsnutzige Ziegenhirten. Schwatzen von Taten. Doch Korn wächst ohne sie. Jungtiere wachsen. Die Kinder wachsen. Wir sind es, die hegten und über Leben entschieden – schon lange, bevor die Götter kamen! Ja, es ist wahr: Wir können sehr gut ohne Männer auskommen, die nicht mehr wissen, wofür sie geschaffen sind...«

»Könnt ihr das wirklich?« unterbrach ich sie. Die Frauen starrten mich mit offenen Mündern an.

»Natürlich könnten wir das!« sagte Gaia bestimmt.

»Wenn aber keine Männer, keine Grabstöcke mehr da wären...

woher soll der Samen kommen, den ihr durch den Mondmund bis ins Dunkel der Höhle in euren Leibern empfangt?«

»Weißt du eigentlich, wovon du redest?« fragte Gaia mit gutmütigem Spott. Ich spürte, wie ich über und über errötete.

»Ich weiß, du hast viele Sommer und viele Winter gesehen«, fuhr Gaia fort. »Doch wenn ich dich so ansehe, könntest du siebzehn oder achtzehn Jahre alt sein. Weißt du, wie viele Kinder eine Frau mit siebzehn oder achtzehn Jahren bereits haben kann? Nein? Dann sieh dich um! Die dort ist siebzehn – sie hat drei lebende Kinder geboren und ein totes. Und die da ist sechzehn und hat vier Kinder, zweimal zwei, die wie eins aussehen...«

»Ich wollte nicht über mich reden«, sagte ich abwehrend.

»Nun gut, dann will ich dir antworten. Wir brauchen die Männer nicht, weil es reicht, wenn wir einmal im Jahr die Heilige Hochzeit feiern. Mit unseren Söhnen, die im vergangenen Jahr zu Männern geworden sind. Wir könnten sie gleich danach fortjagen und nichts würde uns fehlen, außer müßigen Wächtern über die Gräser und faulen Hirten, die lieber Jäger sein wollen...«

Ganz langsam begann ich zu ahnen, was auf die Stadt der Frauen und auf mich zukam.

Die beiden nächsten Tage vergingen damit, daß alle noch vorhandenen Vorräte aus den Kammern der Häuser zum großen Platz getragen und sortiert wurden. Sieben Tage vor dem Frühlingsfest erwachte ich schon sehr früh am Morgen durch laute, rhythmisch abgehackte Schreie. Sie klangen so ähnlich wie bei meinem Erwachen im Staub vor der Hügelstadt. Ich stand schnell auf, blies die weiße Asche von der Glut des Feuers und legte neues Holz nach. Ich goß Wasser in eine Schale aus Ton, trank etwas, wusch mich schnell, nahm einen schmalen Streifen geräuchertes Hirschfleisch von einem Dorn an der Wand und lief zum Leiterbalken.

Ich mußte ganz aufs Dach hinaufsteigen, um zu erkennen, woher das Geschrei kam. Die Morgensonne hatte ihren roten Ball noch nicht von den Bergen im Osten gelöst. Ich begrüßte sie, indem ich meinen Kopf etwas neigte. Langsam gewöhnte ich mich an den Gedanken, einen großen und starken göttlichen Bruder zu haben. Er sah aus, als hätte er die ganze Nacht über in Milch gebadet. Violette Dunststreifen trennten das Schwarz des Waldes vom Türkis und Hellblau des Himmels.

Die Frauen auf dem großen, schrägen Platz zwischen dem Hügel aus Häusern und dem trägen Fluß hatten sich auf eine Art geschmückt, die mir neu war. In ihren Haaren steckten Geierfedern, und ihre nackten Oberkörper waren mit bunten Kreisen und schwarzen Zackenlinien bemalt. Die älteren Frauen hatten knielange Röcke aus Bastgeflecht angelegt; die jüngeren, die beim Frühlingsfest mit einem Ritual, das ich noch nicht kannte, in die Reihen der Frauen aufgenommen werden sollten, trugen nur einen Gürtel mit einem halbrunden Schurz an der Vorderseite und dazu Riemen und Bänder, Ringe und Reifen um Arme und Unterschenkel.

Die jungen Mädchen tanzten mit weit ausgebreiteten Armen im Kreis. Die älteren Frauen klatschten dazu in die Hände und stießen in schneller Folge die hohen Schreie aus, die wie das »Chicka-chakka« von Schwärmen vorbeiziehender Vögel klangen. Ich beobachtete das eigenartige Schauspiel und wußte nicht, was es bedeutete. Nach einer Weile formierten sich die Tanzenden zu einer Doppelreihe. Sie gingen mit wiegenden Schritten am Hang des Flußufers entlang nach Süden. Ich beschloß, ihnen zu folgen, und kletterte von Dach zu Dach tiefer.

Ich war schon fast an den äußersten, weit unten liegenden Häuserwürfeln, als direkt vor mir ein verstört wirkendes Wesen aus einer Dachöffnung stieg. Zuerst sah ich die buntgeschmückte Gestalt mit Bändern und Federn, einem Frauenrock und Stierhörnern am Kopf nur von hinten. Erst die Bewegungen verrieten mir, daß die Gestalt ein Mann sein mußte.

Er sah mich und begann am ganzen Körper zu zittern. Dann schrie er auf und stolperte die letzte Leiter an der Außenwand eines Wohnwürfels hinab. Ich sah ihn rennen und schüttelte den Kopf. Bisher war mir nicht bekannt gewesen, daß auch die Stadt der Frauen einen Schamanen besaß. Das torkelnde, immer wieder aufschreiende Wesen lief zur Flußaue hinab. Dort standen in dichten Reihen die Männer und schöpften wie schon in den vergangenen Tagen aufgeweichten Lehm in kastenartige Formen. Ich beobachtete sie eine Weile und dachte darüber nach, ob alles wirklich so gewesen war, wie Gaia es erzählt hatte. Es kam mir immer noch höchst ungewöhnlich vor, daß in der Stadt der Frauen verschiedene Rassen von Männern lebten.

Ich ging über den Platz vor der Stadt und folgte den Spuren der Frauen vorbei an Buschwerk und kleinen Bäumen. Der Uferhang wurde flacher. Ich sah zurück, und konnte die Hügelsiedlung nicht mehr sehen. Mir fiel auf, daß ich zum ersten Mal allein außerhalb der Stadt war. Niemand hatte sich um mich gekümmert, obwohl ich sicher war, daß Gaia und die anderen mich bemerkt haben mußten. Ich war neugierig und wollte wissen, was sie beabsichtigten. Die Spur führte durch ein Schilffeld am Ufer des Flusses, bog nach Osten ab und stieg wieder an, bis sie am Nordrand eines Feldes entlangführte, auf dem bereits erste Halmspitzen wie ein gefleckter grüner Teppich aus dem Boden sprossen. Die ganze Zeit hörte ich vor mir das »Chicka-chacka« aus vielen Frauenstimmen.

Und dann erschrak ich wie schon lange nicht mehr. Der kräftig wirkende und in leichtem Schweiß glänzende junge Mann trat aus einem Gebüsch direkt in meinen Weg. Wir starrten uns abschätzend an. Er hatte große, dunkle Augen, lockiges schwarzes Haar und volle, leicht geöffnete Lippen. Er schluckte immer wieder und ich sah, wie sein Kehlkopf vor Aufregung hüpfte und seine straffe Bauchdecke sich hob und senkte. Er trug nur ein ausgefranstes Stück Fell, das er mit einer Schnur um seine Hüften gebunden hatte, und zog wie spielerisch eine Art Hacke hinter sich her.

Zum ersten Mal seit meiner Ankunft in der Stadt der Frauen sah ich ein männliches Wesen nur drei, vier Schritt entfernt. Der Junge, der Mann war weder geschminkt noch mit Farben bemalt, trug keinerlei Schmuck. Es gab mir einen Stich, wie sehr er mich auf den ersten Blick an Osiris erinnerte.

»Geh nicht... weiter...«

Seine Stimme klang sanft, weich und ein wenig atemlos. Sie glich der Stimme, die ich vor langer, langer Zeit einmal geliebt hatte. Ich sah den jungen Mann genauer an. Er konnte bestenfalls sechzehn Sommer gesehen haben.

»Warum soll ich nicht weitergehen?« fragte ich und wunderte mich gleichzeitig über das eigenartige Gefühl der Verwirrung in mir.

»Ich... es ist nicht gut, wenn du siehst, wohin die Frauen gegangen sind... sie holen jetzt die Toten!«

»Welche Toten?« fragte ich verwundert. Ich sah, wie verlegen er war und wieviel Überwindung es ihn kostete, mit mir zu sprechen. Ich bemerkte, daß auch meine Stimme nicht so klang wie sonst. Er war fast zwei Köpfe kleiner als ich, aber er stand etwas höher, so daß wir uns direkt in die Augen sehen konnten. Ich beobachtete das Spiel seiner Muskeln an Armen und Beinen. Er mußte stark sein und gleichzeitig gutmütig und geduldig. Ich dachte an das, was Gaia über die Männer der Hügelsiedlung gesagt hatte und konnte mir einfach nicht vorstellen, woher ihre Verachtung kam.

»Welche Toten?« fragte ich erneut. Eigentlich interessierte mich überhaupt nicht, wovor er mich abzuhalten versuchte. Ich wollte nur, daß er wieder sprach.

»Die Toten des ganzen Jahres...«

Ich hob die Brauen und sah ihn verständnislos an.

»Vom Platz der Geier«, sagte er. »Weißt du das nicht?«

Ich schüttelte den Kopf. Bisher hatte weder Gaia noch eine der anderen Frauen mit mir darüber gesprochen, wie und wo die Toten aus der Stadt beigesetzt wurden.

»Du bist... Inanna«, sagte er, jetzt schon etwas mutiger, »die weiße Göttin...«

»Ja«, nickte ich und lächelte. »Und wer bist du?«

»Enkimdu, der Zweitgeborene von Gaia.«

Er gefiel mir. Er gefiel mir sogar sehr. Ich blinzelte zu meinem eigenen Bruder hinauf. Eine Wolke verfinsterte das Gesicht des Sonnengottes.

»Verschwinde, du Erdkratzer!« rief im gleichen Augenblick eine andere Stimme. »Dieses göttliche Weib wählt keinen Unkrautjäter! Für sie ist Tammuz, der Sohn eines Gottes, selbst Hirtengott und bester der Jäger, gerade gut genug!«

Ich blickte zur Seite. Eingehüllt in ein Leopardenfell trat ein weiterer junger Mann aus dem Buschwerk hervor. Voller Überheblichkeit schritt er die kleine Böschung herab. Irgendwie erinnerte er mich an Gilgamesch aus meinem Traum, der mich zur Königin und Göttin seiner Stadt machen wollte. Tammuz trug eine Kette mit aufgereihten Zähnen von Raubtieren um seinen Hals und hielt mit nachlässiger Gebärde einen fast drei Schritt langen Speer mit einer schwarzen, im Feuer gehärteten Spitze in seiner Rechten. In seinem breiten Gürtel steckten mehrere Messer aus Feuerstein. Sein glattes, schwarzes Haar war mit einer Schnur im Nacken zusammengebunden.

Ich starrte ihn an wie einen Geist. Das sollte Tammuz sein? Der Sohn, den Gaia ständig beschimpfte? Den ich mir wie ein wildes Tier, wie ein kinderverschlingendes Monstrum vorgestellt hatte? Dieser so vollkommen gewachsene junge Mann, der selbst in den Reihen der Auserwählten im Duka-Viertel bewundernde Blicke auf sich gezogen hätte...

»Nein!« lachte ich ungläubig. »Du kannst nicht Tammuz sein! Du nicht!«

Er zuckte zusammen, dann richtete er sich auf und hob stolz seinen lockigen Kopf.

»Ich bin Tammuz, den zum Frühlingsfest alle Frauen der Stadt begehren. Meine Mutter hat mich verstoßen, weil ich lieber Jäger als Hirte sein will, aber jede andere Frau, jedes Mädchen verbrennt in diesen Nächten würzige Kräuter im Opferfeuer ihres Hauses. Sie wollen, daß die geworfenen Knochen mich für sie vorsehen...«

»Du bist nicht sehr bescheiden, wie?«, unterbrach ich ihn spöttisch.

»Du glaubst mir nicht? Dann frag doch den da!«

Er hob seinen Speer und hielt die Spitze nur eine Handbreit unter das Kinn von Enkimdu. Der hübsche Junge wirkte verlegen und eingeschüchtert.

»Warum wehrst du dich nicht gegen seine Anmaßungen?« fragte ich ihn. Enkimdu schüttelte langsam den Kopf.

»Weil ich ihn kenne«, antwortete er. »Er würde nachts die Felder verwüsten, für die ich verantwortlich bin, würde die Tiere über die Saat stampfen lassen, giftige Kräuter unter meine Opfergaben mengen und dann behaupten, daß ich geschlafen habe!«

»Was hätte er davon?«

Ich spürte, wie der kurze Zauber verflog, der mich für einige Augenblicke bei der Begegnung mit Enkimdu umfangen hatte.

»Ich will, daß ich dich beim Frühlingsfest bekomme«, sagte Tammuz mit breitem Grinsen. Ich vergaß fast, den Mund zu schließen. Mit einer Mischung aus Überraschung und Ungläubigkeit starrte ich ihn an.

»Das kann nicht dein Ernst sein... seit wann darf ein Mann in Catal Hüyük etwas wollen? Was glaubst du, was deine Mutter sagt, wenn sie erfährt...«

»Sie wird nichts erfahren, denn du wirst ihr nichts sagen! Und auch du nicht, Göttin!«

Wieder hob er die Spitze seines Speers gegen seinen Bruder.

»Laß das!« sagte ich scharf.

Er sah mich an und lachte nur.

»Also gut, Tammuz, ich werde nichts sagen. Aber jetzt mach den Weg frei und laß mich durch!«

»Ich habe schon immer von dir geträumt – von einer weißen Göttin, die nicht gleich an Kinder denkt, wenn sie mit einem Mann zusammen ist... von einer Geliebten, einer Freundin, einem Mädchen, das so schnell laufen kann wie ich, wenn wir zur Jagd gehen...«

»Du weißt nicht, was du redest!«

»Ich weiß ganz genau, was ich will. Aber weißt du denn, was ein Mann ist?« Er drehte seinen Speer zu mir und berührte mit den schwarzen Spitzen den Stein der Götter an meinem Hals.

»Ich weiß viel über dich, Inanna. Ich habe viele Nächte lang die Frauen belauscht, wenn sie über dich redeten. Du hast keinen Bauchnabel, und die Frauen sagen, daß du weder Vater noch Mutter gekannt hast. Sie bezweifeln sogar, daß dein Mondmund bluten oder einen Grabstock empfangen kann...«

»Das ist nicht wahr! Außerdem geht euch das nichts an – die Frauen nicht und dich erst recht nicht!«

Ich ärgerte mich darüber, daß ich mich plötzlich in einer Situation befand, die nach Verteidigung aussah. Wie kam ich eigentlich dazu, diesem eingebildeten und unverschämten Burschen Rede und Antwort zu stehen?

»Laß mich durch!«

Er grinste noch immer und schüttelte den Kopf. »Sie kommen zurück«, sagte er dann. »Hörst du das Klappern der Knochen? Es ist nicht gut, wenn man dich auf dem Weg sieht, von dem der Zaubermann eben erst die Dämonen vertrieben hat.«

Ich spürte, wie sich etwas Unheimliches über mir zusammenbraute. Was wußte ich denn wirklich von den Bräuchen und Ritualen rund um den Häuserhügel von Catal? Ich wollte nicht nachgeben – nicht diesem Tammuz! Aber dann siegte die Vernunft. Es hatte keinen Zweck, ihm zu beweisen, daß ich mich nicht fürchtete. Er grinste immer breiter, dann formten seine Lippen eine Art Kuß. Gleich darauf verschwand er wieder im Gebüsch. Ich hörte, wie das »Chacka-chicka« näher kam.

»Paß auf, Göttin!« sagte Enkimdu leise. »Jetzt mußt du wirklich aufpassen! Ich will dir dienen, solange ich lebe. Ich bin so stark wie er, doch er erreicht immer, was er will!«

ABSCHIED VOM GESTERN

Aus irgendeinem Grund, den ich mir selbst nicht erklären konnte, nahm ich die Warnung der beiden jungen Männer an. Enkimdu verschwand ebenso schnell wie sein Bruder. Vermutlich versuchten beide, rechtzeitig vor den Frauen wieder in die Nähe der Häuser zu gelangen. Ich entschloß mich, kein unnötiges Risiko einzugehen, drehte mich um und wollte den Weg zurückgehen, den ich gekommen war.

Ich hatte Catal Hüyük fast erreicht, als ich plötzlich eine Gruppe von Kindern direkt vor mir sah. Sie sprangen in sicherer Entfernung um zwei junge Wildstiere herum, die bis zum Fluß gekommen waren. Verwundert sah ich abwechselnd die Stiere und die Kinder an. Gleichzeitig wurde mir bewußt, daß sich bereits zum zweiten Mal innerhalb kurzer Zeit wilde Tiere bis zur Hügelstadt gewagt hatten. Und erst jetzt fiel mir auf, was ich bisher vermißt hatte. Es waren nicht nur die Nachfahren der Wölfe gewesen. Die Renjäger hatten eng mit Tieren zusammengelebt, und in gewisser Weise auch die Fischer von Lepeno, aber bis auf den erlegten Hirsch hatte ich seit meiner Ankunft keine größeren Tiere zwischen den Häusern und dem Fluß gesehen. Ich dachte an die wilden Ziegen und die Geier über dem Totenacker. Sie waren Begleiter des Lebens der Menschen am Hügel von Catal, aber keine wirklichen Gefährten wie Wolfssohn und Wolfstochter.

Das Relief und die Stierköpfe in Gaias Wohnraum fielen mir ein. Irgendwann vor langer Zeit mußte es fast heilige Verbindungen zwischen den Hügelbewohnern und Rindern gegeben haben! Und jetzt sah ich zum ersten Mal zwei junge Stiere, die sich nicht vor der Nähe der Menschen zu fürchten schienen. Hatte das alles etwas mit dem bevorstehenden Frühlingsfest zu tun? Oder war das Auftauchen der Wölfe – meiner Wölfe – eine Art Zeichen für andere Tiere des Waldes und des unbewohnten Hochlandes gewesen?

Ich lächelte, atmete schneller und stieg hastig die Flußböschung hinauf. Und dann sah ich sie: zwischen dem Waldrand und der

Stadt kamen zögernd verschiedene Gruppen von Tieren näher. Ich legte die Hand über die Augen und erkannte Kühe und Schafe, Onager und kleine, wilde Schweine. Es war, als würden all die Tiere nicht auf die Hügelstadt, sondern direkt auf mich zukommen.

Ich zögerte einen Augenblick, dann ging ich ihnen entgegen, während hinter mir die Prozession der Frauen mit den Skeletten der Toten des ganzen Jahres am Flußufer entlang zur Hügelstadt zurückkehrte. Ich sah mich kurz um, konnte sie aber nicht erkennen. Nur der Schwarm der kreisenden Geier mit ihren weit ausgebreiteten Flügeln zeigte mir, wo sie entlangzogen.

Ich ging immer weiter auf den Wald zu. Ja, es war so, wie ich es vermutet hatte. Sie kamen zu mir – sie kamen alle zu mir. Ich spürte, wie Tränen über meine Wangen liefen und wollte nicht mehr wissen, warum es so war und woher all die Tiere kamen. Sie erkannten mich – fühlten, daß ich eine Göttin war.

Ein paar junge Zicklein sprangen auf mich zu. Ich bückte mich und kraulte sie zwischen den Hörnerhöckern. Zwei Geißen mit langen, nach vorn gebogenen Bärten beschnupperten meinen Rock. Ich strich ihnen über die Rücken, und ihre Schwänzchen richteten sich auf. Grunzend und quiekend tollte ein halbes Dutzend kleiner, fettwülstiger Wildschweine heran. Drei stolze Onager stiegen vor mir auf die Hinterbeine – ganz so, als wollten sie mir zeigen, daß sie mich ebenfalls anerkannten.

Ich wurde umringt von Tieren, die alle meine Nähe suchten. Und nicht einmal die Scharen gackernder, krähender Huhnvögel, flatternder Wildenten und »rach-rah« krähender Wildgänse wurden scheu, als auch noch die Wölfe herankamen. Jetzt wußte ich, daß nichts von dem verlorengegangen war, was ich vor mehr als acht Jahrhunderten in einem wunderbaren Sommer den Tieren auf der Bergterrasse über dem Tal der Donau versprochen hatte.

Es wurde Abend. Ich verabschiedete mich von den Tieren und ging sehr glücklich zur Stadt der Frauen zurück. Einige der Rinder und Schafe, der Ziegen und Huhnvögel folgten mir. Ich kündigte meine Rückkehr nicht wie die Männer mit Geschrei und lautem Johlen an, sondern begann tausend Schritt vor den Häusern, ein altes Lied aus dem Inneren Palast der Könige zu singen. Es kündete von einer Zeit, die längst verloren war – von einer Zeit, als alle Menschen, alle Tiere noch miteinander sprechen konnten.

Die Frauen von Catal Hüyük wichen mir voller Scheu aus. Nur die Kinder kamen mir entgegen. Sie umringten mich und die Tiere, duckten sich im Laufen und versuchten, die vielfältigen Geräusche von Kühen, Schafen, Ziegen, Huhnvögeln und Kühen nachzuahmen. Es wurde ein sehr lauter, aber fröhlicher Einzug auf dem großen Platz zwischen den Häuserwürfeln und dem Fluß.

Einige der Männer waren dabei, Gruben am Rand des Platzes auszuheben. Sie flohen vor den kleinen Huhnvögeln, die sofort zum aufgeschütteten Erdreich flatterten, aufgeregt scharrten und nach Würmern pickten. Ich setzte mich auf einen großen, umgestülpten Flechtkorb, legte die Beine übereinander, reckte mich und sah mich strahlend um.

Gaia kam wie eine grollende Gewitterwolke auf mich zu.

»Was soll das?« fauchte sie mich an. »Willst du die Toten eines ganzen Jahres durch Tiergeblök beleidigen? Nennst du das göttlich oder weise?«

»Ich weiß nicht, was du willst«, gab ich zurück. »Die Tiere sind Gefährten für mich. Ich habe sie sehr lange vermißt.«

»Es ist kein Platz für Tiere hier! Sollen sie etwa wegfressen, was wir mühsam gesammelt haben?«

»Es ist genug für alle da.«

»Und unsere Felder?«

»Ich zeige euch, wie auf den Feldern mehr Korn und schwere Ähren wachsen können!«

»Woher willst du das wissen?«

»Es ist mir eingefallen«, antwortete ich und lächelte noch immer.

»Was nutzt ein Zauber, was Magie, wenn Vögel jede Saat auspikken, wenn Ziegen, Schafe, Schweine, Rinder das junge Grün abfressen und auch den letzten Halm zertreten?«

»Die Wölfe werden aufpassen!«

»Die Wölfe! Du sagst, die Wölfe? Sie werden Kinder anfallen und dann die Lämmer!«

Ich sah, wie sich Enkimdu hinter Gaia stellte. Er nickte mir verstohlen zu.

»Dann müssen eben Männer auf die Wölfe achten«, sagte ich. Gaia ballte ihre Hände zu Fäusten und spuckte aus.

»Du redest mir zu klug!« fauchte sie aufgebracht. »Ich habe jetzt genug von dir. Glaubst du etwa, ich weiß nicht, was hinter meinem Rücken vorgeht? Hast du nicht heute erst mit Enkimdu geturtelt und dann mit Tammuz, während wir Frauen voller Trauer die Gebeine der Verstorbenen heimholten?«

»Ja, du hast recht«, antwortete ich. »Ich traf deine Söhne unten am Fluß. Aber sie haben nichts mit diesen Tieren zu tun!«

»Du hast die Tiere hierher gebracht, weil sie zu träge sind, sie selbst zu jagen! Das war verabredet! Sie haben sich von dir betören lassen und dir versprochen, daß du die Göttin unserer Stadt wirst, wenn du die Tiere des Waldes und der Ebene bis in die Stadt holst... ist es nicht so?«

»Nein«, antwortete ich. »So war es nicht.«

»Ach, schweig doch lieber! Denkst du, wir wissen nicht, was du erreichen willst? Ich habe schon am Tag, an dem du hier auf einer Wolke aus Rauch und Feuer angekommen bist, die klügsten meiner Schwestern ausgesandt. Sie waren in den Bergen im Süden und im Osten. Sie haben die Herumziehenden befragt, ihnen Geschenke mitgenommen und sich erzählen lassen, was andere von einem Weib berichten, das so wie du aussieht und viele Namen trägt.«

»Ich weiß selbst, wer ich bin.«

»Ist es so? Dann weißt du wohl auch, daß du den Tammuz zum Gemahl begehrst und wir ihn lieber töten werden, als ihn einer zu geben, die sich mit Tieren abgibt!«

»Ich habe nicht vor, Tammuz zu heiraten.«

»Die in den Bergen sagen es! Und ihre Prophezeiungen waren schon immer besser als unsere Deutungen von Opferrauch und Mondgesichten...«

»Wenn ihr es zulaßt, werde ich mit Enkimdu feiern!«

»Enkimdu, warum Enkimdu?« fragte Gaia mißtrauisch. »Er hat nicht einmal einen Gott zum Vater!«

»Weil er kein Jäger sein will«, antwortete ich. »Er achtet die Natur und kennt das Korn auf jedem Feldflecken.«

»Nun gut – Enkimdu!«

Sie sah mich an, verzog ihr fleischiges Gesicht und lachte.

»Du sollst ihn haben, und ich hoffe für dich, daß du ihm zeigst, was eine Göttin kann!«

Sie ging davon mit einem Lachen, das sich gackernd und wie Geschrei von wilden Gänsen anhörte.

In den nächsten Tagen gingen die Vorbereitungen für das Frühlingsfest weiter. Ich hatte angenommen, daß die entfleischten, ausgebleichten Gebeine am Rand des großen Platzes mit einer feierlichen Zeremonie und alten Ritualen der letzten Ruhe zugeführt wurden. Doch nichts dergleichen geschah.

Drei Tage vor dem Beginn des Festes holten einige Frauen die Knochen ab und schleppten sie schwatzend und so vergnügt, als trügen sie nur Feuerholz über Leitern und Dächer bis in die Häuser. Die restlichen Frauen verteilten sich an den Erdgruben. Sie füllten große Beutel mit dem weißen Schlick und trugen diese ebenfalls über die Leitern ins Innere der Hügelstadt.

Niemand beachtete mich. Ich schlenderte umher und versuchte herauszufinden, nach welchen Regeln die Menschen in der Stadt der Frauen zusammenlebten. Sie kamen mir wesentlich komplizierter vor als bei den Fischern am Strudel von Lepeno. Einige der Männer waren zum Wald geschickt worden. Sie kamen mit abgeschlagenen und von Ästen befreiten jungen Bäumen zurück. Nach und nach errichteten sie ein mannhohes Gerüst auf dem Platz zwischen den Häusern und dem Fluß. Ich wußte nicht, welchem Zweck das Gerüst dienen sollte, sah eine Weile zu und ging dann über Leitern und Dächer bis zum Dach zurück, das meinen Wohnraum schützte.

Schon als ich die ersten Stufen in das Halbdunkel hinabstieg, bemerkte ich, daß sich mehrere Frauen in meinem Haus befanden. Ich sprang die letzten Sprossen des Leiterbaums hinab und blickte mich verwundert um.

»Was macht ihr hier? Dies ist mein Haus!«

Und dann sah ich, was die jungen Frauen getan hatten. Sie sahen äußerlich viel jünger, aber stämmiger als ich aus. Nichts deutete darauf hin, daß sie dereinst ebenso fett und ausladend aussehen könnten wie Gaia und die anderen Mütter der Siedlung. Alle fünf

Mädchen in meinem Wohnraum hatten Spuren des weißen Schlicks auf ihrer Haut und in den fröhlichen Gesichtern.

»Wir haben dir die Gebeine gebracht«, antwortete eine von ihnen. Sie wurde Rhea genannt und war die älteste Tochter von Gaia. Ich mochte sie, obwohl ich erst einmal mit ihr gesprochen hatte.

»Welche Gebeine?« fragte ich ahnungslos.

»Die Gebeine aller Männer, die als die Väter von Enkimdu gelten«, erklärte Rhea. Sie ging zur Mitte des Raumes und zog ein altes Hirschfell zur Seite. Staub stieg auf. Ich hustete und legte die Hand vor den Mund. Im Schein schräg in den Raum fallender Sonnenstrahlen erblickte ich einen wild zusammengeworfenen Haufen aus Knochen, Schädeln und Gebißresten.

»Was soll das?« fragte ich empört. »Wie kommt ihr dazu, mir das da herzubringen?«

»Es sind nur drei – höchstens vier«, antwortete das Mädchen. »Die anderen wollte Gaia behalten.«

»Na schön«, seufzte ich, »aber könnt ihr mir vielleicht erklären, was ich mit diesen Knochen soll?«

»Wir wollten sie gerade eingraben für dich...«

»Eingraben? Wo?«

»Dort!« sagte sie und deutete auf meine Lagerstatt. »Weißt du denn nicht, daß alle Knochen von Verstorbenen unter den Ruhelagern der Frauen eingegraben werden?«

Ich schüttelte den Kopf. Der Gedanke behagte mir nicht – er behagte mir ganz und gar nicht!

»Wenn einer von uns stirbt, bringen wir ihn zu den Geiern«, fuhr Rhea vollkommen unbefangen fort. »Drei Tage lang brennen die Opferfeuer. Dann stellen wir den Tonkrug auf, in dem die Tränen und das Blut, der Schweiß, der Speichel und die anderen Körpersäfte der Frauen eingefangen sind, in deren Haus der Tote lebte. Frau oder Mann, Kind oder Totgeborenes – im Feld der Geier sind wir alle gleich.«

Ich zwang mich, meinen Abscheu nicht zu zeigen.

»Und zu den Frühlingsfesten werden die Knochen zurückgeholt und in den Häusern eingegraben?« fragte ich mühsam. »Das müssen doch inzwischen sehr viele Gebeine sein.«

»Von allen Toten aller Jahre«, nickte Rhea. »Und um das Jahr zu reinigen, werden die Häuser, in das ein Toter heimgekehrt ist, innen und außen weißgemalt. Dies Haus hat schon sehr viele Schichten an den Wänden.«

»Nein!« stieß ich hervor und wich zurück.

»Es war das erste Haus der Stadt. Siehst du, wie hoch das Lager ist? Die letzte Frau, die hier gelebt hat, baute sich vor vielen Generationen ein zweites, und seither werden hier nur noch die Gebeine von Toten beigesetzt, die keinen hatten, der den Krug aufstellen konnte.«

Ich begann zu verstehen. Von Anfang an hatte ich mich gewundert, daß mir ein Haus ganz auf der Spitze des Hügels zugewiesen worden war. Keine Ehre, Inanna, keine Auszeichnung! Nur die Verlegenheitslösung für eine Fremde, die keine Bindungen zu irgendeiner Frau von Catal Hüyük nachweisen konnte!

Sie hatten mir Asyl gewährt, doch nicht ein Tempel, ein Altarraum war mir zugebilligt worden, sondern das Haus der Toten ohne Mütter, die um sie klagen konnten! Ich sah in die Gesichter der jungen Mädchen. Sie strahlten mich so freudig und vergnügt an, daß ich nur noch tief aufseufzen konnte, ehe ich ebenfalls lächelte.

»Sagt mir, ob ich irgend etwas tun muß«, meinte ich. »Ich will gern helfen, wie es der Brauch bestimmt.«

»Nein, nein«, sagte das junge Mädchen, das mir alles erklärt hatte, schnell. »Du darfst nichts tun! Du mußt dich schonen, viel im Fluß schwimmen und gut essen, damit du bereit bist! In drei Tagen ist es soweit.«

Die anderen kicherten verhalten.

»Ihr meint, ich soll wieder gehen?«

Sie nickten heftig. Ich legte einen Moment den Kopf zur Seite und musterte die Knochen und die Wände, die aufgegrabene Lagerstatt und die frischen Schilfbündel unter der Decke.

»Es ist ein schönes Haus«, sagte das Mädchen. »Und es wird dir und deinem Mann Enkimdu ganz allein gehören...«

Ich tat, was mir die Mädchen geraten hatten, ging zum Fluß, schwamm lange, legte mich weitab von der Hügelstadt ins Gras der

Uferböschung und ließ mich nackt im warmen Licht der Sonne trocknen. Ein paarmal dachte ich daran, meinen Bruder zu befragen. Ich blinzelte zum Himmel hinauf, doch Utu antwortete mir nicht auf meine suchenden Gedanken.

Ich lag im weichen Gras und genoß die Stille eines langen Tages. Manchmal wunderte ich mich darüber, wie alles gekommen war. Ich hatte nichts dagegen, daß Enkimdu mich schon bald umarmen würde. Einerseits freute ich mich darauf. Ich lächelte, wenn ich mir ausmalte, wie seine Lippen mich berühren und meine Lippen küssen würden. Er war kein Held, kein junger Gott, kein stolzer Krieger, der die Dämonen tötete und selbst den Himmel stürmte, um mich nach schwerem Kampf zu sich hinauf zu ziehen. Er war ein lieber, aufrichtiger Mann, der noch den Wolken nachsah und seinen Fuß nicht auf das Korn setzte, das gerade aus der Erde sproß.

»Mein sanfter, dienender Gemahl«, flüsterten meine Lippen. Er würde mir Gefährte sein wie Wolfssohn und Wolfstochter, wie die Tiere des Waldes und der Steppe. Er würde tun, was ich von ihm verlangte, mich lieben, achten und verehren. Ich konnte glücklich und zufrieden mit der Entwicklung sein. Enkimdu war das Ziel des langen Weges, die Stadt der Frauen meine neue Heimat. Ich hatte einen Mann gefunden, der für mich dasein würde, wenn ich ihn brauchte, der jeden Wunsch von meinen Lippen ablas und der mir Kinder schenken sollte, wenn sich mein Körper, meine Seele danach sehnten.

»Was willst du mehr, Inanna?«

Ich hob die Brauen, lächelte und rekelte mich aufseufzend im Gras. Es war so einfach! All meine schweren und oftmals quälenden Gedanken waren verschwunden. Ich sollte einen Mann bekommen, der mir gefiel und den ich auf den ersten Blick gemocht hatte. Nicht einmal jene kleine Spur Enttäuschung konnte mich daran hindern, die ganze Welt großartig und schön zu finden.

Ich sah den Vögeln nach, und als am Nachmittag das Lied der Lerche hoch in der Luft erklang, schlummerte ich ein. Ich träumte davon, wie mich die Frauen in der Hügelstadt um meinen schönen Mann beneideten, wie ich mit hocherhobenem Haupt über den Platz zum Fluß ging, gefolgt von ihm, Enkimdu, der meine Sachen trug, und wie sie ehrerbietig tuschelten »Da geht die weiße Göttin mit ihrem schönen Mann... sie soll die Göttin unserer ganzen Stadt, des weiten Landes und des Waldes bis zu den fernen Bergen sein!«

Von weit her würden Männer und Frauen kommen, mir kostbare Geschenke bringen und darum bitten, ebenfalls in der Stadt zu leben, in der ich Göttin, Hohepriesterin und Königin der Liebe war. Ich spürte, wie mein Bruder, der Sonnengott Utu, auf mich herablächelte.

»Nun, junge Herrin«, flüsterte er mir wie ein langer Vertrauter zu. »Verstehst du endlich, wie großartig der Flachs aussehen kann, sobald er reif geworden ist? Wie wunderbar das Korn in hohen Reihen wogt? Ich werde für die Ernte sorgen und sie dir bringen. Du brauchst den Flachs, brauchst ein Stück reines Leinen für deine Hochzeitsnacht...«

»Du weißt so viel, mein großer Bruder«, seufzte ich wohlig. »Aber was nützt der Flachs, den du du mir bringen willst? Niemand von denen, die ich kenne, versteht, wie man ihn kämmen muß...«

»Ich bringe ihn gekämmt, mein kleines Schwesterchen!«

»Du hast gut reden, Bruder! Selbst wenn du mir den Flachs bereits gekämmt bringst – wer soll ihn für mich spinnen?«

»Mach dir keine Gedanken, ich bringe ihn gesponnen.«

»Gesponnen ist noch nicht geflochten...«

»Ich bringe ihn für dich geflochten.«

»Wer soll ihn weben?«

»Ich bringe ihn gewebt.«

»Wer soll ihn bleichen?«

»Ich bringe ihn gebleicht.«

»Es tut gut, wie du auf alle meine Fragen eine Antwort hast«, seufzte ich erleichtert. Trotzdem blieb immer noch eine Frage offen. Eigentlich hatte ich sie mit jedem meiner Einwände gestellt. Ich zögerte einen Augenblick, und dann fragte ich Utu ganz direkt: »Selbst wenn du mir den schönsten Flachs gewebt und weiß gebleicht bringst – wer soll mit mir das Tuch aus Leinen teilen?«

»Dein Bräutigam natürlich...«

»Wer wird das sein?«

»Der von einer fruchtbaren Frau Geborene! Jener, der längst dafür bestimmt ist, mit dir gemeinsam und über den Köpfen von allen anderen auf der erhabenen, geschmückten Bettstatt die Zeit zu feiern, die man die Hochzeit nennen wird...«

»Wer, Utu, wer ist jener Mann, den du schon kennst?«

»Du weißt es nicht? Es ist Dumuzi, der Hirte! Er wird mit dir das weiße Tuch aus Leinen teilen!«

»Nein!« rief ich erschreckt. »Der Mann, bei dem mein Herz noch schneller schlägt, trägt eine Hacke und keinen angespitzten Speer! Mein Auserwählter soll kein Hirte und kein Jäger sein, sondern ein Mann des Landes, ein Sämann und ein Schnitter, der Pflanzen liebt und sie zu reichen Ernten bringt, damit ich Scheunen bauen kann, um sie in jedem Jahr mit dem zu füllen, was du, mein Bruder, wachsen läßt!«

»Schwester, sei nicht so unwillig! Für dich paßt Tammuz doch viel besser! Er ist ein Jäger, aber er wird auch Hirte, wenn du ihm zeigst, wie er die Schafe hüten soll. In einem Jahr schon hast du von ihm gute Sahne, gute Milch. Und was er macht, das macht er ganz. Heirate Tammuz, Inanna!«

»Aber ich will ihn nicht! Ich werde keinen Schafhirten heiraten! Kleider von Hirten stinken, und ihre Wolle ist zu rauh. Ich will den Mann der Felder und des fruchtbaren Landes! Er kann Flachs für mich wachsen lassen, Gerste und alle Speisen, die auf meinen Tisch kommen...«

Ein Schatten strich vor Utu entlang. Gleichzeitig hörte ich das Gurren einer Taube. Ich blinzelte in die Sonne und richtete mich auf. Die weiße Taube pickte ein paar Samenkörner aus den Taschen meiner abgelegten Kleider.

Ich wußte nicht, ob mich die Taube als das uralte Sinnbild der reinen Seele absichtlich oder durch puren Zufall geweckt hatte. Für einen Augenblick mußte ich an Morgana denken. Die weiße Taube pickte ein letztes Korn auf und breitete die weißen Schwingen aus. Ich sah ihr nach, wie sie genau nach Süden aufstieg, noch einmal zurückkehrte und erneut in die gleiche Richtung fortflog.

Irgendwo hinter den milchigblau schimmernden Bergen im Süden mußte das Mittlere Meer sein. Und noch weiter südlich nahm das Meer die Wasser des Nils in sich auf. Konnte die Taube über die

Berge und das Meer bis zum Nil und zur uralten Kolonie von Amun-Re fliegen? Ich schüttelte den Kopf und wußte nicht, warum ich gerade jetzt daran dachte. Gleichzeitig spürte ich die Wärme vom Stein der Götter über meiner Brust.

Was war geschehen?

Ich hatte plötzlich das Gefühl, als hätten nicht nur Utu und die weiße Taube, sondern auch viele andere Götter jedes Bild und jede Phase meines Traumes mitangesehen und beobachtet. Ich sah über die grünen Steppengräser bis zum Wald im Westen. Dann stand ich auf und ging am Flußufer entlang zur Stadt der Frauen zurück. Der Traum beschäftigte mich noch eine ganze Weile, bis ich mir sagte, daß ich mir einfach zu viele Gedanken machte. Ich wollte mit den Frauen leben, eine von ihnen sein und ihre Göttin werden. Und mein Schatz waren hundert Fähigkeiten, die ich nach und nach an alle weitergeben wollte.

Ich brauchte keine Träume mehr, keine Erinnerungen an Atlantis, an eitle Könige und Götter, die vor der Sintflut die erste Männerwelt geschaffen hatten. All das war längst versunken. Zweitausend Jahre hatte ich gebraucht, um das zu finden, was ich suchte. Die Stadt der Frauen war meine neue Heimat. Hier galten noch Erinnerungen, die viel älter waren als die Götter und das Cro Magnon-Experiment.

Die Tage bis zum Beginn des Frühlingsfestes vergingen viel zu schnell. Überall auf den Dächern der Häuser lachten die Mädchen und Frauen. Der große Platz zwischen dem Häuserhügel und dem Fluß hatte sich inzwischen in einen Kreis aus mehreren Ringen verwandelt, in dessen Mitte ein neues Haus aus sonnengetrockneten Ziegelsteinen errichtet wurde. Einige Männer hatten unten am Fluß feuchten Lehm in Formen geschöpft, sie glattgestrichen und umgestülpt. Schon nach drei Tagen konnten die sonnengetrockneten Ziegel bis zum Platz getragen und übereinandergeschichtet werden. Inzwischen war genau in der Mitte des Platzes ein kleines Haus entstanden, das keine Fenster und nur eine Luke im flachen Dach hatte.

Ich hatte die Mädchen und Frauen des Dorfes mehrmals nach

der Bestimmung des kleinen Hauses gefragt, sie aber hatten nur gelacht...

Am Abend vor dem Beginn des Festes kam Gaia zu mir. Sie ließ sich ächzend neben mir am Rand meines Hausdachs nieder.

»Wie geht es dir?« fragte sie mit einem leicht besorgten Unterton in ihrer Stimme. Wir hatten seit einigen Tagen nicht mehr miteinander gesprochen. Den Grund dafür kannten wir beide gut genug.

»Du mußt dir nichts daraus machen, wenn ich manchmal etwas schroff bin«, sagte Gaia, ohne mich anzusehen. Auch ich blickte sie nicht an, sondern sah zum Fluß hinunter. »Ich habe nachgedacht«, fuhr sie fort. »Vielleicht wäre es gut, wenn wir in Zukunft keine fremden Männer mehr aufnehmen. Was wir haben, das wissen wir, was wir bekommen, wissen wir nicht. Es treiben sich immer mehr seltsame Gruppen aus dem Osten in den Wäldern herum. Einige dieser Männer haben sogar so blaue Augen wie du.«

»Meinst du, der Stadt droht Gefahr?« fragte ich.

»In diesem Jahr noch nicht, aber wenn wir weiter wachsen, könnte der Tag kommen, an dem wir uns gegen plündernde Horden wehren und verteidigen müssen. Es soll schon Nomaden geben, die nicht mehr selbst jagen. Sie warten auf Jäger mit Beute und jagen die Jäger, verstehst du?«

Und wie ich das verstand! Offensichtlich hatten nicht nur die großen und guten Erinnerungen an die alten Götter das Chaos des Untergangs überstanden. Neid, Mißgunst und Habgier gehörten nicht zu den göttlichen ME – oder etwa doch?

»Was hast du vor?« fragte ich. »Willst du, daß die Männer ständig in den Häusern wohnen?«

Gaia lachte abfällig und spuckte aus. »Ich denke nicht daran! Aber da drüben, jenseits des Flusses, könnten sie sich eine kleine Stadt bauen. Dann wären sie in der Nähe und doch weit genug entfernt, um uns nicht zu stören.«

Ich fragte mich, warum Gaia ausgerechnet jetzt auf derartige Gedanken kam. Oder plante sie bereits für die Zeit nach meiner heiligen Hochzeit?

»Ich würde mich gern mit Enkimdu unterhalten«, meinte ich. »Ich möchte ihn noch etwas besser kennenlernen, ehe wir... ich meine...«

»Das ist nicht üblich!«, unterbrach mich Gaia. »Aber wenn du unbedingt willst, schicke ich dir deinen Gemahl!«

Sie lächelte beinahe verschwörerisch und rutschte bis zum nächsten Dach hinunter. Ich blieb in der Sonne sitzen und sah den Menschen zu, wie sie das kleine Haus mit Zweigen und frischen Blüten schmückten. Überall wurden Wege gefegt. Einer davon führte vom kleinen Haus in der Mitte des Platzes bis zu einem hochaufgeschichteten Holzstapel am Ufer des Flusses.

Ich weiß nicht, wie lange ich dem regen Treiben zusah. Erst als ein Speer mit einer im Feuer gehärteten Spitze direkt vor meinen baumelnden Füßen in die Lehmziegelwand meines Hauses stach, schrak ich auf. Ein Schatten fiel über mich, dann ließ sich Tammuz mit einem lauten »Ha-ha!« neben mich fallen.

»Was willst du?« fuhr ich ihn an. »Du hast hier nichts zu suchen!«

»Gut geträumt neulich?« fragte er mit einem breiten Lachen. »Ich habe alles gehört... jedes Wort, das du im Halbschlaf gesprochen hast!«

»Wie kannst du es wagen...«

»Ich lag im Gras, bin ziemlich nah an dich herangekommen...«

»Verschwinde!« zischte ich. »Auf der Stelle!«

Er lachte nur und zog seinen Speer wieder aus der Hauswand.

»Erst mußt du sagen, was du an meinem Bruder findest! Ich bin der Sohn eines Gottes! Wenn er dir schwarze Erde gibt, kann ich dir schwarze Wolle geben. Wenn er dir weiße Erde gibt, kann ich dir weiße Wolle geben. Wenn er dir bitteres Bier braut, biete ich dir süße Milch. Wenn er dir Brot backt, mache ich Honigkäse für dich. Ich verspreche noch mehr: Ich will dem Enkimdu alle Sahne schenken, die ich übrig habe. Er kann auch die Milch haben, die ich nicht brauche. Vergiß doch diesen Bauern! Was hat er mehr, was ich nicht habe?«

Ich sprang auf, stemmte die Fäuste in die Seiten und sah wütend auf ihn herab. »Was bildest du dir eigentlich ein, du Schafhirte?« Im gleichen Augenblick hatte ich eine Idee. Ich ahnte, daß ich ihn nur verjagen konnte, wenn ich ihm mit Ahnen drohte, die seinen Stolz und seine Überheblichkeit zunichte machten. Ich war eine Göttin – auch wenn ich weder Vater noch Mutter nennen konnte.

Doch genau das wollte ich ihm gegenüber nicht zugeben. Deshalb benutzte ich einfach die Namen von alten Göttinnen und Göttern, die mir gerade einfielen. Er konnte das nicht tun, denn er konnte kaum etwas über seine Vorfahren wissen!

»Sohn eines Gottes, sagst du?« fuhr ich ihn an. »Du weißt ja nicht einmal, was das heißt! Kennst du etwa die Mutter deines Vaters? Sie war auch meine Mutter, und ohne Ningal wärst du nie geboren! Ohne meine Großmutter Ningikuga würdest du dich in der Steppe verlaufen! Ohne meinen Vater Nana hättest du kein Dach über dem Kopf, und ohne meinen Bruder Utu...«

Ich hatte ihn unterschätzt! Ich hatte ihn tatsächlich unterschätzt! Schon als ich das freche Blitzen in seinen Augen sah, erkannte ich, daß er mir kein Wort glaubte. Im Gegenteil – er ging auf meine Behauptungen ein und überbot sie noch:

»Na gut, Inanna! Du willst Streit über die Ahnen? Du sollst ihn haben! Mein Vater ist Gott Enki«, behauptete er, »und er ist so gut wie deiner! Meine Mutter Sirtur ist so gut wie deine. Meine Schwester Geschtinanna ist so gut wie deine. Willst du noch mehr hören, Göttin von Catal Hüyük?«

Ich war so verdutzt, daß ich nicht wußte, was ich noch tun sollte. Es war, als hätten wir blitzende Schwerter aus Worten gegeneinandergeführt und plötzlich festgestellt, daß wir Spaß daran hatten. Auf einen derartigen Zweikampf war ich nicht vorbereitet gewesen. Einerseits ärgerte ich mich über seine Falle, anderseits faszinierte mich das seltsam überlegen wirkende Lächeln in seinen Augen und seinen Mundwinkeln. Ich wußte nicht, wie es passierte, aber ich fühlte, wie aus all meiner Ablehnung, allem Widerstand Interesse wurde. Noch wehrte ich mich innerlich, doch gleichzeitig spürte ich, daß es zu spät war...

Er lachte, und ich mußte ebenfalls lachen. Er legte die Stirn in Falten, und ich ebenfalls. Mir wurde klar, daß er es war, den ich von Anfang an haben wollte. Hatte ich deshalb Gott Utu so lange und widerstrebend befragt?

»Magst du süße Milch?« fragte er und nahm einen ledernen Beutel von seinem Gürtel.

»Nein«, sagte ich verwirrt. »Nein, jetzt nicht... außerdem muß ich zu Gaia.«

Er sah mich lächelnd an. Ich musterte sein Gesicht, dann drehte ich mich abrupt um und lief über die Dächer nach unten.

Gaia erwartete mich bereits. Sie hockte inmitten ihres Wohnraums, hantierte mit unzähligen Tiegeln und Töpfen vor ihrem Herdfeuer und sah mich nur kurz an. Trotzdem bemerkte ich, daß sie nur mühsam ein Lachen unterdrücken konnte.

»Du hast es gewußt!« stellte ich fest, ohne ihr wirklich böse zu sein. Ich sprang von der letzten Sprosse der Leiter und setzte mich auf ihr Lager. »Ja, du hast von Anfang an gewußt, daß es Tammuz sein würde und nicht Enkimdu!«

»Habe ich nicht versucht, ihn dir auszureden?« antwortete sie. »Du mußt doch zugeben, daß ich alles versucht habe...«

»Ja, das hast du«, nickte ich.

»Vergeblich, wie ich sehe!« stellte sie nüchtern fest. »Und jetzt sage ich dir, was du tun mußt, mein Kind: Du kennst deinen Vater nicht, deshalb soll dieser junge Mann dir fortan den Vater ersetzen! Du kennst deine Mutter nicht, deshalb wird er dir auch die Mutter ersetzen! Ein guter Bräutigam, ein guter Mann ersetzt Vater und Mutter, sonst würde kein Mädchen ihre Eltern verlassen! Du mußt nur dein Haus für ihn öffnen – und dein Herz, meine Tochter!«

»Ich verstehe dich nicht«, antwortete ich kopfschüttelnd. »Wie kannst du so reden, wenn ihr Frauen in dieser Stadt ganz anders lebt? Keine von euch hat ihren Vater verlassen. Ihr interessiert euch nicht einmal dafür, wer die Väter von euren Kindern sind.«

»So war es bisher«, sagte Gaia ernsthaft, »und es wird auch so bleiben in dieser Hügelstadt! Vielleicht hast du gedacht, daß du die Königin von uns sein könntest, aber das geht nicht mehr. Wir können uns nicht ändern. Ich mache dir einen viel besseren Vorschlag: Fangt ganz neu an – du und mein Sohn Tammuz, aber nicht hier, sondern so weit wie möglich entfernt. Du hast von deinen Träumen erzählt, von Ansammlungen aus Schilfhütten. Geht dorthin und baut die Stadt, die du in deinen Träumen sahst! Geht in das Zweistromland und versucht, alles besser zu machen als die Alten und als wir! Tammuz soll König sein und du die Göttin seines Herzens, seines Bettes und seiner Stadt! So, und nun höre mir zu, was noch zu tun ist, damit die heilige Hochzeit zwischen dir und ihm ein neues Zeichen setzt...«

Sie stellte eine Reihe von Töpfen neben mich. dann kroch sie in eine der Nebenkammern, rumorte im Halbdunkel und kam nach einer Weile schwer beladen zurück.

»Ich gebe dir meine kostbarsten Schätze«, sagte sie. »Vieles davon habe ich noch von meiner Mutter und deren Mutter. Jetzt sollen Schmuck und Gewänder dir gehören. Es sind die Kleidungsstücke einer Königin. Nimm alles mit und bereite dich vor. Und morgen früh sollst du im Fluß baden, noch ehe die Sonne aufgegangen ist, dann salbe dich ein und parfümiere dich mit den Düften, die ich vorbereitet habe. Such dir das schönste von allen Kleidern aus und lege es an. Und wenn der Abend kommt, werde ich dich zum großen Platz rufen.«

Ich sah sie lange an. Zuviel ging mir durch den Kopf. Zum zweiten Mal an diesem Tag stellte ich fest, daß ich die Menschen von Catal Hüyük gründlich unterschätzt hatte. Gaia, dieses feiste und unförmig aussehende Weib, war eine Frau der Menschen, aber vielleicht besaß sie sogar mehr Weisheit als die Götter, die unsterblichen!

»War das von Anfang an dein Plan?« fragte ich.

»Es war von Anfang an der größte Wunsch von allen Frauen!« gab sie zurück. »Wir wollten gleich sein durch die Liebe, seit sich zum ersten Mal ein Mann und eine Frau begegneten.«

Und plötzlich fühlte ich mich wie ihre Schwester. Ich ging zu ihr und schloß sie ganz fest in die Arme.

DIE HEILIGE HOCHZEIT

Es war bereits dunkel, als ich Gaias Geschenke über die Treppen und Stufen von Dach zu Dach bis zu meinem eigenen Wohnhaus trug. Der Mond und die Sterne am weichen Nachthimmel wiesen mir den Weg, doch meine Gedanken und Gefühle waren nicht bei den Götterzeichen, sondern bei Gaia, Tammuz und den Schilfhütten, aus denen ich mit dem Mann, den ich mehr und mehr zu lieben begann, eine neue und ganz andere Welt errichten sollte.

Ich verdrängte die Spur von Trauer, die in jedem Gedanken an einen Abschied liegt. Noch vor sehr kurzer Zeit hatte ich mich innerlich ganz darauf eingestellt, mein weiteres Leben bei den Frauen von Catal Hüyük zu verbringen. Inzwischen erschien mir diese Vorstellung nicht mehr so reizvoll, wie das faszinierende Unbekannte, das mich und Tammuz gemeinsam in dem Land erwartete, das mir bisher nur aus tief verborgenen Erinnerungen bekannt war. Ich wollte wissen, ob das fruchtbare Land zwischen den großen Strömen Euphrat und Tigris der Region entsprach, für die ich vor der Katastrophe ohnehin vorgesehen war – mein Paradies, mein Midgard, mein Ophir, mein Dilmun, mein Brasil. Meine Bestimmung – der fruchtbare Halbmond...

Ich spürte, daß etwas Mystisches in all den Zeichen und Querverbindungen, Erinnerungen und Gedanken steckte. Alles in mir und um mich herum war auf geheimnisvolle Weise wahr und doch wieder nicht. Was ich auch fühlte, was immer ich empfand, erschien mir im einen Augenblick ganz einfach, klar und wie selbstverständlich, und schon im nächsten erneut verwirrend und unbegreiflich. Ich fragte mich, ob die Menschen ebenso empfanden. Wenn das so war, wie konnten sie mit diesem ständigen Hin und Her von Empfindungen leben? Woran sich halten? Und was zur Richtschnur ihres Handelns machen?

Brauchten sie deshalb vielleicht Götter? Wo mein eigener Glaube – der Stab, auf den ich mich auf einem kreisenden, mit wahnsinniger Geschwindigkeit durch die endlosen Sternenräume fallenden

Erdball, stützen konnte? Was hielt mich, bettete mich ein und schützte mich, wenn ich mich einsam und verloren fühlte? Ich konnte kaum erwarten, daß die noch junge Nacht zu Ende ging, daß der Tag anbrach und ich am gleichen Abend mit Tammuz, meinem Geliebten, zur Zeremonie der heiligen Hochzeit schreiten würde. Er würde der Stab sein, der mir den Halt gab, nach dem ich schon so lange suchte. Ein starker Mann, ein wilder Mann! Ein Mann, der gegen eine ganze Welt anlachen konnte!

Ich summte leise, während die vielfältigen Geräusche aus vielen Öffnungen der Dächer die Musik dazu bildeten. Das Licht der Herdfeuer im Inneren beleuchtete die Wände der Hügelstadt wie einen magischen Altar inmitten meiner Nacht. Ja, es war meine Nacht! Die Nacht der Braut vor ihrer Hochzeit! Ich freute mich wie ein Kind und genoß den Sturm meiner Gefühle wie ein wundervolles Bad. Mein ganzer Körper bebte. Am liebsten hätte ich alle Geschenke Gaias einfach hingeworfen und wäre umgekehrt, um Tammuz draußen bei den Männern zu suchen. Ich sah sie nicht, aber ich wußte, daß sie im Gras und bei den Büschen lagen.

Ich erreichte das Dach meines Hauses und sah mich nach allen Seiten um. Der Fluß glänzte im Licht des jungen Mondes, der mit seinen zart geformten Spitzen so schmal und leicht wie das Neugeborene von einem Himmelsschiff aussah. Im gleichen Augenblick trat Tammuz aus dem Schatten einer Mauer. Er sah zu mir empor. Ich spürte, wie ein heiliger Schauder durch meinen ganzen Körper rann, aber ich tat, als würde ich ihn nicht bemerken. Mit leiser, bebender Stimme begann ich für ihn zu singen:

»Was dir mein Herz noch sagen wird,
sollen die Sänger in ihre Lieder weben.
Was dir mein Herz noch sagen wird,
soll wie ein Vogel von Mund zu Ohr fliegen,
Was dir mein Herz noch sagen wird,
sollen die Alten den Jungen weitergeben.
Mein Mondmund lächelt, sagt der Mond,
und wie das neue Boot am Himmel
sucht nun mein Mondmund voller Eifer
den, der das junge Land bestellt.

Inanna singt, Inanna fragt:
Wer wird den Mondmund pflügen?
Wer wird das hohe Feld bestellen?
Wer wird im feuchten Grunde graben?«

Ich hielt ein und lauschte. Niemand im Inneren der Hügelstadt schien mich gehört zu haben. Doch dann hörte ich die leise Stimme von Dumuzi aus der Dunkelheit: »Ich bin es, meine große Göttin... ich, Dumuzi, dein König! Ich werde meinem Grabstock sagen, daß er in deinem hohen Felde gräbt...«

Ich lächelte und summte nur. Dann sang ich:

»Wenn er mich hört, der eine,
wenn mich mein König hört,
soll er mit seinem Grabstock
Inannas Mondmund kosen
und tief im Felde graben...«

Ich sah, wie er ein wenig aus dem Schatten trat. Und ich sah, wie sich aus seinem Schoß der Grabstock wie die junge Zeder über das Buschwerk unter ihr erhob. Grabstock im Feld, von gutem Korn umgeben, in einem Garten, den ich üppig blühen sah.

»Er keimt, er sprießt, will knospen,
wie frisches Grün am Uferrand.
Ja, dieser Grabstock ist für mich,
er liebt den Schoß der Göttin!
Mein Garten ist sehr gut bestellt
wie Gerste in den Furchen.
Mein Apfelbaum trägt hohe Frucht,
frisch ist das Grün am Wasserplatz.
Mein Honig-Mann sei süß wie Soma,
und wie der Nektartrank der Götter
soll deine Liebe mich berauschen!
Du bist der eine, den mein Leib begehrt,
und deine Hand ist süß, dein Fuß ist süß,
bist du der eifrige, der ungestüme

Liebkoser jener ersten Wunde,
an der die Menschen ihren Nabel tragen,
und der Liebkoser meiner Schenkel,
du bist der eine, den mein Leib begehrt.«

Mit zögernder, dann immer kräftiger und klarer werdender Stimme antwortete Dumuzi aus der Nacht. Er kam ganz langsam auf mich zu, hob seine Hände und sang ebenfalls mit klarer Stimme:

»O meine göttliche Inanna,
ich sehe deine hohen Brüste.
Sie sind wie Gipfel hoher Berge,
von denen reines Quellwasser
bis zu dem Unwürdigen fließt,
der alles trinken will,
was du ihm schenkst...«

Ich streckte ebenfalls meine Hände aus. Wir berührten uns nicht, als wir Schritt um Schritt umeinander herumgingen. Unsere Gesichter leuchteten im Licht der Sterne und des Mondes.

»Mach deine Milch süß und stark,
mein wunderbarer Bräutigam.
Du Hirte meiner Schafherden,
ich liebe deine frische Milch.
Laß sie in meinen Pferch fließen
und fülle mir mein Butterfaß
mit köstlich süßem Honigkäse.
Mein Ehemann, ich will den Pferch
allein für dich beschützen.
Ich will dein Haus des Lebens
wie einen Speicher achten.
Dein Grabstock, der erhabene,
er soll der Lebensatem
für mein Zweistromland sein.
Und ich, Königin des Palastes,
will über deinen Samen wachen!«

Und dann berührten sich unsere Finger. Wir gingen aufeinander zu. Unsere Hände fanden sich, unsere Lippen fanden sich, und aus den Feuern in den Häusern wurde ein einziges, das uns verbrannte.

Sehr früh am nächsten Morgen ging ich zum Fluß hinab. Ich badete und salbte mich, wie es mir Gaia geraten hatte. Die ganze Zeit über mußte ich lächeln. Dumuzi war längst wieder bei den Männern. Ich wußte nicht, ob irgend jemand uns gesehen und belauscht hatte. Es war mir gleichgültig. Noch konnte ich nicht übersehen, was geschehen würde, wenn mich die Frauen darauf ansprachen, was ich und Dumuzi in der vergangenen Nacht getan hatten. Wir hatten nicht gewartet, wie es die alten Rituale vorschrieben. Aber ich war zu stolz und glücklich, um mich jetzt noch zu verstecken. Ich bereute nicht, nicht einen einzigen, der wunderbaren, endlosen und viel zu kurzen Augenblicke.

Mir war so sehr danach, erneut zu singen, daß ich einfach nicht stumm bleiben konnte. Ich nahm meine Salbtöpfe und ging zurück, ohne mich anzukleiden. Ich wollte, daß mich alle sahen, alle hörten. Und wieder sang ich:

»Letzte Nacht war ich die Braut,
Herrin des Himmels und der Erde.
Ich war die Braut des Glücklichen,
die tanzen will und singen
weil sie an heute abend denkt...
Er traf mich – er traf mich!
Mein Mann Tammuz, er traf mich!
Wir legten Hand in Hand,
wir küßten unsere Lippen.
Mein Hoherpriester ist bereit
für die geweihten Lenden.
Pflanzen und Kräuter sind gereift.
O Tammuz, deine große Fülle
wird meine Freude Tag und Nacht.
Bereitet uns das hohe Bett!
Bereitet uns das Königsbett!

Ich will nicht länger warten.
Er legte seine starke Hand
in meine eigene schöne Hand.
Süß ist der Schlaf so Hand-in-Hand.
Süßer der Schlaf ganz Herz-an-Herz.«

Ich ging zur Hügelstadt zurück. Mehrmals blieb ich versonnen stehen. Viele der Frauen im Dorf waren damit beschäftigt, sich für den Abend zu schmücken. Einige lachten mir zu, die anderen waren so in die Vorbereitungen vertieft, daß sie mich nicht einmal bemerkten. Ich sah, daß sie bereits einige von meinen Ratschlägen aus den vergangenen Tagen angenommen hatten. Als ich in der Stadt der Frauen angekommen war, hatten sie die gesammelten Körner nur zwischen Steinen zermahlen und den Brei an den Innenseiten der Feuerstellen gebacken. Ich hatte ihnen gezeigt, wie Gott Utu durch sein Licht und seine Wärme den Körnerbrei säuern konnte, damit die vordem harten Fladen lockeres Brot im Ofenfeuer wurden. Ich genoß den neuen, noch immer etwas säuerlichen Geruch des neuen Brotes aus den Häuserwürfeln. Und wenn die Zeit gekommen war, würde ich den Frauen zeigen, wie aus dem sauren Körnerbrei köstliches Bier entstehen konnte. Sie würden lernen, wie aus dem Saft von wilden Trauben Wein heranreifte und wie in jedem neuen Jahr die Saat der Felder gewechselt wurde, um sie nicht auszulaugen. Ich lächelte und schlenderte bis zu den Mauern der ersten Häuser. Erst jetzt fiel mir auf, daß nur noch jüngere Kinder zu sehen waren.

»Wo sind die anderen?« fragte ich Rhea. Sie hockte vor einem Stapel aus Tonkrügen mit Sauerteig und hatte einen schwarzpolierten Spiegel aus Obsidiangestein schräg gegen die Hausmauer gestellt.

»Wirf keinen Schatten auf mein Spiegelbild«, lachte sie und tupfte mit hochgezogenen Brauen eine Paste aus Fett und zerriebener Holzkohle über ihre Augenlider. »Du warst später am Fluß als wir alle. Deshalb hast du nicht gehört, was Gaia über den Ablauf des großen Tages gesagt hat...«

»Erzähl mir, was ich wissen muß.«

»Es ist ganz einfach«, sagte sie. »Bis zum höchsten Stand der

Sonne bereiten sich die Mädchen und Frauen vor. Dann gehen wir alle in die Häuser zurück. Wir essen etwas, ruhen uns aus und warten darauf, daß die gerade erst zu Männern gewordenen Jungen den Platz säubern und das Feuerholz mit duftenden Kräutern einreiben.«

»Den ganzen Nachmittag?« fragte ich erstaunt. Sie nickte.

»Bis zum Sonnenuntergang darf keine Frau, die an der heiligen Hochzeit teilnimmt, ihr Haus verlassen. In der Zwischenzeit sortieren die alten Frauen dort drüben die Körner.«

»Wofür?«

»Für die nächtliche Saat.«

»Darüber habt ihr mir noch nichts erzählt.«

»Laß dir von den Alten mehr sagen«, lachte sie kokett. »Ich muß mich schminken.«

Ich schlenderte zu den älteren Frauen hinüber und setzte mich zu ihnen.

»Was macht ihr?« fragte ich.

»Du solltest lieber in dein Haus gehen und dich ausruhen.«

»Ach, das hat Zeit«, antwortete ich. »Ich bin nicht müde.«

»Dann hilf uns wenigstens, die Samen der Gräser zu sortieren. Nur die ganz großen werden wieder auf das Land geworfen.«

Ich nahm eine Handvoll Samenkörner aus einer ungleichmäßig geformten und grob mit braunen und schwarzen Zickzacklinien bemalten Schale.

»Wenn ihr den feuchten Ton auf eine Platte stellt und sie dann dreht, könntet ihr mit den Fingern Schüsseln und Krüge formen, die von allen Seiten gleichmäßig aussehen.«

»Und wozu sollte das gut sein?« lachte eine der ganz alten,unförmig beleibten Frauen belustigt. Sie hatte immer noch alle Zähne und dichtes, volles Haar. Nur ihre Haut wies überall hängende Falten und Fettwülste auf. Sie kümmerte sich nicht darum, denn die anderen sahen ebenso aus. In diesem Augenblick kam ich mir erneut fremd unter den Menschen vor.

»Es ist nicht wichtig«, sagte ich. »ich dachte nur, daß ihr vielleicht schönere Krüge und Schalen haben wollt. Ihr könntet sie wie bisher in der Sonne trocknen oder im Feuer so hart brennen, daß kein Wassertropfen mehr verlorengeht.«

»Ist das ein Götterzauber?« fragte die Alte mißtrauisch.

»Nein«, antwortete ich wie beiläufig. »Nur eine Art Geschenk von mir. Wenn ihr wollt, kann ich euch noch mehr von dem zeigen, was ich weiß.«

»Nein, nein«, lachte die Alte. »Heb dir deine Künste für deinen Gemahl auf! Wir hörten, ihr beide wollt euch ein Schlaflager bauen, das höher und breiter ist als ein Frauenbett, in dem die Knochen der Ahnen ruhen...«

Die anderen lachten laut und schlugen sich vor Vergnügen mit platschenden Geräuschen auf ihre breiten, nackten Schenkel.

»Lacht nur!« sagte ich verstimmt. »Und was ihr da tut, ist auch ganz falsch!« Ich nahm ein paar Gerstenkörner auf. »Hier, ihr sortiert die Körner nach ihrer Größe, aber die Größe eines Korns sagt nichts über seine Kraft. Ihr müßt sie wiegen, versteht ihr! Gebt mir mal zwei Muscheln von euren Halsketten!«

Sie waren so verdutzt, daß sie gleichzeitig begannen, flache Muschelschalen von ihren Halsketten abzuknüften.

»Genug, genug!« wehrte ich schnell ab. »Zwei reichen mir!«

Ich nahm zwei Muschelschalen und legte sie neben mich auf den Boden. Dann riß ich einen Streifen Fell von meinem kurzen Rock ab und spannte ihn über einen geraden Stock. Mit den Enden des Fellstreifens knotete ich zwei Schlaufen und schob die Muschelschalen hinein. Die ganz Zeit blickten mir die alten Frauen gespannt und mißtrauisch zu. Ich suchte einen durchgebrochenen, dreieckigen Ziegelstein und stellte ihn so auf, daß die Spitze wie bei einer kleinen Pyramide nach oben zeigte. Keine der alten Frauen konnte wissen, daß ich dabei war, ihnen mehr als ein ME zu schenken, und daß ich dafür den abgebrochenen Ziegelstein wie ein Symbol für den Palastberg der Könige von Basilea einsetzte.

»So!« sagte ich und legte den Stock mit den beiden hängenden Schalen so über die Steinspitze, daß keine Seite sich nach unten oder oben neigte. »Legt jetzt in die eine Schale so viele der größten Körner, wie ihr Finger habt!«

Ich hielt den Stock über dem Stein mit einer Hand fest. Die Frauen tuschelten leise und suchten die größten Körner aus. Gleichzeitig sammelte ich zehn andere Körner und legte sie vorsichtig in die andere Muschelschale.

»Ihr seht – eure Körner sind größer als meine!« sagte ich. »Nach welcher Seite wird sie der Stock senken, wenn ich meine Hand loslasse?«

Sie steckten die Köpfe zusammen, tatschten sich gegenseitig auf die nackten Arme, tuschelten und sahen mich immer wieder mit verstohlenen Blicken an. Ich lächelte und wartete ab. Ein Schatten fiel über die hockende Gruppe. Ich hob den Kopf und sah von unten in das streng wirkende Gesicht von Gaia. Sie ging einmal um mich herum, starrte auf die kleine Waagenkonstruktion und spuckte zur Seite hin aus.

»Die Muschel mit den großen Körnern wird sich nach unten senken«, sagte sie. Ich spürte sofort, daß sie keinen Widerspruch duldete. Für einen Augenblick dachte ich daran, das Experiment abzubrechen. Ich wollte keinen Streit. Doch dann blickte ich in die erwartungsvoll geöffneten Augen der anderen Frauen.

»Ich sage, daß sich meine Muschelschale senkt...«

»Dann nimm die Hand weg!« befahl Gaia. »Aber langsam!«

Ich tat genau das, was sie wollte. Für einen Moment schwankte der Stab mit beiden Waagschalen, dann senkte sich meine Muschelschale ruckartig nach unten, und alles fiel zusammen.

»Schluß jetzt!« sagte Gaia. Sie schien nicht einmal überrascht zu sein. »Das sind Spiele für Kinder. Geh jetzt, Inanna! Du mußt dich ausruhen – auch wenn du eine Göttin bist!«

»Wollt ihr nicht wissen, warum der Stab zur Seite mit den kleinen Körnern fiel?«

»Wir wollen es nicht wissen«, sagte Gaia.

»Ich sage es euch dennoch!« Ich mußte lächeln. »Nicht Größe hat die Kraft, sondern das Gewicht. Ich habe schwere Samenkörner gewählt. Denkt daran, wenn ihr die Samen über den Boden eurer Felder werft. Wenn ihr bei jeder Aussaat nur schwere Körner verwendet, werden die Halme von Jahr zu Jahr höher wachsen und mehr schwere Körner tragen. Und laßt genauso bei den Schafen und den Ziegen, bei allen Tieren, die zu mir gekommen sind, nicht mehr die größten, sondern die zueinander, an denen ihr die guten Eigenschaften findet! Folgt meinem Rat, und sie werden wiedergeboren – immer häufiger und immer sicherer – zum Wohl von allen, die hier leben!«

Ich wartete nicht ab, wie meine Worte aufgenommen wurden. Ich hatte es gesagt, doch was die Frauen mit diesen ME anfingen, das war ganz allein ihre Sache...

Ich sang und summte den ganzen Tag leise vor mich hin. Niemand hatte mich die Lieder und Reime, die Verse und Melodien gelehrt. Sie kamen über mich wie aus einem unerschöpflichen Vorrat in meinem Herzen. Ich lächelte, als mir auffiel, wie oft ich die gleichen Worte, die gleichen Bilder wiederholte. Ich tat es ebenso wie Gaia, wenn ich nur einen Ton meines Gesangs, nur ein Wort veränderte. Jedes Bild und jede Erinnerung, die mir gerade einfiel, verwendete ich zu neuen Varianten, in denen es stets nur darum ging, meine verwirrenden, großen, berauschenden Gefühle auszukosten und ihnen nachzugeben wie dem Streicheln des Frühlingswindes, dem Duft der Blumen und dem ewigen Spiel der Meereswellen am weißen Ufersand.

Meine Gedanken stellten immer neue Spiegel um das Bild von Dumuzi in mir auf. Diesmal war ich das graue Haus, und mein Gemahl mußte es durchschreiten! Ich malte mir aus, wie er als Vater wäre, als Sohn und als Krieger, als Meister der Wurfschleuder und der Streitaxt, als Wagenlenker und Schiffsherr, als Baumeister der Tempel, Lehrer der Schriftzeichen aller Völker, Bewahrer der alten Gesetze, als Hirte der Herden, als Hoherpriester, als König und als mein Geliebter.

Er sollte der Mann sein, mit dem ich alles teilte – der Mann, vor dem ich sogar meinen Stein der Götter öffnen würde, ebenso freimütig wie meinen Mondmund. Ich lachte fröhlich und drehte mich mit erhobenen Armen im Kreis. Das also war die Liebe, der Rauschtrank, von dem Götter schwärmten, das Soma der Uralten, das Glück, das tausend Namen hatte...

Ich entfachte ein helles loderndes Feuer an der Herdstelle und tanzte durch meinen Wohnraum, der mir auf einmal wie der Krönungssaal eines Palastes vorkam. Dinge, über die ich noch vor wenigen Tagen die Nase gerümpft hatte, erschienen mir wie vergoldet. Vergessen, längst vergessen waren die Männer, die meinen Weg gekreuzt hatten. Jedem von ihnen nahm ich das Beste aus meiner

Erinnerung ab und schob es Dumuzi zu. Ich gab ihm die edle Herkunft von Osiris, die Erfahrung von Jason, die Weisheit von Berios, die Gewänder der Könige, die schlichte Anhänglichkeit von Ungur, die Neugier von Hellfried, den Wagemut von Urso, die Härte von Gilgamesch, das Wissen von Enki, das strahlende Licht meines göttlichen Bruders Utu und die Bescheidenheit von Enkimdu.

Ich machte ihn zum Mann all meiner Träume und konnte kaum erwarten, daß endlich Abend wurde. Von jetzt an wollte ich Dumuzis Schicksal teilen, im Kampf seine rechte Hand sein, in Versammlungen seine Beraterin, an heißen Tagen sein Schatten und in der Kälte der Nacht seine wärmende Flamme. Ich wollte ihn lehren, wie Felder und Gärten angelegt wurden, ihm alle ME geben, damit sein Land fruchtbar wurde und die Tiere nahe der Stadt sich vermehrten wie nie zuvor. Mit meiner Hilfe sollte er zu einem ganz neuen Gott werden: der Herrscher über die Pflanzen und Tiere, der sie umhegte, solange seine Lenden stark und sein Grabstock sein Zepter war. Mein Mondmund würde ihn in die Geheimnisse der großen Götter einweihen, und seine Königin, die Hohepriesterin, würde ich sein.

Ich schmückte mich so sorgfältig wie nie zuvor. Vor einem Spiegel aus poliertem Obsidianstein salbte ich mich und rieb betörende Düfte auf meine Haut. Obwohl ich keine Schatullen mit Schmuck und Tiegel mit den kostbarsten Salben der Götter besaß, tupfte ich zarte Farben auf meine Wangen, rieb mir die Ohrläppchen ein, zog Brauen und Augenlider nach und flocht mein langes Haar mit Bändern, kleinen Muscheln und schimmernden Schmucksteinen zu so vielen feinen Zöpfen, daß ich viele Stunden dafür benötigte.

Als laute Töne aus Muschelhörnern den Beginn des Festes ankündigten, kam Gaia zu mir. Ich stellte mich neben dem fast heruntergebrannten Herdfeuer auf und sah sie mit einem leichten, erhaben wirkenden Lächeln an.

»Wie ist es beim allerersten Mal?« fragte ich ungeduldig. »Schnell, sag mir vorher, wie es ist! Ich will es wissen!«

»Du wirst es wissen, wenn er zu dir kommt!« wehrte sie ab.

»Und? Wie war es bei dir? Hast du den Unterschied bemerkt? Ich meine, wurdest du eine andere danach?«

»Du wirst es wissen, wenn er bei dir war!«

»Ich habe zwei Jahrtausende gewartet«, stieß ich fast atemlos hervor. »Schenk mir doch eine Stunde davon...«

»Wer zwei Jahrtausende gewartet hat, für den ist eine Stunde nichts«, gab sie zurück. Sie sah eigenartig aus mit ihrem unförmigen Tigerfell über den Schultern und bunten Bändern um ihre großen, schwer herabhängenden Brüste. Ihr Rock aus Bändern ließ die Schenkel frei, die überall mit öligbunten Farben geschmückt waren.

Die Muschelhörner bliesen noch lauter und drängender.

»Komm jetzt!« sagte Gaia. »Die ganze Stadt wartet auf dich.«

»Ist er schon da?« wollte ich wissen.

»Ja, Tammuz ist bereits auf dem Platz«, nickte sie. »Ebenso mein Sohn Enkimdu. Ich habe ihnen befohlen, sich wieder zu versöhnen. Enkimdu wird dir die Früchte aus der Steppe schenken. Nimm sie mit Achtung, seine Linsen, Bohnen und die Getreidekörner! Du kannst ihm später sagen, welche davon er wieder aussäen soll. Und Tammuz hat ein paar junge Tiere mitgebracht. Auch ihm sollst du morgen erklären, welche davon geeignet sind, in Herden aufzuwachsen, die von nur einem Hirten gehütet werden können...«

Ich lächelte und sah, daß sie mich doch verstanden hatte. Gaia war eine Frau, die niemals zugab, daß eine andere mehr wußte als sie selbst. Sie drehte jeden Rat um und gab ihn als ihren eigenen Ratschluß weiter. Ich hatte nichts dagegen. Mich interessierte nur, wann ich endlich mit Tammuz, meinem Tammuz, zusammenkommen konnte.

Wir stiegen nacheinander die schmale Leiter hoch. Schon als ich meinen Kopf durch die Öffnung des Daches steckte, kam mir der frühe Abendhimmel über uns wie eine Kuppel aus wunderbarem Licht vor. Das tiefe, hohe Blau hatte sich mit feinen Schleiern aus bunten Wolken geschmückt. Jenseits des Flusses saß Gott Utu auf einem Thron aus Berggipfeln am Rand der weiten Ebene. Gaia und ich gingen bis zur Kante des Daches. Wir sahen auf den Platz hinab und ließen all den Lärm, die Freude und die süßen Düfte zu uns heraufschwellen.

Die Feuer loderten und färbten jeden Kräuterrauch bis weit hinauf. Sie bildeten mehrere weite Kreise. In diesem Augenblick dachte ich noch einmal an all die Dinge, die ich gesehen und gehört, erfahren und erlitten hatte. Es war ein langer, weiter Weg gewesen. Ein Weg, wie ihn noch nie zuvor jemand gegangen war – kein Mädchen, keine Frau und keine Göttin! Und doch empfand ich jetzt, am Ende meines Weges, nichts anderes als alle anderen jungen Frauen am Vorabend der Hochzeitsnacht. Ich wußte, daß es so war, und wie zur endgültigen Bestätigung begann der Stein der Götter über meiner Brust sanft zu glühen. Er hüllte mich in eine zarte Aura bläulichen Lichts.

»Es ist soweit!« rief Gaia. Zum ersten Mal hörte ich eine Spur von Bewunderung und Ehrfurcht in ihrer Stimme. Ich deutete ein Lächeln an und stieg ganz langsam über die Dächer tiefer.

Der jubelnde Lärm umfing mich wie ein prickelndes und erregendes Bad. Die Frauen und Mädchen von Catal Hüyük überschütteten mich mit Blüten der ersten Frühlingsblumen. Sie schwenkten Schalen mit würziger Glut über meinen Weg, machten mir Platz und drängten doch immer wieder vor. Ich ging durch ein Spalier aus winkenden Händen, blickte in lachende Augen und sah überall nur begeisterte und erhitzte Gesichter.

»I-nan-na!«

»I-nan-na!«

»I-nan-na!«

Sie riefen wieder und wieder. Muschelhörner trompeteten, hölzerne Schlegel prallten laut auf straffgespannte Häute und zuckende, tanzende Körper schoben mich immer weiter zur Mitte des Platzes. Ich war nur noch wenige Schritte vom alles überragenden Altar der Nacht entfernt, als ich Enkimdu erkannte. Er stand regungslos unter dem Gestänge und sah mich nur an. In seinem Blick war so viel Traurigkeit, daß ich schon ärgerlich werden wollte. Er kam zwei, drei Schritte auf mich zu und streckte mir seine Hände entgegen. Und ohne Gaias mahnenden Hinweis wäre ich stolz an ihm vorbeigegangen. So aber richtete ich mich noch höher auf. Ich überragte die Frauen, die mich umringten, und erkannte im äußeren Ring die abwartenden Männer.

Ich hob eine Hand. Enkimdu schüttete behutsam und mit einer

bebenden Bewegung Früchte des Feldes und Samenkörner in meine Hand. Ein paar der Körner fielen zu Boden. Er bückte sich und wollte sie aufklauben, doch ich trat auf die Körner und ließ sie im Staub verschwinden. Er duckte sich wie ein geprügeltes Tier. Nein, dieser Mann wäre kein Gemahl für mich gewesen!

Ich sah, wie sich mein Bruder, der riesige rote Ball der Sonne, für seine Reise durch die Unterwelt verabschiedete. Ich wußte, daß wir uns von ihm entfernten, daß der Erdball sich drehte und Utu für die Stunden der Nacht der anderen Seite des Planeten sein Licht schenkte. Doch nichts von diesem Wissen interessierte mich noch. Es gehörte zum Leben einer Göttin, das ich von dieser Nacht an aus meinem Bewußtsein verbannen wollte. Für alle anderen tauchte mein Bruder in die Unterwelt hinab, die überall einen anderen Namen hatte und doch die gleiche Furcht in den Köpfen und Herzen der Menschen verbreitete. Mit jedem Sonnenuntergang wurden sie daran erinnert, daß kein Tag ewig währte und kein Leben unsterblich sein konnte...

Ich erreichte den geschmückten Altar für die heilige Hochzeit. Wo war Dumuzi? Ich konnte ihn nirgendwo sehen. Gaia ging noch immer dicht hinter mir. Ich sah mich kurz um. Sie nickte mir zu und deutete auf den Leiterbaum an der Flußseite des Stangenpodestes. Ich ging weiter, und dann sah ich ihn, meinen stolzen und heißersehnten Gemahl. Er hatte wie ein Schlafender auf dem Lager ganz oben gelegen. Jetzt stand er auf und breitete seine Arme aus. Das Lärmen und Schreien verstummte so schlagartig, daß ich die plötzliche Stille fast schmerzhaft empfand. Gaia rief Worte, die ich nicht verstand. Sie klangen sehr alt – so alt, daß niemand sie dort, wo ich herkam, gelehrt hatte.

»Geh, Inanna!« sagte sie leise zu mir. »Geh zu ihm hinauf! Zeige den Männern und Frauen... zeige der ganzen Stadt, daß in dieser Nacht eine neue Zeit anbricht! Die Zeit der großen Mutter ist zu Ende. Sie war nie mächtig genug gegen die schnellen und ohne die Fesseln der Natur vorpreschenden Männer. Ich habe die alten Göttinnen befragt. Damit nicht wiederkehrt, was durch die Selbstüberschätzung der Männer versunken ist, bist du es jetzt, die allen zeigen muß, was ein Weib, eine Frau und eine Göttin wirklich kann!«

Ich sah in ihre rätselhaft wirkenden Augen.

»Du bist die Waffe, Inanna, durch die wir das größere Geheimnis bewahren können!« sagte sie und lächelte verschwörerisch. Ich hatte plötzlich das Gefühl, aus einem Rausch zu erwachen. Gaias so beiläufige Bemerkung zerstörte irgend etwas in mir. Ich wußte noch nicht, was es war, aber der ganze Zauber, der mich seit der vergangenen Nacht begleitet hatte, zerriß wie ein zu lange und zu fein gewebtes Netz aus Träumen und aus Wünschen. Wer waren die Göttinnen, die sie befragt haben wollte? Und was sollte nicht wiederkehren?

Sie hob eine Hand. Ein einzelnes Muschelhorn blies lange, weit durch die Stille der Nacht schallende Töne. Es klang wie der Schrei brünstiger Hirsche, wie das Heulen der Wölfe, wie der Sturm in den Bergen und das Rauschen des Meeres zugleich. Ich ging einen Schritt weiter. Ein dumpfer Paukenschlag begleitete meine Bewegung. Noch einen Schritt, und noch ein Schlag. Ich begriff, wie das Ritual ablief. Ich drehte mich zum Leiterbaum hin. Im gleichen Augenblick sah ich, wie der Mond hinter den feuerrot erhellten Lehmmauern der Häuser hervorkam. Er sah sehr groß und sehr bleich aus. Vollmond über der Hochebene.

Ich spürte, wie sich etwas in meinem Leib zusammenzog. Was bedeutete dieses Zeichen? War ich schon so sehr in der Magie der Zeremonie gefangen, daß ich bereits im vollen Mond ein warnendes Omen sah? Ich schüttelte den Kopf. Wieder ein Schritt. Und dann war ich oben. Dumuzi trug nur ein schmales Fellstück um seine Hüften. Er wollte mir die Hände reichen, aber dann wich er unwillkürlich vor meinen hoheitsvollen Bewegungen zurück. Ich ging ganz in meiner Rolle auf, war König, Göttin der Nacht und Vertraute der anderen Frauen. Für sie und alle, die nach ihnen kommen würden, wollte ich zeigen, daß kein Mann uns widerstehen konnte.

Ich erreichte das breite Lager, das uns noch trennte. Dumuzi starrte mich an und war kaum fähig, seine Erregung zu verbergen. Instinktiv mußte er spüren, daß ich ihn gleichzeitig wollte und mich dennoch nicht unterwarf. Er bückte sich und stemmte einen schweren, bis zum Rand mit Kräutertrank gefüllten Krug hoch. Die Muskeln an seinen Schultern und Schenkeln bewegten sich wie kleine Tiere.

Ich neigte wortlos den Kopf. Er reichte mir den Krug und ließ mich trinken. Der Kräutersud schmeckte wie scharfes Feuer. Dumuzi trank ebenfalls. Er stellte den Krug neben dem Lager ab. Ein leiser, kaum hörbarer Trommelwirbel klang durch die atemlose Stille der Nacht. Steinerne Rasseln fielen ein, dann gezupfte Sehnen und ein vielstimmiges, immer lauter und drängender werdendes Summen. Ich spürte, wie die Geräusche der Zeremonie mir einen heißen Schauder über den Rücken jagten. Oder war es der Trunk, der jetzt zu wirken begann?

Dumuzi nahm den Krug noch zweimal auf. Nach dem dritten Schluck gellte völlig unerwartet für mich ein hoher und schmerzhaft heller Schrei aus den Kehlen von vielen hundert Frauen in den Himmel hinauf. Ich zuckte zusammen und fühlte mich wie von einem Peitschenhieb getroffen. Dumuzi griff nach seinem Schurz. Mit beiden Händen riß er ihn ab und schleuderte ihn in die Menge. Er wollte auf mich zukommen, doch ich war schneller!

Mit einer schlangenhaften Bewegung meines Körpers ließ ich mein Gewand fallen. Ich hatte keine Hand dafür benötigt. Und dann standen wir uns im magischen Licht der lodernden Feuer und des sehr großen Mondes gegenüber. Ich wartete eine Sekunde, dann noch eine. Auch später noch konnte niemand sagen, wer den ersten Schritt getan hatte.

Unsere Lippen fanden sich zu einem endlosen, jubelnd begrüßten Kuß. Ich spürte sofort, daß ich Dumuzi überschätzt hatte. Er war ein Hirte, der lieber Jäger sein wollte... kein Gilgamesch und kein Osiris... nicht einmal ein Enkimdu! Es war, als wolle er mir und allen anderen jetzt zeigen, daß er der Stärkere war. Trotzdem genoß ich seine Härte und hätte mich gern bei ihm angelehnt. Aber es durfte nicht sein – nicht auf dem Altar der heiligen Hochzeit und nicht in dieser Nacht!

Der Schmerz in meinem Mondmund hätte süß sein sollen, aber er war es nicht. Noch einmal setzte ich alles daran, um meine großen, wunderbaren Gefühle für Dumuzi wiederzufinden. Mein Mondmund küßte seinen Grabstock, und ich empfand mich selbst wie eine große warme Höhle, die sich in diesen Augenblicken so unendlich öffnete, daß die ganze Welt, der ganze Erdball nur ein Staubkorn in ihr gewesen wäre. Ich war das All und der Kosmos, die Heimat des Guten und Bösen, des Schönen und Furchtbaren zugleich. In mir waren Anfang und Ende, der ewige Kreislauf aus Werden und Vergehen.

Alles schenkten die Götter, die großen, den Liebenden... Zeit und Ewigkeit, gestern und morgen, oben und unten, innen und außen, geben und nehmen zugleich. Ich hörte nichts mehr von den ekstatischen Gesängen tief unter uns. Die Nacht war groß und der gestirnte Himmel unsere Heimat. Als ich unter Dumuzis Umarmung erneut den großen Mond erblickte, entdeckte ich, wie ihn ein dunkelroter Schleier langsam einhüllte. War das bereits das drohende Zeichen des Abschieds?

Alles in mir wehrte sich dagegen. Ich wollte nicht denken, nie mehr vernünftig sein! Ich war die Göttin, war die Liebe. Und alle anderen feierten mit Dumuzi und mir. Das dunkelrote Licht verdeckte immer mehr von Nana-suin. Wie eine Ertrinkende umarmte ich meinen Gemahl. Was kümmerten mich Gaia und die alten Göttinnen!

Spät in der Nacht sank Dumuzi zur Seite. Erst jetzt sah er den dunklen, tiefrot gewordenen Mond. Ich konnte sein Gesicht kaum noch erkennen, aber ich spürte sein Erschrecken.

»Was ist das?« keuchte er mühsam.

»Nichts, mein Geliebter«, antwortete ich sanft. »Nur unser Schatten ist es, der den Mond verdunkelt...«

Er richtete sich ächzend auf und stieß gegen den Krug mit Würztrank. Das halbgeleerte Gefäß kippte um. Es rollte über den Rand des hohen Lagers und zersprang unter uns am Boden. Jetzt stand auch ich auf. Ich stellte mich mit leicht gespreizten Beinen vor Dumuzi auf, hob meine Arme und genoß das unwirkliche Licht des Mondes in der Finsternis. Fast alle Sterne hatten sich hinter sehr hohe Wolkenschleier zurückgezogen. Nur der blutige Mond und das erste Aufblinken des Morgensterns sahen und verstanden mich.

»Nein!« keuchte Dumuzi kläglich. »Ich halte das nicht länger aus! Gib mich frei, Inanna! Gib mich frei...«

Etwas in mir zerriß. Der Zauber der Nacht zerbrach wie ein falscher Spiegel, und aus jeder Scherbe des fliehenden Bildes lachte mir das Gesicht eines anderen Mannes, eines anderen Gottes entgegen. Ich schrie so laut und verzweifelt, wie ich noch nie geschrien hatte.

»Ja! Ja! Ja!« brach es aus mir hervor. »Geh doch! Flieht alle vor mir! Verkriecht euch vor meiner Liebe und meinem Haß!«

Dumuzi duckte sich wie geprügelt. Er fiel zu Boden, kroch durch den Staub, fletschte die Zähne und floh zu den anderen Männern. Sie fingen ihn auf wie einen Sieger. Ich hätte heulen können vor ohnmächtigem Zorn, aber ich wollte nicht zeigen, was ich wirklich empfand. Nicht hier, nicht den Frauen und erst recht nicht den Männern! Am ganzen Leib bebend, wandte ich mich Nana-suin zu. Der blutrote Schatten löste sich soeben von seinem unteren Rand, und der Morgenstern berührte fast die neu erstrahlende Sichel.

»Führt mich noch einmal fort!« rief ich, so laut ich konnte, »Holt mich aus Zeit und Raum... tragt mich nach Uruk, zu Enki, Osiris... nur fort von hier! Ich bitte dich, wissender Mond... hilf der Göttin des Morgensterns...«

Kann irgend jemand sagen, was Letu bedeutet? Oder vielleicht auch Tule... die Umkehrung?«

»›Om mani padme hum‹ sind die Worte, die wir kennen. Und deine Worte kommen nicht einmal in den hunderttausend Gesängen vor! Der ozeangleiche Lama von Shangri-La wünscht keine Fragen, sondern nur noch die Stille... om mani...«

»Hört doch auf damit! Ich will keine Gebetsmühlen hören, sondern Antworten! Letu... ich rufe die Felder des Schilfs! Sind denn schon vier Jahrtausende nach dem Untergang nur noch Irregeleitete da?«

»Was sind Jahrtausende der Menschen für die Verehrung des Kleinods auf der Lotusblume... om mani padme...«

»Erlaubt, daß ich euren geistreichen Dialog unterbreche... hier jedenfalls sind Felder des Schilfs – mehr Schilf, als wir in hundert Jahren für Hütten und Paläste schneiden können. Was willst du, Anrufender?«

»Sag mir zuerst, wer du bist!«

»Gilgamesch, König von Uruk.«

»Gott oder Mensch?«

»Zwei Drittel Gott, ein Drittel Mensch.«

»Wie soll ich das verstehen?«

»Ich bin der Sohn von Nin-sun, der Tochter von König Enmerkar, und des heiligen göttlichen Geistes, der sich auch Lilith nennt. Und wer bist du?«

»Osiris, der Bewahrer des oberen Ägypten. Einst folgte ich den Zeichen der großen Alten Aton, Amun und Re. Aber ich fand bisher nur jüngere Götter, die zur gleichen Zeit wie ich entstanden sind: Ich fand meinen Bruder Seth, ich fand meine jüngere Schwester Nephthys, aber wir waren vier, als wir erschaffen wurden, und eine unserer Schwestern fehlt uns zur Vollkommenheit des auserwählten Götterpaares Geb und Nut.«

»Hieß diese Schwester etwa Inanna?«

»Nein, sie hieß nicht Inanna, sondern Isis.«

»Bist du ganz sicher?«

»Wer kann schon sicher sein in diesem Leben, das nur der Vorbereitung des großen Übergangs durch die Welt der Toten zu den wahren und heiligen Feldern des Schilfs ist!«

»Davon verstehe ich nichts. Mich interressiert kein Übergang ins Jenseits, sondern einzig und allein, daß meine Rinder trächtig werden, die Krieger meiner Stadt nicht soviel Rauschtrank nehmen – und wie ich selbst unsterblich werde. Es tut mir leid, Osiris, wenn du eine Isis suchst, kann ich dir nicht helfen.«

»Nein, nein, verlaß mich noch nicht! Vielleicht heißt sie wirklich Inanna. Würdest du dann mehr über sie sagen können?«

»Vielleicht. Was weißt du von ihr?«

»Es ist so lange her... selbst für einen Gott wie mich viel zu lange... es geschieht einfach zu viel, verstehst du? Alles ist schneller und verwirrender geworden. Die Menschen sprechen mit einer Hast, die schmerzhaft für mich ist. Jeder berichtet irgend etwas Neues und gibt vor, mehr zu wissen, doch niemand hört dem anderen mit Muße und Besinnung zu... überall neue Namen von Göttern und Königen, wandernde Stämme ohne Ehrfurcht vor der Vergangenheit... Siedlungen, die aus dem Staub aufsteigen und wieder vergehen, noch ehe ich mich an sie gewöhnt habe... ich will das alles nicht verstehen. Ich will nur Frieden in meinem Land und bewahren, was einmal war.«

»Dann wird dich kränken, daß ich ganz anders denke, denn ich zerstöre das Alte, um mir und dem Volk von Uruk neuen Ruhm zu schaffen. Ich halte nichts von Göttlichen, die sich nicht sehen lassen. Mag sein, daß irgendwann in der Vergangenheit die Götter wichtig waren, doch seit der Flut, als sie zum zweiten Mal vom Himmel kamen, haben sie nichts mehr von den Großen. Sie sind wie Menschen. Bist du ein Gott, bin ich es ebenfalls! Wen kümmert es, von wem der Starke abstammt? Geh du deinen Weg, und ich gehe meinen. Nur eines noch: Wann hast du zum letzten Mal von der Göttin gehört, die deine Schwester sein soll?«

»Vor tausend Sonnenumläufen. Sie verschwand ohne eine Spur zu hinterlassen nördlich der Euphratquellen bei Catal Hüyük. Bei einer grausigen Umschattung ihres Mondes, glaube ich...«

»Dann ist sie es! Aber wie kommst du darauf, daß sie verschwand? Hier kennt jeder Inanna! Sie war sehr lange auf der Suche nach Uygur. Später wurde sie an den Eingängen zu den Höhlen von Agartha beobachtet, dann wiederum in Aratta im Hochland des Ostens, vor den Mauern von Jericho, am Ufer von Byblos und weit im Westen bei den blaulippigen Bewohnern des Tibesti-Gebirges inmitten der Sahara-Wälder. Viele, die in meine Stadt Uruk kommen, haben irgendwo und irgendwann von ihr gehört. Händler erzählen von einer Königin in Saba, von einer männerverschlingenden Astarte am Ufer des Mittleren Meeres, von einer kriegerischen Ischtar im Schafsdorf Babylon und vieles andere, was keine Weibersache ist. Mal höre ich, daß sie als Hüterin des reifen Korns mit langen Zöpfen auftaucht, dann wieder wird von ihr als Rächerin in einem Himmelsschiff berichtet, die jede Regel im Kampf zwischen Gerüsteten verletzt und nur Verwirrung stiftet. Sie zeigt sich, wann sie will und wo niemand sie erwartet. Flehst du sie an, dann bleibt sie unsichtbar, verfluchst du sie, taucht sie zur Nacht allein oder bei Tag mit schwarzen Hünen auf, die wie die Erzer in den alten Tagen nicht einmal Namen tragen. Ich weiß von Herrschern anderer Städte, die den Verstand und ihre Macht in einer Nacht mit ihr verloren. Sogar die Hirten an den Feuern in der Ebene erzählen sich, daß sie weder den Hirsch noch den Esel verschmäht!«

»Entsetzlich! Warum weißt du so viel über sie?«

»Weil sie die Stadtgöttin von Uruk ist, die Göttin meiner Stadt!«

»Hast du sie selbst gesehen?«

»Sie ist ein Bild in mir... ein altes Bild...«

»Kannst du mir einen König, einen einzigen Menschen nennen, der sie gesehen hat?«

»Ich müßte fragen... vielleicht König Mebaragesi von Kisch oder seinen Sohn Agga, vielleicht in den anderen Städten am Euphrat – in Sippar, Schuruppak, oder Eridu, der Stadt des weisen Gottes Enki?«

»O nenne diesen Namen nicht! Er war es, der die uralten Geheimnisse der Götter in seiner Trunkenheit an sie verschenkte. Ich weiß, daß alle Götter, die uralten, bisher vergeblich danach trachten, wenigstens einen Teil der ME zurückzuholen! Siehst du nicht selbst, was diese Frau überall angerichtet hat? Führt nicht der Weg der Menschen in eine Richtung, der jedes Maß und jede Harmonie des Universums zerstören muß?«

»Mag sein, Osiris, aber es ist nun einmal geschehen! Nichts kann das Rad der Zeit zurückdrehen. Was in den Menschen ist, kann sich verändern und für geraume Zeit vergessen werden, aber es bleibt erhalten und bricht sich Bahn, sobald die Sterne günstig stehen.«

»Auch du also! Auch du hast von den ME des großen Wissens soviel gesehen, daß du unfähig bist, dich zu besinnen! Ich sage dir, die ME sind schlimmer als der Rauschtrank, von dem deine Krieger nicht mehr lassen können. Sie sind das Feuer der Erkenntnis, des Verstandes und der Macht, das nicht bedenkt, daß jede Flamme alles andere um sich herum verbrennt, wenn keine Regeln gelten und niemand da ist, der sie zügelt.«

»Willst du mich jetzt mit Ammenmärchen ängstigen? Nur wer sein Leben selbst bestimmt, ist frei. Warte nur ab: Ich werde zu den Zedern gehen, bei denen du einmal gewohnt hast, und jeden Schutzgeist, jeden alten Zauber der Natur besiegen! Die Götter und die Weiber der Vergangenheit haben nichts mehr zu sagen. Die Welt gehört den neuen Männern und ihren Fähigkeiten, die keine Frau begreift. Das bisher Unbezwingbare ist für mich Ziel und das Verbotene die Frucht, die süßer schmeckt als alles andere. Ich suche Feinde, Mann für Mann, Kampf hält die Kräfte rege. Was kann der Breitopf bieten? Satt sein macht faul und träge...«

»Du sprichst so kalt und hart wie noch kein Mensch vor dir. Ich mag dich nicht, König von Uruk. Du hast das wahre Königtum ebenso falsch verstanden wie jene Unglücklichen, die in der Flut ertranken. Du sprichst von Taten, die du vollbringen willst, ich aber suche eine Göttin, dir mir Geliebte, Schwester und Mutter meiner Kinder wird.«

»Was scheren mich die Weiber? Mich interessiert nur, daß mein Mannesruhm so strahlend wird, daß jedes Feuer mir Altar und Tausende von Hütten die Tempel meiner Stärke werden.«

»Was ist nur aus euch Menschen geworden!«

»Männer, die sich selbst Gott genug sind! Falls du deine berühmte Schwester findest, schick sie zu mir! Ich will ihr zeigen, was ein König und ein Mann ist!«

»Du denkst also, daß ihr es geschafft habt...«
»So ist es, und so wird es bleiben für Jahrtausende!«

Ich hatte meine Begleiter in einer sonnigen Talsenke inmitten unermeßlich weiter Wälder der Sahara zurückgelassen und wanderte an glatten, ockergelben Felswänden entlang. Es war heiß und die Spitzen der Büsche rechts und links der Felsen sahen müde aus. Es störte mich, denn schon seit einiger Zeit berichteten die hochgewachsenen Nomaden des Tibesti-Gebirges von Teichen, deren Uferränder absanken, und von heißen Winden, die aus den Gegenden kamen, über die ich kurz vor der Katastrophe mit Osiris geflogen war.

In dieser paradiesischen Region waren die Folgen der letzten Eiszeit wesentlich schwächer gewesen als im Norden. Ich dachte daran, daß auch die ersten Siedlungen im oberen Niltal durch Menschen angelegt worden waren, die in der grünen Sahara schon vor der Katastrophe mit wilden Rindern gelebt, mit schönen Kauri-Schnecken gehandelt, Steinkreise für ihre Toten angelegt und Bilder an die Felswände gezeichnet hatten.

Anders als in Aquitanien waren auf den Feldbildern der Region Sahara viel mehr menschliche Gestalten als Tiere zu erkennen. Ich hatte oft darüber nachgedacht, warum diese Menschenfiguren in auffälliger Weise die Unterschiede zwischen großen kräftigen Männern in voller Bewegung und eher unbeweglich wirkenden kleinen und rundlichen Frauen betonten. Und irgendwann hatte ich eine der Gruppen gefragt. Die Menschen hatten bestätigt, was ich längst vermutete: Die Felsbilder der Sahara wurden niemals von Frauen, sondern stets von Männern gemalt. Ich hatte viele Sonnenumläufe gebraucht, um herauszufinden, warum das so war. Inzwischen wußte ich, daß die Stämme der Xam und der San ihre Kunstwerke aus reiner Lebensfreude auf besonders schöne Felswände malten. Jede Zeichnung war eine Art Spiel, mit dem sie sich in der endlosen Weite der waldigen Gebirge wie Kinder gegenseitig erzählten, was sie gesehen und erlebt hatten. Und anders als die nördlichen Cro Magnons, die Rentierjäger, die Fischer von Lepeno und die Frauen von Catal Hüyük belasteten keine Erinnerungen an Kälte und Dunkelheit, an riesige Eiswände und mörderisch steigende Fluten die Überlieferungen der Cro Magnons, die vor langer Zeit bis ins Innere Afrikas gewandert waren.

Ich wußte längst nicht mehr, was ich eigentlich suchte. Nur der Gedanke daran, daß die großen Götter mich nicht vergessen hatten, ließ mich immer dann weiterziehen, wenn ich begann, mich an einem Platz wohl zu fühlen. In manchen Jahren lebte ich bei verschiedenen Stämmen von Eingeborenen, in anderen gefiel es mir besser, ganz allein zu sein. Jetzt, mitten im Land, das einst Osiris zugesprochen worden war, begleiteten mich zwölf Getreue, die ich mir bereits als junge Burschen ausgewählt hatte.

Die großen, ebenholzfarbigen und auf ihre Weise erhaben wirkenden Gefährten zählten zu den besten Exemplaren der Gattung Mann, die ich bisher gefunden hatte. Jeder von ihnen verehrte mich als Göttin seines Herzens und absolute Herrscherin des Himmels und der Erde. Und jeder war ganz nach meinen Wünschen Krieger oder Wegbereiter durch die Dornenbüsche, Spielgefährte oder Auserwählter für eine lange Nacht. Manchmal versammelte ich sie um mich, sprach ich mit allen und stellte ihnen Aufgaben, die sie im Wettstreit lösen mußten. Dann wiederum nahm ich zwei oder drei für einige Tage oder Nächte zur Seite, um mich mit ihnen über alles zu unterhalten, was wir gesehen hatten und was sie von mir wissen wollten.

Keine Familie, keine Sippe konnte mir mehr bieten als meine zwölf Getreuen. Ich hatte diese Zahl gewählt, weil weder sieben noch zehn Gefolgsleute mir zusagten. Die Sieben erinnerte mich zu sehr an Catal Hüyük und die Oannes, mit denen ich bis zu Enkis Palast im Abzu vorgestoßen war. Auch die Zehn war keine Zahl, mit der ich mich anfreunden konnte. Erst viel später war mir eingefallen, daß ich die Zahl der Zwölf gewählt hatte, die mich auf eine wehmütige Art an Berios und sein Verständnis von der Harmonie im Kosmos erinnerte.

Ich ging an immer neuen Felszeichnungen entlang. Und wieder wirkten die Bilder wie Spiegel meiner Seele. Sie öffneten etwas in mir, was tausend Erdenjahre lang im verborgenen gewartet hatte. Mir fiel ganz plötzlich auf, wie lange ich ohne Gefühl für Zeit, Vergänglichkeit und für Ereignisse gewesen war, die ich gesehen, aber nicht auf mich bezogen hatte. Die stete Wiederkehr von Mond und Sonne, Sturm und Wolken, Herbst und Frühling hatte mich wie ein großer Stillstand, und manchmal wie das Plätschern eines Baches begleitet, der immer wieder in sich selbst zurückfloß.

Für ein Jahrtausend, in dem überall Menschen geboren wurden, lernten, lebten, kämpften und wieder starben, war ich so unbeteiligt und auf mich selbst fixiert gewesen, daß es mir Angst gemacht hätte, wenn ich selbst Mensch und keine Göttin gewesen wäre. Doch jetzt, während ich immer weiter über heiße Steine, Geröll und kratzende Büsche am Berg hinaufstieg, jetzt erinnerte ich mich wieder daran, was ich mit den göttlichen ME getan hatte und wie ungerecht ich zu Tammuz gewesen war.

Ich erreichte eine Biegung an der Steilflanke des Berges und genoß es, wie der Wind meinen leichten Rock aufbauschte und meinen Brüsten Kühlung verschaffte. Ich hatte ein Tuch so um meinen Kopf gewunden, daß nur die Augen freiblieben. Diese Gewohnheit ging bis auf die ersten Jahre nach meiner überstürzten Abreise aus der Stadt der Frauen zurück. Mit dem wieder und wieder erneuerten Tuch hatte ich vermieden, daß mir jeder herumsteifende Jäger und jeder Hirte abschätzend ins Gesicht sehen konnte. Oft genug war ich in der Wildnis und an den Rändern der neu entstandenen Siedlungen auf Männer gestoßen, die keine Scheu und keine Achtung mehr zeigten, wenn sie mich sahen. Im Gegenteil: Diese Männer schien es herauszufordern, wenn sie das stolze Funkeln in meinen Augen sahen. Jeder Versuch, sie durch die Kraft meiner Blicke zurückzuweisen, war bisher gescheitert. Sie folgten mir nicht so, wie es der weiße Wolf getan hatte, sondern mit einer Gier, die mich abstieß und zornig machte.

Sosehr ich immer wieder darüber nachdachte, fand ich doch keine Erklärung für diese Entwicklung. Ich hatte gesehen, wie Männer an den Feuern der Nacht hockten und sich vor Vergnügen auf die Schenkel schlugen, sobald einer von ihnen erzählte, wie er sich ohne lange zu fragen, eine Frau gepackt und mit ihr auch gegen ihren Willen hinter einem Busch oder einem Felsen verschwunden war.

Ganz am Anfang, nachdem ich Nanna-suin gebeten hatte, dafür zu sorgen, daß sich Tammuz und Enkimdu jeweils ein halbes Sonnenjahr teilten, war ich noch enttäuscht und wütend über die Männer gewesen. Ich wußte, daß ich sie auch für meine eigene Selbsttäuschung verantwortlich machte. Seit dem verbotenen Garten und seit dem Ende meines Traums von einem mich liebenden Osiris hatte ich geahnt, daß kein Mädchen, keine Frau beides zugleich sein kann: bewahrend und fordernd, Mutter und Herrin. Die Liebe, von der ich geträumt hatte, wollte zu viel. Sie wollte Achtung und Anbetung der Männer, und sie verlangte Helden, die einen Himmel einreißen konnten, um ihn mir zum Geschenk zu machen. Wer Gott und König, männlich und liebend genug war, der sollte aufsteigen und sich mir freudig vor allen Augen opfern.

Ja, ich hatte die Liebe wie ein Opfer für die Götter erwartet. Für eine Muttergöttin, eine Herrscherin über alle Freuden und alle Siege der Welt. Wer mich haben wollte, der mußte sieben mal sieben Prüfungen bestehen, denn das allein konnte der Sinn der Vereinigung sein. Jede Frau, die an Mutterschaft dachte, sollte auswählen unter den Besten, um fortzusetzen, was in ihr allein war.

Mit diesem Prinzip waren vor der letzten Eiszeit die neuen Menschen entstanden und hatten sich über die Wilden erhoben. Und nur so konnten die Nachkommen der Cro Magnons sich mehrend die Erde untertan machen. Mein Fehler und der vieler anderer Frauen war nur, daß wir das eine wollten ohne das andere aufzugeben. Wer als Mann zum Helden wurde, wie wir ihn als Zeuger der Kinder wünschten, konnte nicht gleichzeitig Blüten vor unseren Schritten verstreuen, uns Lieder weihen und im Schatten bleiben, bis er erhört wurde.

Ich hatte versucht, es ihnen gleichzutun. Mit allen Mitteln, die mir einfielen, hatte ich ihnen zu beweisen versuchte, daß wir Frauen es waren, die über das Leben, über die Saat und über die Gemeinschaft bestimmten. Umsonst. Die schnell gewordene Zeit schien keine tiefen und bewahrenden Empfindungen zu wollen, sondern Menschen, die nicht mehr meditierten, ehe sie handelten.

Ich erreichte den höchsten Punkt des steilen Berges. Unter mir lag ein endloses Paradies aus tiefen Schluchten mit bunten Felswänden, weiten Tälern mit üppigen Wäldern und grünen Auen mit Seen und Flüssen. Ich setzte mich auf einen warmen Stein und hätte mich glücklich und zufrieden fühlen können.

Aber ich war es nicht.

Noch immer hing die enttäuschende heilige Hochzeit mit Tammuz wie eine dunkle Wolke über all meinen Empfindungen. Ich verstand selbst nicht, warum ich mich in der Stadt der Frauen derartig geirrt haben konnte. Wie hatte ich Lieder der Liebe singen und mit ganzem Herzen auf einen Mann warten können, für den ich weder davor noch danach irgendetwas empfand?

Ich genoß die würzige Brise, die von den Wäldern bis zu mir heraufstrich. In Augenblicken wie diesem war mir schon mehrmals der Gedanke gekommen, daß meine überstürzte Vermählung in Catal Hüyük nicht allein das Werk der Frauen gewesen sein konnte. Vielleicht hatten Gaia und andere mitgeholfen, vielleicht war es in ihrem Sinn gewesen, aber ohne meine Einwilligung hätten sie kaum etwas erreichen können. Und diese Einwilligung war nicht durch sie, sondern durch meinen Bruder Utu, den Gott der Sonne, beinflußt worden. Durch ihn allein?

Ich zog die Schultern zusammen, hob die Beine auf den Stein und umschloß die Knie mit meinen Armen. So auf der Spitze eines Berges inmitten dieses unermeßlich weiten, reichen, schönen Landes hätte ich mich sehr groß und göttlich fühlen müssen. Aber ich wußte plötzlich, wie klein ich gegen die Natur und gegen Kräfte war, denen ich etwas weggenommen hatte. Vielleicht hatte die Vermählung mit dem Hirten bereits die erste demütigende Strafe werden sollen. Ich wußte es nicht, aber ich ahnte, daß meine Schuld noch nicht getilgt war. Selbst wenn Gott Enki und die anderen nichts mit den Überredungskünsten Utus zu tun gehabt hatten, blieb noch die Frage offen, ob ich nicht gleichermaßen gegen den ersten Plan verstoßen hatte, für den ich ursprünglich als Göttin von Atlantis vorgesehen war.

Zum ersten Mal sah ich Löwen in dieser Gegend. Sie bewegten sich gemächlich zu den Ufern, um zu trinken. Nicht einmal meine schwarzen Gefährten, die still im Schatten der Bäume saßen, störten die Tiere.

Was hatte ich falsch gemacht? Wären die Männer anders geworden, wenn ich Tammuz in der Nacht der heiligen Hochzeit zurückgehalten hätte? Wenn ich weniger gefordert und mehr gegeben hätte? Noch in der gleichen Nacht, als der verdunkelte, blutrote

Mond mich zu sich aufhob, hatte ich Tammuz dafür verwünscht, daß er zu schwach für mich gewesen war. Oder war es seine Kraft gewesen, vor der ich mich gefürchtet hatte? In jedem Frühling kam der Verbannte für ein halbes Jahr aus dem Dunkel zurück, in das er vor mir geflüchtet war. Die Menschen glaubten, daß er zum Gott der Vegetation geworden war. Ich wußte, daß es nicht so war, aber ich tat nichts, um ihn zu mir zurückzuholen.

In diesem stillen und friedvollen Augenblick fragte ich mich, warum ich in der Nacht mit Tammuz und auch später nie ein Kind empfangen hatte. Ich spürte, wie mich dieser Gedanke, der mir bisher noch nie gekommen war, wie ein Peitschenhieb vorkam. Ich schlang die Arme noch enger um die Beine und hatte das Gefühl, wie schon einmal auf der kalten und wolkenverhangenen Insel alles aus mir herausschreien zu müssen, was mir mißlungen war, mich gedemütigt hatte und mich zur Gefangenen meiner Bestimmung machte.

Wo waren sie denn, die großen Götter, die nach mir suchten und mich glauben ließen, daß sich mich nicht finden konnten? Trug ich nicht immer noch den Stein der Götter, der den Wissenden mitteilte, in welcher Verfassung sich ihre Tochter Inanna befand? Konnte mein Bruder, der gleißende Sonnenball, nicht mehr sehen, was auf der Erde geschah? Wo war Gott Enlil, der zuließ, wie sich die Männer nahmen, was einmal Frauen gehört hatte? Wo waren sie, die Wächter, Diener und Dämonen des weisen Gottes Enki?

Oder bewegte ich mich längst in einem unsichtbaren Netz, in dem die Zeit die Rolle der Verführerin annahm – gefährlich wie der Duft von Soma und lähmend wie ein Rauschtrank? Gab es denn überhaupt einen Ort, an dem ich sicher war vor meinem Schicksal?

Ich sah über die grünen Berge hinweg. Sie sahen anders aus, als jene, in denen ich den ersten Sommer nach der Kälte der Dunkelwelt verbracht hatte. Und plötzlich wußte ich, was mich unsicher machte: Ich spürte Vorboten des Todes.

Sie schwebten so unabänderlich über dem Grün, als wäre Osiri's Land bereits jetzt dazu verdammt, in einen Herbst zu fallen, aus dem es keine Wiedergeburt gab. Konnte der wunderbare Wald wirklich zur Wüste, zu einem Verbot für alle werden, die jetzt noch in ihm lebten? War dieser Gedanke überhaupt denkbar – daß Götter nicht eine der ihren bestraften, sondern alles, was mit ihr in Berührung gekommen war – die Wälder, die sie gesehen, die Tiere und die Menschen?

Zum ersten Mal in meinem Leben hatte ich Angst. So furchtbare Angst, daß ich nicht wußte, wie ich ihr begegnen sollte. Nicht ich würde sterben, wenn mich die Rache der Götter erreichte, sondern die anderen um mich herum! Ich wußte plötzlich, wie logisch und unausweichlich alles war. Es gab keinen Ausweg mehr. Oder etwa doch?

Der Stein der Götter unter dem Tuch um meinen Kopf begann, warm zu werden. Ich zog das Tuch zur Seite und blickte auf das bläuliche Glühen. So intensiv und hell war es nicht einmal in den schrecklichsten Zeiten der Dunkelwelt gewesen.

Was geschah, wenn ich nicht aufgab? Wenn ich fortan jeden Kontakt mit lebenden und daher sterblichen Erscheinungsformen göttlichen Geistes vermied? Wenn ich über den Göttern, die ich dem Namen nach kannte, ein oberstes göttliches Wesen annahm, das gütig und barmherzig, allwissend und gerecht sein konnte und zu dem selbst diejenigen zurückkehren mußten, die sich so lange als die wahren Götter ausgegeben hatten? War das etwa das eigentliche Geheimnis, das niemand außer den Eingeweihten kennen durfte?

Ich lächelte bei diesem Gedanken. Wenn alles in einem und eines in allem sein konnte, dann gab es keinen Tod! Dann kamen Götter, Könige und Menschen, selbst Pflanzen, Tiere und alles, was belebt war, aus einer großen Quelle – aus einer Heimat, in die das Leben und der Geist zurückkehrten, um irgendwann in anderer Form erneut das körperliche Dasein zu versuchen.

War das der Weg, auf dem ich allen Göttern dieser Welt entkommen konnte? Die große Quelle strafte nicht. Sie war die Summe allen Wissens, aller Empfindungen und aller Informationen. Wer lebte, der trug alles in sich und konnte doch nur einen Bruchteil der Erinnerung für sich nutzen, die in jeder Körperzelle von Anfang an verborgen war, und die sich erst allmählich Stufe um Stufe offenbaren sollte.

Zum ersten Mal verstand ich die Gesetze der Uralten und die symbolische Bedeutung der ME, die ich leichtfertig genommen und vor der Zeit weiterverschenkt hatte.

Und wenn ich freiwillig dorthin ging, wo nichts mehr lebte und nichts mehr Schaden durch mich nehmen konnte? Dann würden die Menschen die göttlichen ME behalten, sie nutzen und mehren.

Ich lächelte erneut.

Es gab eine Möglichkeit dafür! Mir fiel ein Name ein, den ich im Zweistromland gehört hatte: Ereschkigal. Irgendwann in den vergangenen Jahrhunderten hatte mir jemand erzählt, sie sei meine Schwester. Für mich konnte sie ebensogut Morgana oder eine andere sein.

Zwei- oder dreimal hatte ich im Tal des Indusstroms nach Morgana gesucht, ohne sie zu finden. Was dort entstanden war, hatte mich nicht lange halten können. Seit Catal Hüyük mochte ich keine Siedlungen mit immer gleichen Häusern mehr. Selbst Straßen, Gassen und die großen Plätze von Mohenjo Daro und Harappa entsprachen nicht mehr meinen Wünschen. Sie konnten ohnehin nicht das ersetzen, was mit Atlantis und den Königsinseln untergegangen und schon fast vergessen war.

Viertausendmal hatte der Erdball sich inzwischen um seine Achse gedreht. Viertausendmal war aus der Sicht der Menschen das Licht des Himmels im Osten aufgestiegen und im Westen untergegangen. Ich konnte nicht mehr zählen, wie viele Namen mein Bruder Utu und die anderen Götter inzwischen trugen. In vielen Siedlungen hörte ich Namen, die ich nicht kannte, und manchmal erzählten die Menschen auch von mir, ohne mich zu erkennen.

Ich spürte, wie die Stille mich schläfrig machte. Ich glitt bis zum Gras neben dem warmen Stein und lehnte mich gegen ihn. Der Himmel war hoch und von mildem Blau, aus den Tälern stieg feuchte Hitze auf, und weit entfernt erklangen Töne von einer Flöte. Wo war Osiris? Und warum hatte ich nie wieder von ihm gehört? War dies nicht sein Land, für das er vorgesehen gewesen war? Ich fragte mich, was ich ihm schenken könnte, wenn wir uns – gleichwie in welchem Seinszustand – doch wiedersehen sollten. Und während ein Seufzer meine ewige Sehnsucht nach ihm bestätigte, übersah ich die Gefahr, die aus der Friedfertigkeit des Landes auf mich zukam. Ich merkte nichts von den heftigen Wortwechseln der alten Götter in meiner Nähe. Menschen, die sie sahen, zeichneten noch viele Jahre später ihren Glanz und ihre Größe mit rotem Steinpulver an die Wände der Felsen.

»Wo bist du, Nin-shubur, Morgana, Ereschkigal?« murmelte ich mit halbgeschlossenen Augen. »Wo ist der Eingang zu der Zwischenwelt, in der die Richter über Menschen und Götter beurteilen, ob ein Leben groß oder klein, gut oder schlecht gewesen ist? Wo bist du, Tammuz, und wo du, Osiris? Ich will zu euch kommen.«

Ich lächelte mit geschlossenen Augen. Die Unterwelt, dachte ich, wo sollte ich sonst noch eine Antwort finden, wenn nicht in der Unterwelt? Gleichzeitig hatte ich eine Idee, wie ich dorthin gelangen könnte, wo selbst die Götter danach beurteilt wurden, ob sie die Wahrheit sagten oder nicht. Ich mußte nur geschickt sein und alles sehr gut vorbereiten.

Die Schatten der erzürnten Götter erreichten mein Bewußtsein. Ich war den Weg nicht zu Ende gegangen, aber weder ich noch sie wollten weiter warten. Ich seufzte noch einmal. Denn endlich verneigten sich alle vor mir und taten so, als sei ich stets eine der ihren gewesen.

Ich badete mich wie im Palast von Enki, salbte den ganzen Körper mit köstlichen Düften, kämmte mein weit über die Schultern reichendes Haar, flocht es zu schweren Zöpfen und steckte es wie die Krone zusammen, wie sie der Königin der Liebe und der Fruchtbarkeit des ganzen Landes gebührte. Dann zog ich meine kostbarste Robe an. Meine dunkelhäutigen Gefährten und die Diener meines Palastes brachten mir Schmuck auf weichen Kissen.

Ich nahm ein Band aus breiten Lapislazulisteinen und legte es so um meinen Hals, daß die Enden bis zu meinen Brüsten reichten. Anschließend tupfte ich etwas duftenden Goldstaub mit dem Namen »Laß-ihn-kommen« um meine Augen. Ich steckte einen Armreifen auf mein linkes Handgelenk und legte einen breiten Gürtel samt der mit Perlen und Edelsteinen geschückten Gürtelschnalle an, auf der in der Schrift der Alten die Worte »Komm-Mann-komm« eingraviert waren. Zum Schluß nahm ich den geschmückten Energiestab in die Rechte, wie ihn die großen Götter einst getragen hatten.

Viele der Götter der Vergangenheit erschienen, um mich zu sehen. Brahma und Viracocha, Tiuz und Amun-Re kamen, entboten mir ihren Gruß und wünschten mir Glück für meinen Gang in die Unterwelt. Ich fürchtete mich nicht vor dem Unbekannten, das auf mich wartete, denn irgendwie kam mir mein Vorhaben nicht schwieriger vor als der Weg durch das graue Haus.

Ich sah, wie Nin-shubur die Mondbarke vorbereitete, und dann erschienen auch noch Nanna-suin, Enlil und Enki. Sie behandelten mich freundlich. Kein Wort des Tadels, kein Vorwurf und keine warnende Bemerkung hinderten mich daran, mein Vorhaben zu beginnen.

Ich stieg in die Mondbarke, die vor meinem Palast angelegt hatte. Sie war wie das Himmelsschiff von Gott Tiuz ausgestattet, nur kostbarer und verschwenderischer. Ich fand mich sofort zurecht. Die großen Götter warfen mir Blumen zu und klatschten, als Nin-shubur langsam ablegte. Für eine Weile schwamm die Mondbarke an den Mauern einer Stadt vorbei, die wie die Silhouette von Uruk aussah, die Gilgamesch vor langer Zeit beschrieben hatte.

Und dann erhoben wir uns über die Feuerplätze an den Ufern und stiegen langsam in den Sternhimmel hinauf. Ich beobachtete Nin-shubur, wie er geschickt und leise lächelnd die Mondbarke in Richtung Osten lenkte. Die Ebene der beiden großen Ströme blieb hinter uns zurück. Schneller und schneller flog das Himmelsschiff über Gebirge, endloses Hochland und immer neue Gipfel.

»Ich weiß nicht, was geschehen wird«, sagte ich schließlich zu Nin-shubur. »Aber falls ich nicht mehr zurückkehre, soll jede Spur von mir getilgt werden. Ich will nicht, daß die Menschen mir Tempel bauen oder Standbilder errichten.«

»Das kannst du ihnen nicht verbieten«, antwortete meine Fährfrau. »Von Anfang an haben die Menschen sich Bilder ihrer Götter und Idole angefertigt. Wahrscheinlich wollen sie damit nur verbergen, wie wenig sie von dem verstehen, was über allem ist. Sie brauchen die Symbole, damit sie sich nicht ängstigen, wenn keine Götter da sind, die ihnen sagen, was sie tun sollen.«

»Haben die ME sie denn nicht wissend, frei und unabhängig gemacht?« fragte ich verwundert. Nin-shubur lachte.

»Sicher«, antwortete sie. »Du hast den Menschen alle ME gegeben... nur eines nicht...«

»Was meinst du damit?«

»Gewißheit«, antwortete Nin-shubur. »Gewißheit, die ein Licht im Chaos der Gefühle und Gedanken wäre. Doch alles fließt, und deshalb klammern sich die Menschen an irgend etwas, das sie halten kann. Sie suchen nach Gesetzen, wollen an Götter und eine große Ordnung glauben, weil Unberechenbarkeit furchtbar für sie ist. Sie starren auf die Sterne und fürchten doch an jedem Abend, daß ihre Sonne niemals wiederkehrt. Sie teilen sich die Zeit wie Strecken eines Weges ein und meinen, daß sie damit Macht besitzen, die nur die Götter hatten.« Sie sah sich zu mir um, und ich erkannte erneut das Gesicht Morganas. »Für dich ist Ungewißheit vielleicht quälend, aber du weißt, daß du in Wahrheit niemals sterben kannst. Die Menschen haben dieses ME nicht bekommen – auch wenn es viele gibt, die jedes Opfer bringen würden, wenn sie dafür Gewißheit finden würden.«

Ich antwortete ihr nicht. Das Himmelsschiff flog immer weiter ostwärts. Und dann verringerte es seine Geschwindigkeit und sank leicht schwankend tiefer. Nur wenig später erkannte ich zwei schneebedeckte Bergriesen, um deren Gipfel schwere Wolken trieben.

»Dort ist das erste Tor zur Unterwelt«, sagte Nin-shubur. Ich schluckte unwillkürlich und faßte den Stab in meiner Rechten fester. Unmittelbar vor dem dunklen Tor ließ Nin-shubur das Himmelsschiff fast den felsigen Boden berühren. Sie öffnete eine der Seitentüren, und ein wild aussehender Wächter steckte seinen Kopf durch die Öffnung.

»Wohin willst du?« fragte er mich.

»Zu den Richtern der Unterwelt«, gab ich zurück.

»Du kannst nur durch das Tor der Nimmerwiederkehr, wenn du bereit bist, etwas aus der Welt der Lebenden zurückzulassen!«

»Gib ihm den Armreif«, sagte Nin-shubur. Ich tat, was sie gesagt hatte. Der Wächter sah sich das Schmuckstück von allen Seiten an, dann nickte er und trat zurück. Wir flogen langsam weiter bis zum nächsten Tor. Und wieder forderte ein Wächer etwas von mir. Ich gab ihm meine Halskette aus Lapislazuli.

Acht Tore und acht Wächter: dem ersten Tor folgte das Tor der Tränen, dem Tor der Furcht das Tor der Rache. Und jedesmal ließ ich etwas von mir zurück. Wir passierten das Tor des Zorns, das Tor des Schweigens und das Tor des Ruhms. Jetzt fehlte nur noch das Tor der Ewigkeit.

»Weiter darf ich dich nicht mehr begleiten«, sagte Nin-shubur.

»Ich weiß«, antwortete ich. »Ich danke dir für alles, und wenn ich jetzt nackt und allein weitergehe, und du ins Land der Lebenden zurückkehrst, vergiß nicht, was ich dir gesagt habe.«

»Soll ich nicht lieber um Hilfe für dich bitten, wenn du sie brauchst?«

»Ich weiß es nicht«, antwortete ich.

»Ich könnte Trommeln schlagen lassen, das Land zum Aufruhr rufen, die Menschen Feuer in den Himmel lodern lassen... ich könnte Enki bitten, dir das Brot des Lebens und das Wasser des Lebens zu schicken...«

»Was würde ich dadurch gewinnen?« fragte ich leise. »Nein Nin-shubur, ich muß allein herausfinden, was kommen wird.«

Sie sah mich lange an, dann nickte sie, und ich verließ die Mondbarke. Ich wartete, bis sie gewendet hatte und sich lautlos entfernte. Erst jetzt wurde mir vollends bewußt, wie nackt ich war. Ich hatte weder Geschenke noch eine Waffe bei mir. Nur mein Stein der Götter begann nach langer Zeit wieder zu glühen.

Vorsichtig tastete ich mich durch die Stille. Ich hörte keinen Laut und spürte nicht den geringsten Windhauch auf meiner Haut. Es war weder warm noch kalt, weder hell noch dunkel. Weiter und immer weiter drang ich in jene Bereiche vor, aus denen bisher kein Menschenwesen zurückgekehrt war.

Es dauerte nicht lange, bis ich meine erste Vorsicht abgelegt hatte. Ich sagte mir, daß ich kein kleines Mädchen mehr war, und nichts mich daran hindern konnte, endlich die Grund für meine Existenz zu erfahren. Viertausend Menschenjahre hatte ich auf eine Antwort gewartet. Ich hatte oft darüber nachgedacht, in welches Spiel die Götter mich verstrickt hatten, aber noch immer wußte ich nicht, ob der uralte Plan noch irgendeine Bedeutung hatte oder ob ich inzwischen ein Relikt, ein Planungsfehler aus der Vergangenheit war, der ohne großes Aufsehen beseitigt werden mußte.

Ich wollte wissen, ob es tatsächlich die Richter in der Unterwelt und eine Göttin gab, die über tote Seelen herrschte, und die rein körperlich eine der vielen Schwestern von mir war. Ich wanderte durch das diffuse Dämmerlicht, das mich unangenehm an meine ersten tausend Jahre nach der Flut erinnerte. Und plötzlich sah ich eine Torwand aus Metall vor mir, die wie die Mauern von Atlantis wirkte.

Ich blieb stehen und suchte vergeblich nach einem Einlaß. Diese Wand war noch undurchdringlicher als die Pforte in der Kyklopenmauer um den verbotenen Garten, in dem begonnen hatte, was mich noch immer schmerzte.

Ich legte meine Hände auf den Stein der Götter über meiner Brust. Er war so kalt wie lange nicht mehr. Trotzdem trat ich einige Schritte vor, hob die Hände und schlug mit beiden Fäusten gegen die Torwand.

»Mach auf, Torhüter! Ich komme allein!«

»Wer bist du?« fragte eine laute, grollende Stimme.

»Ich bin Inanna, Göttin des Himmels und der Erde, auf dem Weg nach Osten...«

»Warum kommst du über den Weg, auf dem kein Reisender zurückkehrt?«

»Weil... weil ich sehen will, wie es meiner Schwester Ereschkigal geht. Ihr Mann, der Himmelsstier, ist tot. Ich will mit ihr besprechen, wie wir die Trauerzeremonie feiern sollen.«

Diese Lüge öffnete mir das letzte Tor. Ich hatte es gehofft und gleichzeitig geahnt, denn auch damit ließ ich etwas aus dem Land der Lebenden zurück. Ich trat durch das hohe Tor und erkannte im gleichen Augenblick die Richter und Ereschkigal. Es war, als würde ich in einen großen Spiegel blicken, der an einem riesigen Nagel in der Felswand hing. Ereschkigal sah mir so ähnlich, daß ich erschrocken einen Schritt zurückwich. Wer war sie? Morgana? Ninshubur? Mein anderes, mein böses Ich?

Gleichzeitig erkannte ich die Gegenstände, die vor den Richtern auf einem schweren Steintisch lagen. Ich sah die weißen und die schwarzen Kugeln, die Waage und das aufgeschlagene Buch, die Rollen mit Gesetzestexten, die Sanduhr und das Schwert. Dazu glänzende Münzen mit dem Pentagramm der Macht – dem fünfzackigen Pentakel-Symbol, die Fackelstäbe und die Kelche für Wasser, Wein und Blut. All das erinnerte mich so sehr an das graue Haus, daß ich die Schultern hob und stolz vor meine Schwester und ihre Richter trat.

»Inanna!« rief Ereschkigal mit dem versteinert wirkenden Gesicht der Erzer. »Wie kannst du dich bis hierher wagen? Du warst die gute, die Auserwählte unter uns Schwestern von gleichem Fleisch und gleichem Blut! Du solltest Bindeglied zwischen den wahren Göttern und ganz neuen Menschen werden... so wie schon andere vor langer Zeit...«

»Was willst du? Was wirfst du mir vor?« antwortete ich ohne Furcht. »Daß irgendwelche Alten vor dreißig-, vierzigtausend Sonnenumläufen das Cro Magnon-Experiment begannen und dann nicht wußten, wie es weiterging? Daß eine neue Eiszeit die Entwicklung unterbrach? Daß sich die Menschen über die ganze Welt verteilten, während die Herrscher von Atlantis vergaßen, was die Götter waren und was das Königtum bedeutet?«

Ich trat einen Schritt vor und sah den Richtern unerschrocken in die Augen. Und plötzlich war sie wieder da, die Magie und die Kraft in meinem Blick. Ich spürte ihre Verwirrung und genoß den Augenblick meines Triumphes. Die Richter senkten nacheinander die Köpfe. Sie wischten fahrig über Urteilskugeln, Schriftrollen und Gegenstände, mit denen sie vielleicht die Seelen der Verstorbenen erschrecken konnten – nicht aber mich!

»Hüte dich, Göttin!« schrie Ereschkigal. »Dies hier ist meine Aufgabe und mein Reich!«

»Du hast kein Recht, mich zu verurteilen! Ich war es nicht, die das Eis abschmelzen und die Wasser der Meere steigen ließ. Ihr wart verantwortlich dafür, daß Stolz und Eitelkeit die großen Wahrheiten verschütteten. Nur deshalb wart ihr nicht mehr fähig, die Gefahr des Untergangs zu sehen, als es noch Zeit war...«

»Schweig! Hier hilft dir kein Versuch, von deinem eigenen Versagen abzulenken! Wir wissen alles: Du bist durch die Kyklopenmauer gegangen. Du hast den verbotenen Garten betreten. Du warst bereit, entgegen allen Gesetzen Osiris körperlich zu lieben. Du hast nicht widersprochen, als ein verstoßener Gott dir Bilder zeigte, die du nicht sehen durftest. Du hast den Seher Berios betört, damit er dir in seiner Schwachheit Dinge erzählte, die die nicht wissen solltest. Du hast Osiris durch deine Ausstrahlung dazu verleitet, über sein vorbestimmtes Land hinwegzufliegen und ihn in Byblos mörderischen Wilden überlassen. Du hast den Flammentod von Quetzalcoatl vereitelt. Du hast das Blut von Mammuts getrunken, hungernde Wilde umgebracht, dir Tiere hörig gemacht, die Ordnung der Eingeborenen gestört, überall Spuren hinterlassen, die göttlichen ME geraubt und den dir vorbestimmten Gemahl verhöhnt...«

Sie erhob sich und breitete die Arme aus. »Göttin Innanna, du hast genug getan, um hundertfach zu sterben! Niemals sollst du zurückkehren in die Heimat der großen Götter!«

Ich sah sie unverwandt an. Der Stein der Götter über meiner Brust begann zu glühen. Er war jetzt alles, was ich noch hatte. Der Stein der Götter und die Kraft in mir, in meinem Blick...

Die gläsern wirkende Mauer zwischen mir und der Göttin der Unterwelt begann zu schmelzen wie das Bild einer Fata Morgana. Auch sie hatte auf einmal die gleiche Kraft wie ich in ihrem Blick. Wir starrten uns an. Die dunklen Wände wichen zurück. Nur noch ihr Blick und meiner bildeten die Achse zwischen Sein und Nichtsein. Ich zweifelte nicht einen Augenblick daran, daß ich die stärkere war.

Die beiden kindlichen Dämonen mit dem Brot des Lebens und dem Wasser des Lebens kamen auf mich zu. Sie prallten wie von einer unsichtbaren Mauer ab.

Und dann war urplötzlich alles zu Ende. Ich brach zusammen und spürte, daß ich starb. Noch ehe meine letzten Gedanken verloschen, hoben die Richter meinen kraftlos gewordenen Körper auf. Ich hörte, wie Ereschkigal kreischend lachte.

»Hängt ihren ach so schönen, wertlosen Körper wie einen alten Sack über den Nagel an der Wand!«

Das Letzte, was ich spürte, war der Schmerz der blauen Hitze aus meinem Stein der Götter. Er traf mein Herz und hielt es an.

SPHINX

Letu... ich rufe Letu... hört mich noch irgendeiner der Alten?«

»Sie hören dich nicht, anrufender Bote... sie wollen nicht hören, wollen nichts mehr. Die Zeit der großen Götter ist vorbei. Sie haben beschlossen, sich nicht mehr zu zeigen und nicht mehr in die Natur und die Entwicklung des Lebens einzugreifen.«

»Aber die Menschen brauchen Götter! Sie sind noch nicht reif genug, um...«

»Sie haben die ME und die Überlieferungen. Sie sind fruchtbar und mehren sich, und sie müssen selbst zusehen, was sie aus all dem ohne die Hilfe der Götter machen! Von nun an werden nur noch Priester und Druiden, Schamanen und Heilige etwas vom alten Wissen bewahren. Und viele falsche Propheten werden behaupten, daß sie allein die Wahrheit kennen...«

»Bei allen Göttern – das ist Mord! Genausogut hätten die Alten kleinen Kindern tödliche Waffen und die Verfügungsgewalt über die Technik von Raum, Zahl und Zeit hinterlassen können.«

»Du sagst es, anrufender Bote. Deshalb habe ich mich dazu entschieden, noch nicht ins andere Dasein zu gehen, das aber dennoch mein diesseitiges Leben bestimmen soll.«

»Wer bist du? Und was hast du vor?«

»Mein Name ist Osiris, und ich will, daß am heiligen Strom Amun-Res keiner der Menschen die Herrschaft übernimmt. Mögen in anderen Gegenden Könige kommen und gehen, mögen die Menschen für jeden Namen der alten Götter Altäre und Tempel errichten, mögen in Ländern außerhalb von Ägypten die großen Kesselpauken geschlagen und Schwerter aus Erz geschmiedet werden, mögen die Kinder die Brust der Mütter nicht finden, Felder verdorren und Herden verdursten – ich bleibe dem treu, was die Alten wollten!«

»Du willst eine neue Insel errichten? Nicht sehen, nicht hören, was um dich geschieht?«

»Ich bin ein Gott, aber ich bin nicht für das verantwortlich, was andere Götter taten! Mein Gesetz wird die Maat sein – eine Weltenordnung, wie sie die ganz Alten wollten.«

»Wie kannst du von Weltordnung sprechen, wenn du das Kriegsgeschrei und die Klagen der Menschen nicht hörst, nicht siehst, wie sich das große Oben ins große Unten wälzt?«

»Nicht meine Schuld.«

»Du könntest helfen.«

»Wem sollte ich helfen?«

»Mir... Nin-shubur und deiner Schwester Isis, die du dir als Gemahlin gewünscht hast...«

»Es gibt keine Isis mehr.«

»Doch, Osiris! Du hast sie gekannt, geliebt und jahrtausendelang gesucht. Bis der Todesblick ihrer älteren Schwester Ereschkigal sie traf und die Richter der Unterwelt ihren sterblichen Körper über den Nagel aus Metall gehängt haben, hieß sie Inanna...«

»Inanna war Isis?«

»Inanna ist Isis!«

»Was soll ich tun?«

»Du mußt versuchen, noch irgendeinen der alten Götter zu erreichen. Einen, der weiß, wo die kindlichen Boten mit dem Brot des Lebens und dem Wasser des Lebens sind. Vielleicht kann An helfen, vielleicht auch Enki.«

»Und wenn wir es ohne die Götter tun, die sie verurteilt und bestraft haben?«

»Ich könnte gehen, wenn du die Kinder findest. Aber ich weiß nicht, welcher Preis verlangt wird, damit Inanna-Isis zu den Lebenden zurückkehren und zu dir kommen darf...«

»Ich liebe sie und ich will jubelnd jeden Preis bezahlen, den irgend jemand von mir fordert.«

»Dann mußt du jetzt entscheiden, was dir das Wichtigere ist – dein Traum von einer großen Aufgabe oder die Liebe deiner Schwester, die dir Gemahlin werden soll.«

»Glaubst du, ich zögere erneut? Bring sie zu mir zurück! Das ist meine Antwort.«

»Du weißt, daß dann auch dich der Zorn der großen Götter treffen kann?«

»Was kümmern mich die Götter? Sie werden es nicht wagen, gegen mich vorzugehen. Ich bin der einzige, der die alte Ordnung schützt.«

»Was ist mit deinem Bruder Seth, mit deiner Schwester Nephthys?«

»Ich bin der Vater und die Mutter der Menschen, die am oberen Nil leben, denn ich erhalte sie, und meine göttlichen Geschwister dienen mir als Berater.«

»Sie kamen vor dir nach Ägypten... gleich nach der Flut.«

»Ja, aber ich bin es, der sich die Macht der Maat bewahrte.«

»Nun gut, Osiris, dann versuchen wir die Auferstehung einer Göttin!«

Der Schmerz des Todes kehrte langsam zurück und wurde körperlich. Für einen endlosen Augenblick hoffte ich, keine kalten Felswände und keine halbdunklen Höhlen der Unterwelt zu sehen. Ich spürte, wie Wasser über meine Lippen rann. Gleich darauf roch ich frisches, duftendes Brot. Ich trank das Wasser und aß ein kleines Stück Brot. Ich fühlte, wie sich die Schmerzen überall in meinem Körper verstärkten. Erst dann erwachte ich und öffnete zögernd die Augen.

»Laß mich hinaus!« murmelte ich beinahe tonlos. Ich glitt vom riesigen Nagel an der Felswand, schlug auf den Boden und richtete mich mühsam auf. Noch nie war es mir so schwer gefallen, die Gewalt über Arme und Beine, Rücken und Hals wiederzufinden.

»Niemand kehrt ohne Spuren aus der Welt der Toten zurück!« rief der erste Richter. Ich nahm einem der beiden Kinder den Krug mit Wasser ab und trank ihn fast bis zur Neige aus. Dann brach ich das Brot des Lebens, das mir das andere Kind mit beiden Händen reichte.

»Du willst gehen?« rief der zweite Richter. »Dann muß an deiner Stelle etwas anderes hierbleiben!«

»Geh nur, geh, Inanna!« sagte das erste Kind mit reiner Stimme. »Du kannst Nin-shubur an deiner Stelle hierlassen...«

»Nein!« rief ich erschreckt. »Nicht Nin-shubur! Sie war die einzige Hilfe und Unterstützung, die ich hatte... mein guter Geist, meine Beraterin, mein starker Arm, mein helles Auge, mein waches Ohr. Sie tat alles, wofür mir ganz allein der Mut gefehlt hätte. Nein, Nin-shubur gebe ich nicht her!«

»Nun gut«, sagte das andere Kind. »Dann laß den Teil von dir im Land der toten Seelen, durch den du immer noch einen Sohn bekommen könntest...«

»Nein, bitte nicht! Ich, ich...«

»Wir haben schon verstanden«, sagten die kindlichen Dämonen gleichzeitig. »Was willst du opfern, damit dein Körper leben kann? Willst du, daß der Huluppa-Baum entfernt wird aus deinem Garten der Erfahrung und Erinnerung?«

Ich schüttelte den Kopf.

»Dann bleibt uns nur noch eines«, rief der dritte Richter.

»Was ist es?« fragte ich.

»Wir müssen einen anderen an deiner Stelle hierbehalten«, antwortete der vierte Richter. »Einen, den du bereits für jeweils sieben Mondmonate des Jahres in unser Land verbannt hast...«

»Ja,« stieß ich schnell hervor. »Behaltet Tammuz bei euch. Von jedem Sonnenjahr soll er auch weiterhin die halbe Zeit hier in der Unterwelt verbringen!«

»Wir werden ihn befragen«, sagte der fünfte Richter laut. Er wandte sich zur Seite und rief: »Holt Tammuz her!«

Flüsternde Schatten flogen nach allen Seiten auseinander. Gleich darauf stolperte mein Gemahl aus der Stadt der Frauen vor den Richtertisch. Er würdigte mich keines Blickes.

»Willst du erneut mit dieser Göttin leben?« fragte der sechste Richter.

Tammuz hob stolz sein Kinn. Für mich sah er urplötzlich ganz wie Gilgamesch aus. »Ich denke nicht daran. Ich bin ein Mann und nicht der Sklave eines Weibes!«

»Heißt das, du würdest lieber das halbe Sonnenjahr in Dunkelheit verbringen?« fragte der siebente Richter der Unterwelt.

»Das würde ich, aber ich will zuvor Inannas Bruder sehen... mit ihm verhandeln und ihm sagen, welche Forderung ich habe...«

»Du kannst der Herr des Grüns und aller Fruchtbarkeit des Landes sein!« rief der letzte der Richter.

»Dann will ich aufsteigen für kurze Zeit und untergehen nach reicher Ernte! Was sind das Gleichmaß und die Harmonie der Götter und der Weiber gegen den steten Wechsel von steilem Aufstieg und heldenhaftem Untergang!«

Mit einem donnernden Geräusch riß die Decke des Saales auf. Felsbrocken polterten zu Boden. Hoch über uns erschien das helle Himmelsfeuer meines Bruders Utu.

»Ihr habt gerufen, Richter der Unterwelt?«

»Ja, Bruder!« schrie Ereschkigal so laut und gellend, daß mir die Ohren weh taten. »Wir waren allesamt Geschwister... die alten und die jungen Götter. Doch nichts blieb so, wie es geschaffen wurde! Inanna will nicht länger den großen Regeln folgen. Sie will zurück und dann die Schwester anderer Götter sein...«

»Sie ist die Schwester und die Tochter aller Göttlichen, ganz gleich, mit welchem Namen sie erscheinen.«

»Mag sein – es interessiert mich nicht! Höre dir lieber an, was jetzt ein Halbgott von dir will.«

Tammuz hob die Hände, legte den Kopf in seinem Nacken und rief der Sonne seine Bitten zu: »Ich bin der Mann, den du für deine Schwester wolltest. Mit meinen Füßen ging ich zu ihr. Mit meinen Händen brachte ich ihr die süße Milch der Tiere. Ich tat, was ihr von mir verlangtet. Sie aber merkte, daß ich sie nicht wirklich liebte... ich war das Werkzeug eurer Rache. Ich will es nicht noch einmal sein... macht deshalb meine Füße zu Füßen einer Schlange, und meine Hände zu Händen einer Schlange, damit ich schneller sein kann und mich die Götterboten nicht noch einmal fangen...«

Ich weiß nicht, wie es kam, aber die Bitte von Tammuz rührte mich. Seine Worte bestätigten, was ich bislang geahnt hatte. Er war ein Mensch, ein Mann und vielleicht ein Halbgott. Aber er wußte nichts von den Zusammenhängen, die größer waren als sein Bild der Welt, in der er sich bewegte. Ich ließ die kindlichen Dämonen hinter mir und trat ins Licht der Sonne.

»Es war nicht recht von euch!« rief ich dem strahlend über uns leuchtenden Gestirn zu. »Ihr habt das Paradies gehabt, und es reichte euch nicht! Ihr wolltet Götter sein – mehr als die Herrscher dieser Welt – vor deren Geist sich selbst das Leben... die Natur verneigen sollte! Ihr habt Menschen geschaffen, die von Anfang an weniger sein sollten als ihr. Doch diese Menschen haben durch mich die ME erhalten. Sie werden lange brauchen, um jedes einzelne so zu verstehen, wie es gemeint ist. Jahrtausende vielleicht...«

»Hört auf damit!« schrie Ereschkigal. Der Felsspalt über uns schloß sich mit einem dumpfen Krachen.

»Ich werde nicht aufhören!« rief ich in die Dunkelheit. »Ich kehre um, gehe nicht in die große Heimat und bleibe nicht in der Unterwelt. Denn du kannst mir nichts anhaben, göttliche Schwester und Herrscherin über das Land der toten Seelen. Ich werde leben und dem Leben dienen...«

Ich wandte mich zu Tammuz um. »Verzeih mir, Lieber«, sagte ich und strich mit beiden Händen über seine Wangen. Ich küßte ihn auf seinen Mund, dann drehte ich mich um und ging den langen Weg, den ich gekommen war, durch alle Tore der Unterwelt zurück. An jedem Tor nahm ich eines der Kleidungsstücke und Geschmeide auf, die ich als Unterpfand zurückgelassen hatte. Ich legte alles wieder an. Am letzten Tor zwischen den Bergriesen wartete die Mondbarke mit Nin-shubur auf mich. Nur noch ein Spinnweben trennte mich von der Unterwelt und dem Leben.

»Komm«, rief mir Nin-shubur zu. Das Licht der Mondbarke beleuchte die schneebedeckten Hänge. Sie funkelten und glänzten wie eine Welt aus Diamanten. Ich ging durch das silberne Spinnennetz und nahm es mit wie einen Brautschleier.

»Willkommen, Isis, Göttin des Himmels und der Erde.« Nin-shubur lächelte.

»Ich bin Inanna und ich will Inannna bleiben.«

»Auch wenn der Mann, für den du stets die erste aller Frauen warst, dich unter vielen Namen in vielen Ländern suchen ließ? Der dich Morgana nennt und Is?«

»Das kann nur einer sein.«

»Er ist es«, lächelte Nin-shubur, »Und er hat alles für deine Ankunft vorbereitet...«

»Meinst du, er würde mich nach all den Jahren noch erkennen?«

»Komm«, sagte Nin-shubur. »Er wartet auf dich mit seinem Bruder Seth und seiner Schwester Nephthys. Sie sind so jung wie du. Neben Osiris hast du bisher nur deine älteren Geschwister Utu und Ereschkigal gesehen. Dabei gehörten viele zu den Auserwählten gleicher Art aus der Duka-Schöpfungskammer.«

»Osiris«, sagte ich, und meine Sehnsucht nach ihm flog der Mondbarke voraus.

Wir feierten das Wiedersehen die ganze Nacht, den ganzen Mondmonat, das ganze Jahr hindurch: dreihundertsechzig Nächte liebten wir uns, nur unterbrochen durch die Zeiten, in denen sich mein Mondmund an Nanna-suin erinnerte und ihm sein Opfer brachte. Wir liebten uns ein Jahr und weitere fünf Nächte – als Dank für die fünf jüngeren Könige von Atlantis, die uns ausgeschickt hatten, noch ehe sie und alle anderen mit ihnen in der Flut untergegangen waren.

In diesen wunderbaren Nächten und den von Glück erfüllten Tagen, in denen meine Seele und mein Herz Frieden fanden, veränderte ich mich mehr, als mir zunächst bewußt war. So wie bei vielen Stämmen und Menschengruppen Erinnerungen an die Katastrophe, die große Flut und die furchtbaren Jahre danach allmählich zu Legenden wurden, verloren auch für mich die vier Jahrtausende als junge Göttin ihre Bedeutung. Ich vergaß nicht, was ich erlebt hatte, aber ich konnte stiller und sehr viel sicherer daran zurückdenken.

Nach und nach verging auch meine Befürchtung, daß sich die großen Götter nicht mit der Regelung zufriedengeben könnten, die Utu, Tammuz, Ereschkigal und ich vor den Richtern der Unterwelt vereinbart hatten. Mein Verstand sagte mir, daß ich den Übergang in eine neue Zeit geschafft hatte, in der die Menschen und nicht die Götter das Leben auf der Erde anführten. Und nur noch manchmal, wenn sich am Himmel dunkle Wolkenberge auftürmten, wenn Löwen und Schakale in stillen Nächten jaulten, wenn die geheiligten Nilkrokodile in Scharen an die Ufer krochen oder wenn Skarabäuskäfer auf allen Wegen dicht an dicht im Licht der Sonne schillerten, dann tauchten Worte wieder in mir auf, die ich vor langer Zeit im Inneren Palast von einem Seher namens Berios gehört hatte...

Osiris dachte und empfand ganz anders als ich. Für ihn war die Veränderung der Welt noch immer eine furchtbare Tragödie. Er hatte nie gesehen, was ich inzwischen kannte, und fühlte sich als

Gott, den alle anderen verlassen hatten. Das alte Wissen, nach dem er unermüdlich forschte, war auch der Grund dafür, daß er nach einem Jahr mit mir beschloß, mit einer kleinen Gruppe von Begleitern nach Süden aufzubrechen. Stromauf, jenseits des ersten und des zweiten Kataraktes, lebte der Stamm der Nubier, von denen er schon mehrfach Botschaften und gelegentlich auch Artefakte in Form von alten Scherben mit Ritzzeichen erhalten hatte. Er sagte mir, daß diese Zeichen noch älter waren als die Keramikmalerei, die seine Kundschafter fünf Tagereisen südlich bei den Bewohnern der primitiven Hütten von Tarsa und Badari eingetauscht hatten.

Zu dieser Zeit lebten wir bereits im neuen Haus auf einem Hügel, hinter dem gerade ein zweiter Hügel aus Kyklopensteinen errichtet wurde. Er sollte nach Osiris' Vorstellung von Zahl und Raum und Maß ein Abbild des Vulkans werden, der uns in unserer Kindheit als höchster Berg der Erde vorgekommen war. Wir hatten lange und im Scherz darüber gesprochen, ob er den zweiten Hügel rund wie die Stadt der alten Könige anlegen lassen sollte.

»Warum nicht eckig?« hatte ich eines Nachts gefragt, als wir ermattet in den Kissen lagen. Mir waren wieder die Würfelhäuser von Catal Hüyük und die Kreissegmente eingefallen, die ich am Strudel von Lepeno erdacht hatte.

»Hügel können nur rund sein«, hatte Osiris mir geantwortet.

»Grabhügel vielleicht«, war meine Antwort darauf gewesen. »Erinnerst du dich noch an Carnac und die Steinkreise von Tiuz? Auch er wollte die alte Stadt der Könige nachbauen. War das etwa beeindruckend? Ich fände es viel schöner, wenn du die Grundfläche des neuen Hügels als ein Quadrat anlegen läßt... mit hübschen, schrägen Kanten und einer Spitze, die genau zum Mittelpunkt des Sternenhimmels zeigt.«

»Du meinst, das würde eher auffallen?«

»Wenn ich eine der großen Gottheiten wäre, würde ich es bemerken«, hatte ich ganz und gar nicht ernsthaft geantwortet. Trotzdem war Osiris noch tagelang nachdenklich geblieben. Dann hatte er neue Anweisungen gegeben. Der zweite Hügel sollte quadratisch angelegt werden... als eine Pyramide und wie ein neuer großer Stein der Götter, in dessen Zentrum sich die Gedankenkräfte des ganzen Landes sammelten.

Noch bis zum Tag, an dem die schwer beladenen Boote vom Ufer ablegten, wollte ich meinen Gemahl begleiten. Osiris hatte nichts dagegen, aber dann überzeugten Seth und Nephthys mich, daß es nicht schicklich für mich war, wenn ich als die Gemahlin des Gottkönigs Strapazen einer großen Reise auf mich nahm.

Ich war für ein paar Tage traurig und dachte daran, wie ich wohl als Inanna reagiert hätte. Sie war noch immer in mir, die freie, ungebundene Göttin, die sich vor nichts gefürchtet hatte und der die Welt als großes Abenteuer vorgekommen war. Aber allmählich hatte ich ebensoviel Gefallen an meiner neuen Rolle als Königin des Nilbeherrschers gefunden. Nur eines fehlte mir noch: Ich hätte alles für ein Kind von ihm gegeben.

Ich wußte, daß Osiris sich ebenfalls nach einem Zeichen unserer Liebe sehnte. Er schlug mir keinen Wunsch ab. Was ich auch wollte, ließ er sofort herbeischaffen. Am Anfang hatte es mir Spaß gemacht, verrückte, närrische Bedingungen vor jeder neuen Nacht mit ihm zu stellen. Er hatte aus den Wäldern der Sahara schwarzhäutige junge Männer als Leibwache für mich holen lassen. Dazu kräftige Löwen, die sich nur meinen Blicken fügten. Und weil ich oft von Tieren sprach, die ich gesehen hatte, befahl er, daß bei Festen jeder Mann und jede Frau Masken von Löwen und Schakalen, von Katzen, Widdern, Falken, Ibissen und Krokodilen anlegen sollte.

Er war auf jede Laune und jedes Spiel von mir ebenso ernsthaft eingegangen, wie auf die Idee des Pyramidenhügels. Selbst als ich anfing, wieder ein Tuch wie in den Wäldern der Sahara um meinen Kopf zu legen, ließ er für mich und sich aus edlen, goldgestreiften Stoffen gleich körbeweise Tücher weben und machte sie zum Zeichen göttlicher Königswürde. Allmählich glaubte ich, daß er alles und jedes, was mir einfiel, ebenso ernst nahm wie die Magie der Zahlen und Symbole, der Sternenbahnen und der Winkelzeichnungen, mit denen er sich Tag für Tag für Tag beschäftigte. Aber ich liebte ihn und er liebte mich. Das allein war entscheidend...

Als sich der zweite Mond nach seiner Abreise vollendete, trat ich wie jeden Morgen allein auf die steinerne Terrasse vor unserem

Schlafgemach. Ich mochte es, den Tag bereits im Morgendunst zu grüßen, noch ehe Priester die ersten Formeln und Gebete über dem Land ausriefen. Ich hatte mich nur schwer daran gewöhnt, daß sich Osiris' neues Land nicht über einen halben Kontinent erstreckte, sondern auf beiden Seiten des Nils von unwirtlichen Hügelketten eingeschlossen war, in denen sich die ersten Wüstenflecken bildeten.

Obwohl der Sommer noch sehr jung war, brachte der große Strom seit ein paar Tagen schwarzen Schlamm mit sich, durch den das Fruchtland an den Ufern in jedem Jahr zu einem Paradies erblühte. Ich ging um ein paar Säulen und stützte mich mit beiden Händen von der Ummauerung der Terrasse ab. Die feuchte Kühle der vergangenen Nacht war noch zu spüren.

Der Nil floß still und sanft durch die aufkommende Morgenwärme. Langsam lösten sich die Dunstschleier über den Gärten, und auf den Booten an den Ufern tauchten schlaftrunken die ersten Männer auf. Osiris' Stadt erwachte, aber es waren weder die Menschen noch ihre Kinder, sondern die Tiere, die den Tag lärmend begrüßten. Die Menschen sprachen nicht sehr viel. Schon in den ersten Tagen nach meiner Ankunft war mir aufgefallen, wie wortkarg sich dieses seltsame, uralte Volk verhielt. Die Menschen seufzten manchmal, wenn sie mich sahen, und nur die Priester meines Gemahls murmelten von Zeit zu Zeit magische Reime, von denen ich bisher nicht wußte, was sie bedeuteten und welchem Zweck sie dienten.

»Nun, schöne Schwester, noch immer glücklich und voller Sehnsucht nach dem Göttlichen?«

Ich schrak zusammen. Es war die Stimme, die jedesmal die Erinnerung an ein sehr eigentümliches Ereignis in mir wachrief – ein Ereignis, das Jahrtausende zurücklag. Ich drehte mich nicht um. Und wieder glaubte ich, daß Jason hinter mir stand, obwohl ich wußte, daß es Seth war.

»Was willst du?« fragte ich, ohne den hageren, scharfsinnigen und oft ironisch wirkenden Bruder anzusehen, an den ich mich nur schwer gewöhnen konnte.

»Oh, ich will nichts«, sagte er dicht hinter mir. »Ich frage mich nur, was unser Göttlicher diesmal den Nil herabbringt. Die Barke für die Fahrt ins Jenseits vielleicht? Ein Himmelsschiff? Oder die Schriften mit den göttlichen Gesetzen, die alles hier in Aufruhr bringen...«

Ich drehte mich abrupt um.

»Osiris wird niemals etwas verändern«, antwortete ich sofort.

»Ich weiß, ich weiß«, antwortete er mit einem breiten Grinsen. Er steckte eine weingetränkte Dattel in den Mund und musterte mich eingehend.

»Wie geht es Nephthys, deiner Schwester und Gemahlin?« fragte ich. Er hob die Schultern. »Sie ist im Haus und bewundert die Barke, die ich in der vergangenen Nacht erhalten habe.«

Ich drehte mich erneut um und starrte über die Gärten hinweg. Was wollte Seth? Der große Nil floß still und sanft durch die Morgenwärme. Die letzten Dunstschleier hatten sich verzogen, und überall hatte ein Tag begonnen, der genauso friedlich sein würde wie alle anderen. Und doch vibrierte alles in mir. Ich spürte deutlicher als je zuvor, daß irgend etwas zurückgekommen war. Nur die Erinnerungen an den Schiffsherrn der Triere? Hilf mir, Morgana! dachte ich schnell, hilf mir, Nin-shubur! Die großen Götter lassen nicht zu, daß ich in Frieden lebe...

»Wenn es dich interessiert, dann komm zu uns, sobald es dunkel wird«, lachte Seth hinter mir. »Wir wollen feiern, daß dein Gemahl schon morgen wiederkommt...«

Ich brauchte lange, um mich wieder zu beruhigen. Den ganzen Tag über lief ich von einem Raum in den anderen. Ich eilte bis zum Fluß, streifte durch die blühenden Gärten und achtete nicht auf die Verneigungen der Menschen. Als es zu dunkeln begann, eilte ich zu den Käfigen, in denen meine Löwen lebten. Ich suchte zwei von ihnen aus und bat sie, mir zu folgen. Gemeinsam und ohne meine Leibwache stiegen wir bis in die Hügel hinauf. Ich mußte einfach mit irgend jemand reden. Ungeduldig wartete ich, bis endlich jene schmale Silbersichel am Horizont auftauchte, die mir schon oft geholfen hatte. Hier hieß sie nicht mehr Nanna-suin, sondern manifestierte sich mit der Stimme des Kundigen, den ich als engsten Berater von Osiris kannte.

»Was soll ich tun, Thot?« fragte ich leise. »Ich fürchte mich vor Seth und seinen Absichten.«

Ich wartete und wartete. Dabei fiel mir erneut ein, was Thot mir über den Namen für die Kolonie am Nil erzählt hatte. Ursprünglich war sie Hekuptah genannt worden – heiliger Ort des großen Gottes Ptah. Sie war so alt, daß schon Gott Zeus sie als Aigyptos verspottete, um Amun-Re zu ärgern. Die Menschen waren stets bei dem allerersten Namen geblieben, der von den Cro Magnons kam, die nach dem Grün der endlosen Sahara zum ersten Mal die Nilufer nach einer Überflutung sahen. Sie hatten »Km-t« gesagt, »So-schwarz-das-Land«.

»Nimm auch du mich als Vertrauten an«, hatte mich Thot danach gebeten. »Ich weiß, daß alles hier nicht leicht und auch nicht einfach zu verstehen ist. Viele der alten Götternamen wurden von Seth verändert, ehe Osiris kam. Auch jetzt noch findet Seth Vergnügen darin, Vergangenes und Zukünftiges nach seinen Vorstellungen zu formen.«

»Wie kann er das?« hatte ich Thot gefragt. »Ist nicht Osiris Gott, König und der Herr der Maat?«

»Osiris möchte, daß alles bleibt oder sich dahin verändert, wie es zur Zeit der großen Götter war. Er fühlt sich als der letzte Erbe von Ptah und Amon, Shu und Tefnut, Nut und Geb. Für ihn sind selbst die Sonnenbarke des alten Gottes Re und meine Mondbarke nur zwei Erscheinungsformen der gleichen Überlieferung...«

»Ich weiß sehr wenig von den Götterahnen dieses Landes«, sagte ich.

»Es sind die gleichen, die du – wenn auch mit anderen Namen – in allen Ländern, allen Kontinenten findest. Überall wird von drei Göttergruppen berichtet: den ersten Weltenbauern, den großen Schöpfern der Menschen und den jüngern, die nur noch Teilbereiche des alten Wissens kennen. Du, Isis, und Osiris, ihr wart zu jung und noch zu unwissend, als alles unterging. Deshalb will dein Gemahl die Zeit so lange anhalten, bis er genug weiß, um mit der Sonnenbarke vom Ufer dieses Lebens abzulegen, die Unterwelt zu überwinden und dort zu landen, wo vor sehr langer Zeit die Alten angekommen sind.«

»Ist das der Grund dafür, daß alle Frauen, alle Männer und selbst die Kinder in Ägypten mit jedem zweiten Wort vom Sterben sprechen?« fragte ich schaudernd.

»Genauso ist es«, antwortete Thot. »Seit wir am großen Nil das Werden und Vergehen nach den drei Jahreszeiten von Überschwemmung, Saat und Ernte zählen, habe ich Tag um Tag die Überlieferungen und Reste des versunkenen Wissens aufgezeichnet. Zu spät vielleicht, denn als wir noch mit den Eingeborenen von Jericho und Byblos durch hohe Zedernwälder zogen, wußten wir nicht, wie wichtig die Erinnerungen sind. Wir ließen die Jahrtausende verstreichen, ohne zu ahnen, was verwehte.«

»Ich glaube nicht, daß etwas in uns verlorengehen kann.«

»Nein, aber Zeit ist für die Lebenden wie Wüstensand, der auch die klarste Quelle irgendwann versiegen läßt.«

»Habt ihr von Uygur gehört?«

»Ja, gleich nach der Katastrophe haben viele der Götter noch versucht, Felder des Schilfs zu finden. Über Osiris' Stein der Götter hörten wir von anderen, die ebenfalls davongekommen waren. Es wurden immer weniger. Manu kann es geschafft haben, Brahma ganz sicher, vielleicht auch An, Amun-Re und Enlil.«

»Weißt du etwas von Viracocha, Quetzalcoatl oder Tiuz?«

»Nein, nicht einmal ihre Namen sagen mir noch etwas. Das heißt... von einem Gott Tiuz irgendwo im Norden haben die Menschen hier mehrfach erzählt. Er soll ein Gott gewesen sein, der über Gärten herrschte, in denen er steinerne Bäume in großen Kreisen wachsen ließ. Auf ihn geht die geheimnisvolle Zahl zurück, die ich Dreikommavierzehn nenne, und der Goldene Schnitt für eine gerade Linie...«

Ich war bereits so verwirrt, daß ich kaum noch unterscheiden konnte, ob Thot jetzt mit mir sprach oder ob ich mich nur an ein vergangenes Gespräch erinnerte.

»Thot! Hörst du mich?«

Die beiden Löwen rechts und links von mir richteten sich auf. Sie warfen ihre Mähnen zurück und bleckten ihre Zähne. Ich hatte plötzlich das Gefühl, als würde sich die Mondbarke weiter und weiter von mir entfernen.

»Bleib hier!« befahl ich einem der Löwen. Zusammen mit dem anderen folgte ich den Spitzen des sehr jungen Mondes. Schon bald waren wir so weit vom Fluß und von den anderen entfernt, daß ich jegliches Maß für Raum und Zeit verlor.

Ich spürte, wie die Kälte des sternenübersäten Himmels den Stein der Götter über meiner Brust erreichte. Er fing ganz langsam an, in hellem Blau zu leuchten. Woher kam dieses Zeichen meiner Schwäche? Ich spürte, wie ich immer schneller meine Lebenskraft verlor. Aber es konnte nicht sein – durfte nicht sein!

»Die wahren Götter können nicht vergessen!« rief Thot mir wie aus weiter Ferne zu. »Die wahren Götter nicht, Isis-Inanna...«

»O nein!«

Ich stolperte und fiel. Sofort legte sich der Löwe an meiner Seite neben mich. Und plötzlich mußte ich an einen Mammut denken, den ich niemals lebend gesehen hatte. Aber hier war kein Ungur, kein Quetzalcoatl, kein Viracocha...

Der kalte Wüstensand sah mich allein. Ich fühlte, wie ich langsam, unendlich langsam erstarrte. Und neben mir versteinerte der Löwe. Ich kroch zu ihm, wollte ihm aufhelfen. Zu spät.

Die Nacht verging, und ich sah alles wie eine Lebende. Am nächsten Tag legten die Boote meines Gemahls am Ufer an. Osiris zeigte sich enttäuscht, daß ich ihn nicht empfing. Er ließ mich suchen und den Spuren beider Löwen folgen. Einen von ihnen fanden die Wächter, die mich beschützen sollten, im Wüstensand weit außerhalb der Stadt. Die anderen Spuren hatte der Wind verweht.

Osiris war so deprimiert, daß er nicht einmal an Strafen für die Wächter dachte. Er schloß sich ein und blieb den ganzen Tag bei seiner Sammlung alter Scherben. Er aß nicht, und er trank nicht. Und als am Abend sein Bruder Seth anklopfte, öffnete er, ohne ein Wort zu sagen.

»Sie hätte dir nie einen Sohn geschenkt«, sagte Seth zu Osiris. »Denn nicht als Muttergöttin wurde sie auserwählt, sondern als Göttin, die den Menschen die nächste Ebene vernunftbegabten Lebens bringen sollte.«

»Was kümmert mich das Leben, wenn ich den Tod nicht finde, der einem Gott zusteht?«

»Ich habe eine Barke«, sagte Seth vorsichtig. »Isis hat sie bereits probiert. Sie ist zu groß für sie gewesen.«

»Davon hat man mir nichts gesagt. Wo ist die Barke?«

»In meinem Haus.«

»Ich will sie sehen...«

Gemeinsam gingen sie zum Haus von Seth. Ich wußte, was auf Osiris wartete, doch ich war stumm, gelähmt, aus Stein. Ohnmächtig mußte ich mit ansehen, wie Seth die Schönheit seiner Barke lobte, die wie ein großer, langer Kasten mit Griffen an den Seiten aussah.

»Hüte dich vor ihm, mein Gemahl!« wollte ich rufen, doch ich wußte, daß er mich nicht mehr hören konnte. Osiris schritt bedächtig um den Kasten herum, dann zeigte er sich einverstanden, mit seiner Körpergroße Maß zu nehmen. Er legte sich hinein. Im gleichen Augenblich sprang sein Bruder nach vorn und riß den schweren Deckel des großen Sarges zu.

»Und das, Osiris, ist dein Ende!« rief er laut triumphierend. »Schleift diesen Sarg zum Fluß und werft ihn in die Wellen! Die Flut soll ihn aufs Meer hinausspülen. Und ich bin wieder Götterkönig und wahrer Erbe Amun-Res!«

Tage und Nächte vergingen wie der Gezeitenstrom der Ewigkeit. Ich sah, wie sich Osiris' Sarg am Felsenufer einer Insel fing. Die Eingeborenen wagten nicht, das Strandgut zu berühren. Aber noch viele Jahre später nannten sie jene Stelle an der Küste »Platz des Sarges – Larnaka«.

Osiris' Sarg trieb weiter bis nach Byblos. Ich konnte ihn nicht mehr erkennen. Zur gleichen Zeit brach Dürre in Ägypten aus. Das Land verdorrte, und in den Gärten hausten Geier und Schakale. Mich dauerte der Hunger und das Leid der Menschen.

»Nur einmal noch, ihr großen Götter!« flehte ich. »Laßt mich noch einmal gehen, dann kehre ich zurück und will der Löwenstein sein bis in die Ewigkeit...«

Zehnmal, hundertmal, tausendmal rief ich den Sternen die gleiche Bitte zu. Und dann, nach vielen Monden, antwortete mir Thot, und seine Stimme klang wie die von Berios: »Du darfst noch einmal leben, aber nur so lange, wie du mit Osiris zusammen warst. Wenn diese Zeit vorbei ist, wird auch dein drittes Leben enden.«

Ich dankte allen Göttern, während ich mich erhob und in die Barke stieg. Diesmal mußte ich ganz allein fliegen – ohne Oannes-Jünger, ohne Morgana und ohne meine Fährfrau Nin-shubur. Ich suchte überall nach Tammuz, flog über Dörfer, Siedlungen und neue Städte an Küsten und den Flüssen und fand ihn schließlich vor der Stadt, um die sich König Gilgamesch inzwischen eine Mauer mit Hunderten von Wehrtürmen errichtet hatte. Nein, diese Menschen brauchten die alten Götter nicht mehr. Sie würden sie verehren und ihnen weiter Opfer bringen, aber mit dem, was einst gewesen war, hatten die neuen Götterbilder nichts mehr gemein.

Ich brachte Tammuz nach Ägypten und setzte ihn in einem dichten, doch halbverdorrten Schilffeld aus.

»Sei fruchtbar, Lieber«, sagte ich, dann flog ich weiter zu der Küste, an der ich Osiris noch vor der Flut zum ersten Mal verloren hatte. Ich suchte Tag und Nacht, kleidete mich als Bettlerin und fragte an den Toren vieler Städte. Niemand hatte den Sarg mit einem toten Gott gesehen. Ich weinte oft und wußte nicht mehr, wo ich noch suchen sollte. Bis eines Tages die oberste der Frauen in der Stadt Byblos von meinem Leid erfuhr. Sie kam zu mir und lud mich zu sich in den Palast der Frauen ein.

Wir saßen viele Nächte lang zusammen, und ich erzählte ihr von allem, was mir in meinem ersten Leben widerfahren war.

»Ich wußte auch schon vorher alles von dir«, sagte sie schließlich. »Du hattest keine Schuld für das, was du getan hast.«

»Aber die Männer sind nicht so geworden, wie es die Götter wollten.«

»Dafür wissen wir Frauen mehr, als viele Männer ahnen«, sagte sie und lächelte mir zu. Gewiß, es werden furchtbare Jahrtausende für viele Menschen kommen, aber wir brauchen Männer, die jetzt den Platz ausfüllen, den einst die Götter hatten. Der Weg, den sie mit uns und oft auch gegen uns beschreiten, ist schwerer, schmerzhafter und grausamer als jeder Schmerz einer Geburt. Aber das Neue braucht wie das Leben, das in uns heranwächst, sehr viel Geduld und noch mehr Liebe. Und wenn dereinst, vielleicht nach Tausenden von Jahren, der Jubelschrei der Weisheit und Erkenntnis wie eine neue Göttlichkeit die alte Nabelschnur ersetzt, wird alles sich gelohnt haben...«

»Du glaubst daran?« fragte ich überrascht.

»Kannst du mir etwas anderes sagen, an das wir glauben und worauf wir hoffen sollen?«

Ich trat hinaus in ihren Garten. Im gleichen Augenblick erkannte ich das Holz des Sarges. Die alten Bohlen lagen morsch am Boden, und grüne Zweige reckten sich dem Licht der Sonne zu. Ich lief zu ihnen, küßte und liebkoste sie.

»Dies ist das Grün, von dem du schwanger sein wirst«, sagte die Oberste der Frauen. »Dein Sohn wird Horus heißen, und wie ein Falke wird er gegen Seth und alle anderen Männer kämpfen, die nichts begreifen wollen. Er wird die Sanften rächen und den Trauernden immer dann Mut machen, wenn sie verzagen wollen.«

»Wer bist du?« fragte ich.

»Ich bin das Bild von dir...«, sagte sie lächelnd. »Fata Morgana... göttliche Vorstellung in jedem Menschen... Hoffnung und Sehnsucht nach einer Heimat jenseits des Todes. Du kannst bei mir bleiben, bis dein Kind da ist. Es wird Unsterblichkeit für dich bedeuten – wie jede Tochter, jeder Sohn, denn eines ist in allem und alles ist in einem. Dann kannst du selbst wieder die Sphinx sein, Mahnmal der letzten Götter. Laß doch die Kommenden darüber rätseln, was die Versteinerung bedeuten soll.«

»Und wenn sie glauben, daß es die Götter nie gegeben hat?«

»Dann müßten sie überall auf der Erde die gleichen Mythen und Überlieferungen erfinden, um ihre Herkunft zu erklären...«

Ich dachte plötzlich an die Schlange im grauen Haus – die Schlange, die den Kreis bildete, aus dem alles kam und zu dem alles wurde.

ANHANG

ERLÄUTERUNGEN

In den folgenden Erläuterungen werden Begriffe aus jener Zeit, sowie Namen und geografische Bezeichnungen erklärt.

Die als sumerisch angeführten Bezeichnungen stammen größtenteils von Keilschrifttafeln in akkadischer Sprache, da die sumerischen Original-Namen nicht so geläufig sind, beziehen sich aber auf die 1000 Jahre früher existierende sumerische Kultur zwischen Euphrat und Tigris.

Mit der Herkunft »mythisch« sind legendäre Namen in der uns geläufigen Bezeichnung (z.B. Uygur) und identische Begriffe (z.B. Titanen, Riesen, Giganten) gemeint, die in vielen Überlieferungen gleichermaßen, aber oft in verwirrender Vielfalt vorkommen.

Bei der Schreibweise wurden die älteren Förmen bevorzugt (z.B. Arya u.a.) Begriffe ohne Herkunftsbezeichnung enthalten allgemeine Erklärungen und Kommentare.

Aborigines
(australisch), heute noch existierende Urbewohner des australischen Kontinents mit prähistorischen Gebräuchen.

Abzu
(sumerisch), zunächst Urgott, dann identisch mit dem Meer des süßen Wassers unter dem →Indischen Ozean, Reich des Gottes →Enki.

Ägypten
Die Hochkulturen von Ober- und Unterägypten haben ihre Wurzeln um etwa 4500 v. Chr. Sie begannen quasi aus dem Nichts als fertige, außerordentlich komplexe Zivilisation, die sich in den dynastischen Jahrtausenden eher noch konservierte als weiterentwikkelte. Der Ursprung der ägyptischen Götter ist nicht einheitlich, sondern bietet verschiedene Systeme wie die große Neunheit von Heliopolis oder die große Achtheit von Hermopolis. Letztere be-

steht aus folgenden Paaren: Hu und Hauhet, den großen Unendlichkeiten / Kuk und Kauket, den ewigen Dunkelheiten / Niau und Niaut, den großen Verneinungen / Nun und Naunet, den großen Urwassern / Amun und Amaunet, den großen Unsichtbarkeiten. Zusammen mit dem Urgott Atum bzw. Ptah schaffen Neunheit oder Achtheit den Erdgott Geb und die Himmelsgöttin Nut, die Eltern von →Osiris, →Seth, →Isis und →Nephthys. Das gesamte Trachten der alten Ägypter war auf den Übergang in einen höheren, göttlichen Seinszustand nach dem Tod und die Bewahrung uralter, kosmischer Gesetze ausgerichtet. Während die Sintflutmythen inzwischen geophysikalisch erklärt werden können, erscheint das lange Zeit als schizophren mißverstandene esoterische Denken und Fühlen dieser rätselhaften Kultur in einem völlig neuen Licht, wenn die Inhalte und Aussagen der symbolhaften Überlieferungen mit der heutigen Philosophie, Biochemie und Kommunikationstechnik verglichen werden. Selbst die 1842 von Richard Lepsius erstmals mit der Bezeichnung ›Ägyptisches Totenbuch‹ zusammengestellten Papyrusdokumente können aus heutiger Sicht nicht mehr als okkulte Mysterientexte gelten, sondern als Reste einer Erinnerung an die heute noch spürbaren Folgen einer Fehlentwicklung, die das Zeitalter der Götter beendete.

Agartha
(indisch), das weltweite unterirdische Labyrinth von Höhlen und Wasserläufen, von dem die Buddhisten Zentralasiens erzählen. In ihnen soll die Bevölkerung versunkener Kontinente Zuflucht gefunden haben. Ihr Gott-König »...kennt alle Kräfte der Welt.« →Ägypter, →Sumerer, →Griechen, →Germanen und andere berichten ebenfalls von derartigen »Unterwelten«.

Ainu
(japanisch): »Als unsere erhabenen Ahnen in einem Boot vom Himmel herabstiegen, fanden sie auf dieser Insel (Japan) mehrere barbarische Stämme vor, deren wildeste die Ainu waren.«

Ama-terasu
(japanisch), die in ihren Grundzügen mit Inanna vergleichbare Göttin des Himmels und der Erde in der →Shin-to-Religion.

Amun-Re
(ägyptisch) auch Amon-Re, eigentlich ein Herrscher des Mittleren Reiches, der um 2000 v. Chr. König über ganz Ägypten wird. Der Doppelname nimmt bewußt Bezug auf den früheren Sonnengott Re und die Macht der Schöpfungsgötter Atum und →Ptah.

An
(sumerisch), auch Ki, oberster Himmelsgott, herrscht zusammen mit seinen Söhnen →Enki und →Enlil im Zweistromland.

Anunnaki
(sumerisch), niedere Götter der Frühzeit, die sich nach sumerischen, akkadischen und babylonischen Keilschrift-Texten über die harte Arbeit in den →Bergwerken beschwerten und die Züchtung von Hilfswesen forderten, die nach den gleichen Quellen »Menschen« genannt wurden.

Aquitanien
(lateinisch), prähistorisches Siedlungsgebiet in Südwest-Frankreich (Dordogne), in dem bereits vor 100 000 Jahren Neandertaler seßhaft waren, und in dem vor ca. 36 000 Jahren erstmals die →Cro Magnon-Menschen auftauchten.

Aratta
(akkadisch), Bergland im Iran, das nach den Keilschriftexten Ursprung oder Zwischenstation der von Osten nach Mesopotamien eingewanderten →Sumerer gewesen ist.

Armorica
(altkeltisch), »am Meer«, das uralt wirkende, schon in prähistorischen Zeit trotz stürmischer Wetter besiedelte Felsland der Bretagne mit einer Fülle verzierter Steinmonumente, den →Cromlechs,

→Dolmen und →Menhiren bei →Carnac, die älter als die Pyramiden sind.

Arya
(iranisch) bedeutet edel bzw. pflügen, aber auch Verbündete. Der Ausdruck Arier, der von der Sprachwissenschaft als Definition für das Indogermanische/Indoeuropäische benutzt wird, sagt nichts über irgendwelche Rassenmerkmale.

Asen
(germanisch), von Odin beherrschtes frühes Göttergeschlecht mit Wohnsitz in →Asgard.

Asgard
(germanisch), der Wohnsitz der Göttergeschlechter »inmitten« der Erde.

Astarte
(phönizisch), im Alten Testament fälschlich Aschtoreth genannt, war neben anderen westsemitischen Bezeichnungen wie Aschera und Anath einer der vielen Namen für die sumerisch-assyrisch-babylonische Göttin →Inanna/Ischtar bzw. die ägyptische →Isis.

Atlas
(griechisch), Sohn des Titanen Iapetos und der Hochsee-Nymphe Asia (Klymene) und Bruder von Prometheus. Er stellte sich im sogenannten Titanenkrieg auf der Seite der Menschen gegen die anderen Götter und muß zur Strafe dafür für alle Zeiten Himmel und Erde auf seinen Schultern tragen.

Atlantis
Alle späteren Berichte über den etwa 533 × 355 km großen Inselkontinent mit der ringförmig angelegten Hauptstadt Basilea gehen auf den griechischen Philiosophen Plato (427-347 v. Chr.) zurück: Sonchis, ein ägyptischer Priester von Sais, erzählte die Geschichte von Atlantis dem griechischen Gesetzgeber Solon (ca. 640-560 v. Chr.), von dem belegt ist, daß er um 600 v. Chr. den Mittelmeer-

raum bereiste. Solon gab sie weiter an Kritias, dessen Enkel ein Freund von Sokrates (470-399 v. Chr.) war. Die ersten belegten Hinweise auf Atlantis stehen in den Büchern »Kritias« und »Timaios«, die Plato um 355 v. Chr. schrieb. Er betont, daß Atlantis nicht im Mittelmeer lag. Kritias, Freund von Plato, behauptete ausdrücklich, daß der Bericht von Atlantis der geschichtlichen Überlieferung entstammt. Mittlerweile sind einige tausend Bücher über das Thema Atlantis erschienen, die mehr oder weniger schlüssig eine Lokalisierung von Atlantis versuchen – von den Bahamas bis Mexiko, von →Carnac bis Helgoland und von Tartessos in Spanien bis zur griechischen Vulkaninsel Thera/Santorin. Daß Atlantis schon wegen seines Namens im Atlantik – z.B. bei den Azoren – gelegen haben müsse, ist auch kein Beweis, da dieser Ozean seinen Namen erst im 17. Jh. vom Kartographen Anastasius Kirchner erhielt. Dagegen bezeichnet der Grieche Eratosthenes (285-205 v. Chr.) in einer der frühesten überlieferten Weltkarten den →Okeanos sowohl im Westen als auch östlich von Indien als »Meer der Atlanter«.

Atlanter
die hellhäutigen Götter (von atta = Herr, Vater und lant = Land) oder von Atlas. Genealogie (nach Plato): Am Rande der südlichen Ebene von Atlantis befand sich ein nach allen Seiten niedriger Berg. Auf ihm wohnte Euenor, einer der am Anfang aus der Erde entsprossenen Männer, mit seinem Weibe Leukippe. Sie hatten eine einzige Tochter, Kleito. Als ihre Eltern starben, entbrannte Poseidon in heftiger Liebe für sie und verband sich mit ihr. Sie zeugten fünf Zwillingspaare: Atlas/Gadeirios, Ampheres/Euaimon, Mnaseas/Autochthon, Elasippos/Mestor und Azaes/Diaprepes.

Azteken
Bei den Azteken gibt es eine Zeichnung der Göttterheimat: ein großes Boot auf hohen Wellen vor einem Inselberg, aus dessen Spitze ein breitgefächerter Baum in den Himmel wächst. Die Azteken in Mexiko glauben, daß ihr Ursprung auf einer Insel namens »Atzlan« liegt.

Bai Ulgen
(sibirisch): Bei den Altaistämmen beginnt der Aufstieg eines Schamanen zum Licht-Himmel des Gottes Bai Ulgen über einen neunästigen Baum, der ebenso heilig ist wie →Yggdrasil.

Bergwerke
Bereits während der Eiszeit wurden Lagerstätten von Feuersteinknollen planmäßig in Bergwerken abgebaut, deren Schächte viele Meter in die Tiefe gingen. In den dunklen Jahrtausenden zwischen dem Ende der Eiszeit und dem Beginn der geschriebenen Geschichte gab es in Cornwall, das damals noch nicht durch den Kanal von →Armorica getrennt war, Zinngruben zur Herstellung von Bronze in anderen Regionen.

Brahma
(indisch), Gott der Weltschöpfung, der in alle vier Himmelsrichtungen zugleich sehen kann, um ordnend einzugreifen. Aus seinem Urei entstehen die verschiedenen Bereiche der Schöpfung. Als Brahma einstmals ruhte, stiegen die Wasser und die Erde versank. Im Schlaf entfielen ihm die →Weden, die als Schriften des heiligen Wissens auf den Meeresgrund entführt wurden. Gott →Vischnu brauchte tausend Jahre, um sie wieder ans Tageslicht zu bringen.

Bogs
(slawisch) Urgötter mit unterschiedlichen Eigenschaften im osteuropäischen Raum, z.B. Dazbog als Herr des himmlischen Feuers, Tschernebog als böser schwarzer Urgott.

Brasil
(irisch) Hy-Brasil, O'Brazil, die Paradies-Insel in den irischen Überlieferungen.

Bronze
die Legierung aus schon früh verwertetem Kupfer und 10–30% Zinn läßt sich leichter gießen als reines Kupfer.

Bergalmir
(germanisch), Riese, der sich zusammen mit seiner Frau in einem Boot aus der Blutflut des Urriesen →Ymir (siehe auch →Pan-kau), rettet und Stammvater einer neuen Rasse wird.

Carnac
(bretonisch), das Zentrum prähistorischer Steinalleen und halb im Atlantik versunkener Bauwerke in →Armorica.

Catal Hüyük
(türkisch), der Doppelhügel von Catal, Anatolien, wurde von James Mellaart eher zufällig entdeckt und seit 1961 teilweise ausgegraben. Dabei ergab sich eine archäologische Sensation: Das schon vorher bestehende Jägerdorf entwickelte sich um 7500 v. Chr. zur ersten geschichtlich nachweisbaren »Pueblo-Stadt« und wurde aus unbekannten Gründen um 5600 v. Chr. aufgegeben. Die Bewohner zogen auf die andere Seite des Flusses,dessen Stadtschichten nach und nach ebenfalls einen Hügel bildeten. Die ineinander verschachtelten Wohnräume der Häuser mit senkrechten Wänden waren schließlich nur noch von oben über Leitern zugänglich. Malereien an den Wänden erinnern auf verblüffende Weise an die Höhlenzeichnungen von →Lascaux und Altamira. Die Häuser wurden aus Lehmziegeln von 32 × 16 × 8 cm Größe mit versetzten Fugen gemauert, gestützt durch Holzbalken in Fachwerkbauweise. Die Töpferwaren wurden halbindustriell gefertigt. 14 Kulturpflanzen wurden nachgewiesen, dazu Handmühle, Stößel, Mörser und fein gewebtes, oft kunstvoll gefärbtes und verziertes Tuch. All diese Funde bezeichnen die Archäologen heute als »unbekanntes Kulturerbe«.

Chios
(griechisch), Insel in der östlichen Ägais, in deren Süden an 24 Stellen die berühmten Mastix-Sträucher wachsen, die trotz aller Bemühungen niemals an einen anderen Ort verpflanzt werden konnten, und aus deren Harz diamantklar trocknende »göttliche Harztränen« gewonnen werden.

Cro Magnon
(französisch) »großes Loch« bei Les Eyzies an der Vézère, einem nördlichen Nebenfluß der Dordogne, an der auch die berühmte Höhle von →Lascaux liegt. Hier tauchten während der letzten Eiszeit vor ca. 30 000–40 000 Jahren die ersten der sogenannten Jetzt-Menschen der Spezies Homo sapiens auf, deren Herkunft nach wie vor ungeklärt ist: blonde, blauäugige Menschen mit der ungewöhnlichen Körpergröße von 180–230 cm, länglichen Schädeln, flacheckigen, überwölbten Augenhöhlen, einer steilen, breiten Stirn und schwerem, kantigem Kinn, deren Nachkommen, die Guanchen der Kanarischen Inseln, später von den Spaniern ausgerottet wurden. Andere Cro Magnon-Nachkommen sind bis ins Tibesti-Gebirge in der Sahara und zu den japanischen Inseln nachgewiesen. In den Jahrtausenden vor dem Ende der letzten Eiszeit vor etwa 11 000 Jahren waren mehrere Cro Magnon-Kulturen wesentlich weiter entwickelt als in den ärmlichen und kulturell düsteren Jahrtausenden zwischen 8500 und 4500 v. Chr. Malereien und Figuren, die heute 15–30 000 Jahre alt sind, zeigen, daß die Cro Magnons ein hohes Kunstverständnis hatten, die Naturphänomene und die Umlaufbahnen der Planeten kannten und sich Gedanken über Tod und Jenseits machten.

Cromlechs
(altkeltisch), die vorgeschichtlichen Steinsetzungen rund um Gräber der →Megalither finden sich von Irland bis Nordafrika. Im Gebiet der Bretagne im einstigen →Armorica setzen sich die Ringe aus übermannshohen Steinen bis ins Meer hinein fort. Nach bretonischen Überlieferungen ist hier vor langer Zeit die Stadt der Gott-Königin Is durch Überflutungen versunken. (Die römische Siedlung Lutetia wurde später nach dieser prähistorischen Frauenfigur benannt: Par-is, die der Is Gleichende.)

Dilmun
(sumerisch), Tilmun, Tula, →Thule, »Insel der Seligen« und verlorenes Paradies der →Sumerer und »Ort des Schilfs, von dem alles Wissen seinen Ursprung nahm« bei den Kulturen des Titicaca-

sees, kann mit dem Garten →Eden, der irischen Trauminsel →Brasil und Homers →Ogygia in Verbindung gebracht werde, da auch trotz der unterschiedlichsten Lokalisierungen ebenso wie bei →Atlantis eine ganz bestimmte, »göttliche« Art, dort zu leben, gemeinsam ist.

Dogon
(westafrikanisch). Dieser Stamm glaubt, daß seine in Fischhäute gekleideten Götter-Ahnen, die →Nommos, mit wirbelnden, donnernden Flugapparaten vom Himmel herabgekommen sind.

Dolmen
(keltisch), Megalithgräber aus 4–6 Tragsteinen und 1–2 Decksteinen, die an steinerne Riesentische erinnern. Trotz ihres keltischen Namens gehen die in Westeuropa bekannten 50 000 Dolmen, die in ähnlicher Form auch in Palästina entdeckt wurden, bis ins 8. Jt. v. Chr. zurück. An den Innenwänden der Dolmen wurden vielfach Darstellungen einer Göttin mit einem Halsband – der sogenannten Dolmen-Gottheit – gefunden.

Dumuzi
(sumerisch), auch → Tammuz, Urhirte und Halbgott. In den Keilschrift-Quellen gibt es Hinweise darauf, daß Dumuzi der Sohn des Oannes-Fischmenschen Adapa ist, eines Kundigen aus →Enkis Umgebung in →Eridu, »dem der Südwind die Flügel gebrochen hat«.

Edda
(germanisch). Die beiden altisländischen Mythenlehren über Götter und Riesenmenschen erzählen sowohl von furchtbaren Umweltbedingungen als auch von vergangenen Taten der Götter in einer glücklicheren Welt.

Eden
(hebräisch). Der »Garten Eden« wird wie →Dilmun meist als Synonym für ein verlorenes Paradies verstanden. Dabei wird er weder im Alten Testament noch in anderen Quellen eindeutig lokalisiert.

Er kann östlich von Mesopotamien (Genesis 2,8), westlich davon (Genesis 3,24), im Fünfstromland Kaschmir (Genesis 2,11 bis 2,14) oder an einem ganz anderen Ort gelegen haben.

Eiszeit
Die Erdgeschichte ist durch einen ständigen Wechsel von Eis- und Warmzeiten bestimmt. Die größte Ausdehnung erreichte das Eis der Riß-Eiszeit – der vorletzten Kaltzeit. Im Interglazial während der Würm-Eiszeit vor ca. 35 000 Jahren wurde der bis dahin dominierende Neandertaler durch einen Menschentyp ungeklärter Herkunft abgelöst – die →Cro Magnons –, die als direkte Vorfahren aller heute lebenden Menschen gelten.

Die bisher letzte Eiszeit dauerte bis etwa 9 000 v. Chr. Ein noch nicht geklärtes Ereignis verschob damals den →Nordpol und änderte den Lauf des Golfstroms. Das Abschmelzen der bis zu 3 000 m hohen Eismassen bewirkte eine Erhöhung des Meeresspiegels um mindestens 100 m.

Elohim
(hebräisch), ursprünglich und in den Originaltexten des Alten Testamentes und des Talmud die Vielzahl der Götter, zu der auch →Inanna/Ischtar gehört. Die Elohim waren schöpferisch tätig und gelten als »Welterbauer«. Sie können auch besondere Menschen mit »göttlicher Kraft« gewesen sein. Erst später wurde der Begriff zum Symbol für den einen Gott.

Emesch
(sumerisch) Urhirte (Kain) und Vorläufer von Tammuz im →Inanna-/→Dumuzi-Mythos.

Enki
(sumerisch), auch Ea, Gott der Weisheit und des süßen Wassers mit Wohnsitz im →Abzu. Zusammen mit →Enlil und dem obersten Gott →An/Ki bildet er das Triumvirat der obersten →sumerischen Gottheiten. Seine Stadt ist →Eridu.

Enlil
(sumerisch), vielfach als strafender Gott des Windes dargestellter Sohn des →An und Bruder von →Enki.

Enkimdu
(sumerisch), der bäuerliche Gegenpol zum Hirten →Tammuz.

Enten
(sumerisch), Urbauer (Abel) und Vorläufer von →Enkimdu im →Inanna-/→Dumuzi-Mythos.

Epochen
Die übliche Einteilung der menschlichen Kulturen in Steinzeit, Bronzezeit und Eisenzeit bezieht sich stets nur auf das jeweilige Gebiet und bildet keine allgemeingültige Entwicklungslinie. Auch die Reihenfolge der Entwicklungsstufen ist nicht einheitlich. Es kam durchaus vor, daß metallverarbeitende Kulturen ihr bereits erlangtes Wissen wieder verloren, anschließend primitivere Werkstoffe einsetzten und dadurch für Verwirrung bei den Forschern sorgten.

Eridu
(sumerisch), älteste Stadt an der alten Euphratmündung. Seit der Mitte des 6. Jt. v. Chr. entstanden im fruchtbaren und wasserreichen südlichen Mesopotamien zwischen Euphrat und Tigris hierarchisch geplante Städte wie Tepeh Gaura, Eridu, Ur und →Uruk mit zentralen Stufentempeln, »heiligen« Bezirken und einer durchorganisierten urbanen Gesellschaftsstruktur.

Erinnerungen
Die kollektive Erinnerung im Sinne der Ko-Evolution, d. h. der Wechselwirkung zwischen Kulturstand und genetischer Weiterentwicklung, widerspricht den lange Zeit gültigen Konvergenz-Theorien über unabhängig voneinander entstandene Kulturen. Allein die etwa 60 Sintflutberichte in aller Welt mit fast wortgleichen

Überlieferungen von einem paradiesischen Zeitalter, versagenden Göttern, warnenden Propheten und dramatischen Überlebensplänen für kleine Gruppen von Menschen belegen ein viel höheres Wahrscheinlichkeitsmaß in den Mythen, als bisher angenommen wurde. Die Übereinstimmungen beziehen sich auch auf wissenschaftlich äußerst korrekt dargestellte Katastrophenabläufe und die meteorologischen Folgen, die in ihren Details erst durch die Forschung unserer Tage über den atomaren Winter, drohende Klimakatastrophe, das Ozonloch und Gesetzmäßigkeiten der Natur verständlich werden.

Fata Morgana
Viele der großen Religionen bzw. götterorientierten Kulturen sind an Plätzen entstanden, an denen überhöhende Luftspiegelungen relativ häufig vorkamen. Möglicherweise waren atmosphärische und meteorologische Phänomene zur Zeit der alten Götter häufiger als heute.

Gaia
(griechisch), die erste Göttin ist Urmutter der Erdensöhne und gemeinsame Ahnfrau fast aller Götter und Halbgötter der griechischen Theogonie. Viele ihrer ursprünglichen Funktionen als Naturgöttin wurden später von anderen Göttinnen übernommen.

Geb
(ägyptisch), die männliche Gottheit der Erde, aus der →Isis und →Osiris →Seth und →Nephthys entstanden.

Geheimwissen
Seit dem Anbeginn der menschlichen Kultur ist bis in unsere Zeit von einem »geheimen Wissen« der Eingeweihten die Rede. Was oft als Aberglaube, Okkultismus und Mystifikation abgewertet wird, bestimmt unser Alltagsverhalten in Wort, Bild, Gestik und Zusammenleben viel mehr, als wir uns eingestehen wollen. Im Prinzip geht es bei dem geheimen Wissen immer um die gefährlichen Folgen einer für Menschen trotz aller Intelligenz nicht vorhersehbaren bzw. nicht beherrschbaren Erkenntnis. Seit der Zeit der

Aufklärung wird nur akzeptiert, was unter (natur-)wissenschaftlichen Bedingungen bewiesen werden kann, obwohl die rationale Welt nur einen Teil unserer Existenz und unseres Verhaltens umfaßt. Inzwischen ist das Unbehagen über die Verdrängung so groß, daß nicht nur New Age-Propheten, sondern auch als absolut nüchtern geltende Zeitgenossen zugeben, daß es Kräfte gibt, von denen wir nichts (mehr) wissen.

Germanen
Der Kulturbringer →Wotan brachte die Runenschrift und die Heilkunst ins nördliche Europa. Er wird mit einem hohen Hut und einem Speer (Kraftstab) in der Hand beschrieben. Der zweite göttliche Stammvater der Germanen ist Mannus, der ebenfalls einen besonderen Speer – den Ger – trug. Sein Gefolge wurde Ger-Mannen genannt.

Gilgamesch
(sumerisch), der riesenhafte Held und König von →Uruk, der als geschichtlich gesicherter Herrscher im 3. Jt. v. Chr., als mythische Figur aber weit früher gelebt haben dürfte, ist die Hauptperson des ältesten, auf Keilschrifttafeln aufgezeichneten Großepos der Welt. Als Sohn der jungfräulichen Herrschertochter Nin-sun und des rätselhaften göttlichen Geistes →Lilith (→Viracocha, Jesus u.a.) gilt Gilgamesch als erster Mensch, der alles versucht, um ebenfalls die Unsterblichkeit der Götter zu erlangen und letztlich scheitert, weil er zu menschlich ist. Er baute die heute noch nachweisbare, 9,5 km lange Stadtmauer um Uruk und verschmähte bei der Zeremonie der heiligen Hochzeit seine Stadtgöttin Inanna, die ihn daraufhin mit allen göttlichen Mitteln zu strafen versuchte.

Gönnersdorf
(deutsch), das 1968 zufällig bei Baggerarbeiten entdeckte »Pompeji aus der Eiszeit« an der Rheinhöhenstraße bei Koblenz versank etwa 9500 v. Chr. im Bimssteinregen einer nahen vulkanischen Gaseruption. Die meterdicke Gesteinsschicht konservierte nicht nur Werkzeuge, geschnitzte Frauenstatuetten und Kleidungsstücke der Eiszeitjäger, sondern auch gepflasterte Böden der Hütten und

lederausgekleidete Bodengruben, in denen mit heißen Steinen Wasser gekocht werden konnte.

Gog, Magog
(hebräisch), der »König der Nördlichen«, der in den fernsten Fernen des Unglückslandes umherzieht und nach der Prophezeihung früher Propheten eines Tages das wiederhergestellte Israel überfallen wird.

Gondwanaland
(indisch), »Land des Gond«, Bezeichnung für den Überkontinent, der sich über einen Teil von Südamerika, Afrika, die Antarktis, Indien und Australien erstreckt haben kann. Tiefseebohrungen in jüngster Zeit haben um die Kerguelen-Inseln im Süden des Indischen Ozeans Saurierknochen und Dschungelreste zutage gefördert.

Griechen
Nach der prähistorischen Zeit (z.B. in Tessalien) ist der mythologische Götterhimmel der griechischen Antike in seiner vielfach beschriebenen Dekadenz eher patriarchalisch-menschlich und von der Willkür des →Zeus abhängig als göttlich, obwohl Homer viele Elemente und Figuren der vorhellenistischen und vorderasiatischen Überlieferungen verwendet hat. Unter diesem Gesichtspunkt wird aus Platos →Atlantis-Bericht gleichzeitig eine Warnung vor falschen Entwicklungen.

Harappa
(indisch), prähistorische Siedlung am Indus mit Straßen, festen Häusern und einem »Stadt-Plan«, sowie Schriftzeichen, die auf Verbindungen zum mehr als 1000 km entfernten →Sumer hinweisen.

Horus
(ägyptisch), der falkenköpfige Sohn von →Isis und →Osiris bildet den Übergang von den Göttern zu den menschlichen Herrschern.

Huitzlipochtli
(aztekisch), der Stammgott mit dem Ehrennamen »Kolibri-Vogel des Südens«.

Huluppa-Baum
(sumerisch); wie →Yggdrasil oder der Baum der Erkenntnis im Alten Testament symbolisiert der Huluppa-Baum eine Art Wissensarchiv der Natur, das der Mensch nutzen, aber nicht mißbrauchen darf.

Hyperboreer
(griechisch) der Mythenaufzeichner Hekataios von Abdera schrieb um 300 v. Chr. das erste Buch über das geheimnisvolle Elitevolk der Hyperboreer, mit denen direkte Nachkommen der Cro Magnon-Menschen gemeint sein können, die die Sintflut zwar überlebten, dann aber ausstarben. Ein anderer Grieche, Diodoros, berichtet, daß die Hyperboreer jenseits der Orte (im Norden) gelebt haben, in denen der Boreas-Sturm bläst.

Inanna
(sumerisch), die Göttin der Fruchtbarkeit, der Liebe und des Krieges, hat in vielen anderen Kulturkreisen ihre Entsprechung: phönizisch →Astarte, ägyptisch →Isis, griechisch Demeter. Sie taucht im keltischen Kulturkreis als Fee Morgana und Prinzessin Is bzw. bei den megalithischen Darstellungen als →Dolmen-Göttin und später als Madonna, d.h. Mater und Domina, bzw. der »unbefleckten« Immaculata erneut auf. Der eigentlich nichtchristliche Marienkult und auch die christliche Ostergeschichte werden vor dem Hintergrund von Inanna und Dumuzi/ →Tammuz verständlicher, da bereits »die Frauen Jerusalems zum Ölberg zogen, um das erste Grün zu beweinen, von dem sie wußten, daß es noch während des Jahres erneut sterben mußte«.

Indischer Ozean
Zu den bis heute ungeklärten Naturphänomenen gehört das in allen amtlichen Handbüchern für Seefahrer beschriebene Meeresleuchten im Indischen Ozean mit Feuerrädern, Spiralen und allen nur denkbaren geometrischen Figuren.

Inka
Der noch heute für Dorfälteste gebräuchliche Ehrentitel bezeichnet die Macht und das Wissen, die von den Göttern kamen. Der erste Inka der Königslisten und Kulturheros, der vom Sonnengott →Inti abstammte, trug den nichtinkaischen Namen →Manco Capac. Das Wissen über die Herkunft der Inkas aus einer fernen Gegend war einer der Gründe dafür, daß die Ankunft der Spanier auf tragische Weise als »Besuch der Götternachkommen« mißverstanden wurde. Wie bei den →Ägyptern war Unsterblichkeit nur mit einem unversehrten Körper erreichbar. Aus diesem Grund ließ sich Atuahualpa, der letzte der Inka-Gottkönige, von den Spaniern taufen, um so der Verbrennung zu entgehen.

Inti
(inkaisch), der Sonnengott ist der erste Sohn des Schöpfungsgottes Pachacamac, der als Zusatz bereits den Namen →Viracocha trug.

Isimud
(sumerisch), Wesir von Gott →Enki.

Isis
(ägyptisch), die göttliche Schwester und Gattin von →Osiris, der von →Seth getötet wurde. In →Ägypten ist Isis die große Göttin, Quelle der Zartheit und Güte, der Liebe und der Fruchtbarkeit. Der Isis-Kult lebte auch im Christentum weiter. Der Mensch als »der Affe Gottes« ist an Isis gekettet, denn ihr verdankt er seine Existenz. Noch Robespierre sah während der Französischen Revolution in der Göttin Isis die treibende Kraft des Fortschritts: die Vernunft.

Izanagi, Izanami
(japanisch), Urgötter der →Shin-to-Religion.

Jericho
In dieser zu den ältesten Städten der Menschheit gehörenden Siedlung vom Ende des 8. Jt. bis zum Beginn des 6. Jt. v. Chr. wurden Reste einer mindestens 5 m hohen Stadtmauer und eines zentralen

Turms von 9 m Durchmesser ausgegraben. Den Toten in Jericho wurden Figuren aus rotem Ton mit ins Grab gegeben (Adam heißt »rot«), damit sie sich nicht so einsam fühlten.

Kachinas
(indianisch), hellhäutige Götterwesen, die in den Überlieferungen der Hopi- und Pueblo-Indianer über viele Generationen hinweg die Einwanderung über die Landbrücke zwischen Asien und Nord-Amerika ratgebend begleiteten, über besondere Fähigkeiten verfügten und sich allmählich an »geheime« Orte zurückzogen. Der Einflußbereich der Kachinas reichte von den →Ainu Japans über den Westen Nordamerikas und Mittelamerika mit Yukatan bis zum Titicacasee.

Kimmerer
(griechisch). »Also erreichten wir des tiefsten Ozeans Ende. Allda liegt das Land und die Stadt der kimmerischen Männer. Diese tappen ständig in Nacht und Nebel, und niemals schauet strahlend auf sie der Gott der leuchtenden Sonne, weder wenn er die Bahn des sternigen Himmels hinansteigt, noch wenn er wieder hinab vom Himmel zur Erde sich wendet. Sondern schreckliche Nacht umhüllt die elenden Menschen.« (Homer, Odyssee). Die Völker Nordeuropas (Erebos/Europa heißt »Dunkelwelt«) erinnern sich an eine vorzeitliche Dunkelwelt, das »Niflheim« der →Edda, in der es auch tagsüber nur Dämmerlicht gab. Diese Halbwelten der Kimmerer (nicht zu verwechseln mit den späteren Kimbern) sind die Vorbilder für mythische Totenländer geworden.

Kingu
(sumerisch), der rebellierende und dann erschlagene Gott, aus dessen Blut Mami unter Anleitung von →Enki und mit Zustimmung der Götterversammlung zusammen mit Lehm den Menschen erschuf.

Kukulkan,
manchmal auch identisch mit →Quetzalcoatl, war einer der ersten Maya-Götter und kam aus dem Wasser im Osten. Er brachte den

Mayas vor ca. 7000 Jahren die Schrift und den Mais. Bei einigen westlichen Maya-Stämmen hat Kukulkan den zweiten Namen Uotan →Wotan. Dieser Uotan ist groß, weiß, bärtig, trägt einen hohen spitzen Hut, eine Axt und einen Speer und kann sich in eine Schlange verwandeln.

Kupfer

Die Bewohner von →Catal Hüyük waren bereits um 8000 v. Chr. in der Lage, Kupfererz zu schmelzen, um daraus Massenartikel wie Nägel herzustellen.

Kyklopenmauern

(griechisch), die Bezeichnung für mächtige und unerklärbare Aufschichtungen von tonnenschweren, ungleichmäßigen Steinblökken, die fast fugenlos übereinandergetürmt sind, geht auf den Reiseschriftsteller Pausanias (um 175 n.Chr.) zurück, der die Reste dieser Mauern für das Werk menschenfressender Kyklopen-Riesen hielt.

Lascaux

Die 1940 von planvoll suchenden Kindern gefundene Höhle von Lascaux an der Vézère in Südwestfrankreich enthält neben den 1879 ebenfalls von einem Kind entdeckten nordspanischen Höhlen von Altamira die bedeutendsten Zeugnisse jungpaläolithischer Kunst: Hunderte farbiger Darstellungen von Stieren, Kühen, Bären, Hirschen, Wisenten, Pferden, Katzen und einem Einhorn. Auffällig an den Höhlenzeichnungen der →Cro Magnon-Menschen ist, daß sie oft an den verborgensten Stellen bzw. sehr weit vom Licht des Eingangs entfernt geschaffen wurden.

Lemuria

(englisch). Der englische Zoologe Philip Slater sah in den Lemuren, den kleinen Vorfahren der Affen, die nur an der Ostküste Afrikas, in Madagaskar und an der Westküste Indiens vorkommen, einen Beweis dafür, daß dieses Gebiet einmal zusammenhing. Er nannte den verlorenen Kontinent Lemuria.

Lepenski Vir
(jugoslawisch), der Strudel von Lepeno am »Eisernen Tor«, dem Donau-Durchbruch zwischen Jugoslawien und Rumänien, ist seit der Endphase der letzten Eiszeit, d.h. seit ca. 12 000 Jahren, kontinuierlich besiedelt. Die enge Gebirgsschlucht bildet die faszinierende Kulisse für eine der rätselhaftesten prähistorischen Siedlungen überhaupt. Die Schichten des Dorfes wurden 1965 bei den Vorarbeiten für einen Stausee vom Archäologen Dragoslav Srejovic entdeckt und enthielt, außer den ältesten freiplastischen Skulpturen der Weltgeschichte (neben den eiszeitlichen Funden in französischen Höhlen) gegossene Hausfundamente mit mathematisch berechneten Grundrissen in Form von »abgeschnittenen Kreissegmenten« aus einer besonders schöpferischen Phase, die etwa 8000 Jahre zurückliegt.

Lesbos
(griechisch). Die Insel in der nordöstlichen Ägäis, von der aus die Berge von Kleinasien sichtbar sind, war von prähellenischen Stämmen bewohnt. Ihr mythischer Stammvater Makareos gab seine Tochter Methymna Lesbos zur Frau.

Lilith
(sumerisch/hebräisch). Die sumerischen Keilschriftexte nennen sie einen Geist, der hebräische Talmud eine göttliche Titanin und erste Gefährtin Adams. Sie wird wie →Inanna und →Isis als emanzipierte Frau mit einem geheimen Wissen und gefährlichen Machtmitteln sowie der Verfügungsgewalt über ein Fluggerät bzw. den »Vogel Zu« geschildert. Im Talmud raubt sie die »goldenen Schicksalstafeln«, auf denen auch die besonders wichtige Formel »Shem Hammeforash« verzeichnet ist. Da der Versuch der →Elohim, Lilith dieses Wissen wieder abzujagen, mißlingt, rächen sich die (männlichen) Götter an allen, die mit ihr zu tun hatten.

Mammut-Sterben
Trotz vieler Theorien ist es bisher nicht gelungen, eine überzeugende Erklärung für den Massentod sibirischer Mammuts vor etwa 10 000 Jahren abzugeben, die so schockarig erfroren, daß ihr Fleisch teilweise heute noch genießbar ist.

Mana, Tabu

Mana ist nicht die unpersönliche, allwaltende mystische Kraft, die sich in Lebewesen oder unbelebten Dingen manifestieren kann, und daher nicht per se »heilig«, sondern Ausdruck ungewöhnlicher Intensität und Potenz – im Guten wie im Bösen. Insofern läßt sich das Mana Ozeaniens eher mit den sumerischen →ME als mit dem Manitu, Orenda und Wakonda bestimmter indianischer Stämme vergleichen, die eine eher fluidumhafte Kraft bezeichnen. Mana kann ererbt (Häuptlings-Mana) oder z.B. durch Magie erworben (Priester-Mana) werden. Mana geht verloren, wenn z.B. bestimmte Tabus (Verbote) übertreten oder Rituale nicht eingehalten werden.

Manco Capac

Der göttliche Stammvater der →Inka-Kultur trägt neben dem Zusatz »der Mächtige« einen Namen, von dem in den Überlieferungen betont wird, daß er nicht inkaisch ist.

Manu

(indisch), Kulturheros der Inder.

Mayas

Noch um 9000 v. Chr. lebten die von Norden eingewanderten Mayas als primitive Steinzeitfischer und -jäger auf der Halbinsel Yukatan und im Hochland von Guatemala. Die Maya-Chronologie beginnt nur wenige Jahrhunderte später mit einem erstaunlichen astronomischen Wissen. Der Maya-Kalender, niedergeschrieben in Büchern aus Maulbeerrinde, die wie eine Ziehharmonika zusammengefaltet werden, auf Steine gemalt oder in Tempelwände gemeißelt, bezeichnet den Tag der Katastrophe im Jahr 8498 v. Chr. als »Nulltag«.

ME

(sumerisch), der Sammelbegriff für vordem nicht für die Menschen verfügbaren kreativen individuellen Fertigkeiten und Erkenntnisse kommt in vielen Überlieferungen vor – vom Baum der Erkenntnis in der Genesis bis zu Gesetzestafeln, Bundesladen und gnostisch-esoterischem Wissen von Eingeweihten.

Megalither
(griechisch) die wohl bedeutendsten Völkergruppen der Jungsteinzeit und Bronzezeit in Nordeuropa lassen sich nach neueren Forschungen bis ins 6. Jt. v. Chr. nachweisen. Der Sammelname ist vom griechischen megas = groß und lithos = Stein abgeleitet.

Menhire
(keltisch), Bezeichnung für einzeln stehende Großsteine, men = Stein, hir =groß, die bis zu 20 m aufragen und teilweise mehr als 300 Tonnen schwer sind. Einer der bekanntesten Menhire ist der umgekippte und zerbrochene Großstein Er grah von Locmariaquer bei Carnac/Bretagne. Menhire gelten in den Überlieferungen auch als »Verschluß der Unterwelt-Wasser« →Abzu.

Mexiko
(indianisch). Vor dem ersten Auftreten des »Menschen« um ca. 7000 v. Chr. war der weite Raum Mesoamerikas von Jägern mit altsteinzeitlicher Kulturbasis bewohnt. Sie jagten das Mammut und das Mastodon (eiszeitliche Bisons), das heute in Amerika ausgestorbene Kamel und das Pferd, das hier seine Urheimat hat, obwohl es erst wieder durch die Europäer eingeführt wurde.

Midgard
(germanisch), »Land der Mitte« aus der Edda, das die Götter den Menschen zur Wohnung gaben.

Mohenjo Daro
(indisch), die prähistorische Siedlung am Indus im Gebiet des heutigen Pakistan, gehört zusammen mit →Harappa zu den wichtigsten Fundstätten, durch die sich lange vor den Griechen und Römern zentralisierte Wirtschafts- und Verwaltungssysteme mit Markenzeichen auf gleichen Produkten, Unterschriftssiegeln und einer hierarchisch gegliederten Gesellschaftsstruktur nachweisen lassen.

Mu
(mythisch), der riesige Kontinent, der sich vor der Sintflut bzw. vor mehreren Eiszeiten von Polynesien bis zum Indischen Ozean erstreckt hat. In pazifischen Legenden das »Land des Ursprungs«.

Mythen
als überlieferte Berichte von der Entstehung der Welt, des Lebens, den Zwistigkeiten und Intrigen der Götter und der Erschaffung der Menschen galten trotz vielfältiger Übereinstimmungen bis in unsere Zeit als das erfundene Gegenteil der Realität. Bereits 300 v. Chr. versuchte der Grieche Euhemeros, die mystischen, magischen und unverständlichen Elemente der Mythen dadurch zu erklären, daß er die Götter auf einige wenige Urkönige reduzierte, die aufgrund ihrer Verdienste bereits in prähistorischer Zeit »zu Göttern ernannt« worden waren. Mit dieser Methode ließ sich auch erklären, warum viele Götter mit einem Namen zusammengefaßt wurden und andere mehrere Bezeichnungen trugen. Dagegen stand von Anfang an die Behauptung eines grundlegenden Unterschiedes zwischen Mythen und Religionen, da die Gottesidee von einem höchsten Wesen nichts mit Aktionen, Institutionen und Personen der Vergangenheit zu tun haben könne. Um diesen Kerngedanken zu schützen, akzeptierten auch Religionen nach und nach die Inhalte alter Überlieferungen und zogen sie sogar für die eigene Beweisführung heran (»Und die Bibel hat doch recht«). 10 000 Jahre nach dem Beginn der »Neolithischen Revolution« wird noch immer ein Unterschied zwischen nützlichen, weil »kulturstützenden« Überlieferungen wie Homers »Odyssee« uns abzulehnenden wie Platos Atlantisbericht gemacht.

Nanna-suin
(sumerisch), der Mondgott (akkadisch: Sin oder Suin) gilt als Sohn von →Enlil. Zusammen mit seiner Gemahlin Ningal zeugte er den Sonnengott →Utu.

Nata und Nana
(aztekisch) das Paar, das die Sintflut überlebt.

Nazca
(indianisch), Wie Schliemanns Name mit Troja, so ist der von Maria Reiche mit den kilometerlangen Erdlinien und riesenhaften mythischen Scharrbildern von Vögeln, Fischen und Blumen in der Ebene von Nazca/Peru verbunden, die wie »göttliche Grafitti« aussehen. Trotz insentivster Forschung ist es bis heute nicht gelungen, die über 1000 qkm verteilten Riesenzeichen zu deuten.

Neolithische Revolution
Der russische Biologe N. Vavilov hat als erster acht verschiedene Ursprungsgebiete lokalisiert, in denen um 8000 v. Chr. unabhängig voneinander bestimmte Kulturpflanzen wie Mais, Gerste u.a. planmäßig gezüchtet wurden. Zusammen mit der erstmals und später nie wieder gelungenen Domestizierung von Haustieren wird dieses Phänomen inzwischen allgemein die »Neolithische Revolution« genannnt.

Nephthys
(ägyptisch), Schwester von →Osiris, →Isis und →Seth.

Ninigi
(japanisch), göttlicher Mensch der →Shin-to-Religion.

Nin-shubur
(sumerisch), Fährfrau, auch Alter ego von →Inanna.

Nin-ti
(sumerisch), Gemahlin von →Enki, die den ersten »Menschen« Lahar (Adam) gebiert.

Nommos
(westafrikanisch), fischmenschenartige Ahnen der →Dogons.

Nordmeer
Erst seit Mitte der siebziger Jahre steht fest, daß das heutige Polarmeer gegen Ende der letzten Eiszeit größtenteils eisfrei war, während kilometerhohes Eis den Norden Europas, Asiens, Kanadas

und den Süden Südamerikas bedeckte. Zu dieser Zeit – also vor der Sintflut – verlief der Golfstrom noch anders als heute.

Nordpol
In der Erdgeschichte hat es relativ häufig Verschiebungen und komplette Umkehrungen der Magnetpole gegeben, die durch den sogenannten Paläomagnetismus in Gesteinen noch heute nachweisbar sind. Auch der geographische Nordpol, d.h. der nördliche Austrittspunkt einer gedachten Erdachse, verlagerte sich etwa 8500 v. Chr. von Grönland um 3500 km zur heutigen Position. Der Beginn der »geologischen Neuzeit« ist durch die C14-Methode zweifelsfrei bestimmbar.

Nut
(ägyptisch), die Himmelgöttin und Mutter von →Osiris, →Isis, →Seth und Nephtys.

Oannes
(sumerisch), Fischmenschen im Gefolge von Gott →Enki.

Odin
(germanisch), Sohn Bors, tötet zusammen mit seinen Brüdern Wili und We den Eisriesen →Ymir.

Odyssee
(griechisch), für die legendäre Fahrt von Homers Odysseus existieren fast ebensoviele Interpretationen wie zu Platos →Atlantisbericht. Obwohl die Odyssee stets ernstgenommen und der Bericht vom Untergang der atlantischen Zivilisation von Anfang an angezweifelt wurde, basieren beide Überlieferungen auf wesentlich älteren Quellen. Während Plato sehr genau sagt, daß seine Geschichte aus Ägypten stammt, verschweigt Homer, daß die Abenteuer seines Helden auf die Fahrten von Jasons Argonauten und auf phönizische Erkundungs- bzw. Inspektionsfahrten in ägyptischem Auftrag zurückgehen. Die Odyssee war niemals eine reine Irrfahrt, denn Odysseus wußte sehr genau, an welcher »Niederlassung der Götter« er sich jeweils befand.

Ogygia
(griechisch), die geheimnisvolle Insel im großen Wasserkreis, dem → Okeanos, die an →Dilmun, →Brasil und andere mythische Paradiese erinnert, wird in Homers Odyssee von der Nymphe Kalypso bewohnt und war achtzehn Tage vom bewohnten Land entfernt. Nach Thor Heyerdahl und anderen kann es sich bei Ogygia auch um die Südostspitze Arabiens gehandelt haben.

Okeanos
(griechisch), der lange Zeit Homer zugeschriebene Begriff des alles umspannenden Weltenmeeres stammt vom phönizischen Wort Og = Kreis und reicht in seiner Bedeutung bis zur kretischen und ägyptischen Hochkultur zurück.

Osiris
(ägyptisch), der von Byblos an der Küste Palästinas nach →Ägypten gekommene »Einwanderer«, gilt als Gott des Nils und als Kulturbringer, der von seinem brüderlichen Rivalen →Seth auf heimtückische Weise getötet wird. Seine schwesterliche Gemahlin →Isis findet seinen Sarg und erweckt ihn wieder zum Leben und empfängt von ihm Horus. In den späteren ägyptischen Mysterien erhält Osiris zunehmend Züge von →Tammuz. In hellenistischer Zeit wird er mit dem Stiergott Apis zu Osiris-Apis, Oserapis und schließlich zum Kunstgott Serapis.

Pan-ku
(chinesisch), der Urriese formte aus dem eiförmigen Chaos die Erde (Yin) und den Himmel (Yang).

Phönizier
Die ältesten präkeramischen Siedlungsschichten der Phönizier lassen sich aus dem 7. Jt. v. Chr. in Ugarit und Byblos im heutigen Libanon durch Wohnbauten, Heiligtümer und Grabmäler belegen. Die späteren Erfinder der Buchstabenschrift hatten als seefahrendes Volk Kontakte mit vielen frühen Kulturen. So soll z.B. der altägyptische Gott →Osiris aus Byblos stammen.

Planetoiden

Am 12. Februar 1947 schlugen nordwestlich von Wladiwostok auf 13 qkm Fläche etwa 100 Bruchstücke eines geplatzten Meteors bzw. kleinen Planetoiden ein, der ursprünglich nur 10 m groß war und etwa 1000 kg wog. Neununddreißig Jahre früher, am 30. Juni 1908, hatte ein anderer Planetoideneinschlag in der Mitte Sibiriens viel verheerendere Folgen. Der Knall des Aufschlags war 4200 Meilen weit zu hören, noch 400 Meilen entfernt wurden Personen und Fahrzeuge von der Druckwelle umgeworfen, und über ganz Nordasien und Nordeuropa breitete sich durch den aufgewirbelten Staub in der Atmosphäre tagelang ein dumpfes, rötliches Zwielicht aus. Im →Popol Vuh wird ein noch gewaltigerer Einschlag vor exakt 10 500 Jahren beschrieben. Der vorhellenistische Phaeton-Mythos berichtet über den Absturz des Sonnenwagens. Die Ägypter dokumentierten die Katastrophe in den Grabinschriften von Seti I. und Ramses III. als »Auge des Sonnengottes Re, das als Strafe für die Hybris der Menschen mit Blutregen, Schlamm und Asche vom Himmel herabfiel«.

Popol Vuh

(indianisch), »das Buch des Rates« der Mayas, in dem von der Erschaffungsgeschichte der Menschen, schöpferischen Intelligenzen und – astronomisch äußerst exakt – über die Katastrophe eines riesigen Meteoreinschlags und die Sintflut vor 10 500 Jahren berichtet wird.

Quetzalcoatl

(aztekisch), »die grüne Federschlange«, ist einer der seltsamsten Nachfolger des aztekischen Stammgottes →Huitzlipochtli. Der blonde, blauäugige und bärtige Kulturheros der Tolteken und Azteken, der in der Siedlung Tula lebte, brachte unter dem Namen →Kukulkan auch den →Mayas das Wissen der Götter bei. Die Azteken haben auch später immer daran geglaubt, daß Quetzalcoatl zurückkehren würde und nahmen deshalb die Invasion der Spanier als gottgegeben an. Später trugen auch Hohepriester den Ehrennamen Quetzalcoatl.

Ragnarök
(germanisch), Schicksalsweg der Götter, Götterdämmerung.

Runen
(germanisch). In der →Edda werden die Runen als Werkzeuge der Götter beschrieben, die von den Menschen weder rituell, magisch oder als Schriftzeichen benutzt werden durften. Runen tauchten nicht nur im →hyperboräischen Kulturkreis auf, sondern auch in →Ägypten und auf den Osterinseln. Jede einzelne Rune hat (ähnlich den heutigen Markenzeichen) neben einem Mitteilungswert auch eine imaginäre Wirkung, durch die Körper und Seele, Gesundheit und Stimmung gezielt angesprochen und beeinflußt werden sollen.

Sahara
1956 entdeckte der Franzose Henri Lhote inmitten der Sahara Felsmalereien, in denen fruchtbare, von Flüssen durchzogene Landschaften mit Eichen und Nußbäumen erkennbar sind. Inzwischen wurden Hunderttausende von weiteren Zeichnungen, Keramikscherben und anderen Fundstücken der verwehten Sahara-Kultur entdeckt, die ihre Blütezeit zwischen 8000 und 5000 v. Chr. hatte. Die Steinzeitmenschen machten Jagd auf Nashorn, Giraffe, Elefant, Strauß und Antilope. Diese Sammler und Jäger sind wahrscheinlich die Vorfahren der später bis in die Kalahari abgedrängten Buschmänner. Erst um 2000 v. Chr. machten sich erste Anzeichen für das Austrocknen der Sahara bemerkbar.

Schlange
Die Schlange gehört zu den ältesten Symbolen der Erkenntnis, der Fruchtbarkeit, des Lebens und der großen Geheimnisse. Sie wird im Christentum verteufelt, weil sie nach dem Alten Testament die ersten Menschen dazu »verführt«, die Wahrheit (→Me) und das Wissen der →Elohim zu erkennen.

Shangri-La
(tibetisch). Mit diesem Kunstwort faßte der Engländer James Hilton die Berichte über ein von der Welt abgeschnittenes Refugium

wissender Priester-Mönche im Himalaja zusammen, die ein völlig anderes Zeitgefühl haben als andere Menschen.

Shin-to
(sino-japanisch) die auch »Kami no michi« = Weg der Götter genannte Stammesreligion fußt auf drei mythologischen Sammlungen. Die älteste davon ist die »Kuju-ki« (Geschichte der Begebenheiten der Urzeit). Danach stand am Anfang das Götterpaar Izanagi (einladender Herr) und Izanami (einladende Dame), die sich vermählten, die fruchtbare Insel Yamato gebaren und anschließend die sieben anderen großen Inseln Japans. Nach weiteren göttlichen Kindern für Meere, Flüsse, Pflanzen und Tiere beschlossen sie einen göttlichen Menschen zu schaffen, der über alles herrschen sollte. Dieses Kind war eine Tochter, die göttliche →Ama-terasu, Göttin des Himmels und der Erde. Ähnlich wie bei den →Sumerern entstand ein Geflecht von göttlich-familiären Problemen, die dazu führten, daß →Ama-terasu ihren Enkel →Ninigi in die »Felder des Schilfs« sandte, um die Erde zu beherrschen. Mit ihm endete das Zeitalter der Götter und das der Kaiser Japans begann.

Seth
(ägyptisch), der Gott der Fremdländer, Bruder von →Osiris, →Isis und →Nephthys, der auf ungewöhnliche Weise seinen Zwillingsbruder umbrachte.

Shu
(ägyptisch), heiliger Geist, Windhauch, Teil der Urzeugung von →Geb (Erde) und →Tefnut (Himmel).

Soma
(indisch), der heilige Rauschtrank der Götter kann wie der griechische Nektar und der germanische Met die Menschen in gottähnliche Zustände erheben und ihnen Erkenntnis schenken.

Sphinx
Bei den Assyrern ist die Sphinx ein Zwitterwesen aus verschiedenen Tieren, und bei den Griechen degeneriert sie zur Würgerin und

zum drohenden Ungeheuer und Wächterin am Weg der Entscheidungen. Sie stellt Rätselfragen und tötet alle, die nicht richtig antworten.

Sumer

Zu Beginn des 3. Jt. v. Chr. waren die Sumerer im südlichen Mesopotamien zwischen Euphrat und Tigris in mehreren voneinander unabhängig regierten Stadtstaaten organisiert. Die vermutlich im 4. Jt. v. Chr. aus dem Gebirgsland im Osten eingewanderten Sumerer (d.h. »Kulturbringer«) fanden bereits Siedlungen vor. Sie gelten als die Erfinder der (Keil-)Schrift und Urheber der ersten überlieferten und später von den Akkadern nochmals aufgezeichneten Groß-Epen der Menschheit. Zum sumerisch-akkadischen Kulturerbe gehören neben den erst im vorigen Jahrhundert aufgefundenen 12 Tontafeln mit dem Gilgamesch-Epos weitere Mythen wie der »Als oben«-Schöpfungsbericht, sowie die in Keilschrift festgehaltenen Berichte über →Dumuzi und →Inanna, Inannas Abstieg in die Unterwelt, Inannas Auseinandersetzung am Huluppa-Baum, Inannas Liebeslieder, der Mythos von der Paradiesinsel →Dilmun und viele andere. Obwohl jeder Stadtstaat in Sumer seine eigene Götterordnung hatte, sind die großen alten Götter wie →An, →Enki und →Enlil überall in Sumer dokumentiert.

Talisman

Der Unterschied zwischen einem Talisman und einem Amulett besteht darin, daß der Talisman Gutes anziehen und das Amulett Böses abwehren soll. Sowohl Talisman als auch Amulett entfalten nach griechischen, türkischen, indischen, chinesischen und vielen anderen Überlieferungen ihre besondere Wirkung erst dann, wenn sie nach Geburtszeit, Planetenstand und persönlicher Aura »auf das Individuum abgestimmt« sind, während Fetische und Reliquien Speicher für positive bzw. negative Aufladungen sind.

Tammuz

(sumerisch), auch →Dumuzi, war ebenso wie →Gilgamesch sowohl eine sehr alte mythische Figur als auch ein in historischer Zeit zum König von →Uruk aufgestiegener Hirte, dessen Tragik im Zusammenstoß zwischen dem Matriarchat und der neuen, städtisch-patriarchalischen Lebensweise begründet ist.

Tawa
(indianisch), der Sonnengott der für die nordamerikanischen Pueblo-Indianer, als Schöpfer der Menschen gilt.

Tefnut
(ägyptisch), die Feuchtigkeit, Teil der Urzeugung von →Geb (Erde) und →Tefnut (Himmel).

Tempel
Der älteste erhaltene Tempel überhaupt steht in Abydos, Ägypten. Er wurde ca. 6000 v. Chr. erbaut und zeigt in seinen Reliefs ganze Heere von Schlangen und Barken mit Widderkopf als Symbole der Vorzeit. Zu beiden Seiten des Atlantiks existierten Stufentempel von fast identischer Bauart: in Mesopotamien (Ur, →Uruk, →Eridu, Babylon) und →Ägypten (Djoser-Pyramide) ebenso wie in Honduras (Copan-Tempelanlage) und →Mexiko (Sonnenpyramide von Teotihuacan).

Tiermenschen
(mythisch), →Sumerer, →Ägypter, Chinesen und Indianer berichten ebenso von Tiermenschen wie die griechische und die germanische Mythologie. Die Götter werden häufig gefiedert dargestellt, z.B. →Horus als Falke, →Quetzalcoatl als gefiederte Schlange und →Viracocha als Vogelmensch. Aus nahezu allen frühen Kulturen sind weitere Mischwesen bekannt, die – oftmals geflügelt – menschliche, tierische und göttliche Eigenschaften miteinander vereinen. Bestimmte Fabeltiere wie der Pegasus, der Vogel Greif (Abzu), das Einhorn, der Drachen und die (der) →Sphinx kommen ebenfalls sehr häufig in vorgeschichtlichen Überlieferungen vor.

Thule
(mythisch), die »Insel der Seligen« mit der Hauptstadt Ultima Thule lag hoch im Norden, am Rande der Welt im Bereich der →Hyperboreer. Thule war die »Weltenschleuse«, an der die tellurischen Ströme zusammenliefen und Menschen ihre materielle Existenzform verlassen konnten (z.B. der biblische Patriarch Henoch, der sich noch vor der Sintflut in den hohen Norden begab, wo sich »die Tore des Himmels« befanden).

Titanen
(mythisch), Giganten, die Riesenwesen mit meist göttlichem Ursprung (d.h. auch Engel), die in der sumerischen, chinesischen, griechischen, keltischen und germanischen Mythologie wie auch im Alten Testament eine besondere Bedeutung als (mißlungene) Vorstufe zum heutigen Menschen darstellen.

Titlacahuan
(aztekisch), Urgott, läßt vor der Flut ein Boot aus Zypressenholz für →Nata und Nana bauen.

Tiuz
(germanisch), erster der Götter des Himmels, des Friedens und der Fruchtbarkeit.

Töpferscheibe
Sowohl die altindischen als auch die sumerischen Kulturen kannten die Töpferscheibe, während sie im alten Amerika nicht nachgewiesen werden konnte.

Schiwa
(indisch), Dreigott zusammen mit →Brahma und →Vischnu.

Uruk
(sumerisch), das heutige Warka, das in der Bibel Erech genannt wurde, gehörte zu den bedeutendsten Stadtstaaten im südlichen Mesopotamien mit →Inanna als Göttin und → Gilgamesch als tyrannischem König.

Utgard
(germanisch), der öde, noch lebensfeindliche Raum, in unmittelbarer Nähe des abschmelzenden Eises, in den die Riesenwesen der Götter verbannt wurden.

Utu
(sumerisch), der Sonnengott und Bruder von →Inanna findet seine Entsprechung im akkadischen Schamasch, im ägyptischen Re, im griechischen Apoll und unter vielen anderen Namen.

Uygur
(asiatisch), auch Uigur, das etwa 1000 km große, ovale Tarimbekken nördlich des Himalaja, in dem heute alle von den Bergen im Süden, Westen und Norden kommenden Flüsse spurlos versickern.

Viracocha
(inkaisch), »Der See von Schaum«, kam als Ur- und Schöpfungsgott der Inka aus dem Fluten des Titicacasees oder aus dem Wasser im Osten hervor, um den Himmel, die Erde und einige Lebewesen zu erschaffen. Der Zustand wäre vollkommen gewesen, wenn es ein wenig Licht gegeben hätte. Als die Menschen in der Finsternis umhertappen mußten, wurden sie ärgerlich. Um sie zu bestrafen, verwandelte Viracocha sie in Steine und kehrte in den See zurück. Nach einiger Zeit stieg er zum zweiten Mal (auch in →Sumer kamen die Götter zweimal) aus den Fluten und schuf eine neue Art von Menschen, die fähig waren, sich selbst zu regieren. Viracocha war nach den Überlieferungen der Inkas groß, blond, bärtig und von weißer Haut (deshalb wurde der Eroberer Pizarro im 16. Jahrhundert mit diesem Ur-Gott identifiziert).

Vischnu
(indisch), Dreigott zusammen mit →Brahma und →Schiwa.

Wanen
(germanisch), nordisches Göttergeschlecht der Fruchtbarkeit, wahrscheinlich noch älter als die →Asen.

Weden
(indisch) die Rigweda als älteste der vier Weden (vor der Yayurweda, Samaweda und Atharwaweda) wurde vor mehr als 4000 Jahren in Sanskrit geschrieben. Sie berichtet über die bereits sehr komplexe Kosmogonie und den Kult der ältesten →Arya.

Wondschinas
(australisch), Urgötter, von denen die →Aborigines erzählen, daß sie die Erde erschaffen und Ordnung in das Chaos gebracht haben. Die farbigen Felszeichnungen von Wondschinas zeigen mundlose Wesen mit einer Art Aura und auffälligem Schmuck an einer Art Halskette.

Wotan
(germanisch), auch →Odin (Uotan bei den Azteken), holte als Stammvater und Heilkundiger Gott gefallene Krieger heim nach Walhall.

Yggdrasil
(germanisch). Die Rauchwolke, die über tätigen Vulkanen steht, kann wie ein großer, bis in den Himmel reichender Baum aussehen – besonders, wenn man sich vom Meer aus einem gewaltigen Inselkegel nähert. Das Bild vom Weltenbaum oder Baum der Erkenntnis, in dem wie bei Yggdrasil Adler, Eichhörnchen, Hirsche, aber auch Drachen oder Schlangen leben (siehe auch →Huluppa-Baum). taucht sowohl im Alten Testament als auch in der →Edda, in ägyptischen und in indischen Sagen auf.

Ymir
(germanisch) der Eisriese, den die Reifriesen wegen seines gewaltigen Rauschens bei der Berührung von Eis Ögelmir nennen, Großvater des nordischen Noah →Bergalmir.

Zeitalter
In unseren Tagen, gegen Ende des zwanzigsten Jahrhunderts n. Chr., beginnt ein neuer, 2150 Jahre dauernder kosmischer Zyklus: das Zeitalter des Wassermanns, das offensichtlich einen Um-

bruch in allen bisher dominierenden Wertekategorien und inneren Bezugssystemen einleitet. Zwölf kosmische Zeitalter ergeben die Spanne von 25 800 Jahren. So lange dauert es, bis die Erdachse ihre kreisförmige Taumelbewegung um die Ekliptikachse einmal vollendet.

Zeus
(griechisch), Uranos und →Gaia schufen eine ganze Reihe von Mißgeburten, z.B. die einäugigen Kyklopen, mörderischen Hekatoncheiren, Furien, Giganten und schließlich die Titanen. Kronos, der jüngste von ihnen, zeugte mit →Gaias Nachfolgerin Rhea das gesamte Herrschergeschlecht der Olympier mit Zeus, Hera, Poseidon, Hades, Demeter und Hestia.

ZEITTAFEL

Jahre v. Chr.	Kulturen/Eiszeiten	Fundorte	Besonderheiten
2,7 Mio	ARCHÄOLITHIKUM	Äthiopien	Australopithecinen-Weibchen »Lucy«
2 Mio	ALTPALÄOLITHIKUM (Ältere Altsteinzeit)		Australopithecus africanus
	Afrikas Vorgeschichte	Oldowan	Homo erectus
1 Mio	Asiens Vorgeschichte	Peking	Peking-Mensch
750.000	CHELLEEN	Aquitanien	Geröllwerkzeuge
600.000	Günz-Eiszeit		
500.000	ABBEVILLIEN	Südwesteuropa	Abschlagwerkzeuge
400.000	Mindel-Eiszeit		
300.000	ACHEULEEN	Sommetal	Faustkeile
200.000	Riß-Eiszeit		
100.000	MITTELPALÄOLITHIKUM (Mittlere Altsteinzeit)		Homo sapiens neanderthalensis
80.000	Würm-Eiszeit		
70.000	MOUSTERIEN	Aquitanien	Schaber
60.000	Neandertal	Deutschland	Totenbestattung
50.000	Saint-Christophe	Auqitanien	Höhlenlager
45.000	JUNGPALÄOLITHIKUM (Jüngere Altsteinzeit)		Homo sapiens sapiens
36.000	AURIGNACIEN	Aquitanien	Cro Magnon-Menschen

Weltbevölkerung zusammen mit Neandertalern ca. 3,5 Mio Menschen

35.000	Wisconsinjäger	Nordamerika	Haumesser
30.000	Willendorf	Österreich	»Venus«, 10 cm hoch
28.000	Dolni Vestonice	Südmähren	Mammutjäger-Lager
25.000	Pikymachay-Höhle	Peru	Feuersteinmesser

Australien, Tasmanien und Neuguinea noch durch Landbrücken miteinander verbunden

19.000	Engigstciak	Yukon/Alaska	Funde wie in Europa
18.000	MAGDALENIEN	Aquitanien	Ritzzeichnungen

Letzter Vereisungshöhepunkt in Europa, Öffnung der Florida-Straße: Golfstrom

17.000	Borsevo	am Don	Opferung
15.000	Altamira/Lascaux	Aquitanien	Höhlenmalerei
12.500	Los Toldos	Patagonien	Steinwerkzeuge
12.000	AZILIEN	Aquitanien	Nähwerkzeuge
10.500	Ali Tappeh-Höhlen	Kasp. Meer	Küchenabfälle
10.000	Gönnersdorf	Deutschland	Hüttensiedlung
9.600	MESOLITHIKUM (Mittelsteinzeit)		

Ende der Würm-Eiszeit, Klima wärmer, Ostsee: Süßwassersee, Meeresspiegel steigen in den folgenden Jahrtausenden bis zu 150 Meter an

Jahre v. Chr.	Kulturen/Eiszeiten	Fundorte	Besonderheiten
9.500	Wüstengruppen	Nevada	Körbe, Mahlsteine
9.400	Shanidar-Höhle	Irak	Kupferanhänger
9.300	Tagua-Tagua	Chile	Knochenwerkzeuge
9.100	Muraybet	Syrien	Rundhäuser
9.000	Viscachani	Bolivien	Steinwerkzeuge
8.900	Ahrensburg	Holstein	älteste Beile

BEGINN DES INANNA-ROMANS

8.500 Einschlag des Planetoiden, Untergang von Atlantis, Klimakatastrophe, Nordhalbkugel der Erde jahrhundertelang unter Wolken, Kälterückfall, Weltbevölkerung ca. 5 Mio. Menschen, Beginn der »Neolithischen Revolution«

8.300	Eridu	Mesopotamien	Kultplätze
8.200	Elam	Iran	Siedlungen
8.100	Beidra/Petra	Palästina	Jägertreffpunkt
8.000	Tessalien	Griechenland	Kulturhügel
7.900	Catal Hüyük	Anatolien	»älteste Stadt«
7.800	Jericho	Palästina	Mehrzimmerhäuser
7.700	Tassili, Jabbaren	Sahara	Riesenzeichnungen
7.600	NEOLITHIKUM (Jungsteinzeit)		
7.500	Tepe Guran	Iran	gemauerte Fußböden
7.400	Danger Cave	Utah	geflochtene Körbe
7.350	Cochise-Kultur	Arizona	Mahlsteine
7.000	Fort Rock	Oregon	geflocht. Sandalen
6.700	Lepenski Vir	Süd-Karpaten	Fischerdorf
6.300	Tell es-Sawwan	Irak	gegossene Ziegel

Erste Verbindung Nordsee-Ostsee, Britannien wird zur Insel, Besiedlung Irlands

6.000	Perth	Schottland	Einbaum, Schlitten
5.500	Tepe Gijan, Tepe Sialk	Iran	Keramik, Metall
5.400	Bandkeramiker	Donau/Rhein	Langhäuser

Siedlungen am Indus, in China, Amerika, Weltbevölkerung ca. 12 Mio Menschen

4.900	El Obaid/Ur	Mesopotamien	bemalte Tonware
4.600	Eridu, Ur	Mesopotamien	Stadthügel, Tontafeln
4.300	Uruk/Eanna	Mesopotamien	gemauerte Tempel
4.000	Badari-Kultur	Ägypten	Keramikfragmente

Übergang von den Muttergottheiten zu Vatergotterheiten, Ende des »Goldenen Zeitalters«, Weltbevölkerung ca. 20 Mio Menschen

BEGINN DER GESCHRIEBENEN GESCHICHTE

LITERATUR
(Auswahl)

Adams, Russel B. (Hrsg.): *Mystische Stätten*, Amsterdam 1988
Biedermann, Hans: *Die versunkenen Länder*, Graz 1975
Beltz, Walter: *Die Mythen der Ägypter*, Düsseldorf 1982
Berlitz, Charles: *Das Atlantis-Rätsel*, Wien 1976
Blumrich, J.F.: *Kasskara und die sieben Welten, Weißer Bär erzählt den Erdmythos der Hopi-Indianer*, Düsseldorf 1979
Bock, Emil: *Urgeschichte, Beiträge zur Geistesgeschichte der Menschheit*, Frankfurt 1985
Brockhoff, Victoria: *Götter, Dämonen, Menschen, Mythen aus dem Zweistromland*, Stuttgart 1987
Daniel, Glyn (Hrsg.: Rehork, Joachim): *Enzyklopädie der Archäologie*, Bergisch Gladbach 1980
Drößler, Rudolf: *Spuren in die Vergangenheit, Ausgrabungen der letzten Jahrzehnte*, Leipzig 1980
Elliot, Alexander: *Mythen der Welt*, Luzern 1976
Farkas V./Krassa P.: *Lasset uns Menschen machen, Schöpfungsmythen beim Wort genommen*, München 1985
Feustel, Rudolf: *Abstammungsgeschichte des Menschen*, Jena 1986
Frazer, Sir James George: *The Golden Bough, A Study in Magic and Religion*, London 1978
Galter, Hannes: *Der Gott Ea/Enki in der akkadischen Überlieferung. Eine Bestandsaufnahme des vorhandenen Materials*, Diss., Graz 1981
Golter, Wolfgang: *Handbuch der germanischen Mythologie*, Neudruck der revidierten Ausgabe von 1908, Kettwig 1987
Grimal, Pierre (Hrsg.): *Mythen der Völker*, 3 Bde., Frankfurt 1967
Grünert, Heinz (Hrsg.): *Geschichte der Urgesellschaft*, Berlin 1982
Gunkel, H./Zscharnack L.: *Die Religion in Geschichte und Gegenwart (RGG)*, Handwörterbuch für Theologie und Religionswissenschaft, 6 Bde., Tübingen 1932
Handbuch des Indischen Ozeans, Deutsches Hydrographisches Institut (Hrsg.), Hamburg 1962
Heiler, Friedrich (Goldamer, Karl Hrsg.), *Die Religionen der Menschheit*, Stuttgart 1982
Hitching, Francis: *Die letzten Rätsel unserer Welt*, Frankfurt 1982
Kahlke, Hans Dietrich: *Das Eiszeitalter*, Leipzig 1981

Kirchner, Gottfried (Hrsg.): *Von Atlantis zum Dach der Welt*, Bergisch Gladbach 1988
Lumsden C.J./Wilson E.O.: *Das Feuer des Prometheus, Wie das menschliche Denken entstand*, München 1984
Muck, Otto: *Alles über Atlantis*, Düsseldorf 1976
Pellech, Christine: *Die Odyssee – eine antike Weltumseglung*, Berlin 1983
Schlette, Friedrich: *Von Lucy bis Kleopatra, Die Frau in der frühen Geschichte*, Berlin 1988
Schmökel, Hartmut: *Das Gilgamesch Epos*, Stuttgart 1980
Steuerwald, Hans: *Der Untergang von Atlantis*, Berlin 1986
Swartz/Jordan: *Anthropology: Perspective on Humanity*, New York 1976
Thompson, William: *Der Fall in die Zeit, Mythologie, Sexualität und der Ursprung der Kultur*, Stuttgart 1985
Tributsch, Helmut: *Das Rätsel der Götter, Fata Morgana*, Berlin 1983
Uehli, Ernst: *Atlantis und das Rätsel der Eiszeitkunst*, Stuttgart 1980
Wolkenstein/Kramer: *Inanna, Queen of Heaven and Earth*, New York 1983

Bitte lesen Sie weiter …

Armorica
Gönnersdorf
Carnac
Cro Magnon
Aquitanien
Lepeno
Lesbos
Chios
Sahara
Ober-
Ägypt
Vereisung vor etwa 10.000 Jahren
alte Küstenlinie